독학사 3단계

국어국문학과

고전시가론

(주)시대고시기획

INTRO

머리말

학위를 얻는 데 시간과 장소는 더 이상 제약이 되지 않습니다. 대입 전형을 거치지 않아도 '학점은행제'를 통해 학사학위를 취득할 수 있기 때문입니다. 그중 독학학위제도는 고등학교 졸업자이거나 이와 동등 이상의 학력을 가지고 있는 사람들에게 효율적인 학점 인정 및 학사학위 취득의 기회를 줍니다.

학습을 통한 개인의 자아실현 도구이자 자신의 실력을 인정받을 수 있는 스펙으로서의 독학사는 짧은 기간 안에 학사학위를 취득할 수 있는 가장 빠른 지름길로 많은 수험생들의 선택을 받고 있습니다.

독학학위취득시험은 1단계 교양과정 인정시험, 2단계 전공기초과정 인정시험, 3단계 전공심화과정 인정시험, 4단계 학위취득 종합시험의 1～4단계 시험으로 이루어집니다. 4단계까지의 과정을 통과한 자에 한해 학사학위 취득이 가능하고, 이는 대학에서 취득한 학위와 동등한 지위를 갖습니다.

이 책은 독학사 시험에 응시하는 수험생들이 단기간에 효과적인 학습을 할 수 있도록 다음과 같이 구성하였습니다.

01 단원 개요
핵심이론을 학습하기에 앞서 각 단원에서 파악해야 할 중점과 학습목표를 정리하여 수록하였습니다.

02 핵심이론
2023년 시험부터 적용되는 개정 평가영역을 철저히 반영하였으며, 시험에 꼭 출제되는 내용을 '핵심이론'으로 선별하여 수록하였습니다.

03 실전예상문제
해당 출제영역에 맞는 핵심포인트를 분석하여 구성한 '실전예상문제'를 수록하였습니다.

04 최종모의고사
최신출제유형을 반영한 '최종모의고사(2회분)'를 통해 자신의 실력을 점검해 볼 수 있으며, 실제 시험에 임하듯이 시간을 재고 풀어본다면 시험장에서의 실수를 줄일 수 있을 것입니다.

고전시가론은 상고 시대부터 개화기까지의 시가문학을 갈래별로 분류하여 각각의 개념과 특징을 살펴보는 과목입니다. 고전시가의 발전 과정을 통시적으로 정리하고, 갈래별 개념과 특징을 유기적 관계에 초점을 맞추어 설명하였습니다. 또한 각 갈래별 핵심 작품들의 개요와 관련 설명을 개별적으로 정리함으로써 이해도를 높였고, 개별적으로 다루지 못한 작품들은 각 이론 부분에서 표와 개조식 서술을 통해 쉽게 접근할 수 있도록 하였습니다. 수험생 여러분의 건승을 기원합니다.

편저자 드림

BDES

독학학위제 소개

독학학위제란?

「독학에 의한 학위취득에 관한 법률」에 의거하여 국가에서 시행하는 시험에 합격한 사람에게 학사학위를 수여하는 제도

- 고등학교 졸업 이상의 학력을 가진 사람이면 누구나 응시 가능
- 대학교를 다니지 않아도 스스로 공부해서 학위취득 가능
- 일과 학습의 병행이 가능하여 시간과 비용 최소화
- 언제, 어디서나 학습이 가능한 평생학습시대의 자아실현을 위한 제도
- 학위취득시험은 4개의 과정(교양, 전공기초, 전공심화, 학위취득 종합시험)으로 이루어져 있으며 각 과정별 시험을 모두 거쳐 학위취득 종합시험에 합격하면 학사학위 취득

독학학위제 전공 분야 (11개 전공)

※ 유아교육학 및 정보통신학 전공 : 3, 4과정만 개설
(정보통신학의 경우 3과정은 2025년까지, 4과정은 2026년까지만 응시 가능하며, 이후 폐지)
※ 간호학 전공 : 4과정만 개설
※ 중어중문학, 수학, 농학 전공 : 폐지 전공으로 기존에 해당 전공 학적 보유자에 한하여 2025년까지 응시 가능

※ SD에듀는 현재 4개 학과(심리학과, 경영학과, 컴퓨터공학과, 간호학과) 개설 완료
※ 2개 학과(국어국문학과, 영어영문학과) 개설 진행 중

INFORMATION

독학학위제 시험안내

과정별 응시자격

단계	과정	응시자격	과정(과목) 시험 면제 요건
1	교양	고등학교 졸업 이상 학력 소지자	• 대학(교)에서 각 학년 수료 및 일정 학점 취득 • 학점은행제 일정 학점 인정 • 국가기술자격법에 따른 자격 취득 • 교육부령에 따른 각종 시험 합격 • 면제지정기관 이수 등
2	전공기초		
3	전공심화		
4	학위취득	• 1~3과정 합격 및 면제 • 대학에서 동일 전공으로 3년 이상 수료 (3년제의 경우 졸업) 또는 105학점 이상 취득 • 학점은행제 동일 전공 105학점 이상 인정 (전공 28학점 포함) ➜ 22.1.1. 시행 • 외국에서 15년 이상의 학교교육과정 수료	없음(반드시 응시)

응시방법 및 응시료

- 접수방법 : 온라인으로만 가능
- 제출서류 : 응시자격 증빙서류 등 자세한 내용은 홈페이지 참조
- 응시료 : 20,700원

독학학위제 시험 범위

- 시험 과목별 평가영역 범위에서 대학 전공자에게 요구되는 수준으로 출제
- 시험 범위 및 예시문항은 독학학위제 홈페이지(bdes.nile.or.kr) ➜ 학습정보 ➜ 과목별 평가영역에서 확인

문항 수 및 배점

과정	일반 과목			예외 과목		
	객관식	주관식	합계	객관식	주관식	합계
교양, 전공기초 (1~2과정)	40문항×2.5점 =100점	–	40문항 100점	25문항×4점 =100점	–	25문항 100점
전공심화, 학위취득 (3~4과정)	24문항×2.5점 =60점	4문항×10점 =40점	28문항 100점	15문항×4점 =60점	5문항×8점 =40점	20문항 100점

※ 2017년도부터 교양과정 인정시험 및 전공기초과정 인정시험은 객관식 문항으로만 출제

합격 기준

■ 1~3과정(교양, 전공기초, 전공심화) 시험

단계	과정	합격 기준	유의 사항
1	교양	매 과목 60점 이상 득점을 합격으로 하고, 과목 합격 인정(합격 여부만 결정)	5과목 합격
2	전공기초		6과목 이상 합격
3	전공심화		

■ 4과정(학위취득) 시험 : 총점 합격제 또는 과목별 합격제 선택

구분	합격 기준	유의 사항
총점 합격제	• 총점(600점)의 60% 이상 득점(360점) • 과목 낙제 없음	• 6과목 모두 신규 응시 • 기존 합격 과목 불인정
과목별 합격제	• 매 과목 100점 만점으로 하여 전 과목(교양 2, 전공 4) 60점 이상 득점	• 기존 합격 과목 재응시 불가 • 1과목이라도 60점 미만 득점하면 불합격

시험 일정

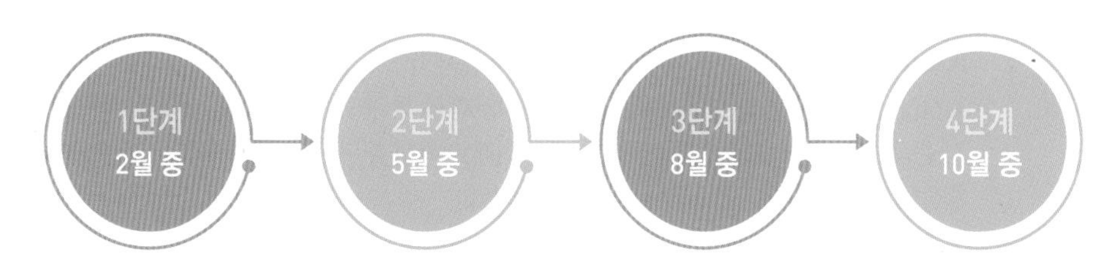

■ 국어국문학과 3단계 시험 과목 및 시간표

구분(교시별)	시간	시험 과목명
1교시	09:00~10:40(100분)	국어음운론, 한국문학사
2교시	11:10~12:50(100분)	문학비평론, 국어정서법
중식 12:50~13:40(50분)		
3교시	14:00~15:40(100분)	구비문학론, 국어의미론
4교시	16:10~17:50(100분)	한국한문학, 고전시가론

※ 시험 일정 및 세부사항은 반드시 독학학위제 홈페이지(bdes.nile.or.kr)를 통해 확인하시기 바랍니다.

※ SD에듀에서 개설되었거나 개설 예정인 과목은 빨간색으로 표시하였습니다.

STUDY PLAN

독학학위제 단계별 학습법

1 단계

평가영역에 기반을 둔 이론 공부!

독학학위제에서 발표한 평가영역에 기반을 두어 효율적으로 이론을 공부해야 합니다. 각 장별로 정리된 '핵심이론'을 통해 핵심적인 개념을 파악합니다. 모든 내용을 다 암기하는 것이 아니라, 포괄적으로 이해한 후 핵심내용을 파악하여 이 부분을 확실히 알고 넘어가야 합니다.

2 단계

시험 경향 및 문제 유형 파악!

독학사 시험 문제는 지금까지 출제된 유형에서 크게 벗어나지 않는 범위에서 비슷한 유형으로 줄곧 출제되고 있습니다. 본서에 수록된 이론을 충실히 학습한 후 '실전예상문제'를 풀어 보면서 문제의 유형과 출제의도를 파악하는 데 집중하도록 합니다. 교재에 수록된 문제는 시험 유형의 가장 핵심적인 부분이 반영된 문항들이므로 실제 시험에서 어떠한 유형이 출제되는지에 대한 감을 잡을 수 있을 것입니다.

3 단계

'실전예상문제'를 통한 효과적인 대비!

독학사 시험 문제는 비슷한 유형들이 반복되어 출제되므로, 다양한 문제를 풀어 보는 것이 필수적입니다. 각 단원의 끝에 수록된 '실전예상문제'를 통해 단원별 내용을 제대로 학습하였는지 꼼꼼하게 확인하고, 실력을 점검합니다. 이때 부족한 부분은 따로 체크해 두고, 복습할 때 중점적으로 공부하는 것도 좋은 학습 전략입니다.

4 단계

복습을 통한 학습 마무리!

이론 공부를 하면서, 혹은 문제를 풀어 보면서 헷갈리고 이해하기 어려운 부분은 따로 체크해 두는 것이 좋습니다. 중요 개념은 반복학습을 통해 놓치지 않고 확실하게 익히고 넘어가야 합니다. 마무리 단계에서는 '최종모의고사'를 통해 실전연습을 할 수 있도록 합니다.

COMMENT

합격수기

SD 에듀

저는 학사편입 제도를 이용하기 위해 2~4단계를 순차로 응시했고 한 번에 합격했습니다.
아슬아슬한 점수라서 부끄럽지만 독학사는 자료가 부족해서 부족하나마 후기를 쓰는 것이 도움이 될까 하여
제 합격전략을 정리하여 알려드립니다.

#1. 교재와 전공서적을 가까이에!

학사학위 취득은 본래 4년을 기본으로 합니다. 독학사는 이를 1년으로 단축하는 것을 목표로 하는 시험이라 실제 시험도 변별력을 높이는 몇 문제를 제외한다면 기본이 되는 중요한 이론 위주로 출제됩니다. SD에듀의 독학사 시리즈 역시 이에 맞추어 중요한 내용이 일목요연하게 압축 · 정리되어 있습니다. 빠르게 훑어보기 좋지만 내가 목표로 한 전공에 대해 자세히 알고 싶다면 전공서적과 함께 공부하는 것이 좋습니다. 교재와 전공서적을 함께 보면서 교재에 전공서적 내용을 정리하여 단권화하면 시험이 임박했을 때 교재 한 권으로도 자신 있게 시험을 치를 수 있습니다.

#2. 시간확인은 필수!

쉬운 문제는 금방 넘어가지만 지문이 길거나 어렵고 헷갈리는 문제도 있고, OMR 카드에 마킹까지 해야 하니 실제로 주어진 시간은 더 짧습니다. 1번에 어려운 문제가 있다고 해서 시간을 많이 허비하면 쉽게 풀 수 있는 마지막 문제들을 놓칠 수 있습니다. 문제 푸는 속도도 느려지니 집중력도 떨어집니다. 그래서 어차피 배점은 같으니 아는 문제를 최대한 많이 맞히는 것을 목표로 했습니다.
① 어려운 문제는 빠르게 넘기면서 문제를 끝까지 다 풀고 ② 확실한 답부터 우선 마킹한 후 ③ 다시 시험지로 돌아가 건너뛴 문제들을 다시 풀었습니다. 확실히 시간을 재고 문제를 많이 풀어 봐야 실전에 도움이 되는 것 같습니다.

#3. 문제풀이의 반복!

여느 시험과 마찬가지로 문제는 많이 풀어 볼수록 좋습니다. 이론을 공부한 후 실전예상문제를 풀다 보니 부족한 부분이 어딘지 확인할 수 있었고, 공부한 이론이 시험에 어떤 식으로 출제될지 예상할 수 있었습니다. 그렇게 부족한 부분을 보충해가며 문제 유형을 파악하면 이론을 복습할 때도 어떤 부분을 중점적으로 암기해야 할지 알 수 있습니다. 이론 공부가 어느 정도 마무리되었을 때 시계를 준비하고 최종모의고사를 풀었습니다. 실제 시험시간을 생각하면서 예행연습을 하니 시험 당일에는 덜 긴장할 수 있었습니다.

학위취득을 위해 오늘도 열심히 학습하시는 동지 여러분에게도 합격의 영광이 있으시길 기원하면서 이만 줄입니다.

PREVIEW

이 책의 구성과 특징

01 단원 개요

핵심이론을 학습하기에 앞서 각 단원에서 파악해야 할 중점과 학습목표를 정리하여 수록하였습니다.

| 단원 개요 |

고대가요는 고대 부족 국가 시대부터 삼국 시대 초기에 걸쳐
대한 학습을 목적으로 한다. 또한 작품 창작과 관련된 배경설화
심층적으로 탐구한다.

| 출제 경향 및 수험 대책 |

이 편에서는 고대가요의 발생과 전승상의 특징을 학습해야 한
가 가진 후대 서정문학의 원형으로서의 특징을 반드시 숙지하
할 수 있는 이별의 정한을 주제로 한 「황조가」, 「공무도하가」를
와 같은 세부적 작품들을 심층적으로 학습해야 한다.

02 핵심이론

독학사 시험의 출제경향에 맞춰 시행처의 평가영역을 바탕으로 '핵심이론'을 정리하여 수록하였습니다.

제 1 장 고대가요의 개념

제1절 고대가요의 정의와 특징

1 고대가요의 정의

한민족의 근간이 되는 민족인 예맥(濊貊)족이 한반도와 남만주 일대에 삶의 터전을 잡고 생활을 영위하기 시작한 후부터 향찰로 표기가 이루어진 신라의 향가(鄕歌)가 발생하기 이전까지 존재하였던 시가를 묶어서 부르는 명칭이다.

2 시대적 특징

(1) 역사적으로 정치 · 사회의 큰 변동이 있던 시기로, 구석기 시대의 씨족사회에서 분화하여 부여, 옥저, 동예, 삼한 같은 부족국가 시대를 거쳐 고대국가인 고구려, 백제, 신라가 성립하던 시기까지이다.

(2) 문학사적으로 봤을 때는 춤, 노래, 음악이 분화되기 전인 원시종합예술시기에서 시작하여 집단적 주술노래 시대, 개인적 서정 가요가 존재하던 시기를 거쳐 향찰 표기의 향가가 발생하기까지의 시기다.

제 2 편 실전예상문제

01 다음 작품에 대한 설명으로 적절한 것은?

龜乎龜乎出水路	거북아 거북아 수로부인을 내놓아라
掠人婦女罪何極	남의 아내 빼앗아 간 죄 얼마나 크냐
汝若悖逆不出獻	네가 만약 거역하고 내놓지 아니한다면
入網捕掠燔之喫	그물로 잡아 구워서 먹으리라.

① 대상을 객관적으로 묘사한 교술시이다.
② 화자와 대상의 문답을 통해 시상이 전개된다.
③ 공간의 이동에 따라 화자의 심리가 변화한다.
④ 상황의 가정을 통해 위협의 효과를 극대화하고 있다.

01 제시된 작품은 「해가」로, 화자는 '거북'이 수로부인을 내놓지 않는 상황을 가정하여 잡아먹겠다는 위협의 효과를 극대화하고 있다.
① 대상에 대한 객관적 묘사는 없고, 교술시가 아니라 주술 가요이다.
② 화자가 대상에게 말하는 형식이기는 하나 대화체로 시상이 전개되지는 않는다.
③ 공간의 이동에 따라 화자의 심리가 변화하지 않는다.

03 실전예상문제

학습자가 해당 교과정에서 반드시 알아야 할 내용을 문제로 정리하였습니다. '실전예상문제'를 통해 객관식 · 주관식 문제를 충분히 연습할 수 있도록 구성하였습니다.

제1회 최종모의고사 | 고전시가론

제한시간 : 50분 | 시작 ___시 ___분 - 종료 ___시 ___분

정답 및 해설 475p

※ [01~02] 다음 글을 읽고 물음에 답하시오.

(가) 公無渡河(공무도하) 임이여 물을 건너지 마오.
公竟渡河(공경도하) 임은 그예 물을 건너시고 말았네.
墮河而死(타하이사) 물에 빠져 돌아가시니
當奈公何(당내공하) 아아, 가신 임을 어이할꼬.
－ 백수광부(白首狂夫)의 아내, 「공무도하가」 －

(나) 翩翩黃鳥(편편황조) 훨훨 나는 꾀꼬리는
雌雄相依(자웅상의) 암수 서로 정다운데,
念我之獨(염아지독) 외로울사 이내 몸은
誰其與歸(수기여귀) 뉘와 함께 돌아갈꼬.
－ 유리왕, 「황조가」 －

01 다음 중 (가)와 (나)의 공통점으로 옳은 것은?
① 집단적인 소망 의식을 드러내고 있다.
② 노래하는 대상에 자신을 이입하고 있다.
③ '임의 부재(不在)'가 시 창작의 계기가 되었다.
④ 화자의 정서가 시의 앞부분에 제시되어 있다.

04 최종모의고사

실전감각을 기르고 최종점검을 할 수 있도록 '최종모의고사(총 2회분)'를 수록하였습니다.

CONTENTS

목차

핵심이론 + 실전예상문제

교육은 우리 자신의 무지를 점차 발견해 가는 과정이다.

– 윌 듀란트 –

제 1 편

총론

| 단원 개요 |

고전시가는 역사가 시작된 이후부터 개화기 시기까지의 문학 중 시가로 된 문학을 가리킨다. 여기에서는 고전시가의 개념에 대한 이해를 바탕으로 고전시가 범주 설정의 문제에 대한 여러 견해와 입장에 대하여 비교하고 고찰한다.

| 출제 경향 및 수험 대책 |

이 편에서는 고전시가의 통시적인 역사적 전개 진행 과정과 공시적으로 나타난 갈래들의 개념과 세부적 특징 등을 이해하고, 시기별 중요 시가에 대한 개괄적이고 종합적인 학습이 필요하다.

제 1 장 고전시가의 개념과 범주

제1절 고전시가의 개념

1 고전의 용어 정의

고전시가에서 '고전(古典)'이란 용어를 정의할 때 시대의 범위를 어디까지 할지의 문제가 있는데, 이는 근대의 기점을 어디로 잡는지가 학자들마다 다르기 때문이다. 또한 고전의 가치 평가는 어떻게 할지도 문제이다. 옛날 시기의 모든 언어 자료를 고전이라 부를 수는 없기 때문이다. 이런 일련의 문제들에도 불구하고, 대부분의 국문학서에서는 고전의 시간적 범주를 갑오개혁 이전까지로 잡는다. 즉 갑오개혁을 근대의 기점으로 보고 있는 것이다. 또한 고전의 가치를 평가할 때는 단순히 오래된 문헌자료가 아니라 현대에도 계승할 만한 전형성(典型性)과 새로운 시대의 문화 발전에 기여할 수 있는 창조성을 가지고 있는지를 기준으로 본다.

2 시가의 용어 정의

'시가(詩歌)'는 '시(詩)'와 '가(歌)'의 합성어로 문학과 음악의 양면성을 띤다. 이런 특성에서 현대시는 읽기를 목적으로 하기에 시(詩)에 가깝고, 고전시가는 노래로 부르는 것을 목적으로 하기에 가(歌)에 가깝다. 따라서 현대시는 내재율을 갖는 반면, 고전시가는 고대가요, 향가에서부터 시조나 가사에 이르기까지 정형적으로 나타나는 음보율과 음수율, 또는 그에 가까운 체계적이고 규칙적인 율격성을 지니고 있다.

3 고전시가의 정의

고전(古典)과 시가(詩歌)의 용어 정의를 바탕으로 하는 고전시가의 정의는 역사가 시작된 이후부터 근대문학 성립 전까지 향유된 것으로 현대에도 계승할 만한 가치가 있는, 체계적이고 규칙적인 율격을 지닌 우리 시가문학을 총칭한다.

제2절 고전시가의 범주

1 시간적 범주

상고(古代) 시대부터 19세기까지의 시가를 일컬어 고전시가라고 한다. 우리 글자가 없어 한자로 표기 또는 구전되어야 했던 시기부터, 훈민정음 창제 이후 구한말에 이르기까지 언문일치에 의해 민족문학의 창작과 수용이 온전히 이루어진 시기까지의 작품을 모두 고전시가로 볼 수 있다. 따라서 개화문학 이전의 시가들을 통틀어 고전시가의 범주에 속한다고 보아야 타당하다.

2 표기적 범주

고전시가의 범주에는 국문시가, 한시 같은 기록문학뿐만 아니라 민요와 잡가 등의 구비문학도 포함된다. 한시의 경우 한자로 기록되었다는 점에서 우리의 고전시가로 볼 수 있는지에 대해 다양한 이론들이 존재하나, 당시 한자가 보편적인 문자로서 기능했다는 점과 우리의 사상과 감정을 담아 노래했다는 점에서 우리의 고전시가에 포함시켜 다루는 것이 일반적이다.

제 2 장 고전시가의 역사적 전개

제1절 고대문학(古代文學)

1 고대가요 중요

(1) 고대가요의 형성

① 고대가요의 기원은 고대국가의 제천의식에서 행해진 원시종합예술에서 찾을 수 있다.

② 집단적・서사적인 원시종합예술에서 개인적이고 서정적인 시가가 분리・발전하여 고대가요가 형성되었다.

(2) 고대가요의 특징

① 고대가요는 초기에 집단적・의식적인 노래로 시작하여 후기로 가면서 개인적인 서정에 바탕을 둔 서정 시가가 발생하였다.

② 한편 대부분의 고대가요는 설화 속에 삽입되어 전하는데, 이는 서사문학과 시가가 완전히 분리되지 않은 상태를 의미한다.

(3) 현재 전하는 고대가요 작품

가요명	작가	연대	성격	내용	출전
「공무도하가」	백수광부의 처	고조선	서정요	물에 빠져 죽은 남편을 애도한 노래로, 악곡명은 「공후인(箜篌引)」이다.	『해동역사』
「구지가」	구간 등	신라 유리왕 19년	집단의식요	새로운 생명의 탄생을 바라는 주술적인 노래로, 일명 「영신군가(迎神君歌)」라고도 불린다.	『삼국유사』
「황조가」	유리왕	고구려 유리왕 (B.C. 17)	서정요	꾀꼬리의 정다운 모습을 보고 실연의 슬픔을 노래하였다.	『삼국사기』
「해가」	작가 미상	신라 성덕왕	집단의식요	수로부인의 귀환을 바라는 주술적 가요이다.	『삼국유사』

2 향가(鄕歌)

(1) 명칭

① 향가는 신라 때부터 고려 초기까지 향찰로 표기된 노래의 총칭이다.
② 넓은 의미의 향가는 중국 한시(漢詩)에 대응하는 우리나라의 시로서 '신라의 노래'를 뜻하고, 좁은 의미의 향가를 가리킬 때는 '사뇌가(詞腦歌)'를 뜻한다.
③ 그 외에도 '사내악(思內樂), 도솔가(兜率歌), 시내가(詩內歌)' 등의 여러 가지 명칭으로 일컬어졌다.

(2) 발생과 소멸

① 향가의 발생 시기는 정확히 알 수 없으나, 신라의 삼국 통일 이후 발전된 불교문화를 배경으로 한다.
② 이렇게 시작된 향가는 고려 초인 10세기경까지 지어졌고, 12세기 말 「보현십원가」까지 이어졌다.

(3) 형식

① 향가는 민요형인 4구체가 문학 장르로 전개되다가 8구체의 과정을 거쳐 가장 정제된 형식인 10구체로 정착되었다.
② 10구체는 3장으로 구성되는데, 1장과 2장은 각각 4행, 3장은 2행으로 되어 있다. 3장은 낙구(落句)라고 부르는데, '아으, 아야(阿也, 阿邪, 阿耶)' 등의 감탄사를 반드시 사용한다.

(4) 내용

① 현전하는 향가의 내용은 불교적인 것이 가장 많다.
② 이러한 점을 바탕으로, 불교를 숭상했던 신라인의 사상과 감정이 자연스레 녹아든 것을 알 수 있다.

(5) 작가층

① 향가의 작가는 승려, 화랑, 여류, 무명씨 등으로, 여러 계층에 걸쳐 있다.
② 현전하는 향가는 승려의 작품이 가장 많다.

(6) 표기

① 향가는 향찰(鄕札)로 표기되었다. 향찰이란 한자의 음(音)과 훈(訓)을 빌려 우리말의 문장 전체를 적는 신라 시대의 차자표기법으로, 향가식 표기법이라고도 한다.
② 이 때문에 향가문학을 향찰문학이라고도 한다.

(7) 현전 작품

현전하는 향가는 모두 25수로, 다음과 같이 전한다.
① 『삼국유사』 : 14수
② 『균여전』 : 11수

(8) 향가집

① 진성여왕 2년(888)에 자간 위홍과 대구화상이 『삼대목』이라는 향가집을 편찬하였으나 현재 전하지 않는다.

② 『삼대목』은 신라 향가의 성세를 과시함과 동시에 최초의 사화집이라는 점에서 큰 의의가 있다.

(9) 국문학사상 의의

① 향가는 우리 문학사상 최초의 정형화한 서정시라는 점에 중요한 의의가 있다.

② 그 가사는 신라어의 연구에 귀중한 자료가 되며, 그 표기법은 외래문화를 받아들여 주체적으로 수용・발전시킨 좋은 예가 된다.

(10) 신라의 향가 작품 [『삼국유사(三國遺事)』 수록]

형식	작품	작가	시기	내용
4구체	「서동요」	백제 무왕	진평왕	서동이 진평왕의 딸인 선화 공주를 취하고자 하는 목적으로 지어서 아이들에게 부르게 한 참요(讖謠)의 성격을 띤 동요이다.
	「풍요」	작가 미상	선덕여왕	양지가 영묘사 장육존상을 소조할 때 장안의 남녀들이 진흙을 나르며 부른 불교적인 노동요이다.
	「헌화가」	실명한 노인	성덕왕	수로부인이 절벽 위의 철쭉꽃을 탐하니 소를 몰고 가던 노인이 꽃을 꺾어 바치며 부른 노래로, 민요, 만가(挽歌) 등으로 분류하기도 한다.
	「도솔가」	월명사	경덕왕 19년	두 해가 같이 나타나므로 왕이 월명사로 하여금 지어 부르게 한 산화공덕(散花功德)의 노래이다.
8구체	「모죽지랑가」	득오	효소왕	화랑인 죽지랑이 죽자 득오가 그의 고매한 인품을 사모하고 인생의 무상함을 노래한 것이다.
	「처용가」	처용	헌강왕	처용이 출타 중 역신이 자기 아내를 범하자, 이 노래를 불러 굴복시켰다는 무가(巫歌)이다.
10구체	「원왕생가」	광덕	문무왕	달을 서방정토의 사자(使者)로 비유하여 그곳으로 귀의하고자 하는 소망을 노래한 불교 신앙의 노래이다.
	「혜성가」	융천사	진평왕	혜성이 심대성을 범했을 때 이 노래를 지어 물리쳤다는 축사(逐邪)의 노래이다.
	「원가」	신충	효성왕 원년	후일을 약속한 효성왕이 즉위 후 자기를 잊고 등용하지 않음에 이 노래를 지어 잣나무에 붙였더니 그 나무가 말라 버렸다고 하는 주가(呪歌)이다.
	「제망매가」	월명사	경덕왕 4년	죽은 누이의 명복을 빌기 위해 부른 추도의 노래이다.
	「안민가」	충담사	경덕왕 24년	충당사가 경덕왕의 요청으로 군・신・민이 할 바를 노래한 치국(治國)의 노래이다.
	「찬기파랑가」	충담사	경덕왕 24년	화랑인 기파랑의 인격을 찬양하여 부른 추모의 노래이다.
	「도천수대비가」	희명	경덕왕 14년	기층민 여성인 희명이 눈이 먼 아들을 위하여 천수대비 앞에 나가 부른 불교 신앙의 노래이다.
	「우적가」	영재	원성왕	영재가 지리산으로 은거하러 가던 길에 도적의 무리[群盜]를 만나 이 노래를 불러 회개시켰다는 설도(說道)의 노래이다.

제2절 중세문학(中世文學)

1 향가의 쇠퇴와 향가계 고려가요

(1) 향가의 쇠퇴

① 향가는 흔히 신라 고유의 문학이라고 하나, 광종 때 지어진 균여대사의 「보현십종원왕가(普賢十種願往歌)」[또는 「보현십원가(普賢十願歌)」]는 고려 향가로 보는 것이 타당하다. 즉, 신라 향가의 전통이 고려 초까지 계승되다가 한문학에 밀려 향찰(鄕札)이 쓰이지 않게 되자 향가마저 쇠퇴한 것으로 보아야 할 것이다.

② 「보현십종원왕가」는 『균여전』에 수록된 향가작품으로, 「광수공양가」・「보개회향가」・「상수불학가」・「수희공덕가」・「예경제불가」・「참회업장가」・「청불주세가」・「청전법륜가」・「칭찬여래가」・「항순중생가」・「총결무진가」의 총 11수로 구성되어 있다. 표현 기교가 세련되었으나 내용은 공식적 찬불가로, 그 예술성은 신라 향가에 미치지 못한다.

(2) 향가계 고려가요

① 향가는 「보현십원가」를 끝으로 소멸됐으나 형식이나 표기법은 남아 후대 작품들에 영향을 미쳤는데, 이것을 향가계 고려가요라고 한다. 이는 향찰 표기에 의한 향가와 구전되다가 채록된 고려가요 사이의 교량적 형태이다.

② 8구체 형식의 향찰로 기록된 예종의 「도이장가」는 향가에 가깝고, 10구체 형식의 순한글로 표기된 정서의 「정과정」은 고려가요에 가깝다.

(3) 작품

형식	작품	작가	시기	내용	출전
8구체	「도이장가」	예종	예종 15년 (1120)	예종이 서경(西京, 평양)에서 베풀어진 팔관회에서 고려 초의 공신 김락과 신숭겸 두 장군의 가상희를 보고 그 덕을 찬양한 추도의 노래이다.	『평산신씨장절공유사』
10구체	「정과정」	정서	의종	임금을 연모하여 억울함을 하소연한 연군지사이자 비연시이며, 악곡명으로는 '삼진작'이라고 한다.	『악학궤범』
	「보현십원가」	균여	고려 광종	불교의 대중화를 위하여 지은 것으로, 보현보살의 열 가지 원을 노래한다. 모두 11수로, 10수는 『화엄경』에서 제목을 차례로 따온 것이다.	『균여전』

2 고려가요(高麗歌謠)

(1) 발생과 특징

① 경기체가가 귀족적인 문학이라면, 고려가요는 평민층이 향수한 평민문학이라 할 수 있다. 때문에 **고려가요에는 평민들의 진솔한 감정과 당시 사회상이 잘 반영**되어 있다.

② 국어 표기의 문자가 없었으므로, 구전되다가 조선 시대에 훈민정음이 창제된 후 비로소 문자로 정착되어 원래의 모습과는 많은 차이가 있을 것으로 추측된다.

(2) 작가층

① 주된 작가층은 평민 계층이다.

② 어느 개인의 창작이라기보다는 구전되는 동안에 민요적(民謠的) 성격을 띠게 되었다.

(3) 형식 및 운율

① 대부분 분연체로, 3・3・2, 4・4・4, 3・3・4 등의 운율로 되어 있다.

② 후렴구를 가지고 있으며, 율조는 매우 유려하다.

(4) 내용

① 현세적・향락적이며, 남녀 간의 애정을 읊은 내용이 많다.

② 이런 내용 때문에 조선 시대 유학자들은 '남녀상열지사(異女相悅之詞)', '사리부재(詞俚不載)'라 하여 삭제 또는 개작하였다. 그 결과, 현재 전하는 작품은 10여 수에 지나지 않는다.

(5) 국문학사상 의의

다음과 같은 이유로 고려가요는 국문학사상 백미로 평가된다.

① 아름다운 우리말 표현과 유려한 율조

② 표현의 소박성과 함축성

③ 꾸밈없는 생활 감정의 진솔한 표현 등

(6) 문헌

구전되다가 조선 시대에 다음과 같은 서적들에 정착되어 전한다.

① 『악학궤범』

② 『악장가사』

③ 『시용향악보』

④ 『악학편고』

이 밖에도 제목과 내용만 전하는 30여 편이 『고려사』「악지」에 소개되어 있다.

(7) 작품

대부분 작품의 연대와 작가는 미상이다.

작품명	형식	내용	출전
「동동」	• 서사 : 1연 • 본사 : 2연~13연	월령체(月令體) 노래의 효시로 열두 달의 순서에 따라 구성되었으며, 임에 대한 송축과 연모의 정을 세시풍속에 따라 노래하였다.	• 『악학궤범』 • 『고려사』「악지」 속악조
「처용가」	비분연체 (非分聯體)	• 향가 중의 「처용가」를 부연해서 부른 무가(巫歌)이다. • 축사(逐邪)의 노래로, 희곡적으로 구성되었다.	• 『악학궤범』 • 『악장가사』 • 『악학편고』
「청산별곡」	전 8연	현실도피적인 생활상과 실연의 애정이 담긴 노래이다.	• 『악장가사』 • 『시용향악보』 • 『악학편고』
「가시리」	전 4연	일명 '귀호곡'으로, 남녀 간의 애타는 이별을 노래했다.	• 『악장가사』 • 『시용향악보』 • 『악학편고』
「정석가」	전 6연	임금 또는 임의 만수무강을 축원한 노래이다.	• 『악장가사』 • 『시용향악보』 • 『악학편고』
「서경별곡」	전 3연	서경을 무대로 한 남녀의 애끓는 이별가이다.	• 『악장가사』 • 『시용향악보』 • 『악학편고』
「쌍화점」	전 4연	충렬왕 때(13세기) 작품으로, 남녀 간의 적나라한 애정을 표현한 유녀의 노래이다.	• 『악장가사』 • 『시용향악보』 • 『악학편고』
「사모곡」	비분연체	어머니의 사랑이 큼을 표현한 노래이다.	• 『악장가사』 • 『시용향악보』 • 『악학편고』
「이상곡」	비분연체	남녀상열지사로 지목된 것으로, 성종 때 개작되었다.	『악장가사』
「만전춘」	전 5연	남녀 간의 애정을 대담하고 솔직하게 읊은 사랑의 노래이다.	『악장가사』
「상저가」	비분연체	방아를 찧으면서 부른 소박한 노래로, 노동요에 해당한다.	『시용향악보』
「유구곡」	비분연체	비둘기가 뻐꾸기를 좋아한다는 노래로, 풍자성을 띤 것으로 보인다.	『시용향악보』

3 경기체가(景幾體歌)

(1) 발생과 특징

① 고려가요가 평민층의 노래라면 경기체가는 귀족층의 문학이다. 경기체가는 고려 중기 무신의 난 이후 정치적 혼란기를 배경으로 새롭게 중앙 관계에 진출한 신흥사대부들에 의해 그들의 활기찬 삶과 풍류생활을 노래하는 새로운 시형으로 창안되었다.

② 중국식 사(詞)의 영향 위에 한국식 운율을 교묘히 융합시켜 사람이나 사물을 한자로 나열하고 끝에 이두식 표기로 '경기하여(景幾何如)' 또는 '경(景)긔 엇더ᄒᆞ니잇고'라는 후렴을 취하는 것이 특징이다.

(2) 명칭

① '경기하여(景幾何如)' 또는 '경(景)긔 엇더ᄒᆞ니잇고' 등의 후렴에서 따와, 노래의 형식명을 '경기체가' 또는 '경기하여가(景幾何如歌)'라고 부른다.

② 공통적으로 제목에 '별곡(別曲)'이라는 말이 붙는다 하여 '별곡체(別曲體)'라고도 한다.

(3) 작가

고려 중엽 이후 새롭게 상류 계층에 편입된 신흥사대부들이 경기체가의 작가였다.

(4) 형식

① 정형시로서의 기본 형식은 고려가요와 같은 분연체이다.

② 한 연은 전대절(前大節)과 후소절(後小節)로 나뉘며, 행수(行數)는 대체로 6행, 한 행은 3음보가 기준이다.

제1행	3·3·4
제2행	3·3·4 : 전강(前腔 : 국악 양식에서 세 마디로 나눌 때, 처음 가락의 마디)
제3행	4·4·4 : [전대절(前大節)]
제4행	위 2(4) 景긔 엇더ᄒᆞ니잇고
제5행	(葉) 4·4·4·4 : 후강(後腔 : 국악 양식에서 세 마디로 나눌 때, 맨 나중 가락의 마디)
제6행	위 2(4) 景긔 엇더ᄒᆞ니잇고 [후소절(後小節)]

(5) 내용

최초의 경기체가 「한림별곡」의 내용에 대해서는 다음과 같은 여러 설이 있다. 전체적으로 귀족 사회의 교양, 기호, 풍류, 호사한 생활과 향락을 노래하였다고 볼 수 있다.

① 무신 집권하에서 문신들이 정신적 갈등으로 생긴 향락적·퇴폐적 기풍을 노래한 것이라는 설

② 귀족층의 멋과 풍류를 칭송하기 위한 문신들의 의도적인 노래라는 설

③ 신흥사대부인 문인들의 활기찬 감정과 의식 세계를 표현한 것이라는 설

(6) 표기

한자어의 나열로 작성되었으며, 부분적으로 이두가 사용되었다.

(7) 국문학사상 의의

① 경기체가는 향가가 이미 쇠퇴하고 한시는 우리의 정서를 담기에 부족하여 새로운 지형을 모색한 결과 나타난 것으로, 한자어를 우리말 순으로 나열한 기형적인 문학 형식이나 우리 글자가 없던 시기에 이런 방식으로나마 우리의 정서를 표현했다는 점에서 문학사적 의의가 있다.

② 사대부 계층을 중심으로 지어졌으며, 조선 전기에는 악장으로 정착되면서 조선 중기까지 이어졌다.

(8) 작품

형식	작품	작가	시기	내용	출전
전8연	「한림별곡」	한림제유	고종 3년 (1216)	시부·서적·명필·명주·화훼·음악·누각·추천의 8연으로 구성되었다.	•『악장가사』 •『고려사』「악지」 •『악학편고』
	「관동별곡」	안축	충숙왕 17년 (1330)	• 강원도 안렴사(按廉使)로 있다가 돌아오는 길에 관동의 절경을 읊은 것이다. • 이두문이 많이 쓰였다.	『근재집(謹齋集)』
	「죽계별곡」	안축	충숙왕	• 작가의 고향인 풍기 땅 순흥(죽계)의 경치를 읊은 것이다. • 이두문이 많이 쓰였다.	『근재집』

4 시조(時調)

(1) 발생

시조의 발생은 다음과 같은 설이 있다.

① 향가에서 기원을 찾을 수 있다는 설

② 고려가요가 단형화되면서 이루어졌다는 설

아마도 향가에서 기원하여 고려가요의 분장(分章) 과정에서 형성된 것으로 추측된다.

(2) 형식

① 3장 6구로 완결되는 4음보의 노래이다.

② 조선 시대에 들어서는 평시조 이외에 엇시조나 사설시조 등의 변형도 나타났고, 평시조를 여러 수(首) 겹쳐서 하나의 작품을 형성하는 연시조(連時調) 형식 등도 있었으나, 발생 단계였던 이 시기에는 평시조만 있었다.

③ 평시조는 다음과 같은 음수율을 가진다. 여기서 종장의 첫 음보는 반드시 3음절로 고정되어 있어서 형태상의 제약이 가장 크며, 종장의 둘째 음보는 5음절 이상으로 되어 있다.

제1장	3・4・3(4)・4
제2장	3・4・3(4)・4
제3장	3・5・4・3

(3) 국문학사상 의의

① 시조는 고려 말부터 오늘날까지도 그 생명력을 유지하고 있는 우리 고유의 대표적 정형시이다.

② 처음에는 간결하고 단아한 형식이 사대부 계층의 취향에 맞아서 그들의 전유물로 인식되었지만, 차차 그 향수층이 확대되어 국민문학으로 승화되었다. 특히, 조선 시대에는 가사와 함께 대표적인 시가 장르로 발전하였다.

(4) 작가 및 작품

① 고려 시대의 시조는 구전되다가 조선 후기에 와서 시가집(詩歌集)들이 편찬되면서 문헌으로 정착되었기 때문에 그 원형이 온전히 보존된 것인지에 대한 의심의 여지가 있기도 하다.

② 기록을 믿는다고 했을 때, 이 시기의 작품으로는 이방원의 「하여가」, 정몽주의 「단심가」, 우탁의 「탄로가」(2수), 이조년의 「다정가」 등이 유명하며, 이 외에도 최영, 이존오, 이색 등의 작품이 전한다.

제3절 근세문학 전기 : 조선 건국부터 임진왜란까지

1 악장(樂章)

(1) 악장의 개념

① 악장이란 종묘제향(宗廟祭享)이나 공사연향(公私宴享)에서 불리던 조선 초기의 송축가를 말한다.

② 이는 다시 말해, 새로운 왕조의 위엄을 보이고 문물제도의 정비를 과시하기 위하여 부른 것이라고 할 수 있다.

(2) 악장의 내용

① 왕조의 창업을 정당화한다.

② 나라와 왕실의 무궁한 번영을 송축한다.

(3) 악장의 성격

① 국가적인 제의나 공적인 자리에서만 부르던 특권층의 문학이었고, 주된 작가층은 개국공신들이었다.

② 악장은 그 향수층이 특권층에 한정되어 있었고, 내용이 신흥왕조에 대한 아유(阿諛 : 남의 환심을 사거나 잘 보이려고 알랑거림. 또는 그런 말이나 짓)와 과장된 찬양 및 송축으로 일관되어 있어 문학성이 높지 않았다. 또한 새 왕조의 체제가 정비된 후에는 더 이상 지을 필요가 없었기 때문에 쉽게 소멸되었다.

(4) 악장의 형식

종묘 제향이나 공사연향에 쓰인 악가는 모두 악장이라고 분류하였기 때문에 그 하위에는 다음과 같이 다양한 장르들이 포함되어 있다.

한시 현토체	한시(漢詩)에 토(吐)만 우리말로 붙인 형식이다.
고려가요체	고려가요의 형식을 이어받고 있는 것이다.
경기체가체	경기체가의 형식을 이어받고 있는 것이다.
신체(新體)	악장으로 사용할 목적으로 새로운 형식으로 만든 것으로, 「용비어천가」나 「월인천강지곡」이 대표적이다.

(5) 주요 작품

작품명	연대	작가	형식	내용	출전
「납씨가」	태조 2년 (1393)	정도전	한시체 (5언고시)	태조가 야인[몽고의 나하추(納哈出)]을 격퇴한 무공을 찬양한 무공곡(武功曲)이다.	• 『악학궤범』 • 『악장가사』 • 『시용향악보』
「문덕곡」	태조 2년 (1393)	정도전	한시체 (간혹 현토체)	태조의 창업 공덕 가운데 특히 문맥을 송영(頌詠)하였다.	『악학궤범』
「정동방곡」	태조 2년 (1393)	정도전	한시체	태조의 위화도 회군을 찬양한 무공곡이다.	• 『악학궤범』 • 『악장가사』
「신도가」	태조 3년 (1394)	정도전	고려가요체	태조의 성덕과 창업을 기리며, 신도(新都) 한양의 형승(形勝) 및 상복(祥福)을 노래하였다.	『악장가사』
「상대별곡」	태종	권근	경기체가체	상대[사헌부(司憲府)]에서의 생활을 통하여 조선 창업의 위대함을 노래하였다.	『악장가사』
「화산별곡」	세종 7년 (1425)	변계량	경기체가체	조선의 개국 창업을 찬양하였다.	『악장가사』
「용비어천가」	세종 27년 (1445)	• 정인지 • 권제 • 안지	신체, 악장	• 조선의 여러 조종(祖宗)의 위업 찬양과 후대의 왕에 대한 권계(勸戒)를 다룬다. • 악장의 대표작이며 서사시이다.	–
「월인천강지곡」	세종 29년 (1447)	세종	한글로 편찬, 시가집	• 「석보상절(釋譜詳節)」을 보고 지은 석가모니의 찬송가이다. • 찬불가에 속하므로 궁중에서 불리지는 않았고, 서사시에 속한다.	–
「감군은」	명종	상진	고려가요체	임금의 성덕과 성은의 그지없음을 칭송한 노래이다.	• 『악장가사』 • 『고금가곡』

2 경기체가(景幾體歌)

① 고려 때 발생한 경기체가는 조선에 들어와서도 얼마간의 형식적 변모를 보이면서 상층 사대부들에 의해서 계속 지어졌다. 하지만 한시도 우리나라 시도 아닌 중간적인 형식을 가진 과도기적 기형문학(畸形文學)이었으므로 문학성은 높지 않았다.

② 조선 초기는 송가류(頌歌類)가 많이 지어졌고, 그 뒤로는 문인들의 풍류와 한정(閑情), 또는 도덕적인 생활을 노래하는 작품이 나왔다. 조선 초기의 송축류는 악장으로 사용되었으므로, 악장문학으로 처리하는 것이 일반적이다.

작품명	연대	작가	내용 및 특징	출전
「불우헌곡」	성종 3년 (1472)	정극인	전원의 한정과 성은(聖恩)을 노래한 것으로, 이두(吏讀)로 기술하였다.	『불우헌집』
「화전별곡」	중종	김구	유배지인 화전의 경치와 시주를 벗삼는 생활을 노래하였다.	『자암집』
「도덕가」	중종 36년 (1541)	주세붕	'도동곡, 엄연곡, 태평곡, 육현가'를 합하여 '도덕가'라 한다.	『무릉잡고』

3 시조(時調)

(1) 시조의 발전과 전개

① 초기에는 고려 유신(遺臣)들의 회고가(懷古歌), 충절을 노래한 사육신들의 절의가(節義歌) 등이 많이 지어졌으나, 정국이 안정되고 왕조의 기틀이 잡힌 뒤로는 유교 사상과 함께 노장(老莊)의 무위자연(無爲自然)에 영향을 받은 한정가(閑情歌), 은일가(隱逸歌)도 많이 지어졌다.

② 연산군 이후로는 유학자들의 교양물이나 여기(餘技)로서가 아니라 생활 표현의 문학으로 발전하였다. 그리하여 임진왜란 전까지는 시조의 성시(盛時)를 이루어 조선 시조사상 가장 많은 작품이 배출되었다.

(2) 연시조의 발생

① 시조는 본디 평시조였으나, 그것만으로는 많은 생각이나 체계적인 사상을 표현하기 힘들어지자 여러 수의 시조를 묶어 한 편을 이루는 연시조가 나타났다.

② 맹사성의 「강호사시가」가 최초의 연시조로 알려져 있다.

(3) 기녀 시조(妓女時調)

① 유학자들의 작품이 관념적인 경향으로 흐른 데 비해 기녀들의 작품은 고독과 한(恨)에 젖은, 임에 대한 사랑의 정서를 정교하고 아름답게 표현하였으며, 이러한 기녀 시조는 시조 발전에 크게 공헌하였다.

② 기녀 시조로는 황진이의 작품이 특히 유명한데, 사대부들의 작품에서는 쉽게 발견할 수 없는 인간미와 따뜻한 정을 느낄 수 있다.

4 가사(歌辭)

(1) 발생과 특징

① 가사는 시조와 함께 조선 전기의 대표적인 문학양식이다.

② 가사의 특징은 외형적으로는 운문으로 되어 있으나, 내용면은 오늘날의 수필과 비슷해서 산문에 가까운 점도 있다. 그래서 가사를 산문 정신이 가미된 운문이라고도 하고, 산문적 시이자 시적 산문(詩的散文)이라고도 하며, 교술(敎述) 장르로 보기도 한다.

(2) 형식

① 3・4조 혹은 4・4조를 기조로 한 4음보의 연속체 시가다.

② 행수에는 제한이 없으며 한 작품의 최종행은 시조의 종장과 유사한 것과 그렇지 않은 것이 있는데, 전자를 정격(正格) 가사, 후자를 변격(變格) 가사라 한다.

(3) 내용

구분	내용
은일 가사	현실에서 벗어나 자연 속에 묻여 유유자적하는 즐거움을 노래한 가사
유배 가사	귀양지에 대해, 또는 귀양지에서 지은 가사
기행 가사	여행을 통해 얻은 체험 혹은 감상 등을 쓴 가사
교훈 가사	사람이 지켜야 할 윤리, 도덕, 교훈 등을 서술한 가사
전쟁 가사	임진왜란, 병자호란 등 전쟁의 위기를 소재로 한 가사
포교 가사	불교, 동학 등 특정 종교의 사상과 교리를 전파하기 위한 가사
내방 가사	양반가 부녀자들이 지은, 부녀자들의 생활 전반을 노래한 가사

(4) 주요 작품

최초의 가사작품의 효시는 정극인의 「상춘곡」이라는 것이 통설이었다. 최근 고려 말에 나옹화상의 「서왕가」라는 설이 새롭게 제기되기도 하였다.

작품명	연대	작가	내용 및 특징
「상춘곡」	성종	정극인	태인에 은거하면서 춘경을 노래하였다.
「만분가」	연산군 4년 (1478)	조위	무오사화(1498) 때 유배지인 전남 순천(順天)에서 지은, 유배 가사의 효시가 된 작품이다.
「면앙정가」	중종 19년 (1524)	송순	만년에 향리인 담양에 내려가 면앙정을 짓고 살며, 그곳 자연의 미와 정취를 노래한 것으로, 「상춘곡」의 계통을 잇고 「성산별곡」의 디딤돌이 되었다.
「관서별곡」	명종 11년 (1556)	백광홍	관서의 자연 경치를 노래한 것으로, 「기성별곡」과 「향산별곡」으로 되어 있다. 송강의 「관동별곡」에 영향을 주었다.

「성산별곡」	명종 15년 (1560)	정철	성산의 자연미와 김성원의 풍류를 노래하였다.
「관동별곡」	선조 13년 (1580)		강원도 관찰사로 부임하여 그곳의 자연 풍치를 노래한 기행 가사이다.
「사미인곡」	선조 21년 (1588)		창평에 귀양가서 임을 그리는 정에 빗대 연모의 뜻을 노래한 충신연주지사(忠臣戀主之詞)이다.
「속미인곡」	선조		「사미인곡」의 속편으로, 두 여인의 대화체 형식으로 된 연군지사이다.
「규원가」	선조	허난설헌	유교 사회 체제 아래 가정에 파묻혀 있는 여자의 애원을 우아한 필치로 쓴 내방 가사로, 허균의 첩 무욕이 지었다고 하는 설도 있다. 일명 「원부사」라고도 불린다.

제4절 근세문학 후기 : 임진왜란부터 갑오개혁까지

1 시조의 발전과 사설시조의 등장

(1) 시조의 명칭

① 초기에는 '단가'로 불리다가 영조 때부터 '시조'라는 용어가 사용되었다. 시조는 '시절가조(時節歌調)'에서 온 것으로, 원래는 악곡상의 명칭이었다.

② 현재 시조라는 명칭은 문학상 시조시형(時調詩型), 악곡상 시조창(時調唱)이란 이중적 개념으로 쓰인다.

(2) 시조의 발전

① 조선 후기의 시조는 전기를 계승 및 발전시켜 윤선도와 같은 대가를 배출하였으며, 당시의 실학 사상과 산문 정신의 영향으로 장형 시조인 사설시조가 등장하였다.

② 영・정(英正)시대 이후에는 위항인들이 가단(歌壇)을 형성하였고, 가객들이 가집(歌集)을 편찬하였다.

더 알아두기

위항인(委巷人)

조선 후기에 등장한 새로운 문인 계층이다. 주로 중인 이하의 계급으로 이루어져 있었으며, 경제적 여유를 갖추고 있었으나 양반 계층으로 신분이 상승할 수는 없었다. 이로 인한 괴로움을 해소하고자 예술적 활동을 펼쳤는데, 그 범위는 문학, 음악 등 폭넓고 다양하게 전개되었다.

(3) 작품

<table>
<tr><th>작품명</th><th>연대</th><th>작가</th><th>형식</th><th>내용 및 특징</th><th>출전</th></tr>
<tr><td>「조홍시가」</td><td>선조 34년
(1601)</td><td>박인로</td><td>4수</td><td>• 어버이를 추모하는 사친가(思親歌)이다.
• 노계 박인로의 시조는 이 밖에 「오륜가」 25수 등 모두 69수가 있다.</td><td>『노계집』</td></tr>
<tr><td>「강호연군가」</td><td>광해군 4년
(1712)</td><td>장경세</td><td>12수</td><td>「도산십이곡」을 모방한 것으로, 「전육곡」, 「후육곡」으로 되어 있다.</td><td>『사촌집』</td></tr>
<tr><td>「국치비가」</td><td>인조 14년
(1636)</td><td>이정환</td><td>10수</td><td>• 병자호란의 국치에 비분강개하여 지은 노래이다.
• 「비가(悲歌)」라고도 한다.</td><td>『송암유고』</td></tr>
<tr><td>「견회요」</td><td>광해군 8년
(1616)</td><td rowspan="7">윤선도</td><td>5수</td><td>이이첨 사건으로 인해 경원으로 유배되었을 때의 작품이다.</td><td rowspan="7">『고산유고』</td></tr>
<tr><td>「우후요」</td><td>광해군 10년
(1618)</td><td>1수</td><td>경원으로 유배를 갔을 때 지은 작품이다.</td></tr>
<tr><td>「산중신곡」</td><td>인조 20년
(1642)</td><td>18수</td><td>• 「만흥」 6수, 「조무요」 1수, 「일모요」 1수, 「야심요」 1수, 「기세란」 1수, 「하우요」 2수, 「오우가」 6수로 구성되었다.
• 영덕 배소(配所)에서 돌아와 금쇄동에서 지었다.</td></tr>
<tr><td>「산중속신곡」</td><td>인조 23년
(1645)</td><td>2수</td><td>• 「추야조」 1수, 「춘효음」 1수로 구성되었다.
• 「추야조」는 가을밤의 곡조 또는 가을밤의 절개라는 양면의 뜻을 내포한 것이고, 「춘효음」은 봄 새벽을 제재로 한 상징적인 작품으로 자연에 대한 감정이 잘 나타났다.
• 저자가 59세 되던 해, 금쇄동에서 지었다.</td></tr>
<tr><td>「어부사시사」</td><td>효종 2년
(1651)</td><td>40수</td><td>• 춘・하・추・동사 각 10수로 구성되었다.
• 윤선도가 65세 때 완도 보길도에서 어부의 생활을 노래한 것이다.
• 우리말의 아름다움을 잘 드러내었으며, 시상 전개의 조화 등 표현 기교도 뛰어나서 우리 시조 문학사에서 높은 평가를 받는다.</td></tr>
<tr><td>「몽천요」</td><td>효종 3년
(1652)</td><td>3수</td><td>• 『고산유고(孤山遺稿)』 권6 하(下) 별집에 실려 있다.
• 윤선도가 「어부사시사」를 지은 이듬해 성균관 사예(司藝)로 특소되어 승지에 제수되었으나, 주위 신하들의 심한 시기와 노환으로 인하여 물러나 양주(楊州) 고산(孤山)에 머물러 있을 때 지은 작품이다.</td></tr>
<tr><td>「매화사」</td><td>고종 때</td><td>안민영</td><td>8수</td><td>• 스승인 박효관이 가꾼 매화를 보고 이를 영탄한 노래라고 한다.
• 「영매가(咏梅歌)」 혹은 「영매사(咏梅詞)」라는 별칭이 있다.</td><td>『가곡원류』</td></tr>
</table>

(4) 주요 시조집

작품명	연대	작가	형식	내용 및 특징
『청구영언』	영조 4년 (1728)	김천택	998수	• 곡조별로 작품을 분류하였다. • 권말에 가사 17편을 수록하였다. • 최고(最古)의 시조집(육당본 『청구영언』 1, 진본 『청구영언』)도 영조 4년에 김천택이 시대순으로 엮었다.
『해동가요』	영조 39년 (1763)	김수장	883수	• 작가별로 작품을 분류하였다. • 유명씨 작품 568수, 무명씨 작품 315수로 구성되어 있다(편자의 작품 117편을 함께 수록).
『고금가곡』	영조 40년 (1764)	송계연월옹	302수	인륜・연군・회고・규원・취흥・권계・송축 등 19종의 주제에 따라 나누어 편찬하였다.
『근화악부』	정조	작가 미상	394수	• 주제별로 분류하였다. • 가사 7편도 같이 수록되어 있다.
『병와가곡집』	정조	이형상	1179수	• 곡목별 편찬 의도가 일관된 점은 『가곡원류』와 유사하고, 작가 목록이 있는 점은 『해동가요』와 유사하다. • 다른 가집에는 없는 「오음도」, 「오절도」 등이 있다.
『가곡원류』	고종 13년 (1876)	박효관, 안민영	800여 수	• 곡조별로 분류하였다. • 일명 「해동악장」 또는 「청구악장」이라고도 불린다. • 시조와 가사 856수를 곡조의 종류에 따라, 남창(男唱)과 여창(女唱)으로 나누어 편찬하였다.
『남훈태평가』	철종 14년 (1863)	박효관, 안민영	224수	• 잡가 3편, 가사 4편이 포함되어 있다. • 순한글로 표기하였다. • 음악적 의도로 시조 종장의 마지막 음보를 생략하였다.

(5) 가단(歌壇)

가단명	시기	인물	활동
경정산가단	영조	• 김천택 • 김수장 • 탁주한 • 김유기 • 김우규 • 김태석 • 박문욱 • 김묵수 등	창법과 작시를 연구하였다.
승평계	고종	• 박효관 • 안민영 • 위 두 인물을 중심으로 한 평민 가객들	『가곡원류』를 편찬하였다.

(6) 사설시조의 등장

① 시조의 작가층에 서민들이 가세하고, 산문 정신이 대두되면서 전기의 평시조 형식을 붕괴시킨 사설시조가 등장했다. 종장의 첫 구를 제외한 다른 두 구 이상이 길어진 형태인 이 사설시조는 현재 약 477여 수의 작품이 남아 있는데, 이 중 작가가 알려진 것은 70수 정도이다.

② 17세기경 발생하여 18세기에 성행한 사설시조는 지난날의 영탄이나 서경의 경지를 완전히 탈피하여 폭로적인 묘사와 상징적인 암유(暗喩)로서 현실을 풍자·비판하면서 애정, 상거래 등의 일상적인 소재와 다양한 주제를 다루었다.

③ 사설시조는 낡은 시조의 형식을 파괴하기는 했으나 새로운 문학적 가치의 창조에는 이르지 못했기 때문에 이내 소멸되고 말았다.

2 가사

(1) 특징

① 조선 후기 가사는 전대의 양반 가사에 이어 평민 가사, 내방 가사(규방 가사)가 새롭게 등장하였다.

② 내방 가사는 부녀자들이 지은 규방문학으로, 섬세한 여성들의 희로애락과 접빈객 봉제사(接賓客奉祭祀)하는 예의범절, 현모양처의 도리 등 부녀자들의 심정과 생활을 노래하였다. 대개 궁체(宮體)의 국문으로 두루마리에 적혀 전한다.

③ 기행 가사, 유배 가사, 주정적·서정적이지 않은 내방 가사, 평민 가사 등은 모두 형식은 운문을 벗어나지 못했으나 내용은 다분히 수필적인 특징이 있다.

④ 조선 말기에는 신앙의 고백이나 포교의 성격을 띤 천주교 가사나 동학 가사들이 새롭게 지어져 종래의 유교 사상을 배경으로 한 것과는 전혀 다른 작품들이 나타났다. 이들은 다음에 오는 개화기 가사에 많은 영향을 주었다.

⑤ 이 시기를 대표하는 가사 작가는 박인로, 김진형, 홍순학, 김인겸, 정학유 등이 있다.

(2) 작품

작품명	연대	작가	내용 및 특징
「태평사」	선조 31년 (1598)	박인로	왜적을 몰아내고 태평세월의 도래를 갈구함으로써 수군을 위로한 노래한 전쟁 가사이다.
「선상탄」	선조 38년 (1605)	박인로	작가가 통주사(統舟師)로 부산에 갔을 때 지은 작품이다. 임진왜란 후 오히려 바다에 대한 근심이 끊이지 않을 때, 왜적을 미워하고 평화를 갈구하는 뜻을 읊은 전쟁 가사이다.
「고공답주인가」	임진왜란 후	이원익	• 나라를 다스리는 도리를 농사일에 비유하여, 붕당 싸움에 열중하는 현실을 개탄하고 풍자한 가사이다. • 허전(許塼)의 「고공가(雇工歌)」에 답한 가사이다.
「사제곡」	광해군 3년 (1611)	박인로	사제의 뛰어난 경치와 이덕형(李德馨)의 소요자적(逍遙自適)하는 생활을 읊었다.
「누항사」	광해군 3년 (1611)	박인로	• 한음(漢陰) 이덕형과 교류하면서 지은 가사이다. • 이덕형이 노계의 고생스런 생활에 대해 물었을 때, 안빈낙도하는 심회와 생활상을 읊은 작품이다.
「독락당」	광해군 11년 경	박인로	옥산서원 독락당을 찾아가 회재(晦齋) 이언적 선생을 추모하고 그곳 경치를 읊은 것이다.
「영남가」	인조 13년 (1635)	박인로	영남 안절사 이근원의 선정을 백성들이 숭모함을 노래한 것이다.
「농가월령가」	헌종	정학유	• 농가의 연중 행사와 풍습을 월령체로 노래하였다. • 일설에는 광해군 때의 고상안이 지었다 하나, 정학유가 확실하다.
「일동장유가」	영조 40년 (1764)	김인겸	작가가 영조 39년부터 40년까지 일본 통신사 조엄의 서기로 갔다가 견문한 바를 노래한 기행 가사이다.
「만언사」	정조	안조원	대전 별감이던 저자가 추자도로 귀양 가서 겪은 천신만고의 참상을 노래한 유배 가사이다.
「한양가」	헌종 10년 (1844)	한산거사	• 한양의 문물제도를 읊은 것이다. • 봉건 사회의 전형적인 생태를 그대로 그려내어 풍자·비판하면서 자주 의식을 고취하였다.
「북천가」	철종 4년 (1853)	김진형	• 함경도 명천으로 귀양갔다가 돌아오기까지의 생활과 견문을 쓴 유배 가사이다. • 유배 가사지만 호사스러운 생활 모습이 「만언사」와 대조적이다.
「연행가」	고종 3년 (1866)	홍순학	청나라로 가는 사신의 서장관이 되어 북경에 가서 견문한 바를 읊은 기행 가사이다.

제5절 신문학 : 갑오개혁부터 1908년까지

1 개화 가사

(1) 성격과 분류

개화 가사는 전통 시가의 한 형식인 가사체에 개화기의 새로운 사상을 담은 것이다. 1860년 동학을 창도한 최제우의 『용담유사』가 창작되어 만민 평등 사상과 외세에 대한 저항 의식을 고취한 것을 계기로 형성되었다고 알려져 있으며, 내용에 따라 다음과 같이 분류할 수 있다.

분류	내용 및 특징
우국경세가류	일본의 침략성과 친일 세력의 비리를 폭로·규탄하는 내용이 많다. 대개 신문들이 논설조로 게재한 것으로, 작가는 밝혀져 있지 않다.
애국가류	자주 독립과 애국, 신문명·신교육의 도입, 부국강병, 국위선양 등을 주제로 당시의 『독립신문』, 『대한매일신보』 등에 독자 투고 형식으로 발표된 것이 많다.
항일 의병 가사	구한말과 국권 상실 후에 일본의 침략에 저항하고 자주 독립을 지키려는 의병들의 항쟁을 찬양·고무한 내용이다. 작가들은 의병이나 그들의 행위를 지지하는 사람들이었을 것으로 추정된다.

(2) 형식

주로 4·4조 2행의 대구에 후렴을 붙이는 형식을 취하고 있으며, 길이가 현저히 짧아진 것이 특징이다.

(3) 국문학사적 의의

외세의 침략이라는 국가 위기 상황에서 가사는 역사적 사명을 담당했다는 중요한 의미를 갖는다. 또한, 이러한 저항의 노래가 가사의 형식을 띤다는 것은 한국문학사를 연속성의 차원에서 파악할 수 있는 실증적 자료가 된다. 이는 창가로 연결되어 신체시로 이어졌다.

(4) 작품

작품	연대	작가	내용 및 특징	발표지
「교훈가」	1880	최제우	인간 평등의 주장이 잘 나타난 4·4조의 개화 가사이다.	『동경대전』
「애국하는 노래」	1896	이필균	개화하여 애국하자고 노래한 4·4조의 개화 가사이다.	『독립신문』
「동심가」		이중원	문명개화를 위해 합심하여 노력해야 함을 노래한 4·4조의 개화 가사이다.	
「셔울 슌쳥골 최돈셩의 글」		최돈성	애국 정신을 노래한 4·4조의 개화 가사이다.	
「애국가」		김철영	나라 사랑을 노래한 4·4조의 개화 가사이다.	

2 창가

개화 가사와 신체시를 연결하는 구실을 담당했던 신문학기의 시가 형식으로, 노래로 불렸다.

(1) 발생

① 개화 가사가 짧아지면서 분연되고 후렴이 붙는 양식으로 변모하였다.

② 이는 기독교 찬송가나 신교육기관을 통해서 보급된 서양 음악 등과 결합하여 형성된 것으로 본다.

(2) 형식과 내용

① 창가는 6・5조, 7・5조, 8・5조 등 그 율조가 다양하다. 신문명에 대한 찬양, 소년의 의기, 새로운 지식 등을 노래하다가 차츰 개인의 서정적인 세계를 표현하면서 문학성을 의식하게 되었다.

② 당시 학교, 교회, 집회나 가정에서 불림으로써 국민 모두의 노래로 보급되었고, 이후 유행가로 변하였다.

(3) 대표적인 작가

① 1896년에 창간된 『독립신문』에서부터 발표가 시작되었다.

② 초창기 작품들은 작가가 밝혀져 있지 않지만, 이후 육당 최남선이 등장하여 많은 창가작품을 발표하였다.

(4) 국문학사상 의의

① 개화 가사와 신체시를 연결하는 구실을 담당하였다.

② 신체시 발생의 모태가 되었다.

(5) 작품

작품	연대	작가	형태	내용	발표지
「경부철도가」	1904	최남선	7・5조	• 경부철도가 개통되는 것을 보고 신문명을 찬양한 노래이다. • 7・5조로 된 최초의 창가이다.	단행본
「한양가」	1905			서울을 찬양하고 애국 사상을 고취한 노래이다.	
「대한조선」	1908			대한 소년들의 이상과 기개를 나타낸 노래이다.	『소년』
「태백산가」	1910			태백산의 웅자와 그 생성의 역사적 근원을 이념화하여 민족 정기를 드높이려고 지은 노래이다.	
「세계일주가」	1914			세계의 역사와 지리를 노래한 장편 창가이다.	『청춘』
「표모가」	미상	미상		• 한국적 정취를 드러내는, 빨래하는 여인을 그린 노래이다. • 서정성을 띤 창가이다.	보통 창가집
「권학가」				청소년들에게 면학을 권장하는 노래이다.	

제 1 편 실전예상문제

01 다음 중 고전시가에 대한 설명으로 옳지 않은 것은?

① 갑오개혁 이전의 우리 시가를 말한다.

② 현대에도 계승할 만한 전형성을 가지고 있다.

③ 한시는 고전시가의 범주에 넣지 않는다.

④ 체계적이고 규칙적인 율격을 지니고 있다.

01 한시의 경우 한자로 기록되었다는 점에서 우리의 고전시가로 볼 수 있는지에 대해 다양한 이론들이 존재하나, 당시 한자가 보편적인 문자로서 기능했다는 점과 우리의 사상과 감정을 담아 노래했다는 점에서 우리의 고전시가에 포함시켜 다루는 것이 일반적이다.

02 다음 중 현전하는 고대가요에서 가장 오래된 작품은?

① 「공무도하가」

② 「구지가」

③ 「황조가」

④ 「정읍사」

02 「공무도하가」는 한국 시가 사상 가장 오래된 작품이다. 고조선 시대의 뱃사공 곽리자고의 아내인 여옥이 지은 노래로, 악곡명은 「공후인」이다. 「구지가」, 「해가」, 고구려의 유리왕이 지은 「황조가」, 「정읍사」와 함께 고대가요에 속하며, 문헌으로 남아 있는 고대가요 중에 가장 오래된 서정 시가이기도 하다.

정답 01 ③ 02 ①

03 다음 내용에 해당하는 작품으로 옳은 것은?

- 창작 시기 : 고구려 유리왕(B.C. 17년)
- 주제 : 꾀꼬리의 정다운 모습을 보고 실연의 슬픔을 노래
- 갈래 : 서정 가요
- 수록 문헌 : 『삼국사기』

① 「안민가」
② 「구지가」
③ 「황조가」
④ 「정읍사」

03 「황조가」는 고구려 유리왕이 꾀꼬리 암수의 다정한 모습과 자신의 외로운 처지와 심정을 대비해 부른 노래이다. 『삼국사기』 권13 고구려 본기 제1 유리왕조에 가사와 창작 배경이 실려 전한다.

04 다음 중 향가에 대한 설명으로 옳지 않은 것은?

① 향찰로 표기된 노래를 말한다.
② 중국 한시에 대하여 우리나라의 시인 '신라의 노래'를 뜻한다.
③ '사내악', '도솔가', '시내가' 등의 여러 가지 명칭이 있다.
④ '사뇌가'라 할 때에는 넓은 의미의 향가를 가리키는 말로 쓰인다.

04 향가는 신라 때부터 고려 초기까지 향찰로 표기된 노래의 총칭이다. 넓은 의미의 향가는 중국 한시에 대하여 우리나라의 시인 '신라의 노래'를 뜻하고, 특히 '사뇌가'라 할 때에는 전체 향가 중 10구체 향가만을 지칭하는 것으로 좁은 의미의 향가를 가리키는 말로 쓰인다.

05 다음 중 신라 시대의 향가가 아닌 것은?

① 「혜성가」
② 「원왕생가」
③ 「모죽지랑가」
④ 「보현십원가」

05 「보현십원가」는 고려 광종 연간에 균여(均如)가 지은 향가이다. 「보현십종원왕가」·「원왕가」 등으로 불리기도 한다. 「원왕가」만이 『균여전』의 문헌 명칭이고, 나머지는 『균여전』의 '「보현십종원왕」에 의거하여 노래 11장을 지었다(依普賢十種願王著歌十一章)'는 기록에 의한 후대의 명명이다.

정답 03 ③ 04 ④ 05 ④

06 다음 내용에 해당하는 갈래로 옳은 것은?

- 현세적 · 향락적이며, 남녀 간의 애정을 읊은 것이 많다.
- 조선 시대 유학자들은 이를 '남녀상열지사(異女相悅之詞)', '사리부재(詞俚不載)'라 하여 삭제 또는 개작하였다.
- 현재 전하는 작품은 10여 수에 지나지 않는다.

① 고려가요
② 사설시조
③ 개화 가사
④ 서사 민요

06 해당 제시문은 고려가요에 대한 설명이다. 고려가요는 고려 시대의 평민들이 부르던 민요적 시가로 '여요' 또는 '장가'라고 하며, 평민문학, 구전문학의 성격을 가지고 있다. 향가와 민요의 영향을 받아 형성된 것으로 작가는 대부분이 미상이며, 리듬이 매끄러우며 표현이 소박하면서도 세련된 특징을 가지고 있다.

07 다음 중 시조에 대한 설명으로 옳지 않은 것은?

① 크게 평시조, 엇시조, 사설시조로 나눌 수 있다.
② 3장 6구로 완결되는 3음보의 노래이다.
③ 종장의 첫 음보는 반드시 3음절로 고정되어 있다.
④ 평시조는 3 · 4 · 3(4) · 4 / 3 · 4 · 3(4) · 4 / 3 · 5 · 4 · 3의 음수율을 갖는다.

07 음보는 한 행을 적당히 끊어 읽는 마디로, 3음보면 세 번을 끊어 읽는 것이고, 4음보는 4번을 끊어 읽는 것이다. 우리나라 시의 경우 대체로 3음절이나 4음절이 한 음보를 이루며, 시조는 1행이 4음보로 구성되는데, 세 번째 행인 종장의 경우 둘째 음보의 음수가 늘어나면서 두 음보 이상으로 구성될 수도 있다.

정답 06 ① 07 ②

08 다음에서 설명하고 있는 시가문학으로 옳은 것은?

- 시조와 함께 조선 전기의 대표적인 문학양식으로 꼽힌다.
- 외형적으로 보면 운문 형식이나, 내용상으로 보면 오늘날의 수필과 비슷해서 산문에 가깝게 보기도 한다.
- 산문 정신이 더해진 운문이라고도 하고, 산문적 시인 동시에 시적 산문이라고도 한다.
- 교술 장르로 보기도 한다.

① 향가
② 시조
③ 가사
④ 민요

08 가사는 고려 말에서 조선 초에 걸쳐 발생한 문학의 한 형식으로 시조와 함께 조선 전기의 대표적인 문학양식이다. 외형적으로는 운문으로 되어 있으나, 내용면은 오늘날의 수필과 비슷해서 산문에 가까운 점도 있다. 작가에 따라 사대부 가사・규방 가사・평민 가사 등으로 나뉘며, 한 음보는 대개 3・4음절이다.

09 다음 내용에서 괄호 안에 들어갈 말로 가장 적절한 것은?

상고(古代) 시대부터 19세기까지의 시가를 일컬어 고전시가라고 한다. 우리 글자가 없어 한자로 표기되거나 구전되어야 했던 시기부터 훈민정음 창제 이후 구한말에 이르기까지 언문일치에 의한 민족문학의 창작과 수용이 온전히 이루어진 시기까지 모두 고전시가로 볼 수 있다. 따라서 (　　) 이전의 시가들을 통틀어 고전시가의 범주에 속한다고 보아야 타당하다.

① 개화기 문학
② 한글 창제
③ 한국전쟁
④ 임진왜란

09 고전시가란 용어는 흔히 상고 시대부터 근대문학 성립 전까지의 우리 시가문학을 총칭하는 것으로, 괄호 안에 들어갈 말은 개화기, 근대문학 등이다.

정답 08 ③ 09 ①

10 다음 중에서 나머지 셋과 성격이 다른 하나는?

① 고대가요
② 경기체가
③ 신체시
④ 잡가

10 오늘날 널리 인정되고 있는 고전시가의 장르는 고대가요, 향가, 고려가요, 경기체가, 악장, 시조, 가사, 잡가 등 8종에 달한다. 신체시는 근대시의 종류 중 하나에 속한다.

주관식 문제

01 다음 내용에서 괄호 안에 공통으로 들어갈 적절한 용어를 쓰시오.

> 향가는 (　　)(으)로 표기되었다. (　　)(이)란 한자의 음(音)과 훈(訓)을 빌려 우리말의 문장 전체를 적는 신라 시대의 차자표기법이다. 이를 향가식 표기법이라고도 하고, 그래서 향가문학을 (　　)문학이라고도 한다.

01 **정답**

향찰

해설

향찰은 한자의 음과 뜻을 활용하여 우리말을 표기하는 차자 표기 방법의 하나이며, 주로 신라 시대 향가에 사용되었다. 한자를 차용하였지만 우리말의 문장 구성대로 조사와 어미까지 표기에 반영하여 정교하게 우리말을 적을 수 있다는 장점이 있어 삼국 시대 때부터 쓰였다.

정답 10 ③

02 **다음 내용에서 괄호 안에 공통으로 들어갈 적절한 용어를 쓰시오.**

> 고대가요는 고대국가의 제천의식에서 행해진 (　　)에서 그 기원을 찾을 수가 있다. 집단적이고 서사적인 (　　)에서 개인적이고 서정적인 시가가 분리, 발전하여 형성되었다.

02 **정답**

원시종합예술

해설

원시종합예술은 시가, 무용, 음악 따위가 분화하지 않고 종합적으로 제시되는 예술이다. 주로 고대인들이 제천의식에서 행했던 노래와 춤, 음악 따위가 해당되며, 이는 고대가요의 기원으로 불린다.

SD에듀와 함께, 합격을 향해 떠나는 여행

제 2 편

고대가요

| 단원 개요 |

고대가요는 고대 부족 국가 시대부터 삼국 시대 초기에 걸쳐 불린 노래로, 이 편에서는 고대가요의 발생과 전승 과정상의 특징에 대한 학습을 목적으로 한다. 또한 작품 창작과 관련된 배경설화들을 학습하고, 대표적인 고대가요 작품들에 대한 해제들과 내용들을 심층적으로 탐구한다.

| 출제 경향 및 수험 대책 |

이 편에서는 고대가요의 발생과 전승상의 특징을 학습해야 한다. 또한 작품 창작과 관련된 배경설화들을 이해해야 하고, 이들 가요가 가진 후대 서정문학의 원형으로서의 특징을 반드시 숙지해야 한다. 또한 서정 시가의 효시이자 우리 시가의 보편적 정서라고 할 수 있는 이별의 정한을 주제로 한 「황조가」, 「공무도하가」를 중심으로, 집단 주술 가요로서 가야국 건국 신화와 관계된 「구지가」와 같은 세부적 작품들을 심층적으로 학습해야 한다.

제 1 장 고대가요의 개념

제1절 고대가요의 정의와 특징

1 고대가요의 정의

한민족의 근간이 되는 민족인 예맥(濊貊)족이 한반도와 남만주 일대에 삶의 터전을 잡고 생활을 영위하기 시작한 후부터 향찰로 표기가 이루어진 신라의 향가(鄕歌)가 발생하기 이전까지 존재하였던 시가를 묶어서 부르는 명칭이다.

2 시대적 특징

(1) 역사적으로 정치・사회의 큰 변동이 있던 시기로, 구석기 시대의 씨족사회에서 분화하여 부여, 옥저, 동예, 삼한 같은 부족국가 시대를 거쳐 고대국가인 고구려, 백제, 신라가 성립하던 시기까지이다.

(2) 문학사적으로 봤을 때는 춤, 노래, 음악이 분화되기 전인 원시종합예술시기에서 시작하여 집단적 주술노래 시대, 개인적 서정 가요가 존재하던 시기를 거쳐 향찰 표기의 향가가 발생하기까지의 시기다.

제2절 고대가요의 존재 양상

1 고대가요에 관한 기록

출전	내용
『삼국지』「위지」동이전	• 부여의 영고(迎鼓), 고구려의 동맹(東盟), 동예의 무천(舞天) 등 천신을 위한 국중대회(國中大會), 즉 제천의례를 거행할 때에 신격(神格)에 대한 찬양과 기원의 노래를 불렀다. • 고구려에서 10월의 국중대회 때 나라의 동쪽에서 수신(隧神)을 맞이하며 풍요를 기원하는 성적(性的)인 노래를 불렀다.
『후한서』「동이전」부여국	부여에서는 음력 12월인 납월(臘月)의 제천행사 때 연일 크게 모여서 술 마시고 먹으며 춤추고 노래를 불렀다.
『삼국지』삼한(三韓)조	한(韓)인들이 술 마시고 놀기를 좋아하며, 특히 노래와 춤을 즐긴다. ※ 삼한(三韓)은 삼국 시대 이전 한반도 남부에 존재했던 3개 국가인 마한(馬韓), 진한(辰韓), 변한(弁韓)을 칭한다.
『삼국사기』「열전」온달조	낙랑(樂浪) 언덕의 수렵제의에서 다획의 놀이를 하며 수렵 노래를 불렀다. ※ 낙랑국(樂浪國) 또는 최씨낙랑국(崔氏樂浪國)은 1세기경인 원삼국 시대 때 한반도 북부에 있었다고 비정되는 국가이다.
『삼국유사』 희락사모지사(戱樂思慕之事)	매년 7월 29일에 이 지방 사람들과 이졸(吏卒)들이 승점(乘岾)에 올라가서 장막을 치고 술과 음식을 먹으면서 즐겁게 춤추고 노래한다. ※ 제목의 '희락사모지사'는 가락국의 수로왕을 사모(思慕)해서 하는 희락(戱樂 : 놀이와 노래)을 말한다.

2 선조들의 시가 생활상

① 신격에 대한 찬양과 풍요와 신과의 소통을 통해 소원을 비는 노래를 불렀다.
② 남녀의 性的(성적) 유희가 담긴 노래로, 다산과 풍요를 기원하였다.
③ 태양신에 대한 풍요의 기원과 추수 감사의 내용을 가진 노래를 불렀다.
④ 사랑과 이별이라는 공통의 정서를 담은 애정적・서정적 노래를 불렀다.
⑤ 협동심의 고취와 노동의 피로를 풀기 위한 목적으로 유희요와 노동요를 불렀다.

제3절 고대가요의 구조

1 주술적 가요

집단적・기원적 성격의 노래로, 환기・명령・위압적 다짐의 서술 또는 신격 내력의 서술, 명령의 어법으로 짜인다. 노래를 통해 소망하는 것을 얻고자 하였다.

「기우주」	가정・서술・명령의 어법
「구지가」	환기・명령・가정・위협의 서술어법
「피귀사」	신격 내력의 서술・명령의 어법
「진화재사」	신격 내력의 서술・명령의 어법
「해가」	환기・명령・의문・가정・위협의 서술어법

현실적 문제의 주술적 해결을 목적으로 한 주술계 노래 중 일부는 주술적 전통의 미적 변용을 시도하면서 「서동요」, 「혜성가」, 「원가」 등 향가로 수용되는 양상을 보인다.

2 서정적 가요 중요

집단적 주술 가요에서 개인적 서정 가요로 전환이 이루어지는 시기에 이별의 정한(情恨)이라는 개인의 정서를 노래한 서정적 성격의 노래들이 등장한다. 「황조가」, 「공무도하가」 등의 서정적 노래는 4구 2행시가 중심 형식이 되, '외로워라 이내 몸은 누구와 함께 돌아갈꼬'처럼 애원적 의문형이거나 '물에 빠져 돌아가시니, 가신 임을 어이 할까'처럼 체념적 의문형으로 노래의 끝을 맺는 구성법을 사용한다.

제4절 고대가요의 발전 과정

1 고구려[1)]

고려 때 궁중악으로 채택되었던 삼국속악 가운데 고구려의 것으로, 「내원성」, 「연양」, 「명주」 세 편이 소개되어 있다. 하지만 노랫말은 없고, 노래가 생기게 된 유래 정도만 밝혀져 있다.

1) 조동일, 『한국문학통사』 1(제4판), 지식산업사, 2005.

2 백제[2]

고구려와 마찬가지로 『고려사』 「악지」 삼국 속악조에 백제의 노래가 소개되어 있어서 잃어버린 역사의 일부를 재구해볼 수 있다. 소개된 노래는 「선운산」, 「무등산」, 「방등산」, 「정읍사」, 「지리산」으로 총 다섯 편이다.

> **더 알아두기**
>
> **「정읍사」의 갈래 구분**
>
> 「정읍사」는 백제의 노래라는 점에서 주로 고대가요로 분류되지만, 후렴구를 지니고 있고 순우리말로 기록되었다는 점에서 고려가요로 보는 견해도 있다.

3 신라

(1) 중국의 예악에 입각한 시가의 시작은 신라 유리왕 때 지어진 「도솔가」이다. **『삼국사기』 유리왕 5년(A.D. 28년)의 기록에서 "이 해에 민속이 환강하여 비로소 '도솔가'를 지었는데, 이것이 가악의 처음이다."라고 한 것을 보면, 이 '도솔가'가 최초의 신라의 노래일 것으로 추측된다.** 현재 가사는 전하지 않으나 문헌 자료를 통해 공리적 서정 가요임을 확인할 수 있다.

(2) 신라 시대에 개인적인 서정 가요가 본격적으로 등장한 시기는 내해왕 때의 물계자에 의해 지어진 「물계자가」이나, 가사는 전하지 않는다. 「물계자가」는 개인적·서정적인 내용으로 지어진 거문고 연주곡의 가악임을 알 수 있다. 그리고 신라 초기 부족국가 시대 개인 작가(作歌)의 기록으로는 최초의 작품이므로, 신라의 시가 문학사에 있어서 중요한 위치를 차지하는 노래이다. 일련의 학자는 이 노래에 이르러 신라 초기의 종합예술 형태인 가무악(歌舞樂)이 비로소 가악과 무용으로 분화되기 시작한 것이라 논급하기도 한다.[3]

(3) 눌지왕이 지은 「우식곡」은 일본에 볼모로 잡혀가 있던 눌지왕의 아우가 박제상의 노력으로 귀국하여 상봉하게 되자 눌지왕이 아우의 손을 잡고 기뻐하며 잔치를 베풀었고, 형제간의 의를 나눌 때 스스로 이 노래를 지어 부르고 춤을 추며 그 뜻을 선양했다고 한다.[4]

---

2) 조동일, 『한국문학통사』 1(제4판), 지식산업사, 2005.
3) 김승찬, 『한국상고문학연구』, 제일문화사, 1978.
4) 조동일, 『한국문학통사』 1(제4판), 지식산업사, 2005.

제 2 장 고대가요 작품론

제1절 개인 서정 가요 중요

1 「황조가」[5)]

〈원문〉
翩翩黃鳥
(편편황조)
雌雄相依
(자웅상의)
念我之獨
(염아지독)
誰其與歸
(수귀여귀)

〈현대어 역〉
훨훨 나는 꾀꼬리는
암수 다정히 즐기는데
외로울사 이 내 몸은
뉘와 함께 돌아갈꼬.

(1) 핵심 정리

이 작품은 작가와 연대가 뚜렷하며, 현전하는 최고(最古)의 개인적 서정시이다. 사랑하는 임을 잃은 외로움을 꾀꼬리라는 자연물을 매개로 표현하였다.

갈래	고대가요, 한역 시가
성격	서정적, 애상적
제재	꾀꼬리
주제	사랑하는 임을 잃은 슬픔과 외로움
의의	• 작가가 구체적으로 알려진 고대가요 • 집단 가요에서 개인적 서정시로 넘어가는 과도기적 작품 • 사랑을 주제로 한 최초의 개인적 서정시

5) 천재교육 편집부, 해법문학 고전운문, 천재교육, 2004.

연대	고구려 2대 유리왕
출전	『삼국사기』 권13 고구려 본기

(2) 짜임

기(1구)	선경	하늘을 가볍게 나는 꾀꼬리
승(2구)		암수 서로 정답게 노는 꾀꼬리
전(3구)	후정	홀로 외로운 화자의 모습
결(4구)		화자의 슬픔과 고독

(3) 배경설화

고구려 제2대 유리왕 3년 10월에 왕비 송 씨 사망 후, 왕은 두 여자를 후실로 맞아들였는데, 한 사람은 화희(禾姬)라는 골천 사람의 딸이고, 또 한 사람은 치희(雉姬)라는 한(漢)나라 사람의 딸이었다. 두 여자가 서로 화목하지 못하므로 왕은 양곡(凉谷)에 동궁과 서궁을 짓고 따로 머물게 했다. 그 후 왕이 기산으로 사냥을 떠나 7일 동안 돌아오지 않은 사이에 두 여자가 다툼을 벌였다. 화희가 치희에게 "너는 한나라 집안의 천한 계집으로 어찌 이리 무례한가?"하면서 꾸짖자 치희는 부끄럽고 분한 마음에 궁궐을 나와 버렸다. 뒤늦게 이 사실을 안 왕이 말을 채찍질하여 치희를 좇아갔으나, 노한 치희는 돌아오지 않았다. 왕이 나무 그늘에서 쉬고 있는데 마침 나뭇가지에 꾀꼬리들이 모여 놀고 있는 것을 보고 시상이 떠올라 노래를 지어 불렀고, 이 노래가 바로 「황조가」이다.

(4) 이해와 감상

① B.C. 17년(유리왕 3년)에 유리왕이 지었다고 전해지는 서정시로, 『삼국사기』 고구려 본기에 전해지는 4언 4구의 한역 시가이다. **4구 2행시체의 매우 짧은 노래이지만, 완벽하게 대칭을 이루는 형식 구조와 유기적 시상 전개를 갖추고 있다.**

② 사랑하던 짝을 잃은 고독감과 슬픔을 자연물인 '꾀꼬리'를 통해 간접적으로 형상화하였는데, 다음과 같이 그 대상이 서로 대립되고 중첩되면서 화자의 정서가 효과적으로 부각된다.

대상 1		대상 2
짝을 이루어 노니는 꾀꼬리	↔	홀로 있는 사내
정다움		외로움
가벼움		무거움

③ 자연물에 의지하여 시상을 전개하고 나중에 자신의 정서를 드러내는 선경후정(先景後情)의 표현 방식과, 남녀 간의 사랑이라는 인류의 보편적인 주제를 다루고 있는 점이 이 작품의 문학성을 한층 높여 준다.

2 「공무도하가」

〈원문〉
公無渡河
(공무도하)
公竟渡河
(공경도하)
墮河而死
(타하이사)
當奈公何
(당내공하)

〈현대어 역〉
임이여, 물을 건너지 마오.
임은 그예 물을 건너시네.
물에 휩쓸려 돌아가시니
가신 임을 어이할꼬.

(1) 핵심 정리

「황조가」와 더불어 우리나라에서 가장 오래된 서정시로, 백수광부가 물에 빠져 죽자 그의 아내가 슬픔을 노래한 작품이다. 한문으로 기록된 설화 속에 한역시의 형태로 삽입되어 전해 오는데, 악곡명에 따라 「공후인」이라고도 한다.

갈래	고대가요, 한역 시가
성격	개인적, 서정적, 체념적, 애상적
제재	물을 건너는 임
주제	임을 여읜 슬픔(이별의 한)
의의	• 집단가요에서 개인적 서정시로 넘어가는 과도기적 작품 • 고조선 시대의 노래로, 우리나라 최고(最古 : 가장 오래된)의 서정시
연대	고조선
출전	『고금주』, 『해동역사』

(2) 짜임

기(1구)	임과의 이별	임이 물을 건너는 것을 만류함
승(2구)		물을 건너는 임
전(3구)	임을 잃은 슬픔	물에 빠져 죽은 임
결(4구)		임을 잃은 화자의 슬픔과 체념

(3) 배경설화

고조선의 뱃사공 곽리자고가 새벽에 일어나 배를 저어 가는데, 백수광부(머리가 하얗게 센 미친 사람)가 머리를 풀어 헤치고 술병을 들고 물속으로 들어갔다. 뒤따르는 그의 아내가 말렸으나 결국 백수광부는 물에 빠져 죽었고, 그의 아내는 가지고 있던 공후(箜篌)를 타며 노래를 불렀는데, 이 노래가 매우 슬펐다. 노래를 마치고 나서 그의 아내도 물에 몸을 던져 죽었다. 곽리자고가 집에 돌아와서 자신의 아내 여옥(麗玉)에게 이 사실을 말하니 여옥은 그 말을 듣고 슬퍼하며 공후를 가지고 그 소리를 본받아 탔다. 이 소리를 듣는 사람마다 눈물을 흘리며 슬퍼하였다.

(4) 이해와 감상

한편 「공무도하가」는 세계에 대한 근원적 물음으로서 중대한 의미를 던지는 죽음의 문제로 중심을 이루고 있는데, 백수광부의 물에 빠져 죽는 행위를 죽음으로 인식하지 않고, 피안(彼岸 : 고통과 속박 등의 번뇌에서 벗어난, 자유로운 깨달음의 상태)의 세계로 돌아가는 행동으로 보아 신화적 인간으로서의 초월적 죽음이 놓여 있다고도 볼 수도 있다.

(5) 시가 해석과 관련한 다양한 문제들

작가 문제	여옥(『고금주』)
	백수광부의 처(『해동역사』)
제작시기 문제	서기 2세기 후반[원래 민요이던 것이 후한(後漢) 때 한역되었다는 설]
	후한 말(133~192) 이전에 형성된 노래라는 설
제명 문제	시가명(「공무도하가」)
	음악적인 견지에 입각한 이름(「공후인」)
국적 문제	백수광부와 처(설화적 인물)
	여옥(고조선 때)
	곽리자고(고조선 때 군졸)
조선진의 위치 문제	대동강 부근
	난하(灤河) 유역

제2절 집단 주술 가요

1 「구지가」

〈원문〉
龜何龜何
(구하구하)
首其現也
(수기현야)
若不現也
(약불현야)
燔灼而喫也
(번작이끽야)

〈현대어 역〉
거북아, 거북아
머리를 내어라
만약 내어 놓지 않으면
구워서 먹으리.

(1) 핵심 정리

이 노래는 신에게 의탁하여 왕의 강림을 기원할 목적으로 춤과 함께 불린 주가(呪歌)이다. 본래 민요의 기본 형식인 2행체였는데, 한역될 때 4구로 정착되었다. 기본 구조는 환기법, 명령법, 가정법, 위압적 서술법을 갖춘 시가이다.

갈래	고대가요, 한역 시가
성격	주술적, 집단적
제재	거북
주제	수로왕의 강림(降臨) 기원
의의	• 현전하는 최고(最古)의 집단 무요(巫謠) • 주술성을 지닌 노동요
표현	명령어법, 직설적 표현
출전	『삼국유사』 권2

(2) 짜임

기(1구)	왕의 출현을 기원함	기원의 대상인 거북을 부름
승(2구)		대상에게 소망을 명령조로 요구함
전(3구)	소원 성취의 의지를 보임	소망이 이루어지지 않는 상황을 가정함
결(4구)		대상을 위협하여 소망을 갈구함

(3) 배경설화

후한 세조 광무제 건무 18년 임인(壬寅) 3월, 액을 없애기 위해 물가에서 목욕하며 노는 날인 계욕일에 마을 북쪽에 있는 구지봉에서 이상한 소리가 들려 마을 사람들 수백 명이 그곳에 모였으나, 사람의 모습은 보이지 않고 "여기에 사람이 있느냐?"하는 소리만 들렸다. 이에 구간들이 "우리가 여기 있습니다."하고 대답하자, "이곳이 어디냐?"라고 재차 물었다. 다시 "구지봉입니다."라고 답하니 또 "옥황상제께서 내게 명하시기를 이 곳에 와서 나라를 새롭게 세워 임금이 되라 하였으니, 너희들은 구지봉의 흙을 파면서, '거북아, 거북아. 머리를 내어라. 내밀지 않으면 구워서 먹으리.' 하고 노래를 부르며 춤을 추어라. 그러면 곧 하늘에서 내려 주는 대왕을 맞이하여 기뻐서 춤추게 될 것이다."라 하는 소리가 들렸다. 이에 구간들이 그 말을 따라 사람들과 함께 빌면서 노래를 부르며 춤을 추었다.

10여 일 후에 하늘에서 황금 알 여섯이 내려와 각각 사람으로 변했는데, 그중 맨 처음 태어난 사람의 이름을 '수로' 또는 '수릉'이라 하여, 그가 세운 나라를 '대가락' 또는 '가야국'이라고 하였다. 나머지 다섯 사람도 각각 다섯 가야의 왕이 되었다.

(4) 이해와 감상

① 일정한 규모의 집단적 제의에서 불리는 주술적 노래로서, 여럿이서 함께 부르는 집단 주술의 형태를 띠고, 그 본래적 기능은 기우(祈雨)에 기반을 두고 있다.

② 주술적 위협의 대상이 동시에 주술적 해결의 능력을 지닌 존재가 되는 아이러니가 있으나, 이는 신의 매개자라는 특성을 지니기 때문으로 볼 수 있다.

③ '거북'은 신령스러운 존재, 주술의 대상신, 신군(神君) 또는 임금을 상징하고, '머리'는 우두머리, 군주(君主), 생명의 근원을 상징한다.

④ 다음과 같이 학자들마다 다양하게 해석한다.[6]

㉠ 잡귀를 쫓는 주문

㉡ 거북 신에게 왕을 달라고 비는 기원

㉢ 영신제의 절차 중 희생무용에서 가창된 노래

㉣ 원시인들의 강한 성욕을 표현한 노래 등

6) 한국민족문화대백과사전, '구지가', 한국학중앙연구원

2 「해가」

〈원문〉
龜乎龜乎出水路
(구호구호출수로)
掠人婦女罪何極
(약인부녀죄하극)
汝若悖逆不出獻
(여약패역불출헌)
入網捕掠燔之喫
(입망포략번지끽)

〈현대어 역〉
거북아 거북아 수로부인을 내놓아라
남의 아내 빼앗아 간 죄 얼마나 크냐
네가 만약 거역하고 내놓지 아니 한다면
그물로 잡아 구워서 먹으리라.

(1) 핵심 정리

신라 성덕왕 때 해룡(海龍)이 수로부인을 잡아가자 수로부인의 귀환을 요구하며 백성들이 불렀던 주술적 노래로, 「해가사(海歌詞)」라고도 한다.

갈래	고대가요, 한역 시가
성격	주술적, 집단적
제재	수로부인의 납치
주제	수로부인의 귀환을 요구함
의의	「구지가」가 후대로 계승되었음을 알 수 있는 주술 시가
연대	신라 33대 성덕왕(8세기)
출전	『삼국유사』

(2) 짜임

기(1구)	부름과 명령	수로부인의 귀환 요구
승(2구)		요구의 구체적 근거 제시
전(3구)	가정과 위협	요구를 거역할 상황을 가정
결(4구)		소망 성취를 위한 위협

(3) 배경설화

신라 성덕왕(702~737) 때 순정공이 강릉 태수로 부임하던 도중 바닷가의 한 정자에서 점심을 먹고 있는데, 갑자기 해룡(海龍)이 나타나 그의 아내 수로(水路)부인을 바닷속으로 끌고 들어갔다. 공이 땅을 치며 분통해 했지만 방법이 없었다. 이때 한 노인이 나타나 말하기를, "옛말에 여러 사람의 입은 쇠도 녹인다 했으니, 바닷속의 생물인들 어찌 이를 두려워하지 않겠소? 이 지역의 백성을 모아 노래를 지어 부르며 막대기로 언덕을 치면 부인을 찾을 것이오."라고 하였다. 공이 그 말대로 하니, 과연 용이 부인을 받들고 나와 공에게 도로 바쳤다. 공이 부인에게 바닷속의 사정을 물었더니 부인은 "칠보로 된 궁전에 음식은 달고 부드러우며 향기롭고 깨끗하여 속세의 요리는 아니더라."라고 하였다. 수로부인의 옷에는 일찍이 맡아 보지 못한 향기가 배어 있었다. 수로부인은 절세가인이라 깊은 산속이나 커다란 못을 지날 때마다 매번 신에게 잡혀 갔다고 한다. 이때 사람들이 부른 노래를 「해가(海歌)」라고 한다.

(4) 이해와 감상

① 신라 성덕왕 때 수로부인이 해룡(海龍)에게 잡혀가자 남편 순정공이 백성들을 동원해서 불렀다는 노래로, 『삼국유사』에 한시로 번역되어 전한다.

② 내용과 형식이 고대가요 「구지가」와 매우 유사하여 「구지가」가 오랜 시간 구비 전승되었음을 알 수 있게 한다.

③ 「구지가」의 '거북'이라는 중심 소재와 '호칭 – 명령 – 가정 – 위협'의 구조가 그대로 계승되어 있다. 이는 「구지가」가 건국 서사시의 한 부분으로 전승되다가 신화적 성격이 약화되면서 인물 전설에 결부되어 「해가」로 변모되었다고 추정할 수 있다.

④ 「구지가」와 마찬가지로 「해가」 역시 주술적 성격을 띠는데, 배경설화의 '여러 사람의 입은 쇠도 녹인다'는 노인의 말을 통해 고대인들이 언어의 힘, 언어의 주술성을 믿었다는 것을 알 수 있다.

제 2 편 | 실전예상문제

01 다음 작품에 대한 설명으로 적절한 것은?

龜乎龜乎出水路	거북아 거북아 수로부인을 내놓아라
掠人婦女罪何極	남의 아내 빼앗아 간 죄 얼마나 크냐
汝若悖逆不出獻	네가 만약 거역하고 내놓지 아니한다면
入網捕掠燔之喫	그물로 잡아 구워서 먹으리라.

① 대상을 객관적으로 묘사한 교술시이다.
② 화자와 대상의 문답을 통해 시상이 전개된다.
③ 공간의 이동에 따라 화자의 심리가 변화한다.
④ 상황의 가정을 통해 위협의 효과를 극대화하고 있다.

01 제시된 작품은 「해가」로, 화자는 '거북'이 수로부인을 내놓지 않는 상황을 가정하여 잡아먹겠다는 위협의 효과를 극대화하고 있다.
① 대상에 대한 객관적 묘사는 없고, 교술시가 아니라 주술 가요이다.
② 화자가 대상에게 말하는 형식이기는 하나 대화체로 시상이 전개되지는 않는다.
③ 공간의 이동이 없고, 이에 따른 화자의 심리 변화도 없다.

02 다음 삼국 시대 시가의 노래 중 성격이 다른 하나는?

① 「황조가」
② 「풍요」
③ 「구지가」
④ 「공무도하가」

02 「구지가」와 「공무도하가」, 「황조가」는 가장 오랜 역사를 지닌 고대가요로, 4구체 한역 가요이다. 한편 「풍요」는 향찰로 기록된 4구체 향가이다.

정답 01 ④ 02 ②

03 다음 설명에 해당하는 작품으로만 옳게 고른 것은?

> 현실적 문제의 주술적 해결을 목적으로 한 주술계 노래 중 일부는 주술적 전통의 미적 변용을 시도하면서 향가로 수용되는 양상을 보인다.

① 「안민가」, 「우적가」
② 「서동요」, 「혜성가」
③ 「황조가」, 「구지가」
④ 「원가」, 「가시리」

03 삼국의 시가가 마침내 한국시로서의 미학적 전통을 확고히 뿌리내리자, 주술계 노래는 주술적 전통의 미적 변용을 시도하면서 향가로 수용되어 문학적 승화의 길을 걷는 현상이 나타난다. 「서동요」와 「혜성가」가 그 예이다.
① 「안민가」는 유교적인 노래이고, 「우적가」는 대상을 설득하는 노래이다.
③ 「황조가」, 「구지가」는 모두 고대가요이다.
④ 「가시리」는 고려가요이다.

04 다음 설명에 가장 부합하는 작품은 무엇인가?

> 일정한 규모의 집단적 제의에서 불리는 주술적 노래로, 여럿이서 함께 부르는 집단 주술의 형태를 띠고 있다. 그 본래적 기능이 기우 혹은 풍요 주술에 기반을 두고 있다. 주술적 위협의 대상이 주술적 해결의 능력을 지닌 신이 아니라 거북, 용, 지렁이 등으로 나타나는 신의 매개자이다.

① 「구지가」
② 「정읍사」
③ 「회소곡」
④ 「만전춘」

04 주술적 위협의 대상은 주술적 해결의 능력을 지닌 신이 아니라 '신의 매개자'라는 기본 특성을 지닌다. 이러한 노래로는 주몽의 「백록주술」, 신라의 「원가」, 가야의 「구지가」를 들 수 있다.

정답 03 ② 04 ①

05 다음 중 「황조가」에 대한 설명으로 적절하지 않은 것은?

① 배경설화와 함께 전하고 있다.
② 집단 가요의 성격을 띤 작품이다.
③ 자연물을 통해 화자의 정서를 심화시키고 있다.
④ 1, 2구와 3, 4구가 의미상 대칭 구조를 이루고 있다.

05 「황조가」는 집단 가요에서 개인적 서정 가요로 넘어가는 과도기의 작품이다.
① 고구려 2대 유리왕의 배경설화와 함께 전하고 있다.
③ 화자의 정서와 대조적인 자연물을 이용해 화자의 정서를 심화시키고 있다.
④ 1, 2구는 정다운 꾀꼬리의 모습을, 3, 4구는 외로운 화자의 모습을 그려 서로 대칭 구조를 이루고 있다.

06 다음 중 창작시이면서 개인적 서정시에 해당되는 작품으로만 옳게 고른 것은?

① 「공무도하가」, 「회소곡」
② 「도솔가」, 「우식악」
③ 「정읍사」, 「구지가」
④ 「황조가」, 「물계자가」

06 「황조가」는 개인적 창작시의 첫 장을 연 작품이며, 개인적 서정시의 전통은 뒤이어 나타나는 「물계자가」를 통해 더욱 구체화되고 있음을 알 수 있다. 「회소곡」은 집단 민요이고, 「도솔가」는 집단 감정의 표현이나 어떤 목적 의식에 의한 공리적 서정시이며, 「구지가」는 주술적인 가요이다.

정답 05 ② 06 ④

07 다음 작품에 대한 설명으로 옳지 않은 것은?

龜何龜何	거북아 거북아
首其現也	머리를 내놓아라
若不現也	만일 내놓지 않는다면
燔灼而喫也	구워서 먹으리

① 일정한 규모의 집단적 제의에서 불리는 주술적 노래이다.
② 여럿이 함께 부르는 집단 주술의 형태를 띤다.
③ 그 본래적 기능이 기우 혹은 풍요 주술에 기반을 두고 있다.
④ 주술적 위협의 대상은 주술적 해결의 능력을 가진 신이다.

07 해당 제시문은 「구지가」의 가사이다. 주술적 노래인 「해가」나 「구지가」에서 주술적 위협의 대상이 되는 것은 주술적 해결의 능력을 지닌 신이 아니라 '신의 매개자'인 '거북'이라는 특성을 지닌다.

08 다음 중 「도솔가」의 성격으로 옳은 것은?

① 주술적·종교적 노래
② 집단적 민요
③ 개인적 서정시
④ 공리적 서정시

08 신라 유리왕 때 지어진 「도솔가」는 작가 미상의 가악으로 가사는 전하지 않으나, 민속환강을 구하는 기축(祈祝)의 제의에 쓰인 공리적 서정가요이다.

정답 07 ④ 08 ④

09 다음 중 「구지가」가 갖는 내용 구조로 옳은 것은?

① 호칭 – 명령 – 가정 – 위협
② 명령 – 가정 – 호칭 – 예언
③ 위협 – 가정 – 요청 – 호칭
④ 화해 – 위협 – 호칭 – 명령

10 다음 설명에 해당하는 작품으로 옳은 것은?

> 세계에 대한 근원적 물음으로서 중대한 의미를 던지는 죽음의 문제가 노래의 중심을 이루고 있는데, 죽음을 죽음으로 인식하지 않는 신화적 인간으로서의 초월적 죽음이 놓여 있다.

① 「제망매가」
② 「물계자가」
③ 「공무도하가」
④ 「회소곡」

09 「구지가」의 현대어 풀이는 다음과 같다.

> 거북아 거북아
> 머리를 내놓아라
> 만일 내놓지 않는다면
> 구워서 먹으리

강력한 전승력을 가지는 노래로 '호칭 – 명령 – 가정 – 위협'이라는 구조를 가지는 작품들을 구지가계 노래라고 할 수 있다. 이런 구지가계 작품으로는 「구지가」나 「해가」 등이 대표적이다.

10 「공무도하가」는 고조선 때 남편인 백수광부의 죽음을 만류하는 여인의 사연을 다룬 서정 가요이다. 백수광부의 죽음에는 삶과 죽음을 경계 짓지 않음으로써 죽음을 죽음으로 인식하지 않는, 신화적 인간으로서의 초월적 죽음이 놓여 있다.

정답 09 ① 10 ③

11 춤을 추며 노래를 부르는 장면이 가능한 것을 찾아야 한다. ①은 강강술래로, 이는 여러 참여자가 춤을 추며 부른 노래라는 점에서 집단 무요적 성격을 띠고 있다.

12 제시된 작품은 「황조가」로, 꾀꼬리의 다정한 모습과 시적 자아의 외로운 모습을 대비하여 표현하고 있다. ②는 박남수의 시 「새」 중 일부로, 인간 문명을 상징하는 '포수'와 자연의 순수를 상징하는 '새'를 대비하여 인간 문명과 폭력성을 비판하고 있다.
① 김광균의 「데생」 중 일부이다.
③ 서정주의 「견우의 노래」 중 일부이다.
④ 신석정의 「어느 지류에 서서」 중 일부이다.

정답 11 ① 12 ②

11 다음 중 고대가요의 집단 가무적 성격을 계승한 노래로 볼 수 있는 것은?

① 오동추야 달은 밝고 강강술래 / 우리 임 생각 절로 난다 강강술래
② 엇그제 저멋더니 ᄒᆞ마 어이 다 늘거니, 소년 행락 생각ᄒᆞ니 일러도 속절업다.
③ 이씨의 사촌이 되지 말고 / 민씨의 팔촌이 되려무나. / 아리랑 아리랑 아라리요.
④ 못세 고기 불어 말고 / 그믈 ᄆᆡᄌᆞ 잡아보세. / 그믈 ᄆᆡᆺ기 어려우랴. / 동심결노 ᄆᆡᄌᆞ 보세

12 다음 작품에 사용된 표현 기교와 유사한 것은?

翩翩黃鳥	훨훨 나는 꾀꼬리는
雌雄相依	암수 다정히 즐기는데
念我之獨	외로울사 이 내 몸은
誰其與歸	뉘와 함께 돌아갈꼬.

① 구름은 / 보랏빛 색지 위에 / 마구 칠한 한 다발 장미.
② 포수는 한 덩이 납으로 / 그 순수를 겨냥하지만 / 매양 쏘는 것은 / 피에 젖은 한 마리 상한 새에 지나지 않는다.
③ 우리들의 사랑을 위하여서는 / 이별이, 이별이 있어야 하네.
④ 이 강물 어느 지류에 조각처럼 서서 / 나는 다시 푸른 하늘을 우러러 보리…….

주관식 문제

01 다음 작품에서 밑줄 친 ㉠과 ㉡의 상징적 의미를 각각 2개 이상씩 쓰시오.

> ㉠ 거북아 거북아
> ㉡ 머리를 내놓아라
> 만일 내놓지 않는다면
> 구워서 먹으리

01 정답
㉠ 신령스러운 존재, 주술의 대상신, 신군(神君) 또는 임금
㉡ 우두머리, 군주(君主), 생명의 근원

02 다음 작품에서 서정적 자아의 외로운 심정이 집약된 구절을 쓰시오.

> 훨훨 나는 꾀꼬리는
> 암수 다정히 즐기는데
> 외로울사 이 내 몸은
> 뉘와 함께 돌아갈꼬.

02 정답
뉘와 함께 돌아갈꼬

해설
「황조가」의 4구는 설의적 표현을 사용하여 한탄과 체념이라는 강한 정서를 표출하는 구절이다.

SD에듀와 함께, 합격을 향해 떠나는 여행

제 3 편

향가

| 단원 개요 |

향가는 신라 시대에 향찰로 지어진 노래로, 중국의 한시(漢詩), 일본의 화시(和詩)에 대한 우리 고유 시가의 명칭이다. 이 편에서는 향가의 개념과 형식적 특성, 창작 계층과 향유층, 각 작품의 내용과 표현상의 특징들을 살핀다. 또한 한자의 훈(訓)과 음(音)을 빌려 쓰는 향가식 표기법인 향찰(鄕札)에 대한 이해를 바탕으로 개별 작품의 해석 방법을 고찰한다.

| 출제 경향 및 수험 대책 |

향가의 형식인 4·8·10구체가 각각 갖는 갈래별 특징, 10구체 향가와 시조와의 형식적·내용적 상관관계 등을 학습하는 것도 중요하다. 또한 개별 향가 작품들의 배경이 되는 설화와 각 작품들이 갖고 있는 비유와 상징 등 문학적 특징을 확실하게 이해하고, 관련 문제들을 풀어보는 식으로 학습할 필요가 있다.

제 1 장 향가의 명칭과 형식

제1절 향가의 명칭

향가는 넓은 의미로는 중국 한시(漢詩)에 대한 우리나라의 노래를, 좁은 의미로는 신라 시대부터 고려 초기에 이르는 시기에 향찰로 지어진 노래를 의미한다. 따라서 향가는 '도솔가'와 '사뇌가'를 포함한 모든 시가를 가리키는 말이라 할 수 있다. 또 한편으로는 향가란 글자 그대로 시골 노래, 또는 내 고장의 노래라는 뜻으로, 우리나라의 고유한 노래를 의미하기도 하다.

제2절 향가의 형식

1 향가 형식의 발전 과정

향가의 형식은 초기 2행시체(4구체) 향가 형식에서 6행시체(삼구육명체)의 사뇌가 형식으로 발전했을 것으로 추정되며, 10구체 형식의 가장 정제된 사뇌가 형식은 5세기 초・중엽에 형성되어 6세기 말엽에는 완전히 서정시로 독립되었을 것으로 추정한다.

2 향가의 문학적 형식

향가의 문학적 형식은 대체로 4구체, 8구체, 10구체로 나뉜다. 4구체는 초기 민요 형식의 향가, 8구체는 과도기 형식의 향가, 10구체는 향가의 완성형으로 가장 정제된 형식의 향가를 말한다. 특히 10구체 향가에 대해서는 전 8구, 후 2구로 구성된 시가로 보는 견해와 전 8구, 후 3구인 11구로 구성된 정형 시가로 보는 견해가 있다. 한편 전 8구는 두 개의 4구로 나누어, 총 4/4/2의 3장 형식으로 보기도 하는데, 마지막 구의 첫머리에는 감탄사가 온다. 10구체 향가에는 세 번째 단락의 첫 구절에 이러한 감탄사가 주로 나타나는데, 작품 내에서 시상을 전환하거나 집약하는 기능을 한다.

3 향가의 삼구육명(三句六名)[1]

향가의 삼구육명은 신라 때부터 만들어지고 불렸던 향가에 대한 언급으로 『균여전(均如傳)』에 등장한다. 삼구육명에 대해서는 그동안 여러 연구자에 의해 다양한 각도에서 고찰이 이루어졌다. 그러나 자료의 부족과 표현의 간명성으로 인한 해석의 어려움 때문에 아직까지 이렇다 할 정설이 확립되지 못한 상태이다.

주요 연구자	삼구육명에 대한 견해
지헌영	'3구 6명'은 '3장(章) 6구(句)'로서, '10구체 향가가 3장으로 구성되고 각 장은 2구씩으로 구성됨'을 뜻한다.
양주동	시조(時調)의 '3장 6구' 구성과 관련되며, '구'와 '명'을 불교식 용어로 본다.
홍기문	'명'을 '자(字)'로 보아서 '3구 6자'는 10구체 향가가 3장으로 구분되고, 각 장은 다시 4 내지 2개의 항(項)으로 나뉘며, 각 항은 6자씩으로 되어 있다는 것을 뜻한다.
김완진	10구체 향가에서 제1·3·7구의 세 구가 6자로 되어 있는 것을 말한다.
성호경	'3구'는 10구체 향가[삼구형(三句型) 시가]의 '3단 구성'을 말한 것이고 '6명'은 '6자'로서 민요 등의 4구체 향가[육명형(六名型) 시가]의 각 시행들이 6자(음절) 위주로 이루어짐을 말한 것이다.
양태순	'3구'는 모든 향가가 3구(세 토막)로 구성된다는 보편적인 원칙이며, '6명'은 모든 향가의 가능한 구체적인 존재양식으로서 띄어쓰기의 여섯 가지 양상(3, 4, 6, 8, 9, 10분절)을 말한다.

1) 한국민족문학대백과사전, '삼구육명', 한국학중앙연구원

제 2 장 | 향가의 작가와 배경설화

제1절 향가의 작가

(1) 향가의 작가 특징 ① : 여러 계층으로 구성

향가의 작가는 당시는 귀족층이었던 승려를 비롯하여 화랑・여인・노인 등 여러 계층의 사람들이었다. 현재 전하여 오는 25수의 작가를 살펴보면 승려가 가장 많고, 승려는 아니더라도 불교와 관련된 사람들이 대부분이다.

(2) 향가의 작가 특징 ② : 불교의 융성

현전하는 향가 25수 중 22수가 불교적 내용이고, 그 22수 가운데 승려의 작품이 18수, 화랑의 작품이 3수, 독실한 불교 신자인 여인의 작품이 1수이다. 절대적 숫자로 미루어 봤을 때, 신라의 불교가 당시에 얼마나 융성했는지를 알 수 있다.

(3) 향가의 작가 특징 ③ : 대부분 승려

당대의 이름난 향가 작가들 중 상당수가 이름 높은 승려들이었다. 「제망매가」와 「도솔가」를 지은 월명사(月明師), 「찬기파랑가」와 「안민가」를 지은 충담사(忠談師), 「혜성가」를 지은 융천사(融天師), 「보현십원가」를 지은 균여(均如)대사 등이 모두 승려 작가이다.

제2절 향가 작품과 그 배경설화 중요

작품명	창작 시기	작가	관련 내용
「서동요」	백제 무왕과 신라 진평왕 시기	서동, 백제 무왕	• 연대상 가장 오래된 향가에 해당한다. • 설화에는 서동(백제 무왕의 아명)이 신라 진평왕의 선화공주와 인연을 맺기 위해 일부러 퍼뜨린 노래라고 나와 있다. • 아이들의 전래동요를 주술계 노래와 통합하는 기능적 합성을 통해 형성된 노래이다.
「혜성가」	진평왕	융천사	• 10구체 향가이다. • 혜성이 심대성(心大星)을 범하였으므로 이 노래로써 물리쳤다는 설화가 전한다.

「풍요」	선덕여왕	작가 미상	• 4구체 향가이다. • 양지(良志)가 영묘사(靈廟寺)의 장육존상(丈六尊像)을 만들 때 부역 온 성내 남녀가 불렀다는 민요이다. • 일명 「양지사석가(良志使錫歌)」라고도 한다. • 노동요를 불교적 공덕가로 바꾸는 기능적 전이를 통하여 형성된 노래이다.
「원왕생가」	문무왕 또는 효소왕	광덕(廣德)	• 10구체 향가라고 하는데, 광덕이 죽고 그의 친구 엄장(嚴莊)이 그 처에게 동침을 요구하자 이를 거절했다는 설화만 전해온다. • 노래의 원문에 '願往生'이란 말이 겹쳐서 나와서 불교에서는 이를 "극락에 가고 싶다"라는 말로 풀이하며, "일찍이 노래가 있었다."라는 기록이 있을 뿐 명확한 제목은 전하지 않는다.
「모죽지랑가」	효소왕	득오	• 화랑 죽지랑의 낭도였던 득오곡(得烏谷, 또는 득오랑)이 그의 스승 죽지랑을 사모하고 찬양하여 지은 8구체 향가이자 화랑가로서, 화랑 죽지랑이 주인공으로 나오는 작품이라 노래의 이름이 「모죽지랑가(慕竹旨郎歌)」이며, 일명 「득오곡모랑가(得烏谷慕郎歌)」라고도 부른다. • 죽지랑은 김유신의 부원수로서 삼국 통일에 공이 컸고, 득오곡은 그의 낭도로서 풍류와 도술로 이름이 높았다.
「헌화가」	성덕왕	노옹(老翁)	• 4구체 향가이다. • 『삼국유사』에는 "소를 끌고 가던 늙은이가 수로부인에게 절벽의 철쭉꽃을 꺾어다 드릴 때에 부른 노래"라고 하여 「노인헌화가」라고 하였으니 이것을 「헌화가」라고 부른다고 한다. • '수로(水路)부인'이 한국어로 지은 이름을 한자로 뜻을 옮겨 만든 것인지, 바다를 끼고 곧 물을 따라가는 부인이라는 뜻인지는 명확하게 밝혀지지 않았다.
「원가」	효성왕	신충(信忠)	• 원래 10구체 향가이나, 마지막 9~10구가 전하지 않아 현재 8구체 형태로 전하는 연군가이다. • 효성왕이 등극 전 신충과 잣나무를 두고 후일을 언약하였으나, 등극 후 그 일을 잊으매 이 노래를 지어 잣나무에 붙이니 그 나무가 말랐다고 한다.
「도솔가」	경덕왕	월명사	• 『삼국유사』 권5에 월명사가 지은 것으로 기록되어 있으며, 4구체 향가이다. • 하늘에 태양 2개가 나란히 나타나자 왕이 월명사로 하여금 산화공덕(散花功德)을 지어 재앙을 물리치게 하였다는 설화가 전한다. • '호칭 – 명령 – 가정 – 위협'이라는 구지가계 노래의 위압적 주술 구조를 계승한다. • '명령'을 탈락시키고 '위협'을 약화시키는 대신 불교적 영험력을 강화했다. • 주술 대상을 '꽃'이라는 서정적 상관물로 대치하는 시적 변용을 시도하였다.
「안민가」	경덕왕	충담사	• 『삼국유사』 권2 「경덕왕, 충담스님, 표훈대덕 편」에 실려 있다. • 경덕왕이 충담스님에게 "나를 위하여 편안하게 다스리도록 하는 노래를 지으라."라고 명령을 내려서 지은 노래이다.

「제망매가」	경덕왕	월명사	『삼국유사』 권5 「월명사 도솔가조(月明師兜率歌條)」에 "월명이 죽은 누이를 위하여 부처에게 공양하는 재를 올리고 향가를 지어 제사를 지냈다."라고 기록되어 있다.
「찬기파랑가」	경덕왕	충담사	• 승려 충담사가 화랑 기파랑의 인품을 흠모하여 쓴 10구체 향가이다. • 「제망매가」와 함께 현전하는 향가 가운데 문학성이 매우 뛰어난 것으로 알려져 있다.
「도천수관음가」	경덕왕	희명(希明)	• 「천수관음가(千手觀音歌)」·「도천수대비가(禱千手大悲歌)」·「맹아득안가(盲兒得眼歌)」 등으로도 불린다. • 『삼국유사』 권3 「분황사천수대비맹아득안조(芬皇寺千手大悲盲兒得眼條)」에 수록되어 있다. • 기층민 여성의 작품으로 사뇌가계 향가가 기층민 사회에까지 널리 수용되고 있음을 보여 준다.
「우적가」	원성왕	영재(永才)	• 『삼국유사』의 권5 「도적을 만나다」에 이 노래를 짓게 된 이유 등이 실려 있다. • 이 노래의 내용을 칭송하여 지은 한시 한 편이 있다.
「처용가」	헌강왕	처용	• 『삼국유사』 「기이」편 '처용랑과 망해사조(處容郎望海寺條)'에 수록되어 있다. • 『삼국유사』에 따르면 처용이란 인물이 지었다고 하며, 역신이 그의 아내를 흠모하여 동침하고 같이 잠자리에 있는 것을 돌아와서 보고 시를 읊었다고 한다. 그러자 역신은 처용이 노하지 않은 것에 감동하여 그 앞에 나타나 꿇어앉았다고 한다. 그 후로 사람들은 처용의 형상을 문에 붙여서 역신을 쫓았다고 한다.

제3장 향찰 표기의 기본 원리

제1절 향찰 표기의 배경

우리말은 한자와 큰 차이가 있다. 물론 한자로 이루어진 단어가 많기는 하지만 뜻에 바탕을 둔 한자로는 소리를 적을 수 없는 고유어도 적지 않다. 또한 서술어가 앞에 오는 한문 문장과 서술어가 뒤에 오는 우리 문장의 어순은 완전히 다르고, 우리말을 글자로 적는 우리 글자는 1443년에야 만들어졌기 때문에 그전까지 우리 민족은 우리말을 사용하면서도 글자는 한자를 쓰는 이중적인 언어생활을 해야 했다. 하지만 우리 노래와 시까지 한자로 적는 것에는 거부감이 있었는데, 한자로 표현하는 순간 우리말이 지닌 고유한 느낌은 사라져 버리기 때문이다. 그래서 한자와는 다른 우리말을 표현할 수 있는 방법을 고안한 것이 바로 향찰이다. 향찰이란 한자의 음과 뜻을 빌려서 우리말의 조사와 어미까지 적는 차자 표기 방식이었다.

제2절 향찰 표기의 원리

향찰의 차자 표기 방법은 크게 두 가지로 나뉜다. 하나는 한자의 음(音)을 빌려다 쓰는 음차(音借) 방식이고 다른 하나는 그 뜻을 빌려다 쓰는 훈차(訓借) 또는 석차(釋借) 방식이다. 향가는 대부분 이러한 향찰의 두 가지 표기 방식을 혼용하여 사용한다. 하나의 어절을 단위로 했을 때, 뜻이 중요한 체언이나 용언의 어간은 '훈차'를 하고 뜻이 없는 조사나 어미는 '음차'를 함으로써 '훈차+음차'라는 표기원칙을 마련하게 된다. 또한 어순도 중국식 어순인 '주어-서술어-목적어'를 '주어-목적어-서술어'의 우리말 어순으로 바꾸고 명사나 용언 어간에 각각 조사와 어미를 첨가하는 방식을 채택하였다.[2]

2) 한림학사, '향찰', 『통합논술 개념어 사전』, 청서출판, 2007.

제3절 향찰 표기의 실제

1 「서동요」

〈원문〉
善花公主主隱
(선화공주주은)
他密只嫁良置古
(타밀지가량치고)
薯童房乙
(서동방을)
夜矣卯乙抱遣去如
(야의묘을포견거여)

〈현대어 역〉
선화공주님은
남 몰래(그윽지) 결혼해 두고
서동방을
밤에 몰래 안고 가다

1구의 '선화공주'와 3구의 '서동방'은 사람의 이름을 가리키는 것이다. 1구의 한자를 읽으면 '선화공주주은'이 된다. 이때 '主'는 '주인 주' 자로 '님'과 통하는 말인데, '주'라는 소리를 가져온 것이 아니라 높임 표현한 '님'이라는 뜻을 빌려 온 것이다. '隱'은 '숨을 은' 자인데, 이는 뜻을 빌린 것이 아니라 '은'이라는 소리를 빌린 것이라고 할 수 있다. 따라서 1구는 '선화공주님은'이라고 풀이할 수 있다.
2구의 '他'는 '남'이라는 뜻을 빌려온 것이다. 그 다음에 나오는 '密只'는 각각 '그윽할 밀'과 '다만 지'인데, 이 중 '密'은 뜻을, '只'는 음을 빌려 '그윽지'라는 단어로 볼 수 있다. '그윽지'라는 말은 '그윽하게'의 옛 표현이며, '몰래'라는 의미로 해석할 수 있다. '嫁'는 '시집갈 가'라는 단어이고, '置'는 '둘 치'라는 글자로, 모두 뜻을 빌린 글자임을 알 수 있다. 여기에 해당되지 않는 나머지 글자는 모두 한자의 음을 빌려 온 것이다. 마지막 '古'는 '옛 고'라는 글자로, 해당 작품에서는 '옛'의 의미는 사라지고 오로지 '고'라는 음만 사용되었다. 따라서 2구는 '남 몰래 결혼하여 두고'로 풀이되는 것이다.

2 「제망매가」

〈원문〉
生死路隱
(생사로은)
此矣有阿米次肸伊遣
(차의유아미차힐이견)
吾隱去內如辭叱都
(오은거내여사질도)
手如云遣去內尼叱古
(수여운견거내니질고)
(후략)

〈현대어 역〉
생사의 길은
이에 있으매 머뭇거리고,
나는 간다는 말도
못다 이르고 가는고?
(후략)

1구를 보면, '생사의 길'을 나타내기 위해 한자의 뜻을 그대로 빌려온 '生死路'를 쓰고, 그 다음에 오는 조사 '은'을 나타나기 위해 한자 '隱(숨길 은)'을 빌려와 뜻인 '숨기다'는 버리고 음인 '은'을 사용한 것이다. 세 번째 행의 '吾隱'도 이와 같은 식으로 해석할 수 있다. '오(吾)'는 '나'를 의미하는 훈차, '은(隱)'은 조사 '~은, ~는'을 의미하는 음차로 보아 '나는'이라 해석할 수 있다. 뒤에 바로 이어지는 '거(去)'는 다시 '가다'라는 의미로 훈차하였음을 알 수 있다.

제 4 장 | 향가의 내용과 주제

향가의 내용은 주술적인 면과 불교적인 면을 띠고 있다. 따라서 향가의 밑바탕을 이루는 사상적 배경도 크게 이 두 차원에서 해명되고 있다.

제1절 불교적 측면

불교 사상의 측면에서 향가와의 상관성을 보면 다음과 같이 볼 수 있다.

(1) 월명사의 「도솔가」는 내세에 다시 현신(現身)하여 중생을 구제할 것이라 믿어지는 미륵에 대한 신앙, 즉 미륵하생신앙(彌勒下生信仰)을 바탕으로 한 작품이다.

(2) 「원왕생가」는 극락왕생을 핵심으로 하는 정토 사상(淨土思想)과 관련되며, 「도천수관음가」는 현세적 소망의 기구(祈求)가 바라는 관음불에 대한 신앙을 바탕으로 하고 있고, 「보현십원가」는 화엄 사상의 가요적 설경(歌謠的說經)으로 알려져 있다.

(3) 「제망매가」는 아미타 사상의 색채가 짙으며, 「도솔가」와 「혜성가」는 밀교 사상과 연결되고, 「처용가」와 「우적가」는 선교의 공 사상(空思想)과 관련된다고 볼 수 있다.

제2절 주술적 측면

주술적 차원에서 향가를 보는 관점에 따르면 다음과 같이 볼 수 있다.

(1) 「도솔가」 · 「서동요」 · 「혜성가」 · 「원가」 · 「처용가」 등은 주사로서의 은유 원리를 갖춘 주가(呪歌)라 한다.

「도솔가」	주가의 기능과 목적, 서술양식을 가짐
「서동요」	서동의 주관적 욕망이 투영된 사랑의 주가
「혜성가」	변괴가 없어져야 할 현실을 언어에 의하여 묘사한 은유의 주가
「원가」	간절한 주술적 기능이 잣나무를 시들게 한 주력을 보인 가요

「처용가」	감염법칙의 주술원리가 내재한 주가 ※ 감염법칙의 주술원리 : 어떤 사람에게 접촉했던 물체에 어떤 행위를 가하면, 신체에 직접 가하지 않더라도 그 사람에게 그 행위와 같은 결과를 준다고 생각함

(2) 동일 작품을 놓고 한편에서는 불교 가요로, 한편에서는 주술 가요로 규정하고 있는데, 「도솔가」·「처용가」·「혜성가」의 경우 특히 그렇다.

제3절 내용적 측면

한편 향가의 성격을 보다 정밀하게 파악하여 이보다 세분하는 경우도 있다.

(1) 「안민가」·「우적가」·「보현십원가」는 마음을 다스려서 원하는 목적을 이루고자 하는 수심요결(修心要訣)로 볼 수 있다. 「안민가」의 경우, 현전하는 다른 향가작품들과는 달리 유교적 주제를 다뤘다는 점이 눈에 띈다.

(2) 「도천수관음가」·「원왕생가」는 불교적 신앙을 바탕으로 원하는 바를 이루고자 하는 기원·계청(啓請)의 노래로 볼 수 있다.

(3) 「모죽지랑가」·「찬기파랑가」·「제망매가」는 시적 대상을 추모하거나 예찬하는 찬가로 볼 수 있다.

(4) 「도솔가」·「혜성가」·「원가」는 노래의 주술적 힘에 의탁하여 원하는 바를 이루고자 하는 주사의 노래로 볼 수 있다.

제 5 장 향가의 주요 작가와 작품

제1절 민요 계열 향가

1 「서동요」

〈원문〉

선화공주니믄
ᄂᆞᆷ 그ᅀᅳ지* 얼어** 두고
맛둥방ᄋᆞᆯ***
바ᄆᆡ 몰 안고 가다.

*ᄂᆞᆷ 그ᅀᅳ지 : 남 모르게
**얼다 : '시집가다' 또는 '정을 통하다'
***맛둥방ᄋᆞᆯ : 서동 서방을

〈현대어 역〉

선화공주님은
남 모르게 결혼하여 두고
서동 서방을
밤에 몰래 안고 간다.

(1) 핵심 정리

작가	백제 제30대 무왕, 서동(薯童)
연대	신라 진평왕 때(599년 이전)
갈래	4구체 향가
성격	참요(시대적 상황이나 정치적 징후 따위를 암시하는 민요), 동요
표현	풍자적, 직설적
제재	선화공주와의 사랑
주제	• 선화공주의 은밀한 사랑 • 선화공주에 대한 연모의 정
출전	『삼국유사(三國遺事)』

(2) 짜임

1~2구(원인)	시상의 발단
3~4구(결과)	서동과의 밀애

(3) 이해와 감상

① 신라 진평왕 때 백제의 서동이 지은 노래로, **현전하는 향가 작품 중 가장 오래된 작품**이며, 『삼국유사』에 실려 전한다. 내용과 형식이 소박하고 단순한 4구체 향가이며, 민요에서 정착했다고 보아 민요체 향가라고도 한다. 이는 4구체 향가가 민요나 동요로 정착한 유일한 노래라고 볼 수 있다.

② 서동이 아이들에게 부르게 하였다는 점에서 동요의 성격이 분명히 드러나지만, 구애의 목적과 작가가 분명하여 개인 서정시와 같은 성격으로 보기도 한다.

③ 이 노래에는 아직 일어나지 않은 일을 실제로 일어나게 만들고자 하는 의도가 숨어 있다는 점에서 주술적 성격을 지니고 있다고 할 수 있으며, **시대적 상황이나 정치적 징후 따위를 예언・암시하는 민요, 또는 남을 헐뜯는 노래인 참요라고 볼 수도 있다.**

④ 작가에 대해서는 서동이 지었다는 견해와, 본래는 전래동요인데 무왕 관련 설화 속에 끼어들었다는 두 가지 견해가 존재한다.

2 「풍요」

〈원문〉

오다 오다 오다
오다 셔럽다라
셔럽다 의내여
功德(공덕) 닷ᄀ라 오다

〈현대어 역〉

오다 오다 오다
오다 서럽다여
서럽다 우리들이여
공덕 닦으러 오다

(1) 핵심 정리

작가	미상
연대	선덕여왕(632~647)
갈래	4구체 향가, 노동요
성격	불교적, 민요적 성격
표현	반복적인 리듬 사용, 직설적 표현
제재	불심, 공덕
주제	노동하면서 부르는 불교적인 노래
출전	『삼국유사』 권4

(2) 의의와 평가

① 이 노래는 영묘사의 장육존상을 만들 때 남녀들이 모여 노동하며 부른 노래이기 때문에 노동요로 볼 수 있다. 또한 불교적인 내용과 서민들의 애환을 두루 담고 있는 간결하고 소박한 특성을 갖는다.

② 공덕을 닦으러 오는 선남선녀의 행렬을 통해 끝없이 이어지는 열(列)을 상상할 수 있는 비유를 사용하였다. '온다'는 말이 반복되며, 끝에 공덕을 닦으러 온다는 말로 결론을 맺고 있다. 이런 형태는 민요의 원형으로, 후대에까지 이어져 내려온다. 아울러 송영적(頌詠的 : 칭송하여 읊는 성격) 성격을 지녀 음악성을 느끼게 한다.

제2절 서정 계열 향가

1 「헌화가」

〈원문〉

딛배 바회 ᄀᆞᇫᄒᆡ*
자ᄇᆞ온손 암쇼 노ᄒᆡ시고
나ᄒᆞᆯ 안디 븟ᄒᆞ리샤ᄃᆞᆫ**
곶ᄒᆞᆯ 것가 받ᄌᆞ보리이다***

*딛배 바회 ᄀᆞᇫᄒᆡ : 자줏빛 바위 가에
**븟ᄒᆞ리샤ᄃᆞᆫ : 부끄러워 하지 않으시면
***받ᄌᆞ보리이다 : 바치오리다

〈현대어 역〉

자줏빛 바위 가에
잡고 있는 암소 놓게 하시고
나를 아니 부끄러워하신다면
꽃을 꺾어 받자오리다.

(1) 핵심 정리

작가	어느 소 끄는 노인[견우노옹(牽牛老翁)]
연대	신라 성덕왕 때
갈래	4구체 민요적 향가
성격	연가적, 찬미적, 서정적
표현	상징법, 도치법
제재	꽃을 바침
주제	• 꽃을 꺾어 바치는 사랑의 노래(헌화) • 수로부인에 대한 사랑(나이와 신분의 차이를 넘어선 연정) • 아름다움 찬양
출전	『삼국유사』 권2

(2) 의의와 평가

① 소를 끌고 가던 한 노인이 수로부인에게 절벽 위의 꽃을 꺾어 바치면서 불렀다는 4구체 향가로, 주술성이나 종교적 색채 없이 순수하게 개인의 서정을 노래한 작품이다.

② 아름다움의 상징적 인물인 수로부인에게 순수한 예찬을 표현한 구애의 노래로, 신라인의 미의식을 전형적으로 보여 주는 작품이라 할 수 있다.

2 「모죽지랑가」

〈원문〉

간봄 그리매
모ᄃᆞᆫ것ᅀᅡ 우리 시름
아ᄅᆞᆷ 나토샤온
즈ᅀᅵ* 살쯈** 디니져
눈 돌칠 ᄉᆞ이예
맛보ᄋᆞᆸ디 지소리
郎(낭)이여 그릴 ᄆᆞᄉᆞᄆᆡ 녀올길
다봇 굴헝ᄒᆡ*** 잘밤 이시리

*즈싀 : 모습이
**살쯈 : 주름살
***다봊 굴헝 : 다북쑥 구렁, 험한 마을(저승)

〈현대어 역〉

간 봄을 그리워함에
모든 것이 울며 시름하는데
아름다움을 나타내신
얼굴에 주름살이 지려 하는구나.
눈 깜박할 동안에
만나 뵙기를 짓고져.
낭이여, 그리운 마음의 가는 길에
다북쑥 우거진 마을에 잘 밤 있으리.

(1) 핵심 정리

작가	득오(죽지랑의 낭도)
연대	신라 32대 효소왕(7세기 말)
갈래	8구체 향가
성격	추모적, 예찬적, 서정적
표현	비유법, 상징법, 돈호법, 영탄법
제재	죽지랑의 인품
주제	죽지랑의 인품에 대한 사모와 그에 대한 추모의 정
출전	『삼국유사』 권2

(2) 짜임

기(1~2구)	죽지랑을 회상함	죽지랑과 함께 했던 과거를 그리워 함
승(3~4구)		살아생전의 죽지랑을 회상함
전(5~6구)	죽어서 다시 만나기를 기원함	죽지랑과 다시 만나기를 바람
결(7~8구)		죽지랑과 저 세상에서 만날 것을 확신함

(3) 의의와 평가

① 이 작품은 죽지랑의 낭도(郎徒)인 득오(得烏)가 지은 8구체 향가로, 죽지랑이 죽자 그를 추모하며 지은 노래이다. 주술성이 없는 개인 창작의 순수 서정시라는 점이 특징적이다.

② 시상의 전개과정은 다음과 같이 살펴볼 수 있다.

구	내용
1~2구	죽지랑이 살아 있을 때 함께 지냈던 아름다운 시절을 그리워하며 시름에 잠긴 화자의 모습이 나타난다.
3~4구	살아생전 죽지랑의 모습을 회상하고, 세월이 흘러감에 따라 아름다웠던 죽지랑의 모습에 주름살이 생겼다는 표현을 통해 인생의 무상감을 표현하였다.
5~6구	죽지랑과 저승에서라도 다시 만나기를 바라는 화자의 간절한 마음이 표현되었다.
7~8구	5~6구에서의 마음이 죽지랑을 만나지 못함에 대한 한탄과 재회에 대한 소망으로 이어진다.

③ 삼국 통일에 공헌한 화랑 죽지랑의 낭도 득오를 한직이라고 할 수 있는 창직(倉直)으로 차출한 점이나, 세월이 흘러 노화랑(老花郎)의 쇠잔해진 모습을 바라보며 이 노래를 지었다는 배경설화로 미루어 보았을 때 화랑도가 쇠퇴해 가는 과정을 암시하는 작품이라고 할 수도 있다.

3 「찬기파랑가」 중요

〈원문〉

열치매*
나토얀 ᄃᆞ리**
ᄒᆡᆫ구룸 조초 ᄯᅥ가ᄂᆞᆫ 안디하
새파ᄅᆞᆫ 나리여ᄒᆡ
耆郎(기랑)ᄋᆡ 즈ᅀᅵ 이슈라
일로 나릿 ᄌᆡ벽ᄒᆡ***
郎(낭)ᄋᆡ 디니다샤온
ᄆᆞᅀᆞᄆᆡ ᄀᆞᇫᄒᆞᆯ 좇누아져
아으 잣ㅅ가지 노파
서리 몯누올 花判(화반)이여

*열치매 : 구름을 열어 젖히매
**나토얀 ᄃᆞ리 : 나타난 달이
***나릿 ᄌᆡ벽ᄒᆡ : 냇가의 조약돌에

〈현대어 역〉

(구름을) 열어 젖히니
나타난 달이
흰구름 좇아 (서쪽으로) 떠가는 것이 아닌가?
새파란 냇물에
기파랑의 모습이 있어라. (어리도다)
이로부터 그 맑은 냇물 속 조약돌(하나하나)에
기파랑이 지니시던

마음 끝을 따르고자
아아, 잣나무 가지 높아
서리 모르시올 화랑의 우두머리시여

(1) 핵심 정리

작가	충담사(忠談師)
연대	신라 경덕왕(景德王) 때
갈래	10구체 향가
성격	추모적, 서정적, 예찬적
표현	은유법, 상징법, 문답법
제재	기파랑의 인품
주제	기파랑에 대한 추모와 예찬
출전	『삼국유사』 권2

(2) 짜임

1장(1~5구)	기파랑의 부재에 대한 안타까움
2장(6~8구)	기파랑의 고매한 인품을 따르고 싶은 마음
3장(9~10구)	기파랑의 고고한 절개 예찬

(3) 의의와 평가

① 제목의 뜻은 '기파랑을 찬양하는 노래'로, 신라 경덕왕 때에 승려 충담사가 화랑인 기파랑을 찬양하며 지은 10구체 향가이다. 『삼국유사』의 「경덕왕 충담사 표훈대덕(表訓大德)」 조에 전한다.

② 화자는 달이 이슬을 밝히고 떠나간 모습을 흐느끼며 바라보다가 모래 언덕 깊숙이 냇물이 갈라 들어간 강변에서 기파랑의 모습을 보지만 실은 착각이었고, 화자는 다시 냇가의 자갈 벌에서 기파랑이 지녔던 숭고한 마음의 끝을 찾아 헤맨다. 그리하여 기파랑의 정신은 하늘 높이 솟은 잣나무 가지와 같아서 눈도 덮을 수 없는 모습이라고 찬양한다.

③ '흰색(서리) ↔ 푸른색(잣나무)'의 색채 대비를 통해 기파랑의 인품을 강조하였으며, 그 외에도 '달, 믈서리(냇물), 잣가지(잣나무 가지)' 등의 비유를 통하여 기파랑의 모습과 인격을 형상화하였다.

④ 기파랑의 인품을 일일이 열거하거나 직접 묘사하는 대신 '잣나무 가지' 등 고도의 비유와 상징을 사용하여 세련되게 표현하였다. 이러한 점에서 당대에 그 뜻이 매우 고상하다는 평판을 얻어 뛰어난 문학성을 가진 향가 작품으로 꼽힌다.

제3절 불교 계열 향가

1 「제망매가」 중요

〈원문〉

生死路(생사로)ᄂᆞᆫ
예 이샤매 저히고
나ᄂᆞᆫ 가ᄂᆞ다 말ㅅ도
몯다 닏고 가ᄂᆞ닛고
어느 ᄀᆞᅀᆞᆯ 이른 ᄇᆞᄅᆞ매*
이에 저에 떠딜 닙다이**
ᄒᆞᄃᆞᆫ 가재*** 나고
가논곧 모ᄃᆞ온뎌
아으 彌陀刹(미타찰)애 맛보올 내
道(도)닷가 기드리고다.

*이른 ᄇᆞᄅᆞ매 : ‘이른 바람’은 누이가 요절했음을 상징함
**떠딜 닙 : ‘떨어지는 잎’은 누이의 죽음을 상징함
***ᄒᆞᄃᆞᆫ 가재 : ‘한 가지’는 같은 부모를 비유함

〈현대어 역〉

생사의 길은
여기에 있으매 머뭇거리고
나는 갑니다 하는 말도
다 못하고 가버렸는가.
어느 가을 이른 바람에
여기저기 떨어지는 잎처럼
한 가지에 낳아 가지고
가는 곳 모르누나
아아 미타찰에서 만나볼 나는
도를 닦아 기다리련다.

(1) 핵심 정리

작가	월명사(月明師)
연대	신라 35대 경덕왕(8세기)
갈래	10구체 향가
성격	추모적, 애상적, 비유적, 종교적
표현	비유법, 상징법, 영탄법
제재	누이의 죽음
주제	죽은 누이에 대한 추모
출전	『삼국유사』 권5

(2) 짜임

1장(1~4구)	죽음에 대한 두려움과 안타까움, 혈육의 정
2장(5~8구)	혈육의 죽음에서 느끼는 인생무상
3장(9~10구)	불교적 믿음을 통한 재회를 다짐

(3) 의의와 평가

① 월명사가 죽은 누이를 추모하여 지은 10구체 향가로, 향가 가운데서도 특히 뛰어난 문학성과 정제된 형식미, 고도의 서정성으로 현전하는 향가의 백미로 꼽힌다. 다른 명칭으로는 「위망매영재가(爲亡妹營齋歌)」라고도 한다.

② 『삼국유사』에 따르면, 월명사가 재를 올리며 이 노래를 불렀더니 갑자기 회오리바람이 일어 지전(紙錢 : 종이 돈)이 서쪽으로 날아갔다고 한다. 이 점에서 의식요의 성격 및 주술적인 요소를 찾아볼 수 있다.

③ 근본적으로 혈육의 죽음으로 인한 정서를 표출하였다는 점에서 순수 서정시의 단계에 이른 작품이라고 할 수 있다. 또한 단순히 죽음을 감상적으로 표현하는 데만 그친 것이 아니라, 삶과 죽음의 문제를 깊이 성찰하고 뛰어난 비유로 그려 낸 작품이라는 점에서 의미가 있다.

2 「원왕생가」

〈원문〉

ᄃᆞᆯ하 이뎨
西方(서방)써뎡 가샤리고
無量壽佛(무량수불) 前(전)에
닏곰다가 ᄉᆞᆲ고샤셔.*
다딤 기프샨 尊(존)아히 울워러**

두 손 모도 숣아
願往生(원왕생) 願往生(원왕생)***
그릴 사룸 잇다 숣고샤셔
아으 이 몸 기탸 두고
四十八大願(사십팔대원) 일고 샬가

*닏곰다가 숣고샤셔 : 보고의 말씀 빠짐없이 전해 주십시오
**다딤 기프샨 尊(존)아히 울워러 : 맹세 깊으신 부처님께 우러러
***願往生(원왕생) : 극락왕생의 준말

〈현대어 역〉

달님이시여
서방정토까지 가시려는가
무량수 부처님 앞에
일러 사뢰옵소서
맹세 깊으신 부처님에게 우러러
두 손을 모아
왕생을 원하여 왕생을 원하여
그리워하는 사람이 있다고 사뢰옵소서
아아, 이 몸 남겨두고
마흔여덟 가지 큰 소원을 이루실까.

(1) 핵심 정리

작가	승려 광덕
연대	신라 30대 문무왕(7세기)
갈래	10구체 향가
성격	기원적, 불교적
표현	영탄법, 돈호법, 반복법
제재	극락왕생
주제	극락왕생을 간절히 바라는 마음
출전	『삼국유사』 권5

(2) 짜임

1장(1~4구)	달에게 청원함
2장(5~8구)	극락왕생을 기원함
3장(9~10구)	소원이 이루어지지 않을 것을 염려함

(3) 의의와 평가

① 「도천수대비가」와 더불어 자신의 소망을 초월적 대상에게 기도하는 전형적인 기원가(祈願歌)이자, 종교적인 색채가 두드러지는 10구체 향가로 『삼국유사』에 실려 전한다. 승려의 작품임에도 불구하고 집단적 발원, 주술의 성격을 띠기 때문에 민요적 성격을 갖고 있다고 볼 수 있다. 이 점을 바탕으로 향가의 향유 계층이 기층민에까지 확대되었음을 알 수 있다.

② 내용은 구에 따라 다음과 같이 정리할 수 있다.

1~4구	달에게 자신의 소원을 서방 세계에 있는 무량수불에게 전해 주기를 부탁한다.
5~8구	경건하고 간절한 자세로 자신의 소망이 바로 극락왕생임을 표현하고 있다.
9~10구	자신의 소망이 실현되지 않을 것을 염려하여, 무량수불이 소원을 이루기 위해선 자신의 소망을 들어주어야 한다는 점을 제시하며 소망 성취에 대하여 강하게 청원하고 있다.

③ 해당 작품에 등장하는 화자, 달, 무량수불은 의사소통의 구조면에서 다음과 같이 살펴볼 수 있다.

일차적 · 표면적 청자	달
본질적 청자	무량수불(궁극적으로 화자가 자신의 뜻을 전하고자 하는 대상)

제4절 유교 계열 향가

1 「안민가」

〈원문〉

君(군)은 어비여
臣(신)은 ᄃᆞᄉᆞ샬 어ᄼᆡ여*
民(민)ᄋᆞᆫ 얼ᄒᆞᆫ 아ᄒᆡ고** ᄒᆞ샬디
民(민)이 ᄃᆞᄉᆞᆯ 알고다
구믈ㅅ다히 살손 物生(물생)***
이흘 머기 다ᄉᆞ라
이 ᄯᅡ흘 ᄇᆞ리곡 어듸갈뎌 ᄒᆞᆯ디
나라악 디니디 알고다
아으 君(군)다이 臣(신)다이 民(민)다이 ᄒᆞᄂᆞᆯᄃᆞᆫ
나라악 太平(태평)ᄒᆞ니잇다

*ᄃᆞᄉᆞ샬 어ᄼᆡ여 : 사랑하실 어머니여
**얼ᄒᆞᆫ 아ᄒᆡ : 어리석은 아이
***구믈ㅅ다히 살손 物生(물생) : 꾸물거리며 사는 백성

〈현대어 역〉

임금은 아버지요
신하는 사랑하실 어머니요
백성은 어린아이로고 하실지면
백성이 사랑을 알리이다.
구물거리며 살손 물생이
이를 먹여 다스려져
이 땅을 버리고 어디 가려 할지면
나라 안이 유지될 줄 알지어다.
아, 임금답게 신하답게 백성답게 할지면
나라 안이 태평하나이다

(1) 핵심 정리

작가	충담사(忠談師)
연대	신라 35대 경덕왕(8세기)
갈래	10구체 향가
성격	유교적, 교훈적
표현	비유법, 영탄법, 반복법
제재	왕과 신하와 백성의 본분
주제	나라를 다스리는 올바른 방책, 치국안민(治國安民)의 도와 국태민안(國泰民安)의 이상
출전	『삼국유사』 권2

(2) 짜임

1장(1~4구)	군, 신, 민의 관계
2장(5~8구)	민본주의를 실천하는 근본 원리
3장(9~10구)	군, 신, 민의 바른 관계

(3) 의의와 평가

① 신라 경덕왕 때 왕의 명을 받아 충담사가 지은 노래로, 대부분의 향가가 불교색을 띠는 상황에서 현전하는 향가 중 유일하게 유교적 이념을 담고 있는 작품이라는 점에서 의의가 있다.

② 『삼국유사』의 기록에 따르면, 신라 경덕왕 때는 가뭄, 지진 등의 천재지변과 외척 중심으로 정국이 운영되는 등 많은 국가적인 어려움이 있었다. 이러한 상황에서 민심을 달래고 국가적 위기에서 벗어나기 위해 경덕왕이 충담사에게 명하여 「안민가」를 짓게 했다고 한다. 이러한 점에서 볼 때 이 작품은 문학의 예술성보다는 목적성과 교훈성이 더욱 두드러진 노래라고 할 수 있다.

제5절 주술 계열 향가

1 「처용가」

〈원문〉

ᄉᆡᄫᆞᆯ* ᄇᆞᆯ긔 ᄃᆞ래
밤드리 노니다가
드러ᅀᅡ 자리 보곤
가ᄅᆞ리** 네히어라
둘흔 내해엇고
둘흔 뉘해언고
본ᄃᆡ 내해다마ᄅᆞᆫ
아ᅀᅡᄂᆞᆯ 엇디ᄒᆞ릿고

*ᄉᆡᄫᆞᆯ : 서라벌, 신라의 서울인 경주
**가ᄅᆞ리 : 가랑이, 즉 사람의 다리

〈현대어 역〉

서울 밝은 달밤에
밤 늦도록 놀고 지내다가
들어와 자리를 보니
다리가 넷이로구나.
둘은 내 것이지만
둘은 누구의 것인고?
본디 내 것(아내)이다만
빼앗긴 것을 어찌하리

(1) 핵심 정리

작가	처용
연대	신라 49대 헌강왕(9세기 후반)
갈래	8구체 향가
성격	주술적, 무가(巫歌)
표현	대유법, 영탄법, 설의법
제재	아내를 범한 역신(질병을 일으키는 신)
주제	아내를 범한 역신을 물러나게 함
출전	『삼국유사』 권2 「처용랑 망해사」

(2) 짜임

1~4구	역신의 침범	화자가 본 현재의 상황
5~8구	처용의 관용	상황에 대한 화자의 입장과 해석

(3) 의의와 평가

① 『삼국유사』 권2 「처용랑 망해사」에 실려 전하는 8구체 향가로, 현전하는 신라 향가 중 마지막에 해당하는 작품이다. 「구지가」에서 「해가」로 이어지는 주술 시가의 맥을 계승하고 있으며, 고려가요 「처용가」의 모태가 된 작품이라는 문학사적 의의를 가지고 있다.

② 향가 「처용가」의 여섯 구절이 고려가요 「처용가」에 그대로 들어가 있는데, 이것이 『악학궤범』에 훈민정음으로 기록되어 있어 향찰 표기의 기본 원리를 찾아낼 수 있었다. 즉, 향가 해독의 시작에 큰 도움이 된 작품이라고 할 수 있따.

③ 역신이 처용의 태도에 감동받아 이후로는 처용의 형상을 그린 것만 보아도 그 주위에는 얼씬도 하지 않겠다고 하였다는 점에서 이 작품을 축사(逐邪 : 귀신이나 요사스러운 기운을 물리쳐 내쫓음) 및 벽사진경(辟邪進慶 : 요사스럽고 나쁜 귀신을 쫓고 경사스러운 일을 맞이함)의 노래로 보기도 한다.

제 3 편 실전예상문제

01 다음 내용에서 설명하고 있는 대상으로 옳은 것은?

> 향가의 형식적 특성으로, 고려 시대에 창작된 균여의 「보현십원가」를 한시로 번역한 최행귀가 언급했다.

① 삼장육구(三章六句)
② 삼구육명(三句六名)
③ 오언칠자(五言七字)
④ 칠언율시(七言律詩)

01 『균여전』에서 최행귀(崔行歸)가 「보현십원가」를 한시체로 번역하면서 쓴 서문 가운데 중국의 한시와 우리말 노래를 비교하면서 "한시는 중국말(한문)로 짜되 5언 7자의 형식으로 다듬어 내고, 노래는 우리말(신라어)로 배열하되 3구 6명의 형식으로 다듬어 낸다."라고 말하면서 삼구육명은 향가의 형식적 특성이 됐다.

02 다음 중 사뇌가 계열의 향가에 해당하는 작품은?

① 「도솔가」
② 「서동요」
③ 「안민가」
④ 「헌화가」

02 사뇌가는 10구체 계열의 향가를 이르는 별도의 명칭인데, 여기에는 「안민가」, 「제망매가」, 「찬기파랑가」, 「혜성가」 등이 있다.
①·②·④ 「도솔가」, 「서동요」, 「헌화가」는 모두 가장 초기 형태의 향가인 4구체 민요형식이다.

03 다음 설명에 해당하는 작품은 무엇인가?

> 전래동요를 주술계 동요와 통합한 성격의 노래로, 유희적 기능과 주술적 기능의 기능적 합성을 통하여 재문맥화하였다.

① 「구지가」
② 「회소곡」
③ 「풍요」
④ 「서동요」

03 「서동요」는 전래동요를 직접적 모태로 하되, 전래동요를 주술계 노래와 통합하는 기능적 합성, 즉 유희기능과 주술기능의 합성을 통하여 재문맥화한 노래이다.

정답 01 ② 02 ③ 03 ④

04 다음 내용에 해당하는 민요계 향가는 무엇인가?

- '호칭 – 명령 – 가정 – 위협'이라는 위압적 주술을 노래의 기본 구조로 차용하였다.
- '명령'을 탈락시키고 '위협'을 약화시키는 대신에 불교적 영험력을 강화하였다.
- 주술 대상을 '꽃'이라는 서정적 상관물로 대치하는 시적 변용을 시도하였다.

① 「처용가」　② 「도솔가」
③ 「풍요」　④ 「원왕생가」

04 「도솔가」는 구지가계 노래의 '호칭 – 명령 – 가정 – 위협'이라는 위압적 주술의 구조를 계승하며, '위협'을 탈락시키고 '명령'을 약화시키는 대신에 불교적 영험력을 강화하고, '거북'과 같은 비의적 주술 대상을 '꽃'이라는 서정적 상관물로 대치하는 시적 변용을 선택하고 있다.

05 사뇌가계 향가이면서 상층 지식인이 아닌 기층민 작가가 지은 작품은 무엇인가?

① 「제망매가」
② 「찬기파랑가」
③ 「혜성가」
④ 「도천수관음가」

05 10구체 형식의 「도천수관음가」는 기층민 여성의 작품이다. 이는 사뇌가계 향가가 기층민 사회에까지 널리 수용되고 있음을 보여 주는 중요한 증거다.
①·②·③ 「제망매가」, 「찬기파랑가」, 「혜성가」는 모두 기득권층이자 지배층인 승려의 작품이다.

06 다음 내용에 해당하는 작품이 순서대로 옳게 짝지어진 것은?

- (㉠) : 아이들의 전래동요를 주술계 노래와 통합하는 기능적 합성을 통해 형성된 노래
- (㉡) : 노동요를 불교적 공덕가로 바꾸는 기능적 전이를 통하여 형성된 노래

	㉠	㉡
①	「도천수대비가」	「풍요」
②	「처용가」	「서동요」
③	「서동요」	「풍요」
④	「도천수대비가」	「처용가」

06 「서동요」는 전래동요를 직접적 모태로 하되, 전래동요를 주술계 노래와 통합하는 기능을 통하여 재문맥화한 노래이다. 「풍요」는 영묘사의 장육존상을 조성하기 위하여 애상적 내용의 전래적인 방아노래를 불교적 공덕가로 재문맥화한 노래라 할 수 있다.

정답 04 ② 05 ④ 06 ③

07 향가에 대한 일반적인 정의에 해당하는 것으로 볼 수 없는 것은?

① 향찰식으로 표기된 우리말 노래
② 차사사뇌격을 지니고 있는 노래를 포함하는 향찰 표기의 노래
③ 『고려사』「악지」 속악조에 실린 고려의 속악으로 쓰인 노래
④ 4구체, 8구체, 10구체 등 세 가지 형식을 지닌 정형시

07 향가는 향찰식으로 표기된 우리말 노래로서, 신라 시대부터 고려 전기까지 존속했던 장르이며, 4·8·10구체 등 세 가지 형식을 지닌 정형시로 정의할 수 있다. 한편 『고려사』「악지」에 실려 고려속악으로 쓰인 노래는 고려가요이다.

08 다음은 각 시가작품의 배경설화 중 일부이다. 갈래가 다른 하나는?

(가) 그는 신라 진평왕의 셋째 공주 선화가 아름답기 짝이 없다는 말을 듣고, 머리를 깎고 신라의 서울로 가서 마을 아이들에게 마를 주며 노래를 부르게 하였다.
– 「서동요」 –

(나) 옛사람의 말에 따르면, 여러 사람의 입에 오르내리면 쇠 같은 물건도 녹인다 했으니 바닷속의 짐승이 어찌 뭇사람의 입을 두려워하지 않겠습니까? 당연히 경내의 백성을 모아야 합니다. 노래를 지어 부르고 막대기로 언덕을 치면 부인을 찾을 수 있을 것입니다.
– 「해가」 –

(다) 한 늙은이가 암소를 끌고 지나가다가 부인의 말을 듣고 그 꽃을 꺾어 와서는 가사를 지어 바쳤다.
– 「헌화가」 –

(라) 그때 융천사가 노래를 지어서 불렀더니 별의 괴변은 즉시 없어지고 일본 군사가 제 나라로 돌아감으로써 도리어 경사가 되었다.
– 「혜성가」 –

① (가)　　② (나)
③ (다)　　④ (라)

08 「해가」는 고대가요에 해당한다.
① 「서동요」는 4구체 향가에 해당한다.
③ 「헌화가」는 4구체 향가에 해당한다.
④ 「혜성가」는 10구체 향가에 해당한다.

정답 07 ③ 08 ②

09 다음 향가에 대한 설명으로 옳지 않은 것은?

> 생사길은
> 예 있으매 머뭇거리고
> 나는 간다는 말도
> 못다 이르고 어찌 갑니까
> 어느 가을 이른 바람에
> 이에 저에 떨어질 잎처럼
> 한 가지에 나고
> 가는 곳 모르온저
> 아아, 미타찰에서 만날 나
> 도 닦아 기다리겠노라

① '이른 바람'은 누이의 요절을 비유적으로 표현한 부분이다.
② 화자는 삶의 허무함을 종교를 통해 극복하고자 하는 의지를 보이고 있다.
③ 마지막 두 행에 삶의 무상함이 잘 표현되어 있다.
④ 향가의 10구체 형식을 취하고 있으며 내용상 3장을 이룬다.

09 제시된 작품은 월명사의 「제망매가」로, 누이의 죽음을 추모하는 향가이다. 마지막 두 행은 누이의 죽음으로 인한 슬픔과 삶의 무상감을 종교적으로 극복하려는 의지가 담겨져 있다고 할 수 있다.

10 다음 설명에서 밑줄 친 부분에 해당하는 작품으로 옳게 짝지은 것은?

> 사뇌가계 향가의 향유층은 후대로 가면서 점차 넓혀져 기층민까지 확대된 것으로 보이는데, 그 증거가 될 수 있는 대표적인 두 작품이 있다.

① 「도천수관음가」, 「원왕생가」
② 「도천수관음가」, 「혜성가」
③ 「원왕생가」, 「우적가」
④ 「원가」, 「우적가」

10 「도천수관음가」는 희명이라는 여성이 지은 작품으로, 사뇌가계 향가의 향유층이 기층민으로까지 넓어졌음을 보여 주는 구체적인 증거이다. 기층민으로까지 넓혀 나가는 사뇌가계 향가의 향유층 확산은 7세기 후반의 작품인 「원왕생가」를 통해서도 살필 수 있다.

정답 09 ③ 10 ①

11 제시된 다음 작품의 내용상 성격에 해당하는 것은?

善化公主主隱善化公主	선화공주님은
他密只嫁良置古	남 몰래 결혼해 두고
薯童房乙	서동방을
夜矣卯乙抱遣去如	밤에 몰래 안고 간다.

① 유희요
② 노동요
③ 선동적인 민요
④ 참요

11 제시된 작품은 4구체 향가인 「서동요」이다. 「서동요」는 서동이 선화공주의 행실을 헐뜯어 선화공주를 곤경에 빠뜨려 자신의 목적을 달성하려 한 노래로, 이렇게 남을 모함하고 헐뜯는(선화공주에 대한 모함) 성격과 미래의 일을 암시·예언하는 성격(선화공주와 서동의 결혼)을 가졌기 때문에 「서동요」는 참요라 할 수 있다.

12 10구체 향가에 대한 설명으로 적절하지 않은 것은?

① 4단 구성으로 이루어진다.
② 사뇌가라 한다.
③ 불교적 발원이 많다.
④ 창작 향가이다.

12 10구체 향가는 세 단락으로 나누어지며 낙구 첫머리에는 반드시 감탄사가 오는데, 이는 시조 종장 첫머리에 감탄 어구가 오는 것과 일치한다.
② 사뇌가(詞腦歌)는 향가 중 10구체로 된 향가를 일컫는다.
③ 신라는 불교 국가였기에, 향가도 불교적 발원이 가장 많다.
④ 향가는 모두 개인 창작가요이다.

정답 11 ④ 12 ①

주관식 문제

01 다음 작품에서 밑줄 친 ㉠과 ㉡의 '나'는 각각 누구인지 쓰시오.

생사길은
예 있으매 머뭇거리고
㉠ 나는 간다는 말도
못다 이르고 어찌 갑니까
어느 가을 이른 바람에
이에 저에 떨어질 잎처럼
한 가지에 나고
가는 곳 모르온저
아아, 미타찰에서 만날 ㉡ 나
도 닦아 기다리겠노라

01 **정답**
㉠ 죽은 누이
㉡ 작가 자신

해설
3행의 '나'는 망매(亡妹) 즉, 죽은 누이를 가리키고, 9행의 '나'는 미타찰에서 죽은 누이를 만날 수 있다고 믿는 작가 '월명사'이다.

02 다음 내용에서 괄호 안에 들어갈 적절한 단어를 쓰시오.

「처용가」는 현재 전하는 신라 향가의 마지막 작품이다. 처용이 자신의 (　　)을(를) 침범한 역신(疫神)을 보고 물러나이 노래를 부르자 역신이 물러갔다는 벽사진경의 내용을 담은 노래이다.

02 **정답**
아내

해설
「처용가」 원문의 '내해엇고'는 '내해거니와, 나의 것이거니와, 내 아내의 것' 등으로 해석이 가능하다. 따라서 '내해'는 처용의 아내라고 할 수 있으므로, 처용이 역신에게 빼앗긴 대상은 '아내'이다.

제 4 편

고려가요

| 단원 개요 |

고려가요는 고려 시대에 일반 백성들이 부른 민요 형식의 노래로, 이 편에서는 고려가요의 개념과 3음보, 3·3·2조, 후렴구라는 고려가요의 일반적인 형식과 아울러 고려가요의 전승 과정, 고려가요의 작가와 향유 계층, 고려가요의 내용과 주제 등을 학습한다. 또한 현전하는 개별 작품들 중 「정과정」, 「청산별곡」, 「서경별곡」, 「가시리」 등 각 작품의 주제와 내용은 물론 표현상의 특징과 문학적 상징까지도 깊이 있게 분석한다.

| 출제 경향 및 수험 대책 |

해당 편에서는 고려가요의 개념과 일반적인 형식 및 특징, 고려가요의 작가와 향유층, 내용과 주제 등을 심층적으로 학습할 필요가 있다. 특히 「정과정」, 「청산별곡」, 「서경별곡」, 「가시리」 등은 각 작품의 주제와 내용은 물론 표현상의 특징도 학습하고 암기해야 하며, 「동동(動動)」의 경우 월령체(月令體) 노래의 효시인 만큼 그 문학사적 의미와 함께 형식적 특징을 계승한 또 다른 작품들까지 확장하여 공부해야 한다.

제 1 장 고려가요의 개념과 형식

제1절 고려가요의 개념과 명칭

1 고려가요의 개념

고려 시대에 창작된 시가(詩歌)로, 주로 민중 사이에 널리 전해진 노래를 뜻한다. 넓은 뜻으로는 고려시가(高麗詩歌) 모두를 포함하며, '고려가사(高麗歌詞)', '고려장가(高麗長歌)', '고려속요', 이를 줄여서 '여요(麗謠)'라고도 한다.

2 고려가요의 명칭

(1) 고려가요(高麗歌謠) 또는 고려속요는 향가나 시조처럼 당시에 통용되던 별도의 갈래 명칭이 없었다. 따라서 학계에서는 고려가요를 '고려가사・고려속요・여요・장가・별곡・속악가사' 등 다양한 이름으로 불러 갈래 통일성 측면에서 이의가 제기되었다. 이에 따라 학계에서는 해당 장르의 특색을 반영하는 이름에 대한 논의가 여러 차례 진행되었다.

(2) '장가'나 '별곡'은 노래의 특징을 살린 명칭이지만 전체를 포괄하지 못한다는 점과, 후대의 다른 갈래와 구분이 어렵다는 점에서 부적절하다. '속악가사'는 『고려사』「악지」 속악조에 실려 있는 모든 노래와 『속악가사』・『악학궤범』・『시용향악보』 등에 실려 있는 노래 가운데 고려의 속악으로 쓰인 노래에 대한 총칭이다. 따라서 속악가사는 고려가요는 물론 경기체가・향가・무가・불가・민요 등이 모두 포함되므로 역시 적당하지 않다.

(3) 따라서 한국문학사에서는 경기체가를 제외한 고려 시대 가요의 주요한 몫을 차지하는 특정한 분야의 명칭으로 '고려가요' 또는 '고려속요'라는 이름을 사용한다.

제2절 고려가요의 형식

1 정격형과 변격형

고려가요는 3음보, 후렴구의 특정한 형태를 충실히 따르는 '정격형'과 그러한 틀을 어느 정도 벗어나 음보의 규칙성이나 후렴구가 없는 '변격형'으로 나누어 볼 수 있다.

(1) 정격형

① 음수율이 주로 2·3·4음절로 되어 있으나, 3음절이 압도적으로 우세하다.

② 음보율은 일률적으로 3음보로 되어 있으나, 가끔 4음보도 끼어 있다.

③ 구수율(句數律)은 별반 통일성이 없다.

④ 대체로 후렴구를 가진다.

⑤ 일률적으로 여러 연이 중첩되어 한 가요를 이룬다는 점에서 공통성을 보인다. 「동동」·「처용가(處容歌)」·「쌍화점」·「서경별곡」·「청산별곡」·「정석가(鄭石歌)」·「가시리」가 이에 해당한다.

(2) 변격형

① 음수율은 주로 2·3·4음절이 많으나 4음절이 우세한 경향을 보인다.

② 음보율은 3음보와 4음보가 번갈아 사용되나 4음보가 우세한 경향을 보인다.

③ 구수율은 별반 통일성이 없다.

④ 후렴구가 차차 소멸해 가는 경향을 보인다.

⑤ 여러 연이 중첩되어 한 가요를 형성한다는 점에서는 공통성을 보인다. 「이상곡(履霜曲)」·「만전춘별사」 등이 이에 해당한다.

2 단연체와 연장체(분연체)

고려가요는 형식상 연의 중첩 여부에 따라 다음과 같이 파악한다.

<table>
<tr><td>단연체
(單聯體)</td><td colspan="2">단 하나의 연으로 구성됨</td></tr>
<tr><td rowspan="2">연장체
(聯章體)</td><td>일제연장체
(一題聯章體)</td><td>그 주제가 하나로 일관되어 있음</td></tr>
<tr><td>분제연장체
(分題聯章體)</td><td>각 연마다 그 주제를 달리함</td></tr>
</table>

(1) 단연체

단연체 고려가요에는 「사모곡(思母曲)」·「이상곡」·「처용가」 등이 있다.

(2) 연장체

연장체는 그 주제가 하나로 일관된 일제연장체(一題聯章體)와 각 연마다 그 주제를 달리하는 분제연장체(分題聯章體)로 다시 나누어진다. 일제연장체에 해당하는 작품은 「서경별곡」, 「가시리」 등이 있고, 분제연장체에 해당하는 작품은 「쌍화점」, 「동동」, 「만전춘별사」, 「청산별곡」, 「정석가」 등이 있다.

3 통사론적 구성

고려가요의 후렴을 제거하고 문맥적 의미와 종결어미에 따라 그 형식을 재구성할 때, 다음과 같이 구분할 수 있다.

구분	예
8구체 향가와 같은 단순 형식으로 되어 있음	「가시리」
10구체 향가 형식을 그대로 계승함	「이상곡」
10구체 혹은 8구체 향가 형식의 전체이거나 일부를 반복한 복합 형식으로 되어 있음	「동동」, 「처용가」, 「쌍화점」, 「정석가」, 「만전춘별사」

제 2 장 고려가요의 전승 과정

고려가요가 언제 어떠한 과정을 거쳐 형성되었는지 명확하게 알기는 어렵다. 다만 현존하는 작품의 구조와 음악과의 관련성을 고려하여 형성과정을 추정할 수 있다. 이는 현전하는 고려가요 가운데 상당수의 작품 제목에 '별곡(別曲)' 혹은 '별사(別詞)'라는 명칭이 붙어 있는데 주목하고, 이 별곡체의 형성과정의 하나로 고려가요가 생성되었다고 보는 것이다.

(1) 별곡 혹은 별곡체 가요는 고려 예종 11년(1116)에 송나라로부터 대성악(大晟樂)이 들어오면서 고려의 전통가악에 일대 변혁이 일어나는 과정에서 생성되었다. 그 구체적인 양상은 외래음악인 대성악이 고려로 전래된 이후 전통가악과 여러 차례 융합되는 과정을 거치면서 별곡 혹은 별곡체 가요가 생성되었을 것으로 추정한다.

(2) 고려가요는 다음과 같은 3단계를 거쳐 발전했을 것으로 추정된다.

1단계	외래악을 그대로 모방하면서 그 가락에 알맞은 재래의 사설을 찾아 새 형태의 우리말 사설이 지어졌을 것이다.
2단계	재래의 사설과 새로 들어온 가락이 맞지 않을 때 그 조절을 위하여 여러 가지 방법을 시도했을 것이다.
3단계	나아가서 새로운 가락에 맞는 사설이 창작되어 정형률로서 토착화하는 과정이 있었을 것이다.

「청산별곡(靑山別曲)」·「서경별곡(西京別曲)」·「만전춘별사(滿殿春別詞)」와 같은 고려가요는 제2단계, 즉 새로 들어온 가락에 재래의 사설을 합성하여 조절하고 재편성하는 과정에서 형성된 것으로 본다. 그러나 모든 고려가요가 이와 같은 형성 과정을 거쳤다고 보기는 어렵다. 예를 들어 「동동(動動)」의 경우, 처음에 '달거리노래'라는 지방 민요가 장생포 지방의 군악(軍樂)으로 수용된 후 궁중의 무악(舞樂)으로 재편성되는 경로를 통해 형성된 것으로 추정한다.

제 3 장 고려가요의 작가와 향유 계층

제1절 고려가요의 작가

(1) 고려가요는 대부분 작가를 특정할 수 없는데, 그 이유는 고려가요라는 장르는 외래악과 재래의 민요를 수용하여 새로운 궁중무악(宮中舞樂) 혹은 연악(宴樂)으로 재편한 것이고, 고려 후기에 이러한 민요사설을 왕실의 주변 인물인 권문세족(權門世族)이 궁중악으로 수용하는 과정에서 고려가요가 생성되었기 때문이다. 즉 고려가요는 처음부터 어느 개인이 뚜렷한 창작의식을 가지고 만든 개인 창작 가요가 아니라, 하층민의 집단적인 공동작품인 민요를 토대로 형성되었기 때문에 어느 특정인을 작가라 할 수 없다.

(2) 한때 고려가요를 민요와 동일시하여 그 작가층을 고려 시대의 민중층으로 보기도 하였는데, 고려가요의 대부분이 다음과 같은 민요 특유의 성질을 두루 갖고 있었기 때문이었다.

구조	반복과 병치의 원리
표현	공식적 · 관습적 표현과 전형적 상징 사용
언어	민중의 일상어 · 속어 · 비어 · 비문명어
보편적 율격	3음보격 중심의 율격

(3) 그러다가 모든 고려가요가 일률적으로 민요일 수는 없으며, 그 가운데에는 「한림별곡(翰林別曲)」의 작가층에 못지않은 상층 지식인의 작품도 있을 수 있다는 이론(異論)이 제기되었다. 가령 「청산별곡」의 경우 그 이미지가 관용적이지 않고, 구성에 있어서 동적이면서 논리성을 일관하고 있으며, 고도의 상징과 긴장감을 함축하고 있기 때문에 그 작가가 민중층이 아닌 지식인의 개인 창작 가요일 가능성이 크다.

(4) 또한 「쌍화점(雙花店)」의 경우 제2연이 『고려사』 「악지」에 「삼장(三藏)」이라는 제목으로 한시화(漢詩化)되어 있다. 「삼장」은 충렬왕대의 행신(倖臣)인 오기(吳祈)와 김원상(金元祥), 그리고 내시인 석천보(石天補) · 석천경(石天卿) 등이 관기(官妓)나 관비(官婢) 혹은 여무(女巫) 중에 노래 잘하는 이를 뽑아 가르쳐 궁중에서 부르게 한 것이라고 한다.

(5) 이러한 해설을 근거로, 고려가요는 지식인 계층에 해당하는 개인이 창작했을 가능성이 크다는 주장이 나왔다. 나아가 이보다 더욱 극단적인 견해로는 오늘날 전하는 모든 고려가요는 궁중악으로 쓰인 가요였기 때문에 결코 민간 계통의 노래일 수는 없다는 주장도 있다.

제2절 고려가요의 향유 계층

고려가요는 『고려사』 「악지」의 속악조를 비롯하여 『악학궤범』·『악장가사』·『시용향악보』 같은 궁중악을 수록한 문헌에 채록되어 있으므로 그 향유 계층은 왕과 권문세족을 중심으로 하는 상층 지식인 계층임에 틀림없다. 그러나 고려가요가 비록 궁중악으로 사용된 가요였다 할지라도 그 사설의 원천은 민요에 있으므로 본래의 작가층 및 향유층은 민중이었을 것이다. 또한 민중의 날것을 바탕으로 고려가요를 재창작하여 향유한 왕실과 그 주변 인물인 권문세족은 수용자층으로 보는 것이 타당하다.

제 4 장 고려가요의 내용과 주제

제1절 고려가요의 내용 중요

작품	형식	내용	출전
「가시리」	4연 분연체	떠나는 임에게 곧 다시 돌아오라고 애원하는 이별가로, 일명 「귀호곡(歸乎曲)」이라고도 한다.	• 『악장가사』 • 『시용향악보』
「동동」	13연 월령체	월별로 자연 경물이나 절기에 따라 남녀의 애정을 읊은 달거리 노래이다.	『악학궤범』
「만전춘별사」 (「만전춘」)	5(6)연 분연체	• 남녀의 애정을 솔직하고 대담하게 노래한 남녀상열지사의 노래로, 형식상 시조와 가장 비슷하다. • 5연으로 이루어진 분연체로, 결사를 포함하여 6연으로 보기도 한다.	• 『악장가사』 • 『시용향악보』
「서경별곡」	3연 분연체	서경(평양)의 여인이 사랑하는 사람을 떠나보내며 이별의 정한을 읊은 노래이다.	• 『악장가사』 • 『시용향악보』
「정석가」	6연 분연체	임의 만수무강(萬壽無疆)을 기원하며 사랑을 굳게 맹세한 연주가(戀主歌)이다.	• 『악장가사』 • 『시용향악보』
「청산별곡」	8연 분연체	현실도피적인 생활상을 읊은 노래이다.	• 『악장가사』 • 『시용향악보』
「상저가」	비연시	효도를 주제로 한 노래로 방아 타령의 일종인 노동요이다.	『시용향악보』
「사모곡」	비연시	어머니의 극진한 사랑을 낫에 비유하여 예찬한 효심가로, 신라 「목주가(木州歌)」의 후신이라고도 한다. 일명 「엇노리」라고도 한다.	• 『악장가사』 • 『시용향악보』
「쌍화점」	4연 분연체	유녀(遊女)가 노래한 적나라한 남녀상열지사이다.	『악장가사』
「처용가」	비연시	신라의 향가 「처용가」를 부연해서 부른 축사(逐邪)의 노래이다.	• 『악장가사』 • 『악학궤범』
「도이장가」	8구체 향찰 표기	당시 서경에서 행해진 팔관회(八關會)라는 행사에서 왕이 개국공신 '김락'과 '신숭겸' 두 장군의 덕을 찬양한 노래이다.	『평산신씨고려태사장절공유사』
「정과정」 (「정과정곡」)	10구체 한글 표기	의종 때 동래에 귀양 가 있던 정서가 억울함을 하소연하고 임금에 대한 그리움을 호소한 노래로, 악곡명은 「삼진작」이다.	『악학궤범』

제2절 고려가요의 주제

주제	작품 목록
육친애(肉親愛)	「사모곡」, 「오관산」, 「상저가」
부부애(夫婦愛)	「예성강」, 「거사련」, 「원흥」
남녀 간의 사랑	「동동」, 「쌍화점(「삼장(三藏)」)」, 「사룡」, 「만전춘별사」, 「후전진작(「북전(北殿)」)」
이별의 정한(情恨)	「서경별곡」, 「가시리」
정조(貞操)	「안동자청」,「제위보」
단심(丹心)	「정석가」, 「이상곡」
연군(戀君)	「정과정」, 「동백목」, 「정인」
임에 대한 송축(頌祝)	「서경」, 「대동강」, 「장단」, 「송산」, 「정산」, 「금강성」
유희와 감상	「한송정」, 「총석정」
놀이와 즐거음	「양주」, 「태평곡」, 「소년행」
민중의 소원	「사리화」, 「북풍전」
풍자와 비유	「원정화,」「장암」, 「벌곡조」, 「수정사」
유랑의 비애	「청산별곡」

제 5 장 고려가요의 주요 작가와 작품

제1절 이별 고려가요 중요

1 「가시리」

〈원문〉

가시리 가시리잇고 나는*
ᄇᆞ리고 가시리잇고 나는.
위 증즐가** 大平聖代(대평성대)

날러는 엇디 살라 ᄒᆞ고
ᄇᆞ리고 가시리잇고 나는.
위 증즐가 大平聖代(대평성대)

잡ᄉᆞ와 두어리마ᄂᆞᄂᆞᆫ
선ᄒᆞ면 아니 올셰라.
위 증즐가 大平聖代(대평성대)

셜온 님 보내ᄋᆞᆸ나니 나는
가시는 ᄃᆞᆺ 도셔 오쇼셔 나는.
위 증즐가 大平聖代(대평성대)

*나는 : 음률을 맞추기 위한 의미 없는 조흥구
**증즐가 : 의미 없는 악기 소리(음성 상징어)

〈현대어 역〉

가시겠습니까, (진정으로 떠나) 가시겠습니까?
(나를) 버리고 가시겠습니까?
위 증즐가 대평성대

나더러는 어찌 살라 하고
(나를) 버리고 가시렵니까?
위 증즐가 대평성대

(생각 같아서는) 붙잡아 둘 일이지마는
(혹시나 임께서 행여) 서운하면 (귀찮아 마음이 토라지면, 다시는) 아니 올까 두렵습니다.
위 증즐가 대평성대

(떠나보내기) 서러운 임을 (어쩔 수 없이) 보내옵나니,
가자마자 곧 (떠날 때와 마찬가지로 총총히) 가시는 것처럼 돌아서서 오십시오.
위 증즐가 대평성대

(1) 핵심 정리

작가	미상
연대	고려 시대(구체적 연대는 미상)
형식	분절체, 4연, 각 2구의 분연체(分聯體)
성격	서정적, 민요적, 여성적, 자기희생적
운율	외형률, 3·3·2조, 3음보
출전	『악장가사』

(2) 짜임

기	원망	뜻밖의 이별에 대한 놀라움과 원망에 찬 하소연
승	원망의 고조	하소연의 고조, 또는 슬픔의 고조
전	절제·체념	감정의 절제와 체념
결	재회의 소망	이별 후의 소망과 기원(주제연)

(3) 이해와 감상

① 이 작품은 사랑하는 사람을 떠나보내는 화자의 슬프고도 애절한 마음과 애이불비(哀而不悲 : 슬프지만 겉으로 슬픔을 나타내지 아니함)의 태도가 잘 형상화되어 있는 작품으로, 우리 민족의 보편적 정서인 이별의 정한을 계승하고 있다.

② 내용을 살펴보면 다음과 같이 정리할 수 있다.

1연	임에게 진정 자신을 떠날 것인지를 애달프게 묻고 있다.
2연	질문을 되풀이하여 고조된 슬픔을 절실하게 드러내고 있다.
3연	임을 붙잡지 못하는 이유를 제시하며 수동적이고 전통적인 여인상을 드러낸다.
4연	임이 돌아오기를 바라는 간절한 소망을 제시하며 시상을 마무리하고 있다.

③ 노랫말 중에서 '나는'은 특별한 의미 없이 노래의 흥을 돋우는 구실을 하는 여음구이며, '위 증즐가 대평성대'는 후렴구이다.

2 「서경별곡」

西京(서경)이 아즐가* 西京(서경)이 셔울히 마르ᄂᆞᆫ
닷곤ᄃᆡ 아즐가 닷곤ᄃᆡ 쇼셩경 고외마른
여ᄒᆡᄆᆞ론 아즐가 여ᄒᆡᄆᆞ론 질삼뵈 ᄇᆞ리시고
괴시란ᄃᆡ 아즐가 괴시란ᄃᆡ** 우러곰 좃니노이다.
위 두어렁셩 두어렁셩 다링디리***

구스리 아즐가 구스리 바회예 디신ᄃᆞᆯ
긴힛ᄯᆞᆫ 아즐가 긴힛ᄯᆞᆫ 그츠리잇가 나ᄂᆞᆫ****
즈믄ᄒᆡ를 아즐가 즈믄ᄒᆡ를 외오곰 녀신ᄃᆞᆯ
信(신)잇ᄃᆞᆫ 아즐가 信(신)잇ᄃᆞᆫ 그츠리잇가 나ᄂᆞᆫ
위 두어렁셩 두어렁셩 다링디리

大洞江(대동강) 아즐가 大洞江(대동강) 너븐디 몰라셔
ᄇᆡ내여 아즐가 ᄇᆡ내여 노ᄒᆞᆫ다 샤공아
네가시 아즐가 네가시 럼난디 몰라셔
녈ᄇᆡ예 아즐가 녈ᄇᆡ예 연즌다 샤공아
大洞江 아즐가 大洞江 건넌편 고즐여
ᄇᆡ타들면 아즐가 ᄇᆡ타들면 것고리이다 나ᄂᆞᆫ
위 두어렁셩 두어렁셩 다링디리

*아즐가 : 감탄사, 악률을 맞추기 위한 여음구
**괴시란ᄃᆡ : 사랑을 해주신다면
***위 두어렁셩 두어렁셩 다링디리 : 후렴구. 악기의 소리를 흉내낸 의성어
****나ᄂᆞᆫ : 음률을 맞추기 위한 의미 없는 조흥구

〈현대어 역〉

서경(평양)이 서울이지마는
중수(重修)한 곳인(새로 닦은 곳) 중수한 곳인 소성경(小城京)을 사랑합니다마는
임을 이별할 것이라면(임을 이별하기보다는) 임을 이별할 것이라면 차라리 길쌈하던 베를 버리고서라도
사랑만 해 주신다면 울면서 따라가겠습니다.
위 두어렁셩 두어렁셩 다링디리

구슬이 바위 위에 떨어진들
끈이야 끊어지겠습니까?
(임과 헤어져) 천 년을 홀로 살아간들
사랑하는 임을 믿는 마음이야 끊기고 변할 리가 있겠습니까?
위 두어렁셩 두어렁셩 다링디리

대동강이 넓은 줄을 몰라서
배를 내어 놓았으냐 사공아.
네 아내가 놀아난 줄도 모르고(너 아내가 음란한지 몰라서, 네가 시름이 큰 줄을 몰라서)
다니는 배(가는 배)에 몸을 실었느냐 사공아.
(나의 임은) 대동강 건너편 꽃을
배를 타고 건너편에 들어가면 꺾을 것입니다.
위 두어렁셩 두어렁셩 다링디리

(1) 핵심 정리

작가	미상
연대	고려 시대
갈래	고려가요
성격	진솔함, 직설적, 적극적
형식	3음보로 매 연 끝마다 후렴구, 분연체, 3연 14절(3·3·3조가 주류)
제재	임과의 이별
주제	이별의 정한, 이별의 슬픔
표현	반복법, 설의법, 비유법을 통해 감정을 진솔하고 적극적으로 표현함
출전	『악장가사』, 『시용향악보』

(2) 짜임

1연 (1~5행)	이별을 아쉬워하는 연모의 정	여인의 목소리
2연 (6~10행)	임에 대한 변함없는 사랑과 믿음의 맹세	남성의 목소리
3연 (11~17행)	떠나는 임에 대한 애원	여인의 목소리

(3) 이해와 감상

① 이 작품은 애절한 사랑과 이별의 정한(情恨)을 노래하고 있는 고려가요이다. 이러한 특징은 우리 문학의 전통으로, 고려가요 「가시리」와 함께 김소월의 「진달래꽃」으로 이어지는 계보의 한 축을 담당하고 있다.

② 내용을 살펴보면 다음과 같이 정리할 수 있다.

1연	이별을 슬퍼하며 임의 뒤를 따르겠다는 애절한 연모(戀慕)의 정을 노래한다.
2연	사랑의 정(情)은 끊어지지 않으리라는 다짐을 노래한다. 여기서 2연은 고려가요 「정석가」의 6연과 일치하는데, 이는 구전되는 과정에서 덧붙은 것이 그대로 채록된 것으로 보인다.
3연	임을 배에 태우고 떠나는 사공을 원망하는 내용이 담겼다.

③ 이 작품의 화자는 불안과 질투의 감정을 숨기지 않고 드러내는 등 사랑을 쟁취하려는 적극적인 삶의 태도와 현실적 감정을 표현했다는 점에서 다른 작품과 다른 독특한 면을 보이기도 한다.

제2절 남녀 간의 사랑

1 「동동(動動)」

〈원문〉

德(덕)으란 곰ᄇᆡ예 ᄇᆞᆮᄌᆞᆸ고, 福(복)으란 림ᄇᆡ예 ᄇᆞᆮᄌᆞᆸ고,
덕이여 복이라 호ᄂᆞᆯ 나ᅀᅡ아 오소이다.
아으 動動(동동)다리.*

正月(정월)ㅅ나릿므른 아으 어져 녹져 ᄒᆞ논ᄃᆡ.
누릿 가온ᄃᆡ 나곤 몸하 ᄒᆞ올로 녈셔.
아으 動動(동동)다리.

二月(이월)ㅅ보로매, 아으 노피 현 燈(등)ㅅ블 다호라.
萬人(만인) 비취실 즈ᅀᅵ샷다.
아으 動動(동동)다리.

三月(삼월) 나며 開(개)ᄒᆞᆫ 아으 晩春(만춘) ᄃᆞᆯ욋고지여.
ᄂᆞᄆᆡ ᄇᆞᄅᆞᆯ 즈ᅀᅳᆯ 디녀 나샷다.
아으 動動(동동)다리.

四月(사월) 아니 니저 아으 오실셔 곳고리새여.
므슴다 綠事(녹사)니ᄆᆞᆫ** 녯나ᄅᆞᆯ 닛고신뎌.
아으 動動(동동)다리.

五月(오월) 五日(오일)애, 아으 수릿날 아ᄎᆞᆷ 藥(약)은
즈믄 ᄒᆡᆯ 長存(장존)ᄒᆞ샬 藥(약)이라 받ᄌᆞᆸ노이다.
아으 動動(동동)다리.

六月(유월)ㅅ보로매 아으 별해 ᄇᆞ룐 빗 다호라.
도라보실 니믈 적곰 좃니노이다.
아으 動動(동동)다리.

七月(칠월)ㅅ보로매 아으 百種(백종) 排(배)ᄒᆞ야 두고,
니믈 ᄒᆞᆫ ᄃᆡ 녀가져 願(원)을 비ᅀᆞᆸ노이다.
아으 動動(동동)다리.

八月(팔월)ㅅ보로ᄆᆞᆫ 아으 嘉俳(가배) 나리마ᄅᆞᆫ
니믈 뫼셔 녀곤 오ᄂᆞᆯ낤 嘉俳(가배)샷다.
아으 動動(동동)다리.

九月(구월) 九日(구일)애 아으 藥(약)이라 먹논 黃花(황화)
고지 안해 드니 새셔 가만ᄒᆞ애라.
아으 動動(동동)다리.

十月(시월)애 아으 져미연 ᄇᆞᄅᆞᆺ 다호라.
것거 ᄇᆞ리신 後(후)에 디니실 ᄒᆞᆫ 부니 업스샷다.
아으 動動(동동)다리.

十一月(십일월)ㅅ봉당 자리예 아으 汗衫(한삼) 두퍼 누워
슬ᄒᆞᆯᄉᆞ라온뎌 고우닐 스싀옴 녈셔.***
아으 動動(동동)다리.

十二月(십이월)ㅅ분디남ᄀᆞ로 갓곤 아으 나ᄉᆞᆯ 盤(반)잇 져 다호라.
니믜 알ᄑᆡ 드러 얼이노니 소니 가재다 므ᄅᆞᅀᆞᆸ노이다.
아으 動動(동동)다리.

*아으 動動(동동)다리 : 후렴구, 조흥구, 북소리의 의성어
**綠事(녹사)니ᄆᆞᆫ : 벼슬 이름. 임의 신분을 암시하며, 화자가 여성임을 알 수 있음
***슬ᄒᆞᆯᄉᆞ라온뎌 고우닐 스싀옴 녈셔 : 슬프도다. 사랑하는 임과 떨어져 홀로(제각기) 살아가는구나

〈현대어 역〉

덕은 뒤에 바치옵고, 복은 앞에 바치오니,
덕이며 복이라 하는 것을 진상하러 오십시오.
아으 동동다리.

정월 냇물은 아아, 얼려 녹으려 하는데,
세상에 태어나서 이 몸이여, 홀로 살아가는구나.
아으 동동다리.

2월 보름에 아아, 높이 켜 놓은 등불 같구나.
만인을 비추실 모습이시도다.
아으 동동다리.

3월 지나며 핀 아아, 늦봄의 진달래꽃이여.
남이 부러워할 모습을 지니고 태어나셨구나.
아으 동동다리.

4월을 잊지 않고 아아, 오는구나 꾀꼬리새여.
무엇 때문에(어찌하여) 녹사님은 옛날을 잊고 계시는구나.
아으 동동다리.

5월 5일(단오)에, 아아 단옷날 아침 약은
천 년을 사실 약이기에 바치옵니다.
아으 동동다리.

6월 보름(유두일)에 아아, 벼랑에 버린 빗 같구나.
돌아보실 임을 잠시나마 따르겠나이다.
아으 동동다리.

7월 보름(백중)에 아아, 여러 가지 제물을 벌여 놓고
임과 함께 살고자 소원을 비옵니다.
아으 동동다리.

8월 보름(가위)은 아아, 한가윗날이지마는,
임을 모시고 지내야만 오늘이 뜻 있는 한가윗날입니다.
아으 동동다리.

9월 9일(중양절)에 아아, 약이라고 먹는
노란 국화꽃이 집 안에 피니 초가집이 고요하구나.
아으 동동다리.

10월에 아아, 잘게 썰은 보리수나무 같구나.
꺾어 버리신 후에 (나무를) 지니실 한 분이 없으시도다.
아으 동동다리.

11월에 봉당 자리에 아아, 홑적삼을 덮고 누워
임을 그리며 살아가는 나는 너무나 슬프구나(슬픔보다 더하구나. 사랑하는 임과 갈라져 제각기 살아가는구나).
아으 동동다리.

12월에 분지나무로 깎은 아아, (임께 드릴) 소반 위의 젓가락 같구나.
임의 앞에 들어 가지런히 놓으니 손님이 가져다가 뭅니다.
아으 동동다리.

(1) 핵심 정리

작가	미상
연대	고려 시대
갈래	고려가요
성격	상징적, 비유적, 서정적, 민요적, 송축적, 월령체, 이별의 노래, 민요풍, 송도가
형식	전 13연, 달거리(월령체 : 한 해 열두 달의 순서에 따라 노래한 시가의 형식)
제재	달마다 행하는 민속
주제	송축과 고독의 비애 또는 임에 대한 영원한 사랑(각 연마다 주제가 다름)
표현	영탄법, 직유법, 은유법
출전	『악장가사』

(2) 짜임

1연	서사	임에 대한 송축
2연	1월령	자신의 외로운 처지('나릿물')
3연	2월령	임의 빼어난 모습 찬양('등ㅅ불')
4연	3월령	임의 아름다운 모습 찬양['ᄃᆞᆯ욋곶(진달래꽃)']
5연	4월령	자신을 찾지 않는 임에 대한 원망('꾀꼬리새')
6연	5월령	임의 장수에 대한 기원(단오 : '아침 약')
7연	6월령	임에게 버림받은 처지 비관(유두절 : '빗')
8연	7월령	임을 따르고자 하는 염원(백중)
9연	8월령	임 없는 한가위의 쓸쓸함(한가위)
10연	9월령	임의 부재로 인한 고독(중양절 : '황화')
11연	10월령	버림받은 사랑에 대한 회한['ᄇᆞᄅᆞᆺ(보리수나무)']
12연	11월령	임 없이 살아가는 외로움과 슬픔 – 독수공방의 외로움('한삼')
13연	12월령	임과 맺어지지 못한 슬픔

(3) 이해와 감상

① 이 작품은 **현존하는 국문학 작품 중 가장 오래된 월령체 노래**로, 임금에 대한 송도(頌禱)의 성격을 지닌 서사 부분과 임에 대한 사랑을 노래하는 12개의 연으로 구성되어 있다.

② 분연체 형식과 후렴구의 사용 등 형태적인 면에서 고려가요의 일반적인 특성을 보여 주고 있고, 각 달의 특성과 세시 풍속을 중심으로 송축과 찬양, 떠나 버린 임에 대한 원망과 한스러움, 그리움 등 다양한 화자의 애절한 정서를 노래하고 있다.

③ 화자와 시적 대상을 다양한 사물에 비유하여, 임에게 버림받은 상황을 해학적으로 드러낸 것도 이 노래의 특징 중 하나이다.

2 「쌍화점」

〈원문〉

雙花店(솽화뎜)에 雙花(솽화)* 사라 가고신ᄃᆡᆫ
回回(회회)아비** 내 손모글 주여이다
이 말ᄉᆞ미 店(뎜) 밧긔 나명들명
다로러거디러 죠고맛감 삿기광대 네 마리라 호리라***
더러둥셩 다리러디러 다리러디러 다로러거디러 다로러
긔 자리예 나도 자라 가리라
위 위 다로러거디러 다로러
긔 잔 ᄃᆡ ᄀᆞ티 덦거츠니 업다

三藏寺(삼장ᄉᆞ)****애 브를 혀라 가고신ᄃᆡᆫ
그 뎔 寺主(샤쥬)ㅣ 내 손모글 주여이다
이 말ᄉᆞ미 이 뎔 밧긔 나명들명
다로러거디러 죠고맛간 삿기上座(샹좌)ㅣ 네 마리라 호리라
더러둥셩 다리러디러 다리러디러 다로러거디러 다로러
긔 자리예 나도 자라 가리라
위 위 다로러거디러 다로러
긔 잔 ᄃᆡ ᄀᆞ티 덦거츠니***** 업다

드레우므레****** ᄆᆞ를 길라 가고신ᄃᆡᆫ
우믓 龍(룡)이 내 손모글 주여이다.
이 말ᄉᆞ미 이 우물 밧씌 나명들명
다로러거디러 죠고맛간 드레바가 네 마리라 호리라
더러둥셩 다리러디러 다리러디러 다로러거디러 다로러
긔 자리예 나도 자라 가리라
위 위 다로러거디러 다로러
긔 잔 ᄃᆡ ᄀᆞ티 덦거츠니 업다

술 ᄑᆞᆯ 지븨 수를 사라 가고신ᄉᆡᆫ
그 짓 아비 내 손모글 주여이다
이 말ᄉᆞ미 이 집 밧씌 나명들명
다로러거디러 죠고맛간 ᄉᆡ구비*******가 네 마리라 호리라
더러둥셩 다리러디러 다리러디러 다로러거디러 다로러
긔 자리예 나도 자라 가리라
위 위 다로러거디러 다로러
긔 잔 ᄃᆡ ᄀᆞ티 덦거츠니 업다

*雙花(솽화) : 만두, 쌍화(雙花) 또는 상화(霜花)떡, 만두
**回回(회회)아비 : 몽고인 또는 아랍계 상인 → 해외무역이 활발했던 당시의 사회상 반영
***다로러거디러 죠고맛감 삿기광대 네 마리라 호리라 : 삿기 광대를 협박하는 내용

****三藏寺(삼장ᄉᆞ) : 신성하고 탈속적인 공간(사회의 타락상)
*****덦거츠니 : 난잡한 곳이
******드레우므레 : 두레박 우물에
*******싀구비 : 시궁을 치는 바가지

〈현대어 역〉

만두집에 만두 사러 갔더니만
회회(색목인) 아비 내 손목을 쥐더이다.
이 소문이 가게 밖에 나며 들며 하면
다로러거디러 조그마한 새끼 광대 네 말이라 하리라
더러둥셩 다리러디러 다리러디러 다로러거디러 다로러
그 잠자리에 나도 자러 가리라
위 위 다로러 거디러 다로러
그 잔 데 같이 답답한 곳 없다(난잡한 곳이 없다)

삼장사에 불을 켜러 갔더니만
그 절 지주 내 손목을 쥐더이다.
이 소문이 이 절 밖에 나며 들며 하면
다로러거디러 조그마한 새끼 상좌 네 말이라 하리라
더러둥셩 다리러디러 다리러디러 다로러거디러 다로러
그 잠자리에 나도 자러 가리라
위 위 다로러거디러 다로러
그 잔 데 같이 답답한 곳 없다(난잡한 곳이 없다)

두레 우물에 물을 길러 갔더니만
우물 용이 내 손목을 쥐더이다.
이 소문이 우물 밖에 나며 들며 하면
다로러거디러 조그마한 두레박아 네 말이라 하리라
더러둥셩 다리러디러 다리러디러 다로러거디러 다로러
그 잠자리에 나도 자러 가리라
위 위 다로러거디러 다로러
그 잔 데 같이 답답한 곳 없다(난잡한 곳이 없다)

술 파는 집에 술을 사러 갔더니만
그 집 아비 내 손목을 쥐더이다.
이 소문이 이 집 밖에 나며 들며 하면
다로러거디러 조그마한 시궁 바가지야 네 말이라 하리라
더러둥셩 다리러디러 다리러디러 다로러거디러 다로러
그 잠자리에 나도 자러 가리라
위 위 다로러거디러 다로러
그 잔 데 같이 답답한 곳 없다(난잡한 곳이 없다)

(1) 핵심 정리

연대	고려 충렬왕 때
갈래	고려가요
성격	직설적, 향락적
제재	성적으로 자유분방한 여자의 밀애
주제	남녀 간의 자유로운 애정 행각
표현	은유적 표현과 풍자적 표현을 사용하여 여인의 자유분방한 사랑의 모습을 드러냄
출전	『악장가사』, 『시용향악보』

(2) 짜임

1연	회회아비와의 밀애
2연	절의 사주와의 밀애
3연	우물 용과의 밀애
4연	술집 아비와의 밀애

(3) 이해와 감상

① 이 작품은 당시의 자유로운 성(性) 윤리를 노골적으로 희화화하여 표현하면서 상징과 은유, 풍자적 수법을 구사한 노래이다.

② 내용을 살펴보면 다음과 같이 정리할 수 있다.

1연	당시 개성에 와서 살고 있던 외국인이 경영하는 만둣집인 '쌍화점'의 주인이 시적 화자인 여인을 유혹하더라는 내용이다.
2연	삼장사의 주지스님이 시적 화자인 여인을 유혹하더라는 내용이다.
3연	우물의 용이 시적 화자인 여인을 유혹하더라는 내용이다.
4연	술집 아비가 시적 화자인 여인을 유혹하더라는 내용으로 되어 있다.

이처럼 각 연은 연마다 다른 등장인물이 각각 시적 화자를 유혹하는 내용으로 구성된다.

③ 전 4연으로 된 이 노래는 노골적인 표현 때문에 조선 시대에 남녀상열지사(男女相悅之詞)라고 지목되기도 하였다. 그러나 상징법과 은유법을 사용하여 차원 높은 문학성을 발휘하고 있기도 하다.

3 「만전춘별사」

〈원문〉

어름 우희 댓닙 자리 보와 님과 나와 어러주글만뎡
어름 우희 댓닙 자리 보와 님과 나와 어러주글만뎡
情(정)둔 오늘밤 더듸 새오시라 더듸 새오시라.

耿耿(경경) 孤枕上(고침상)*에 어느 ᄌᆞ미 오리오
西窓(서창)을 여러ᄒᆞ니 桃花(도화)ㅣ 發(발)ᄒᆞ두다
도화ᄂᆞᆫ 시름업시 笑春風(소춘풍)ᄒᆞᄂᆞ다 소춘풍ᄒᆞᄂᆞ다.

넉시라도 님을 ᄒᆞᆫᄃᆡ 녀닛景(경)** 너기다니
넉시라도 님을 ᄒᆞᆫᄃᆡ 녀닛景(경) 너기다니
벼기더시니*** 뉘러시니잇가 뉘러시니잇가.

올하 올하 아련 비올하
여흘란 어듸 두고 소해 자라 온다.
소콧 얼면 여흘도 됴ᄒᆞ니 여흘도 됴ᄒᆞ니.

남산애 자리 보와 玉山(옥산)을 벼여 누어
錦繡山(금수산) 니블 안해 麝香(사향) 각시****를 아나 누어
남산애 자리 보와 玉山(옥산)을 벼여 누어
錦繡山(금수산) 니블 안해 麝香(사향) 각시를 아나 누어
藥(약)든 가슴을 맛초ᄋᆞᆸ사이다.***** 맛초ᄋᆞᆸ사이다.

아소 님하 遠代平生(원대평생)애 여힐술 모ᄅᆞᄋᆞᆸ새.

*孤枕上(고침상) : 근심에 싸여 독수공방하는 화자의 외로운 처지
**녀닛景(경) : 함께 살아가는 광경
***벼기더시니 : 벼르던 사람, 약속을 어긴 사람
****麝香(사향) 각시 : 아름다운 여인
*****맛초ᄋᆞᆸ사이다 : 사랑(육체적 사랑)을 나누기를 바랍니다.

〈현대어 역〉

얼음 위에 댓닢 자리 펴서 임과 내가 얼어 죽을망정
얼음 위에 댓닢 자리 펴서 임과 내가 얼어 죽을망정
정둔 오늘 밤 더디 새소서, 더디 새소서

근심 어린 외로운 잠자리에 어찌 잠이 오리오
서쪽 창문을 열어젖히니 복숭아 꽃이 피어나는구나
복숭아꽃이 근심 없이 봄바람에 웃는구나 봄바람에 웃는구나

넋이라도 임과 한 곳에 가는 정경을 생각하였더니
넋이라도 임과 한 곳에 가는 정경을 생각하였더니
어기던 이가 누구였습니까 누구였습니까

오리야 오리야 연약한 비오리야
여울은 어디 두고 소(늪)에 자러 오느냐
소마저 얼면 여울도 좋습니다. 여울도 좋습니다.

남산에 잠자리를 보아 옥산을 베고 누워
금수산 이불 안에서 사향 각시를 안고 누워
남산에 잠자리를 보아 옥산을 베고 누워
금수산 이불 안에서 사향 각시를 안고 누워
사향이 든(향기로운) 가슴을 맞추십시다. 맞추십시다.

아 임이여 평생토록 여읠 줄 모르고 지냅시다.

(1) 핵심 정리

갈래	고려가요
성격	서정적, 열정적
제재	남녀 간의 사랑
주제	변치 않는 사랑에 대한 소망
특징	• 연과 연 사이에 고려가요의 특징인 후렴구가 삽입되지 않음 • 남녀의 강렬한 사랑을 비유와 상징, 역설, 감각적인 언어를 사용하여 표현함 • 시조 형식의 기본 특징이 유사하게 나타나므로 시조의 기원으로 보기도 함
출전	『악장가사』, 『시용향악보』

(2) 짜임

1연	죽음보다 강한 사랑의 정열, 임과의 짧은 밤에 대한 아쉬움
2연	임 생각에 밤을 지새우는 애처로움(전전반측)
3연	사랑을 배신한 임에 대한 원망
4연	무절제한 사랑을 하는 방탕한 임에 대한 풍자
5연	임에 대한 욕망과 상상(임과의 노골적 사랑 묘사, 시적 화자가 남성)
6연	임과의 이별 없는 영원한 만남을 염원

(3) 이해와 감상

① 이 작품은 궁중에서 잔치를 벌일 때 불렸던 것으로, 임과 이별하지 않고 계속 사랑하고자 하는 소망을 극단적 상황에 치환시켜 노래하고 있다. 따로 구분된 채 1~5연을 아우르면서 종결짓는 6연을 독립된 장으로 보면, 이 노래는 모두 6연으로 이루어져 있다고 볼 수 있다.

② 내용을 살펴보면 다음과 같이 정리할 수 있다.

1연	얼어 죽더라도 정을 나눈 오늘밤 시간이 늦게 흐르기를 바라는 소망을 노래한 부분으로, 극한 상황을 통해 임에 대한 뜨거운 사랑을 부각함
2연	자신의 처지를 복숭아꽃과 대비하여 한탄하고 있음
3연	넋이라도 함께하자고 맹세해 놓고 약속을 어긴 임을 원망하고 있음
4연	임의 방탕한 생활을 풍자하고 있음
5연	임과의 해후를 그리며 변치 않는 사랑을 다짐하는 여인의 끈질긴 사랑을 보여 줌
6연	임과의 영원한 사랑을 기원함

이처럼 각 연은 순차적으로 되어 있지 않고, 사랑의 여러 모습을 보여 주고 있음을 확인할 수 있다.

③ 이 노래는 시조의 기원이라는 평가를 받기도 하는데, 작품의 2연과 5연이 시조 양식에 접근하는 형태를 보여 주고 있기 때문이다. 2연과 5연은 3장이라는 분장 형태, 4음보 율격, 호흡의 완급, 수사 방법까지 시조에 접근하는 것으로 파악되어 고려가요가 붕괴되면서 시조의 형식이 형성된 것으로 보는 근거가 된다.

제3절 육친(肉親)에 대한 사랑

1 「사모곡(思母曲)」

〈원문〉

호ᄆᆡ도 날히언마ᄅᆞᄂᆞᆫ
난ᄀᆞ티 들 리도 업스니이다.
아바님도 어이어신마ᄅᆞᄂᆞᆫ
위 덩더둥셩*
어마님ᄀᆞ티 괴시리** 업세라.
아소 님하,
어마님ᄀᆞ티 괴시리 업세라.

*위 덩더둥셩 : 악기소리(음성 상징어)
**괴시리 : 사랑하는 사람

〈현대어 역〉

호미도 날이 있지마는
낫처럼 들을 까닭이 없습니다.
아버님도 어버이시지마는
위 덩더둥셩

어머님같이 나를 사랑하실 분이 없도다.
더 말씀하지 마시오(아서라) 사람들이여,
어머님같이 사랑하실 분이 없도다.

(1) 핵심 정리

갈래	고려가요
성격	예찬적, 유교적
제재	효(孝), 어머니의 사랑
주제	어머니의 절대적인 사랑 예찬
표현	직유법, 비교법, 영탄법 등을 사용하여 어머니의 사랑을 진솔하게 풀어냄
출전	『악장가사』

(2) 짜임

기(起) (1~2행)	호미와 낫의 비교	어머니의 사랑 예찬
서(敍) (3~5행)	어머니와 아버지의 사랑 비교	
결(結) (6~7행)	어머니의 사랑 예찬	

(3) 이해와 감상

① 이 작품은 어머니의 사랑을 예찬한 고려가요이다. 비유를 통해 어머니의 사랑을 아버지의 사랑에 비교하여 강조하고 있는 점이 특징적이다.

② 어머니의 사랑을 날이 잘 드는 호미에 빗댄 것은 작가가 농사밖에 모르는 사람이었으므로 좋고 나쁨을 농기구에다 끌어댄 것으로 볼 수 있다. 그만큼 이 노래는 소박하고 순진한 노래라 할 수 있다.

③ 고려가요의 특성인 3음보 율격, 여음구가 나타나지만 고려가요의 일반적인 형태와 달리 단연시로, 여음구를 제외하면 형식상 시조와 유사하며, '아소 님하'라는 감탄어구는 향가의 낙구와 유사하다.

2 「상저가」

〈원문〉

듥긔둥* 방해나 디허 히얘,**
게우즌*** 밥이나 지서 히얘,

아바님 어마님끠 받줍고 히야해,
남거시든 내 머고리, 히야해 히야해.

*듥긔동 : 쿵더쿵(방아 찧는 소리)
**히얘 : 방아를 찧을 때의 매김소리
***게우즌 : 거친

〈현대어 역〉

덜커덩 방아나 찧어(찧세) 히얘,
거친 밥이나 지어서 히얘,
아버님 어머님께 드리옵고 히야해,
남거든 내가 먹으리, 히야해 히야해.

(1) 핵심 정리

갈래	고려가요, 노동요
성격	비연시, 유교적, 서민적
제재	방아 찧는 촌부
주제	촌부의 소박한 효심
특징	• 방아 타령의 일종으로 농촌 부녀자의 소박한 풍속과 정서가 나타남 • 반복법과 영탄법을 사용하여 시상을 전개함
의의	현전하는 고려가요 중 유일한 노동요
출전	『시용향악보』

(2) 짜임

1행	곡식을 찧음
2행	밥을 지음
3행	시부모님에 대한 봉양
4행	남는 밥을 먹겠다는 효심

(3) 이해와 감상

① 이 작품은 시부모님을 위하여 방아를 찧어 밥을 지으려는 고려 시대 효심 깊은 여성의 정경이 떠오르는 노래로, 두 사람 이상이 절구통으로 방아를 찧을 때 부르는 일종의 노동요이다.

② 방아 찧는 소리를 나타내는 의성어로 시작하는 이 노래는 '히얘' 라는 메김 소리의 반복으로 노동의 수고로움을 덜고, 흥겨운 분위기를 고조시키고 있다.

제4절 단심(丹心)의 노래

1 「정석가(鄭石歌)」

〈원문〉

딩아 돌하 當今(당금)에 계샹이다.
딩아 돌하 當今(당금)에 계샹이다.
先王聖代(션왕셩ᄃᆡ)에 노니ᄋᆞ와지이다.

삭삭기* 셰몰애 별헤 나ᄂᆞᆫ,
삭삭기 셰몰애 별헤 나ᄂᆞᆫ
구은 밤 닷 되를 심고이다.
그 바미 우미 도다 삭나거시아
그 바미 우미 도다 삭나거시아
有德(유덕)ᄒᆞ신 님믈 여ᄒᆡᄋᆞ와지이다.

玉(옥)으로 蓮(련)ㅅ고즐 사교이다.
玉(옥)으로 蓮(련)ㅅ고즐 사교이다.
바회 우희 接柱(접듀)ᄒᆞ요이다.
그 고지 三同(삼동)이 퓌거시아
그 고지 三同(삼동)이 퓌거시아
有德(유덕)ᄒᆞ신 님 여ᄒᆡᄋᆞ와지이다.

므쇠로 텰릭을 ᄆᆞᆯ아** 나ᄂᆞᆫ
므쇠로 텰릭을 ᄆᆞᆯ아 나ᄂᆞᆫ
鐵絲(텰ᄉᆞ)로 주롬 바고이다.
그 오시 다 헐어시아
그 오시 다 헐어시아
有德(유덕)ᄒᆞ신 님 여ᄒᆡᄋᆞ와지이다.

므쇠로 한쇼***ᄅᆞᆯ 디여다가
므쇠로 한쇼ᄅᆞᆯ 디여다가
鐵樹山(텰슈산)애 노호이다.
그 쇼ㅣ 鐵草(텰초)를 머거아
그 쇼ㅣ 鐵草(텰초)를 머거아
有德(유덕)ᄒᆞ신 님 여ᄒᆡᄋᆞ와지이다.

구스리 바회예 디신ᄃᆞᆯ
구스리 바회예 디신ᄃᆞᆯ
긴힛ᄯᆞᆫ 그츠리잇가

즈믄ᄒᆡ를 외오곰 녀신ᄃᆞᆯ
즈믄ᄒᆡ를 외오곰 녀신ᄃᆞᆯ
信(신)잇ᄃᆞᆫ 그츠리잇가

*삭삭기 : 삭삭(모래가 밟히는 소리)
**털릭을 몰아 : 갑옷을 만들어 → 화자의 신분이 여성임을 알 수 있음
***농민의 생활 반영

〈현대어 역〉

징(鄭, 鉦)이여 돌(石)이여 지금에 계시옵니다.
징이여 돌이여 지금에 계시옵니다.
이 좋은 성대에 놀고 싶사옵니다.

사각사각 가는 모래 벼랑에
사각사각 가는 모래 벼랑에
구운 밤 닷 되를 심으오이다.
그 밤이 움이 돋아 싹이 나야만
유덕하신 임을 여의고 싶습니다.

옥으로 연꽃을 새기옵니다.
옥으로 연꽃을 새기옵니다.
바위 위에 접을 붙이옵니다.
그 꽃이 세 묶음 (혹은 한겨울에) 피어야만
그 꽃이 세 묶음 피어야만
유덕하신 임을 여의고 싶습니다.

무쇠로 철릭을 마름질해
무쇠로 철릭을 마름질해
철사로 주름 박습니다.
그 옷이 다 헐어야만
그 옷이 다 헐어야만
유덕하신 임을 여의고 싶습니다.

무쇠로 황소를 만들어다가
무쇠로 황소를 만들어다가
쇠나무산에 놓습니다.
그 소가 쇠풀을 먹어야
그 소가 쇠풀을 먹어야
유덕하신 임을 여의고 싶습니다.

구슬이 바위에 떨어진들
구슬이 바위에 떨어진들

끈이야 끊어지겠습니까.
천 년을 외따로이 살아간들
천 년을 외따로이 살아간들
믿음이야 끊어지겠습니까.

(1) 핵심 정리

갈래	고려가요
성격	서정적, 민요적
제재	임에 대한 사랑
주제	태평성대 기원, 임에 대한 영원한 사랑
특징	• 대부분의 고려가요가 이별이나 향락의 정서를 노래한 데 반해, 이 작품은 임에 대한 영원한 사랑을 노래함 • 불가능한 상황을 전제하는 역설적 표현으로 임과의 영원한 사랑을 소망하는 시적 화자의 정서가 효과적으로 드러남 • 시구를 반복하여 리듬감을 살리면서 상황과 정서를 강조함
출전	『악장가사』, 『시용향악보』

(2) 짜임

서사 (1연)	태평성대(太平聖代)를 소망함
본사 (2~5연)	불가능한 상황을 설정하여 임과의 영원한 사랑을 바람
결사 (6연)	임에 대한 영원한 사랑을 다짐함

(3) 이해와 감상

① 이 작품은 임과의 영원한 사랑을 꿈꾸는 시적 화자의 애절한 정서를 불가능한 상황을 설정하는 역설법, 반어법을 사용하여 효과적으로 표현하고 있는 고려가요이다.

② 이 노래는 역설적 표현 속에 기원의 의미를 담고 있다.

<table>
<tr><td>서사
(1연)</td><td>태평성대를 구가하길 소망함</td></tr>
<tr><td>본사
(2~5연)</td><td>• 소재만 달리한 불가능한 상황을 설정하여 영원한 사랑을 희망하고 있음
• 다음 소재를 등장시켜 임과는 영원히 헤어질 수 없다고 노래하고 있음
<table>
<tr><td>2연</td><td>구운 밤</td></tr>
<tr><td>3연</td><td>옥 연꽃</td></tr>
<tr><td>4연</td><td>무쇠 옷</td></tr>
<tr><td>5연</td><td>무쇠 소</td></tr>
</table></td></tr>
<tr><td>결사
(6연)</td><td>이 노래와 관계가 없는 「서경별곡」의 제2연이 첨가되어 있음
→ 당시 이와 같은 구절이 널리 유행했던 것이라고 추측할 수 있음</td></tr>
</table>

③ 다른 고려가요와는 달리 가사 이외에 어떠한 배경적 기록도 문헌에 보이지 않아 고려가요로 단정할 증거는 없으나, 형식과 내용, 표현상의 특징이 고려가요와 일치하므로 고려가요로 보고 있다.

2 「이상곡(履霜曲)」

〈원문〉

비오다가 개야 아 눈하 디신 나래
서린 석석사리 조ᄇᆞᆫ 곱도신 길헤
다롱디우셔 마득사리 마득너즈세 너우지*
잠ᄯᆞ간 내 니믈 너겨
깃ᄃᆞᆫ 열명 길헤 자라오리잇가.
죵죵 霹靂(벽력) 아 生(ᄉᆡᆼ) 陷墮無間(함타무간)
고대셔 싀여딜 내모미
죵죵 霹靂(벽력) 아 生(ᄉᆡᆼ) 陷墮無間(함타무간)
고대셔 싀여딜 내모미
내님 두ᅀᆸ고 년뫼ᄅᆞᆯ 거로리
이러쳐 뎌러쳐
이러쳐 뎌러쳐 期約(긔약)이 잇가.
아소 님하, ᄒᆞᆫᄃᆡ 녀젓 期約(긔약)이이다.

*다롱디우셔 마득사리 마득너즈세 너우지 : 무의미한 주술적 조흥구

〈현대어 역〉

비 오다가 날이 개어 다시 눈이 많이 내린 날에
서린 나무 숲 좁은 굽어 돈 길에
다롱디우셔 마득사리 마득너즈세 너우지
잠 앗은 내 임을 그리워하여
그이야 무시무시한 길에 자러 오시리이까
때때로 벽력이 내리어 무간지옥
고대 죽어갈 내 몸이
때때로 벽력이 내리어 무간지옥
고대 죽어갈 내 몸이
내 임 두옵고 어떤 임을 따르리
이렇게 저렇게
이렇게 저렇게 기약이 있으오리까
아소 님하, 한 속에 가고자 하는 기약(뿐)입니다

(1) 핵심 정리

갈래	고려가요
성격	기원적, 교훈적
형식	비연시, 내용상 2단 구성
주제	만남을 기약할 수 없는 임을 애타게 그리워함. 임과의 영원한 사랑을 다짐
출전	『악장가사』

(2) 짜임

기 (1~5행)	임을 생각하며 잠을 이루지 못하는 밤	여자의 질문
서 (6~10행)	변치 않는 사랑	남자의 대답
결 (11~13행)	임과 함께하고 싶은 기약	여자의 다짐

(3) 이해와 감상

① 내용상 남편과 사별한 아픔을 지닌 여자의 노래로 볼 수 있다. 연의 구분이 안 된 노래로, 후대의 가사체(歌辭體)에 근접하고 있음을 알 수 있다.

② 내용상으로는 세 개의 연으로 나눌 수 있고, 후렴구 '마득사리 마득너즈세 너우지'는 단순한 여홍구라는 견해 외에도 주술적 조율음으로 간주하거나 '열명길', '죵죵벽력 아 생 陷墮無間'과 연관하여 범어 진언(梵語眞言 : 고대 인도어인 범어를 번역하지 않고 음을 그대로 외우는 것)을 해학적으로 흉내 낸 말로 이해하는 견해도 있다.

③ 원래 구전되던 것을 조선시대 성종 때 산개(刪改)한 작품으로, 남녀상열지사로 보기에는 청상의 번민을 노래하고 있으며, 가신 임을 그리워하는 일편단심으로 저승길에서나마 재회를 기약하는 애절한 마음이 느껴진다.

제5절 향가계 고려가요 중요

1 「정과정」

〈원문〉

[前腔] 내 님*믈 그리ᄉᆞ와 우니다니
[中腔] 山(산) 졉동새 난 이슷ᄒᆞ요이다.
[後腔] 아니시며 거츠르신 ᄃᆞᆯ 아으

[附葉] 殘月曉星(잔월효성)**이 아ᄅᆞ시리이다.
[大葉] 넉시라도 님은 ᄒᆞᆫᄃᆡ 녀져라 아으
[附葉] 벼기더시니*** 뉘러시니잇가.
[二葉] 過(과)도 허믈도 千萬(천만) 업소이다.
[三葉] ᄆᆞᆯ힛마리신뎌
[四葉] ᄉᆞᆯ읏븐뎌 아으
[附葉] 니미 나ᄅᆞᆯ ᄒᆞ마 니ᄌᆞ시니잇가.
[五葉] 아소 님하, 도람 드르샤 괴오쇼셔.

*님 : 고려 의종
**잔월효성(殘月曉星) : 화자의 진심을 알고 있는 존재(천지신명)
***벼기시더니 : 우기시던 사람들

〈현대어 역〉

[전강] 내, 임을 그리며 울고 지내더니
[중강] 산 접동새와 난 (처지가) 비슷합니다
[후강] 나에 대한 참소가 옳지 않으며 거짓이라는 것을
[부엽] 지는 달 새벽 별만이 알고 있을 것입니다
[대엽] 넋이라도 임을 함께 모시고(지내고) 싶어라.
[부엽] (내 죄를) 우기던 이, 그 누구입니까
[이엽] (나는) 잘못도 허물도 전혀 없습니다
[삼엽] 뭇 사람들의 참소하던 말입니다.
[사엽] 슬프구나!
[부엽] 임께서 나를 벌써 잊으셨나이까
[오엽] (그렇게 하지) 마십시오. (아!) 임이여, 내 사연 들으시고 다시 사랑해 주소서

(1) 핵심 정리

연대	고려 의종
갈래	고려가요, 향가계 고려가요
성격	애상적
제재	임과의 이별
주제	임금을 향한 변함없는 충절
의의	• 고려가요 중 작가가 밝혀진 유일한 작품 • 유배문학의 효시 • 향가의 잔영이 엿보임
특징	• 형식 면에서 향가의 전통을 이음 • 내용 면에서 신충의 「원가(怨歌)」와 통함 • 감정이입을 통해 정서를 표현함
출전	『악학궤범』

(2) 짜임

서사 (1~2행)	고독('접동새')
본사 (3~9행)	결백('잔월효성')
결사 (10~11행)	열망(임에 대한 애원)

(3) 이해와 감상

① 이 작품은 국문으로 전하는 고려가요 중 유일하게 작가를 알 수 있는데, 고려 의종 때 동래로 귀양 간 정서가 임금의 소환을 기다리다가 소식이 없자, 자신의 결백을 밝히고 선처를 요청하기 위해 지었다고 한다.

② 이 작품에서 시적 화자는 자신에 대한 여러 신하들의 참소가 거짓임을 말하면서 억울하고 원통한 심정과 임을 모시고 싶다는 충절의 심정을 드러내고 있는데, 특히 임을 그리워하며 울고 있는 자신의 처지를 '접동새'라는 자연물에 빗대어 표현하고 있다.

③ 이 노래는 충신연주지사로 사람들에게 널리 애송된 까닭에 궁중에서도 모두 익히도록 할 만큼 귀하게 여겨진 고려가요이다. 고려가요 중 향가의 흔적을 찾아볼 수 있는 대표적인 작품으로, 연의 구분이 없고, 삼단 구성이며, 마지막 행의 '아소 님하'를 통해 형식상 10구체 향가의 전통을 잇고 있음을 알 수 있다. 그러나 감탄사의 위치가 바뀌고, 내용상의 격조가 떨어지는 등 향가 해체기의 특징을 반영하기도 한다.

2 「도이장가」

〈원문〉

니믈 오알오살븐*
마자만 갓하날 믿곤
넉시 가샤대
사마샤 벼슬마 또하져
바라며 아리아
그 때 두 功臣(공신)여
오라나 고단
자최난 나토샤뎌

*오알오살븐 : 온전히 하시는

〈현대어 역〉

님을 온전하게 하시기 위한
그 정성은 하늘까지 미치심이여.
그대의 넋은 이미 가셨지만,
일찍이 지니셨던 벼슬은 여전히 하고 싶으심이여.
오오! 돌아보건대
두 공신의
곧고 곧은 업적은
오래오래 빛나리로소이다.

(1) 핵심 정리

작가	예종(睿宗)
갈래	향가계 가요, 고려가요
연대	고려 예종 15년(1120년)
형식	향찰 표기, 8구체 향가계 가요이나 고려가요로도 볼 수 있음
제재	개국공신인 '신숭겸'과 '김락'의 추도
주제	개국공신 김락과 신숭겸 두 장군의 공덕을 예종이 찬양한 노래
의의	향찰로 표기된 마지막 작품
출전	『평산신씨장절공유사(平山申氏壯節公遺事)』

(2) 이해와 감상[1)]

① 1120년 서경에서 열린 팔관회(八關會)에서 태조 왕건이 견훤과 싸우다 궁지에 몰렸을 때 왕건을 대신해 죽은 공신인 김락과 신숭겸의 가면극을 본 예종이 그 둘을 추모하기 위해 지은 작품이다.

② 이 작품의 내용은 "임을 온전히 하시는 마음은 하늘가에 미치시니 넋은 가셔도 삼으신 벼슬만큼은 또 하는구나. 오오 돌아보건대 그때의 두 공신이여 오래되었으나 곧은 자취는 나타나는구나."로, 제작연대와 제작형식이 명확하게 밝혀져 있는 향가계 고려가요 작품이라는 점에서 문학사상 중요한 의의를 가진다.

③ **이 작품의 대한 주요 쟁점** : 장르적 성격과 형식 차원

향가로 보는 관점	• 향찰 표기 • 형식이 향가의 8구체와 같음
고려가요로 보는 관점	• 창작연대가 신라의 향가와는 너무 떨어져 있음 • 향가는 3음절 중심임에 비하여 이 작품은 2음절 중심임. 따라서 형식상 향가의 8구체와 동질적인 것으로 볼 수 없음

이러한 특수성 때문에 문학사가들은 이 작품을 향가계 고려가요로 분류하고 있다.

1) 한국민족문화대백과사전, '도이장가', 한국학중앙연구원

제6절 그 밖의 주제

1 「처용가」

〈원문〉

[前腔] 신라 聖代(성대) 昭盛代(소성대)
天下大平(천하대평) 羅候德(라후덕)
처용아바
以是人生(이시인생)애 相不語(상불어)ᄒᆞ시란ᄃᆡ
以是人生(이시인생)애 相不語(상불어)ᄒᆞ시란ᄃᆡ
[附葉] 三災八難(삼재팔난)이 一時消滅(일시소멸)ᄒᆞ샸다
[中葉] 어와 아븨 즈ᅀᅵ여
처용아븨 즈ᅀᅵ여
[附葉] 滿頭揷花(만두삽화) 계오샤
기울어신 머리예
[小葉] 아으 壽命長願(수명장원)ᄒᆞ샤 넙거신 니마해
[後腔] 山象(산상) 이슷* 깅어신 눈섭에
愛人相見(애인상견)ᄒᆞ샤 오ᄉᆞᆯ어신 누네
[附葉] 風入盈庭(풍입영정)ᄒᆞ샤 우글어신 귀예
[中葉] 紅桃花(홍도화)ᄀᆞ티 븕거신 모야해
[附葉] 五香(오향) 마ᄐᆞ샤 웅긔어신 고해
[小葉] 아으 千金(천금) 머그샤 어위어신 이베
[大葉] 白玉琉璃(백옥유리)ᄀᆞ티 히여신 닛바래
人讚福盛(인찬복성)ᄒᆞ샤 미나거신 ᄐᆞᆨ애
七寶(칠보) 계우샤 숙거신 엇게예
吉慶(길경) 계우샤 늘으어신 ᄉᆞ맷길헤
[附葉] 설믜 모도와 有德(유덕)ᄒᆞ신 가ᄉᆞ매
[中葉] 福智俱足(복지구족)ᄒᆞ샤 브르거신 ᄇᆡ예
紅鞓(홍정) 계우샤 굽거신 허리예
[附葉] 同樂大平(동락대평)ᄒᆞ샤 길어신 허튀예
[小葉] 아으 界面(계면) 도ᄅᆞ샤 넙거신 바래
[前腔] 누고 지ᅀᅥ 셰니오
누고 지ᅀᅥ 셰니오
바늘도 실도 어ᄡᅵ
바늘도 실도 어ᄡᅵ
[附葉] 처용아비를 누고 지ᅀᅥ 셰니오
[中葉] 마아만 마아만 ᄒᆞ니여
[附葉] 十二諸國(십이제국)이 모다 지ᅀᅥ 셰온
[小葉] 아으 처용아비를 마아만 ᄒᆞ니여

[後腔] 머자 외야자 綠李(녹리)야
ᄲᆞᆯ리나 내 신 고ᄒᆞᆯ ᄆᆡ야라
[附葉] 아니 옷 ᄆᆡ시면
나리어다 머즌 말
[中葉] 東京(동경) ᄇᆞᆯᄀᆞᆫ ᄃᆞ래 새도록 노니다가
[附葉] 드러 내 자리ᄅᆞᆯ 보니
가ᄅᆞ리 네히로섀라
[小葉] 아으 둘흔 내해어니와
둘흔 뉘해어니오
[大葉] 이런 저긔 처용아비 옷 보시면
熱病神(열병신)이ᅀᅡ 회ㅅ가시로다
千金(천금)을 주리여 처용아바
七寶(칠보)를 주리여 처용아바
[附葉] 千金(천금) 七寶(칠보)도 마오
熱病神(열병신)을 날자바 주쇼셔
[中葉] 山(산)이여 ᄆᆡ히여 千里外(천리외)예
[附葉] 처용아비ᄅᆞᆯ 어여려(녀)거져
[小葉] 아으 熱病大神(열병대신)의 發願(발원)이샷다

*이슷 : '산의 기상과 비슷한' 또는 '산을 닮은'

〈현대어 역〉

[전강] 신라 성대 밝고 거룩한 시대
천하태평 나후의 덕
처용 아비여
이로써 늘 인생에 말씀 안 하시어도
이로써 늘 인생에 말씀 안 하시어도
[부엽] 삼재와 팔난이 단번에 없어지시도다
[중엽] 아아, 아비의 모습이여
처용 아비의 모습이여
[부엽] 머리 가득 꽃을 꽂아
기우신 머리에
[소엽] 아아, 목숨 길고 멀어 넓으신 이마에
[후강] 산의 기상 비슷 무성하신 눈썹에
애인상견 하시어 온전하신 눈에
[부엽] 바람이 찬 뜰에 들어 우그러지신 귀에
[중엽] 복사꽃같이 붉은 모양에
[부엽] 오향 맡으시어 우묵하신 코에
[소엽] 아아, 천금을 머금으시어 넓으신 입에
[대엽] 백옥 유리같이 흰 이에
사람들이 기리고 복이 성하시어 내미신 턱에

칠보를 못 이기어 숙어진 어깨에
길경에 겨워서 늘어진 소매에
[부엽] 슬기 모이어 유덕하신 가슴에
[중엽] 복과 지가 모두 넉넉하시어 부르신 배에
붉은 패옥에 겨워서 굽어지신 허리에
[부엽] 태평을 함께 즐겨 기나긴 다리에
[소엽] 계면조 맞추어 춤추며 돌아 넓은 발에
[전강] 누가 만들어 세웠는가?
누가 지어 세웠는가?
바늘도 실도 없이
바늘도 실도 없이
[부엽] 처용의 가면을 누가 만들어 세웠는가?
[중엽] 많고 많은 사람이여
[부엽] 모든 나라가 모이어 만들어 세웠으니
[소엽] 아아, 처용 아비를 많고 많은 사람들이여.
[후강] 버찌야, 오얏아, 녹리야
빨리 나와 나의 신코를 매어라
[부엽] 아니 매면
나릴 것이나 궂은 말이
[중엽] 신라 서울 밝은 달밤에 새도록 놀다가
[부엽] 돌아와 내 자리를 보니
다리가 넷이로구나
[소엽] 아아, 둘은 내 것이거니와,
둘은 누구의 것인가?
[대엽] 이런 때에 처용 아비가 보시면
열병신 따위야 횟갓이로다.
천금을 줄까? 처용 아비여
칠보를 줄까? 처용 아비여
[부엽] 천금도 칠보도 다 말고
열병신을 나에게 잡아 주소서
[중엽] 산이나 들이나 천리 먼 곳으로
[부엽] 처용 아비를 피해 가고 싶다.
[소엽] 아아, 열병대신의 소망이로다

(1) 핵심 정리

갈래	고려가요
연대	미상
성격	주술적, 무가(巫歌)
제재	아내를 범한 역신(질병을 일으키는 신)
주제	축사(逐邪)의 노래, 역신을 몰아내는 처용의 위용과 기상
의의	• 고려가요 「처용가」는 향가 「처용가」와 마찬가지로 처용이 역신을 몰아내는 축사의 내용을 지닌 일종의 무가이다. • 처용의 모습이 자세히 묘사되고, 역신에 대한 처용의 분노가 절실하게 나타나 있어서 희곡적 분위기가 강하다. • 향가 「처용가」의 일부분이 들어 있으며, 처용희의 일부로서 가창되었다.
출전	『악학궤범』, 『악장가사』

(2) 짜임

첫째 단락 (1~2구, 서사)	신라의 태평성대 송축
둘째 단락 (3~8구, 본사1)	처용의 위압적인 모습 예찬
셋째 단락 (9~34구, 본사2)	처용의 가면을 제작하는 과정
넷째 단락 (35~49구, 본사3)	열병신에 대한 처용의 위용
다섯째 단락 (50~52구, 결사)	발원

(3) 이해와 감상

① 고려가요 「처용가」는 향가 「처용가」와 달리 처용의 형상에 대한 묘사와 찬양, 역신에 대한 위협적인 언술, 처용에 대한 역신의 발원 등이 서사적 구조로 짜여 있다. 특히 처용의 힘을 빌려 역신을 물리치기 위한 독특한 극적 형식은 고려가요의 또 다른 면모를 보여 준다.

② 고려가요 「처용가」는 향가 「처용가」를 이해하는 데 중요한 자료가 될 뿐 아니라 궁중의 연희와 나례에서 실연된 연희성과 제의성의 두 요소가 복합적으로 계승되었다는 특이성으로 인해 그 문학사적 의의가 재조명된다.

2 「청산별곡」 중요

〈원문〉

살어리 살어리랏다 靑山(청산)애 살어리랏다.
멀위랑 ᄃᆞ래랑 먹고 청산애 살어리랏다.
얄리얄리 얄랑셩 얄라리 얄라

우러라 우러라 새여 자고 니러 우러라 새여.
널라와 시름 한 나도 자고 니러 우니로라.
얄리얄리 얄라셩 얄라리 얄라

가던 새 가던 새 본다 믈 아래 가던 새 본다.
잉무든 장글란 가지고 믈 아래 가던 새 본다.
얄리얄리 얄라셩 얄라리 얄라

이링공 뎌링공 ᄒᆞ야 나즈란 디내와손뎌,
오리도 가리도 업슨 바므란 ᄯᅩ 엇디 호리라.
얄리얄리 얄라셩 얄라리 얄라

어듸라 더디던 돌코 누리라 마치던 돌코,
믜리도 괴리도 업시 마자셔 우니노라.
얄리얄리 얄라셩 얄라리 얄라

살어리 살어리랏다 바ᄅᆞ래 살어리랏다.
ᄂᆞᄆᆞ자기 구조개랑 먹고 바ᄅᆞ래 살어리랏다.
얄리얄리 얄라셩 얄라리 얄라

가다가 가다가 드로라 에졍지 가다가 드로라.
사ᄉᆞ미 짒대예 올아셔 ᄒᆡ금을 혀거를 드로라.
얄리얄리 얄라셩 얄라리 얄라

가다니 ᄇᆡ브른 도긔 설진 강수를 비조라.
조롱곳 누로기 ᄆᆡ와 잡ᄉᆞ와니 내 엇디 ᄒᆞ리잇고.
얄리얄리 얄라셩 얄라리 얄라

〈현대어 역〉

살겠노라 살겠노라 청산에 살겠노라.
머루와 다래를 먹고 청산에 살겠노라.
얄리얄리 얄랑셩 얄라리 얄라

우는구나 우는구나 새여, 자고 일어나 우는구나 새여.
너보다 시름 많은 나도 자고 일어나 울고 있노라.
얄리얄리 얄랑셩 얄라리 얄라

가는 새 가는 새 본다. 물 아래로 날아가는 새 본다.
이끼 묻은 쟁기(농기구)를 가지고 물 아래로 날아가는 새 본다.
얄리얄리 얄랑셩 얄라리 얄라

이럭저럭 하여 낮은 지내 왔건만
올 사람도 갈 사람도 없는 밤은 또 어찌할 것인가.
얄리얄리 얄랑셩 얄라리 얄라

어디다 던지는 돌인가 누구를 맞히려는 돌인가
미워할 이도 사랑할 이도 없이 사랑할 이도 없이 맞아서 울고 있노라.
얄리얄리 얄랑셩 얄라리 얄라

살겠노라 살겠노라 바다에 살겠노라
나문재, 굴, 조개를 먹고 바다에 살겠노라.
얄리얄리 얄랑셩 얄라리 얄라

가다가 가다가 듣노라 외딴 부엌을 지나가다가 듣노라
사슴이 장대에 올라가서 해금(奚琴)을 켜는 것을 듣노라.
얄리얄리 얄랑셩 얄라리 얄라

가더니 불룩한 술독에 진한 술을 빚는구나.
조롱박꽃 모양의 누룩(냄새)이 매워 (나를) 붙잡으니 나는 어찌하리오.
얄리얄리 얄랑셩 얄라리 얄라

(1) 핵심 정리

갈래	고려가요
연대	고려 후기
성격	현실 도피적, 애상적
특징	• 'ㄹ, ㅇ' 음의 어울림에서 빚어내는 음악성이 돋보임 • 반복과 상징을 통해 화자의 정서를 드러냄
제재	청산, 바다
주제	삶의 고뇌와 비애(지식인), 실연의 슬픔(실연한 사람), 삶의 터전을 잃은 유랑민의 슬픔(유랑민) 등
의의	적절한 비유, 고도의 상징성, 빼어난 운율미와 정제된 형태미로 문학성을 인정받음
출전	『악장가사』

(2) 짜임

기 (1연)	청산에의 귀의, 청산에 살고 싶은 마음	
승 (2~4연)	2연	고독과 비애(시름이 많은 화자의 삶)
	3연	속세에 대한 미련
	4연	더욱 처절한 고독, 고독과 괴로움 속의 삶
전 (5~7연)	5연	생의 운명적 체념
	6연	새로운 세계 동경, 바다에 살고 싶은 마음
	7연	생의 절박감
결 (8연)	술을 통한 고뇌의 해소	

(3) 이해와 감상

① 이 작품은 고려가요 중 「서경별곡」, 「만전춘별사」와 더불어 **문학성이 뛰어난 작품**으로 손꼽힌다. 『악장가사』에 전체 내용이 실려 있고, 『시용향악보』에는 1연과 곡조가 실려 있으나 옛 문헌에서 제목이나 해설은 찾아볼 수 없다. 따라서 고려 시대의 노래라고 확신할 수는 없지만 「서경별곡」, 「쌍화점」과 형식이 비슷하고, 구사하는 언어나 정조가 조선 초기의 노래와는 전혀 다르기 때문에 고려가요로 보는 것이 일반적이다.

② 형식은 전편이 8연, 매 연이 4구씩이고, 후렴구가 붙어 있으며, 매 구가 3・3・3(2)조의 정형으로 되어 있다. 또한 시구의 반복과 'ㄹ, ㅇ' 음의 사용으로 음악성이 두드러진다.

③ 현실적・세속적 공간에서 이상세계인 '청산', '바다'를 동경하나, 현실의 문제에 부딪혀 결국은 술로 시름으로 달래거나 체념할 수밖에 없었던 당시 고려인의 삶의 고뇌와 비애가 드러나고 있다.

④ 화자를 누구로 보느냐에 따라 다음과 같이 그 주제가 조금씩 달라질 수 있다.

지식인	현실의 고뇌와 괴로움에서 벗어나기 위해 속세를 떠나고자 함
실연한 사람	실연의 슬픔을 잊기 위해 도피하고자 함
유랑민	삶의 기반을 잃고 떠도는 유랑민의 슬픈 처지를 노래함

제 4 편 실전예상문제

01 다음 내용에서 설명하고 있는 작품으로 옳은 것은?

- 「서경별곡」, 「만전춘별사」와 더불어 고려가요 가운데서도 뛰어난 문학성을 갖는다.
- 형식은 전편이 8연이고, 매 연이 4구씩이며, 후렴구가 붙어 있다.
- 현실의 비애와 이상세계에 대한 동경을 노래하고 있다.

① 「상사별곡」
② 「청산별곡」
③ 「관동별곡」
④ 「죽계별곡」

01 「청산별곡」은 「서경별곡」, 「만전춘별사」와 더불어 고려가요 가운데서도 문학성이 뛰어나며, 형식은 전편이 8연이고, 매 연이 4구씩이며, 후렴구가 붙어 있다. 현실의 비애와 이상세계에 대한 동경을 노래한 것이 특징이다.
①·③ 「상사별곡」과 「관동별곡」은 가사이다.
④ 「죽계별곡」은 경기체가이다.

02 다음 주장과 가장 관련 있는 설명은 무엇인가?

고려 때 지어진 것으로 보이는 「도이장가(悼二將歌)」는 향가(鄕歌)로 분류해야 한다.

① 삼국 초기부터 있었던 부전가요
② 향가가 지니고 있는 구전성
③ 향찰식으로 표기된 노래
④ 한시의 형태가 아닌 노래들

향가로 보는 관점	• 향찰 표기 • 형식이 향가의 8구체와 같음
고려가요로 보는 관점	• 창작연대가 신라의 향가와는 너무 떨어져 있음 • 향가는 3음절 중심임에 비하여 이 작품은 2음절 중심임. 따라서 형식상 향가의 8구체와 동질적인 것으로 볼 수 없음

02 「도이장가」는 향가계 고려가요로 여겨진다. 이 작품에 대한 주요 쟁점은 장르적 성격과 형식에 관한 것으로, 장르에 관한 문제는 이 작품을 향가로 볼 것인가 고려가요로 볼 것인가이다. 그중 향가로 보는 근거는 표기가 향찰이라는 점과, 형식이 향가의 8구체와 같다는 데 있다.
[문제 하단의 표 참고]

정답 01 ② 02 ③

03 다음 밑줄 친 ㉠~㉣ 중 성격이 다른 하나는?

二月(이월)ㅅ 보로매 아으 노피 현 ㉠ 燈(등)ㅅ불 다호라.
萬人(만인) 비취실 즈ᅀᅵ샷다.
아으 動動(동동)다리.

三月(삼월) 나며 開(개)ᄒᆞᆫ 아으 滿春(만춘) ㉡ ᄃᆞᆯ욋고지여.
ᄂᆞᄆᆡ 브롤 즈슬 디녀 나샷다.
아으 動動(동동)다리.

四月(사월) 아니 니자 아으 오실서 ㉢ 곳고리새여.
므슴다 ㉣ 綠事(녹사)니ᄆᆞᆫ 녯나ᄅᆞᆯ 닛고신뎌.
아으 動動(동동)다리.

① ㉠　　② ㉡
③ ㉢　　④ ㉣

03 제시된 작품은 우리나라 최초의 월령체 노래라고 일컬어지는 고려가요 중 「동동」의 일부이다. ㉠, ㉡, ㉣은 시적 화자가 기다리는 존재, 즉 돌아오지 않은 임을 의미한다. 하지만 잊지 않고 찾아온 ㉢의 '곳고리새'는 임과 대조적인 성격을 보여주는 객관적 상관물이다.

04 다음 작품의 밑줄 친 부분을 옳게 해석한 것은?

내 님믈 그리ᅀᆞ와 우니다니
山(산) 졉동새 난 이슷ᄒᆞ요이다.
아니시며 거츠르신 ᄃᆞᆯ 아으
殘月曉星(잔월효성)이 아ᄅᆞ시리이다.
넉시라도 님은 ᄒᆞᆫᄃᆡ 녀져라 아으
벼기더시니 뉘러시니잇가.
過(과)도 허믈도 千萬(천만) 업소이다.
ᄆᆞᆯ힛 마리신뎌 ᄉᆞᆯ읏븐뎌 아으
니미 나ᄅᆞᆯ ᄒᆞ마 니ᄌᆞ시니잇가.
아소 님하, 도람 드르샤 괴오쇼셔.

① 접동새와 나는 비슷한 처지입니다.
② 달과 별만이 알고 있을 것입니다.
③ 나를 다시 사랑해 주십시오.
④ 나는 잘못도 허물도 전혀 없습니다.

04 제시된 작품은 정서의 「정과정」이다. 이 작품은 작가가 역모에 가담했다는 죄명으로 귀양살이를 하게 되었을 때, 당시 왕이던 의종(고려)이 다시 불러주겠다고 약속하였으나 기다려도 소식이 없자 자신의 결백과 함께 약속을 상기시키기 위해서 지었다고 한다. 밑줄 친 부분은 이러한 의도가 나타나는 곳으로 '(내게는 잘못도 허물도 전혀 없으니) 임이시여, 돌이켜 들으시고 다시 사랑해주소서'라고 노래하고 있다.

정답 03 ③ 04 ③

05 다음 중 고려가요에 해당하지 않는 것은?

① 「서경별곡」
② 「상춘곡」
③ 「쌍화점」
④ 「이상곡」

06 다음 작품에 해당하는 설명으로 옳은 것은?

> 듥긔동 방해나 디히 히얘,
> 게우즌 바비나 지셔 히얘,
> 아바님 어머님끠 받줍고 히야해,
> 남거시든 내 머고리, 히야해 히야해.

① 최초의 월령체 형식의 시가로, 고려가요 중에서는 유일하다.
② '게우즌'은 '부드러운'의 의미이다.
③ 함축적인 시어를 사용하여 이별의 정한을 노래하였다.
④ 촌부의 소박한 감정이 잘 나타나는 노동요이다.

07 다음 설명을 바탕으로 했을 때 형식적 특징이 다른 하나는?

> 고려가요의 형식을 연의 중첩 여부에 따라, 단 하나의 연으로 된 단연체와 몇 개의 연이 중첩되어 이루어진 연장체로 나누어 파악하기도 한다. 연장체는 다시 그 주제가 하나로 일관되어 있는 일제연장체와 각 연마다 그 주제를 달리하는 분제연장체로 다시 나뉜다.

① 「사모곡」
② 「이상곡」
③ 「처용가」
④ 「정석가」

05 「상춘곡」은 조선 전기 정극인이 쓴 가사작품이다.

06 제시된 작품은 「상저가」로, 일종의 노동요에 해당한다. 시부모를 위하여 방아를 찧는 촌부의 소박한 감정이 잘 표현되어 있다.
① 우리나라 최초의 월령체 시가는 「동동」이며, 「상저가」는 고려가요 중 유일한 노동요이다.
② '게우즌'은 '거친, 조악한'이라는 뜻을 지닌다.
③ 「상저가」는 지시적인 언어를 사용하였으며, 시부모에 대한 효를 노래하였다.

07 고려가요의 형식을 연의 중첩 여부에 따라 연장체와 단연체로 나눌 수 있는데, 「정석가」는 연장체 고려가요이고, 「사모곡」·「이상곡」·「처용가」 등은 단연체 고려가요이다.

정답 05 ② 06 ④ 07 ④

08 다음 중 작품에 해당하는 설명이 잘못 연결된 것은?

	작품	형식	특징
①	「가시리」	4연 분연체	떠나는 임에게 곧 다시 돌아오라고 애원하는 이별가로, 일명 「귀호곡(歸乎曲)」이라고도 한다.
②	「동동」	13연 월령체	월별로 자연 경물이나 절기에 따라 남녀의 애정을 읊은 달거리 노래이다.
③	「만전춘별사」	5(6)연 분연체	남녀의 애정을 대담하고 솔직하게 노래한 남녀상열지사 성격의 노래로, 형식상 시조와 가장 비슷하다.
④	「청산별곡」	3연 분연체	서경(평양)의 여인이 사랑하는 사람을 떠나보내며 이별의 정한을 읊은 노래이다.

08 「청산별곡」은 현실적·세속적 공간에서 이상세계인 '청산', '바다'를 동경하나 현실의 문제에 부딪혀 결국은 술로 시름으로 달래거나 체념할 수밖에 없었던 당시 고려인의 삶의 고뇌와 비애를 노래한 작품으로, 8연 분연체이다. 서경(평양)의 여인이 사랑하는 사람을 떠나보내며 이별의 정한을 읊은 노래는 「서경별곡」이다.

09 다음 설명에 해당하는 작품은 무엇인가?

- 작가를 알 수 있는 고려가요이다.
- 향찰로 지어진 향가계 고려가요에 해당한다.
- 유배 가사의 효시이다.

① 「청산별곡」

② 「정과정」

③ 「처용가」

④ 「만전춘별사」

09 「정과정」은 국문으로 전하는 고려가요 중 작가를 알 수 있는 유일한 노래로, 고려 의종 때 동래로 귀양 간 정서가 임금의 소환을 기다리다가 소식이 없자, 자신의 결백을 밝히고 선처를 요청하기 위해 지었다고 하는 유배가의 효시이다.

정답 08 ④ 09 ②

10 다음 설명에 해당하는 작품은 무엇인가?

> 작품의 2연과 5연이 시조 양식에 접근하는 형태를 보여 주고 있기 때문에 고려가요가 붕괴되면서 시조의 형식이 형성된 것으로 보는 근거가 된다.

① 「만전춘별사」
② 「정석가」
③ 「처용가」
④ 「사모곡」

10 「만전춘별사」에 해당하는 설명이다. 이 작품은 시조의 기원이라는 평가를 받는데, 작품의 2연과 5연이 시조 양식에 접근하는 형태를 보여 주고 있기 때문이다. 2연과 5연은 3장이라는 분장 형태, 4음보 율격, 호흡의 완급, 수사 방법까지 시조에 접근하는 것으로 파악되어 고려가요가 붕괴되면서 시조의 형식이 형성된 것으로 보는 근거가 된다.

주관식 문제

01 다음은 정서의 「정과정」이다. 이 작품을 향가계 고려가요로 보는 이유는 무엇인지 서술하시오.

> 내 님믈 그리ᅀᆞ와 우니다니
> 山(산) 졉동새 난 이슷ᄒᆞ요이다.
> 아니시며 거츠르신 둘 아으
> 殘月曉星(잔월효성)이 아ᄅᆞ시리이다.
> 넉시라도 님은 ᄒᆞᆫᄃᆡ 녀져라 아으
> 벼기더시니 뉘러시니잇가.
> 過(과)도 허믈도 千萬(천만) 업소이다.
> 물힛 마리신뎌 ᄉᆞᆯ읏븐뎌 아으
> 니미 나ᄅᆞᆯ ᄒᆞ마 니ᄌᆞ시니잇가.
> 아소 님하, 도람 드르샤 괴오쇼셔.

01 정답
총 10행으로 연의 구분이 없고, 형식이 향가의 10구체와 비슷하며, 낙구에 '아소 님하'와 같은 감탄사가 있다.

정답 10 ①

02 **다음 (가)~(라) 중 자연물에 자신의 상황이나 감정을 이입하여 표현한 것은 무엇인지 그 해당 연과 시어를 모두 쓰시오.**

(가) 살어리 살어리랏다 靑山(청산)애 살어리랏다.
멀위랑 ᄃᆞ래랑 먹고 청산애 살어리랏다.
얄리얄리 얄랑셩 얄라리 얄라

(나) 우러라 우러라 새여 자고 니러 우러라 새여.
널라와 시름 한 나도 자고 니러 우니로라.
얄리얄리 얄라셩 얄라리 얄라

(다) 가던 새 가던 새 본다 믈 아래 가던 새 본다.
잉무든 장글란 가지고 믈 아래 가던 새 본다.
얄리얄리 얄라셩 얄라리 얄라

(라) 이링공 뎌링공 ᄒᆞ야 나즈란 디내와손뎌,
오리도 가리도 업슨 바므란 ᄯᅩ 엇디 호리라.
얄리얄리 얄라셩 얄라리 얄라

02 **정답**

(나)의 '새'

해설

제시된 작품은 「청산별곡」의 일부로, (나)의 '새'는 현실적인 고통에 의한 화자의 슬픈 심정을 이입시킨 자연물(객관적 상관물)이다. 화자는 자고 일어나 우는 '새'를 보며 '새'도 역시 시름이 많아서 운다고 생각한다. 즉 화자 자신이 시름이 많기 때문에 '새'도 시름이 많아서 우는 것처럼 표현하고 있다.

SEAT
SD
SD에듀와 함께, 합격을 향해 떠나는 여행

제 5 편

경기체가

| 단원 개요 |

경기체가는 무신란 이후 새롭게 등장한 신분 계층인 신진사대부의 득의에 찬 기상과 자부심을 특정 사물을 나열하고, 그 광경을 과시하는 형식의 노래이다. 경기체가의 개념과 3음보, 3 · 3 · 4조, 후렴구의 형식을 학습하고, 경기체가가 역사적으로 어떻게 전개되었는지를 심화 학습하며, 개별 경기체가들의 내용과 주제를 탐구한다.

| 출제 경향 및 수험 대책 |

이 편에서는 경기체가 형성의 배경과 이 갈래의 창작 계층과 향유 계층에 대한 이해가 선행되어야 한다. 또한 경기체가의 주요 작가와 작품 및 내용과 형식, 문학사적 의의 등을 숙지해야 하며, 특히 최초의 경기체가라고 할 수 있는 「한림별곡(翰林別曲)」은 문학적 배경과 표현상의 특징까지도 심층적으로 공부하고 학습하는 노력이 필요하다.

제 1 장 경기체가의 개념과 형식

제1절 경기체가의 개념

1 정의

경기체가는 고려 고종 때 발생하여 고려 후기와 조선 전기에 유행하다가 임진왜란 이후에 소멸된 정형 시가이다. 4절에 나오는 '경(景) 긔 엇더ᄒᆞ니잇고' 또는 '경기하여(景幾何如)'라는 구절이 반복되는 것을 근거로 경기체가라고 칭하며, 주 작가층 및 향유층은 신진사대부이다.

2 내용

고려 시대에는 무신란 이후 쫓겨난 문신들의 향락적・유흥적인 생활과 정서를 읊었으나, 조선 시대부터는 전래의 형식을 계승하여 조선 건국을 칭송하는 내용을 담는 방식으로 변화하였다.

3 표기

초기에는 유학자들이 순전히 한문으로 지었으나, 훈민정음이 창제된 후부터는 한글을 약간 섞어 이두식으로 표기하였다. 따라서 일반 대중과는 유리된 기형적인 문학이라는 평을 받았고, 이런 점에서 「청산별곡」, 「가시리」 등의 고려가요와 대조를 이룬다. 또한, 민간층에서 발달하여 구전되어 보통 그 작가를 알 수 없는 고려가요와는 달리, 경기체가는 유학자라는 계층 특성상 한자로 작품을 지었기 때문에 대부분 작품과 작가가 알려져 있다.

4 작가 및 향유층

경기체가의 주요 작가와 향유층은 고려 후기의 신진사대부 문인으로, 「한림별곡(翰林別曲)」을 지은 여러 유학자들, 「죽계별곡(竹溪別曲)」과 「관동별곡(關東別曲)」을 지은 안축 등이 대표적이다. 그들은 고려 후기에 역사의 새로운 주도 세력으로 부상한 계층으로, 정형화된 한시 형식으로는 충족되지 않는 욕구를 경기체가 형식으로 표출했다. 경기체가에는 고려 후기에 등장한 신진사대부의 세계관과 미의식이 반영되었으며, 주변 사물에 대한 관심, 득의양양하고 도도한 태도 및 기상 등이 나타난다.

제2절 경기체가의 형식 중요

경기체가는 다른 갈래에 비해 형식적 구속이 심한 편이다. 경기체가의 표준형이라고 할 수 있는 「한림별곡」을 기준으로 보면 다음과 같이 형식을 정리할 수 있다.

(1) 연과 연이 구분되는 분연체(分聯體) 형식

분연체는 여러 절 또는 연으로 나눠지는 형식으로, 연장체 또는 분절체, 분장체라고도 한다.

(2) 전대절(前大節)과 후소절(後小節)의 구분

① **전대절**

형태의 안정성이 비교적 잘 유지되었던 조선 전기까지의 작품을 놓고 볼 때, 전대절에서는 대체로 3음보격을 취하면서 사물, 행위들을 순차적으로 나열하고 '위 …… 景(경) 긔 엇더ᄒᆞ니잇고'와 같이 감탄형 문장으로 집약하는 구조를 취한다.

② **후소절**

후소절에서 대체로 '위 …… 景(경) 긔 엇더ᄒᆞ니잇고'로 시상이 마무리되는 구조를 취하고 있다.

(3) 그 외 형식적 특징

<table>
<tr><td>음보율</td><td colspan="2">제1행에서 제3행까지는 매 행이 3음보이며, 제5행은 4음보가 원칙이다.</td></tr>
<tr><td rowspan="4">음수율</td><td colspan="2">음수율은 다음과 같이 특정 음절수가 고정되어 있다.</td></tr>
<tr><td>제1 · 2행</td><td>3 · 3 · 4</td></tr>
<tr><td>제3행</td><td>4 · 4 · 4</td></tr>
<tr><td>제5행</td><td>4 · 4 · 4 · 4</td></tr>
<tr><td>연장 형식</td><td colspan="2">몇 개의 장(章)이 중첩되어 한 작품을 이루는 연장(聯章) 형식을 취하고 있으며, 최소한 3장 이상이다.</td></tr>
<tr><td>분절 형식</td><td colspan="2">한 장은 6행으로 되어 있되, 제4행과 제5행에서 두 개의 구조적 단위(전대절, 후소절)로 나뉘는 분절 형식이다.</td></tr>
<tr><td>고정된 표현 사용</td><td colspan="2">제4행과 제6행에는 경기체가의 고정된 상투어인 '위 …… 景(경) 긔 엇더ᄒᆞ니잇고'가 오는 것이 원칙이다.</td></tr>
<tr><td>가사 반복</td><td colspan="2">제5행의 4음보 가운데 뒤 2음보는 앞 2음보의 가사를 반복한다.</td></tr>
</table>

제 2 장 경기체가의 역사적 전개

제1절 경기체가의 형성

경기체가의 형성에 관한 견해는 다음과 같이 크게 3가지 유형으로 정리할 수 있다.

민요기원설	향가, 고려의 속악가사, 민요에 기원을 두거나 혹은 향가와 민요의 결합 등에 근거를 두고 있다. 민요기원설의 경우는 민요를 궁중 음악으로 편입한 오랜 내력에 바탕을 둔 것으로, 고려가요라고 하는 고려 속악가사들의 형성과 맥락을 같이 한다.
외래기원설	중국의 사(詞)와 변려문(騈麗文)에 기반을 두거나, 고려 시대에 들어온 송사(宋詞)와 송악(宋樂)으로부터 생겨났다는 설이다. 경기체가의 창작 연대를 고려하면 후자가 타당하다고 볼 수 있는데, 이는 한문가요로서 형식의 유사성에 근거를 둔 것이다. 음악적으로 비교해 보면 송사보다는 우리 속악인 진작(眞勺)에 가깝다고 한다.
절충설	중국의 변려문・송사・송악과 우리의 전통적인 시형인 향가 등을 절충하여 경기체가가 형성되었다는 주장이다. 다양한 주장을 고려할 때 경기체가의 형성 문제는 간단하지 않은 것으로 보이지만 대부분 절충론에 동의하고 있다.

결론적으로 경기체가는 향가의 전통 속에서 우리 민요의 영향과 중국의 송사의 영향을 받아 형성되었으며, 그 형성 시기는 대략 송사와 송악이 유입된 예종 대에서 본격적으로 민요를 수집했던 의종 대 사이로 본다.

더 알아두기

송사

'송나라의 사'를 의미하는데, 여기서 '사(詞)'는 시와 비슷한 운문을 말한다. 당시(唐詩)와 마찬가지로 중국 문학사에서 중요한 지위를 차지한다.

진작

정의	고려 시대의 속가 중 가장 빠른 곡조를 가진 장르로, 고려 충혜왕 이후 후전진작(後殿眞勺)으로 되어, 조선 초까지 그 음곡만 궁중에서 쓰이다가 그 이후로는 전하지 않는다.
형식	1・2・3・4진작의 형태를 갖추고 있다. 1진작의 빠르기가 가장 느리고 가락이 복잡하며, 4진작으로 갈수록 속도가 빨라지고 가락도 간단해지는데, 4작에 이르면 1행의 선율은 반으로 줄어든다.
예시	고려가요 중 「정과정(鄭瓜亭)」이 이 진작으로 되어 있다.

제2절 경기체가의 전개 과정 중요

경기체가의 전개 과정은 크게 다음과 같이 구별할 수 있다.

발생기	고려 고종 대부터 고려 말까지의 시기로, 고종 대 한림제유(翰林諸儒)의 「한림별곡」, 고려 말 안축(安軸)의 「관동별곡」과 「죽계별곡」 등 고려 시대 작품 세 편이 지어지면서 경기체가의 장르가 형성된 시기이다. 고종 때 당시 신진 관료였던 신진사대부들에 의해 처음 불렸는데, 자기과시가 많이 나타나고 풍류적・향락적인 성격이 두드러진다. 교술적인 내용과 개인적인 정서가 일부 드러나기도 한다.
발전기	조선조에 들어오면서 초기 관학파 혹은 훈구파의 사대부들이 창작을 주도하고 승려 지은(智訔)과 기화(己和)가 참여하던 시기로, 「상대별곡(霜臺別曲)」에서 「기우목동가(騎牛牧童歌)」까지 12편이 창작되었다. 조선 왕조의 정통성과 그에 대한 칭송, 관인으로서의 이상을 노래하는 교술적인 악장의 성격과 불교적인 작품이 등장하여 경기체가의 융성기를 맞이한다.
변천기	「불우헌곡(不憂軒曲)」으로부터 「독락팔곡(獨樂八曲)」까지 9편이 창작된 시기이다. 형식이 크게 붕괴되고, 악장적 성격보다는 유교 의식을 위한 교술적인 내용, 특히 개인적인 서정을 노래하는 사회적인 분위기에 힘입어 사랑과 이별을 주제로 하는 작품이 등장한다.
쇠퇴기	경기체가가 가사문학으로 대체되면서 자취를 감추어간 변천기 이후를 쇠퇴기로 볼 수 있다. 이 시기에는 문이재도(文以載道 : 문장으로 도를 싣는다는 뜻으로, 문과 도의 관계에서 도를 더 강조하는 문학관)의 문학관에 따라 수기(修己)와 성정의 도야(陶冶 : 인격을 닦고 심성을 가다듬음)를 구가한 작품이 나타난다.

제3절 경기체가의 소멸

조선 전기에도 경기체가는 계속 이어졌다. 이 시기의 작품은 다음과 같이 크게 3가지 정도로 나눌 수 있다.

악장류의 작품	• 「상대별곡(霜臺別曲)」 • 「연형제곡(宴兄弟曲)」 • 「오륜가(五倫歌)」 • 「화산별곡(華山別曲)」 등
성리학의 이념과 도덕적 교훈을 다룬 작품	• 「도동곡(道東曲)」 • 「육현가(六賢歌)」 • 「엄연곡(儼然曲)」 등 → 해당 세 작품 모두 작가는 주세붕(1495~1554)임
찬불과 포교를 목적으로 창작한 작품	• 「서방가(西方歌)」 • 「미타찬(彌陀讚)」 • 「기우목동가(騎牛牧童歌)」 등 → 주 작가는 승려들이었음

권호문이 지은 「독락팔곡(獨樂八曲)」은 처사적 삶의 지향을 노래한 작품인데, 이전 작품과 비교해볼 때 일정 수준의 형식은 계속 유지하고 있으나 많은 변화를 보이고 있다. 1860년에 민규가 지은 「충효가(忠孝歌)」가 나오기는 했지만, 16세기 중기를 기점으로 경기체가는 급속히 쇠퇴하면서 겨우 그 명맥만을 유지했다.

더 알아두기

처사(處士)

벼슬을 하지 아니하고 초야에 묻혀 살던 선비를 의미한다.

제 3 장 경기체가의 내용과 주제

제1절 경기체가의 내용

1 악장 계열

(1) 악장 계열의 작품은 고려조의 「한림별곡」을 필두로 「상대별곡」·「화산별곡(華山別曲)」·「가성덕(歌聖德)」·「축성수(祝聖壽)」·「오륜가(五倫歌)」·「연형제곡(宴兄弟曲)」·「배천곡(配天曲)」 등을 들 수 있다. 「한림별곡」 이후 조선 초기의 작품에서는 「한림별곡」의 연행 상황을 유지하면서도, 조선 왕조의 정통성을 제시하고 유교적 이성에 입각한 질서 의식을 노래하는 악장으로서의 성격이 나타난다.

(2) 악장 계열의 경기체가는 다음과 같이 크게 세 가지 부류로 나누어 볼 수 있다.

가문 칭송	가문이나 특정 집단에 기억할 만한 일이 일어났을 때, 가문의 명예를 드러내고 조상들에게 찬사를 보내는 내용으로 구성되어 가문의 악장 구실을 한다. 특정한 집단의 공식적인 행사에서 부르기 위해 지은 것으로 「한림별곡」의 특성과도 통한다. 예 「죽계별곡(竹溪別曲)」·「구월산별곡(九月山別曲)」·「금성별곡(錦城別曲)」 등
불교 포교	모두 세종조 전후 시기에 창작된 작품으로, 경기체가 전성기의 작품이라고 할 수 있다. 이 노래들은 모두 승려들이 창작하였으며, 아미타불과 서방의 안양정토(安養淨土)에 대한 찬양으로 불교적인 교리를 노래를 통해 전달하고 있다. 예 「미타찬(彌陀讚)」·「안양찬(安養讚)」·「미타경찬(彌陀經讚)」·「서방가(西方歌)」·「기우목동가」
유교 의식	개인의 정서를 노래했다기보다 유학을 숭상하는 계층을 찬양하는 유교 의식을 위한 노래이다. 예 주세붕의 작품인 「도동곡(道東曲)」·「엄연곡(儼然曲)」·「태평곡(太平曲)」·「육현가(六賢歌)」 → 작가가 백운동 서원을 세우면서 안유(安裕)의 사당에 제사를 지내는 데 사용할 목적으로 지었다.

2 비악장 계열

(1) 악장 계열의 노래가 궁중 혹은 의식의 장소에서 불렸다면 비악장 계열의 노래는 자연 속에서 불렸는데, 이는 즉 연행 장소의 차이가 비악장 계열의 가장 큰 특징임을 의미한다. 이런 변화는 노래 내용에도 영향을 미쳐 잔치 노래로의 성격에서 개인의 노래로 정착하게 되었다.

(2) 비악장 계열의 작품으로는 다음과 같은 것들이 있다.

악장이 제작되는 시기의 작품	「관동별곡(關東別曲)」, 「불우헌곡」
악장 제작 종식 이후의 작품	「화전별곡(花田別曲)」, 「독락팔곡」, 「충효가」

「관동별곡」을 제외하고는 대부분 성종조 이후의 작품인데, 경기체가 본연의 악장적 기능이 축소・상실되면서 갈래의 본질과 멀어지고, 형식상・악곡상의 제약으로 인해 개인적 목적을 달성하기 어려워지자 점점 쇠퇴하였다.

제2절 경기체가의 주제 중요

「한림별곡」을 비롯한 고려 말에서 조선 초기까지의 경기체가를 계층에 따라 분류하면, 다음과 같은 내용을 노래했다고 정리할 수 있다.

신진사대부 계층	• 신진사대부 계층의 만족스럽고 화려하고 도도한 생활 • 삶에 대한 기쁨과 즐거움 과시・칭송 • 그들의 이념에 적합한, 유교적이고 도덕적인 훈계
승려 계층	불교와 부처를 찬양

전반적으로 현실을 마음껏 즐기고 자랑・찬양하여 현실 자체가 이상과 조화를 이루고 있어 우아미를 구현하고 있다. 또한 현실에 대한 비판적・골계적인 시선은 보이지 않는다.

제 4 장 경기체가의 주요 작가와 작품

제1절 풍류적인 노래

1 「한림별곡」 중요

〈원문〉

〈1장〉
元淳文(원슌문) 仁老詩(인노시) 公老四六(공노사륙)
李正言(니정언) 陳翰林(딘한림) 雙韻走筆(솽운주필)
冲基對策(튱긔ᄃᆡ칙) 光鈞經義(광균경의) 良鏡詩賦(량경시부)
위 詩場(시댱)ㅅ 景(경) 긔 엇더ᄒᆞ니잇고
葉(엽) 琴學士(금학사)의 玉笋門生(옥슌문ᄉᆡᆼ) 琴學士(금학사)의 玉笋門生(옥슌문ᄉᆡᆼ)
위 날조차 몃 부니잇고.

〈2장〉
唐漢書(당한서) 莊老子(장로ᄌᆞ) 韓柳文集(한류문집)
李杜集(이두집) 蘭臺集(난ᄃᆡ집) 白樂天集(ᄇᆡᆨ락텬집)
毛試尙書(모시상서) 周易春秋(쥬역춘추) 周戴禮記(쥬ᄃᆡ례귀)
위 註(주)조쳐 내외온 景(경) 긔 엇더ᄒᆞ니잇고.
葉(엽) 大平廣記(대평광기) 四百餘卷(ᄉᆞᄇᆡᆨ여권) 大平廣記(대평광기) ᄉᆞᄇᆡᆨ여권(四百餘卷)
위 歷覽(력남)ㅅ 景(경) 긔 엇더ᄒᆞ니잇고.

〈3장〉
眞卿書(진경서) 飛白書(비백서) 行書草書(행서초서)
篆籒書(전주서) 蝌蚪書(과두서) 虞書南書(우서남서)
羊鬚筆(양수필) 鼠鬚筆(서수필) 빗기드러
위 ᄃᆡ논 景(경) 긔 엇더ᄒᆞ니잇고.
葉(엽) 吳生劉生(오생유생) 兩先生(양선생)의 吳生劉生(오생유생) 兩先生(양선생)의
위 走筆(주필)ㅅ景(경)긔 엇더ᄒᆞ니잇고

〈4장〉
黃金酒(황금주) 柏子酒(백자주) 松酒醴酒(송주예주)
竹葉酒(죽엽주) 梨花酒(이화주) 五加皮酒(오가피주)
鸚鵡盞(앵무잔) 琥珀盃(호박배)예 ᄀᆞ득 브어
위 勸上ㅅ景(권상경) 긔 엇더ᄒᆞ니잇고
葉(엽) 劉伶陶潛(유령도잠) 兩仙翁(양선옹)의 劉伶陶潛(유령도잠) 兩仙翁(양선옹)의
위 醉ᄒᆞᆫ景(취ᄒᆞᆫ경) 긔 엇더ᄒᆞ니잇고

〈5장〉
紅牧丹(홍목단) 白牧丹(백목단) 丁紅牧丹(정홍목단)
紅芍藥(홍작약) 白芍藥(백작약) 丁紅芍藥(정홍작약)
御柳玉梅(어류옥매) 黃紫薔薇(황자장미) 芷芝冬柏(지지동백)
위 間發ㅅ景(간발경) 긔 엇더ᄒᆞ니잇고
葉(엽) 合竹桃花(합죽도화) 고온 두분 合竹桃花(합죽도화) 고온 두분
위 相映ㅅ景(상영경) 긔 엇더ᄒᆞ니잇고

〈6장〉
阿陽琴(아양금) 文卓笛(문탁적) 宗武中琴(종무중금)
帶御香(대어향) 玉肌香(옥기향) 雙伽倻(쌍가야)ㅅ고
金善琵琶(금선비파) 宗智嵇琴(종지혜금) 薛原杖鼓(설원장고)
위 過夜ㅅ景(과야경) 긔 엇더ᄒᆞ니잇고
葉(엽) 一枝紅(일지홍)의 빗근 笛吹(적취) 一枝紅(일지홍)의 빗근 笛吹(적취)
위 듣고아 즘드러지라

〈7장〉
蓬萊山(봉래산) 方丈山(방장산) 瀛洲三山(영주삼산)
比三山(비삼산) 紅縷閣(홍루각) 婥妁仙子(작작선자)
綠髮額子(녹발액자) 錦繡帳裏(금수장리) 珠簾半捲(주염반권)
위 登望五湖ㅅ景(등망오호경) 긔 엇더ᄒᆞ니잇고
葉(엽) 綠楊綠竹(녹양록죽) 栽亭畔(재정반)애 綠楊綠竹(녹양록죽) 栽亭畔(재정반)애
위 전黃鶯(황앵) 반갑두셰라

〈8장〉
唐唐唐(당당당) 唐楸子(당츄자) 皀莢(조협) 남긔
紅(홍)실로 紅(홍)글위 ᄆᆡ요이다.
혀고시라 밀오시라 鄭少年(뎡쇼년)하.
위 내 가논 ᄃᆡ 놈 갈셰라.
葉(엽) 削玉纖纖(샤옥셤셤) 雙手(솽슈)ㅅ길헤 削玉纖纖(샤옥셤셤) 雙手(솽슈)ㅅ길헤
위 攜手同遊(휴슈동유)ㅅ 景(경) 긔 엇더ᄒᆞ니잇고.

〈현대어 역〉

〈1장〉
유원순의 문장, 이인로의 시, 이공로의 사륙변려문,
이규보와 진화의 쌍운을 맞추어 써 내려간 글,
유충기의 대책문, 민광균의 경서 해의(解義), 김양경의 시와 부(賦)
아, 과거 시험장의 광경, 그것이 어떠합니까? (참으로 굉장하다)
금의가 배출한 죽순처럼 많은 제자들. 금의가 배출한 죽순처럼 많은 제자들
아, 나까지 몇 분입니까?

〈2장〉
당서와 한서, 장자와 노자, 한유와 유종원의 문집
이백과 두보의 시집, 난대영사(令使)들의 시문집, 백낙천의 문집
시경과 서경, 주역과 춘추, 대대례와 소대례
아, 이러한 책들을 주석까지 포함하여 내쳐 외는 광경이 그 어떠합니까?
대평광기 사백여 권을 대평광기 사백여 권을
아, 열람하는 광경이 그 어떠합니까? (참으로 훌륭하다)

〈3장〉
안진경체, 비백서, 행서 초서
전주체, 과두체, 우세남체를
양털붓, 쥐털붓 비껴 들어
아, 내려찍는 모습 그 어떠합니까?
오생 유생 두 선생의, 오생 유생 두 선생의
아, 붓 놀리는 모습 그 어떠합니까?

〈4장〉
황금주, 백자주, 송주 예주
죽엽주, 이화주, 오가피주를
앵무잔, 호박잔에 가득 부어
아, 올리는 모습 그 어떠합니까?
유영 도잠 두 선옹의, 유영 도잠 두 선옹의
아, 취한 모습 그 어떠합니까?

〈5장〉
분홍모란, 흰모란, 진분홍모란
분홍작약, 흰작약, 진분홍작약
석류 매화, 노란 장미 자색 장미, 지지꽃 동백꽃들이
아, 사이사이 핀 모습 그 어떠합니까?
대나무 복사꽃처럼 어울리는 고운 두 분, 대나무 복사꽃처럼 어울리는 고운 두 분
아, 서로 바라보는 모습 그 어떠합니까?

〈6장〉
아양의 거문고, 문탁의 피리, 종무의 중금
대어향, 옥기향이 타는 쌍가얏고
김선의 비파, 종지의 해금, 설원의 장고로
아, 밤 새워 노는 모습 그 어떠합니까?
일지홍이 비낀 피리 소리, 일지홍이 비낀 피리 소리
아, 듣고서야 잠들고파라

〈7장〉
봉래산, 방장산, 영주산의 삼신산
이 삼신산 붉은 누각에 신선아이 데리고

풍류객이 비단 장막 속에서 주렴을 반만 걷고
아, 산에 올라 오호를 바라보는 모습 그 어떠합니까?
푸른 버들 푸른 대 자라는 정자 둔덕에, 푸른 버들 푸른 대 자라는 정자 둔덕에
아, 지저귀는 꾀꼬리 반갑기도 하여라

〈8장〉
당당당 당추자(호도나무) 쥐엄나무에
붉은 실로 붉은 그네를 맵니다.
당기시라 미시라 정소년이여.
아, 내가 가는 곳에 남이 갈까 두렵다.
옥을 깎은 듯 고운 손길에, 옥을 깎은 듯 고운 손길에
아, 마주 손잡고 노니는 정경, 그것이 어떠합니까? (참으로 좋습니다)

(1) 핵심 정리

갈래	경기체가
성격	풍류적, 향락적, 귀족적
제재	상류층의 향락과 풍류
주제	• 신진사대부들의 학문적 자부심과 의욕적 기개 • 귀족들의 향락적 풍류생활과 퇴폐적인 기풍
특징	• 열거법, 영탄법, 설의법, 반복법을 사용함 • 전 8장의 분절체 • 3・3・4조의 3음보 율격 • 나열과 추상 과정을 통해 화자의 정서를 노래함 • 학문과 유흥, 이상과 현실이라는 대립 관계 형상화
의의	• 최초의 경기체가로 귀족의 생활 감정을 표현함 • 후대 가사문학에 영향을 미침
연대	고려 고종
출전	『악학궤범』, 『악장가사』

(2) 짜임

장	소재	주제
1장	시부 (詩賦)	시인과 문장 예찬 및 명문장과 금의의 문하생 찬양
2장	서적 (書籍)	학문과 독서에 대한 자긍심 찬양
3장	명필 (名筆)	유명한 서체와 필기구 등 명필 찬양
4장	명주 (名酒)	귀족 계급의 주흥과 풍류 찬양

5장	화훼 (花卉)	화원(花園)의 서경(경치)을 노래
6장	음악 (音樂)	흥겨운 주악에 대한 취향을 노래
7장	누각 (樓閣)	후원의 서경(後園 : 경치)을 노래
8장	추천 (鞦韆)	그네뛰기의 흥겨운 정경과 풍류생활 찬양

(3) 이해와 감상

① **배경**

한림제유가 지은 이 작품은 **현전하는 최고(最古)의 경기체가 작품으로, 고려 시대 새로운 집권 계층으로 등장한 신진사대부들의 정서를 표현한 대표적인 귀족문학**이라 할 수 있다.

② **형식**

전체 8장의 분장체로, 각 장은 총 6행[전대절(前大節) 4행, 후소절(後小節) 2행]으로 구성되어 있다.

1~7장	한문 어구의 나열과 한문에 토를 다는[현토(懸吐)]듯한 형태를 보이고 있다.
8장	우리말의 아름다움을 살려 표현함으로써 문학성을 인정받는다.

또 한자를 연결하여 우리말 율격인 3음보에 맞추어 음보율을 형성하였으며, 각 연의 규칙적 반복, 후렴구 사용 등을 통해 음악적 효과가 드러난다.

③ **의의 및 평가**

신진사대부들의 문학적 경지와 자긍심, 귀족 문인들의 풍류적 삶의 태도가 드러나며, 또한 이전까지의 **관념적이고 추상적인 대상을 노래했던 문학적 관습에서 벗어나 구체적이고 실제적인 사물에 시적 화자의 정서를 결부시켜 노래한 새로운 문학 양식**이라는 점에서 그 의의가 크다.

그러나, 8장을 제외한 나머지 장은 서정성이 배제된 채 교술성이 강화되었다는 점, 객관적 사물들의 지시적 나열에 불과하다는 점, 한문 표현과 현토식 문장이 단순 반복된다는 점 등을 근거로 문학성이 떨어진다고 평가되기도 한다. **이황은 「도산십이곡발(跋)」에서 '한림별곡 같은 경기체가는 선비의 입에서 나왔지만 내용이 교만하고 방탕하며, 선비의 입으로 말할 바가 못될 정도로 형편없다.'고 평가하였다.**

2 「관동별곡」

〈원문〉

〈1장〉
海千重(해천중) 山萬疊(산만첩) 關東別境(관동별경)
碧油幢(벽유당) 紅蓮幕(홍련막) 兵馬營主(병마영주)
玉帶傾盖(옥대경개) 黑槊紅旗(흑삭홍기) 鳴沙路(명사로)
爲(위) 巡察景(순찰경) 幾何如(기하여)
朔方民物(삭방민물) 慕義起風(모의기풍)
爲(위) 王化中興景(왕화중흥) 幾何如(경기하여)

〈2장〉
鶴城東(학성동) 元帥臺(원수대) 穿島國島(천도국도)
轉三山(전삼산) 移十洲(이십주) 金鼇頂上(금오정상)
收紫霧(수자무) 卷紅嵐(권홍람) 風恬浪靜(풍념랑정)
爲(위) 登望滄溟景(등망창명경) 幾何如(기하여)
桂棹蘭舟(계도난주) 紅粉歌吹(홍분가취)
爲(위) 歷訪景(역방경) 幾何如(기하여)

〈3장〉
叢石亭(총석정) 金幱窟(금란굴) 奇巖怪石(기암괴석)
顚倒巖(전도암) 四仙峯(사선봉) 蒼苔古碣(창태고갈)
我也足(아야족) 石巖回(석암회) 殊形異狀(수형이장)
爲(위) 四海天下(사해천하) 無豆舍叱多(무두사질다)
玉簪珠履(옥잠주리) 三千徒客(삼천도객)
爲(위) 又來悉(우래실) 何奴日是古(하노일시고)

〈4장〉
三日浦(삼일포) 四仙亭(사선정) 奇觀異迹(기관이적)
彌勒堂(미륵당) 安祥渚(안상저) 三十六峯(삼십육봉)
夜深深(야심심) 波瀲瀲(파렴렴) 松梢片月(송초편월)
爲(위) 古溫貌(고온모) 我隱伊西爲乎伊多(아은이서위호이다)
述郎徒矣(술랑도의) 六字丹書(육자단서)
爲(위) 萬古千秋(만고천추) 尙分明(상분명)

〈5장〉
仙遊潭(선유담) 永郎湖(영랑호) 神淸洞裏(신청동리)
綠荷洲(녹하주) 靑瑤嶂(청요장) 風煙十里(풍연십리)
香冉冉(향염염) 翠霏霏(취비비) 琉璃水面(유리수면)
爲(위) 泛舟景(범주경) 幾何如(기하여)
蓴羹鱸膾(전갱로회) 銀絲雪縷(은사설루)
爲(위) 羊酪豈勿參爲里古(양락기물삼위리고)

〈6장〉
雪嶽東(설악동) 洛山西(락산서) 襄陽風景(양양풍경)
降仙亭(강선정) 祥雲亭(상운정) 南北相望(남북상망)
騎紫鳳(기자봉) 駕紅鸞(가홍란) 佳麗神仙(가려신선)
爲(위) 爭弄朱絃景(쟁롱주현경) 幾何如(기하여)
高陽酒徒(고양주도) 習家池館(습가지관)
爲(위) 四節(사절) 遊伊沙伊多(유이사이다)

〈7장〉
三韓禮義(삼한예의) 千古風流(천고풍류) 臨瀛古邑(임영고읍)
鏡浦臺(경포대) 寒松亭(한송정) 明月淸風(명월청풍)
海棠路(해당로) 菡萏池(함담지) 春秋佳節(춘추가절)
爲(위) 遊賞景(유상경) 幾何如爲尼伊古(기하여위니이고)
燈明樓上(등명루상) 五更鍾後(오경종후)
爲(위) 日出景(일출경) 幾何如(기하여)

〈8장〉
五十川(오십천) 竹西樓(죽서루) 西村八景(서촌팔경)
翠雲樓(취운루) 越松亭(월송정) 十里靑松(십리청송)
吹玉篴(취옥적) 弄瑤琴(롱요금) 淸歌緩舞(청가완무)
爲(위) 迎送家賓景(영송가빈경) 何如(하여)
望槎亭上(망사정상) 滄波萬里(창파만리)
爲(위) 鷗伊鳥(구이조) 藩甲豆斜羅(번갑두사라)

〈9장〉
江十里(강십리) 壁千層(벽천층) 屛圍鏡撤(병위경철)
倚風巖(의풍암) 臨水穴(임수혈) 飛龍頂上(비용정상)
傾綠蟻(경녹의) 聳氷峯(용빙봉) 六月淸風(육월청풍)
爲(위) 避暑景(피서경) 幾何如(기하여)
朱陳家世(주진가세) 武陵風物(무릉풍물)
爲(위) 傳子傳孫景(전자전손경) 幾何如(기하여)

〈현대어 역〉

〈1장〉
바다는 천겹으로 깊고 산은 만겹을 높은 관동의 색다른 지경으로
푸른 깃발과 붉은 연막을 친듯 兵馬營門(병마영문)의 영주가 되어
옥띠를 매고 日傘(일산)을 기울이고, 호위하는 병사들의 검은 창과 붉은 깃발, 명사길로
아! 순찰하는 광경, 그것이야말로 어떻습니까?
삭방지역 백성들의 재물을 보호해주니, 백성들은 正道(정도)를 본받아 새 기풍을 일으키도다!
아! 왕의 德化(덕화)가 中途(중도)에 일어나는 광경 그것이야말로 어떻습니까?

〈2장〉
학성의 동쪽의 원수대와 천도, 국도
삼산 돌아, 십주 지나, 금자라가 이고 있는 삼신산
자주빛 안개 걷고 붉은 이내가 감도니 바람과 물결을 고요하다.
아! 대에 올라 푸른 바다를 바라보는 광경 그것이야말로 어떻습니까?
계도난주로 만든 호화로운 배에는 기녀들의 노래와 피리 소리 넘친다.
아! 勝地(승지)를 둘러보는 광경 그것이야말로 어떻습니까?

〈3장〉
총석정과 금란굴들은 기이한 바위와 괴상한 돌들
거꾸로 선 바위들, 사선봉에 푸른 이끼 낀 묵은 돌비석
아야차! 돌바위들, 다른 이상한 모양들은
아! 천하 어디에도 없는 광경이구려.
구슬비녀 꽂은 귀한 손님들처럼, 구슬로 꾸민 신발을 신은 호화로운 많은 나그네들처럼
아! 또 놀러 오실 제가 그 어느 날이 되겠습니까?

〈4장〉
삼일포 사선정은 奇觀(기관)에 異迹(이적)으로
미륵당과 안상저 그리고 삼십육봉들
밤은 깊어 물결은 잔잔한데 소나무 가지 끝에 걸린 조각달이
아! 고운 모습이 나와 비슷합니다.
술랑도의 육자단서가
아! 만고천추를 두고 오히려 분명합니다.

〈5장〉
선유담과 영랑호 그리고 신청동 속에
푸른 연잎이 덮인 섬과 푸르고 아리따운 묏부리, 십리에 서린 안개
향긋한 향내나고 푸른 嵐氣(람기)* 내리는 유리 같은 물위로
아! 배를 띄우는 광경, 그것이야말로 어떻습니까?
순채국과 농어회, 은실처럼 가늘게 쓴 눈 같이 흰 회고기 맛은
아! 왕무자가 자랑하던 양젖쯤이야 여기에다 어이 대적하리오.

〈6장〉
설악산의 동쪽 낙산사의 서쪽에 위치한 양양의 풍경
강선정과 상운정이 남북으로 서로 마주보는 광경
자색 봉황 타고 붉은 鸞鳥(난조)**가마를 타니 아름다운 신선같구려
아! 주현을 다투어 켜는 광경 그것이야말로 어떻습니까?
풍류로운 술꾼들, 습욱의 池館(지관) 같은 좋은 경치 속에서
아! 사철을 즐기며 놉시다그려.

〈7장〉
삼한 때부터 예의를 잘 지킨 천고의 풍류를 지닌 임영의 옛 고을
경포대와 한송정의 밝은 달과 맑은 바람

해당화 핀 길과 연꽃 핀 연못에서 봄가을 좋은 시절에
아! 놀며 구경하는 광경 그것이야말로 어떻습니까?
등명사 누각 위에서 새벽 오경 종이 울린 후
아! 해돋는 광경 그것이야말로 어떻습니까?

〈8장〉
오십천과 죽서루 그리고 서촌의 팔경
취운루와 월송정에는 십리 뻗은 푸른 소나무들
옥적을 불고 요금을 타면서 청아한 노래 부르며 느릿느릿 추는 춤 속에
아! 좋은 손님들은 마중하고 배웅하는 광경 그것이야말로 어떻습니까?
망사정 위에서 창파만리 바다위로
아! 갈매기 새가 반갑다고 하는구려.

〈9장〉
십리로 뻗은 大陰江(대음강) 따라 절벽은 천층에 병풍 같이 에워싸고 물은 거울처럼 맑은데
풍암을 의지하고 수혈에 다달아 비룡산을 올라서
좋은 술 기울이고 용빙봉으로부터 시원한 바람이 불어오면
아! 더위를 피하는 광경 그것이야말로 어떻습니까?
중국의 주씨와 진씨가 한 마을 이루고 혈통을 이으니 마치 무릉도원 같은 풍경
아! (이러한 좋은 풍속을) 자손들에게 전하여 주는 광경 그것이야말로 어떻습니까?

*嵐氣(람기) : 해 질 무렵 멀리 보이는 푸르스름하고 흐릿한 기운
**鸞鳥(난조) : 봉황과 비슷하다는 전설상의 새

(1) 핵심 정리

갈래	경기체가
성격	의욕적, 풍류적
제재	관동팔경(안변, 통천, 고성, 간성, 양양, 강릉, 삼척, 정선의 고을들)
주제	관동팔경의 절경 찬양
특징	• 이두(吏讀)문으로 표기되었으며 각 장의 3구는 4・4・3조로 3・3・4조의 정격을 벗어나고 있음 • 공간의 이동에 따라 시상을 전개함
출전	『근재집(謹齋集)』

(2) 짜임

1장	서사(序詞)로서 순찰경(巡察景)
2장	학성(鶴城)을 둘러봄
3장	총석정(叢石亭)을 둘러봄
4장	삼일포(三日浦)를 둘러봄

5장	영랑호(永郎湖)를 둘러봄
6장	양양(襄陽)을 둘러봄
7장	임영(臨瀛)을 둘러봄
8장	죽서루를 둘러봄
9장	정선(旌善)의 절경

(3) 이해와 감상

① **배경**

이 작품은 안축의 문집인 『근재집』 권2에 전한다. 작가가 49세 때 강원도존무사(江原道存撫使)로 있다가 돌아오는 길에 관동지방의 뛰어난 경치와 유적 및 명산물에 감동하여 짓게 되었다.[1]

② **의의 및 평가**

이 작품은 실재하는 자연을 주관적 흥취로 여과하고 관념화하여 나열하며, 그 미감을 절도 있게 표출함으로써 신진사대부 특유의 세계관을 작품으로 승화하였다는 평가를 받고 있다.

③ **형식**

작품 곳곳에 경기체가의 정격이라고 할 수 있는 3·3·4조를 지키지 않는 부분은 경기체가 장르의 형성 과정에서 불규칙적으로 나타난 것으로 볼 수 있다.

3 「죽계별곡」

〈원문〉

〈1장〉
竹嶺南(죽령남) 永嘉北(영가북) 小白山前(소백산전)
千載興亡(천재흥망) 一樣風流(일양풍류) 順政城裏(순정성리)
他代無隱(타대무은) 翠華峯(취화봉) 王子藏胎(왕자장태)
爲(위) 釀作中興景(양작중흥경) 幾何如(기하여)
淸風杜閣(청풍두각) 兩國頭御(양국두어)
爲(위) 山水淸高景(산수청고경) 幾何如(기하여)

〈2장〉
宿水樓(숙수루) 福田臺(복전대) 僧林亭子(승림정자)
草庵洞(초암동) 郁錦溪(욱금계) 聚遠樓上(취원루상)
半醉半醒(반취반성) 紅白花開(홍백화개) 山雨裏良(산우이량)
爲(위) 遊興景(유흥경) 幾何如(기하여)
高陽酒徒(고양주도) 珠履三千(주이삼천)
爲(위) 携手相遊景(휴수상유경) 幾何如(기하여)

1) 한국민족문화대백과사전, '관동별곡', 한국학중앙연구원

〈3장〉
彩鳳飛(채봉비) 玉龍盤(옥용반) 碧山松麓(벽산송록)
紙筆峯(지필봉) 硯墨池(연묵지) 齊隱鄕校(제은향교)
心趣六經(심취육경) 志窮千古(지궁천고) 夫子門徒(부자문도)
爲(위) 春誦夏絃景(춘송하현경) 幾何如(기하여)
年年三月(연년삼월) 長程路良(장정로량)
爲(위) 呵喝迎新景(가갈영신경) 幾何如(기하여)

〈4장〉
楚山曉(초산효) 小雲英(소운영) 山苑佳節(산원가절)
花爛熳(화란만) 爲君開(위군개) 柳陰谷(유음곡)
忙待重來(망대중래) 獨倚欄干(독의란간) 新鶯聲裏(신앵성리)
爲(위) 一朶綠雲(일타록운) 垂未絕(수미절)
天生絕艶(천생절염) 小紅時(소홍시)
爲(위) 千里想思(천리상사) 又柰何(우내하)

〈5장〉
紅杏紛紛(홍행분분) 芳草萋萋(방초처처) 樽前永日(준전영일)
綠樹陰陰(녹수음음) 畵閣沈沈(화각침침) 琴上薰風(금상훈풍)
黃國丹楓(황국단풍) 錦繡春山(금수춘산) 鴻飛後良(홍비후량)
爲(위) 雪月交光景(설월교광경) 幾何如(기하여)
中興聖代(중흥성대) 長樂太平(장락태평)
爲(위) 四節遊是沙伊多(사절유시사이다)

〈현대어 역〉

〈1장〉
죽령 남쪽, 안동 북쪽, 소백산 앞의
천 년의 흥망 속에도 풍류가 한결같은 순흥성 안에
다른 곳 아닌 취화봉에 임금의 태를 묻었네
아, 이 고을을 중흥시킨 모습 그 어떠합니까
청렴한 정사를 베풀어 두 나라(고려와 원나라)의 관직을 맡았네
아, 소백산 높고 죽계수 맑은 풍경 그 어떠합니까

〈2장〉
숙수사의 누각, 복전사의 누대, 승림사의 정자
초암동, 욱금계, 취원루 위에서
반쯤은 취하고 반쯤은 깨어, 붉고 하얀 꽃 피는, 비 내리는 산 속을
아, 흥이 나서 노니는 모습 그 어떠합니까
풍류로운 술꾼들 떼를 지어서
아, 손잡고 노니는 모습 그 어떠합니까

〈3장〉
눈부신 봉황이 나는 듯, 옥룡이 서리어 있는 듯, 푸른 산 소나무 숲
지필봉(영귀산), 연묵지를 모두 갖춘 향교
육경에 마음 담고, 천고를 궁구하는 공자의 제자들
아, 봄에 읊고 여름에 가락 타는 모습 그 어떠합니까
매년 3월 긴 공부 시작할 때
아, 떠들썩하게 새 벗 맞는 모습 그 어떠합니까

〈4장〉
초산효, 소운영이 한창인 계절
꽃은 난만하게 그대 위해 피었고, 버드나무 골짜기에 우거졌는데
홀로 난간에 기대어 님 오시기 기다리면, 갓 나온 꾀꼬리 노래 부르고
아, 한 떨기 꽃 그림자 드리워졌네
아름다운 꽃들 조금씩 붉어질 때면
아, 천리 밖의 님 생각 어찌하면 좋으리오

〈5장〉
붉은 살구꽃 어지러이 날리고, 향긋한 풀 우거질 땐 술잔을 기울이고
녹음 무성하고, 화려한 누각 고요하면 거문고 위로 부는 여름의 훈풍
노란 국화 빨간 단풍이 온 산을 수놓은 듯하고, 기러기 날아간 뒤에
아, 눈빛 달빛 어우러지는 모습 그 어떠합니까
좋은 세상에 길이 태평을 누리면서
아, 사철을 놀아봅시다

(1) 핵심 정리

갈래	경기체가
연대	고려 충목왕 4년
작가	안축
주제	자연의 아름다움과 유교의 가르침을 실천하는 아름다움
출전	『근재집(謹齋集)』, 『죽계지(竹溪誌)』

(2) 짜임

1장	죽계의 지역적 위치와 경관
2장	누・대・정자 위에서 유흥하는 모습
3장	향교에서 공자를 따르는 무리들이 봄에는 경서를 외고 여름에는 현을 뜯는 모습
4장	천리 밖에서 그리워하는 모습
5장	성대를 중흥하여 태평을 길이 즐기는 모습

(3) 이해와 감상

① **배경**

이 작품은 고려 충숙왕 때 안축(安軸)이 지은 경기체가로, 『근재집(謹齋集)』 권2와 『죽계지(竹溪誌)』에 수록되어 있다. 작품의 배경인 죽계는 지금의 경상북도 풍기에 있는 시내 이름이며, 풍기의 옛 지명인 순흥(順興)은 안축의 관향(貫鄕)인 동시에 고향이다.

② **내용**

내용을 살펴보면 다음과 같이 정리할 수 있다. 이를 바탕으로 고려 신진사대부의 의욕에 넘치는 생활감정을 잘 나타내고 있음을 알 수 있다.

1장	죽계의 지역적 위치와 경관
2장	누·대·정자 위에서 유흥하는 모습
3장	향교에서 공자(孔子)를 따르는 무리들이 봄에는 경서를 외고 여름에는 현(絃)을 뜯는 모습
4장	천리 밖에서 그리워하는 모습
5장	성대(聖代)를 중흥하여 태평을 길이 즐기는 모습을 각각 노래

③ **형식**

정돈된 형식과 정돈되지 않은 형식이 뒤섞여 있는데, 이는 「죽계별곡」이 경기체가라는 장르가 형성되는 과정 속에서 만들어진 작품임을 보여준다. 고려 신진사대부의 의욕에 넘치는 생활감정의 표현 면에서 「한림별곡」과 궤를 같이한다.

제2절 송도적인 노래

1 「상대별곡」

〈원문〉

〈1장〉

華山南(화산남) 漢水北(한수북) 千年勝地(천년승지) 廣通橋(광통교) 雲鍾街(운종가) 건너 드러
落落長松(낙낙장송) 亭亭古栢(정정고백) 秋霜烏府(추상오부)
위 萬古淸風(만고청풍)ㅅ 景(경) 긔 엇더하니잇고.
葉(엽) 英雄豪傑(영웅호걸) 一時人才(일시인재) 英雄豪傑(영웅호걸) 一時人才(일시인재)
위 날조차 몃 분니잇고.

〈2장〉

雞旣鳴(계기명) 天欲曉(천욕효) 紫陌長堤(자맥장제)
大司憲(대사헌) 老執義(노집의) 臺長御使(대장어사)

駕鶴驂鸞(가학참난) 前呵後擁(전가후옹) 辟除左右(벽제좌우)
위 霜臺(상대)ㅅ景(경) 긔 엇더ᄒᆞ니잇고
싁싁ᄒᆞᆫ뎌 風憲所司(풍헌소사) 싁싁ᄒᆞᆫ뎌 風憲所司(풍헌소사)
위 振起頹綱(진기퇴강)ㅅ景(경) 긔 엇더ᄒᆞ니잇고

〈3장〉
各房拜(각방배) 禮畢後(예필후) 大廳齊坐(대청제좌)
正其道(정기도) 明其義(명기의) 參酌古今(참작고금)
時政得失(시정득실) 民間利害(민간이해) 救弊條條(구폐조조)
위 狀上(장상)ㅅ景(경) 긔 엇더ᄒᆞ니잇고
君明臣直(군명신직) 大平盛代(대평성대) 君明臣直(군명신직) 大平盛代(대평성대)
위 從諫如流(종간여류)ㅅ景(경) 긔 엇더ᄒᆞ니잇고

〈4장〉
圓議後(원의후) 公事畢(공사필) 房主有司(방주유사)
脫衣冠(탈의관) 呼先生(호선생) 섯거 안자
烹龍炮鳳(팽룡포봉) 黃金醴酒(황금예주) 滿鏤臺盞(만루대잔)
위 勸上(권상)ㅅ景(경) 긔 엇더ᄒᆞ니잇고
즐거온뎌 先生監察(선생감찰) 즐거온뎌 先生監察(선생감찰)
위 醉(취)혼ㅅ景(경) 긔 엇더ᄒᆞ니잇고

〈5장〉
楚澤醒吟(초택성음)이아 녀는 됴ᄒᆞ녀
鹿門長往(녹문장왕)이아 너는 됴ᄒᆞ녀
明良相遇(명량상우) 河淸盛代(하청성대)예
驄馬會集(총마회집)이아 난 됴ᄒᆞ이다

〈현대어 역〉

〈1장〉
북한산의 남쪽, 한강의 북쪽, 옛날부터 이름난 경치 좋은 땅, 광교, 종로 건너 들어가
휘휘 늘어진 소나무, 우뚝 솟은 잣나무(사직의 원로대신), 위엄 있는 사헌부
청렴한 모습 그것이 어떠합니까?
영웅호걸 당대의 인재들 영웅호걸 당대의 인재들
나를 위시하여 몇 사람입니까?

〈2장〉
닭은 몇 홰 울어 새벽이 오자, 하늘은 훤히 밝아 날이 새는데, 서울의 길게 쭉쭉 뻗은 길로,
사헌부 으뜸인 대사헌과 늙은 집의 그리고 장령 지평들이,
아름다운 학무늬 가마와 난새무늬 수레를 타고 상대하는데, 앞에서는 잡인의 접근을 막으며 고함치고, 뒤에서는 옹위하며 좌우의 잡인을 물리치매,
아! 사헌부 관원들이 등청하는 광경, 그것이야말로 어떻습니까?

그 모습도 엄숙하구려, 사헌부의 모든 관원들이여
아! 퇴폐한 기강을 다시 떨쳐 일으키는 광경, 그것이야말로 어떻습니까?

〈3장〉
각 방에 소속된 관원들이 대사헌에게 재배하는 예가 끝난 뒤, 대청에 관원들이 앉으면,
인간의 상도를 바루고 의를 밝혀, 고금 사례들을 이리저리 비추어 보아 알맞게 헤아리매,
그때그때 정사의 득실과 백성들의 이해에 관한 폐해를 조목조목 구제해 주느니,
아, 문서로 올리는 광경, 그것이야말로 어떻습니까?
임금은 밝게 다스리고 신하는 직언만 일삼느니, 대평하고 성대한 치세에,
아! 신하들이 간하는 말을 임금께서 좇음이 물흐르듯 하는 광경, 그것이야말로 어떻습니까?

〈4장〉
회의가 끝난 후, 공무를 마친 방주감찰과 유사들이,
의관을 벗고 '선생'이라 부르면서 한자리에 섞여 앉으니,
용을 삶고 봉을 구은 것처럼 진귀한 요리에다, 황금빛 도는 청주와 단술들을 여러 무늬를 아로새긴 쇠붙이 술잔에다 가득 부어,
아! 권하여 올리는 광경, 그것이야말로 어떻습니까?
즐겁구려, 선임이신 감찰이여,
아! 취한 광경, 그것이야말로 어떻습니까?

〈5장〉
굴원이 초나라 회왕 때 충직한 신하로 상수의 물가로 귀양 가서, "온 세상이 다 흐려 있으나, 나 홀로 맑았다네. 뭇사람들이 다 취하여 있으나, 나 홀로 깨어 있었네."라 읊은 굴원처럼, 충신으로 일관되게 충절을 지키는 신하가 되는 것이, 너는 좋은가?
아니면 한나라 말 방덕공이 녹문산에 약초를 캐러 들어갔다가 영영 돌아오지 않은 것처럼, 벼슬길을 아예 단념하고 속세를 숨어사는 은사가 되는 것이, 너는 좋은가?
현명한 임금과 충량한 신하들이 새 세상에 서로 만난 것은, 황하물이 천년 만에 한 번 맑아지면 성군이 나타나듯, 태평성대가 도래한 이때에,
청총마를 타고 오는 훌륭한 벼슬아치들의 모임이야말로, 난 좋습니다.

(1) 핵심 정리

갈래	경기체가체
성격	과시적, 예찬적
구성	전 5장의 분절체
제재	사헌부
주제	사헌부의 위엄 칭송
연대	조선 세종
출전	『악장가사(樂章歌詞)』

(2) 짜임

1장	정격	새 왕조의 도읍터가 천년승지임을 말하고, 이어서 서울의 거리와 사헌부의 엄숙한 기풍 및 관원들의 기상과 자기과시 → 추상 같은 사헌부의 위용
2장		사헌부 관원들이 등청하는 광경에서 씩씩하고 믿음직한 자태를 묘사함 → 사헌부 관리들의 등청하는 모습과 씩씩한 기상
3장		임금의 현명함과 신하의 충직한 모습을 그리면서 태평성대를 구가함 → 사헌부의 광명정대한 정사
4장		관원들이 일을 끝내고 술잔치에서 즐기는 장면을 노래함 → 공무를 마친 후의 흥겨운 술자리
5장	변격	어진 임금과 충성스런 신하들이 어우러진 태평성대에 훌륭한 인재들의 모임이 더욱 좋다는 것을 노래 → 뛰어난 인재들이 모여 새 왕조의 확립에 이바지하는 긍지

(3) 이해와 감상

① 배경

'상대(霜臺)'란 사헌부(司憲府)의 별칭이다. 조선 초기 권근이 상대의 모습, 상대의 집무 광경, 일을 마친 뒤의 연회를 모두 5장에 걸쳐 노래했고, 새 국가 문물제도의 훌륭함과 정연함을 칭송함으로써 창업의 위대함을 과시한 작품이다.

② 형식

1장부터 4장까지는 경기체가의 정격(正格) 형식을 지켰으나, 5장은 형식을 상당히 벗어난 변격(變格)으로 되어 있다.

③ 내용[2]

작품의 내용을 보면 다음과 같이 정리할 수 있다.

1장	새 왕조의 도읍터가 천년승지임을 말하고, 이어서 서울의 거리와 사헌부의 엄숙한 기풍 및 관원들의 기상과 자기과시를 노래
2장	사헌부 관원들이 관청에 출근하는 광경에서 씩씩하고 믿음직한 자태를 묘사
3장	임금의 현명함과 신하의 충직한 모습을 그리면서 태평성대를 기림
4장	관원들이 일을 끝내고 술잔치에서 즐기는 장면을 노래
5장	어진 임금과 충성스런 신하들이 어우러진 태평성대에 훌륭한 인재들의 모임이 더욱 좋다는 것을 노래

2) 한국민족문화대백과사전, '상대별곡', 한국학중앙연구원

2 「화산별곡」

〈원문〉

〈1장〉
華山南(화산남) 漢水北(한수북) 朝鮮勝地(조선승지)
白玉京(백옥경) 黃金闕(황금궐) 平夷通達(평이통달)
鳳峙龍翔(봉치용상) 天作形勢(천작형세) 經經陰陽(경경음양)
偉(위) 都邑(도읍) 景其何如(경기하여)
太祖太宗(태조태종) 創業貽謀(창업이모) 再唱(재창)
偉(위) 持守(지수) 景其何如(경기하여)

〈2장〉
內受禪(내수선) 上稟命(상품명) 光明正大(광명정대)
禁草竊(금초절) 通商賈(통상고) 懷服倭邦(회복왜방)
善繼善述(선계선술) 天地交泰(천지교태) 四境寧一(사경녕일)
偉(위) 太平(태평) 景其何如(경기하여)
至誠忠孝(지성충효) 陸隣以道(육린이도) 再唱(재창)
偉(위) 兩得(양득) 景其河如(경기하여)

〈3장〉
存敬畏(존경외) 戒逸欲(계일욕) 躬行仁義(궁행인의)
開經筵(개경연) 覽經史(남경사) 學貫天人(학관천인)
置集賢殿(치집현전) 四時講學(사시강학) 春秋製述(춘추제술)
偉(위) 右文(우문) 景其何如(경기하여)
天縱之聖(천종지성) 學問之美(학문지미) 再唱(재창)
偉(위) 古今(고금) 景其何如(경기하여)

〈4장〉
訓兵書(훈병서) 敎陳兵(교진병) 以習坐作(이습좌작)
順時令(순시령) 擇閑曠(택한광) 不廢蒐狩(불폐수수)
萬騎雷騖(만기뇌무) 殺不盡物(살불진물) 樂不極盤(낙불극반)
偉(위) 講武(강무) 景其何如(경기하여)
長慮却顧(장려각고) 安不忘危(안불망위) 再唱(재창)
偉(위) 豫備(예비) 景其何如(경기하여)

〈5장〉
懼天災(구천재) 悶人窮(민인궁) 克謹祀事(극근사사)
進忠直(진충직) 退姦邪(퇴간사) 欽恤刑罰(흠휼형벌)
考古論今(고고논금) 夙夜圖治(숙야도치) 日愼一日(일신일일)
偉(위) 無逸(무일) 景其何如(경기하여)
天生聖主(천생성주) 以惠東人(이혜동인) 再唱(재창)
偉(위) 千歲乙世伊小西(천세을세이소서)

〈6장〉
慶會樓(경회루) 廣延樓(광연루) 崔巍敞豁(최외창활)
軼烟氛(질연분) 納灝氣(납호기) 遊目天表(유목천표)
江山風月(강산풍월) 景概萬千(경개만천) 宣暢鬱堙(선창울인)
偉(위) 登覽(등람) 景其何如(경기하여)
蓬萊方丈(봉래방장) 瀛洲三山(영주삼산) 再唱(재창)
偉(위) 何代可覓(하대가멱)

〈7장〉
止於慈(지어자) 止於孝(지어효) 天性同歡(천성동환)
止於仁(지어인) 止於敬(지어경) 明良相得(명량상득)
先天下憂(선천하우) 後天下樂(후천하낙) 樂而不淫(낙이불음)
偉(위) 侍宴(시연) 景其何如(경기하여)
天生聖主(천생성주) 父母東人(부모동인) 再唱(재창)
偉(위) 萬歲乙世伊小西(만세을세이소서)

〈8장〉
勸農桑(권농상) 厚民生(후민생) 培養邦本(배양방본)
崇禮讓(숭예양) 尙忠信(상충신) 固結民心(고결민심)
德澤之光(덕택지광) 風化之洽(풍화지흡) 頌聲洋溢(송성양일)
偉(위) 長治(장치) 景其何如(경기하여)
華山漢水(화산한수) 朝鮮王業(조선왕업) 再唱(재창)
偉(위) 並久(병구) 景其何如(경기하여)

〈현대어 역〉

〈1장〉
화산의 남쪽이요, 한수의 북쪽에 도읍한 서울은 조선의 명승지로다.
옥황상제가 사는 백옥경 같은 서울에는 황금처럼 빛나는 궁궐이 벌여 섰고, 땅은 편편하고 훤히 튀었는데,
봉황새처럼 우뚝 솟아 외연하고 용처럼 날으련 듯, 하늘이 만든 산형지세는 음양가들의 풍수지리설에 의하여 정해진 땅으로,
아! 여기 도읍하는 광경, 그것이야말로 어떻습니까?
태조 태종의 강인한 의지의 집념은 왕업을 열게 되고 나라 다스리는 경륜을 끼치셨느니,
아! 세종이 부조의 왕업을 지영, 수성하는 광경, 그것이야말로 어떻습니까?

〈2장〉
세종이 왕위를 태종으로부터 선위받고, 하늘로부터 명을 받들어 나라 다스림이 공명정대하도다.
좀도둑을 금하고 장사들의 장사가가 통하고, 왜국마저 굴복시켜 회유하였느니,
조상의 뜻을 계승 발전시켜 천지가 화합한 가운데, 태평성대가 찾아와 사방의 나라들이 안정되매,
아! 태평한 광경, 그것이야말로 어떻습니까?
지극한 정성에서 우러나온 충성과 효성은, 이웃과도 화목하게 지내는 도리로,
아! 이 두 가지를 다 얻은 광경, 그것이야말로 어떻습니까?

〈3장〉
공경하고 두려워함이 있고, 놀고 즐겨하는 가운데, 안일함을 경계토록 하면서, 몸소 인의를 행하였도다.
경연을 열어 경서와 사기를 보니, 학문은 하늘과 사람을 통달하였고,
집현전을 두고 사시로 학문을 강론하고, 봄가을로 시와 글을 짓게 하시니,
아! 학문을 숭상하는 광경, 그것이야말로 어떻습니까?
하늘이 내신 성인 공자의 경지처럼 다다른 학문이야말로 아름답도다.
아! 예나 지금이나 이런 광경, 몇 분이나 됩니까?

〈4장〉
병서를 읽히고 진법도 가르쳐, 병사들이 앉았다 섰다 하는 동작을 훈련시켰도다.
시절을 따라 넓고도 조용하고, 훤히 트인 빈 터전에서 사냥하길 거르지 않았고,
수많은 기병들이 달려가는 소리 우레처럼 빠르고, 사냥에서 죽이되 씨 지우지 않고, 즐기되 그 즐거움 끝까지 않았으니,
아! 무술을 연마하는 광경, 그것이야말로 어떻습니까?
늘 앞일을 생각하고 다시 뒤돌아보는 것은, 군자가 편안할 때 위태로움이 있다는 것을 잊지 않도록 함이니,
아! 미리 대비하는 유비무환의 광경, 그것이야말로 어떻습니까?

〈5장〉
하늘이 내리는 재앙을 두려워하고, 사람들의 곤궁함을 딱하게 여겨, 제사는 삼가는 마음으로 지극히 지냈도다.
충직한 신하는 등용하고, 간사한 신하는 물리치며, 죄인들의 형벌을 삼가서 불쌍히 여기느니,
옛일을 상고하고 지금 일 의론하되, 이른 아침부터 밤늦게까지 나라 다스리기 힘쓰고 삼가느니, 하루하루로다.
아! 안일함이 없는 광경, 그것이야말로 어떻습니까?
하늘이 성군을 내시어, 은혜로써 우리 동방 백성들에게 내리시니,
아! 세종이여, 천세를 누리소서.

〈6장〉
경회루와 광연루는 높이 우뚝 솟아 널찍하니, 오히려 훤히 툭 틔었도다.
사람한테 나쁜 기운 이내 걷히고, 하늘에는 맑은 기운 어려 있어 하늘 밖으로 눈빛 따라 쳐다보니,
강산의 맑은 바람과 밝은 달빛 속에 아름다운 경치는 만이오, 천이어서 막히고 답답한 마음을 훤히 툭 틔게 하는 듯 하도다.
아! 높은 다락에 올라 바라보는 광경, 그것이야말로 어떻습니까?
봉래산, 방장산. 영주산의 삼신산을,
아! 어디 가서 얻을 수 있는 경치가 되겠습니까?

〈7장〉
남의 아비로서 곧 아비는 자애에 머물고, 남의 자식으로 곧 아들은 효에 머무르니, 부모자식의 도는 타고난 성품으로 함께 즐겼도다.
남의 임금으로 곧 임금은 인에 머물고, 남의 신하로 곧 신하는 공경에 머무르니, 현명한 임금과 충성스럽고 선량한 신하가 서로 만났으니,
천하의 걱정을 백성보다 먼저 걱정하고 천하의 즐거움을 백성보다 나중에 즐기느니, 즐거움이 지나쳐도 음란함이 없음이여.

아! 궁중잔치에 임금을 모시는 광경, 그것이야말로 어떻습니까?
하늘이 내신 성군께서는, 우리 동방 백성들한테 부모 같도다.
아! 성군 세종이시여, 만세를 누려 주소서.

〈8장〉
농사짓기와 누에치기 권장하여 백성들의 생활을 두터이 하매, 나라의 근본을 배양하도다.
예의와 사양하는 마음을 숭상하고, 충직과 신의를 숭상함으로써, 백성들의 마음을 단단히 맺어주느니,
끼친 덕택의 밝은 빛은 교육과 정치로 나아가매, 풍습을 잘 교화시켜 태평을 칭송하는 소리 넘쳐흐르도다.
아! 나라를 길이길이 잘 다스리는 광경, 그것이야말로 어떻습니까?
높은 화산이여! 넘실대는 한수여! 탄탄한 조선왕업이여!
아! 화산과 한수가 조선왕업과 나란히 오래 뻗어가는 광경, 그것이야말로 어떻습니까?

(1) 핵심 정리

형식	경기체가
연대	조선 세종
작가	변계량
구성	총 8장
주제	도읍지와 왕업에 대한 찬양
의의	• 작가의 개인 생각을 나타낸 것이라기보다는 그 시대의 정치철학을 요약 및 제시한 느낌을 줌 • 완성기의 경기체가로서, 장르양식의 확고한 틀을 보여주는 작품
출전	『악장가사』

(2) 짜임

1장	빼어난 도읍지의 모습과 왕업을 확고하게 지켜 나가는 장한 모습
2장	임금의 선정과 그로 인한 태평성대
3장	인의를 몸소 실천하고, 집현전 학자들과 더불어 학문을 숭상하는 세종의 모습
4장	군사훈련을 시키는 세종의 유비무환의 모습
5장	백성과 신하, 형벌을 다스리는 일에 자상한 은혜를 베푸는 세종의 천세를 기원
6장	서울 주변의 경치가 신선들이 산다는 삼신산을 방불케 함을 노래
7장	어질고 밝은 임금과 신하가 만나 잔치하는 모습과 임금의 만세를 기원
8장	농상을 권하고 민생을 두텁게 하는 것이 나라의 근본을 기르는 것이며, 예의염치를 차리는 일은 민심을 굳히는 것이라 하고, 이어서 덕택이 지극하고 교화가 흡족하여 서울의 자연과 조선의 왕업이 함께 오래 지속되는 모습을 찬양

(3) 이해와 감상

① **배경**

조선 개국 후 한양을 도읍지로 정하고 나라의 기반이 안정되자 태종은 세종에게 왕위를 넘겨주었고, 이후 세종이 나라를 힘써 잘 다스려 태평성대를 맞이하였으므로 이를 기리고자 지은 것이 「화산별곡」이다.

② **내용**

조선의 도읍인 서울을 찬양하는 노래로서, 그 내용을 장에 따라 다음과 같이 정리할 수 있다.

장	내용
1장	빼어난 형세를 안고 있는 도읍지의 모습과 왕업을 확고하게 지켜나가는 장한 모습을 그림
2장	임금의 선정으로 나라 안팎이 태평성대를 구가(謳歌)하고 있다는 것을 말함
3장	인의(仁義)를 몸소 실천하고 집현전 학자들과 더불어 학문을 숭상하는 세종의 모습을 그림
4장	군사훈련과 사냥 등을 통하여 무력을 기르는 세종의 유비무환의 자세를 그림
5장	백성과 신하, 형벌을 다스리는 일에 자상한 은혜를 베푸는 세종의 천세(千歲)를 기원함
6장	서울 주변의 아름다운 경치를 바라보며 마치 신선들이 산다는 삼신산(三神山)을 방불케 한다는 것을 노래함
7장	어질고 밝은 임금과 신하가 서로 만나 잔치하는 모습과 임금의 만세를 기원함
8장	농상(農桑)을 권하고 민생을 두터이 하는 것이 나라의 근본을 기르는 것이며, 예의염치(禮義廉恥)를 차리는 일이 민심을 굳히는 일이라고 말함

제 5 편 실전예상문제

01 다음 설명에 해당하는 작품으로 옳은 것은?

> • 나열과 추상 과정을 통한 개체화가 각 장마다 진행되면서 화자의 정서를 노래하였다.
> • 작품 구성은 일과 놀이, 이상과 현실이라는 대립항들을 통해 서정물로 형상화하였다.

① 「한림별곡」
② 「청산별곡」
③ 「성산별곡」
④ 「상사별곡」

01 「한림별곡」은 나열과 추상이라는 과정을 통해 분해되고 결합하는 방식으로 작품이 진행되고 마무리되면서 완성되는 형태를 지닌다. 이것은 경기체가가 가지는 형태적 특성이다.

02 경기체가의 발달과정 중 쇠퇴기의 특징으로 가장 적절한 것은?

① 신진사대부의 긍지
② 신진사대부 계층의 자기과시
③ 종교적인 포교
④ 문이재도

02 문이재도(文以載道)의 문학관이 확립되면서 가사문학이 발전하고 경기체가가 쇠퇴의 길로 접어들기 시작한 것은 쇠퇴기에 해당한다.
①・② 신진사대부의 긍지 및 자기과시가 많이 나타나는 것은 경기체가의 발생기로, 이 시기는 고려말에 해당한다.
③ 발전기에는 종교적인 포교가로서의 성격을 지닌 것들도 나타난다.

03 다음 중 「한림별곡」의 제재로 보기 <u>어려운</u> 것은?

① 학문
② 유흥
③ 이상
④ 이별

03 「한림별곡」은 고려 중엽 새로운 집권 계층으로 등장한 신진사대부의 학문과 유흥, 그리고 이상과 현실을 노래한 작품으로, 연을 지속하면서 화자가 지닌 생각을 서정적・구조적으로 표현한 작품으로 보는 것이 타당하다.

정답 01 ① 02 ④ 03 ④

04 다음과 같은 비판을 한 인물과 이를 수록한 문헌을 옳게 짝지은 것은?

> 「한림별곡」 같은 경기체가는 선비의 입에서 나왔지만 내용이 교만하고 방탕하며, 선비의 입으로 말할 바가 못될 정도로 형편없다.

① 이이 – 「고산구곡가발」
② 김광욱 – 「율리유곡서」
③ 이황 – 「도산십이곡발」
④ 이현보 – 「어부단가주」

04 퇴계 이황은 「도산십이곡발(陶山十二曲跋)」에서 「이별육가」와 「한림별곡」에 대한 자신의 생각을 피력하면서, 「한림별곡」 같은 작품은 선비의 입에서 나왔지만 선비의 입으로 말하기가 어려울 정도로 난잡하다고 혹평했다.

05 다음 경기체가 작품들에 공통적으로 드러나는 주제로 가장 적절한 것은?

> • 「한림별곡」
> • 「관동별곡」
> • 「죽계별곡」
> • 「구월산별곡」

① 학문의 경지에 대한 예찬
② 신진사대부의 풍류생활
③ 고려 왕조에 대한 회고
④ 왕업에 대한 송도 · 송축

05 신진사대부의 풍류생활을 노래한 것으로 보이는 작품은 「한림별곡」, 「관동별곡」, 「죽계별곡」, 「화전별곡」, 「구월산별곡」 등이 있다.

06 다음 중 경기체가의 효시가 되는 「한림별곡」의 소재로 볼 수 <u>없는</u> 것은?

① 글솜씨
② 선계
③ 서책
④ 명주(名酒)

06 「한림별곡」에서 노래하는 대상은 '글솜씨, 독서, 글씨, 술, 꽃, 음악, 추천(그네)' 등이다. '글솜씨, 독서, 글씨'는 사대부의 필수 소양으로, '술, 꽃, 음악'은 사대부의 풍류를 드러내는 소재가 되는데, 신선 세계를 노래하는 '선계'는 언급되지 않는다.

정답 04 ③ 05 ② 06 ②

07 다음 중 경기체가의 주된 주제로 볼 수 <u>없는</u> 것은?

① 삶의 비애
② 풍류생활
③ 자기과시
④ 송도·송축

07 경기체가는 지시적 언어로 객관적인 사물들을 나열하면서 신진사대부의 자긍심 표현, 퇴폐적·향락적 풍류생활과 자연 감상, 도학과 불교에 대한 찬양 등 다양한 주제를 노래하였다. '삶의 비애'는 주로 일반 백성들이 향유한 시가인 고려가요의 주제이다.

08 다음 작품에 대한 설명으로 옳은 것은?

> 紅牧丹(홍모단) 白牧丹(ᄇᆡᆨ모단) 丁紅牧丹(뎡홍모단)
> 紅芍藥(홍쟉약) 白芍藥(ᄇᆡᆨ쟉약) 丁紅芍藥(뎡홍쟉약)
> 御柳玉梅(어류옥ᄆᆡ) 黃紫薔薇(황ᄌᆞ장미) 芷芝冬柏(지지동ᄇᆡᆨ)
> 위 間發(간발)ㅅ 景(경) 긔 엇더ᄒᆞ니잇고.
> 葉(엽) 合竹桃花(합듁도화) 고온 두 분 合竹桃花(합듁도화) 고온 두 분
> 위 相映(상영)ㅅ 景(경) 긔 엇더ᄒᆞ니잇고.

① 권근이 지은 「화산별곡」의 5장에 해당한다.
② 고려가요의 하나로, 유랑민의 비애를 노래하였다.
③ 신진사대부가 지은 정형시로 조선 전기 이후 점차 자취를 감추었다.
④ 고려 초기의 산문으로, 구체적 경험을 바탕으로 교훈을 전달하는 갈래이다.

08 경기체가는 고려 13세기 초에 발생하여 조선 16세기 중엽까지 불리다가 사라졌다. 경기체가의 작가는 주로 신진사대부들이었으며, 경기체가는 일정한 형식을 갖춘 정형 시가에 속한다.
① 제시된 작품은 한림제유가 지은 「한림별곡」의 5장에 해당한다.
② 고려가요 「청산별곡」에 대한 설명이다.
④ 고려 초기에 구체적 경험을 바탕으로 교훈을 전달하는 고려 초기의 산문 갈래는 '설(說)'이다.

정답 07 ① 08 ③

09 경기체가의 변천기에 대한 설명으로 가장 적절한 것은?

① 문이재도의 문학관에 따라 수기와 성정의 도야를 구가한 작품이 나타난다.

② 개인적 서정을 노래하는 사회적 분위기에 힘입어 사랑과 이별을 주제로 하는 작품이 등장한다.

③ 신진사대부들의 자기과시가 많이 나타나고 풍류적·향락적인 성격이 두드러진다.

④ 악장의 성격을 띠면서 궁중에서 행해지는 연향에 불리는 작품이 많다.

09 변천기에는 경기체가의 형식이 크게 붕괴되고, 악장적 성격보다는 유교 의식을 위한 교술적인 작품과 개인적 서정을 노래하는 사회적 분위기의 영향을 받은 작품이 등장하였다.
① 쇠퇴기에 대한 설명이다.
③ 발생기에 대한 설명이다.
④ 발전기에 대한 설명이다.

10 작품의 주제로 성격을 파악해 볼 때, 나머지 셋과 다른 하나는?

① 「화전별곡」

② 「관동별곡」

③ 「죽계별곡」

④ 「화산별곡」

10 「화산별곡」은 송도와 송축을 노래한 경기체가 작품이다.
①·②·③은 모두 풍류를 노래한 작품이다.

정답 09 ② 10 ④

주관식 문제

01 다음 밑줄 친 부분에 드러난 화자의 심리를 서술하시오.

元淳文(원슌문) 仁老詩(인노시) 公老四六(공노ᄉᆞ륙)
李正言(니졍언) 陳翰林(딘한림) 雙韻走筆(솽운주필)
冲基對策(튱긔ᄃᆡ칙) 光鈞經義(광균경의) 良鏡詩賦(량경시부)
위 試場(시댱)ㅅ 景(경) 긔 엇더ᄒᆞ니잇고.
葉(엽) 琴學士(금흑ᄉᆞ)의 玉笋門生(옥슌문ᄉᆡᆼ) 琴學士(금흑ᄉᆞ)의 玉笋門生(옥슌문ᄉᆡᆼ)
위 날조차 몃 부니잇고.

01 **정답**

학문과 지식에 대한 긍지와 자부심이 드러난다.

해설

해당 작품은 「한림별곡」 1장으로, 작가인 한림제유는 고려 중기 이후 새롭게 등장한 신진사대부 계층의 학문에 대한 긍지와 자부심을 '景(경) 긔 엇더ᄒᆞ니잇고.'라고 표현하였다.

02 다음 작품과 「한림별곡」의 형식상 공통점을 두 가지 이상 쓰시오.

살어리 살어리랏다 靑山(청산)애 살어리랏다.
멀위랑 ᄃᆞ래랑 먹고, 靑山(청산)애 살어리랏다.
얄리얄리 얄랑셩 얄라리 얄라

우러라 우러라 새여, 자고 니러 우러라 새여.
널라와 시름 한 나도 자고 니러 우니로라.
얄리얄리 얄라셩 얄라리 얄라

02 **정답**

3음보의 율격, 분연체 구성, 후렴구의 사용 등

해설

제시된 작품은 고려가요인 「청산별곡」이다. 고려가요는 3음보의 율격과 3·3·2조의 음수율, 연과 연이 나누어지는 분연체 구성, 연을 구별하고 형식적 통일성과 운율감을 부여하는 후렴구를 갖고 있다.

SDEDU 합격의 공식 SD에듀

SD에듀와 함께, 합격을 향해 떠나는 여행

제 6 편

악장

| 단원 개요 |

악장은 조선 시대 초기의 특정한 시가들에 붙여진 장르 명칭이다. 또한 악장은 문학 장르로서 통일된 형식과 성격을 보이지 않고 고려가요, 경기체가, 초사체 등 다양한 형태를 취하고 있기에 장르로서의 특징이 아니라 개별 작품의 내용과 형식에 대하여 미시적으로 살펴봐야 한다. 우리 문학사에서 중요한 비중을 차지하는 「용비어천가(龍飛御天歌)」나 「월인천강지곡(月印千江之曲)」 등 독특한 형식을 보이는 작품과 그 외의 여러 작품을 개별적으로 학습하는 과정을 통해 악장문학에 대해 심층적으로 고찰한다.

| 출제 경향 및 수험 대책 |

이 편에서는 악장 문학 형성의 배경과 다양한 형식에 대한 이해를 바탕으로 악장문학에 대해 총체적으로 접근해야 한다. 또한 장르 일반성이 아닌 개별 작품에 대한 미시적 이해가 필요하며, 특히 신체 형식으로서의 악장들에 대한 특징과 아울러 이들 작품에 사용된 문학적 비유나 상징 같은 표현상의 특징 등에 대하여 깊이 있게 학습해야 할 것이다.

제 1 장 악장의 명칭과 형식

제1절 악장의 개념과 명칭

1 악장의 개념

(1) 일반적으로 악장은 왕실의 행사 및 연희에 쓰인 노래 가사를 모두 포괄한다. 하지만 우리 문학사에서 악장은 조선 시대 초기(15세기)에 조선 왕조의 창업과 번영을 송축하는 특정한 시가를 가리키는 명칭으로 쓰인다.

(2) 조선 건국 이후 예악을 정비하면서 나라의 공식적 행사인 제향이나 연향, 혹은 각종 연회에 쓰기 위하여 새로 지은 노래 가사들을 특별히 따로 묶어 다루었는데, 이것이 '악장'이다.

2 악장의 명칭[1)]

(1) 악장의 명칭에 대한 다양한 논의 ① : 악장의 장르적 통일성 부재

일반적으로 문학 장르는 통일된 형식과 형태를 가지고 있다. 그런데 악장(樂章)은 고려가요・경기체가・시경(詩經)・초사체(楚辭體) 등 다양한 형태를 취하고 있어 장르로서의 통일성이 없기 때문에 각 작품이 지닌 형식이나 성격에 따라 본래의 장르로 귀속되어야 한다는 견해가 대두되었다.

(2) 악장의 명칭에 대한 다양한 논의 ② : 신체(新體) 형식의 특수성

각 작품별 형식이나 성격에 따른 본디의 장르로 악장을 구별할 경우, 「용비어천가(龍飛御天歌)」나 「월인천강지곡(月印千江之曲)」 같은 독특한 형식을 보이는 작품은 어느 장르에도 속할 수 없는데, 이런 경우 이 두 작품이 우리 문학사에서 중요한 비중을 차지하는 점이 문제가 된다. 또 「감군은(感君恩)」 같은 작품도 형식에 따라 고려가요로 분류할 경우, 작품에 강하게 반영된 조선 초기 시가로서 갖는 특수성이 무시될 수 있다.

(3) 악장의 명칭에 대한 다양한 논의 ③ : 대안적 논의

① 이들 작품들이 가지는 내용적 통일성에 주목하여 창업주나 왕업을 찬양하고 기리는 송도적 성격을 공통적으로 지니고 있음에 착안하여 '송도가(頌禱歌)・송축가(頌祝歌)・송시(頌詩)・송도시(頌禱詩)'라는 명칭을 사용하자는 제안도 있다. 그러나 송도적 성격은 15세기 악장의 특수성이 아닌, 신라 유리왕 때의 「도솔가」 이래로 흔히 발견되는 특성이기에 부적절하다.

---

1) 한국민족문화대백과사전, '악장', 한국학중앙연구원

② 악장을 '~시', '~문학'으로 부르자는 제안 역시 그 존재 양태가 시나 문학으로서가 아니라 노래로서 향유되어왔다는 특수성을 무시한 명칭이므로 적절하지 않다. 한편 악장이라는 명칭을 궁중의 제향이나 연향에 쓰인 아악곡이나 속악곡으로 불린 한문으로 된 노래에 한정해서 쓰고 그 밖의 각종 연회에서 당악과 향악으로 부른 노래를 가사라는 명칭으로 따로 설정하자는 제안도 있다. 그러나 아악곡이나 속악곡으로 불린 노래와 당악이나 향악으로 불린 노래를 다시 분리해야 할 만큼의 각각의 독자성을 인정하기는 어려우므로 역시 적절하다고 할 수 없다.

(4) 악장의 명칭에 대한 다양한 논의 ④ : 학계의 일반적 견해

문학사적 연속선상에서 볼 때, 현재까지 악장이라는 용어가 널리 통용되었기 때문에 기존대로 사용하는 것이 가장 적절하다. 또한 악장이라는 명칭에는 '궁중의 음악으로 쓰인 노래'라는 악장 갈래만의 특수성이 반영되어 있어서 가장 적절하다.

제2절 악장의 형식

1 형태에 따라

(1) 단장체 악장

종류	작품명	작가
한문악장	「몽금척」	정도전
현토악장	「봉황음」	윤회
	「북전」	미상
	「횡살문」	미상
국문악장	「신도가」	정도전

(2) 연장체 악장

종류	작품명	작가	특징
한문악장	「정동방곡」	정도전	모두 연과 연 사이에 '偉 東王德盛(위 동왕덕성)' 등 '위~'로 시작하는 후렴구를 갖춘 것이 특징이다.
	「천권곡」	변계량	
	「응천곡」	변계량	
	「축성수」	예조	
	「악장종헌」	예조	

현토악장	「문덕곡」	정도전	• 한시를 국문시가화하는 형태적 이행으로 볼 수 있다. • 앞에서 한문악장으로 분류되었던 「정동방곡」 등의 작품도 후에 현토악장으로 변하는 경우로 볼 수 있다.
국문악장	「감군은」	상진	이후 등장한 「용비어천가」와 「월인천강지곡」에 이르러 조선의 악장이 완전한 모습을 갖추게 되었다.
	「유림가」	미상	
	「화산별곡」	변계량	

2 표기 방식에 따라

(1) 한문악장

① 한문악장은 악장의 본래 영역으로서 양적으로나 음악적 비중으로 중심 위치를 차지한다. 정도전(鄭道傳)・하륜(河崙)・변계량(卞季良)이 대표적 작가이며, 4언구 중심의 시경체와 장단구(長短句) 중심의 초사체가 대표적 형식이다.

② 경기체가의 영향을 받은 「축성수(祝聖壽)」나 고려가요의 영향을 받은 「정동방곡(靖東方曲)」・「천권곡(天眷曲)」・「응천곡(應天曲)」・「악장종헌(樂章終獻)」 등이 여기에 해당한다.

③ 이들 한문악장은 모두 3언 4구(3・3・3・3)의 한시에 '위(偉)~'로 시작하는 특정한 후렴구를 붙인 분절 형식과 여러 연(5장 또는 10장)이 반복되는 연장 형식으로 이루어져 있다.

(2) 현토악장

① 기존의 한시 작품에 우리말 토를 달아 지은 것이 대부분으로, 작품세계의 독자성보다 한시를 국문시가화하는 형태적 이행의 과정이 주목된다.

「문덕곡(文德曲)」・「납씨가(納氏歌)」・「정동방곡」	원래 한문악장으로 지어졌던 것을 후에 현토악장으로 바꾼 것
「횡살문(橫殺門)」	두보(杜甫)의 칠언절구 「증화경(贈花卿)」을 현토하여 만든 것
「관음찬(觀音讚)」	고려 시대부터 있던 것을 현토화한 것

② 「경근곡(敬勤曲)」・「문덕곡」・「횡살문」의 경우 4구나 6구로 된 원사(原詞)에 낙구나 후렴구를 덧붙이는 원리로 만들어진 현토악장인데, 이는 우리 시가의 전통적인 분절 형식에 근거하고 있어 주목된다. 이를 통해 현토악장도 다른 악장과 마찬가지로 10장 이내의 연장 형식과 낙구나 후렴구에 의한 분절 형식으로 되어 있다는 것을 알 수 있다.

③ 「봉황음(鳳凰吟)」과 「북전(北殿)」은 단연(單聯)으로 된 점, 칠언시로 꼭 맞아 떨어지지 않는 점을 보아 처음부터 현토악장으로 창작된 것으로 보인다. 이렇듯 악장의 형식적 원리가 연장 형식과 분절 형식에 있음에 착안하여 하나의 장르로 묶는 통일성의 중요한 근거가 된다는 견해가 나오기도 한다.

(3) 국문악장

① 국문악장은 한문악장에 비해 작품수가 훨씬 적지만, 앞 시기의 고려가요의 형식을 수용하여 새로운 세계관을 드러내어 기존 장르에 변화를 가져왔다는 측면에서 주목된다. 이에 해당하는 작품 중 「신도가(新都歌)」나 「불우헌곡(不憂軒曲)」은 단연 형식(單聯形式)이다.

② 「신도형승곡(新都形勝曲)」・「도인송도곡(都人頌禱曲)」・「유림가(儒林歌)」・「감군은(感君恩)」 등은 10장 이내의 연장 형식과 일정한 수의 행을 바탕으로 이에 후렴구를 덧붙여 연을 구성하는 분절 형식으로 되어 있어 이전 시대의 고려가요 장르를 수용하였음을 알 수 있다. 그러나 율격면에서는 고려가요의 3음보격을 그대로 따르지 않고 있다.

③ 후기의 국문악장인 「용비어천가」・「월인천강지곡」에 오면 연장 형식을 수용하되, 100여 장이 한참 넘는 장편화 현상을 보인다. 분절 형식에 있어서도 뒷절이 후렴구의 성격을 완전히 벗어나 앞절과 대등한 자격으로 상승함으로써 형식면에서 고려가요와는 다른 독자적인 모습을 보인다.

제 2 장 악장의 발생과 전개 과정

제1절 악장의 발생

1 초기 형태의 악장

초기의 악장은 고려 때의 악곡에 새로 지은 악장을 얹어서 불렀는데, 아직 훈민정음이 창제되지 않았고, 예악이 정비되지 못했기 때문이다. 예를 들어 정도전의 「납씨가」는 「청산별곡」의 곡조에 얹어서 불렀고, 「정동방곡」은 「서경별곡」의 곡조에 얹어서 불렀다.

2 신체 형식의 등장 중요

세종 대 새로운 악장이 나오는데, 125장의 「용비어천가」가 그 예이다. 「용비어천가」는 「여민락」이라는 새로운 곡조를 만들 만큼 창작악장의 완성된 모습을 보이는데, 이러한 모습은 「월인천강지곡」에서 절정에 이른다.

제2절 악장의 전개

악장의 전개를 표기 수단을 중심으로 살피면 한문악장, 현토악장, 국문악장 순으로 전개된다. 한문악장과 국문악장은 그 나름의 전통과 역사적 논리를 가지고 전개되었다. 그러면서도 표기체계나 유형적 개별성을 흐트러뜨리지 않고 이를 뛰어넘어 한문악장이 국문악장 쪽으로 통합되어가는 양상을 보인다. 현토악장은 그 중간 단계의 징검다리 역할을 담당하였다.

1 한문악장

(1) 한문악장은 중국의 원구악장(圓丘樂章)이나 방구악장(方丘樂章)의 영향을 받아 종묘의 제향이나 연향에 사용할 목적으로 만들어졌고, 기득권층을 중심으로 향유되었다.

(2) 형식에 있어서는 『시경』의 풍(風)・아(雅)・송(頌)이나 『초사(楚辭)』의 영향을 받아 형성되었다. 한편으로는 조선의 건국 초기부터 국문시가의 영향을 받아 고려가요와 경기체가의 분절 양식, 특히 낙구나 후렴구의 형식적 전통을 수용함으로써 한시의 전통을 벗어나게 되었다.

(3) 한문악장은 국문악장의 생성 발전에 영향을 주게 되는데, 주로 작품의 소재나 주제, 내용 등의 측면에서 그런 현상을 보인다.

2 현토악장

(1) 한문문장에 우리말 토씨를 다는 형식의 악장을 현토악장이라고 한다. 따라서 현토악장이 본격적으로 만들어지기 시작한 것은 훈민정음이 창제된 이후이다.

(2) 처음에는 이미 한문악장으로 창작된 것들이나 고려 시대부터 있었던 작품, 혹은 중국의 한시 등 기존 작품에 토를 다는 방식을 취하다가 이후로는 순수한 창작 현토악장으로 발전하였다.

3 국문악장 중요

(1) 악장 가운데 가장 주목받는 것은 국문악장이다. 한문악장에 비해 그 양은 적지만, 한문악장의 내용과 국문시가의 형식적 전통을 함께 수용하여 변용시킴으로써 형식이나 내용면에서 기존의 장르와는 전혀 다른 독특한 양식으로 악장을 발전시켰기 때문이다.

(2) 「용비어천가」에 이르면 연장 형식이 장편화되어 그 양이 많아지고, 분절된 각 장의 앞절과 뒷절의 구성이 대등해지는 독특한 형식을 갖추게 된다. 이러한 발전을 통해 악장 특유의 양식이라고 할 수 있는 신체악장을 만드는 데 성공한다. 이렇게 완성된 독특한 표현 양식을 「월인천강지곡」에 그대로 적용하여 장르의 정착과 확대를 꾀하였다.

(3) 「용비어천가」, 「월인천강지곡」 이후 장르가 일반화되는 정도까지 나아가지는 못했기 때문에 결국 악장은 미완의 장르로 남게 되었다. 따라서 현존하는 악장의 거의 모든 작품들은 장르로 확립된 뒤의 작품이라기보다 장르로 형성되어가는 과정의 작품이므로 그 장르적 통일성을 쉽게 발견하기 어려운 것이다.

제 3 장 악장의 내용과 주제

제1절 악장의 내용

1 한문악장

(1) 내용

작품명	내용 및 특징	
「납씨가」	태조가 원나라 나하추(納哈出)의 침공을 물리쳤던 공적을 찬양한 노래	태조의 무덕(武德)을 칭송했기 때문에 해당 두 작품과 「궁수분곡」을 합쳐 「무덕곡」으로 통칭하기도 함
「정동방곡」	동방을 평정한 공적을 기리면서 위화도 회군을 다룬 것으로, '위(偉)'로 시작되는 후렴구가 특이하며 경기체가와 흡사한 면이 있음	
「문덕곡」	태조가 실행해야 할 정치의 도리를 제시한 노래라는 점에서 「무덕곡」과 대조됨	
「축성수」·「악장종헌」	임금의 성덕을 기리는 내용	

(2) 형식

작품명	형식	관련 내용
「납씨가」	5언 4구	원래 한문악장으로 창작되었던 것으로, 뒤에 현토악장으로 바뀜
「정동방곡」	3언 4구(6언 2구)	
「문덕곡」	7언 6구	
「축성수」·「악장종헌」	3언 4구의 한시에 후렴구가 붙어 있음	특히 「축성수」는 경기체가의 영향을 받은 것으로서, 후렴구에 '위 영하황은경하여(偉永荷皇恩景何如)'가 있는 것이 특색임

2 현토악장

작품명	작가	내용 및 특징
「봉황음(鳳凰吟)」	윤회	나라에 복되고 길한 기운이 가득하여 왕실이 빛나고, 신하가 성왕을 따라 모여들고, 백성이 편안하여 요순 시대와 같은 성세를 맞았으며, 예악(禮樂)이 중국과 같이 갖추어지고 뛰어난 왕자가 나와 국가 만년의 기틀이 이루어졌기에 성자(聖子)・성손(聖孫)이 억만세를 누리기를 바라는 마음을 노래로 표현한 작품
「북전(北殿)」	미상	• 일명 「뒷뎐・후정화(後庭花)」라고도 함 • 언제 성립된 곡인지 정확히 알 수 없으나, 고려 충혜왕이 즐겼던 음란한 음악인 「후전진작(後殿眞勺)」과 같은 곡이 맞다면 고려 시대의 가요로 소급될 수 있음

「정동방곡」, 「납씨가」, 「문덕곡」 등은 원래 한문악장으로 만들어졌다가, 추후 현토악장으로 변모하면서 해당 장르에도 포함될 수 있다.

3 국문악장 중요

(1) 「신도가」, 「감군은」

단연 형식(短聯形式), 10장 이내의 연장 형식, 후렴구를 덧붙인 형식 등 고려가요를 수용한 면모를 보인다.

작품명	내용 및 특징
「신도가」	천도 후 새로운 도읍지에서 나라의 위엄을 기리며 자손 만대의 번영을 기약하는 내용
「감군은」	• 깊고 넓은 왕의 은혜에 보답하기 위해 일편단심으로 충성하겠다는 내용 • 후렴은 만세와 복을 누리라는 축원으로 되어 있고, 우리말 노래로서 어느 정도 틀이 잡힌 형태를 보임

(2) 「용비어천가」, 「월인천강지곡」

「용비어천가」와 「월인천강지곡」은 「신도가」, 「감군은」보다 늦은 시기에 나타난 국문악장으로, 둘 다 100여 장이 넘는 장편 형식이다.

작품명	내용	특징
「용비어천가」	조선 세종 때 선조인 목조에서 태종에 이르는 여섯 대의 행적을 노래한 서사시로, 조선 왕조 건국의 정당성을 선전하고 찬양하는 내용	구조가 장 단위로 완결되는 단시(短詩)의 성격을 지니면서 서정적 성격을 버리지 않은 교술시로, 악장의 장르 형성에서 중요하게 논의됨
「월인천강지곡」	'석가의 전생 – 도솔천으로 하강 – 왕자로서의 성장과 화려한 결혼생활 – 그 가운데에서 인생에 대한 번민으로 출가 – 수도 후 불도를 깨침 – 장엄한 권능으로 중생을 교화 – 열반 후 그 전신 사리를 신중들이 봉안 및 신앙'까지의 전 생애를 서사적 구조로 노래함	• 석가모니의 공덕을 기린 불교문학의 정수로, 조선 시대 세종이 지은 악장체의 찬불가(讚佛歌)임 • 석가모니의 전생에서부터 열반에 이르기까지 종교적 의미가 있는 여러 가지 사건을 순차적으로 구성함

제2절 악장의 주제

1 악장의 등장 배경

악장의 창작 목적 및 그 성격은 다음과 같이 정리할 수 있다.

목적	성격
• 조선 초기 건국의 당위성 입증 • 통치 질서의 확립	왕업을 기리는 송도(頌禱)·송축(頌祝)의 성격을 공통적으로 지닌다는 점에서 범주화 가능

2 악장의 내용 및 주제

악장의 내용과 주제는 대부분 다음과 같이 정리할 수 있다.

내용	주제
• 고려 후기의 혼란과 모순 극복 • 새 왕조의 건설을 이룩한 창업주나 왕업에 대한 찬양 및 그들의 성덕을 기림	• 새 왕조의 문물제도나 도읍에 대한 찬양 및 과시 • 태평성대와 임금의 은혜를 기리는 것 등

3 악장의 표현 및 형식 중요

악장의 주제에 어울리는 표현 효과를 획득하기 위하여 다음과 같은 방법을 사용했다.

문체	문어체적 성격을 지향함
시적 정조(詩的情調)	장중함과 외경스러움을 짙게 드러냄
기존 양식의 수용	근엄한 한시 양식이나, 찬양하고 과시하기에 적절한 경기체가 양식을 집중적으로 선택함

[악장 핵심 정리]

형식	작품명	연대	작가	주제
신체	「용비어천가(龍飛御天歌)」	세종 27년	• 정인지 • 권제 • 안지	• 조선 창업의 어려움과 그 천명성, 육조의 위업 찬양과 후대 왕에게 권계(勸戒)의 뜻을 일깨움 • 총 125장으로, 영웅 서사시적 성격이 강함
	「월인천강지곡(月印千江之曲)」	세종 29년	세종	• 『석보상절』의 「석가공덕」을 보고 지은 석가모니의 찬송가 • 전 3권 중 상권 194장만 알려져 있음

고려가요체	「신도가(新都歌)」	태조 3년	정도전	태조의 덕과 새 도읍지인 한양의 경치를 찬양함
	「유림가(儒林歌)」	세종	작가 미상	새 왕조의 건국 송축과 유교 이념의 정치를 찬양함
	「감군은(感君恩)」	명종 1년	상진	임금의 성덕과 성은을 찬양함
경기체가체	「상대별곡(霜臺別曲)」	세종 1년	권근	사헌부의 생활을 통한 조선의 제도 및 문물의 왕성함을 찬양함
	「화산별곡(華山別曲)」	세종 7년	변계량	조선의 개국 창업을 찬양함
	「오륜가」	세종	작가 미상	유교의 근본 사상인 오륜에 대한 송가
	「연형제곡」	세종	작가 미상	형제의 우애를 기리고 조선의 문물제도를 찬양함
한시체 (한시현토체 포함)	「문덕곡(文德曲)」	태조 2년	정도전	태조의 문덕을 찬양함
	「정동방곡(靖東方曲)」	태조 2년	정도전	태조의 위화도 회군을 찬양함
	「납씨가(納氏歌)」	태조 2년	정도전	태조가 야인을 격파한 무공(武功)을 노래함
	「봉황음(鳳凰吟)」	세종 11년	윤회	조선의 문물과 왕가의 축수(祝壽)를 노래함

제 4 장 악장의 주요 작가와 작품

제1절 고려가요체

1 「감군은(感君恩)」

〈원문〉

四海(ᄉᆞ히) 바닷 기픠ᄂᆞᆫ 닫줄로 자히리어니와
님의 德澤(덕ᄐᆡᆨ) 기픠ᄂᆞᆫ 어ᄂᆡ 줄로 자히리잇고
享福無疆(향복무강)ᄒᆞ샤 萬歲(만셰)ᄅᆞᆯ 누리쇼셔
享福無疆(향복무강)ᄒᆞ샤 萬歲(만셰)ᄅᆞᆯ 누리쇼셔
一竿明月(일간명월)이 亦君恩(역군은)이샷다.

泰山(태산)이 놉다 컨마ᄅᆞᄂᆞᆫ 하ᄅᆞᆯ 해 몬 밋거니와
님의 놉ᄑᆞ샨 恩(은)과 德(덕)과ᄂᆞᆫ 하ᄂᆞᆯᄀᆞ티 노ᄑᆞ샷다
享福無疆(향복무강)ᄒᆞ샤 萬歲(만셰)ᄅᆞᆯ 누리쇼셔
享福無疆(향복무강)ᄒᆞ샤 萬歲(만셰)ᄅᆞᆯ 누리쇼셔
一竿明月(일간명월)이 亦君恩(역군은)이샷다.

四海(ᄉᆞ히) 넙다ᄒᆞᆫ 바다ᄒᆞᆫ 舟楫(쥬즙)이면 건너리어니와
님의 너브샨 恩澤(은ᄐᆡᆨ)을 此生(ᄎᆞᄉᆡᆼ)애 갑소오릿가
享福無疆(향복무강)ᄒᆞ샤 萬歲(만셰)ᄅᆞᆯ 누리쇼셔
享福無疆(향복무강)ᄒᆞ샤 萬歲(만셰)ᄅᆞᆯ 누리쇼셔
一竿明月(일간명월)이 亦君恩(역군은)이샷다.

一片丹心(일편단심)ᄲᅮᆫ을 하ᄂᆞᆯ하 아ᄅᆞ쇼셔
白骨糜粉(백골미분)인ᄃᆞᆯ 丹心(단심)이ᄯᆞᆫ 가ᄉᆡ리잇가
享福無疆(향복무강)ᄒᆞ샤 萬歲(만셰)ᄅᆞᆯ 누리쇼셔
享福無疆(향복무강)ᄒᆞ샤 萬歲(만셰)ᄅᆞᆯ 누리쇼셔
一竿明月(일간명월)이 亦君恩(역군은)이샷다.

〈현대어 역〉

사해 바다의 깊이는 닻줄로 잴 수 있겠지만
임금님의 은덕은 어떤 줄로 잴 수 있겠습니까?
끝없는 복을 누리시며 만수무강하십시오.
끝없는 복을 누리시며 만수무강하십시오.
밝은 달빛 아래에서 낚싯대를 드리우며 지내는 것도 역시 임금님의 은혜이시도다.

태산이 높다고 하지만 하늘의 해에 미치지 못하듯이
임금님의 높으신 은덕은 그 하늘과 같이 높으십니다.
끝없는 복을 누리시며 만수무강하십시오.
끝없는 복을 누리시며 만수무강하십시오.
밝은 달빛 아래에서 낚싯대를 드리우며 지내는 것도 역시 임금님의 은혜이시도다.

아무리 넓은 바다라고 할지라도 배를 타면 건널 수 있겠지만
임금님의 넓으신 은택은 한평생을 다한들 갚을 수 있겠습니까?
끝없는 복을 누리시며 만수무강하십시오.
끝없는 복을 누리시며 만수무강하십시오.
밝은 달빛 아래에서 낚싯대를 드리우며 지내는 것도 역시 임금님의 은혜이시도다.

일편단심뿐이라는 것을 하늘이시여 아소서.
백골이 가루가 된다 한들 단심이야 변할 수 있겠습니까?
끝없는 복을 누리시며 만수무강하십시오.
끝없는 복을 누리시며 만수무강하십시오.
밝은 달빛 아래에서 낚싯대를 드리우며 지내는 것도 역시 임금님의 은혜이시도다.

(1) 핵심 정리

작가	작가 미상
갈래	악장
형식	• 4장으로 분연되어 있고, 후렴구를 가짐 • 고려가요체 표현
성격	교술적, 송축지사, 예찬적
제재	임금님의 은덕
주제	임금의 은덕을 송축
특징	• 임금의 은덕을 극단적인 대상과 비교하여 과장적으로 찬미함 • 임금의 은총을 비유법으로 표현함 • 동일어구를 반복적으로 제시함
연대	조선 초기
출전	『악장가사』

(2) 짜임

1장	사해(四海)의 깊이와 같은 임금의 은혜
2장	태산의 높이와 같은 임금의 은혜
3장	사해의 넓이와 같은 임금의 은혜
4장	임금에 대한 일편단심을 맹세함

(3) 이해와 감상

① **내용**

전 4장으로 구성된 악장으로, 임금의 은덕과 향복무강을 송축하는 내용을 다루고 있다.

② **형식**

이 노래는 3・3・4조의 운율을 보이며 후렴구를 고려가요와 비슷한 형식으로 반복하고 있어 고려가요체 악장이라 한다. 또한, 각 장에 '亦君恩(역군은)이샷다'를 반복하고 있는데, 이는 맹사성의 「강호사시가」나 이현보의 「어부가」, 송순의 「면앙정가」 등에도 보이는 것으로, 유교적 충의 사상을 표현한 것이다.

2 「신도가(新都歌)」

〈원문〉

녜ᄂᆞᆫ 楊州(양쥬) ᄀᆞ올히여
디위예 新都形勝(신도형승)이샷다
開國聖王(ᄀᆡ국셩왕)이 이 聖代(셩ᄃᆡ)를 니르어샷다
잣다온뎌 當今景(당금경) 잣다온뎌
聖壽萬年(셩슈만년)ᄒᆞ샤 萬民(만민)의 咸樂(함락)*이샷다
아으 다롱다리
알ᄑᆞᆫ 漢江水(한강슈)여 뒤ᄒᆞᆫ 三角山(삼각산)이여
德重(덕듕)ᄒᆞ신 江山(강산) ᄌᆞ으메 萬歲(만세)ᄅᆞᆯ 누리쇼셔

*咸樂(함락) : 즐거움을 누림

〈현대어 역〉

옛날에는 양주 고을이여,
경계에 새 도읍지로서의 빼어난 모습을 갖추었구나
태조께서 태평성대를 이루어 놓으셨구나
도성답구나, 지금의 경치 도성답구나
임금께서 만수무강하시어 온 백성이 즐거움을 누리는구나.
아으 다롱다리
앞에는 한강물이여, 뒤에는 삼각산이여,
많은 덕을 쌓으신 이 강산에서 영원토록 사십시오.

(1) 핵심 정리

작가	정도전
갈래	악장
형식	고려가요체, 8구체 비연시(非聯詩)
성격	송축가, 예찬적
제재	태조의 공덕, 한양 천도 찬양
주제	새로운 도읍과 태조의 성덕 예찬, 태조의 성덕과 한양의 승경 예찬
특징	조선 개국에 대한 긍지와 낙관적인 전망을 예찬적인 어조로 노래했고, 고려가요의 3음보 율격과 후렴구 사용
연대	태조 3년
출전	『악장가사』

(2) 짜임

1~2행	새로운 도읍의 빼어난 모습 찬양
3~6행	태조의 성덕 찬양
7~8행	태조의 만수무강 기원

(3) 이해와 감상

① **배경**

조선 초기에 정도전이 조선의 개국과 새로 만든 도읍을 찬양하기 위해서 지은 작품이다. 조선 왕조 창업 초기의 민심을 수습하고 건국의 정당성을 홍보하려는 목적의식이 뚜렷하여 문학적 가치는 높게 평가되지 않는다. 이러한 천편일률적인 내용(개국 송축)은 악장문학을 문학 갈래로 정착하지 못하게 한 이유가 되었다.

② **내용**

전반부	한양의 빼어난 모습과 새로운 왕조를 연 태조의 성덕과 한양의 도성다움을 칭송
후반부	배산임수의 명당 터에서 태조의 공덕을 기리며 만수무강을 빌고 있음

제2절 신체(新體)

1 「용비어천가(龍飛御天歌)」 중요

〈원문〉

〈1장〉
海東(해동) 六龍(육룡)이 ᄂᆞᄅᆞ샤 일마다 天福(천복)이시니
古聖(고성)이 同符(동부)ᄒᆞ시니

〈2장〉
불휘 기픈 남ᄀᆞᆫ ᄇᆞᄅᆞ매 아니 뮐ᄊᆡ 곶 됴코 여름 하ᄂᆞ니
ᄉᆡ미 기픈 므른 ᄀᆞᄆᆞ래 아니 그츨ᄊᆡ 내히 이러 바ᄅᆞ래 가ᄂᆞ니

(중략)

〈125장〉
千世(천세) 우희 미리 定(정)ᄒᆞ샨 漢水(한수) 北(북)에 累仁開國(누인개국)ᄒᆞ샤 卜年(복년)이 ᄀᆞᆼ업스시니
聖神(성신)이 니ᅀᆞ샤도 敬天勤民(경천근민)ᄒᆞ샤ᅀᅡ 더욱 구드시리이다.
님금하 아ᄅᆞ쇼셔 落水(낙수)예 山行(산행) 가 이셔 하나빌 미드니잇가

〈현대어 역〉

〈1장〉
우리나라의 여섯 용(임금)이 나시어, 그 하는 일마다 하늘이 내리신 복이시니,
그러므로 옛날 성인의 하신 일들과 부절을 합친 것처럼 꼭 맞으시니.

〈2장〉
뿌리가 깊은 나무는 바람에도 흔들리지 아니하므로, 꽃이 좋고 열매도 많으니.
샘이 깊은 물은 가뭄에도 그치지 않고 솟아나므로, 내가 되어서 바다에 이르니.

(중략)

〈125장〉
천세 전에 미리 정하신 한강 북에, 어진 일을 쌓고 나라를 여시어, 왕조가 끝없으시니
성신이 이으셔도 하늘을 공경하고 백성을 위하여 힘써야 나라가 더욱 굳으실 것입니다.
임금님이시여 아소서. (태강왕처럼) 낙수에 사냥 가서 조상의 공덕만을 믿습니까?

(1) 핵심 정리

갈래	악장, 영웅 서사시, 송축가
성격	서사적, 송축적, 설득적, 권계적
제재	새 왕조의 창업
주제	새 왕조 창업의 정당성
특징	• 서사 · 본사 · 결사의 구조 속에 작품 창작 동기가 유기적으로 서술됨 • 2절 4구의 형식에서 1절은 중국 제왕(帝王)의 사적을, 2절은 조선 왕조의 사적을 찬양함
의의	• 훈민정음으로 기록된 최초의 작품 • 우리나라 최초의 장편 영웅 서사시
연대	세종 27년(1445)

(2) 짜임

구성	해당 장	중심 내용
서사 [개국송(開國頌)]	1장	조선 건국의 정당성과 당위성을 강조함
	2장	조선의 무궁한 발전을 송축하고 기원함
본사 [사적찬(事績讚)]	3~8장	태조의 선조인 사조(四祖)의 행적을 노래함
	9~89장	익조의 사적과 태조의 인품과 영웅적 업적을 노래함
	90~109장	태종의 위업 찬양
결사 [계왕훈(戒王訓)]	110~124장	후대 왕에 대한 권계 [무망장(毋忘章)]
	125장	후대 왕에 대한 권계 [대단원]

더 알아두기

무망장

『용비어천가(龍飛御天歌)』 제110장에서 124장까지를 달리 이르는 말이다. 매 장의 마지막 구절이 '이 뜻을 잊지 마소서'로 끝나는데, 이 중 '잊지 마소서'를 한문식으로 번역해 붙인 이름이다.

(3) 이해와 감상

① **배경**

조선 건국 과정에서의 역성혁명(易姓革命)이 '천명(天命)'과 '천복(天福)'에 의한 정당한 것임을 널리 알려서 민심을 수습하고 왕권을 공고히 하려는 의도에서 창작되었다. 신체악장의 효시에 해당하는 작품으로 조선을 건국한 육조(六祖)의 업적을 찬양하고, 후대의 왕에게 왕권의 확립과 수호를 권계하는 송축가이다.

② **형식 및 내용** : 전체 125장

1장	3구
125장	9구

<table>
<tr><td rowspan="4">그 외</td><td colspan="2">• 대체로 4구 2절(전절 · 후절)
• 특히, 3~109장에서는 다음 내용을 언급함으로써 조선 건국의 정당성을 강조함</td></tr>
<tr><td>전절(前節)</td><td>중국 역대 제왕들의 사적(事績)을 언급</td></tr>
<tr><td>후절(後節)</td><td>중국 제왕들의 사적에 비견할 만한 육조(六祖)의 사적을 언급</td></tr>
</table>

③ 의의 및 평가

세종이 훈민정음을 시험해 볼 목적으로 창작한 노래로, 훈민정음으로 된 최초의 작품이라는 문학사적 의의와 15세기 중세 국어를 연구할 수 있는 귀중한 국어사(國語史)적 의의를 모두 갖는다. 또한 조선 건국 초기 단형악장들이 지니고 있던 강한 교술적 성격이 「용비어천가」에서 통합적 완성을 이루었다.

2 「월인천강지곡(月印千江之曲)」

〈원문〉

〈其一(끠ᅙᅵᇙ)〉
巍巍(외외) 釋迦佛(셕가뿛) 無量無邊(무량무변) 功德(공득)을 劫劫(겁겁)에 어느 다 ᄉᆞᆯᄫᆞ리.

〈其二(끠ᅀᅵ)〉
世尊(셰존)ㅅ 일 ᄉᆞᆯᄫᆞ리니 萬里外(먼리외)ㅅ 일이시나 눈에 보논가 너기ᅀᆞᄫᆞ쇼셔.
世尊(셰존)ㅅ 말 ᄉᆞᆯᄫᆞ리니 千載上(쳔ᄌᆡ썅)ㅅ 말이시나 귀예 듣논가 너기ᅀᆞᄫᆞ쇼셔.

(중략)

〈其五(끠오)〉
어엿브신 命終(명즁)에 甘蔗氏(감쟈씨) 니ᅀᆞ샤ᄆᆞᆯ 大瞿曇(때꾸땀)이 일우니이다.
아ᄃᆞᆨᄒᆞᆫ 後世(ᅘᅮᇰ셰)예 釋迦佛(셕가뿛) ᄃᆞ외싫 ᄃᆞᆯ 普光佛(포광뿛)이 니ᄅᆞ시니이다.

(후략)

〈현대어 역〉

〈1장〉
높고 큰 석가불의 끝없는 공덕을 이 세상 다하도록 어찌 다 말할 수 있겠습니까?

〈2장〉
석가 세존의 일을 말씀드릴 것이니, 만 리나 떨어진 곳의 일이지만 눈에 보는 듯이 여기소서.
석가 세존의 하신 말씀을 사뢸 것이니, 천 년 전에 하신 말씀이시지만, 귀에 듣는 듯이 여기소서.

(중략)

〈5장〉
(보살 소구담이) 불쌍하게 목숨을 바치매, (그 피로 인하여) 감자씨가 이으심을 대구담이 이루었습니다.
(선혜라는 선인이) 아득한 후세에 석가모니불이 되실 것을 보광불이 말씀하셨습니다.

(후략)

(1) 핵심 정리

갈래	악장, 서사시
성격	서사적, 예찬적
제재	석가모니의 일대기
주제	석가불의 무량무변한 공덕과 석가모니 탄생 이전의 일
특징	석가모니의 일대기를 서사시의 형식으로 표현함
의의	• 「용비어천가」와 함께 악장의 대표적 작품 • 최대의 서사시(敍事詩)이자 15세기 국어 연구의 귀중한 자료 • 한글을 위주로 하여 한자를 협주로 표기한 것으로, 한글 전용이 행해진 최초의 문헌
연대	세종 31년(1449)

(2) 이해와 감상

① 배경

이 작품은 석가모니의 공덕을 기린 불교문학의 정수로, 작품 제목 중 '월인천강'은 부처의 공덕을 칭송한 것으로, '월(月)'은 '석가불'을, '천강(千江)'은 '중생'을 비유한 것이다. 석가모니의 교화(敎化)가 모든 중생에게 미침을 칭송한 것이기 때문에 악장체의 찬불가(讚佛歌)라고 볼 수 있다.

② 내용

'석가의 전생 → 도솔천에서 하강하여 왕자로 성장 → 화려한 결혼 생활 가운데에서 인생에 대한 번민으로 출가 → 수도하여 불도를 깨침 → 장엄한 권능으로 중생을 교화하다가 열반 → 열반 후 그 전신 사리를 신중들이 봉안 및 신앙'에 이르는 전 생애를 서사적 구조로 노래하였다. 즉, 석가모니의 전생에서부터 열반에 이르기까지 종교적 의미가 있는 여러 가지 사건을 순차적으로 구성한 것이다.

③ 의의 및 평가

한글로 표기된 운문으로서는 「용비어천가」 다음 가는 최고(最古)의 자료로, 장편 서사시의 선구적인 작품이다. 특히 한글을 위주로 하고 한자를 협주로 표기한 최초의 문헌이다. 또한 「용비어천가」와 함께 단형악장의 서사적 속성이 전경화되는 현상을 보인다.

더 알아두기

전경화

상투적 표현의 관례를 깨뜨림으로써 새로운 지각을 일으키는 것으로, 프라하학파의 언어학과 시학에서 쓰인 개념

제 6 편 | 실전예상문제

01 다음 작품에 대한 설명으로 옳지 않은 것은?

> 녜ᄂᆞᆫ 楊州(양쥬) ᄀᆞ올히여
> 디위예 新都形勝(신도형승)이샷다
> 開國聖王(ᄀᆡ국셩왕)이 이 聖代(셩ᄃᆡ)를 니르어샷다
> 잣다온뎌 當今景(당금경) 잣다온뎌
> 聖壽萬年(셩슈만년)ᄒᆞ샤 萬民(만민)의 咸樂(함락)이샷다
> 아으 다롱다리
> 알ᄑᆞᆫ 漢江水(한강슈)여 뒤흔 三角山(삼각산)이여
> 德重(덕듕)ᄒᆞ신 江山(강산) ᄌᆞ으메 萬歲(만세)ᄅᆞᆯ 누리쇼셔

① 신체 형식의 악장이다.
② 태조의 공덕과 새 도읍 건설을 찬양한다.
③ 고려가요의 3음보 율격과 후렴구를 사용한다.
④ 조선 초기 정도전이 지은 작품이다.

02 다음 작품에 대한 설명으로 옳은 것은?

> 〈其一(끠ᅙᆞᇙ)〉
> 巍巍(외외) 釋迦佛(셕가뿌ᇙ) 無量無邊(무량무변) 功德(공득)을 劫劫(겁겁)에 어느 다 ᄉᆞᆯᄫᆞ리.
>
> 〈其二(끠ᅀᅵ)〉
> 世尊(셰존)ㅅ 일 ᄉᆞᆯ보리니 萬里外(먼리외)ㅅ 일이시나 눈에 보논가 너기ᅀᆞᄫᆞ쇼셔.
> 世尊(셰존)ㅅ 말 ᄉᆞᆯ보리니 千載上(쳔ᄌᆡ썅)ㅅ 말이시나 귀예 듣논가 너기ᅀᆞᄫᆞ쇼셔.

① 훈민정음으로 기록된 최초의 작품이다.
② 석가모니의 일대기를 서사시의 형식으로 표현했다.
③ 우리나라 최초의 장편 영웅 서사시이다.
④ 2절 4구의 형식으로 된 악장문학이다.

01 해당 작품은 조선 초기에 정도전이 조선의 개국과 새로 만든 도읍을 찬양하기 위해서 지은 3음보 율격의 「신도가」로, 고려가요체의 악장이다. 전반부에서는 한양의 빼어난 모습과 새로운 왕조를 연 태조의 성덕과 한양의 도성다움을 칭송하며, 후반부에서는 배산임수의 명당 터에서 태조의 공덕을 기리며 만수무강을 빌고 있다.

02 해당 작품은 「월인천강지곡」이다. 석가모니의 공덕을 기린 불교문학의 정수로, 조선 시대 세종이 지은 악장체의 찬불가(讚佛歌)이다.
①·③·④는 「용비어천가」의 특징이다.

정답 01 ① 02 ②

03 다음 작품에 대한 설명으로 적절하지 않은 것은?

〈1장〉
海東(해동) 六龍(육룡)이 ᄂᆞᄅᆞ샤 일마다 天福(천복)이시니
古聖(고성)이 同符(동부)ᄒᆞ시니

〈2장〉
불휘 기픈 남ᄀᆞᆫ ᄇᆞᄅᆞ매 아니 뮐ᄊᆡ 곶 됴코 여름 하ᄂᆞ니
ᄉᆡ미 기픈 므른 ᄀᆞᄆᆞ래 아니 그츨ᄊᆡ 내히 이러 바ᄅᆞ래 가ᄂᆞ니

① 1장은 조선 건국의 천명성과 당위성을 드러내고 있다.
② 1장은 왕족의 조상과 옛 성군들 사이의 행적이 지닌 공통점을 강조하고 있다.
③ 2장은 후대 왕에 대한 권계의 내용을 담고 있다.
④ 2장은 비유적 표현을 활용하여 글쓴이의 생각을 드러내고 있다.

03 해당 작품은 「용비어천가」이다. '권계'는 착한 일은 권장하고 악한 일은 제재한다는 의미인데, 2장에 후대 왕에 대한 권계는 드러나지 않는다.
① 새 왕조를 세우는 것은 이미 하늘의 뜻에 의해 정해진 것이었다고 밝히며 조선의 건국이 천명에 의한 것임을 강조하고 있다.
② 조선 창업의 주역인 여섯 임금과 중국의 역대 제왕들의 행적이 꼭 들어맞는다고 말하고 있다.
④ 기초가 튼튼한 나라를 '뿌리 깊은 나무'에, 유서 깊은 나라를 '샘이 깊은 물'에 비유적으로 표현하고 있다.

04 「용비어천가」에 이르러 양식적 통합을 이룩한 것으로, 앞 시대의 악장들의 가장 중요한 속성으로 볼 수 있는 것은?

① 교술적 성격
② 서사적 성격
③ 서정적 성격
④ 극적 성격

04 조선 건국 초기 단형악장들이 지니고 있던 강한 교술적 성격은 「용비어천가」에서도 변함없이 그대로 지속되고 있다.

05 다음의 악장 중에서 경기체가의 형식을 그대로 차용한 작품이 아닌 것은?

① 「화산별곡」
② 「감군은」
③ 「연형제곡」
④ 「오륜가」

05 「신도가」, 「감군은」 같은 작품은 고려가요(속요)의 형식적 전통 속에서 창작된 작품이고, 「화산별곡」, 「오륜가」, 「연형제곡」 등은 경기체가 형식을 그대로 차용한 작품이며, 「용비어천가」, 「월인천강지곡」과 같은 장편의 노래는 어디에도 없는 새로운 형식(신체)의 작품이다.

정답 03 ③ 04 ① 05 ②

06 다음 악장작품 중에서 나머지 셋과 그 유형이 다른 것은?

① 「납씨가」
② 「신도가」
③ 「불우헌곡」
④ 「월인천강지곡」

06 정도전의 「신도가」, 정극인의 「불우헌곡」, 세종이 직접 지은 「월인천강지곡」은 국문악장이고, 정도전이 이성계의 위화도 회군을 찬양하기 위해 지은 악장인 「납씨가」는 한문악장에서 현토악장으로 변화한 것이다.

07 다음 중 악장을 문체로 구분했을 때, 그 종류가 잘못 연결된 것은?

① 한시체 – 「문덕곡」, 「봉황음」
② 경기체가체 – 「상대별곡」, 「화산별곡」
③ 고려가요체 – 「신도가」, 「감군은」
④ 신체 – 「용비어천가」, 「오륜가」

07 「오륜가」는 경기체가 형식으로 작성된 악장이다.
세종 때에 와서 새로운 악장이 나오는데, 125장의 「용비어천가」가 그것이다. 「용비어천가」는 「여민락」이라는 새로운 곡조를 만들 만큼 창작악장의 완성된 면을 보이고 있다. 이러한 창작악장은 「월인천강지곡」에서 절정에 이른다. 이 두 악장을 신체악장으로 분류한다.

08 다음 중 서사시 형식으로 구현된 작품은?

① 「감군은」
② 「신도가」
③ 「정동방곡」
④ 「월인천강지곡」

08 「월인천강지곡」은 석가모니의 공덕을 칭송한 작품으로, 석가모니의 일대기를 서사시의 형식으로 구성하였다. 한글을 위주로 작성하고 한자를 협주로 표기하여 15세기 국어 연구의 귀중한 자료가 된다.

정답 06 ① 07 ④ 08 ④

09 다음 중 조선 초기의 악장인 「용비어천가」에 대한 설명으로 옳지 않은 것은?

① 훈민정음으로 작성된 장편 왕조 서사시
② 「월인천강지곡」과 함께 악장문학의 대표작
③ 한문학 연구의 귀중한 자료
④ 조선 건국의 정당성 도모

09 「용비어천가」는 훈민정음이 만들어진 이후 기록된 작품으로, 훈민정음을 시험해 볼 목적으로 우리말로 기록한 작품이다. 따라서 15세기 국어 연구의 귀중한 국어사적 의의를 갖는다.

10 초기 악장의 중심을 이루었던 한문악장이 지니고 있던 형식적 특성에 대한 내용으로 가장 적절한 것은?

① 시간과 공간
② 4언 중심의 시경체
③ 서사적 전경화
④ 순환적 연결 구조

10 조선 초기에 작성된 악장은 대부분 정통의 한문악장에 해당하며 4언 중심의 시경체 장단구 중심의 초사체가 대표적 형식이었다. 당시 한문악장은 현토악장이나 국문악장에 비할 수 없을 만큼 위세가 있었다. 정도전(태조 때), 권근(태종 때), 하륜(태종 때), 변계량(세종 때) 등이 대표적 작가였다.

정답 09 ③ 10 ②

주관식 문제

01 다음은 「용비어천가」 1장의 내용이다. 이를 통해 알 수 있는 저자의 의도를 쓰시오.

海東(해동) 六龍(육룡)이 ᄂᆞᄅᆞ샤 일마다 天福(천복)이시니
古聖(고성)이同符 (동부)ᄒᆞ시니

01 **정답**
조선 건국의 정당화

해설
'육룡'과 '고성'의 행적이 딱 들어맞는다는 서술을 통해 당대 강호였던 중국을 기준으로 삼아 조선 건국의 정당성을 확보하려는 저자의 의도가 드러난다.

02 **다음 작품의 제목에서 '달[月]'이 상징하는 것은 무엇인지 쓰시오.**

〈其一(끠힗)〉
巍巍(외외) 釋迦佛(셕가뿛) 無量無邊(무량무변) 功德(공득)을 劫劫(겁겁)에 어느 다 솔ᄫᆞ리.

〈其二(끠ᅀᅵ)〉
世尊(셰존)ㅅ 일 솔보리니 萬里外(먼리외)ㅅ 일이시나 눈에 보논가 너기ᅀᆞᄫᆞ쇼셔.
世尊(셰존)ㅅ 말 솔보리니 千載上(쳔ᄌᆡ썅)ㅅ 말이시나 귀예 듣논가 너기ᅀᆞᄫᆞ쇼셔.

02 **정답**
석가모니

해설
제시된 작품은 「월인천강지곡(月印千江之曲)」의 일부이다. 제목의 '월인천강'은 부처의 공덕을 칭송한 것으로, 여기서 '월(月)'은 '석가불'을 상징한다.

합격의
공식
SD에듀

SD에듀와 함께, 합격을 향해 떠나는 여행

제 7 편

시조

| 단원 개요 |

시조는 고려 중엽에 등장해서 조선 시대에 가장 꽃을 피운 정형 시가로, 고전시가 중 유일하게 현대시가로 계승되어 활발한 창작이 이루어지고 있기에 그 분량과 문학적 비중이 다른 갈래를 뛰어넘는다. 이 편에서는 시조의 발생을 다른 갈래와의 연관성 속에 살피며, 고려 중기뿐만 아니라 고려 말 시조, 조선 전기 시조, 조선 후기 시조 등 통시적으로 살피면서 우리 시조문학의 전반을 학습한다.

| 출제 경향 및 수험 대책 |

이 편은 갈래 자체의 문학적 가치가 높기 때문에 출제의 비중과 양이 다른 편보다 많을 수 있으므로 더 중점적으로 학습할 필요가 있다. 또한 3장, 3・4(4・4)조, 종장 첫음보의 3음절이라는 시조의 형식적 특징과 고려, 조선 전기, 조선 후기로 나뉘는 시기별 특성을 함께 공부해야 한다. 특히 현전하는 대부분의 시조가 전해지고 있는 수록 문헌과 함께 개별 시조의 작가와 사상, 내용과 주제들을 학습할 필요가 있다.

제 1 장 시조의 개념과 형식

제1절 시조의 개념

1 시조의 명칭

(1) '시조'라는 명칭의 원래 정의는 시절가조(時節歌調), 즉 당시에 유행하던 노래라는 뜻이었다. 엄밀히 말하면 시조는 문학 갈래 명칭이라기보다는 음악곡조의 명칭으로 볼 수 있다.

(2) 1920년대 후반 최남선의 「조선국민문학으로의 시조」를 필두로 전개되었던 시조부흥운동과 함께 문학 갈래의 명칭으로 자리 잡았다.

(3) 문학으로서의 시조는 14세기 경 고려 말기부터 조선 초기에 걸쳐 정제된 것으로 추정되는데, 현대에 이르러서도 지속적으로 창작되고 있는 우리 고유의 정형시이다. 고시조로부터 현대시조에 이르기까지 많은 시조작품이 창작・정리되었다.

2 시조의 개념

시조는 고려 시대에 처음 생겨 오늘날까지 만들어지고 있는 우리 고유의 시로 정의할 수 있다. 시조는 정해진 형식에 맞추어 써야 하는데, 그 형식은 바로 3장 6구이다. 또한 시조는 신분이나 계층에 상관없이 누구나 쓸 수 있었던 만큼 그 내용도 다양하였다. 임금에 대한 충성, 자연 속에 묻혀 살아가는 한가로움을 노래한 내용도 있고, 개인의 사랑과 그리움을 담기도 하였다.

제2절 시조의 형식

(1) 시조는 우리 고유의 정형 시가로서, 그 정형성을 밝히는 작업은 오랜 과제이다. 시조의 정형성을 파악하려는 노력은 율격면에서 봤을 때 구수율 · 자수율 · 음보율 등으로 검토되었다. 어느 쪽으로 보든, 3장 45자 내외로 구성된 정형시라는 것에 대부분 동의하였으며, 그 기본형은 다음과 같다.

초장	3 · 4 · (3)4 · 4
중장	3 · 4 · (3)4 · 4
종장	3 · 5 · 4 · 3(4)

(2) 자수율의 경우는 각 음보의 기준 음수를 결정하여 규칙성을 발견하고자 한 것인데, 두 음보를 단위로 3 · 4조 또는 4 · 4조를 기본 운율로 보는 데는 이견이 없다. 기본형의 경우와 마찬가지로 이 기본 운율에 1~2음절 정도를 더 보태거나 빼는 것은 무방하다. 그러나 종장은 음수율의 규제를 더 강하게 받아 첫 번째 구절은 3음절로 고정되며, 두 번째 구절은 반드시 5음절 이상이어야 한다. 이러한 종장의 제약은 시조 형태의 정형과 아울러 평면성을 탈피하며 고유의 시적 종결형식을 형성한다.

(3) 음보율의 경우, 1행이 4음보로 구성되며 세 번째 행인 종장의 경우 둘째 음보의 음수가 늘어남에 따라 두 음보 이상으로 구성될 수도 있다. 시조의 정형성을 규명하기 위해 각 학자들이 음보의 성격을 구성하는 기저 자질을 밝히려 다음과 같은 가능성을 제기하였으나, 운율 자질의 대립이 정형성으로 규정하기에는 미흡하여 1행 4음보의 구성을 가장 뚜렷한 형식적 정의로 볼 수 있다.

정병욱 · 이능우	강약율
황희영 · 김석연	고저율
정광	장단율

(4) 결론적으로 이전에 제시한 기본 형식 가운데 현대시의 행(行)에 해당하는 장(章)은 한결같이 3장이라고 하니 시조는 3장으로 구성되었다 해도 무리가 없다. 시조의 기본 형식은 초장 · 중장 · 종장의 3장으로 이루어지며, 이는 평시조보다 장형으로 이루어진 엇시조에서나 사설시조에서도 마찬가지이다.

제 2 장 시조의 발생과 시대별 특성

제1절 시조의 발생

1 고려 말엽 발생설

고려 말엽 발생설은 다음과 같은 근거를 들어 고려 중기 이후 말기에 시조가 발생한 것으로 본다. 즉 고려 중엽의 별곡에서 고려 말 시조로 계승되고, 그 이후 조선의 가사로 변모했다는 주장이다.

근거 ①	별곡(고려가요)과 시조가 형태적으로 닮은 점이 매우 많음
근거 ②	고려 말기의 작가들이 지었다고 하는 작품들이 진본 『청구영언』에 수록되어 남아 있음
근거 ③	고려 중엽에 시조에 가까운 시형이 등장하므로 고려 말에 오늘날과 같은 시조시형이 정착하였을 것으로 추정함 예 「만전춘」의 분장 형태(2연과 5연이 3장)・리듬의 템포・호흡의 완급 등이 시조와 흡사하여 별곡과 시조가 유사성을 가짐. 따라서 고려의 별곡체(고려가요)가 붕괴되면서 시조 형식이 등장했다고 봄

단, 고려가요는 구전되다가 조선조에 문헌으로 정착된 노래이므로 시조와의 대비는 무리라는 주장도 있다. 또한 고려가요와 시조의 형태적 유사성과 문헌에 나와 있는 작품들의 작가를 그대로 믿는다는 가정에서 출발하므로, 현전하는 시조집들의 작가와 작품에 대한 정밀한 분석과 설명이 전제되어야 한다는 입장도 있다.

2 16세기 발생설

16세기 발생설은 다음과 같은 근거를 들어 시조의 고려 말엽 발생설을 부정한다.

근거 ①	시조집에 수록되어 있는 시조들에 대한 기록을 그대로 받아들이기 어려움
근거 ②	고려 시대에는 '시조'라는 명칭이 없었음
근거 ③	고려 말의 정치 격변기에는 시조가 나타날 수 없음
근거 ④	진본 『청구영언』과 후대에 만들어진 시조집들과 상이하고, 「만전춘」의 2연과 5연 등이 불완전한 종결 형태를 가짐
근거 ⑤	사설시조는 주로 17세기의 생성기를 거쳐 18세기에 성행한 것으로 봄. 따라서 평시조의 발생도 비교적 멀지 않은 과거의 시점으로 봐야 함

제2절 시대별 특성

1 고려 말 시조

고려 말의 시조는 국가에 대한 충성, 기울어져가는 왕조에 대한 걱정과 한탄, 늙음에 대한 한탄, 황음한 군주에 대한 걱정, 우국충절, 혼란한 정치에 대한 원망, 몰락해가는 고려 왕조에 대한 번민 등이 주요 내용이다.

(1) 내용상의 특징

유교적 충의(忠義) 사상을 노래한 시조들이 주류를 이루며, 고려의 유신(遺臣)들이 지은 「회고가」나 정몽주의 「단심가」 등이 대표적이다.

(2) 형식상의 특징

일반적으로 3장 6구 45자 내외를 기본형으로 하여 3・4조 또는 4・4조의 4음보로 이루어지며, 종장의 첫 음보는 3음절로 고정되어 있다.

(3) 의의

처음에는 단아하고 간결한 형식이 사대부 계층의 취향에 맞아서 발달했지만, 점차 향유층이 확대되어 국민문학으로 승화되었다.

작품	작가	내용 및 특징
「한 손에 막대 잡고」・ 「춘산에 눈 녹인 바람」	우탁	• 늙음을 한탄하는 노래 • 「탄로가(嘆老歌)」라고도 함
「이화에 월백하고」	이조년	• 봄밤의 애상적인 정한을 노래 • 「다정가(多情歌)」라고도 함
「이런들 엇더하며」	이방원	• 정몽주에게 자신과 뜻을 함께 할 것을 회유한 노래 • 「하여가(何如歌)」라고도 함
「이 몸이 죽어 죽어」	정몽주	• 이방원의 「하여가」에 답하여 고려 왕조에 대한 지조를 노래 • 「단심가(丹心歌)」라고도 함
「구름이 무심탄 말이」	이존오	간신 신돈의 횡포를 풍자한 노래
「백설이 잦아진 골에」	이색	나라에 대한 근심과 임금에 대한 충정을 노래

2 조선 전기의 시조

조선 초기의 시조는 크게 다음과 같은 작품들이 많이 등장한다.

조선 초기의 시조 ①	멸망해 버린 고려 왕조를 그리워하는 안타까운 마음을 노래한 작품
조선 초기의 시조 ②	새롭게 건설된 왕조를 찬양하고 태평성대와 충성을 기원하고 강조하는 등의 정치적 사건과 관련이 있는 작품

(1) 내용상의 특징

주된 향유층인 사대부의 충의(忠義) 사상과 자연관을 노래한 것이 많다. 정국이 안정되고 왕조의 기틀이 잡힌 뒤로는 유교적 충의 사상을 노래한 시조가 다수 창작되었는데, 「강호한정가(江湖閑情歌)」와 같이 노장(老壯)이 무위자연(無爲自然)에 영향을 받아 자연 속에서 한가롭고 평화로움을 추구하여 지은 작품들이 창작되었고, 자연을 유교적 충의 이념과 결부시켜 표현한 작품들도 많았다. 한편 황진이 등 기녀들의 시조도 등장하여 인간의 정서를 진술하고 아름답게 표현하였다.

(2) 형식상의 특징

3장 6구 45자 내외의 단형시조가 주류를 이루었으나, 점차 단형시조가 중첩된 연시조도 발전하였다.

① **평시조**

구분	작품	작가	내용
우국충절의 노래	「오백 년 도읍지를」	길재	고려 왕조에 대한 회고와 망국의 슬픔을 노래함
	「눈 마자 휘어진 대를」	원천석	고려 왕조에 대한 충절을 다짐함
	「방 안에 혓는 촛불」	이개	단종과의 이별을 슬퍼함
	「천만 리 머나먼 길해」	왕방연	단종을 유배지에 두고 돌아오는 슬픔을 노래함
	「삭풍은 나무 긋희 불고」	김종서	대장부의 호방한 기개를 드러냄
자연과 인정의 노래	「말 업슨 청산이오」	성혼	자연과 더불어 살고 싶은 마음을 노래함
	「대쵸 볼 불근 골에」	황희	가을 농촌 생활의 흥취를 노래함
	「두류산 양단수를」	조식	지리산의 아름다운 경치를 예찬함
	「십 년을 경영하여」	송순	자연 친화와 안빈낙도를 노래함
	「지당에 비 뿌리고」	조헌	적막과 고독의 서정을 노래함
연정의 노래	「묏버들 갈해 것거」	홍랑	임에 대한 그리움을 노래함
	「동짓달 기나긴 밤을」	황진이	임을 그리는 애타는 마음을 노래함

② 연시조

작품	작가	내용 및 특징
「강호사시가(江湖四時歌)」	맹사성	• 자연을 즐기며 임금을 생각함 • 최초의 연시조
「어부사(漁父詞)」	이현보	• 자연에 묻혀 사는 즐거움을 노래함 • 윤선도의 「어부사시사」에 영향을 줌
「도산십이곡(陶山十二曲)」	이황	인격 수양 및 학문 정진을 권유함
「고산구곡가(高山九曲歌)」	이이	자연 속에서 학문 정진의 즐거움을 노래함
「훈민가(訓民歌)」	정철	• 노래를 지어 백성들을 가르침 • 교화적인 목적
「오륜가(五倫歌)」	주세붕	• 삼강오륜을 노래함 • 교화적인 목적

3 조선 후기 시조

조선 후기에 와서 시조의 향유 계층은 사대부에서 평민층으로 확대되었다. 이와 더불어 그 내용도 관념적・유교적 내용에서 벗어나 다양한 현실적 삶을 다룬 작품들이 창작되었다. 형식 또한 각 장 4음보의 정형성이 파괴되어 장형화가 이루어졌고, 이에 사설시조가 등장하게 되었다.

(1) 임란・병란 직후의 시조

전란의 흔적을 노래한 시조들이 나타나 시대적 고뇌를 보여 주면서 기존 체제와 현실에 대한 비판 의식이 담긴 시조가 등장하였다. 그러나 한편으로는 우리말의 묘미를 살려 전원생활의 멋을 노래하는, 이전의 전통을 계승한 시조도 나타났다.

주제 의식	작품	작가	내용
우국충정의 노래	「한산섬 달 볼근 밤에」	이순신	전쟁 중에 느끼는 우국충정의 토로
	「가노라 삼각산아」	김상헌	우국지사의 비분강개
	「청강에 비 듯는 소리」	효종	청나라에 복수하고자 하는 마음
	「철령 높은 봉을」	이항복	귀양길의 억울한 심정을 하소연함
자연과 인정을 그린 노래	「청산도 절로절로」	송시열	자연의 순리에 따라 살고자 하는 마음
	「님 그린 상사몽이」	박효관	임과 이별한 후의 고독과 그리움
	「땀은 듯는 대로 듯고」	위백규	농부의 고된 노동과 여유로운 휴식
	「동기로 세 몸 되어」	박인로	혈육인 아우들을 그리는 정
	「초암이 적료혼대」	김수장	탈속적 경지에서의 그윽한 풍류
	「매아미 맵다 울고」	작가 미상	초야에 묻혀 사는 즐거움
	「서검을 못 일우고」	김천택	삶에 대한 탄식과 자연애
	「하하 허허 혼들」	권섭	잘못된 정치 현실에 대한 비판과 풍자

(2) 윤선도의 시조

작품	제재	주제
「만흥(전 6수)」	자연을 벗하는 생활	자연에 묻혀 사는 즐거움과 임금의 은혜
「오우가(전 6수)」	물, 바위, 소나무, 대나무, 달	다섯 벗인 '물(水)'·'바위(石)'·'소나무(松)'·'대나무(竹)'·'달(月)'의 덕을 기림
「어부사시사(전 40수)」	자연에서의 어부 생활	자연 속에서 한가롭게 살아가는 여유와 흥취

(3) 사설시조의 등장 중요

조선 후기 산문 정신과 서민 의식의 영향으로 산문화된 시조가 등장했는데, 대부분 평민들이 창작하여 작가와 창작 연대를 알 수 없다. 당시 사회 현실을 반영하고 있으며, **세태에 대한 풍자와 서민들의 소박한 생활 감정이 솔직하게 표현되어 있다는 점에서 문학사적 가치가 크다.**

① 사설시조의 내용

사설시조는 다음과 같이 다양한 소재와 주제를 가진다.

내용 ①	현실을 풍자하거나 서민들의 생활 감정을 진솔하고 사실적으로 표현 → 생활과 밀착된 현실 감각을 주로 다룸
내용 ②	구체적인 이야기와 비유를 대담하게 도입
내용 ③	강렬한 애정과 자기 폭로가 들어 있음

② 사설시조의 형식

평시조의 기준형(3장 6구)에서 6구 중 어느 두 구 이상이 10자 이상으로 길어지는데, 대체로 중장이 길어지며 초장이 길어진 것도 나타난다.

작품	작가	제재	주제
「님이 오마 ᄒᆞ거늘」	미상	임이 온다는 소식	임을 애타게 기다리는 마음
「귀또리 저 귀또리」		귀뚜라미	가을 밤에 임을 그리는 외로운 여심(女心)
「나모도 바히 돌도 업슨」		임과의 이별	임을 여읜 절망적인 슬픔
「싀어마님 며느라기 낫바」		시집살이	힘든 시집살이에 대한 원망과 비판
「댁들에 동난지이 사오」		동난지이(게젓)	서민들의 상거래 장면 풍자
「ᄇᆞ람도 쉬어 넘는 고개」		고개	임을 애타게 그리워하는 마음

제 3 장 시조의 전승과 수록 문헌

제1절 시조의 전승[1]

1 개화기 시조

(1) 개화기 시조의 범위

개화기 시조는 형식·내용면에서 고시조와 비교하였을 때, 다음과 같은 시조를 비롯한다.

① 새로운 변화를 보여준 『제국신문(帝國新聞)』·『대한매일신보(大韓每日申報)』·『대한유학생회보(大韓留學生會報)』·『대한민보(大韓民報)』·『태극학보(太極學報)』·『대한학회월보(大韓學會月報)』 등에 실린 시조

② 『청춘(青春)』·『소년(少年)』·『매일신보(每日申報)』 등에 실린 최남선(崔南善)과 이광수(李光洙)의 초기 시조

(2) 개화기 시조의 작품

① **첫 개화기 시조작품**

개화기 시조의 첫 작품으로는 1906년 7월 21일 『대한매일신보』에 발표된 대구여사(大丘女史)의 「혈죽가(血竹歌)」와 1907년 3월 3일 『대한유학생회보』에 실린 최남선의 「국풍 4수(國風四首)」가 있다.

② **그 이후**

이후로도 많은 시조들이 발표되었는데, 『대한매일신보』는 385여 수를, 『대한민보』는 '가요(歌謠)' 또는 '청구가요(青丘歌謠)'라는 이름으로 150여 수를 각각 게재하여 시조 발전에 크게 기여하였다.

2 최남선의 시조

(1) 최남선의 첫 시조작품

최남선이 처음 발표한 시조 「국풍 4수」는 첫 수만 단시조이고, 나머지 세 수는 장시조 형태이다. 종래의 가사 형식은 바꾸었으나, 내용으로 봤을 때는 고시조와 크게 다르지 않다. 이후로도 최남선은 『대한유학생회보』·『대한매일신보』·『소년』·『청춘』 등에 계속하여 작품을 발표하였는데, 「국풍 4수」를 비롯한 그의 초기 시조는 개화 의식을 드러내고 있어서 개화기 시조라고 불린다.

---

1) 한국민족문화대백과사전, '시조', 한국학중앙연구원

(2) 최남선의 시조 창작 활동

최남선은 1926년에 시조집 『백팔번뇌』를 발표하면서 본격적으로 시조를 짓기 시작하는데, 서문에서 시조를 '문자의 유희가 아닌 엄숙한 사상의 한 용기'로 보아 우리 시조를 우리 시가의 본류로 보았다. 이 점에서 최남선이 시조 부흥의 의지를 피력하고 있음을 알 수 있다. 이 『백팔번뇌』는 현대 최초의 개인 창작한 시조집이라는 점에서 특히 더 유의미하다.

(3) 최남선 시조와 이광수 시조의 특징 및 비교

최남선 시조	문학적 의미보다 그 사회적 기능을 중요시하는 교술적인 성격이 강하다.
이광수 시조	이광수의 시조 중 특히 명승지를 읊은 기행 시조는 개인적 정서의 표출하는 경향이 강하다.

3 1920~1930년대 시조의 근대적 변화

(1) 1920~1930년대 근대적 시조의 시작

1920~1930년대 시조의 특징을 근대적인 변화양식이 관념인 것보다는 구체적인 것, 집단보다는 개인의 발견과 표현이라고 봤을 때, 근대적 감수성의 시조가 본격적으로 창작된 것은 이광수・주요한(朱耀翰)・변영로(卞榮魯)・정인보(鄭寅普)・조운(曺雲)・이은상(李殷相)・이병기(李秉岐) 등의 활동 이후라고 본다.

(2) 1920~1930년대 근대적 시조의 특징

형식	형식을 바탕으로 봤을 때 다음과 같이 크게 두 가지 유형으로 나눌 수 있다. • 개화기 시조와 같이 시조의 형태를 6구의 형식으로 분절해 놓은 것 • 이은상이 시도한 양장 시조(兩章時調) : 3장에 담을 내용을 압축해서 평시조의 자수를 단축하여 30자 내외로 하고, 종장의 3・5자를 지키면서 중장을 생략한 형태이다.
내용	• 계절이나 자연물이나 명승고적 등을 찾아 거기서 느끼는 서경과 회고, 여정의 회포 등이 대부분을 이룬다. • 이 시기의 작품 활동은 주로 다음과 같은 언론을 주 무대로 하였다. – 신문 : 『동아일보』・『조선일보』 등 – 잡지 : 『신동아(新東亞)』・『조선문단』・『조광(朝光)』・『사해공론(四海公論)』・『문장』 등

(3) 이 시기에 나온 대표 시조집

작가	작품명	연도
최남선	『백팔번뇌』	1926
이은상	『노산시조집』	1932
장정심(張貞心)	『금선(琴線)』	1934
김희규(金禧圭)	『님의 심금(心琴)』	1935
오신혜(吳信惠)	『망양정(望洋亭)』	1935
이병기	『가람시조집(嘉藍時調集)』	1939

4 1945년 이후의 시조

<table>
<tr><td>해방 직후</td><td colspan="2">• 해방 직후는 창작의 성과보다 이념의 대립, 정치적인 갈등이 고조되었던 비시적(非詩的) 시대로, 해방의 감격에 압도되어 대부분의 시가 정치적 선전을 위한 창(窓)의 기능을 하였다.
• 양주동(梁柱東)의 「님을 뵈옵고」, 정인보의 「십이애(十二哀)」, 이병기의 「해방전―살풍경」, 박노제의 「해방」 등이 바로 그러한 특징을 가진 작품들인데, 이들 시편들이 당시 시의 판에 박힌 상투성에서 벗어나 문학적 성취를 이룰 수 있었던 것은 시조의 절제된 형식 때문이다.</td></tr>
<tr><td rowspan="3">1950년대</td><td colspan="2">1950년대의 시조는 현실시처럼 서정적 자아가 외향하기도 하고, 전통시처럼 내향하기도 한다.</td></tr>
<tr><td>서정적 자아의 외향</td><td>전쟁의 극한 상황을 직접 다룬 이은상의 「너라고 불러보는 조국아」(1958) · 「고지가 바로 저긴데」(1956), 최성연(崔聖淵)의 「핏자국」(1955) 등의 시편에서 볼 수 있다.</td></tr>
<tr><td>서정적 자아의 내향</td><td>• 박재삼(朴在森) · 정소파(鄭韶坡) · 장순하(張諄河) · 최승범(崔勝範) · 송선영(宋船影) 등처럼 전통적 서정을 노래하는 시편에서 찾아 볼 수 있다.
• 특히 전통적 상상력을 통한 자기회복, 정체성 확인 등을 볼 수 있다.</td></tr>
<tr><td>1960년대 이후</td><td colspan="2">4 · 19 혁명과 5 · 16 군사정변을 겪은 1960년대 이후는 물질주의의 팽배와 사회적 모순으로 가득한 시대로, 시보다는 산문, 물량화(物量化 : 어떤 추상적인 사상이나 정서, 교환 가치를 가진 사물 따위가 물리적인 크기나 양으로 바꾸어 표현 혹은 이해됨)의 시대로 볼 수 있다. 이러한 시대 속에서 시적 상상력은 비인간화적으로 변해 가는 현실의 여러 면모를 헤아리고, 그 비인간화 과정에서 인간의 구원을 희구하였다.</td></tr>
<tr><td>1970년대</td><td colspan="2">• 1970년대는 시조의 수가 크게 늘어남과 동시에 내적인 변화와 실험을 모색한 시기라고 할 수 있다. 특히, 1970년대는 1960년대의 산문 정신을 계승하게 되는데, 이에 따라 장순하 · 서벌(徐伐) · 윤금초(尹今初) 등에 의해 사설시조가 창작되기도 하였다.
• 지나친 관념과 주관에 몰입하기보다는 사물과의 객관적인 거리를 유지함과 동시에 내면의 심화에 깊은 관심을 보인다.</td></tr>
<tr><td>1980년대 이후</td><td colspan="2">• 1980년대 이후는 이전까지의 세대가 행했던 실험과 모색을 바탕으로 현대시로서의 시조에 대한 근본적인 성찰과 변신을 하게 된다. 명칭, 정형 형식의 정의, 현대라는 개념과 시조 간의 간극 메우기 등 창작과 연구를 넘나드는 논의들이 이어지는 이런 과정에서 시조가 현대시로서의 위상을 어느 정도 정립한다.
• 1980년대 시조의 흐름은 대체로 자연 관조와 존재 탐구, 일상적 경험의 표현과 내적 성찰, 탈주정적 성향과 실험 의식, 현실 의식의 반영과 사설시조의 꾸준한 성장으로 전 시대의 경향을 잇고 있다. 여기에 대형 서사 시조나 긴 연작 시조에 대한 관심이 확산되었다.</td></tr>
</table>

제2절 수록 문헌

1 『청구영언(靑丘永言)』

진본 『청구영언』	• 1728년에 편찬된 가장 오래된 대표적 시조집으로, 후대의 가집 편찬에 영향을 끼쳤다. • 정윤경의 서, 악조별 6수, 고려 말 작품 6수, 조선 왕조 203수, 열성어제(列聖御製) 5수, 여항(閭巷 : 넓은 의미의 중인 계층) 6인의 65수, 규수 3인의 5수 등 총 580수의 시조를 실었다. 이어 김천택의 발과 선조의 자손이자 당시 명망 있는 왕족이었던 마악노초(磨嶽老樵) 이정섭(李廷燮)의 후발이 실려 있다. • 시조를 작가와 시대별로 배열했고, 작가가 있는 것을 먼저 놓은 뒤, 그 다음에 무명씨 작품을 배열했다.
육당본 『청구영언』	• 육당본은 원본을 증보한 것으로, 총 999수의 시조를 악조별로 분류・편찬하여 실었다. 악조를 26항목으로 분류했는데, 이 책에서 다룬 시조의 악조는 25곡목이다. • 체제상 발문이 권두에 있으며, 진본에는 없는 가사 16편이 권말에 수록되어 있다.

2 『해동가요(海東歌謠)』

작가 및 특징	조선 숙종・영조 때 활약한 대표적 가객인 김수장이 편찬한 시조집으로, 작가 위주로 작품이 배열되어 있다. '박씨본(朴氏本)・주씨본(周氏本)・일석본(一石本)'과 같은 3종의 이본이 전해진다.	
이본	박씨본 (을해본)	• 1746년에 편찬을 시작하여 1755년 제1차 편찬사업을 마쳤다. • 총 513수가 수록되어 있다.
	주씨본 (계미본)	• 1763년 박씨본을 고쳐 펴낸 것이다. • 총 568수가 수록되어 있다.
	일석본	• 1755년 당시에는 이미 죽은 작가만을 수록 대상으로 삼고 있으며, 1755년 이후에 쓴 서문・발문이 보이지 않기 때문에 박씨본과의 선후관계에 대한 논란이 있으나, 현재는 박씨본이 일석본보다 앞선 것이라고 추정한다. • 총 626수가 수록되어 있다.

3 『병와가곡집』

작가 및 명칭	편자인 이형상이 자필로 기록한 저서목록에는 『악학습령』으로 되어 있다. 그러나 이형상의 10대손인 수철(秀哲)이 소장하고 있는 표지 없는 책을 심재완(沈載完)이 보고 자신의 저서인 『교주역대시조전서(校註歷代時調全書)』에서 가칭인 '병와가곡집'이라고 한 것이 그대로 통용되어 『병와가곡집(瓶窩歌曲集)』이라고도 한다.
수록 작품	• 수록된 작품 수는 총 1,109수로, 이 중 유명씨 작품이 595수이고 무명씨 작품이 514수이다. • 수록된 실제 작가의 수는 172명인데, 목록 란에는 175명으로 되어 있다.
의의	이형상이 언급한 창작 연대를 존중하면, 『악학습령』은 가장 오래된 시조집이자 가장 많은 작품이 수록된 시조집이다.

4 『가곡원류(歌曲源流)』

작가 및 배경	조선 말기에 들어와 문란해진 가곡의 체재를 바로잡는 한편, 『청구영언』과 『해동가요』를 보완하고 시조를 집대성하기 위해 박효관과 그의 제자 안민영이 편찬했다.
수록 작품	고구려 시절 을파소의 작품에서부터 편찬자인 19세기 안민영의 작품까지 약 천 년 동안의 작품을 수록했다.
구성 및 특징	• 총 72장의 사본으로, 856수의 시조작품과 가사 「어부사(漁父詞)」가 실려 있으며, 박효관의 평시조 15수와 안민영의 시조 26수가 실려 있다. • 『청구영언』, 『해동가요』와 함께 3대 가집으로 불리며, 『청구영언』보다 곡조가 세분되어 있다. 특히 시조작품을 남창(男唱 : 29곡조 665수)과 여창(女唱 : 20곡조 191수)으로 구분하고, 구절의 고저와 장단의 점수(點數)를 매화점으로 일일이 기록한, 가창 위주로 엮은 가집으로서 11편의 이본이 있을 정도로 가곡계의 표본이 되었다.

제 4 장 시조의 내용과 주제

제1절 시조의 내용 중요

1 고려 후기의 시조

고려 후기 시조는 성리학을 중요 이념으로 하는 유학자들이 전대의 문학 및 음악·예술의 형식을 극복하면서 창작되었다.
늙음에 대해 한탄하거나 노년의 경륜과 지혜를 담은 탄로가(嘆老歌)류, 이조년(李兆年, 1269~1343)의 작품처럼 주위에서 흔히 볼 수 있는 경물을 노래하고, 소망하는 바를 이루지 못해 번민하는 심정을 토로한 작품, 그리고 정치적 격변기라 할 수 있는 시기의 특성상, 고려에 대한 절개를 노래하는 절의가(節義歌)나 고려 왕조를 걱정하는 우국가(憂國歌), 고려 멸망 후 지난날의 왕조를 추억하는 회고가(懷古歌) 등이 나타나기도 한다.

2 조선 전기의 시조

(1) 조선 건국 초기

조선이 건국된 이후에도 시조는 개인의 서정을 노래하는 중요한 구실을 했다. 조선 건국 초기에는 왕조 창업에 대한 칭송보다는 고려 유신들의 비탄적인 회고가들이 고려 후기의 작품을 이었고, 단종의 퇴위(退位)와 관련된 박팽년(朴彭年)·성삼문(成三問)·이개(李塏) 등 사육신(死六臣)과 생육신(生六臣)의 절개를 읊은 절의가류가 주를 이룬다.

(2) 15세기

15세기 시조작품은 사대부들의 여유 있는 생활이 주된 소재였고, 시조는 그들의 정신적 자세를 표현하는 그릇이 되었다. 그 시발점은 사계절에 따른 자연의 변화와 그 속에서 생활하는 즐거움을 노래하는 작품인 맹사성(孟思誠, 1360~1438)의 「강호사시가(江湖四時歌)」로 볼 수 있다. 이는 강호에서의 조화로운 삶을 노래하고 네 계절의 경물을 노래하는 사시가의 한 전형이 되었으며, 소위 강호가도(江湖歌道)의 전통을 수립하게 된다.

(3) 16세기

① 강호가도(江湖歌道) 중요

사화와 당쟁으로 인해 은거하는 선비들이 많아지면서 자연완상을 유교의 본질적인 이념, 도학(道學)을 추구하는 강호가도가 융성하게 된다. 영남가단의 중심을 이루는 이황(李滉, 1501~1570)의 「도산십이곡(陶山十二曲)」을 대표 작품으로 하여 이이(李珥, 1536~1584)의 「고산구곡가(高山九曲歌)」까지 많은 작품들이 창작된다. 이들은 자연과 자연 속에 담겨 있는 유교적인 이념들을 우아한 품격으로 조화롭게 노래한 것으로, '강호 시조'라 하여 시조의 중심축을 이루게 된다.

호남가단에서는 송순(宋純, 1493~1583), 정철(鄭澈, 1536~1593) 등에 의해서, 영남가단의 강호 시조와는 달리 도리보다는 흥취를 담는 풍류(風流)를 자랑하였다.

② 유교 이념의 실천

삼강오륜(三綱五倫)이라는 윤리적 덕목을 주제로 한 주세붕(周世鵬, 1495~1554)의 「오륜가」를 들 수 있으며, 정철(鄭澈)의 「훈민가(訓民歌)」가 있다. 이들은 백성을 다스리는 목민관으로서 사대부의 자세를 잊지 않고 있으며, 자기성찰 혹은 백성을 계몽하기 위하여 유교적 윤리관을 담아 교훈적인 시조를 창작하였다. 「훈민가」는 제목과는 달리 사대부로서 백성을 훈계하려는 현학적 태도를 보이기보다는, 백성의 처지에서 쉽게 표현함으로써 언어적인 면에서나 사회・윤리적인 면에서 새로운 경지를 개척했다.

③ 기녀 시조의 등장

새로운 담당층에 의해 새로운 내용을 담은 시조가 등장하는데, 바로 황진이(黃眞伊)와 같은 기녀들의 시조 작품이다. 기녀들은 사대부의 풍류는 물론, 그들의 문학세계에도 참여하였다. 그들은 구체적이고 인간적인 애정을 참신한 발상으로 창작함으로써 시조 작가층의 범위는 물론 서정시의 영역까지 크게 확장하였다.

3 조선 후기의 시조

(1) 17세기

① 윤선도의 시조 중요

조선 전기에 주류를 이룬, 자연을 유학적 이념으로 노래하는 강호가도적 경향은 조선 후기까지 지속되는데, 이는 17세기에 윤선도(尹善道, 1587~1671)의 「어부사시사(漁父四時詞)」에서 절정을 이룬다. 「어부사시사」는 고려부터 계속되는 「어부가」의 전통을 이으면서 사계절마다 10수씩, 총 40수로 된 연시조이다. 대구법(對句法)을 사용한 간결한 표현, 자연의 변화와 시간의 흐름에 따른 시상(詩想)의 전개 등 품격 높은 표현 등을 사용함으로써 우리말의 아름다움을 드높이고 자연과 인간의 조화로움을 노래하는 시조문학사의 극치를 장식하였다.

② 연시조의 확대

정권 다툼에서 물러나 진출할 길이 막힌 사대부들은 몰락을 막기 위해 성현의 가르침을 강조하거나 위기를 인식하고 현실을 비판하는 목소리를 높이기도 했는데, 이 과정에서 연시조가 활발하게 창작되었다. 고응척(高應陟, 1531~1605)의 「대학곡(大學曲)」을 비롯한 박선장(朴善長, 1555~1616)의 오륜가(五倫歌)류는 유교 이념에 더욱 충실한 시조로 전 시대의 정신을 되살리고 고착시키고자 하였다.

③ 내용의 다양화

㉠ 변화하는 시대를 담는 시조 등장

김상헌(金尙憲, 1570~1652)의 「가노라 삼각산아~」, 이덕일(李德一, 1561~1622)의 「우국가(憂國歌)」 28수 등 이전에는 체험하지 못했던 전쟁을 겪으면서 우국의 충정을 토로하는 시조가 창작되었다.

㉡ 일상생활에 대한 관심과 일상생활을 새로운 관점으로 바라보는 사대부 시조 등장

김광욱(金光煜, 1580~1656)의 「율리율곡(栗里遺曲)」에서는 엄숙한 사대부의 체모를 버리고 삶의 곤궁을 노래하는가 하면, 위백규의 「농가구장(農歌九章)」에서는 순우리말로 농민의 마음과 농사 현장을 잘 표현하고 있다.

㉢ 애정 시조류 작품 등장

조선 전기에 등장한 기녀들을 중심으로 이들에 동조하는 풍류객까지 참여한 애정 시조류의 작품이 많아졌는데, 입에 담기 어려운 말과 절묘한 말장난을 담거나 역설적이며 참신한 표현을 개척했다. 이런 경향은 많은 무명씨들의 작품에서도 볼 수 있다.

(2) 18세기

① 이세보의 현실 비판

조선 후기 왕족이자 사대부인 이세보(李世輔)가 개인 시조집 『풍아(風雅)』를 비롯해서 459수의 작품을 남겼다. 현실 고발과 비판적인 주제의 시조를 보여주면서 삶의 현실과 체험을 노래하여, 시조의 우아미와 조화로움을 강조한 전통을 혁신하고 시조의 새로운 경지를 개척했다.

② 사설시조의 등장 중요

16~17세기의 임진왜란과 병자호란을 기점으로 조선 왕조의 정치·사회체제는 여러 가지 면에서 모순과 허점을 드러낸다. 이에 사대부 자체에서 비판적 시각을 지닌 세력이 나타났고, 새로운 세력으로 성장하기 시작한 평민들의 저항까지 받게 되었다. 이러한 도전과 저항의 집약이라고 할 수 있는 실학 사상(實學思想)은 과거의 율문 전성시대를 극복하고 현실과 밀착되어 사실적인 성격을 위주로 하는 산문문학을 발전시킬 수 있는 바탕을 닦아주었다.

이런 경향 가운데 일부 비판적 사대부들은 단형 시조의 정형률을 깨고 새로운 가치관에 의하여 장형화를 지향하는 사설시조를 창작하게 되었다. 여기에 전문 가객 등의 새로운 담당층이 적극적으로 참여하면서 가벼움, 유희, 희화화의 미학, 일탈의 미학을 특성으로 시조의 전통적인 미학을 변혁하고, 날카로운 현실의식으로 기존의 지배 이념을 극복하며 평민 및 피지배 계층의 가치관을 유감없이 표출하였다.

제2절 시조의 주제 중요

1 고려 말~조선 초 시조

고려 말과 조선 초의 시조들은 대개 조선 건국이라는 역성혁명(易姓革命)에 대한 태도와 그로 말미암아 형성된 갈등이나 감회를 주제로 한다. 그 대표적인 작품들은 다음과 같이 정리할 수 있다.

작가	작품명
정몽주	「단심가」
길재	「회고가」
이색	「백설이 잦아진 골에~」
황희	「대쵸 볼 붉근 골에~」
맹사성	「강호사시사」
사육신	절의가 등

2 16세기 사림파의 시조

사대부 계층의 독자적인 미의식 세계를 반영한 16세기 사림파들의 시조는 대부분 문집에 덧붙어 전해오고 있다. 사림파의 시조는 그들의 문풍쇄신운동과 밀접히 관련되어 있는데, 이 운동은 성리학적인 이념을 사회화하고 내면화해 나가는 사림파들의 광범한 생활운동의 일부였다. 이들의 시조는 대개 산수자연을 벗삼아 심성을 기르고 성정을 닦고자 하는 성리학적 이념 실천을 주제로 하는데, 사림파 시조의 이러한 세계를 '강호가도'라고 명명한다. 강호가도는 향촌사회에 기반을 둔 사대부들이 정치 일선에서 물러나와 고향의 임천(林泉)에 은거하여 수양하는 과정에서 형성된 것으로, 은거처 주변의 산수자연을 성리학적 이념의 투사물로서 보는 상자연적(賞自然的) 태도를 드러내고 있다. 따라서 강호가도적 사림파 시조는 자아의 내면과 외부 세계가 성리학적 이념의 일원적 질서 속에 놓여 있음을 믿는 것이 특징이다.

3 기녀층의 시조

기녀층은 직업 특성상 높은 교양 수준을 토대로 비교적 일찍부터 시조 작가로 등장했다. 그들의 시조는 자신들의 현실적 처지와 입장을 반영하여 주로 남녀 간의 사랑과 그리움을 애틋하게 노래하고 있다.

4 가객층의 시조

가객층은 18세기에 들어서 시조의 작가층으로 등장했는데, 사대부 시조를 모방하고 있는 측면이 두드러지지만 그들의 현실적 처지를 반영하여 사대부 시조와는 다른 형태를 보였다. 자신들의 신분에 대한 자의식을 담아내는가 하면, 서민세계를 반영하여 애정행각이나 장사행위・세태풍자 등을 담아내기도 했다. 특히 후자는 사설시조로 주로 나타나며, 서민들의 생활세계를 반영한 사실주의적 문학으로 높이 평가되어 왔다.

5 19세기 말의 시조

시조는 19세기 말에 이르러 각계각층의 목소리를 담아내는 정치선전의 도구로도 사용되었다. 이를 바탕으로 개화기의 시조는 문명개화, 자주독립, 매국노 성토 등을 주제로 시사평론적인 내용을 두루 포괄하였다.

제 5 장 시조의 주요 작가와 작품

제1절 고려의 시조

1 우탁, 「한 손에 막대 잡고」

〈원문〉

ᄒᆞᆫ 손에 막ᄃᆡ 잡고 ᄯᅩ ᄒᆞᆫ 손에 가싀 쥐고,
늙ᄂᆞᆫ 길 가싀로 막고, 오ᄂᆞᆫ 白髮(백발) 막ᄃᆡ로 치려터니,
白髮(백발)이 제 몬져 알고 즈럼길노 오더라.

〈현대어 역〉

한 손에 막대를 쥐고 또 한 손에는 가시를 쥐고
늙는 길을 가시로 막고 오는 백발을 막대로 치려 했더니
백발이 제가 먼저 알고서 지름길로 오는구나.

(1) 핵심 정리

갈래	평시조, 서정시
성격	직설적, 해학적, 탄로가(嘆老歌)
제재	막대기, 가시, 백발
주제	탄로(嘆老 : 늙음을 한탄함)
특징	• 대구법과 의인법을 사용함 • 추상적인 대상을 구체화·시각화한 발상이 참신함
연대	고려 말
출전	『청구영언』

(2) 이해와 감상

① 이 작품은 고려 말에 우탁(禹倬)이 지은 시조이다. 모두 3수로 늙음을 한탄한 주제를 담고 있기 때문에 「탄로가(歎老歌)」로 칭하기도 한다. 두 손에 막대기와 가시를 들고서라도 늙는 것을 막아 보려고 했는데, 백발이 먼저 알고 지름길로 와 버렸다는 내용의 시조이다.

② 늙는 것을 피하고자 하지만 흐르는 세월 앞에 어찌할 수 없는 인간의 마음을 해학적으로 노래하여 인생무상의 서글픔을 여유롭게 받아들이는 달관의 경지를 엿볼 수 있다.

장 구분	표현법	내용
초장 · 중장	대구법	늙음을 피해 보려고 노력하는 인간의 마음을 대구로 표현
종장	의인화	백발을 의인화하여 빠르게 흘러가는 세월의 무정함과 인간의 한계를 노래

2 우탁, 「춘산에 눈 녹인 바람」

〈원문〉

春山(춘산)에 눈 녹인 바ᄅᆞᆷ 건듯 불고 간 ᄃᆡ 업다.
져근 덧 비러다가 마리 우희 블니고져,
귀 밋틔 ᄒᆡ묵은 서리ᄅᆞᆯ 녹여 볼가 ᄒᆞ노라.

〈현대어 역〉

봄 산에 쌓인 눈을 녹인 바람이 잠깐 불고 어디론지 간 곳 없다.
잠시 동안 (그 바람을) 빌려다가 머리 위에 불게 하고 싶구나.
귀 밑에 여러 해 묵은 서리(백발)를 (다시 검은 머리가 되게) 녹여 볼까 하노라.

(1) 핵심 정리

갈래	평시조, 서정시
성격	낙천적, 달관적, 탄로가
제재	봄바람, 흰머리
주제	탄로
특징	색채 이미지를 활용한 참신한 비유가 돋보임
연대	고려 말
출전	『청구영언』, 『병와가곡집』

(2) 이해와 감상

① 이 시조는 자신의 백발을 보고 다시 젊어지고 싶은 의욕을 노래하고 있으며, 인생의 허무함을 극복하려는 긍정적인 태도가 엿보이고 있는 작품이다. 이러한 긍정적인 태도는 유교의 현실적인 태도에서 연유한 것이다.

② 내용을 살펴보면 다음과 같이 정리할 수 있다.

장 구분	내용
초장	눈을 녹인 바람이 잠깐 불고 사라졌다고 표현함으로써 봄의 짧음을 탄식
중장 · 종장	하얀 백발을 녹임으로써 젊음을 되찾기 위해 잠깐 동안이라도 바람을 빌려다가 머리 위에 불게 하고 싶다는 소망을 드러냄

3 이조년, 「이화에 월백하고」

〈원문〉

梨花(이화)에 月白(월백)ᄒᆞ고 銀漢(은한)이 三更(삼경)인 제,
一枝春心(일지춘심)을 子規(자규)야 알냐마ᄂᆞᆫ,
多情(다정)도 병인 양ᄒᆞ여 ᄌᆞᆷ 못 드러 ᄒᆞ노라.

〈현대어 역〉

하얗게 핀 배꽃에 달빛은 은은히 비추고 은하수는 자정을 알리는 때에
가지 끝에 맺힌 봄의 정서를 자규(접동새)가 알고서 저리 우는 것일까마는
다정다감한 나는 그것이 병인 듯해서, 잠을 이루지 못하노라.

(1) 핵심 정리

갈래	평시조, 서정시
성격	애상적, 감각적, 다정가(多情歌)
제재	배꽃, 달, 은하수, 자규
주제	봄날 밤에 느끼는 애상적인 정서
특징	시각적 심상과 청각적 심상의 조화를 통한 감각적 표현이 뛰어남
연대	고려 말
출전	『청구영언』, 『병와가곡집』

(2) 이해와 감상

① 이 작품은 봄밤에 느끼는 애상적 정서를 시각적 심상과 청각적 심상을 활용하여 형상화한 작품이다.

종류	제재	정서
시각적 형상화	• '하얀 배꽃' • '환하게 비추는 달빛' • '은하수' 등	고독과 애상의 정서를 시각적으로 형상화
청각적 형상화	'소쩍새의 울음'	화자가 느끼는 한의 정서를 청각적으로 형상화

② 고려 시조 중에서도 정서면에서 표현 기법의 문학성이 뛰어난 작품으로 손꼽히며, 한편으로는 지은이가 정치를 비판하다가 고향으로 밀려나 충혜왕(忠惠王)의 잘못을 걱정한 심정을 하소연한 것으로도 이해되는 작품이다.

4 이방원, 「이런들 어떠하며」

〈원문〉

이런들 엇더ᄒᆞ며 져런들 엇더ᄒᆞ리.
萬壽山(만수산) 드렁츩이 얼거진들 긔 엇더ᄒᆞ리.
우리도 이ᄀᆞᆺ치 얼거져 百年(백 년)ᄶᅡ지 누리리라.

〈현대어 역〉

이렇게 산들 어떠하며 저렇게 산들 어떠하리오.
만수산의 칡덩굴이 서로 얽혀진 것처럼 살아간들 그것이 어떠하리오.
우리도 이와 같이 얽혀져 한평생을 누리리라.

(1) 핵심 정리

갈래	평시조, 서정시
성격	회유적, 설득적, 우의적, 하여가(何如歌)
제재	칡덩굴
주제	정적(政敵)에 대한 회유
특징	현실에 대한 영합을 권유하고자 하는 자신의 의도를 직설적인 말로 내비치지 않고 칡덩굴에 비유하여 우회적으로 표출함
연대	고려 말
출전	『청구영언』, 『병와가곡집』

(2) 이해와 감상

① 조선 초기에 이방원(李芳遠)이 지은 시조로, 새 왕조 수립과 관련하여 갈등이 있던 정몽주(鄭夢周)의 진심을 떠보고 회유하기 위하여 마련된 술자리에서 지어 부른 작품이다. 일명 「하여가(何如歌)」라고도 한다.

② 정치적 복선을 깔고 있으면서도 아주 부드러운 어조를 바탕으로 우회적으로 설득하고 있다. 즉 직설적인 말은 내비치지 않고, 비유를 동원하여 상대방에게 시세에 영합하라고 은근하게 회유하는 것이다. 이 시조에 대해서 정몽주는 「단심가(丹心歌)」로 응답하였다.

5 정몽주, 「이 몸이 죽어 죽어」 중요

〈원문〉

이 몸이 주거 주거 일백 번 고쳐 주거,
白骨(백골)이 塵土(진토)되여 넉시라도 잇고 업고,
님 향한 一片丹心(일편단심)이야 가싈 줄이 이시랴.

〈현대어 역〉

이 몸이 죽고 죽어 비록 일백 번이나 다시 죽어
백골이 흙과 먼지가 되어 넋이야 있건 없건
임금님께 바치는 충성심이야 변할 리가 있으랴?

(1) 핵심 정리

갈래	평시조, 서정시
성격	직설적, 의지적, 단심가(丹心歌)
제재	일편단심(一片丹心), 절개
주제	고려의 왕에 대한 변함없는 충절
특징	직설적인 언어와 반복법, 점층법, 설의법 등의 표현 기교를 통해 자신의 굳은 의지를 강하게 드러냄
연대	고려 말
출전	『청구영언』

(2) 이해와 감상

① 고려 말, 혁명을 일으키려는 계획을 세우고 있던 이방원이 정몽주의 속셈을 떠보려고 「하여가」를 지어 회유하자 이에 답해 불렀던 시조로서, 일명 「단심가(丹心歌)」라 한다. 「하여가」가 암시적인 표현을 사용한 데 비해, 이 노래는 직설적인 표현을 사용하여 충절에 대한 단호한 의지를 드러내고 있다.

② 내용을 살펴보면 다음과 같이 정리할 수 있다.

장 구분	표현법	내용
초장	반복법 · 점층법	죽음이라는 극단적인 상황을 제시
중장	점층법	초장의 내용을 더욱 강화함
종장	설의법	• '님 향한 일편단심'이라고 하여 주제를 분명하게 제시 • 설의법을 통해 화자의 변함없는 충성심을 비장하게 드러냄

6 이존오, 「구름이 무심탄 말이」

〈원문〉

구룸이 無心(무심)ᄐᆞᆫ 말이 아마도 虛浪(허랑)ᄒᆞ다.
中天(중천)에 ᄯᅥ 이셔 任意(임의)로 ᄃᆞ니면셔
구ᄐᆡ야 光明(광명)ᄒᆞᆫ 날빗ᄎᆞᆯ ᄯᅡ라가며 덥ᄂᆞ니.

〈현대어 역〉

구름이 사심이 없다는 것은 허무맹랑한 거짓말이다.
하늘 높이 떠 있어(떠서) 마음대로 다니면서
구태여 밝은 햇빛을 따라 가며 덮는구나.

(1) 핵심 정리

갈래	평시조, 서정시
성격	비판적, 풍자적, 우의적, 우국적
제재	구름(간신 신돈)
주제	간신 신돈의 횡포 풍자
특징	간신 신돈과 왕의 관계를 우의적으로 표현함
연대	1371년(공민왕 20년)
출전	『청구영언』

(2) 이해와 감상

① 이 작품은 고려 말 승려 신돈이 공민왕의 총애에 힘입어 진평후라는 관직을 받고서 나라를 어지럽게 하는 것에 통탄하여 이를 풍자한 시조로, 작가인 이존오는 신돈의 횡포를 탄핵하다가 좌천되어 울분 속에서 지내다 사망했다.

② 임금의 총명을 '해'에다 비유하고 그 '햇빛(공민왕)'을 가리는 간신을 '구름(신돈)'에 비유하여 읊은 풍자성이 돋보인다. 간신을 구름에다 비유하는 것은 전통적인 동양의 표현법 가운데 하나이기도 하다.

7 이색, 「백설이 잦아진 골에」

〈원문〉

白雪(백설)이 ᄌᆞ자진 골에 구루미 머흐레라.
반가온 梅花(매화)ᄂᆞᆫ 어ᄂᆡ 곳에 픠엿ᄂᆞᆫ고.
夕陽(석양)에 홀로 셔 이셔 갈 곳 몰라 ᄒᆞ노라.

〈현대어 역〉

백설이 잦아진 골짜기에 구름이 험하게 일고 있구나
(나를) 반겨 줄 매화는 어느 곳에 피어 있는가?
석양에 홀로 서서 갈 곳을 몰라 하노라

(1) 핵심 정리

갈래	평시조, 서정시
성격	비유적, 풍자적, 우의적, 우국적
제재	백설, 구름, 매화, 석양
주제	고려의 국운 쇠퇴에 대한 한탄과 우국충정
특징	나라를 걱정하는 마음을 상징적으로 드러냄
연대	고려 말
출전	『해동가요』

(2) 이해와 감상

① 이 작품은 고려 유신인 이색이 기울어져 가는 나라를 바라보며 안타까워하는 모습과 우국충정의 마음을 직접적으로 드러내는 대신, 한 폭의 그림처럼 그려내고 있는 시조이다.

② 고려 후기의 문신이자 학자인 이색은 자신이 충성을 다했던 고려 왕조가 무너지고 신진 세력인 이성계 일파를 중심으로 한 조선 왕조가 들어서자 이에 대한 회한과 안타까움을 우의적・풍자적 방법으로 드러내었다.

8 이직, 「가마귀 검다 하고」

〈원문〉

가마귀 검다 ᄒᆞ고 白鷺(백로)ㅣ야 웃지 마라.
것치 거믄들 속조차 거믈소냐.
아마도 것 희고 속 검을손 너뿐인가 ᄒᆞ노라.

〈현대어 역〉

까마귀 겉모습이 검다고 해서 백로야 비웃지 마라.
겉이 검다고 해서 속까지 검겠느냐?
아마도 겉이 희고 속 검은 것은 너밖에 없을 것이다.

(1) 핵심 정리

갈래	평시조, 서정시
성격	풍자적, 교훈적
제재	까마귀, 백로
주제	표리부동에 대한 경계와 자신의 결백 표명
특징	설의와 풍자를 통해 화자의 결백성을 드러냄
연대	고려 말~조선 초
출전	『청구영언』

(2) 이해와 감상

① 이 작품은 고려 유신의 한 사람으로 조선 개국에 참여한 작가가 자신의 행위를 정당화하기 위해 지은 시조로, 검은 까마귀와 하얀 백로를 대조하여 겉과 속이 다른 소인배를 비난하고 있다.

② 이 작품은 새 왕조에 협력한 자기변명의 노래로, 자기를 몰라주는 사람들에 대한 풍자를 다음과 같이 의인법으로 표현하였다.

시어	비유 대상
'가마귀'	새 왕조에 동참한 그룹
'백로'	고려의 유신으로, 절의를 지킨 그룹

제2절 조선 전기의 시조

1 길재, 「오백 년 도읍지를」

〈원문〉

五百年(오백 년) 都邑地(도읍지)를 匹馬(필마)로 도라드니,
山川(산천)은 依舊(의구)ᄒᆞ되 人傑(인걸)은 간 듸 업다.
어즈버, 太平烟月(태평연월)이 꿈이런가 ᄒᆞ노라.

〈현대어 역〉

오백 년이나 이어 온 고려의 서울을 한 필의 말을 타고 들어가니
산천의 모습은 예나 다름없으나, 인걸은 간 데 없다.
아, (슬프다!) 고려의 태평한 시절이 한낱 꿈처럼 허무하도다.

(1) 핵심 정리

갈래	평시조, 서정시
성격	회고적, 감상적
제재	고려의 옛 도읍지
주제	망국의 한과 인생무상
특징	비유적 표현과 대구법, 영탄법을 사용하여 고려 왕조가 멸망한 한을 노래함
연대	고려 말~조선 초
출전	『병와가곡집』

(2) 이해와 감상

① 이 작품은 고려의 옛 도읍지를 돌아보면서 느끼는 감회를 노래한 회고가의 대표작으로, 맥수지탄(麥秀之嘆)의 정서와 안타까움이 잘 드러나 있다. 다음 시어에서 해당 내용이 비유적으로 담겨 있다.

시어	내용
'필마'	벼슬하지 않은 외로운 신세
'태평연월'	고려조의 흥성했던 시절
'꿈이런가'	무상감

② 시상의 전개 과정은 다음과 같이 정리할 수 있다.

장 구분	내용
초장	고려의 옛 서울로 돌아온 화자의 모습이 나타남
중장	유구한 자연과 무상한 인간사를 대조하여 문학적 효과를 높임
종장	고려 왕조의 융성했던 옛 시절이 한바탕 꿈에 지나지 않는다는 허무함을 영탄법으로 드러냄

2 원천석, 「흥망이 유수하니」

〈원문〉

興亡(흥망)이 有數(유수)ᄒᆞ니 滿月臺(만월대)도 秋草(추초)ㅣ로다.
五百年(오백 년) 王業(왕업)이 牧笛(목적)에 부쳐시니,
夕陽(석양)에 지나ᄂᆞᆫ 客(객)이 눈물계워 ᄒᆞ노라.

〈현대어 역〉

흥하고 망하는 것이 다 운수가 있으니, 만월대도 이제는 시든 풀만이 우거져 있을 뿐이로구나.
오백 년 고려의 왕업이 이젠 목동의 피리 소리에나 담겨 불리고 있으니
석양에 이곳을 지나는 나그네(작가 자신)로 하여금 슬픔을 이기지 못하게 하는구나.

(1) 핵심 정리

갈래	평시조, 서정시
성격	회고적, 감상적
제재	만월대
주제	고려 왕조의 멸망에 대한 탄식과 무상감
특징	• 시각적 · 청각적 이미지로 인생무상의 정서를 표현함 • 비유적 표현과 중의적 표현을 통해 주제를 형상화함
연대	고려 말~조선 초
출전	『청구영언』

(2) 이해와 감상

① 고려의 충신이었던 작가가 옛 도읍지였던 개성의 궁궐터를 돌아보면서, 지난날을 회고하고 세월의 덧없음을 노래한 회고가로서, 잡초가 우거진 옛 궁궐터를 바라보며 고려의 멸망에서 느끼는 무상감이 탄식의 어조로 잘 표현되어 있다.

② 다음과 같이 시어에 따라 그 내용을 살펴볼 수 있다.

장 구분	시어	내용
초장	'추초'	흥망성쇠의 무상함을 시각적·청각적으로 형상화
중장	'목적'	
종장	'객'	자신을 '객'으로 표현함으로써 주관적 정서를 객관화하여 드러내는 표현의 묘미를 보여 주고 있다.

3 정도전, 「선인교 나린 물이」

〈원문〉

仙人橋(선인교) 나린 믈이 紫霞洞(자하동)에 흐너 드러,
半千年(반천 년) 王業(왕업)이 물소릐쑨이로다.
아희야, 故國興亡(고국흥망)을 무러 무슴ᄒᆞ리요.

〈현대어 역〉

선인교에서 내려오는 물이 자하동으로 흘러드니,
오백 년이나 이어 내려온 왕업도 남은 것은 이 물소리뿐이로다.
아이야(아아), 옛 고려 왕조의 흥망을 따져 본들 무엇하겠느냐?

(1) 핵심 정리

갈래	평시조, 서정시
성격	회고적, 감상적, 권유적
제재	물소리
주제	고려 왕업의 무상함
특징	• 고려 왕조를 회고하면서도 시세에 따라야 함을 은근히 드러냄 • 청각적 이미지, 영탄법, 설의법을 통해 화자의 감정을 드러냄
연대	조선 초
출전	『청구영언』, 『화원악보』

(2) 이해와 감상

① 고려 왕업의 무상함을 노래한 조선 개국공신의 회고가로, 망국의 슬픔에 빠져들지 않고 오히려 그것을 잊으려는 태도를 보이고 있다.

시어	내용
'선인교'·'자하동'	흥성했던 고려 왕조의 업적을 표상한 것
'물소리'	고려 왕업의 무상함을 상징한 것

② 다음 내용을 통해, 새 왕조에 대해 비협조적인 고려 유신들을 달래고 탓함으로써 개국공신의 면모를 보여주고 있다고 할 수 있다.

장 구분	내용
중장	무상감을 드러냄
종장	'무러 무엇하리오'라고 하여 무상감을 극복함과 동시에 시세에 따를 것을 은근히 드러냄

4 성삼문, 「수양산 바라보며」

〈원문〉

首陽山(수양산) 바라보며 夷齊(이제)를 恨(한)ᄒᆞ노라.
주려 주글진들 採薇(채미)도 ᄒᆞᄂᆞᆫ 것가.
비록애 푸새엣 거신들 긔 뉘 ᄯᅡ헤 낫ᄃᆞ니.

〈현대어 역〉

수양산을 바라보면서, 백이와 숙제를 나는 꾸짖으며 한탄한다.
차라리 굶주려 죽을지언정 고사리를 뜯어 먹어서야 되겠는가?
비록 산에 자라는 풀이라 하더라도 그것이 누구의 땅에서 났는가?

(1) 핵심 정리

갈래	평시조, 서정시
성격	지사적, 풍자적, 비판적
제재	백이숙제의 고사
주제	죽음을 각오한 굳은 지조와 절의
특징	• 백이와 숙제의 태도를 새로운 시각으로 평가하고 자신의 절의를 강조함 • 중의법, 설의법을 사용하여 자신의 지조를 부각함
연대	조선 세조
출전	『청구영언』

(2) 이해와 감상

① 세조가 단종을 폐위한 **계유정난(癸酉靖難)**에 죽음으로써 항거한 작가의 의지를 은유적으로 드러낸 작품으로, 은(殷)나라의 충신 백이(伯夷), 숙제(叔齊)와 자신을 비교하면서 자신의 굳은 의지를 강조하고 있다.

② 일반적으로 유교 사회에서 백이, 숙제는 절의(節義)를 대표하는 충신이다. 그러나 작가는 그들이 수양산에 들어가 캐 먹은 고사리 역시 주나라 땅에서 난 것임을 상기시킴으로써 그들의 절의가 부족했음을 비판하고, 이를 통해 자신의 절의를 드러내고 있다. 이를 성삼문의 입장에 대입하면, '수양산'은 수양대군(세조)을, '고사리'는 수양대군이 준 녹봉임을 짐작할 수 있다. 여기서 중의적 표현이 사용되었다.

5 성삼문, 「이 몸이 죽어 가서」

〈원문〉

이 몸이 주거 가서 무어시 될고 하니
蓬萊山(봉래산) 第一峯(제일봉)에 落落長松(낙락장송) 되야 이셔
白雪(백설)이 滿乾坤(만건곤)할 제 獨也靑靑(독야청청) 하리라.

〈현대어 역〉

이 몸이 죽어서 무엇이 될 것인가 하니,
봉래산 가장 높은 봉우리에 우뚝 솟은 소나무가 되었다가,
흰 눈이 온 누리에 가득 찼을 때 홀로 푸르고 푸르리라.

(1) 핵심 정리

구분	내용
갈래	평시조, 서정시
성격	의지적, 지사적, 절의적
제재	낙락장송
주제	죽어서도 변할 수 없는 굳은 절개
특징	충절을 상징하는 소나무의 이미지를 활용해 자신의 지조를 부각함
연대	조선 세조
출전	『청구영언』

(2) 이해와 감상

① 사육신(死六臣)의 한 사람인 작가가 단종의 복위를 꾀하다가 발각되어 처형당하면서까지 단종을 향한 자신의 충정과 수양대군을 향한 꺾이지 않는 기개를 노래한 작품이다.

② 세상이 아무리 어지럽다고 하여도 자신은 끝까지 지조를 지키겠다는 의지를 다음과 같이 비유적으로 나타내었다.

시어	내용
'낙락장송'	굳은 절개
'백설이 만건곤할제'	수양대군이 왕권을 장악한 상황
'독야청청하리라'	시류에 영합하지 않고 홀로 지조를 지키겠다는 결의

6 원천석, 「눈 맞아 휘어진 대를」

〈원문〉

눈 마ᄌᆞ 휘여진 ᄃᆡ를 뉘라셔 굽다턴고.
구블 節(절)이면 눈 속에 프를소냐.
아마도 歲寒孤節(세한고절)은 너ᄲᅮᆫ인가 ᄒᆞ노라.

〈현대어 역〉

눈을 맞아 휘어진 대나무를 누가 굽었다고 하던가?
굽힐 절개라면 눈 속에서도 푸를 것인가?
아마도 한겨울의 추위를 이기는 높은 절개는 너뿐인가 하노라.

(1) 핵심 정리

갈래	평시조, 서정시
성격	절의적, 의지적, 회고적
제재	대나무
주제	고려 왕조에 대한 굳은 지조
특징	상징법, 설의법, 의인법을 통해 작가의 굳은 의지를 표현함
연대	조선 초
출전	『청구영언』, 『병와가곡집』

(2) 이해와 감상

① 눈 속에서도 푸르름을 잃지 않는 대나무를 통해 두 왕조를 섬길 수 없다는 작가의 굳은 의지를 드러낸 작품으로, 고려의 유신인 작가는 시류에 영합하는 무리들의 회유에 동요되지 않고 끝까지 지조를 지키고자 하는 충절을 비유와 상징을 통해 표현하였다.

② 다음과 같이 장별로 지조를 지키고자 하는 충절을 비유적으로 표현하였다.

장 구분	내용
초장	• '눈 마자 휘어진 대'에서 '눈'은 새 왕조에 협력할 것을 강요하는 무리를 의미함 • '휘어진'은 그 속에서 절개를 지키며 견디는 고충을 의미함
중장	설의적 표현을 통해 결코 절개를 굽히지 않겠다는 의지를 표현함
종장	대나무를 높은 절개를 지닌 존재로 형상화하여 자신과 동일시함 → 자신도 대나무와 같이 끝까지 절개를 지키겠다는 의지를 강하게 드러내는 것

7 이개, 「방 안에 혓는 촛불」 중요

〈원문〉

房(방) 안에 혓는 燭(촉)불 눌과 離別(이별)ᄒᆞ엿관ᄃᆡ,
것흐로 눈물 디고 속타ᄂᆞᆫ 줄 모로ᄂᆞᆫ고.
우리도 뎌 燭(촉)불 갓ᄒᆞ야 속타ᄂᆞᆫ 줄 모르노라.

〈현대어 역〉

방 안에 켜 있는 촛불은 누구와 이별을 하였기에
겉으로 눈물을 흘리면서 속이 타 들어가는 줄을 모르는가?
저 촛불도 나와 같아서 속이 타는 줄을 모르는구나.

(1) 핵심 정리

갈래	평시조, 서정시
성격	여성적, 애상적, 감상적, 연군가
제재	촛불
주제	임(단종)과 이별한 슬픔
특징	• 여성적 어조의 완곡한 표현으로 자신의 절의를 드러냄 • 의인법을 사용하여 시적 화자의 감정을 특정한 대상(촛불)에 이입함
연대	조선 세조
출전	『청구영언』

(2) 이해와 감상

① 단종의 복위를 꾀하다가 발각되어 처형된 이개의 작품으로, 수양대군의 왕위 찬탈 후 강원도 영월로 유배 가는 단종과 이별하는 안타까운 마음을 타는 촛불에 비유하여 형상화한 작품이다.

② 겉으로 보이는 것은 눈물뿐이지만 속에서는 더 뜨거운 충정(忠情)이 타고 있음을 여성적 어조를 활용하여 완곡하게 표현하였다. 초・중・종장은 자문자답의 형식으로, 단종과의 이별의 아픔을 형상화한 수준 높은 작품이다.

8 정철, 「내 마음 버혀 내어」

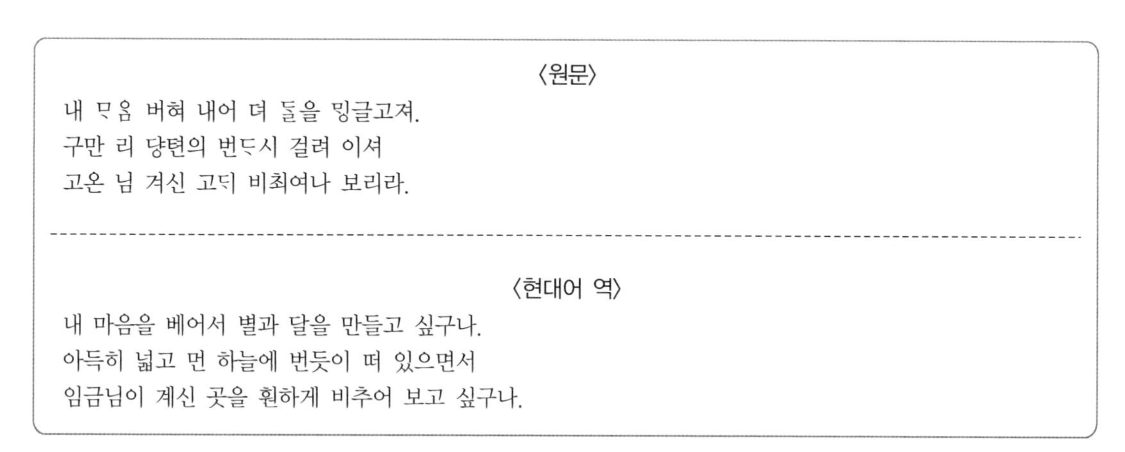

〈원문〉

내 ᄆᆞ음 버혀 내어 뎌 ᄃᆞᆯ을 ᄆᆡᆼ글고져.
구만 리 댱텬의 번ᄃᆞ시 걸려 이셔
고온 님 겨신 고ᄃᆡ 비최여나 보리라.

〈현대어 역〉

내 마음을 베어서 별과 달을 만들고 싶구나.
아득히 넓고 먼 하늘에 번듯이 떠 있으면서
임금님이 계신 곳을 훤하게 비추어 보고 싶구나.

(1) 핵심 정리

갈래	평시조, 서정시
성격	애상적, 감상적, 연군가
제재	별, 달
주제	연군의 정
특징	추상적 개념인 '마음'을 구체적인 대상인 '별'과 '달'로 형상화하여 표현함
연대	조선 선조
출전	『송강가사』

(2) 이해와 감상

① 송강 정철이 연군지정을 노래한 작품으로, 임금을 그리워하는 안타까운 마음을 우회적으로 형상화한 작품이다.

② 화자는 자신의 마음을 칼로 베어 별과 달을 만들어 임금이 계신 궁궐에 비춤으로써 자신의 충정을 임금께 전하고 싶다고 노래하였는데, 이 점에서 시적 상상력이 돋보인다.

시어 ①	➡ (형상화)	시어 ②
'마음' (추상적 대상)		'별', '달' (구체적 사물)

9 왕방연, 「천만리 머나먼 길에」 중요

〈원문〉

千萬里(천만 리) 머ᄂᆞ먼 길에 고흔 님 여희압고
ᄂᆡ 마음 둘 듸 업셔 ᄂᆡ가에 안쟛시니
져 물도 ᄂᆡ 안과 갓틔여 우러 밤길 예놋다.

〈현대어 역〉

천 리 만 리 머나먼 곳에다 고운 임을 이별하고
나의 슬픈 마음을 붙일 데가 없어 냇가에 앉았더니
저 냇물도 내 마음 같아서 울며 밤길을 흐르는구나.

(1) 핵심 정리

갈래	평시조, 서정시
성격	애상적, 감상적, 연군가
제재	시냇물
주제	임금(유배된 단종)을 이별한 애절한 마음
특징	냇물에 감정을 이입하여 단종과 이별하는 슬픔과 단종을 호송한 죄책감을 진솔하게 드러냄
연대	조선 세조
출전	『병와가곡집』, 『가곡원류』

(2) 이해와 감상

① 이 작품은 단종과 이별한 뒤 느끼는 이별의 슬픔을 노래한 작품으로 단종이 영월로 유배될 때 호송 책임을 맡았던 작가가 호송을 마치고 돌아오면서 안타까움과 죄책감 등의 괴로운 심정을 시냇물에 이입하여 읊은 작품이다.

② 이 작품에는 불의의 희생양이 된 단종에 대하여 신하로서의 최대의 공경의 뜻을 표하는 마음이 잘 담겨 있다. 특히 화자의 슬픔의 깊이를 '천만 리'로 수량화하고, 흐르는 시냇물과 자신을 동일시함으로써 애절한 마음을 드러내었다.

10 월산대군, 「추강에 밤이 드니」

〈원문〉

秋江(추강)에 밤이 드니 물결이 ᄎᆞ노ᄆᆡ라.
낙시 드리치니 고기 아니 무노ᄆᆡ라.
無心(무심)ᄒᆞᆫ ᄃᆞᆯ빗만 싯고 뷘 ᄇᆡ 저어 오노ᄆᆡ라.

〈현대어 역〉

가을 강에 밤이 드니 물결이 차갑구나.
낚시를 들이쳐 놓으니 고기는 물지 않는구나.
욕심이 없는 달빛만 싣고 빈 배를 저어 오는구나.

(1) 핵심 정리

갈래	평시조, 서정시
성격	풍류적, 낭만적, 탈속적, 한정가
제재	추강(秋江), 가을 달밤, 낚시
주제	가을 달밤의 풍류와 정취
특징	한적한 가을밤의 풍취를 드러내어 물욕과 명리를 벗어난 탈속의 정서를 표출함
연대	조선 성종
출전	『청구영언』

(2) 이해와 감상

① 이 시조는 가을 달밤에 강에서 작은 배 하나를 띄워 놓고, 꼭 무엇인가를 잡겠다는 생각이 없이 물욕(物慾)과 명리(名利)를 벗어나 자연 속에서 유유자적하는 삶의 모습을 그린 작품이다.

② 가을 달밤에 배를 띄워 낚시로 풍류를 즐기는 한가하고 여유로운 삶을 한 폭의 동양화처럼 선명하게 제시한 대표적인 '강호한정가(江湖閑情歌)'로, 여유로움 속에 멋을 즐기는 옛 선비들의 면모를 그대로 보여주고 있다.

③ 다음 시어를 통해 화자가 마음을 비우고 여유 있게 자연의 풍취를 즐기고 있음을 알 수 있다. 빈 배에 고기 대신 달빛만 가득 싣고 돌아오는 풍류는 바로 욕심을 버린 작가의 마음을 반영한다.

장 구분	시어
중장	'아니 무노매라'
종장	'무심', '빈 배'

11 성혼, 「말 없는 청산이요」

〈원문〉

말 업슨 靑山(청산)이요, 態(태) 업슨 流水(유수) ㅣ로다.
갑 업슨 淸風(청풍)이요, 님ᄌᆞ 업슨 明月(명월)이라.
이 中(중)에 病(병) 업슨 이 몸이 分別(분별) 업시 늙으리라.

〈현대어 역〉

말이 없는 것은 청산이요, 모양이 없는 것은 유수(흐르는 물)로다.
값 없는 것은 바람이요, 주인 없는 것은 밝은 달이로다.
이 아름다운 자연에 묻혀, 병 없는 이 몸은 걱정 없이 늙으리라

(1) 핵심 정리

갈래	평시조, 서정시
성격	풍류적, 전원적, 달관적, 한정가
제재	자연
주제	자연과 더불어 사는 즐거운 삶
특징	대구의 묘미를 살려 주제를 드러내고, 시어의 반복을 통해 운율적 효과를 높임
연대	조선 선조
출전	『화원악보』

(2) 이해와 감상

① 이 작품은 산수 자연 속에 묻혀서 어디에도 얽매이지 않고 유유자적하게 살고 싶은 마음을 소탈하게 읊고 있다. 의연하고 꾸밈이 없으며 누구나 누릴 수 있는 자연을 벗 삼아 지내는 즐거움을 노래한 작품이다. 또한, 자연을 있는 그대로 보고 즐기는 차원에서 한 걸음 더 나아가 물아일체를 이룬 가운데 그 속에 내재된 의미를 추구하여 삶의 교훈을 얻으려는 지적 관조가 돋보인다.

② 초장과 중장에서는 다음과 같이 시어의 대구를 살펴볼 수 있다. 종장에서는 자연의 일부로서 자연과 조화되어 세속적인 근심 걱정을 잊고 살겠다는 달관의 경지를 노래하였다.

<table>
<tr><th>장 구분</th><th>시어 ①</th><th></th><th>시어 ②</th></tr>
<tr><td rowspan="2">초장</td><td>'말'</td><td rowspan="4">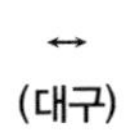
(대구)</td><td>'태'</td></tr>
<tr><td>'청산'</td><td>'유수'</td></tr>
<tr><td rowspan="2">중장</td><td>'갑'</td><td>'님자'</td></tr>
<tr><td>'청풍'</td><td>'명월'</td></tr>
</table>

12 황희, 「대쵸 볼 불근 골에」

〈원문〉

대쵸 볼 불근 골에 밤은 어이 뜻드르며,
벼 뷘 그르헤 게ᄂᆞᆫ 어이 ᄂᆞ리ᄂᆞᆫ고.
술 닉쟈 체쟝ᄉᆞ 도라가니 아니 먹고 어이리.

〈현대어 역〉

대추가 발갛게 익은 골짜기에 밤이 어찌 뚝뚝 떨어지며
벼를 벤 그루에 게까지 어찌 나와 다니는가?
술이 익었는데 체 장수가 돌아가니 (새 체로 술을 걸러서) 먹지 않고 어찌하리.

(1) 핵심 정리

갈래	평시조, 서정시
성격	풍류적, 낭만적, 전원적, 한정가
제재	늦가을의 농촌생활
주제	농촌생활의 풍요로움과 흥겨움
특징	순우리말로 농촌 풍경을 구체적으로 묘사함
연대	조선 세종
출전	『청구영언』

(2) 이해와 감상

① 이 시조는 풍요로운 가을 농촌의 흥겨움과 풍류를 노래한 작품이다. 우리의 민족적 정서인 '멋'이 잘 표현된 노래로서 정겨운 농촌의 풍경이 한 폭의 풍경화처럼 펼쳐진다.

② 대추와 밤이 익어 저절로 떨어지고, 벼를 베고 난 논에 게가 기어 다녀 안주가 풍부한데, 술이 익을 때를 맞추어 체 장수까지 지나가니, 어찌 술을 마시지 않겠느냐고 하면서 농촌생활의 흥겨움을 노래하였다.

③ 한호(韓濩)의 「짚 방석(方席) 내지 마라 낙엽(落葉)엔들 못 안즈랴」와 그 풍취가 유사한 시조다.

13 조식, 「두류산 양단수를」

〈원문〉

頭流山(두류산) 兩端水(양단수)를 녜 듯고 이제 보니,
桃花(도화) 뜬 묽은 물에 山影(산영)조차 잠겻셰라.
아희야 武陵(무릉)이 어듸오 나는 옌가 ᄒᆞ노라.

〈현대어 역〉

지리산의 두 갈래 흐르는 물을 옛날에 듣기만 했는데
이제 와서 보니, 복숭아꽃이 떠내려가는 맑은 물에 산 그림자까지 잠겨 있구나.
아이야, 무릉도원이 어디냐? 나는 여기인가 하노라.

(1) 핵심 정리

갈래	평시조, 서정시
성격	자연친화적, 예찬적, 한정가
제재	시냇물, 도화
주제	두류산(지리산) 양단수의 절경 예찬, 자연에의 귀의(歸依)
특징	문답법을 사용하여 주제를 표현함
연대	조선 명종
출전	『해동가요』, 『병와가곡집』

(2) 이해와 감상

① 이 작품은 지리산의 승경(勝景)을 선경(仙境)에 비유하여 찬미하면서, 자연 속에 은거하는 즐거움을 노래하고 있는 작품이다. 종장의 '무릉'은 '무릉도원'을 뜻하는 말로, 낙원을 가리킨다.
② 관직의 부름도 여러 번 마다하고 자연 속에 파묻혀 살았던 작가가 지리산을 선경(仙境)의 대명사인 무릉도원에 빗대어서 그 아름다움을 예찬하고, 자연에 귀의한 은둔자로서의 자신의 삶을 노래한 시조이다.
③ 말로만 듣던 지리산 양단수의 경치에 감흥하면서 물 위에 떠 있는 '도화'를 단서로 그곳을 무릉도원이라고 여기는 화자의 모습에서 동양인의 소박한 자연 귀의의 모습을 엿볼 수 있다.

14 송순, 「십년을 경영하여」 중요

〈원문〉

十年(십 년)을 經營(경영)ᄒᆞ야 草廬三間(초려삼간) 지어 ᄂᆡ니,
나 ᄒᆞᆫ 간 ᄃᆞᆯ ᄒᆞᆫ 간에 淸風(청풍) ᄒᆞᆫ 간 맛져 두고,
江山(강산)은 드릴 듸 업스니 둘너 두고 보리라.

〈현대어 역〉

십 년을 살면서 초가삼간 지어 냈으니
(그 초가삼간에) 나 한 간, 달 한 간, 맑은 바람 한 간을 맡겨 두고
강산은 들일 곳이 없으니 이대로 둘러 두고 보리라.

(1) 핵심 정리

갈래	평시조, 서정시
성격	풍류적, 낭만적, 전원적, 한정가
제재	전원생활
주제	자연에 대한 사랑과 안빈낙도
특징	의인법과 자연과 하나되는 기발한 발상이 잘 드러남
연대	조선 선조
출전	『청구영언』, 『병와가곡집』

(2) 이해와 감상

① 이 작품은 자연과 하나가 되어 풍류를 즐기는 작가의 삶을 노래하고 있다. '달', '청풍'과 '나'가 초가삼간 속에서 일체를 이루는 물아일체적 삶과 안분지족의 생활 태도에서 산수의 아름다움에 몰입된 참신한 멋을 느끼게 한다.

② 내용은 장별로 다음과 같이 정리할 수 있다.

장 구분	내용
초장	자연에 은거하는 청빈한 생활
중장	나와 달과 청풍(淸風)을 한 집에 사는 식구처럼 표현 → 더할 수 없는 친근감과 물아일체의 경지를 나타냄
종장	강산을 둘러 두고 보겠다는 표현을 사용 → 강산을 안방에 둘러 친 병풍처럼 연상하여 표현의 재치를 높임

15 홍랑, 「묏버들 갈해 것거」

〈원문〉

묏버들 ᄀᆞᆯᄒᆡ 것거 보내노라 님의손ᄃᆡ,
자시ᄂᆞᆫ 窓(창) 밧긔 심거 두고 보쇼셔.
밤비예 새닙곳 나거든 날인가도 너기쇼셔.

〈현대어 역〉

산에 있는 버들가지를 골라 꺾어 보내오니 임에게
주무시는 방의 창가에 심어 두고 보시옵소서.
밤비에 새 잎이라도 나면 나를 본 것처럼 여기소서.

(1) 핵심 정리

갈래	평시조, 서정시
성격	감상적, 애상적, 여성적, 연정가, 이별가
제재	묏버들, 이별
주제	임에게 보내는 사랑
특징	떠나는 임에 대한 사랑을 소박한 자연물을 통해 드러냄
연대	조선 선조
출전	『청구영언』

(2) 이해와 감상

① 이 시는 임에 대한 그리움이 짙게 배어 있는 시조로, 임과 이별하게 된 화자가 자신을 잊지 말아 달라고 호소하는 작품이다. 화자는 자신의 분신이라 할 수 있는 '묏버들'을 보내면서 부디 자신을 기억해 달라는 안타까운 당부와 항상 임의 곁에 있겠다는 간절한 의지를 표현하였다.

② 초장 후반부에 도치법을 써서 산(山)버들을 보내는 뜻이 강조되어 있으며, 비에 젖은 촉촉한 가지에 파릇파릇하게 움트는 새 잎을 통해 시각적으로 청순가련하고 섬세한 여인의 이미지가 풍긴다.

16 황진이, 「동짓달 기나긴 밤을」 중요

〈원문〉

冬至(동지)ㅅ돌 기나긴 밤을 한 허리를 버혀 내어
春風(춘풍) 니불 아레 서리서리 너헛다가
어론님 오신 날 밤이여든 구뷔구뷔 펴리라

〈현대어 역〉

동짓달 기나긴 밤의 한가운데를 베어 내어
봄바람처럼 따뜻한 이불 속에다 서리서리 넣어 두었다가
정든 임이 오시는 날 밤이면 굽이굽이 펴리라.

(1) 핵심 정리

갈래	평시조, 서정시
성격	감상적, 낭만적, 연정가
제재	연모의 정, 동짓달 기나긴 밤
주제	임을 기다리는 애타는 마음
특징	• 추상적 개념을 구체적 사물로 표현하였고, 우리말의 우수성을 잘 살려냄 • 음성 상징어를 사용하여 표현 효과를 높임
연대	조선 중종~선조
출전	『청구영언』

(2) 이해와 감상

① 이 작품은 임을 기다리는 여성의 마음을 표현한 시조의 하나로, 임을 기다리는 절실한 그리움과 간절한 기다림을 비유와 의태적 심상에 의해 나타낸, 시적 호소력이 뛰어난 작품이다.

② 특히 밤의 허리를 베어 이불 속에 넣겠다는 표현은 추상적 개념인 시간을 구체적 사물로 형상화한 것으로, 표현 기법이 매우 참신하고 생생한 인상을 주어 작품 전체에 신선한 느낌을 불어넣고 있다.

③ 다음과 같이 우리말의 아름다움을 살려 낸 표현을 사용하여 여성 특유의 섬세한 감각이 돋보임을 알 수 있다.

장 구분	내용
초장	외로운 여심이 동짓달 기나긴 밤의 '한 허리를 버혀 내여' 이불 속에 깊이 간직하고 있다는 표현을 사용 → 추상적 개념인 시간을 구체적 사물로 형상화
중장	'서리서리 너헛다가'와 같은 음성 상징어의 활용과 대조적 표현 사용 (넣다 ↔ 펴다)
종장	'구뷔구뷔 펴리라'와 같은 음성 상징어의 활용과 대조적 표현 사용 (넣다 ↔ 펴다)

17 서경덕, 「마음이 어린 후니」

〈원문〉

ᄆᆞ음이 어린 後(후)ㅣ니 ᄒᆞᄂᆞᆫ 일이 다 어리다.
萬重雲山(만중운산)에 어ᄂᆡ 님 오리마ᄂᆞᆫ
지ᄂᆞᆫ 닙 부ᄂᆞᆫ ᄇᆞ람에 힝여 권가 ᄒᆞ노라.

〈현대어 역〉

마음이 어리석으니 하는 일마다 모두 어리석다.
겹겹이 구름 낀 산중이니 임이 올 리 없건만
떨어지는 잎과 부는 바람 소리에도 행여나 임인가 하고 생각한다.

(1) 핵심 정리

갈래	평시조, 서정시
성격	감상적, 낭만적, 연정가
제재	기다림
주제	임을 기다리는 마음
특징	과장법을 사용하여 화자의 정서를 강조함
연대	조선 중종
출전	『해동가요』

(2) 이해와 감상

① 이 작품은 도학자였던 작가가 사제지간으로 지내던 황진이를 기다리며 지은 시조라고 전해지고 있다.

② 다음과 같이 장별로 그 내용을 정리할 수 있다.

장 구분	내용
초장	화자는 스스로 마음이 어리석다고 자신을 낮춤으로써, 그만큼 그리움의 정도가 강렬하다는 것을 표현함
중장	'만중운산'이라는 시어를 통해 그리운 사람과 화자 사이에 가로놓인 장애물을 나타내는 동시에 화자가 거처하는 곳의 공간적 특징을 압축해 보여 줌
종장	'지는 잎', '부는 바람'과 같은 시어를 통해 자연의 미세한 움직임에도 마음을 쓰는 화자의 모습이 나타남. 이렇게 갈등하는 모습을 초장에서 '하는 일이 다 어리석다'고 표현함

③ 시조의 정형적인 틀을 지키면서 전통적인 그리움의 정서를 표현한 이 작품은 인생의 지혜와 은은히 내비치는 낭만성이 잘 조화되어 있다고 할 수 있다.

18 정철, 「재 너머 성권롱 집의」

〈원문〉

재 너머 成勸農(성권롱) 집의 술 닉닷 말 어제 듯고,
누은 쇼 발로 박차 언치 노하 지즐ᄐᆞ고,
아희야, 네 勸農(권롱) 겨시냐, 鄭座首(뎡좌슈) 왓다 ᄒᆞ여라.

〈현대어 역〉

고개 너머 사는 성 권농 집의 술이 익었다는 말을 어제 듣고,
누워 있는 소를 발로 차서 일으켜 언치만 얹어서 눌러 타고,
아이야, 네 권농 어른 계시냐? 정 좌수 왔다고 여쭈어라.

(1) 핵심 정리

갈래	평시조, 서정시
성격	풍류적, 전원적, 목가적, 한정가
제재	성 권농 집의 술과 벗
주제	전원생활의 멋과 풍류
특징	압축과 생략을 통해 경쾌하게 서술하였으며, 우리말을 자유자재로 멋스럽게 구사함
연대	조선 선조
출전	『송강가사』

(2) 이해와 감상

① 술과 벗을 좋아하는 작가의 풍류와 멋스러움이 토속적인 농촌의 정취와 조화를 잘 이루는 작품이다. 전편을 통해 생동감이 넘쳐흐르며, 우리말을 멋스럽게 구사하는 송강 정철의 언어 능력이 유감없이 발휘되어 있다.

② 작품 속에서 정 좌수로 나타나는 화자가 맛있는 술이 있다는 성 권농(성혼)의 집에 도달하기까지의 과정을 압축과 생략을 통해 경쾌하게 서술하고 있다. 중장에서 잠에 취해 한가로이 누워 있는 소를 억지로 깨워 걸음을 바삐 재촉하는 모습에서 작가의 익살과 해학을 느낄 수 있다.

19 맹사성, 「강호사시가(江湖四時歌)」 중요

〈원문〉

〈춘사(春詞)〉
江湖(강호)에 봄이 드니 미친 興(흥)*이 절로 난다.
濁醪溪邊(탁료계변)에 錦鱗魚(금린어)** ㅣ 안주로다.
이 몸이 한가히옴도 亦君恩(역군은)이샷다.

〈하사(夏詞)〉
江湖(강호)에 녀름이 드니 草堂(초당)에 일이 업다.
有信(유신)한 江波(강파)는 보내느니*** 바람이다.
이 몸이 서늘히옴****도 亦君恩(역군은)이샷다.

〈추사(秋詞)〉
江湖(강호)에 가을이 드니 고기마다 살져 잇다.*****
小艇(소정)******에 그물 시러 흘리 띄여******* 더뎌 두고
이 몸이 消日(소일)히옴도 亦君恩(역군은)이샷다.

〈동사(冬詞)〉
江湖(강호)에 겨월이 드니 눈 기픠******** 자히 남다.
삿갓 빗기 쓰고 누역으로 오슬 삼아
이 몸이 칩지 아니히옴도 亦君恩(역군은)이샷다.

*미친 興(흥) : 참을 수 없는 흥겨움
**錦鱗魚(금린어) : 금빛 비늘의 물고기(싱싱한 물고기)
***보내느니 : 보내는 것은
****서늘히옴 : 서늘하게 보내는 것
*****살져 잇다 : 살이 올라 있다
******小艇(소정) : 작은 배
*******흘리 띄여 : 흐르게 띄워
********눈 기픠 : 눈 쌓인 깊이가

〈현대어 역〉

〈춘사〉
강호에 봄이 찾아오니 깊은 흥이 절로 일어난다.
막걸리를 마시며 노는 시냇가에 싱싱한 물고기가 안주로다.
이 몸이 이렇듯 한가하게 노니는 것도 역시 임금님의 은덕이시도다.

〈하사〉
강호에 여름이 찾아오니 초당에 있는 이 몸은 할 일이 없다.
신의가 있는 강물결은 보내는 것이 시원한 바람이로다.
이 몸이 이렇듯 시원하게 지내는 것도 역시 임금님의 은덕이시도다.

〈추사〉
강호에 가을이 찾아오니 물고기마다 살이 올라 있다.
작은 배에 그물을 싣고 가 물결 따라 흐르게 던져 놓고,
이 몸이 소일하며 지내는 것도 또한 임금님의 은덕이시도다.

〈동사〉
강호에 겨울이 찾아드니 쌓인 눈의 깊이가 한 자가 넘는다.
삿갓을 비스듬히 쓰고 도롱이를 둘러 덧옷을 삼으니,
이 몸이 이렇듯 춥지 않게 지내는 것도 역시 임금님의 은덕이시도다.

(1) 핵심 정리

갈래	연시조(전 4수), 강호한정가
성격	풍류적, 전원적, 낭만적
제재	강호의 사계절
주제	강호에서 자연을 즐기며 임금의 은혜에 감사함
특징	• 계절에 따라 한 수씩 읊고, 대유법・대구법・의인법을 구사함 • 각 연마다 형식을 통일하여 안정감을 드러내고 주제를 효과적으로 부각함 • 우리나라 최초의 연시조이자, 강호가도(江湖歌道)의 선구적 작품
연대	조선 세종
출전	『청구영언』

(2) 이해와 감상

① 최초의 연시조로, 이황의 「도산십이곡」과 이이의 「고산구곡가」에 영향을 준 작품이다. 강호에서 자연을 즐기며 임금의 은혜를 생각하는 내용을 춘(春)・하(夏)・추(秋)・동(冬) 사계절로 나누어 각 한 수씩 노래하였는데, 다음 표의 내용과 같이 자연 속에서의 즐거움을 각 계절마다 한 수씩 읊으며 안분지족하는 은사(隱士)의 모습을 보여 준다.

장 구분	내용
춘사(春詞)	흥겹고 한가한 풍류적 생활
하사(夏詞)	강바람을 맞으며 초당에서 한가롭게 지내는 강호의 생활
추사(秋詞)	작은 배를 타고 고기를 잡으며 소일하는 즐거움
동사(冬詞)	설경을 완상하며 유유자적하는 삶의 모습

② 각 연의 끝 구절인 '역군은이샷다'는 작가 미상의 「감군은」이나 송순의 「면앙정가」 등에서도 확인할 수 있는데, 이는 유교적 충의(忠義) 사상과 태평성대를 바라는 사대부들의 소망을 반영한 것이다.
③ 강호에서 자연을 즐기며 한가롭게 지내는 삶을 노래하며 이를 임금의 은혜와 결부시켜 표현한 조선 전기 강호가도의 대표적 작품이다.

20 이황, 「도산십이곡(陶山十二曲)」 중요

〈원문〉

〈1곡〉
이런들 엇더ᄒᆞ며 뎌런들 엇더ᄒᆞ료?
草野愚生(초야우생)이 이러타 엇더ᄒᆞ료?
ᄒᆞᄆᆞᆯ며 泉石膏肓(천석고황)을 고텨 므슴ᄒᆞ료?

〈2곡〉
煙霞(연하)로 지블 삼고 風月(풍월)로 버들사마
太平聖代(태평성대)예 病(병)으로 늘거나뇌
이듕에 바라ᄂᆞᆫ 이른 허믈이나 업고쟈

〈3곡〉
淳風(순풍)이 죽다ᄒᆞ니 眞實(진실)로 거즈마리
人生(인생)이 어디다 ᄒᆞ니 眞實(진실)로 올ᄒᆞᆫ 마리
天下(천하)애 許多英才(허다영재)를 소겨 말솜홀가

〈4곡〉
幽蘭(유란)이 在谷(재곡)ᄒᆞ니 自然(자연)이 듣디 됴해
白雲(백운)이 在山(재산)ᄒᆞ니 自然(자연)이 보디됴해
이 듕에 彼美一人(피미일인)을 더옥 닛디 몯ᄒᆞ얘

〈5곡〉
山前(산전)에 有臺(유대)ᄒᆞ고 臺下(대하)애 有水(유수)ㅣ로다
ᄣᅦ 만ᄒᆞᆫ ᄀᆞᆯ며기ᄂᆞᆫ 오명가명 ᄒᆞ거든
엇디다 皎皎白鷗(교교백구)ᄂᆞᆫ 머리 ᄆᆞᄉᆞᆷ ᄒᆞᄂᆞᆫ고

〈6곡〉
春風(춘풍)에 花滿山(화만산)ᄒᆞ고 秋夜(추야)애 月滿臺(월만대)라
四時佳興(사시가흥)ㅣ 사ᄅᆞᆷ과 ᄒᆞᆫ가지라
ᄒᆞᄆᆞᆯ며 漁躍鳶飛 雲影天光(어약연비 운영천광)이아 어늬 그지 이슬고

〈7곡〉
天雲臺(천운대) 도라드러 玩樂齊(완락제) 簫洒(소쇄)ᄒᆞᆫ듸
萬卷生涯(만권생애)로 樂事(낙사)ㅣ 無窮(무궁)ᄒᆞ얘라
이 듕에 往來風流(왕래풍류)롤 닐어 무슴홀고

〈8곡〉
雷霆(뇌정)이 破山(파산)ᄒᆞ야도 聾者(농자)ᄂᆞᆫ 몯 듣ᄂᆞ니
白日(백일)이 中天(중천)ᄒᆞ야도 瞽者(고자)ᄂᆞᆫ 몯 보ᄂᆞ니
우리는 耳目聰明男子(이목총명남자)로 聾瞽(농고)ᄀᆞᆮ디 마로리

〈9곡〉
古人(고인)도 날 몯 보고 나도 古人(고인) 몯 뵈.
古人(고인)을 몯 뵈도 녀던 길* 알픠 잇ᄂᆡ,
녀던 길 알픠 잇거든 아니 녀고 엇뎔고.

〈10곡〉
當時(당시)예 녀던 길흘 몃ᄒᆡ를 ᄇᆞ려 두고
어듸 가 ᄃᆞᆫ니다가 이제사 도라온고
이제나 도라오나니 년듸 ᄆᆞ슴 마로리

〈11곡〉
靑山(청산)ᄂᆞᆫ 엇뎨ᄒᆞ야 萬古(만고)애 프르르며
流水(유수)ᄂᆞᆫ 엇뎨ᄒᆞ야 晝夜(주야)애 긋디 아니ᄂᆞᆫ고
우리도 그치디 마라 萬古常靑(만고상청) 호리라

〈12곡〉
愚夫(우부)도 알며 ᄒᆞ거니 긔** 아니 쉬운가
聖人(성인)도 몯다 ᄒᆞ시니 긔 아니 어려운가
쉽거나 어렵거낫 듕에 늙ᄂᆞᆫ 주를 몰래라

*녀던 길 : 학문 수양에 힘쓰던 길
**긔 : 그것 = 학문의 길

〈현대어 역〉

〈1곡〉
이런들 어떠하며 저런들 어떠하랴?
시골에 파묻혀 있는 어리석은 사람이 이렇게 산들 어떠하랴?
더구나 자연을 사랑하는 것이 고질병처럼 된 버릇을 고쳐서 무엇하랴?

〈2곡〉
안개와 노을을 집으로 삼고 풍월을 친구로 삼아
태평성대에 병으로 늙어가지만
이 중에 바라는 일은 사람의 허물이나 없었으면.

〈3곡〉
순수한 풍습이 줄어 없어지고 사람의 성품이 악하다 하니 이것은 참으로 거짓이다.
인간의 성품은 본디부터 어질다고 하니 참으로 옳은 말이다.
이 세상의 많은 슬기로운 사람(영재)을 속여 말할 수 있겠는가?

〈4곡〉
그윽한 난초가 골짜기에 피어 있으니 듣기 좋아.
흰 눈이 산에 가득하니 자연이 보기 좋아.
이 중에 저 아름다운 한 사람을 더욱 잊지 못하네.

〈5곡〉
산 앞에 높은 대가 있고, 대 아래에 물이 흐르는구나.
떼를 지어 갈매기는 오락가락 하거든
어찌하여 희고 깨끗한 망아지는 나로부터 멀리 마음을 두는고.

〈6곡〉
봄바람이 부니 꽃은 산에 가득 피어 있고, 가을밤에 달빛이 누대에 가득하다.
사계절의 아름다운 흥취가 사람과 마찬가지로구나.
하물며 물고기가 뛰고 솔개가 날며 구름은 그림자를 남기고 태양이 빛나는 이러한 자연의 아름다움이 어찌 끝이 있겠는가.

〈7곡〉
천운대를 돌아 들어가니 완락재가 깨끗이 서 있는데,
거기에서 많은 책에 묻혀 사는 즐거움이 무궁무진하구나.
이런 가운데 이따금 바깥을 거니는 재미를 말해 무엇 하겠는가?

〈8곡〉
우레 소리가 산을 깨뜨릴 듯이 심하게 울어도 귀머거리는 못 듣네.
밝은 해가 하늘 높이 올라도 소경은 보지 못 하네.
우리는 귀와 눈이 밝은 남자가 되어서 귀머거리나 소경이 되지는 않아야 하리.

〈9곡〉
옛 성현도 나를 보지 못하고, 나 역시 옛 성현을 뵙지 못했네.
옛 성현을 뵙지 못했지만 그분들이 행했던 길은 가르침으로 남아 있네.
그 행하신 길이 앞에 있는데 아니 행하고 어찌할 것인가?

〈10곡〉
그 당시에 걷던 길(학문 수양에 힘쓰던 길)을 몇 해씩이나 버려두고
어디로 가서 돌아다니다가 이제야 돌아왔는고?
이제라도 돌아왔으니 딴 곳에 마음을 두지 않으리.

〈11곡〉
푸른 산은 어찌하여 영원히 푸르며
흐르는 물은 어찌하여 밤낮으로 그치지 않는가?
우리도 저 물과 같이 그치지 말고 저 푸른 산과 같이 항상 푸르게 살리라.

〈12곡〉
어리석은 자도 알아서 (도를) 행하니 그것(학문의 길)이 얼마나 쉬운가.
그러나 성인도 다하지 못하는 법이니 그것이 얼마나 어려운가.
쉽든 어렵든 간에 학문을 닦는 생활 속에 늙는 줄을 모르겠다.

(1) 핵심 정리

갈래	연시조(전 12수)
성격	교훈적, 회고적
제재	자연, 학문
주제	자연친화적 삶의 추구와 학문 수양에 대한 변함없는 의지
특징	• 도학자의 자연 관조적 자세와 학문 정진에 대한 의지가 잘 나타남 • 어려운 한자어가 많이 사용되었으며, 반복법, 설의법, 대구법 등을 통해 주제를 부각함
연대	조선 명종
출전	진본 『청구영언』

(2) 이해와 감상

① 이 작품은 작가가 안동에 도산 서원을 세우고 학문에 열중하면서 사물을 대할 때 일어나는 감흥과 수양의 경지를 읊은 연시조로, 총 12곡이다.

전6곡 [前六曲, 언지(言志)]	자연에 동화된 생활을 하면서 사물에 접하는 감흥을 노래
후6곡 [後六曲, 언학(言學)]	학문 수양에 임하는 심경을 노래

② 생경한 한자어를 많이 사용하여 국문학적으로 아쉬운 면이 있으나, 속세를 떠나 자연에 흠뻑 취해 사는 자연귀의생활과 후진 양성을 위한 강학, 사색에 침잠하는 학문생활을 솔직 담백하게 표현해 놓은 점이 훌륭하다.

③ 이 작품의 끝에 붙인 **발문(跋文)에서는 작가 자신이 이 노래를 짓게 된 연유와 우리나라 가요를 평하고 있다. 성리학 대가의 작품이라는 데서 시조의 성장과 발전에 유학자들이 기여했음을 입증할 수 있는 작품이다.**

21 이이, 「고산구곡가(高山九曲歌)」

〈원문〉

〈序詞(서사)〉
高山九曲潭(고산구곡담)을 살ᄅᆞᆷ이 몰으든이
誅茅卜居(주모복거)ᄒᆞ니 벗님네 다 오신다.
어즙어, 武夷(무이)를 想像(상상)ᄒᆞ고 學朱子(학주자)를 ᄒᆞ리라.

〈一曲(일곡)〉
一曲(일곡)은 어디ᄆᆡ고 冠巖(관암)에 ᄒᆡ 빗쵠다.
平蕪(평무)에 ᄂᆡ 거든이 遠近(원근)이 글림이로다.
松間(송간)에 綠樽(녹준)을 녹코 벗 온 양 보노라.

〈二曲(이곡)〉
二曲(이곡)은 어드ᄆᆡ고 花巖(화암)에 春滿(춘만)커다.
碧波(벽파)에 곳츨 씌워 野外(야외)에 보내노라.
살ᄅᆞᆷ이 勝地(승지)를 몰온이 알게 ᄒᆞᆫ들 엇더리.

〈三曲(삼곡)〉
三曲(삼곡)은 어드ᄆᆡ고 翠屏(취병)에 닙 퍼졋다.
綠樹(녹수)에 山鳥(산조)는 下上其音(하상기음)ᄒᆞ는 적의
盤松(반송)이 受淸風(수청풍)ᄒᆞᆫ이 녀름 景(경)이 업세라.

〈四曲(사곡)〉
四曲(사곡)은 아드ᄆᆡ고 松崖(송애)에 ᄒᆡ 넘거다.
潭心巖影(담심암영)은 온갖 빗치 즘겻세라.
林泉(임천)이 깁도록 죠흐니 興(흥)을 계워 ᄒᆞ노라.

〈五曲(오곡)〉
五曲(오곡)은 어드ᄆᆡ고 隱屏(은병)이 보기 죠희.
水邊精舍(수변정사)는 瀟灑(소쇄)ᄒᆞᆷ도 ᄀᆞ이업다.
이 中(중)에 講學(강학)도 ᄒᆞᆯ연이와 詠月吟風(영월음풍)ᄒᆞ올이라.

〈六曲(육곡)〉
六曲(육곡)은 어드ᄆᆡ고 釣峽(조협)에 물이 넙다.
나와 고기야 뉘야 더욱 즑이는고.
黃昏(황혼)에 낙대를 메고 帶月歸(대월귀)를 ᄒᆞ노라.

〈七曲(칠곡)〉
七曲(칠곡)은 어드ᄆᆡ고 楓巖(풍암)에 秋色(추색)이 좃타.
淸霜(청상)이 뎖게 치니 絕壁(절벽)이 錦繡(금수)ㅣ로다.
寒巖(한암)에 혼자 안자셔 집을 닛고 잇노라.

〈八曲(팔곡)〉
八曲(팔곡)은 어드믜고 琴灘(금탄)에 ᄃᆞᆯ이 ᄇᆰ다.
玉軫金徽(옥진금휘)로 數三曲(수삼곡)을 노는 말이,
古調(고조)를 알이 업스니 혼ᄌᆞ 즑여 ᄒᆞ노라.

〈九曲(구곡)〉
九曲(구곡)은 어드믜고 文山(문산)에 歲暮(세모)커다.
奇巖怪石(기암괴석)이 눈 속에 뭇쳣셰라.
遊人(유인)은 오지 아니ᄒᆞ고 볼 것 업다 ᄒᆞ더라.

〈현대어 역〉

〈서사〉
고산의 아홉 번을 굽이 도는 계곡의 아름다운 경치를 사람들이 모르더니
내가 터를 닦아 집을 짓고 살게 되니 벗들이 찾아오는구나
아 주자가 학문을 닦는 무이를 생각하면서 주자의 학문을 공부하리라.

〈1곡〉
일곡은 어디인가? 관암에 해가 비친다.
잡초가 우거진 들판에 안개가 걷히니 원근의 경치가 그림같이 아름답구나.
소나무 사이에 술통을 놓고 벗이 찾아 온 것처럼 바라보노라.

〈2곡〉
이곡은 어디인가? 화암에 봄이 저물었도다.
푸른 물결에 꽃을 띄워 들 밖으로 보내노라.
사람들이 경치 좋은 이 곳을 알지 못하니 알려서 찾아오게 한들 어떠리.

〈3곡〉
삼곡은 어디인가? 푸른 병풍을 둘러친 듯한 절벽에 잎이 우거졌다.
푸른 나무 위의 산새는 여러 가지 소리로 지저귀는데,
작은 소나무가 바람에 흔들리니 여름 같지 않게 시원하구나.

〈4곡〉
사곡은 어디인가? 소나무가 있는 절벽에 해가 넘어간다.
연못 속에 비친 바위 그림자는 온갖 빛과 함께 잠겨 있구나.
수풀 속의 샘은 깊을수록 좋으니 흥을 이길 수가 없구나.

〈5곡〉
오곡은 어디인가? 으슥한 병풍처럼 둘러 있는 절벽이 보기 좋구나.
물가에 세워진 정사는 맑고 깨끗하기 한이 없다.
이 가운데서 학문 연구도 하려니와 자연을 시로 짓고 읊으면서 풍류를 즐기리라.

〈6곡〉
육곡은 어디인가? 낚시질하기 좋은 골짜기에 물이 넓구나.
나와 물고기는 어느 쪽이 더 즐거운가?
이렇게 종일 즐기다가 날이 저물면 달과 함께 집으로 돌아오노라.

〈7곡〉
칠곡은 어디인가? 단풍으로 둘러싸인 바위에 가을빛이 좋다.
맑은 서리가 엷게 내리니 절벽이 비단같이 아름답구나.
차가운 바위에 혼자 앉아서 속세의 일을 잊어버렸노라.

〈8곡〉
팔곡은 어디인가? 악기를 연주하는 시냇가에 달이 밝구나.
아주 좋은 거문고로 몇 곡을 연주하면서,
옛 곡조를 알 사람이 없으니 혼자 즐기고 있노라.

〈9곡〉
구곡은 어디인가? 문산에 한 해가 저물었도다.
기암괴석이 눈 속에 묻혔구나.
사람들은 와 보지도 않고 볼 것이 없다고 하더라.

(1) 핵심 정리

갈래	연시조(전 10수)
성격	예찬적, 교훈적
제재	고산의 아름다움
주제	학문의 즐거움과 자연의 아름다움 예찬
특징	• 유학자로서의 삶의 지향이 중의적 표현과 독창적인 내용 속에 잘 반영됨 • 한자어 사용이 두드러지고, 절제된 감정 속에 풍경을 구체적으로 묘사함
연대	조선 선조
출전	『청구영언』

(2) 이해와 감상

① 이 작품은 **작가가 고산 석담(石潭)에 은거하며 그곳의 풍광을 묘사하고, 이를 학문을 향한 정진과 연계하여 표현한 10수의 연시조**이다. 구곡(九曲)이지만 서곡(序曲) 1수, 본문 9수를 합쳐 총 10수로 되어 있다.

② 서곡에서 무이를 상상하고 주자의 학문을 공부하겠다는 다짐에서처럼 시조 전반에 걸쳐 학문에의 의지와 자연친화적 성격이 드러난다. 본문은 고산의 경치와 흥취를 노래하고 있는데, 매 수에 고산의 특정 장소로 인도하는 첫 구절을 두고 있어 작품 전체가 완결된 한 편의 시조로 느껴지게 한다. 각 곡(曲)에 나타난 지명은 경관의 아름다움을 묘사할 뿐 아니라 학문 수양과 풍류를 의미하는 중의적 표현이다.

③ 각 연의 이미지를 시간의 순서와 연관시켜 형상화하여 아침(1곡)에서 달밤(8곡)에 이르는 하루의 시간적 순환과 봄(2곡)에서 겨울(9곡)에 이르는 한 해의 질서에 따라 변화하는 태도가 유기적으로 잘 형상화되어 있다. 이는 모든 것에서 조화와 질서를 추구하고자 했던 이이의 철학적 태도가 작품에도 반영된 것이라 할 수 있다.

22 정철, 「훈민가(訓民歌)」

〈원문〉

〈1수〉
아바님 날 나흐시고 어마님 날 기르시니
두 分(분) 곳 아니면 이 몸이 사라시랴
하ᄂᆞᆯ ᄀᆞᆮ튼 恩德(은덕)을 어ᄃᆡ 다혀 갑ᄉᆞ올고

〈2수〉
兄(형)아 아으야 네 ᄉᆞᆯ을 ᄆᆞᆫ져 보아
뉘손ᄃᆡ 타낫관ᄃᆡ 양ᄌᆞ조차 ᄀᆞᆮ트슨다
ᄒᆞᆫ 졋 먹고 자라나시니 닷 ᄆᆞ음을 먹지 마라

〈3수〉
님금과 百姓(백성)과 ᄉᆞ이 하ᄂᆞᆯ과 ᄯᅡ히로되
내의 셜온 일을 다 알로려 ᄒᆞ시거든
우린들 ᄉᆞᆯ진 미나리ᄅᆞᆯ 혼자 어이 머그리

〈4수〉
어버이 사라신 제 셤길 일란 다ᄒᆞ여라
지나간 後(후)ㅣ면 애ᄃᆞᆲ다 엇지ᄒᆞ리
平生(평생)에 곳쳐 못ᄒᆞᆯ 일이 잇분인가 ᄒᆞ노라

〈5수〉
ᄒᆞᆫ 몸 둘헤 ᄂᆞᆫ화 夫婦(부부)ᄅᆞᆯ 삼기실샤
이신 제 ᄒᆞᆷᄭᅴ 늙고 주그면 ᄒᆞᆫ대 간다
어ᄃᆡ셔 망녕앳 거시 눈 흘긔려 ᄒᆞᄂᆞᆫ고

〈6수〉
간나희 가ᄂᆞᆫ 길흘 ᄉᆞ나희 에도드시
ᄉᆞ나희 녜ᄂᆞᆫ 길흘 계집이 츼도드시
제 남진 제 계집 아니여든 일홈 뭇지 마로려

〈7수〉
네 아들 孝經(효경) 닑ᄃᆞ니 어드록 ᄇᆡ환ᄂᆞ니
내 아들 小學(소학)은 모릐면 ᄆᆞᄎᆞᆯ로다
어ᄂᆡ 제 이 두 글 ᄇᆡ화 어질거든 보려뇨

〈8수〉
ᄆᆞ을 사람들아 올흔 일 ᄒᆞ쟈스라
사ᄅᆞᆷ이 되야 나셔 올치옷 못ᄒᆞ면은
ᄆᆞ쇼ᄅᆞᆯ 갓 곳갈 ᄡᅴ워 밥 머기나 다르랴

〈9수〉
ᄑᆞᆯ목 쥐시거든 두 손으로 바치리라
나갈 ᄃᆡ 계시거든 막대 들고 조ᄎᆞ리라
鄕飮酒(향음주) 다 罷(파)ᄒᆞᆫ 後(후)에 뫼셔 가려 ᄒᆞ노라

〈10수〉
ᄂᆞᆷ으로 삼긴 ᄌᆞᆼ에 벗ᄀᆞᆺ치 有信(유신)ᄒᆞ랴
내의 왼 일을 다 니려 ᄒᆞ노매라
이 몸이 벗님곳 아니면 사ᄅᆞᆷ되미 쉬올가

〈11수〉
어와 져 族下(족하)야 밥 업시 엇지ᄒᆞᆯ고
어와 져 아자바 옷 업시 엇지ᄒᆞᆯ고
머흔 일 다 닐러스라 돌보고쟈 ᄒᆞ노라

〈12수〉
네 집 喪事(상사)들은 어도록 ᄎᆞᆯ호슨다
네 ᄯᆞᆯ 書房(서방)은 언제나 마치나슨다
내게도 업다커니와 돌보고져 ᄒᆞ노라

〈13수〉
오ᄂᆞᆯ도 다 새거다 호믜 메오 가쟈스라
내 논 다 ᄆᆡ여든 네 논 졈 ᄆᆡ야 주마
올 길헤 ᄲᅩᆼ ᄣᅡ다가 누에 머켜 보쟈스라

〈14수〉
비록 못 니버도 ᄂᆞᆷ의 오ᄉᆞᆯ 앗지 마라
비록 못 머거도 ᄂᆞᆷ의 밥을 비지 마라
ᄒᆞᆫ적곳 � 시른 後(후)ㅣ면 고쳐 싯기 어려우니

〈15수〉
雙六將碁(쌍육장기) ᄒᆞ지 마라 訟事(송사)ㅅ 글월 ᄒᆞ지 마라
집 배야 무슴하며 ᄂᆞᆷ의 怨讐(원수) 될 줄 엇지
나라히 法(법)을 셰오샤 罪(죄)인ᄂᆞᆫ 줄을 모로ᄂᆞᆫ다

〈16수〉
이고 진 져 늘그니 짐 푸러 날을 주오
나ᄂᆞᆫ 져멋거니 돌히라 무거올가
늙기도 셜웨라커든 짐을 조차 지실

〈현대어 역〉

〈1수〉
아버님께서 나를 낳으시고 어머님께서 나를 기르시니
두 분이 아니었다면 이 몸이 태어나 살 수 있었을까.
하늘같이 끝이 없는 큰 은혜를 어떻게 다 갚을 수 있을까.

〈2수〉
형아, 아우야, 네 살을 만져 보아라.
누구에게서 태어났길래 모습조차 같은 것인가?
같은 젖을 먹고 자랐으니 딴 마음을 먹지 마라.

〈3수〉
임금과 백성의 사이 하늘과 땅이로되
(임금께서는) 나의 서러운 일을 다 알려 하시거든
우린들 살진 미나리를 혼자 어찌 먹으리.

〈4수〉
어버이 살아 계실 동안에 섬기는 일일랑 다하여라.
돌아가신 후면 아무리 애태우고 뉘우친들 어찌하리?
평생에 다시 할 수 없는 일은 부모 섬기는 일뿐인가 하노라.

〈5수〉
한 몸 둘로 나눠 부부를 만드시니
있을 때 함께 늙고 죽으면 한데 간다.
어디서 망령의 것이 눈 흘기려 하는고.

〈6수〉
여자가 가는 길을 사나이 빙 둘러 돌듯이
사나이 가는 길을 여자가 한쪽으로 치우쳐 돌듯이
제 남편 제 부인 아니면 이름을 묻지 말라.

〈7수〉
네 아들 효경 읽더니 얼마나 배웠느냐.
내 아들 소학은 모레면 마칠 것이다.
어느 때 이 두 글 배워 어진 모습 보려뇨.

〈8수〉
마을 사람들아, 옳은 일 하자꾸나.
사람으로 태어나서 옳지를 못하다면,
말이나 소 같은 가축에게 갓이나 고깔을 씌워서 밥을 먹이는 것과 무엇이 다르겠는가?

〈9수〉
팔목 쥐시거든 두 손으로 바치리라.
나갈 데 계시거든 막대 들고 좇으리라.
술대접이 다 끝난 후에 모셔 가려 하노라.

〈10수〉
남으로 태어난 중에 벗같이 믿음 있으랴.
나의 그른 일을 다 말하려 하노매라.
이 몸이 벗 아니면 사람됨이 쉬울까.

〈11수〉
어이 저 조카야 밥 없어서 어찌할까?
어이 저 아저씨야 입을 옷이 없어 어찌할까?
어려운 일 다 말하여라. 도와주고자 하노라.

〈12수〉
네 집 장례 지내는 일은 어떻게 차리느냐.
네 딸 서방은 언제나 맞이하느냐.
내게도 (큰돈은) 없지만 돌보고자 하노라.

〈13수〉
오늘도 날이 다 밝았다. 호미 메고 들로 가자꾸나.
내 논 다 매거든 네 논도 매어 주마.
돌아오는 길에 뽕을 따다가 누에도 먹여 보자꾸나.

〈14수〉
비록 못 입어도 남의 옷을 빼앗지 마라.
비록 못 먹어도 남에게 밥을 빌어먹지 마라.
한 번 허물을 묻힌 후면 다시 씻기 어려우리.

〈15수〉
노름이나 장기를 하지 마라, 고소문 쓰지 마라.
집안이 탕진하여 무엇하며, 남의 원수될 것을 어찌하랴.
나라가 법을 세우시는 데 죄 있는 줄을 모르느냐.

〈16수〉
짐을 머리에 이고 등에 진 노인장이여, 그 짐을 풀어 내게 주시오.
나는 젊었으니 돌이라 한들 무거울까.
늙는 것도 서럽다 하는데 짐까지 지시겠는가.

(1) 핵심 정리

갈래	연시조(전 16수)
성격	계몽적, 교훈적, 설득적
제재	유교 윤리
주제	유교 윤리의 실천 권장
특징	• 평이하고 정감 있는 어휘를 사용하여 내용을 효과적으로 전달함 • 순우리말을 사용하여 이해하기 쉬움 • 청유어법을 활용하여 설득력을 높임
연대	조선 선조
출전	『송강가사』

(2) 이해와 감상

① 이 작품은 작가가 강원도 관찰사로 재직하였던 1580년(선조 13) 정월부터 이듬해 3월 사이에 백성들을 계몽하고 교화하기 위하여 지은 것으로, 「경민가(警敏歌)」 또는 「권민가(勸民歌)」라고도 한다.

② 「훈민가」의 창작 의도는 백성들이 유교적 윤리관에 근거하여 바람직한 생활을 영위하도록 권유하는 데 있다. 하지만 작가는 이를 일방적으로 따르도록 명령하는 어법만을 사용하지 않고 청유형도 섞어서 활용하였으며, 백성들이 절실하게 느끼는 인간관계를 설정하고 정감 어린 어휘들을 사용함으로써 계몽적인 제재를 다룬 다른 어떤 작품들보다 강한 설득력을 얻고 있다.

③ 계몽적 · 교훈적 노래지만 문학적 기교가 세련되어 작가의 문학적 안목을 엿볼 수 있다. 연시조의 형태를 취하고 있으나 각 수는 완전히 독립된 작품이다.

제3절 조선 후기 시조

1 이정보, 「국화야 너는 어이」

〈원문〉

菊花(국화)야 너는 어이 三月東風(삼월동풍) 다 지내고
落木寒天(낙목한천)에 네 홀로 피었느냐
아마도 傲霜孤節(오상고절)은 너뿐인가 하노라.

〈현대어 역〉

국화야, 너는 어찌하여 따뜻하고 날씨 좋은 봄철에 피지 않고
나뭇잎이 다 떨어지는 추운 계절에 너 혼자만 피었느냐.
찬 서리를 이겨내는 높은 절개를 지닌 것은 너밖에 없을 것이다.

(1) 핵심 정리

갈래	평시조
성격	절의가, 교훈적, 고답적
제재	국화
주제	굳은 절개를 찬양함
특징	의인법, 풍유법을 사용함
연대	조선 영조
출전	『청구영언』

(2) 이해와 감상

① 사군자(四君子) 중 하나인 국화의 미덕에 선비가 지켜야 할 강직한 지조와 절개를 빗대어 노래한 작품이다. '국화'에 인격을 부여하여 '너'라고 부름으로써 친밀감을 드러내었다.

② 벼슬에서 물러난 작가가 은거할 때, 소동파의 시구 '국잔유유오상지'를 떠올리며 지었다고 한다. 낙엽이 지는 추운 날 홀로 피는 국화를 예찬하면서 자신도 그와 같이 살아가겠다는 신념을 보여준다.

더 알아두기

국잔유유오상지(菊殘猶有傲霜枝)

'국화는 오히려 서리에 오만한 가지를 남겨 가진다.'는 뜻으로, 중국의 유명한 문장가인 소동파가 친구 유경문을 위해 지은 「증유경문(贈劉景文)」 중 '소식(蘇軾)'에 전해오는 시구이다.

2 김상헌, 「가노라 삼각산아」

〈원문〉

가노라 三角山(삼각산)아 다시 보쟈 漢江水(한강수) ㅣ 야
故國山川(고국산천)을 떠나고쟈 ᄒᆞ랴마ᄂᆞᆫ
時節(시절)이 하 殊常(수상)ᄒᆞ니 올동말동 ᄒᆞ여라

〈현대어 역〉

떠나가노라 삼각산아, 돌아와서 다시 보자꾸나 한강물아.
정든 고국의 산천을 떠나기는 하겠다만
지금의 시대가 너무 어수선하고 혼란스러워 다시 돌아올 수 있을지 모르겠구나.

(1) 핵심 정리

갈래	평시조
성격	우국가(憂國歌), 비분가(悲憤歌)
제재	고국을 떠나가는 비장감
주제	적국에 잡혀 가는 우국지사의 비분강개
특징	• 작가는 병자호란의 주전론자(主戰論者)로, 청나라에 끌려가는 치욕스러운 마음을 표현함 • 영탄법, 의인법, 돈호법을 통해 착잡한 심정과 우국지정을 표현함
연대	조선 인조
출전	『청구영언』, 『악학습령』

(2) 이해와 감상

① 병자호란 때, 끝가지 항전하기를 주장하던 작가가 패전 후 훗날 효종이 되는 봉림대군과 소현세자와 함께 청나라로 잡혀가면서 부른 노래로, 비분강개한 심정이 나타난다.

② 다음 대표적인 시어를 통해 작가의 심정을 추측할 수 있다.

시어	의미
삼각산(三角山) · 한강수(漢江水)	• 조선의 왕도를 상징하며, 이를 통해 조국에 대한 사랑을 표현한다. • 오랑캐 땅에 잡혀가는 비장감, 귀국에 대한 불안 등 작가의 심경이 직설적으로 표현되어 있다.

3 작가 미상, 「님이 오마 ᄒᆞ거늘」

〈원문〉

님이 오마 ᄒᆞ거늘 져녁 밥을 일지어 먹고
中門(중문) 나서 大門(대문) 나가 地方(지방) 우희 치ᄃᆞ라 안자 以手(이수)로 加額(가액)ᄒᆞ고 오ᄂᆞᆫ가 가ᄂᆞᆫ가 건넌 山(산) ᄇᆞ라보니 거머흿들 셔 잇거ᄂᆞᆯ 져야 님이로다 보션 버서 품에 품고 신 버서 손에 쥐고 곰븨 님븨 님븨 곰븨 쳔방 지방 지방 쳔방 즌듸 ᄆᆞ른 듸 ᄀᆞᆯ희지 말고 워렁충창 건너 가셔 情(정)엣말 ᄒᆞ려 ᄒᆞ고 겻눈을 흘긧 보니 上年七月(상년 칠월) 사흔날 ᄀᆞᆯ가 벅긴 주추리 삼대 ᄉᆞᆯ드리도 날 소겨다
모쳐라 밤일싀만졍 힝혀 낫이런들 ᄂᆞᆷ 우일 번 ᄒᆞ괘라

〈현대어 역〉

임이 오겠다고 하기에 저녁밥을 일찍 지어 먹고
중문*을 나와서 대문으로 나가, 문지방 위에 달려 올라가 안아서, 손을 이마에 대고 임이 오는가 하여 건너편 산을 바라보니, 거무희뜩한 것이 서 있기에 저것이 틀림없는 임이로구나. 버선을 벗어 품에 품고 신을 벗어 손에 쥐고, 엎치락뒤치락 허둥거리며, 진 곳 마른 곳 가리지 않고 우당탕퉁탕** 건너가서, 정이 넘치는 말을 하려고 곁눈으로 흘깃 보니, 작년 7월 3일 날 껍질을 벗긴 주추리 삼대***가 알뜰히도**** 나를 속였구나.
마침 밤이기에 망정이지 행여 낮이었다면 남 웃길 뻔했구나.

*중문 : 안채와 사랑채 사이의 작은 문
**우당탕퉁탕 : 급히 달리는 발소리
***삼대 : 씨를 받느라고 그냥 밭머리에 세워 둔 삼의 줄기
****알뜰히도 : 반어법

(1) 핵심 정리

갈래	사설시조
성격	해학적, 과장적, 낙관적
제재	임이 온다는 소식
주제	애타게 임을 기다리는 초조한 마음
특징	자연물을 임으로 착각하는 화자의 모습을 해학적으로 표현함
연대	조선 후기(추정)
출전	『청구영언』

(2) 이해와 감상

① 그리운 임을 빨리 만나고 싶은 마음이 거침없는 행동으로 표현된 사설시조이다. 임이 오신다는 소식을 듣고 화자가 한 행동들은 사실적이고, 과장이 많아 해학적이다.

초장	임이 온다는 기별을 받음
중장	화자의 구체적인 행동을 해학적으로 표현함
종장	임을 기다리는 마음이 너무 간절한 나머지 착각을 하게 된 데 대해 겸연쩍게 여김. 여기서 화자의 낙천적인 성격이 잘 드러남

② 임을 애타게 그리워하는 여성 화자의 마음을 행동으로 구체화하여 보여줌으로써 서민적 진솔함을 볼 수 있고, 자신의 경솔한 행동에 대해 멋쩍어하는 모습을 웃음으로 승화하여 당시 서민들의 낙천적인 성정 또한 알아볼 수 있다.

4 작가 미상, 「어이 못 오던다」

〈원문〉

어이 못 오던다 므슴 일로 못 오던다.
너 오ᄂᆞᆫ 길 우희 무쇠로 城(성)을 ᄡᆞ고 城(성) 안헤 담 ᄡᆞ고 담 안헤란 집을 짓고 집 안헤란 두지 노코 두지 안헤 櫃(궤)를 노코 櫃(궤) 안헤 너를 結縛(결박)ᄒᆞ여 노코 雙(쌍)ᄇᆡ목 외걸새에 龍(용)거북 ᄌᆞ물쇠로 수기수기 ᄌᆞᆷ갓더냐 네 어이 그리 아니 오던다.
ᄒᆞᆫ ᄃᆞᆯ이 셜흔 ᄂᆞᆯ이여니 날 보라 올 ᄒᆞ리 업스랴.

〈현대어 역〉

어찌하여 못 오던가, 무슨 일로 못 오던가?
너 오는 길에 무쇠로 성을 쌓고, 성 안에 담을 쌓고, 담 안에 집을 짓고, 집안에 뒤주를 놓고, 뒤주 안에 궤짝을 짜고, 그 안에 너를 오랏줄로 꽁꽁 묶어 놓고, 쌍배목, 외걸새, 금거북 자물쇠로 꼭꼭 잠가 두었느냐? 너 어째 그렇게 오지 않았느냐?
한 달이 서른 날인데, 나를 찾아올 하루의 여유가 없단 말인가?

(1) 핵심 정리

갈래	사설시조
성격	연모가(戀慕歌), 해학적, 과장적, 원망적
제재	오지 않는 임
주제	오지 않는 임을 기다리는 간절한 마음과 안타까움

특징	• 사물을 연쇄적으로 나열함으로써 오지 않는 임에 대한 간절한 마음을 드러냄 • 연쇄법, 열거법, 과장법을 사용함
연대	조선 후기(추정)
출전	『병와가곡집』

(2) 이해와 감상

① 오지 않는 사람에 대한 그리움을 원망조로 노래하고 있는 작품이다. 임에 대한 마음은 간절하나 그 마음을 표현하는 방식은 해학적이고 과장이 많아 웃음을 유발한다.

초장	임이 오지 않는 현실
중장	연쇄적으로 사물을 나열한 후, 이런 것들 때문에 오지 못하느냐고 묻고 있음
종장	한 달에 하루도 시간을 낼 수 없느냐고 한탄함으로써 임에 대한 원망과 탄식을 드러냄

② 보고 싶은 마음의 간절함이 해학과 과장을 통해서 잘 드러난 작품으로 임에 대한 안타까운 그리움이 색다르게 표현된 사설시조라 할 수 있다.

5 작가 미상, 「귀ᄯᅩ리 져 귀ᄯᅩ리」

〈원문〉

귀ᄯᅩ리 져 귀ᄯᅩ리 어엿부다 져 귀ᄯᅩ리
어인 귀ᄯᅩ리 지ᄂᆞᆫ ᄃᆞᆯ 새ᄂᆞᆫ 밤의 긴 소ᄅᆡ ᄌᆞ른 소ᄅᆡ 節節(절절)이 슬픈 소ᄅᆡ 제 혼자 우러 녜어 紗窓(사창) 여읜 ᄌᆞᆷ을 ᄉᆞᆯᄯᅳ리도 ᄭᆡ오ᄂᆞᆫ고야.
두어라, 제 비록 微物(미물)이나 無人洞房(무인동방)에 내 ᄯᅳᆺ 알리는 너ᄲᅮᆫ인가 ᄒᆞ노라.

〈현대어 역〉

귀뚜라미, 저 귀뚜라미, 불쌍하다 저 귀뚜라미.
어찌된 귀뚜라미가 지는 달, 새는 밤에 긴 소리 짧은 소리, 마디마디 슬픈 소리로 저 혼자 계속 울어, 비단 창문 안에서 얕게 든 잠을 잘도 깨우는구나.
두어라, 제가 비록 미물이지만 독수공방하는 내 마음을 알아 줄 이는 저 귀뚜라미뿐인가 하노라.

(1) 핵심 정리

갈래	사설시조
성격	연정가(戀情歌), 연모가(戀慕歌)
제재	귀뚜라미

주제	가을밤에 임을 그리워하는 외로운 여인의 마음
특징	• 대상에 감정을 이입하여 화자의 외로움을 표현함 • 반어법을 통해 화자의 감정을 효과적으로 드러냄
연대	조선 후기(추정)
출전	『병와가곡집』

(2) 이해와 감상

① 길고 긴 가을밤에 임에 대한 그리움과 독수공방의 외로움으로 잠 못 드는 여인의 애절한 감정을 표현한 작품이다.

② '귀뚜라미'는 화자에게 다음 두 가지의 대상이 된다.

원망의 대상	자신의 잠을 깨운 귀뚜라미에 대한 원망을 반어적으로 표현하여 임을 그리워하는 자신의 심정을 간접적으로 드러내고 있다.
감정 이입의 대상	슬피 우는 귀뚜라미에 자신의 감정을 이입하여 화자의 애타는 심정을 더욱 절실하게 느끼게 하였다.

③ 귀뚜라미의 울음소리는 작가의 내면적인 슬픔이 외면으로 형상화된 것이고, 이러한 작가의 외로움은 종장의 '무인동방'을 통해서 더욱 절절하게 나타난다.

6 작가 미상, 「개를 여라믄이나 기르되」

〈원문〉

개를 여라믄이나 기르되 요 개ᄀᆞᆺ치 얄믜오랴
믜온 님 오며ᄂᆞᆫ 꼬리를 홰홰 치며 뛰락 ᄂᆞ리뛰락 반겨서 내ᄃᆞᆺ고 고온 님 오며ᄂᆞᆫ 뒷발을 버동버동 므르락 나으락 캉캉 짖는 요 도리암캐
쉰밥이 그릇그릇 날진들 너 머길 줄이 이시랴

〈현대어 역〉

개를 열마리 넘게 기르지만 이 개처럼 얄미운 놈이 있을까
미운 임이 오면 꼬리를 홰홰 치면서 아래위로 뛰면서 반기고 사랑하는 임이 오면 뒷발을 버둥거리면서 물러났다 나아갔다 캉캉 짖어서 돌아가게 하는 이 암캐
쉰밥이 그릇그릇 남을지라도 너 먹일 줄 있으랴?

(1) 핵심 정리

갈래	사설시조
성격	연정가(戀情歌), 해학적
제재	얄미운 개
주제	임을 기다리는 안타까운 마음
특징	의성어와 의태어를 효과적으로 사용하여 얄미운 개가 하는 행동을 해학적·사실적으로 묘사함
연대	조선 후기(추정)
출전	『청구영언』

(2) 이해와 감상

① 임을 기다리는 심정을 '개'를 소재로 한 일상어를 통해 소박하고도 해학적으로 표현한 사설시조이다.

② 기다리는 임이 오지 않자 그를 기다리는 간절한 마음이 미움으로 변하였는데, 임이 오지 않는 그 책임과 미운 감정을 개에게 전가하고 있다. 짖는 개 때문에 임이 오시지 않는다는 발상을 통해 임을 기다리는 여인의 마음을 사실적이면서도 익살스럽게 표현하였다.

③ 얄미운 개가 하는 행동을 '홰홰, 버동버동, 므르락 나으락, 캉캉' 등의 의성어·의태어를 통해 과장되면서도 해학적으로 표현하고 있다.

7 윤선도, 「만흥(漫興)」

〈원문〉

山水間(산수간) 바회 아래 뛰집을 짓노라 ᄒᆞ니,
그 모론 ᄂᆞᆷ들은 욷ᄂᆞᆫ다 ᄒᆞᆫ다마ᄂᆞᆫ,
어리고 하얌의 ᄠᅳᆺ의ᄂᆞᆫ 내 分(분)인가 ᄒᆞ노라.

보리밥 픗ᄂᆞ물을 알마초 머근 후(後)에,
바횟굿 믉ᄀᆞ의 슬ᄏᆞ지 노니노라.
그 나믄 녀나믄 일이야 부롤 줄이 이시랴.

잔 들고 혼자 안자 먼 뫼흘 ᄇᆞ라보니,
그리던 님이 오다 반가옴이 이러ᄒᆞ랴?
말솜도 우움도 아녀도 몯내 됴하 ᄒᆞ노라.

누고셔 三公(삼공)도곤 낫다 ᄒᆞ더니 萬乘(만승)이 이만ᄒᆞ랴.
이제로 헤어든 巢父許由(소부허유)ㅣ 냑돗더라.
아마도 林泉閑興(임천한흥)을 비길 곳이 업세라.

내 셩이 게으르더니 하ᄂᆞᆯ히 아ᄅᆞ실샤.
人間(인간) 萬事(만사)ᄅᆞᆯ ᄒᆞᆫ 일도 아니 맛뎌
다만당 ᄃᆞ토리 업슨 江山(강산)을 딕히라 ᄒᆞ시도다.

江山(강산)이 됴타 ᄒᆞᆫ들 내 分(분)으로 누얻ᄂᆞ냐.
님군 恩惠(은혜)ᄅᆞᆯ 이제 더욱 아노이다.
아ᄆᆞ리 갑고쟈 ᄒᆞ야도 ᄒᆡ올 일이 업세라.

〈현대어 역〉

산수 간 바위 아래에 띠풀로 집을 지으려 하니
그것(내 뜻)을 모르는 남들은 비웃는다지만
어리석고 세상 물정 모르는 내 생각으로는 내 분수에 맞는 일로 여겨지노라.

보리밥과 풋나물을 알맞게 먹은 후에,
바위 끝이나 물가에서 실컷 노니노라.
그 밖에 다른 일이야 부러워할 까닭이 있으랴.

잔을 들고 혼자 앉아 먼 산을 바라보니,
그리워하던 임이 온다고 한들 반가움이 이보다 더하겠는가?
말하고나 웃음도 짓지 않아도 (나는) 그를 한없이 좋아하노라.

누군가 자연이 삼정승보다 낫다 하더니 천자(天子)라고 한들 이만큼 좋겠는가?
이제 생각해 보니 소부와 허유가 영리하도다.
아마도 자연 속에서 노니는 즐거움은 비할 데가 없으리라.

내 천성이 게으른 것을 하늘이 아셔서,
세상의 많은 일 가운데 하나도 맡기지 않으시고,
다만 다툴 상대가 없는 자연을 지키라고 하셨도다.

강산이 좋다고 한들 내 분수로 누워 있겠는가.
임금 은혜인 것을 이제 더욱 알겠도다.
이 은혜를 아무리 갚으려 해도 내가 할 수 있는 일이 없구나.

(1) 핵심 정리

갈래	평시조, 연시조(전 6수)
성격	한정가(閑情歌), 자연 친화적
제재	자연 속에서의 생활
주제	자연에 묻혀 사는 즐거움과 임금의 은혜

특징	• 화자의 안분지족하는 삶의 자세와 물아일체의 자연 친화적 태도가 잘 드러남 • 세속적인 것과 자연을 대비시켜 주제를 드러냄
연대	조선 인조
출전	『고산유고』 중 '산중신곡(山中新曲)'

(2) 이해와 감상

① 자연과 더불어 유유자적하며 살아가는 흥겨운 삶을 노래한, 전 6수로 된 연시조이다.

② 작가가 병자호란 때 왕을 호종(扈從 : 임금이 탄 수레를 호위하여 따르던 일)하지 않았다는 이유로 유배되었다가 풀려난 뒤 고향인 해남 금쇄동에 은거하면서 지은 것으로 알려져 있다.

③ 자연에 은거하는 한가롭고 흥겨운 심정을 노래하면서도 임금의 은혜를 잊지 않고 있는데, 이는 맹사성의 「강호사시가」 중 '역군은(亦君恩)이샷다'라는 시구와 맥락을 같이하는 관습적인 표현이다. 이를 통해 조선 초기 사대부 시조의 전통을 이어받았음을 알 수 있다.

제 7 편 실전예상문제

01 다음 글을 통해 알 수 있는 시조작품의 기능으로 옳은 것은?

> 송강 정철의 「훈민가」는 여러 가지 측면에서 문학사적 의의를 지니고 있다.
> 우선 「훈민가」는 강원도 도민의 교화를 목적으로 창작된 목적시라는 점에서 가치가 있다. 삼강오륜을 바탕으로 하여 사람이 지켜야 할 도리와 덕목을 강조하고 있어 교훈성이 높다.
> 둘째로 한 개인의 시가 전 국민을 대상으로 하는 교화본으로 활용되었다는 점에서 의의가 있다.
> 마지막으로 위정자가 명령이나 법이 아니라 백성의 정감에 호소했다는 점에 있다. 특히 일반 백성들의 생활 속에서 쓰이는 순수 우리말을 사용하여 당시의 인정과 세태를 생동감 있게 그리고 있다는 점에서 높이 평가할 만하다.
>
> – 이정자, 『시조 문학 연구론』 중에서 –

① 부조리한 현실 비판
② 백성의 교화
③ 한가로운 농촌의 풍류
④ 구국(救國)에 대한 의지

01 해당 제시문은 정철의 「훈민가」에 대한 설명이다. 「훈민가」는 조선 선조 때, 강원도 관찰사로 부임한 정철이 백성을 가르치고 일깨우기 위하여 지은 16수의 연시조로, 삼강오륜의 유교적 윤리를 전하는 내용이다. 따라서 제시문을 통해 알 수 있는 시조 문학의 기능은 백성의 교화라고 볼 수 있다.

정답 01 ②

02 다음 작품에 대한 설명으로 가장 적절한 것은?

> 오늘도 날이 다 밝았다. 호미 메고 들로 가자꾸나.
> 내 논 다 매거든 네 논도 매어 주마.
> 돌아오는 길에 뽕을 따다가 누에도 먹여 보자꾸나.

① 임금을 향한 그리움과 충성을 노래하고 있다.
② 의문형의 문장을 사용하여 근면한 생활을 강조하고 있다.
③ 명령적인 어투를 통해 말하고자 하는 바를 명확하게 전달한다.
④ 평이하고 정감 있는 언어를 사용하여 농민들에게 교훈을 주고 있다.

03 다음 「도산십이곡」의 11곡에서 밑줄 친 부분에 담긴 삶의 지향점을 가장 잘 표현한 것은?

> 靑山(청산)는 엇뎨ᄒᆞ야 萬古(만고)애 프르르며
> 流水(유수)는 엇뎨ᄒᆞ야 晝夜(주야)애 긋디 아니ᄂᆞᆫ고
> 우리도 그치디 마라 <u>萬古常靑(만고상청) 호리라</u>

① 청빈(淸貧)한 삶
② 자연과 벗하는 삶
③ 학문을 통한 영원한 진리의 삶
④ 입신양명(立身揚名)하는 삶

02 제시문은 정철의 「훈민가」 중 13수를 현대어로 번역한 것으로, 평이하고 정감 있는 어휘를 사용하여 계몽적 작품 중에서도 강한 설득력을 얻고 있다.
① 서로 도우며 부지런히 농사일하기를 권유하고 있다.
②·③ 「훈민가」에는 청유어법이 주로 사용되었다.

03 「도산십이곡」의 11곡은 '산은 만고에 푸르러 영원하며 물도 밤낮으로 그치지 않고 흐른다. 우리 인간도 저 청산처럼 영원히 사는 존재가 되기 위해서는 유수처럼 끊임없이 학문에 정진해야 한다.'는 노래이다. '萬古常靑(만고상청)'이란 영원히 사는 것을 말하는데, 그것은 학문을 통한 진리의 세계에 사는 것이라 할 수 있다.

정답 02 ④ 03 ③

04 다음 중 이황의 「도산십이곡(陶山十二曲)」에 대한 설명으로 옳지 않은 것은?

① 총 4수로, 계절의 변화에 따라 한 수씩 노래하였다.
② 언지(言志)에서는 자연경관의 감흥을 읊었다.
③ 언학(言學)에서는 학문 수양에 임하는 심경을 노래하였다.
④ 자신의 심경을 소박하게 노래하고 있다.

04 계절의 변화를 노래한 작품은 맹사성의 「강호사시가」이다. 「도산십이곡(陶山十二曲)」은 작가가 안동에 도산 서원을 세우고 학문에 열중하면서 사물을 대할 때 일어나는 감흥과 수양의 경지를 소박하게 읊은 연시조로, 총 12곡이다.

05 다음 내용에서 밑줄 친 부분에 해당하는 작품은 무엇인가?

> 시가 문학에서 시상을 전개하는 방식에는 시간적 순차에 따른 배열, 공간적 순서에 따른 배열, 윤리적 덕목에 따른 배열 등의 방법이 있을 수 있다.

① 「강호사시가(江湖四時歌)」
② 「오륜가(五倫歌)」
③ 「고산구곡가(高山九曲歌)」
④ 「어부사시사(漁父四時詞)」

05 윤리적 덕목에 따른 배열은 주세붕과 박인로의 「오륜가」가 있다.
① 「강호사시가」는 시간적 배열 방식을 사용한 전형적 예이다.
③ 「고산구곡가」는 시간적 배열 방식을 사용하였다.
④ 「어부사시사」는 계절마다 반복하는 독특한 연배열 장치의 대표작이다.

06 다음 작품과 가장 깊은 관련을 가지는 것은 무엇인가?

> 冬至(동지)ㅅ돌 기나진 밤을 한 허리를 버혀 내여,
> 春風(춘풍) 니불 아릐 서리서리 너헛다가,
> 어론님 오신 날 밤이여든 구뷔구뷔 펴리라.

① 절의 시조
② 강호 시조
③ 교훈 시조
④ 기녀 시조

06 제시된 시조는 기녀 황진이의 시조이다. 임을 기다리는 여성의 마음을 표현한 시조의 하나로, 임을 기다리는 절실한 그리움과 간절한 기다림을 비유와 의태적 심상에 의해 나타낸, 시적 호소력이 뛰어난 작품이다.

정답 04 ① 05 ② 06 ④

07 다음 양식을 갖는 시조의 미학으로 가장 적절한 것은?

> 논 밭 갈아 기음 매고 뵈잠방이 다임 쳐 신들메고
> 낫 갈아 허리에 차고 도끼 버려 두러메고 茂林山中(무림산중) 들어가서 삭다리 마른 섶을 뷔거니 버히거니 지게에 질머 지팡이 바쳐 놓고 새암을 찾아가서 點心(점심) 도슭 부시고 곰방대를 톡톡 떨어 닢담배 퓌여 물고 코노래 조오다가
> 석양이 재 넘어갈 제 어깨를 추이르며 긴 소래 저른 소래 하며 어이 갈고 하더라.

① 완결성
② 기품 있는 격조
③ 일탈성
④ 교훈성

07 제시된 시조는 중장이 두 줄 이상으로 길어지는 사설시조이다. 사설시조는 장형화를 지향하며, 가벼움, 유희, 희화화의 미학, 일탈의 미학을 특성으로 한다.

08 조선 초기 정치적 불의에 항거하는 절의의 시조를 남긴 인물로, 다음 작품의 작가는 누구인가?

> 房(방) 안에 혓는 燭(촉)불 눌과 離別(이별)ᄒᆞ엿관ᄃᆡ,
> 것흐로 눈물 디고 속타는 줄 모로ᄂᆞᆫ고.
> 우리도 뎌 燭(촉)불 갓ᄒᆞ야 속타는 줄 모르노라.

① 맹사성
② 원호
③ 김시습
④ 이개

08 이 작품은 사육신 중의 한 사람으로 일컬어지는 이개의 '방 안에 혓는 촉불~'로 시작하는 작품이다. 수양대군이 왕위 찬탈의 뜻을 품고 김종서 등 중신들을 죽이고 단종을 영월로 폐위시킨 역사적인 사실을 바탕으로 하고 있다.

정답 07 ③ 08 ④

09 이 시의 표현상의 특징으로 적절한 것은?

> 묏버들 골ᄒᆡ 것거 보내노라 님의손ᄃᆡ,
> 자시ᄂᆞᆫ 窓(창) 밧긔 심거 두고 보소셔.
> 밤비예 새닙곳 나거든 날인가도 너기쇼셔.

① 색채 대비를 통해 선명한 이미지를 제시하고 있다.
② 논리적으로 모순된 표현을 통해 의미를 강조하고 있다.
③ 공감각적 이미지를 통해 추상적 관념을 구체화하고 있다.
④ 정상적인 언어 배열을 바꾸어 놓음으로써 의미를 강조하고 있다.

09 이 작품은 홍랑의 작품으로, '보내노라 님의손ᄃᆡ'에서 도치법을 사용하였다. 이는 정상적인 언어 배열을 바꾸어 놓음으로써 의미를 강조하고 있는 것이다.
① 색채 대비는 사용되지 않았다.
② 논리적으로 모순된 표현을 통해 의미를 강조하는 역설은 사용되지 않았다.
③ 공감각적 이미지를 통해 추상적 관념을 구체화하고 있지 않다.

10 다음 갈래에 대한 설명으로 적절하지 <u>않은</u> 것은?

> 十年(십 년)을 經營(경영)ᄒᆞ야 草廬三間(초려삼간) 지어 ᄂᆡ니,
> 나 ᄒᆞᆫ 간 ᄃᆞᆯ ᄒᆞᆫ 간에 淸風(청풍) ᄒᆞᆫ 간 맛져 두고,
> 江山(강산)은 드릴 듸 업스니 둘너 두고 보리라.
> — 송순, 「십 년을 경영하여」 —

① 4음보의 운율로 구성되어 있다.
② 조선 후기에는 일부 장(章)이 장형화되는 경향을 보인다.
③ 종장 첫 어절의 글자 수는 고정되어 있는 것이 특징이다.
④ 3장 6구의 간결한 형식을 통해 사대부들의 미의식을 표현했다.

10 제시된 작품은 평시조로, 조선 후기에 등장하여 중장이 장형화되는 경향을 보이는 것은 사설시조에 대한 설명이다.
① 평시조는 4음보율을 보이고 있다.
③ 시조의 경우 종장의 첫 어절이 3음절로 고정되어 있다.
④ 평시조는 간결한 형식으로 사대부들이 추구했던 아름다움에 부합한다.

정답 09 ④ 10 ②

주관식 문제

01 다음 시가에서 밑줄 친 '고인(古人)'이 의미하는 것을 쓰시오.

> <u>古人(고인)</u>도 날 몯 보고 나도 古人(고인) 몯 뵈
> 古人(고인)를 몯 뵈도 녀던 길 알퓌 잇ᄂᆡ
> 녀던 길 알퓌 잇거든 아니 녀고 엇뎔고

02 다음 작품과 같은 시조 장르의 주된 창작 계층 및 향유 계층을 쓰시오.

> 님이 오마 ᄒᆞ거늘 저녁밥을 일지어 먹고
>
> 中門(중문) 나서 大門(대문) 나가 地方(지방) 우희 치ᄃᆞ라 안자 以手(이수)로 加額(가액)ᄒᆞ고 오ᄂᆞᆫ가 가ᄂᆞᆫ가 건넌 山(산) ᄇᆞ라보니 거머흿들 셔 잇거ᄂᆞᆯ 져야 님이로다.
> 보션 버서 품에 품고 신 버서 손에 쥐고 겻븨님븨 님븨곰븨 쳔방지방 지방쳔방 즌 듸ᄆᆞ른 듸 ᄀᆞᆯ희지 말고 위렁충창 건너가셔 情(정)엣말 ᄒᆞ려 ᄒᆞ고 겻눈을 흘긧 보니 上年(상년) 七月(칠월) 사흔날 ᄀᆞᆯ가벅긴 주추리 삼대 ᄉᆞᆯ드리도 날 소겨다.
>
> 모쳐라 밤일싀망정 힝혀 낫이런들 ᄂᆞᆷ 우일 번ᄒᆞ괘라.

01 **정답**

학문적 업적이 높은 성현

해설

해당 작품은 이황의 「도산십이곡(陶山十二曲)」 중 9수로, 작가가 안동에 도산 서원을 세우고 학문에 열중하면서 사물을 대할 때 일어나는 감흥과 수양의 경지를 읊은 연시조이다. 이 작품에서 '고인(古人)'은 사전적 의미 그대로로는 '옛 사람'이란 뜻이지만, 여기서는 '학문적 업적이 높은 성현(聖賢)'을 의미한다.

02 **정답**

평민(서민)

해설

조선 후기에 등장한 사설시조는 어느 두 구 이상의 길이가 확대되는 등 평시조의 형식이 파괴되었다는 특징을 가지며, 평민 특유의 진지함과 솔직함, 대담성과 해학성 등을 특징적으로 드러낸다. 이 시가의 화자 역시 임을 애타게 기다리는 감정을 해학과 과장을 통해 솔직하고 대담하게 표현하고 있다. 평시조와 달리 사설시조는 인간의 본능을 숨김없이 그대로 드러내거나 평민들의 일상생활을 반영하는 경향이 있다. 따라서 사설시조는 중인을 포함한 평민층이 향유했을 것으로 추정된다.

제 8 편

가사

| 단원 개요 |

가사는 고려 말에서 조선 초에 걸쳐 등장하였으며, 운문적 형식과 산문적 내용을 갖춘 교술 시가이다. 조선 중기 이후 사대부에 의해 폭넓게 향유되면서 사대부 시가문학의 중심으로 자리 잡아 개화기까지 지속되었기에, 시조만큼이나 그 양이나 지속성 측면에서 많은 비중을 차지한다. 따라서 이 편에서는 가사를 그 개념과 형식, 발생과 시대별 특성, 전승이라는 통시적 관점으로 살펴본다. 또한 개별 작품의 주제와 내용을 통해 창작 배경과 함께 표현상의 특징들을 심층적으로 학습한다.

| 출제 경향 및 수험 대책 |

가사문학이 갖는 갈래적 특수성과 시대 변화에 따른 작가층의 변화 등 작품 외적인 요소들에 대한 거시적 이해를 바탕으로 총체적으로 학습해야 한다. 또한 정철, 허난설헌, 박인로 같은 주요 작가와, 「상춘곡」, 「면앙정가」, 「사미인곡」, 「속미인곡」, 「관동별곡」, 「규원가」, 「누항사」 등 문학사적 가치를 인정받아 현재까지도 많이 향유되고 언급되는 작품들을 중심으로 세세하게 공부하는 미시적 접근이 필요하다.

제 1 장 가사의 개념과 형식

제1절 가사의 개념

(1) 학계의 견해를 보면 가사(歌詞)라는 용어를 사용하는 이는 안확, 권상로, 이명선 등 초기 학자들과 이병기 등이다. 그 외에도 조윤제 등의 학자들도 가사의 용어 문제에 대해 의견을 더했다.

안확	『조선문학사』에서 시조와 가사를 포괄하여 가사(歌詞)라고 칭했다.
권상로	『조선문학사』에서 악장을 정음 이전의 '가사(歌詞)'라고 하고, 가사문학을 정음 이후의 '가사(歌詞)'라고 하여 악장과 가사를 묶어 가사(歌詞)라고 했다.
이명선	『조선문학사』에서 시조와 민요를 제외한 모든 가사작품을 포함한 장형의 시가를 가사(歌詞)라 하였다.
이병기	『국문학개론』에서 "가사(歌詞)의 '사(詞)'자와 가사(歌辭)의 '사(辭)'자는 다르지만 같은 뜻으로 쓰기도 하였다."라 하고, 12가사(歌詞)와 같은 독특한 노래를 일컫는다고 하면서 '가사(歌詞)'란 용어를 사용하였다.
조윤제	『조선시가사강』에서 음악 곡조에 대한 노랫말인 가사(歌詞)와 사설적인 노래란 의미인 가사(歌辭)가 혼동될 염려가 있으므로 가사(歌辭)로 쓰자고 주장하였다.
김기동 · 이상보 · 정재호 등	조윤제의 주장을 수용하여 한자어 표기로는 가사(歌辭)를 쓰자고 주장하였다.
김동욱	병자호란 이전의 창 위주의 가사는 가사(歌詞)로, 이후 음통 위주의 가사는 가사(歌辭)로 쓰자는 절충론을 내세웠다.

(2) 문헌상에 나타난 가사의 명칭을 보면 '장가, 가사(歌辭), 가사(歌詞)' 등을 들 수 있고 한글로는 '가사, 가ᄉᆞ' 등이 관습적으로 통용되었으나, 오늘날에는 일반적으로 문학 장르 명칭으로 '가사(歌辭)'라고 부른다.

(3) 가사는 고려 말에 발생하여 조선 초기 사대부 계층에 의해 확고한 문학 양식으로 자리 잡아 조선 시대를 관통하며 지속적으로 전해 내려온 문학의 한 갈래이다. 장르 자체가 지닌 폭넓은 개방성 덕분에 양반가의 부녀자, 승려, 중・서민(中・庶民) 등 기술(記述) 능력을 갖춘 모든 계층이 참여했던 관습적 문학 양식이다.

제2절 가사의 형식

4음보격을 기준 율격으로 할 뿐, 행(行)에 제한을 두지 않는 연속체 율문(律文) 형식을 갖고 있다. 대체로 매행이 3(4)・4조의 무제약인 성격을 지니고 있는데, 사대부 가사인 정통 가사에 있어서는 작품의 결사 부분이 시조의 종장(3・5・4・3조)과 같이 되어 있는 경향이 있다. 특히 결사에서 보이는 감탄사는 시조와도 관련이 있지만 향가의 차사(嗟辭)와 그 전통을 이어받은 고려가요의 감탄사와도 일정한 관련이 있다.

제 2 장 가사의 발생과 시대별 특성

제1절 가사의 발생

1 가사의 발생에 대한 여러 가지 설 ① : 발생 시기에 따라

초기 가사는 고려 말엽부터 조선 성종 때까지 나타났는데, 이 시기는 가사가 발생한 후 하나의 원숙한 장르로서 자리를 잡아가는 시기이다. 한편 가사의 발생 시기와 기원에 대한 견해는 다음 표와 같이 다양하다.

신라 말엽 발생설	「산화가」 이후 「서왕가」, 「승원가」, 「낙도가」 등으로 발전되었다고 보는 설이다.
고려 말엽 발생설	고려 말 나옹화상의 「서왕가」를 가사의 효시 작품으로 인정하는 설이다.
조선 초엽 발생설	정극인의 「상춘곡」을 가사의 효시 작품이라는 주장하는 설이다.

2 가사의 발생에 대한 여러 가지 설 ② : 발생 기원에 따라

가사의 기원 문제는 경기체가에서의 발생설, 시조에서의 발생설, 악장체에서의 발생설, 한시 현토체에서의 발생설, 교술 민요에서의 발생설, 불교계 가요에서의 발생설 등 여러 의견이 있다.

경기체가 기원설 (景幾體歌起源設)	고려 말에 유행하던 장형가(長型歌)들이 조선 초에 들어와서 갑자기 쇠퇴하면서 분장체(分章體)가 사라지면서 가사가 발생했다고 주장하는 발생설이다. 즉 고려의 경기체가 형태인 분장이 파괴되고 그것이 연속체로 되면서 가사가 발생했다는 것이다.
시조 기원설 (時調起源設)	고려 말 시조에서 기원했다는 설이다. 가사의 율격이 4음보격으로 시조의 율격과 같고, 양반 가사의 결구 형식이 시조의 종장과 동일하기 때문에 시조의 초·중장이 연속되어 가사가 형성되었다는 주장이다.
한시 현토체 기원설 (漢詩懸吐體起源設)	장시 한시를 현토(懸吐)를 달아서 읽는 과정에서 가사가 발생했다는 것이 핵심으로, 가사의 유래를 시조에서 찾으려는 견해이다. 조선 전기 가사에 있어서 앞부분은 시조의 초장과 중장이 같은 형태이고, 가사의 결사 형식이 시조의 3장 형식과 일치하며, 가사의 마지막 부분에 쓰이는 낙구가 시조에서 왔다는 것을 근거로 든다.
교술 민요 기원설 (敎述民謠起源設)	가사의 형식의 틀인 4음보 연속체라는 형태적 요인과, 여음이 없이 불리는 긴 노래 형식을 근거로 들어 교술 민요에서 발생했을 것이라고 주장한다. 하지만 민요 담당층과 가사 담당층의 연결이 뚜렷하지 못하다는 한계가 있다.
불교 가요 발생설 (佛敎歌謠發生設)	조선조 전기와 후기 동안 승려들이 계속해서 가사 작가로 활동했다는 점을 근거로 들어, 불교 포교가에서 가사가 발생했다고 주장한다. 나옹화상의 「서왕가」를 효시로 본다.

제2절 가사의 시대별 특성[1]

1 고려 말기부터 조선 성종 때까지

가사가 발생하여 하나의 갈래로서 자리 잡는 시기이다. 이 시기 가사문학의 전개 양상은 승려 계층에 의해 발생된 가사가 몇몇 사대부 관료에 의해 수용되고, 차츰 그들의 기호에 맞는 형식으로 자리 잡아 조선 초기 정극인의 「상춘곡」과 같이 세련된 작품으로 나타났다고 정리할 수 있다.

2 성종 이후부터 임진왜란 전까지

(1) 가사가 본격적인 문학 양식으로 성장한 시기로, 사대부 가사의 절정기라 할 수 있다. 역사적으로 퇴계 이황, 율곡 이이와 같은 대학자들이 성리학 이론을 완결하고, 이를 바탕으로 사회가 안정되던 시기였던 만큼, 사대부의 이념을 바탕으로 강호자연을 관조하고 유유자적하게 자연미를 즐겨 감상하는 작품들이 많이 창작되었다. 또한, 정치적 패배에 따른 울분을 토로하면서 자신의 결백을 주장하는 가사들도 나오는데, 여기에는 뛰어난 형상성을 지닌 작품이 많다. 그중 「사미인곡」·「속미인곡」과 「만분가」는 연군 가사 및 유배 가사의 전형이 되었다.

주제	작가	작품명
사대부 삶의 즐거움	이서(李緖)	「낙지가」
	송순	「면앙정가」
	허강	「서호별곡」
	정철	「성산별곡」
임지(任地)를 여행하면서 얻은 감흥과 관료생활의 즐거움	백광홍	「관서별곡」
	정철	「관동별곡」
정계에서 밀려난 후 사랑하는 임에 의탁하여 연군의 정을 드러냄	정철	「사미인곡」·「속미인곡」
적객(謫客)의 쓰라린 회포와 충의심(忠義心)을 토로함	조위	「만분가」

(2) 이 시기 가사의 형식적 특징이 가사의 전형적인 성격으로 인정되는데, 그것은 4음 4보격의 안정된 율격을 비교적 온전히 지키고 있으며, 결구(結句)를 시조의 종장 형식으로 마감하는 형식의 완결성을 확보하고 있는 것이다. 이러한 가사의 형식적 특징은 가창과 음영(吟詠 : 시나 노래를 길게 읊음) 및 완독(玩讀 : 글의 뜻을 깊이 생각하며 읽음)이라는 향유 방식을 동시에 갖는 사대부 가사의 특징에 따른 것으로 볼 수 있다.

1) 한국민족문화대백과사전, '가사', 한국학중앙연구원

3 임진왜란 이후부터 숙종 전까지

(1) 사대부 가사가 변모를 보이기 시작한 시기로, 작가의 시선이 자연에 대한 관심에서 현실의 문제로 이동하는 특징을 보인다. 다음 표의 작품들은 안빈낙도를 표방하지만 생활고가 사실적으로 묘사되어 있다.

작가	작품명
박인로	「누항사」
정훈	「우활가」·「탄궁가」

(2) 다음 작품들은 임진왜란·병자호란 양란을 배경으로 왜(倭)나 청(淸)에 대한 적개심을 표출하면서 전쟁의 비참함이나 전쟁으로 인한 사회의 피폐상을 읊었고, 파당과 분쟁을 일삼으며 수탈을 자행하는 위정자들을 신랄하게 비판하기도 했다.

작가	작품명
박인로	「태평사」·「선상탄」
채득기(蔡得沂)	「봉산곡(鳳山曲)」
최현	「용사음」

(3) 임진왜란 이후, 다음과 같은 작품들이 나오기도 했다.

작가	작품명	주제
백수회(白受繪)	「도대마도가(到對馬島歌)」· 「재일본장가(在日本長歌)」	전쟁포로로 일본에 끌려갔던 작가가 울분을 토로한 작품
허전	「고공가」	임란 이후 위정자의 부패상과 무력감을 우의적 수법으로 꼬집음
이원익	「고공답주인가」	

(4) 고려 말 나옹화상의 작품을 잇는 불교 가사도 꾸준히 창작되었으며, 전기의 강호 가사·연군 가사·유배 가사·기행 가사의 계통을 잇는 작품 역시 지속적으로 창작된다.

구분	작가	작품명
불교 가사	휴정	「회심곡」
	침굉선사	「귀산곡」
강호 가사	고응척(高應陟)	「도산가(陶山歌)」
	박인로	「사제곡」
	윤이후(尹爾厚)	「일민가(逸民歌)」
	조우인	「매호별곡(梅湖別曲)」
연군 가사	조우인	「자도사(自悼詞)」
유배 가사	송주석	「북관곡」

기행 가사	조우인	「출새곡」·「관동속별곡」
	이현	「백상루별곡」
	박권	「서정별곡」

(5) 이 시기의 가사 형식은 4음 4보격 율격을 이탈하면서 2음보를 기본 율격으로 하는 6음보 실현의 빈도가 다소 높아지는 현상을 보인다. 이는 가사 향유 방식의 변모와 관계가 있는데, 내용 전달에 관심이 높아지면서 가창보다는 음영이나 완독의 비중이 높아지는 현상을 반영한 것이라고 볼 수 있다.

4 숙종 이후부터 동학 창도 이전까지

(1) 가사의 담당층과 향유층이 크게 확대되어 가사의 성격도 크게 변모하는 시기이다. 사대부 가사의 영향을 받아 규방에서도 가사 창작과 유통이 활발해졌고, 시속(時俗) 문화가 확산되면서 양반 계층을 넘어서 향유될 수 있는 서민 취향의 가사가 생성된다.

(2) 다음 작품들로 미루어 봤을 때, 규방 가사는 늦어도 18세기 중반에는 등장한 것으로 볼 수 있다.

창작 연도	작가	작품명
1746년	안동 권씨	「반조화전가(反嘲花煎歌)」
1748년	전의 이씨	「절명사(絕命詞)」
1794년	연안 이씨	「쌍벽가(雙璧歌)」
1800년	연안 이씨	「부여노정기」

(3) 이 시기는 전통적 질서가 흔들리던 상황이기도 해서, 유교 이념 강화를 주장하는 가사도 많이 지어졌다. 다음 작품들은 전기 교훈 가사의 명맥을 잇고 있다.

작가	작품명
이기경	「심진곡」
권섭(權燮)	「도통가」

(4) 천주교 측에서 교리와 포교를 내용으로 하는 천주 가사를 지었는데, 이들은 18세기 말엽부터 교리의 전달과 포교에 사용되었다.

작가	작품명
정약전	「십계명가」
이벽	「천주공경가」
이가환(李家煥)	「경세가」
최도마 신부	「지옥가」

(5) 사대부 가사도 지속적으로 창작되었는데, 다음과 같이 강호 가사와 전기 기행 가사의 맥을 잇는 작품 등이 있다.

특성	작가	작품명
강호 가사의 맥을 잇는 작품	남도진(南道振)	「낙은별곡(樂隱別曲)」
	박리화	「낭호신사」
	조성신(趙星臣)	「개암가(皆岩歌)」
전기 기행 가사의 맥을 잇는 작품	김인겸	「일동장유가」
	이용(李溶)	「북정가」
	정재문	「화양별곡」

(6) 이 시기에 창작된 작품 중에는 연군 가사와 유배 가사도 있는데, 이 시기의 변모한 가사의 특징으로는 장편화 현상과 4・4조의 음수적 규칙을 고수하는 율격적 경직성을 들 수 있다.

구분	작가	작품명
연군 가사	김춘택	「별사미인곡」
	이진유	「속사미인곡」
유배 가사	안조환	「만언사」
	김진형	「북천가」

(7) 시속(時俗) 음악문화의 성행으로 가창 위주의 가사가 나타난 것도 이 시기 가사 변모의 한 특징이다. 오늘날 '12가사(歌詞)'라는 형태로 남아 있는 이 가창 가사는 시정 음악문화권을 통해 형성된 작품들로, 가사의 외연을 넓히면서 잡가 장르가 형성되는 데 주요 동인이 되기도 했다. 통속적 애정을 주요 주제로 삼는 서민 취향의 작품들은 대부분 이러한 시정 음악문화권을 통해 형성된 것이다.

5 개화기부터 1920년대까지

(1) 개화기의 격동하는 시대 정신을 담아낸 작품들이 주로 창작되는 시기이다. 규방 가사의 창작 및 유통이 활발해지고 의병 가사와 개화 가사가 나타나기도 했지만, 그와 동시에 가사의 쇠퇴기이기도 했다.

작가	작품명	특징
최제우	「용담유사」	• 1860년 동학을 창도한 인물의 작품 • 만민 평등 사상과 외세에 대한 저항 의식을 고취
홍순학	「연행가」	급변하는 동아시아 정세를 표현

(2) 『독립신문』에 실린 개화 가사는 개화기 지식인의 입장에서 자주독립과 개화 사상을 고취했고, 『대한매일신보』에 실린 가사들은 무비판적인 신문화 수용을 반대하였다.

(3) 이 시기 항일 구국 의식(救國意識)을 담아낸 의병 가사에서는 역사에 대응하는 사대부 정신을 읽을 수 있다.

작가	작품명
유홍석(柳弘錫)	「고병정가사(告兵丁歌辭)」
신태식(申泰植)	「창의가(倡義歌)」

(4) 개화 가사에는 '우국가'·'애국가'란 제목이 유독 많은데, 대부분 애국·계몽의 성격을 지니며, 신문과 잡지 등 출판 매체를 활용하고 있다는 점이 특징이다. 이 밖에 유영무의 「오륜가」, 김경흠의 「삼재도가」 등 사대부 가사들이 지속적으로 창작되었다. 그러나 개화기의 근대교육과 1910~1920년대 신문학의 확산, 그리고 일본 제국주의의 침탈로 인한 표현의 억압 등은 가사의 창작을 급속하게 위축시켰으며, 비교적 제약을 덜 받은 규방문화권의 규방 가사 유통을 끝으로 가사는 쇠퇴하였다.

제 3 장 가사의 전승과 수록 문헌

제1절 가사의 전승

사대부 가사에는 크게 3개의 지역적 특색이 있다고 말할 수 있다. 서울을 중심으로 한 기호 지방과 남쪽의 호남 및 영남 지방이 그것이다. 이 외에 관북·관서 지방도 있으나, 학계에 보고된 것은 많지 않다.

1 기호 가사

(1) 특징

기호 지방은 영남과 호남의 두 지역의 중간에 위치하여 두 지방의 문화를 모두 수용하며, 나름대로의 독특한 문화를 형성한 곳이다. 기호 지방의 가사는 두 지역의 중간적인 성격을 띠면서도 영남 가사보다는 세련되고 시대에 민감하다. 그리하여 개화를 찬양하기도 하고 기울어가는 국운을 바로잡으며, 사회를 날카롭게 풍자하는 가사가 나타나기도 하였다.

(2) 대표 작가 및 작품

대표적인 기호 지방의 가사로는 이이(李珥)의 「자경별곡」이나 양사언(楊士彦)의 「미인별곡」 등이 있다.

2 호남 가사

(1) 특징

초기 가사의 주류를 이루는 가사이다. 서정성이 풍부하며, 멋과 여유와 풍류 등을 함께 지닌다.

(2) 대표 작가 및 작품

대표적인 작가로는 정극인(丁克仁), 송순(宋純), 정철(鄭澈)이 있다. 이 중 정극인과 정철은 원래 서울 출생이지만, 그들의 성장 및 활동의 중심지가 호남이기 때문에 이곳에 포함시킨다. 이러한 호남 가사의 창작은 이후로도 박순우(朴淳愚), 박리화(朴履和) 등으로 꾸준히 계속되었으며, 이른바 '남도소리'로 발전하여 판소리, 잡가를 부르는 명창이 많이 나타났다.

3 영남 가사

(1) 대표 작가 및 작품, 특징

영남 가사는 이현보(李賢輔), 이황(李滉) 등이 우리 시가에 대한 호의를 보인 이래로, 박인로(朴仁老) 등이 많은 가사작품을 남겼다. 특히 박인로의 가사작품에는 영남 지방 특유의 소박성과 직설적인 풍모가 잘 나타나 있다.

(2) 규방 가사로의 발전

영남 사림의 유교 공동체는 훗날 가사문학의 발전에 적극적으로 기여하였다. 당시 영남에서는 '규방 가사'라는 새로운 내용을 담은 가사가 인기를 얻었는데, 주로 교훈적이고 도학적인 내용을 담아 노래하였다.

더 알아두기

규방 가사2)

성립	시간적	조선 시대 영조(英祖)조 중엽에 성립
	공간적	영남 지방 일대에 널리 분포
창작 및 향유층	영남 지방 남인(南人) 양반가 규방의 부녀자들이 그 주류를 이루고 있었으나, 계층 특성상 그 필자는 대부분 정확히 알 수 없음	
내용	주된 내용은 출가하는 딸에게 양반가에서 지켜야 할 부덕을 가르치는 데서 비롯하였음. 그 이후에는 여인들의 일상생활과 삶의 고뇌까지 노래하였으나, 그 중심은 언제나 교훈적인 것이었음	
의의	• 도덕을 숭상하고 예의와 염치를 중히 여겨 경상도 양반 계층이 지녀야 할 긍정적인 측면을 노래함 • 수준급의 문학성을 띤 작품이 많이 있어 문학적·자료적 가치 또한 풍부함 • 보존양은 아마도 수만 필(疋)을 상회하고 있으리라 추측됨 → 발굴되지 않은 채 현재 영남 지방 일대에 보존되어 있는 양이 우리의 어느 문학 양식의 작품 수보다도 많음 • 유학·민속학·역사학 등 국학과의 관련성 높음	
한계	지나친 문벌주의, 가족주의의 폐단	

2) 정재호, 『한국가사문학론』, 집문당, 1990, 8~18쪽 참조.
권영철, 『규방가사각론』, 형설출판사, 1989, 3~4쪽 참조.

제2절 수록 문헌

문헌	구분	내용
『고금가곡(古今歌曲)』	『고금가곡』에는 다음과 같은 가사작품들이 수록되어 있다.	
	이현보(李賢輔)	「어부사(漁父詞)」
	상진(尙震)	「감군은(感君恩)」
	퇴계(退溪) 이황(李滉)	「상저가(相杵歌)」
	정철(鄭澈)	「관동별곡(關東別曲)」, 「사미인곡(思美人曲)」, 「속미인곡(續美人曲)」, 「성산별곡(星山別曲)」, 「장진주사(將進酒辭)」
	차천로(車天輅)	「강촌별곡(江村別曲)」
	허난설헌(許蘭雪軒)	「춘면곡(春眠曲)」
『송강가사(松江歌辭)』	『송강가사』에는 다음과 같이 정철의 대표적인 가사작품들이 수록되어 있다.	
	「관동별곡」	정철이 강원도 관찰사로 1580년(선조 13) 원주에 부임하여 내금강・외금강・해금강과 관동팔경을 두루 유람하고, 그 절경을 노래한 작품
	「사미인곡」・「속미인곡」	임금을 사모하는 정성을 남편과 이별한 여인의 심정에 의탁하여 쓴 가사
	「성산별곡」	정철이 생존하였던 그 당시의 문인인 김성원(金成遠)이 세운 서하당(棲霞堂)・식영정(息影亭)을 중심으로 계절마다 변하는 경치를 읊은 작품
『가사육종(歌詞六種)』	『가사육종』에는 여섯 편의 가사 작품이 수록되어 있는데, 이들은 다음과 같이 3차에 걸쳐 필사된 것으로 보인다.	
	1차	1차로 필사된 「옥루연가」와 「농가월령가」는 사대부가 창작한 장편의 음영 가사
	2차	2차로 필사된 「춘면곡」, 「강촌별곡」, 「어부사」는 원래는 사대부 가사였으나, 18세기 이후 서울의 가창 공간에서 인기리에 불린 가창 가사의 대표곡
	3차	마지막 3차로 필사된 「노인가」는 서울의 유흥 공간에서 중간 계층에 의해 생성된 작품
『삼죽금보(三竹琴譜)』	권수	사본 1책으로 전해짐
	간행 연대	고종 때(추정)
	수록 작품	「상사별곡」, 「춘면곡」, 「길군악(行軍樂)」, 「매화곡」, 「황계곡」, 「권주가」 등 6곡이 전하며, 가곡처럼 거문고 반주에 맞추어 노래로 불림
『노계집(蘆溪集)』	권수	3권 2책
	간행 연대	광무(光武) 8년(1904)
	수록 작품	「태평사」, 「사제곡」, 「누항사」, 「선상탄」, 「독락당」, 「영남가」, 「노계가」, 「도산가」 등의 가사와 단가(短歌) 60여 수가 수록됨

제 4 장 가사의 내용과 주제

제1절 가사의 내용[3)]

1 사대부 가사(양반 가사)

(1) 강호생활(江湖生活)

가사 장르가 문학적 세련성을 획득하며 구체적인 갈래로 정착될 때 형성된 유형이다. 자연과 합일을 표방하면서 강호지락(江湖之樂)을 읊은 작품들로, 주된 주제는 강호한정(江湖閑情)과 안빈낙도(安貧樂道)이다.

작가	작품명
정극인(丁克仁)	「상춘곡(賞春曲)」
송순(宋純)	「면앙정가(潭仰亭歌)」
정철(鄭澈)	「성산별곡(星山別曲)」
차천로(車天輅)	「강촌별곡(江村別曲)」
이양오(李養五)	「강촌만조가(江村晩釣歌)」
박인로(朴仁老)	「사제곡(莎堤曲)」 · 「노계가(蘆溪歌)」
허강(許艮)	「서호별곡(西湖別曲)」
정훈(鄭勳)	「수남방옹가(水南放翁歌)」
작가 미상	「낙민가(樂民歌)」 · 「창랑곡(滄浪曲)」 · 「안빈낙도가(安貧樂道歌)」 · 「은사가(隱士歌)」

(2) 연군(戀君)과 유배(流配)

사대부는 정치적인 진퇴(進退)를 숙명적으로 반복한 계층으로, 이에 따라 사대부의 갈등을 읊은 가사에는 임금에 대한 그리움을 나타낸 연군 가사(戀君歌辭)와 정치적 패배로 인해 유배를 당해 겪는 고난의 생활상을 기술하면서 우국지정(憂國之情)을 토로한 유배 가사(流配歌辭)가 있다.

① **연군 가사 작품**

작가	작품명
정철	「사미인곡(思美人曲)」 · 「속미인곡(續美人曲)」
조우인(曹友仁)	「자도사(自悼詞)」
김춘택(金春澤)	「별사미인곡(別思美人曲)」
이진유(李眞儒)	「속사미인곡(續思美人曲)」
이긍익(李肯翊)	「죽창곡(竹窓曲)」

3) 한국민족문화대백과사전, '가사', 한국학중앙연구원

② **유배 가사 작품**

작가	작품명
조위(曹偉)	「만분가(萬憤歌)」
송주석(宋疇錫)	「북관곡(北關曲)」
이방익(李邦翊)	「홍리가(鴻罹歌)」
안조환(安肇煥)	「만언사(萬言詞)」
김진형(金鎭衡)	「북천가(北遷歌)」

(3) 유교 이념과 교훈

유교적 실천 윤리를 규범적으로 제시하거나 경세적(警世的) 교훈을 주제로 한 작품들은 특히 봉건 사회질서가 흔들리던 조선 중·후기에 지배질서의 유지 및 이념 강화를 목적으로 많이 지어졌다. 이 유형에는 이름 높은 유학자가 지은 것이라면서 진술의 권위를 강조하는 작품들이 많았다.

넓게 보면, 조선 후기에 여러 편의 경세류 가사를 편집해 묶은 「초당문답가(草堂問答歌)」나 규방 가사의 한 유형인 '계녀가(誡女歌)'류 등도 이 유형에 속한다고 볼 수 있다.

작가	작품명
조식	「권선지로가(勸善指路歌)」
이황	「도덕가(道德歌)」·「금보가(琴譜歌)」·「상저가(相杵歌)」
이이	「자경별곡(自警別曲)」·「낙지가(樂志歌)」
허전(許晪)	「고공가(雇工歌)」
이원익	「고공답주인가(雇工答主人歌)」
정훈	「성주중흥가(聖主中興歌)」
이기경(李基慶)	「심진곡(尋眞曲)」
정인찬(鄭寅燦)	「삼강오륜자경가(三綱五倫自警歌)」
유영무(柳榮茂)	「오륜가(五倫歌)」
작가 미상	「오륜가(五倫歌)」
김경흠(金景欽)	「삼재도가(三才道歌)」

(4) 기행(紀行)

일상적 주거 환경을 벗어나 명승지나 사행지(使行地)를 기행하고 그 여정을 중심으로 견문과 감회를 읊은 가사들로서, 이 유형은 국내 기행 가사와 국외 기행 가사로 나누어진다.

① **국내 기행 가사**

주로 관료들이 부임지에 이르는 과정을 기록하거나 그 주변의 명승지를 유람하면서 경관을 읊은 것이다.

작가	작품명
백광홍(白光弘)	「관서별곡(關西別曲)」
정철	「관동별곡(關東別曲)」

이현(李俔)	「백상루별곡(百祥樓別曲)」
조우인	「관동속별곡(關東續別曲)」·「출새곡(出塞曲)」
박순우(朴淳愚)	「금강별곡(金剛別曲)」
위백규(魏伯珪)	「금당별곡(金塘別曲)」
작가 미상	「금강산유람록(金剛山遊覽錄)」

② 국외 기행 가사

주로 중국이나 일본에 사행을 다녀온 뒤의 견문을 기록한 것이다. 단, 이방익의 「표해가(漂海歌)」는 예기치 않은 표류로 인한 해외 경험을 읊은 것이다.

작가	작품명
박권(朴權)	「서정별곡(西征別曲)」
김인겸(金仁謙)	「일동장유가(日東壯遊歌)」
유인목(柳寅睦)	「북행가(北行歌)」
홍순학(洪淳學)	「연행가(燕行歌)」
작가 미상	「연행별곡(燕行別曲)」
이방익	「표해가(漂海歌)」

(5) 전란의 현실과 비분강개

나라 안팎의 전란의 피해와 처참한 모습, 그로 인한 비애와 의분(義奮)을 토로한 작품들도 지어졌다. 넓게 보면 애국계몽기의 의병 가사도 이 유형에 포함될 수 있다.

① 전란을 배경으로 한 작품

작가	작품명
양사준(楊士俊)	「남정가(南征歌)」
박인로	「태평사(太平詞)」·「선상탄(船上嘆)」
최현(崔晛)	「용사음(龍蛇吟)」

② 전란 후 곤궁한 현실을 드러낸 작품

작가	작품명
박인로	「누항사(陋巷詞)」
정훈	「우활가(迂闊歌)」·「탄궁가(嘆窮歌)」

(6) 영사(詠史)·풍속(風俗)·세덕(世德)

우리나라의 역사나 가문(家門)의 전통을 노래한 것, 중국 역사나 고사(故事)를 읊은 것, 또 지리(地理)·풍물(風物)·풍속(風俗)·인사(人事) 등에 관심을 표현한 작품들도 있었다.

작가	작품명
신득청(申得淸)	「역대전리가(歷代轉理歌)」
작가 미상	「해동만고가(海東萬古歌)」
박리화(朴履和)	「만고가(萬古歌)」·「낭호신사(朗湖新詞)」
김충선(金忠善)	「모하당술회가(慕夏堂述懷歌)」
정습명(鄭襲明)	「정처사술회가(鄭處士述懷歌)」

표 안의 작품 외에도, 여러 종류의 「역대가(歷代歌)」·「한양가(漢陽歌)」·「농부가」 일부, 「농가월령가(農家月令歌)」·「팔도읍지가(八道邑誌歌)」·「팔역가(八域歌)」·「광산김씨세덕가(光山金氏世德歌)」·「전의이씨세덕가(全義李氏世德歌)」 등이 있다.

2 규방 가사 중요

규방 가사는 부녀자들에게 향유된 가사로 '내방 가사(內房歌辭)'라고도 한다. 규방 가사의 내용별 유형 구분 역시 논자에 따라 차이가 있으나 크게 '교훈 가사'와 '생활 체험 가사'로 나눌 수 있다.

<table>
<tr><td rowspan="3">교훈 가사</td><td colspan="2">교훈 가사는 다시 계녀가류와 도덕가류로 나눌 수 있다. 교훈 가사의 계녀가류와 도덕가류는 한 권의 책에 같이 필사되거나 여러 장의 두루마리에서 같이 발견되므로 내용을 바탕으로 세분할 때 구분되는 유형일 수는 있지만, 엄밀하게 구분하기에는 무리가 있다.</td></tr>
<tr><td>계녀가류</td><td>규방 가사의 주류로, 시집가는 딸에게 시집살이에 필요한 생활 규범을 가르칠 목적에서 『소학(小學)』 등의 유교적 규범을 전달하는 것이며, 그 내용이 13개 항목으로 전형화해서 구성된다는 특징이 있다. '계녀가'라는 제목의 많은 작품들이 여기에 속한다. 또한 규범서에 바탕을 두지만 화자의 구체적 체험을 서술해 훈계하는 유형이 있는데, 「김씨계녀사」·「복선화음가」 등이 여기에 해당한다.</td></tr>
<tr><td>도덕가류</td><td>도덕가류는 특정인에게 주는 교훈이 아니라 일반 부녀자들이 지켜야 할 도리를 서술한 것으로, 부덕(婦德)을 강조하는 「도덕가」·「오륜가」·「나부가(懶婦歌)」 등이 있다.</td></tr>
<tr><td rowspan="4">생활 체험 가사</td><td colspan="2">생활 체험 가사는 '화전가'류 가사가 많으며, 시집살이의 괴로움과 신세한탄이 주류를 이룬다.</td></tr>
<tr><td>탄식류</td><td>생활 체험 가사 중 가장 많은 분량을 차지하는 탄식류는 시집살이의 어려움을 토로하거나 인생의 무상감을 읊은 것으로 「사친가」·「사향가(思鄕歌)」·「여자자탄가」 등이 있고, 남편의 사별, 노처녀의 한을 노래한 것으로 「한별곡(恨別曲)」·「원별가(怨別曲)」·「청상가(靑孀歌)」·「노처녀가」·「춘규자탄별곡」 등이 있다.</td></tr>
<tr><td>송축류</td><td>송축류는 자녀의 장래를 축복해 주는 「귀녀가」·「재롱가」·「농장가」 등과, 부모의 회갑이나 회혼을 맞아 장수를 송축하는 「수연가(壽宴歌)」·「헌수가(獻壽歌)」·「회혼참경가(回婚參景歌)」 등이 있다.</td></tr>
<tr><td>풍류류</td><td>풍류류의 대표적인 작품으로는 「화전가(花煎歌)」가 있으며, 여행의 즐거움을 노래한 「관동팔경유람기」·「경주관람기」 등이 포함된다.</td></tr>
</table>

3 서민 가사

(1) 서민 의식의 반영

임진왜란・병자호란 양란 이후 문학사뿐만 아니라 여러 분야에서 서민 의식의 성장이 두루 확인되는데, 가사 작품에서도 그러한 작품들이 일부 보인다. 서민 가사는 서민에 의해 지어졌거나 서민 의식이 투영된 가사를 말하는데, 작가층의 개념이 모호해서 유형을 성립하는 데 어려움이 있다. 기존에 서민 가사의 주류는 '현실적 모순에 대한 폭로와 비판'을 특징으로 하는 작품들로 알려졌다.

예 「갑민가(甲民歌)」・「기음노래」・「거창가(居昌歌)」・「정읍군민란시여항청요(井邑郡民亂時閭巷聽謠)」・「민원가(民怨歌)」・「합강정가(合江亭歌)」 등

(2) 서민 가사의 작가층

작품의 내용이 봉건 지배 질서에 순응하지 않고 비판적인 태도를 보인다고 해서 곧바로 이들 모두를 '서민 가사'라 할 수는 없다. 이 유형에 속한 작품의 대다수는 작가를 알 수 없고, 유교의 정신세계를 바탕으로 했기 때문에 '현실 비판 가사'라는 유형으로 따로 묶어 다루며, 그 작가층도 서민층이 아니라 향촌의 몰락 사족층이라는 견해가 설득력이 있다. 이들은 대개 조선 후기 신분제가 심하게 동요되던 시기에 나온 작품들로 보이는데, 이 시기는 양반 계급의 수가 증가한 반면 실질적인 권리는 상대적으로 약해져 양반층 내부에서도 체제 비판이나 현실 비판의 목소리가 커지고 있음을 반영한 것으로 보인다.

이처럼 현실 사안에 대해 제한적 비판을 보이는 작품들을 무조건 서민 가사로 보기보다는 기존 관념에 대한 도전과 인간 본능의 표출을 주제의식으로 하여 세계관에 변화를 보이는 작품들에서 서민들, 특히 시정인의 개방된 세계관을 읽을 수 있다.

예 「청춘과부곡」・「규수상사곡」・「상사회답곡」・「양신회답가」・「단장사」・「송녀승가」・「재송녀승가」・「거사가」 등

4 종교 가사

종교의 교리를 세상에 널리 펴는 것을 주제로 한 가사로, 경전 교리를 가사체로 서술한 작품, 신앙정신에 입각하여 창작한 작품, 전도를 목적으로 지은 작품 등이 모두 포함된다. 종교 가사에는 불교 가사, 동학 가사, 유교 가사, 천주교 가사 등이 있다.

불교 가사	가사 발생 문제의 쟁점이 되어온 나옹화상(懶翁和尙)의 「서왕가(西往歌)」·「승가(僧元歌)」 등에 이어 휴정(休靜)의 「회심곡」과 그 이본들, 침굉(枕肱)의 「귀산곡(歸山曲)」·「태평곡」, 지영(智瑩)의 「전설인과곡(奠設因果曲)」·「수선곡(修善曲)」 등이 있다.
동학 가사	• 천도교 가사라고도 하는데, 후천 개벽의 도래를 주창하면서 동학을 창시한 최제우(崔濟愚)의 『용담유사』 9편은 가사가 곧 동학의 경전이 된 작품이며, 김주희(金周熙)가 설립한 상주 동학본부에서 수집·정리하여 간행한 동학 가사 100여 편이 있다. • 민중의 힘을 결집시킨 구국과 개혁의 사회적 이념이 자생적 근대 지향을 보인다는 점에서 그 의의가 크다.
유교 가사	• 세계관의 전환을 모색하면서 유교 이념과 마찰을 빚기도 했는데, 근대로 넘어 오는 과도기에 이들이 가사를 매체로 이념논쟁을 벌였다는 점이 주목된다. • 이태일의 「오도가(吾道歌)」가 대표작이다.
천주교 가사	정약전(丁若銓) 등이 지은 「십계명가(十誡命歌)」, 이벽(李檗)이 지은 「천주공경가」, 도마 최양업(崔良業)의 「사향가」·「삼세대의」 외 20편, 김기호(金起浩)의 「성당가(聖堂歌)」 등이 있다.

5 개화 가사

개화 가사란 갑오개혁(1894) 이후부터 한일병합(1910)에 이르는, 소위 '개화기'를 배경으로 하여 개화 문제를 중심 화제로 삼은 가사들을 말한다.

이 유형은 개화 문제를 놓고 찬·반의 입장이 분명하게 갈리면서 치열한 논쟁을 벌인다. 전자의 경우, 서구와 일본을 문명개화의 모범으로 삼고, 위로부터의 개혁을 내걸면서 계몽적 개화 사상을 주장한 것으로, 그 대표작으로는 「애국가」·「동심가」·「성몽가」 등이 있다. 후자의 경우 반제구국(反帝救國)을 주장하면서 밑으로부터의 개혁을 의식하고 신문화 수용을 비판한 것으로, 대표적으로 「문일지십(聞一知十)」·「일망타진(一網打盡)」·「육축쟁공(六畜爭功)」 등이 있다.

제2절 가사의 주제

주제	설명	작품 예시
개탄	개인적인 탄식과 인생무상 및 사회적 현실에 대한 비분을 읊은 노래	「내자탄」, 「노처녀가」, 「백발탄식가」 등
경물	자연의 아름다움과 기이함을 읊은 노래	「개암가(皆巖歌)」, 「희설가(喜雪歌)」 등
경세	세상 사람들의 세태를 타일러 조심시키는 노래	「심진곡(尋眞曲)」, 「횡설수설수세가」 등
계몽	계발하고 깨우치기 위한 노래	「개명가」, 「경고동포문(警告同胞文)」 등
교술	일상생활에 필요한 지식을 가르치는 노래	「농가월령가」, 「팔도읍지가(八道邑誌歌)」 등
교훈	교육, 계율, 훈육의 노래	「계녀사(戒女詞)」, 「심청효행가」 등
기행	국내외를 여행하며 얻은 경험, 느낌, 견문의 노래	「관동별곡」, 「일동장유가」 등
모현(慕賢)	선현을 사모하여 그 사당이나 서원 등 유적지를 받들거나 방문하고 지은 노래	「도산별곡」, 「독락당(獨樂堂)」 등
몽유	꿈속의 경험이나 현실에서 이룰 수 없는 이상적 소망을 꿈에 가탁(假託)한 노래	「몽유가」, 「몽중탄식가」 등
사친	자식이 부모형제를 그리워하는 노래	「사친정부모가」, 「월령가」 등
송축(頌祝)	축하와 기리는 마음을 표현한 노래	「형수씨수연경축가」, 「회혼잔치가」 등
연군	임금을 사모하거나 그리워하는 노래	「속미인곡」, 「죽창곡」 등
남녀상열지사	남녀 간의 사랑과 그리움을 노래	「미인별곡」, 「홍도상사가(紅桃相思歌)」「사랑가」, 「금루사」, 「추풍감별곡」, 「규원가」, 「청춘과부가」, 「규수상사곡」, 「상사회답곡」, 「거사가」 등
우국	나랏일을 근심한 노래	「시사분탄가」, 「회포가」 등
우정	친구 간의 우의를 표출한 노래	「붕우상영가」, 「사우가(思友歌)」 등
은일	세상일을 피하여 숨어 사는 기쁨을 읊은 노래	「상춘곡」, 「일민곡」 등
이별	이별을 읊은 노래	「송별애교사」, 「형제원별곡」 등
자전(自傳)	자신의 전기적인 노래	「갑일서회가」, 「회덕송씨부인전」 등
전쟁	전쟁의 경험과 승리의 기쁨 및 그 의지를 묘파한 노래	「남정가」, 「신의관창의가」 등
조애	죽은 사람의 명복을 빌거나 슬퍼한 노래	「망실애사(亡室哀司)」, 「선친회곡」 등
취락	술에 취하여 인생을 즐거워한 노래	「권주가」, 「화류가(花柳歌)」 등
친목	친족 간에 서로 친하여 뜻이 맞아 정답거나, 정다워야 한다는 뜻을 옮은 노래	「안동김씨친목화수가」, 「임오화수가」 등
포교	종교적 신앙을 권장한 노래	「권선가(勸禪歌)」, 「십계명가」 등
풍류	풍치 있게 시를 짓고 놀이하며 멋스럽게 노는 노래	「놀음유쾌가」, 「태평화전가」 등
풍물	풍속과 문물의 노래	「경복궁가」, 「한양가」 등
풍자	사회의 죄악상이나 불미스러운 점을 비꼬아 찌르는 뜻으로 묘출한 노래	「고공가(雇工歌)」, 「합강정선유가(合江停船遊歌)」 등
한정	한가한 정의(情誼)의 노래	「강촌별곡」, 「춘산노인가」 등

회향(懷鄕)	고향을 떠나 타향에서 살고 있는 사람들이 고향을 그리며 지은 노래	「견월사향가(見月思鄕歌)」, 「귀래사향가(歸來思鄕歌)」 등
희롱	귀여운 어린아이를 어루며 달래거나, 동류 또는 남녀 간에 장난하며 놀리며 지은 노래	「종제 매유희가」, 「여자농락가」 등
유학	효・제・충・신・열을 주로 한 일상생활의 실천도덕으로 수기치인(修己治人)을 목표로 하는 의지가 들어 있는 노래	「눌봉도덕가(訥峰道德歌)」, 「심진곡」 등
불교	불타에 의한 종교 또는 불타의 교법에 의한 종교 및 성불의 종교로서 성자가 되거나 세간의 도덕을 완성하려는 목적의 노래	「서왕가(西往歌)」, 「참선곡(參禪曲)」 등
도교	무위자연을 존경하고 인위(人爲)를 배척하며, 자연의 대도(大道)에서 유유자적함을 이상으로 삼는 노래	「낙빈가(樂貧歌)」, 「요지가(瑤池歌)」 등
천주교(서학)	천주교 교리를 담고 있는 노래	「영세가」, 「천주공경가(天主恭敬歌)」, 「허탄가」 등
동학	동학 사상을 널리 알리기 위한 노래	「논학가」, 「안심가」, 「통운가」 등

제 5 장 가사의 주요 작가와 작품

제1절 은일 가사

1 정극인, 「상춘곡」 중요

〈원문〉

〈서사〉

紅홍塵진에 뭇친 분네 이내 生생涯애 엇더ᄒᆞᆫ고.
녯 사ᄅᆞᆷ 風풍流류ᄅᆞᆯ 미ᄎᆞᆯ가 ᄆᆞᆺ 미ᄎᆞᆯ가.
天천地지間간 남자 몸이 날만ᄒᆞᆫ 이 하건마ᄂᆞᆫ,
山산林림에 뭇쳐 이셔 至지樂락을 ᄆᆞᄅᆞᆯ 것가.
數수間간茅모屋옥을 碧벽溪계水수 앏픠 두고,
松송竹죽 鬱울鬱울裏리예 風풍月월主주人인 되어셰라.

〈본사1〉

엇그제 겨을 지나 새봄이 도라오니,
桃도花화杏행花화ᄂᆞᆫ 夕석陽양裏리예 퓌여 잇고,
綠녹楊양芳방草초ᄂᆞᆫ 細세雨우中중에 프르도다.
칼로 ᄆᆞᆯ아 낸가, 붓으로 그려 낸가,
造조化화神신功공이 物물物물마다 헌ᄉᆞᄅᆞᆸ다.

〈본사2〉

수풀에 우ᄂᆞᆫ 새ᄂᆞᆫ 春춘氣기ᄅᆞᆯ ᄆᆞᆺ내 계워 소ᄅᆡ마다 嬌교態태로다.
物물我아一일體체어니 興흥이ᄋᆡ 다ᄅᆞᆯ소냐.
柴시扉비예 거러 보고, 亭정子자애 안자 보니,
小소搖요吟음詠영ᄒᆞ야, 山산日일이 寂적寂적ᄒᆞᆫᄃᆡ,
閑한中중珍진味미ᄅᆞᆯ 알 니 업시 호재로다.

〈본사3〉

이바 니웃드라, 山산水수 구경 가쟈스라.
踏답靑청으란 오ᄂᆞᆯ ᄒᆞ고 浴욕沂기란 내일 ᄒᆞ새.
아ᄎᆞᆷ에 採채山산ᄒᆞ고, 나조ᄒᆡ 釣조水수ᄒᆞ새.

〈본사4〉

ᄀᆞᆺ 괴여 닉은 술을 葛갈巾건으로 밧타 노코,
곳나모 가지 것거, 수 노코 먹으리라.
和화風풍이 건ᄃᆞᆺ 부러 綠녹水수ᄅᆞᆯ 건너오니,

淸청香향은 잔에 지고, 落낙紅홍은 옷새 진다.
樽준中중이 뷔엿거든 날ᄃᆞ려 알외여라.
小소童동 아ᄒᆡᄃᆞ려 酒주家가에 술을 믈어,
얼운은 막대 집고, 아ᄒᆡᄂᆞᆫ 술을 메고,
微미吟음緩완步보ᄒᆞ야 시냇ᄀᆞ의 호자 안자,
明명沙사 조ᄒᆞᆫ 믈에 잔 시어 부어 들고,
淸청流류ᄅᆞᆯ 굽어보니, ᄯᅥ오ᄂᆞ니 桃도花화ㅣ로다.
武무陵릉이 갓갑도다, 져 ᄆᆡ이 긘 거인고.

〈본사5〉
松송間간 細세路로에 杜두鵑견花화ᄅᆞᆯ 부치 들고,
峰봉頭두에 급피 올나 구름 소ᄀᆡ 안자 보니,
千천村촌萬만落락이 곳곳이 버러 잇ᄂᆡ.
烟연霞하日일輝휘ᄂᆞᆫ 錦금繡수ᄅᆞᆯ 재폇ᄂᆞᆫ ᄃᆞᆺ.
엇그제 검은 들이 봄빗도 有유餘여ᄒᆞᆯ샤.

〈결사〉
功공名명도 날 ᄭᅴ우고, 富부貴귀도 날 ᄭᅴ우니,
淸청風풍明명月월 外외예 엇던 벗이 잇ᄉᆞ올고.
簞단瓢표陋누巷항에 흣튼 혜음 아니 ᄒᆞᄂᆡ.
아모타, 百ᄇᆡᆨ年년行행樂락이 이만ᄒᆞᆫᄃᆞᆯ 엇지ᄒᆞ리.

〈현대어 역〉

〈서사〉
세상에 묻혀 사는 분들이여. 이 나의 생활이 어떠한가.
옛 사람들의 운치 있는 생활을 내가 미칠까 못 미칠까?
세상의 남자로 태어난 몸으로서 나만한 사람이 많건마는
왜 그들은 자연에 묻혀 사는 지극한 즐거움을 모르는 것인가?
몇 간쯤 되는 초가집을 맑은 시냇물 앞에 지어 놓고,
소나무와 대나무가 우거진 속에 자연의 주인이 되었구나!

〈본사1〉
엊그제 겨울이 지나 새봄이 돌아오니,
복숭아꽃과 살구꽃은 저녁 햇빛 속에 피어 있고,
푸른 버들과 아름다운 풀은 가랑비 속에 푸르도다.
칼로 재단해 내었는가? 붓으로 그려 내었는가?
조물주의 신비스러운 솜씨가 사물마다 야단스럽구나!

〈본사2〉
수풀에서 우는 새는 봄기운을 끝내 이기지 못하여 소리마다 아양을 떠는 모습이로다.
자연과 내가 한 몸이거니 흥겨움이야 다르겠는가?

사립문 주변을 걷기도 하고 정자에 앉아 보기도 하니,
천천히 거닐며 나직이 시를 읊조려 산 속의 하루가 적적한데,
한가로운 가운데 참된 즐거움을 아는 사람이 없이 혼자로구나.

〈본사3〉
여보게 이웃 사람들이여, 산수 구경을 가자꾸나.
산책은 오늘 하고 냇물에서 목욕하는 것은 내일 하세.
아침에 산나물을 캐고 저녁에 낚시질을 하세

〈본사4〉
이제 막 익은 술을 갈건으로 걸러 놓고,
꽃나무 가지를 꺾어 잔 수를 세면서 먹으리라.
화창한 바람이 문득 불어서 푸른 시냇물을 건너오니,
맑은 향기는 술잔에 가득하고 붉은 꽃잎은 옷에 떨어진다.
술동이 안이 비었으면 나에게 아뢰어라.
사동을 시켜서 술집에서 술을 사 가지고,
어른은 지팡이를 짚고 아이는 술을 메고,
나직이 읊조리며 천천히 걸어 시냇가에 혼자 앉아,
고운 모래가 비치는 맑은 물에 잔을 씻어 술을 부어 들고,
맑은 시냇물을 굽어보니 떠내려오는 것이 복숭아꽃이로다.
무릉도원이 가까이 있구나. 저 들이 바로 그곳인가?

〈본사5〉
소나무 사이 좁은 길로 진달래꽃을 손에 들고,
산봉우리에 급히 올라 구름 속에 앉아 보니,
수많은 촌락들이 곳곳에 벌여 있네.
안개와 놀과 빛나는 햇살은 아름다운 비단을 펼쳐 놓은 듯.
엊그제까지도 거뭇거뭇했던 들판이 이제 봄빛이 넘치는구나.

〈결사〉
공명과 부귀가 모두 나를 꺼리니,
아름다운 자연 외에 어떤 벗이 있으리오.
비록 가난하게 살고 있지만 잡스러운 생각은 아니 하네.
아무튼 한평생 즐겁게 지내는 것이 이만하면 족하지 않겠는가?

(1) 핵심 정리

갈래	서정 가사, 양반 가사, 은일 가사, 강호한정가
성격	서정적, 묘사적, 자연친화적, 예찬적
운율	3(4) · 4조, 4음보 연속체
제재	봄의 아름다운 풍경
주제	봄 경치를 즐기는 강호가도(江湖歌道)와 안빈낙도(安貧樂道)
특징	• 대구법, 직유법, 의인법, 고사 인용 등 다양한 표현 방법을 사용함 • 화자의 시선의 이동에 따라 시상을 전개함
연대	조선 성종(15세기)
출전	『불우헌집』

(2) 이해와 감상

① 이 작품은 정극인이 벼슬에서 물러나 고향인 태인에 머물면서 자연의 아름다움과 그 자연을 즐기는 삶의 흥취를 노래한 가사이다. 봄 풍경을 즐기며 자연과 하나가 되는 물아일체의 경지와 강호가도를 표현함으로써 조선 전기 사대부의 자연관을 형상화하였으며, 세속적인 욕망에서 벗어나 이상적인 삶으로서의 안빈낙도를 추구하고 있음을 드러내었다.

② **현실 정치에서 물러나 자연 속에 묻혀서 사는 즐거움을 노래한 은일 가사(隱逸歌辭)의 첫 작품으로, 송순의 「면앙정가」, 정철의 「성산별곡」으로 이어지는 강호한정 가사의 시풍을 형성하였다.**

③ 「상춘곡」은 가사문학의 첫 작품으로 평가되고 있다. 그러나 고려 말의 승려인 나옹화상 혜근(懶翁和尙惠勤)이 지었다는 「서왕가(西往歌)」가 가사문학의 시작이라는 학설도 있다.

2 송순, 「면앙정가」 중요

〈원문〉

〈서사1〉
无무等등山산 ᄒᆞᆫ 활기 뫼히 동다히로 버더 이셔,
멀리 ᄯᅦ쳐와 霽제月월峯봉이 되여거ᄂᆞᆯ,
無무邊변大대野야의 ᄆᆞᄉᆞᆷ 짐쟉하노라,
닐곱 구ᄇᆡ ᄒᆞᆷᄃᆡ 움쳐 ᄆᆞ득ᄆᆞ득 버럿ᄂᆞᆫ ᄃᆞᆺ,
가온대 구ᄇᆡᄂᆞᆫ 굼긔 든 늘근 뇽이,
선ᄌᆞᆷ을 ᄀᆞᆺ ᄭᆡ야 머리ᄅᆞᆯ 언쳐시니.

〈서사2〉
너ᄅᆞ바회 우ᄒᆡ 松송竹죽을 헤혀고 亭정子자ᄅᆞᆯ 언쳐시니,
구름 ᄐᆞᆫ 靑청鶴학이 千천 里리를 가리라, 두 ᄂᆞ래 버렷ᄂᆞᆫ ᄃᆞᆺ.

〈본사1〉
玉옥川천山산, 龍용川천山산 ᄂᆞ린 믈이
亭정子자 압 너븐 들ᄒᆡ 올올히 펴진 드시,
넙써든 기노라, 프르거든 희디 마나.
雙쌍龍룡이 뒤트ᄂᆞᆫ ᄃᆞᆺ, 긴 깁을 ᄎᆡ폇ᄂᆞᆫ ᄃᆞᆺ,
어드러로 가노라, 므슴 일 ᄇᆡ얏바,
ᄃᆞᆺᄂᆞᆫ ᄃᆞᆺ, ᄯᆞ로ᄂᆞᆫ ᄃᆞᆺ, 밤ᄂᆞᆽ으로 흐르ᄂᆞᆫ ᄃᆞᆺ.

〈본사2〉
므조친 沙사汀정은 눈ᄀᆞᆺ치 펴졋거든,
어즈러온 기러기ᄂᆞᆫ 므스거슬 어르노라,
안즈락 ᄂᆞ리락 모드락 흣트락,
蘆노花화를 ᄉᆞ이 두고 우러곰 좃니ᄂᆞᆫ뇨.

〈본사3〉
너븐 길 밧기오 긴 하ᄂᆞᆯ 아ᄅᆡ,
두르고 ᄭᅩᄌᆞᆫ 거슨 뫼힌가, 屛병風풍인가, 그림가, 아닌가.
노픈 ᄃᆞᆺ, ᄂᆞ즌 ᄃᆞᆺ, 근ᄂᆞᆫ ᄃᆞᆺ, 닛ᄂᆞᆫ ᄃᆞᆺ,
숨거니 뵈거니, 가거니 머물거니,
어즈러온 가온ᄃᆡ 일홈ᄂᆞᆫ 양ᄒᆞ야 하늘도 젓티 아녀,
웃독이 셧ᄂᆞᆫ 거시 秋추月월山산 머리 짓고,
龍용九구山산, 夢몽仙선山산, 佛불大대山산, 魚어登등山산,
湧용珍진山산, 錦금城성山산이 虛허空공에 버러거든,
遠원近근 蒼창崖애의 머믄 것도 하도 할샤.

〈본사4〉
흰 구름 브흰 煙연霞하, 프로니ᄂᆞᆫ 山산嵐람이라.
천巖암萬만壑학을 제 집을 삼아 두고,
나명셩 들명셩 일ᄒᆡ도 구ᄂᆞᆫ지고.
오르거니 ᄂᆞ리거니, 長장空공의 ᄯᅥ나거니, 廣광野야로 거너거니,
프르락 불그락, 여트락 디트락,
斜사陽양과 섯거 디어 細세雨우조차 ᄲᅳ리ᄂᆞᆫ다.

〈본사5〉
藍남輿여ᄅᆞᆯ ᄇᆡ야 타고 솔 아ᄅᆡ 구븐 길노 오며 가며 ᄒᆞᄂᆞᆫ 적의,
綠녹楊양의 우ᄂᆞᆫ 黃황鶯앵 嬌교態태 겨워 ᄒᆞᄂᆞᆫ고야.
나모 새 ᄌᆞᄌᆞ지어 綠녹陰음이 얼린 적의,
百백尺척欄난干간의 긴 조으름 내여 펴니,
水수面면 凉양風풍이야 긋칠 줄 모르ᄂᆞᆫ가.
즌 서리 ᄲᅡ딘 후의 산빗치 錦금繡슈로다.
黃황雲운은 ᄯᅩ 엇디 萬만頃경의 펴겨 디오.
魚어笛적도 흥을 계워 ᄃᆞᆯ를 ᄯᆞ롸 브니ᄂᆞᆫ다.

초목 다 진 후의 江강山산이 ᄆᆡ몰커늘,
造조物물리 헌ᄉᆞ하야 氷빙雪설로 ᄭᅮ며 내니,
瓊경宮궁瑤요臺대와 玉옥海해銀은山산이 眼안底저의 버러셰라.
乾건坤곤도 가ᄋᆞ열사 간 대마다 경이로다.

〈본사6〉
人인間간을 ᄯᅥ나와도 내 몸이 겨를 업다.
이것도 보려 ᄒᆞ고, 져것도 드르려코.
ᄇᆞ람도 혀려 ᄒᆞ고, ᄃᆞᆯ도 마즈려코.
밤으란 언제 줍고, 고기란 언제 낙고,
柴시扉비란 뉘 다드며, 딘 곳츠란 뉘 쓸려뇨.
아츰이 낫브거니, 나조히라 슬흘소냐.
오ᄂᆞᆯ리 不부足족커니, 來내日일리라 유여ᄒᆞ랴.
이 뫼히 안자 보고 뎌 뫼히 거러 보니,
煩번勞로ᄒᆞᆫ ᄆᆞᄋᆞᆷ의 ᄇᆞ릴 일이 아조 업다.
쉴 사이 업거든, 길히나 젼ᄒᆞ리야.
다만 ᄒᆞᆫ 靑청藜려杖장이 다 므듸여 가노ᄆᆡ라.

〈본사7〉
술리 닉엇거니, 벗지라 업슬소냐.
블니며 ᄐᆞ이며 혀이며 이아며,
온가짓 소ᄅᆡ로 醉취興흥을 ᄇᆡ야거니,
근심이라 이시며 시름이라 브터시랴.
누으락 안즈락 구브락 져츠락,
울프락 ᄑᆞ람ᄒᆞ락 노혜로 놀거니,
天천地지도 넙고넙고 日일月월도 ᄒᆞᆫ가ᄒᆞ다.
羲희皇황도 모ᄅᆞᆯ러니, 이적이야 긔로고야.
神신仙선이 엇더턴지 이 몸이야 긔로고야.

〈결사〉
江강山산風풍月월 거ᄂᆞ리고 내 百ᄇᆡᆨ年년을 다 누리면,
岳악陽양樓루 샹의 李이太태白백이 사라오다,
浩호蕩탕 情정懷회야 이에서 더ᄒᆞᆯ소냐.
이 몸이 이렁굼도 亦역君군恩은이샷다.

〈현대어 역〉

〈서사1〉
무등산 한 지맥이 동쪽으로 뻗어 있어
멀리 떨치고 나와 제월봉이 되었거늘
끝없이 넓은 벌판에 무슨 생각을 하느라고
일곱 굽이가 한 곳에 움츠려 무더기무더기 벌여 놓은 듯하고

가운데 굽이는 구멍에 든 늙은 용이
선잠(풋잠)을 막 깨어 머리를 얹어 놓은 듯하니

〈서사2〉
너럭바위 위에 소나무와 대나무를 헤치고 정자를 앉혔으니
구름을 탄 청학이 천리를 가려고 두 날개를 벌리고 있는 듯.

〈본사1〉
옥천산, 용천산에서 흘러 내린 물이
정자 앞 넓은 들에 끊임없이 펴진 듯이
넓거든 길지나 말지, 푸르거든 희지나 말지
두 마리의 용이 몸을 뒤트는 듯, 긴 비단을 쫙 펼쳐놓은 듯
어디로 가느라고 무슨 일이 바빠서
달리는 듯, 따르는 듯, 밤낮으로 흐르는 듯.

〈본사2〉
물 따라 펼쳐진 모래밭은 눈같이 펼쳐져 있는데
어지럽게 나는 기러기는 무엇을 어르느라고
앉았다가 날았다가, 모였다 흩어졌다가
갈대꽃을 사이에 두고 울면서 따라다니느냐.

〈본사3〉
넓은 길 밖이요, 긴 하늘 아래
두르고 꽂은 것은 산인가, 병풍인가, 그림인가 아닌가.
높은 듯 낮은 듯, 끊어지는 듯 이어지는 듯
숨거니 보이거니, 가거니 머물거니
어지러운 가운데 유명한 체 뽐내며 하늘도 두려워하지 않고
우뚝이 서 있는 여러 산봉우리 가운데, 추월산이 머리를 이루고,
용구산, 봉선산, 불대산, 어등산
용진산, 금성산이 허공에 늘어서 있거든
멀리 가까이에 있는 푸른 절벽에 머문 것도 많기도 하구나.

〈본사4〉
흰 구름, 뿌연 안개와 놀, 푸른 것은 산 아지랑이로구나.
수많은 바위와 골짜기를 제 집으로 삼아 두고
나면서 들면서 아양도 떠는구나.
날아오르다가, 내려앉다가 공중으로 떠났다가, 넓은 들로 건너갔다가,
푸르기도 하고 붉기도 하고, 옅기도 하고 짙기도 하고
석양과 섞이어 가랑비조차 뿌린다.

〈본사5〉
뚜껑 없는 가마를 재촉해 타고 소나무 아래 굽은 길로 오며 가며 하는 때에
푸른 버드나무에서 우는 꾀꼬리는 흥에 겨워 아양을 떠는구나.

나무와 억새풀이 우거져 녹음이 짙어진 때에
긴 난간에서 긴 졸음을 내어 펴니
물위에서 불어오는 서늘한 바람이야 그칠 줄을 모르는구나.
된서리 걷힌 후에 산빛이 수놓은 비단 같구나.
누렇게 익은 곡식은 또 어찌 넓은 들에 퍼져 있는고?
고기잡이를 하며 부르는 피리도 흥을 이기지 못하여 달을 따라 계속 부는가.
초목이 다 떨어진 후에 강산이 묻혔거늘
조물주가 야단스러워 얼음과 눈으로 꾸며 내니
경궁요대와 옥해은산 같은 설경이 눈 아래 펼쳐져 있구나.
하늘과 땅도 풍성하구나. 가는 곳마다 아름다운 경치로구나.

〈본사6〉
인간 세상을 떠나와도 내 몸이 한가로울 겨를이 없다.
이것도 보려 하고 저것도 들으려 하고,
바람도 쐬려 하고, 달도 맞으려 하고,
밤은 언제 줍고 고기는 언제 낚고,
사립문은 누가 닫으며 떨어진 꽃은 누가 쓸 것인가.
아침에도 모자라거니 저녁이라고 싫을쏘냐.
오늘도 부족한데 내일이라고 넉넉하랴.
이 산에 앉아보고 저 산에 걸어보니
번거로운 마음이지만 버릴 일이 전혀 없다.
쉴 사이도 없는데 길이나마 전할 틈이 있으랴.
다만 하나의 푸른 명아주 지팡이가 다 무디어져 가는구나.

〈본사7〉
술이 익어가니 벗이 없을 것인가.
부르게 하며 타게 하며 켜게 하며 흔들며,
온갖 소리로 취흥을 재촉하니
근심이라 있으며 시름이라 붙었으랴.
누웠다가 앉았다가 구부렸다가 젖혔다가,
읊다가 휘파람을 불었다가 마음 놓고 노니
천지도 넓으며 세월도 한가하다.
복희씨도 태평성대를 모르고 지냈더니 지금이야말로 그때로구나.
신선이 어떤 것인가, 이 몸이야말로 신선이로구나.

〈결사〉
아름다운 자연을 거느리고 내 한평생을 다 누리면
악양루 위에 이태백이 살아온들
넓고 끝없는 정다운 회포야 이보다 더할쏘냐.
이 몸이 이렇게 지내는 것도 역시 임금의 은혜이시도다.

(1) 핵심 정리

갈래	서정 가사, 양반 가사, 은일 가사, 강호한정가
성격	서정적, 묘사적, 자연 친화적
운율	3(4)·4조, 4음보 연속체
제재	면앙정 주변의 아름다운 자연 풍경
주제	자연을 즐기는 강호가도와 군은(君恩)에 대한 감사
특징	• 비유·대구·반복 등의 다양한 표현 방법을 사용함 • 사계절의 변화에 따라 내용을 전개함
의의	조선 전기 시가의 핵심인 강호가도를 확립한 노래
연대	조선 중종(16세기)
출전	『면앙집』

(2) 이해와 감상

① 이 작품은 작가가 벼슬에서 물러나 고향인 전남 담양에 머물던 시기에 창작하였다. 작가는 면앙정이 위치한 지세(地勢), 제월봉의 형세, 면앙정의 경치, 면앙정 주변의 풍경을 묘사하고 면앙정 주변의 아름다운 자연에서 얻은 흥취를 사계절의 변화에 따라 서술하였다.

② 비유, 대구, 반복, 점층, 생략 등의 다양한 표현 방법과 우리말의 아름다움을 잘 살려 면앙정의 경치와 그에 따른 흥취를 역동적으로 형상화하여 문학적 가치가 높은 작품으로 평가받는다.

③ 작가는 강호에서의 풍류 생활을 표현하면서도 결사 마지막에 '역군은(亦君恩)이샷다.'라고 하여 임금의 은혜에 대한 감사를 표시함으로써 당시 사대부의 유교적 충의도 함께 드러내었다.

3 박인로, 「누항사」 중요

〈원문〉

〈서사〉
어리고 迂우闊활ᄒᆞᆯ산 이ᄂᆡ 우ᄒᆡ 더니 업다
吉길凶흉禍화福복을 하날긔 부쳐 두고
陋누巷항 깁픈 곳의 草초幕막을 지어 두고
風풍朝조雨우夕석에 셕은 딥히 셥히 되야
셔 홉 밥 닷 홉 粥죽에 烟연氣기도 하도 할샤
설 데인 熟숙冷랭에 뷘 ᄇᆡ쇡일 ᄲᅮᆫ이로다
生생涯애 이러ᄒᆞ다 丈장夫부 ᄠᅳᆺ을 옴길넌가
安안貧빈 一일念념을 젹을망졍 품고 이셔
隨수宜의로 살려 ᄒᆞ니 날로조차 齟저齬어ᄒᆞ다.
ᄀᆞ올히 不부足족거든 봄이라 有유餘여ᄒᆞ며,

주머니 뷔엿거든 瓶병의라 담겨시랴.
貧빈困곤ᄒᆞᆫ 人인生생이 天천地지間간의 나ᄲᅮᆫ이라

〈본사1〉
飢기寒한이 切절身신ᄒᆞ다 一일丹단心심을 이질ᄂᆞᆫ가
奮분義의忘망身신ᄒᆞ야 죽어야 말녀 너겨
于우橐탁于우囊낭의 줌줌이 모와 녀코
兵병戈과五오載재예 敢감死사心심을 가져 이셔
履이尸시涉섭血혈ᄒᆞ야 몃 百백戰전을 지ᄂᆡ연고

〈본사2〉
一일身신이 餘여暇가 잇사 一일家가를 도라보랴
一일奴노長장鬚수ᄂᆞᆫ 奴노主주分분을 이졋거든
告고余여春춘及급을 어ᄂᆡ 사이 ᄉᆡᆼ각ᄒᆞ리
耕경當당問문奴노인ᄃᆞᆯ 눌ᄃᆞ려 물ᄅᆞᆯᄂᆞᆫ고
躬궁耕경稼가穡색이 ᄂᆡ 分분인 줄 알리로다

〈본사3〉
莘신野야耕경叟수와 壟농上상耕경翁옹을 賤천타 ᄒᆞ리 업것마ᄂᆞᆫ
아므려 갈고젼ᄃᆞᆯ 어ᄂᆡ 쇼로 갈로손고
旱한旣기太태甚심ᄒᆞ야 時시節절이 다 느즌 제
西서疇주 놉흔 논애 잠깐 ᄀᆞᆫ 녈 비예
道도上상 無무源원水수을 반만깐 ᄃᆡ혀 두고
쇼 ᄒᆞᆫ 젹 듀마 ᄒᆞ고 엄섬이 ᄒᆞᄂᆞᆫ 말삼
親친切절호라 너긴 집의 달 업슨 黃황昏혼의 허위허위 다라가셔
구디 다ᄃᆞᆫ 門문 밧긔 어득히 혼자 서셔
큰 기츰 아함이를 良양久구토록 ᄒᆞ온 後후에
어화 긔 뉘신고 廉염恥치 업산 ᄂᆡ옵노라

〈본사4〉
初초更경도 거원ᄃᆡ 긔 엇지 와 겨신고
年연年년에 이러ᄒᆞ기 苟구且차ᄒᆞᆫ 줄 알건마ᄂᆞᆫ
쇼 업ᄉᆞᆫ 窮궁家가애 혜염 만하 왓삽노라
공ᄒᆞ니나 갑시나 주엄즉도 ᄒᆞ다마ᄂᆞᆫ
다만 어제밤의 거넨집 져 사람이
목 불근 수기雉치을 玉옥脂지泣읍게 ᄭᅮ어 ᄂᆡ고
간 이근 三삼亥해酒주을 醉취토록 勸권ᄒᆞ거든
이러ᄒᆞᆫ 恩은惠혜을 어이 아니 갑흘넌고
來내日일로 주마 ᄒᆞ고 큰 言언約약ᄒᆞ야거든
失실約약이 未미便편ᄒᆞ니 사셜이 어려왜라
實실爲위 그러ᄒᆞ면 혈마 어이ᄒᆞᆯ고
헌 멍덕 수기 스고 측 업슨 집신에 설피설피 물너 오니
風풍采채 저근 形형容용애 ᄀᆡ 즈칠 ᄲᅮᆫ이로다.

〈본사5〉
蝸와室실에 드러간ᄃᆞᆯ 잠이 와사 누어시랴
北북窓창을 비겨 안자 ᄉᆡ벽ᄅᆞᆯ 기다리니
無무情정ᄒᆞᆫ 戴대勝승은 이ᄂᆡ 恨한을 도우ᄂᆞ다
終종朝주惆추悵창ᄒᆞ며 먼 들ᄒᆞᆯ 바라보니
즐기ᄂᆞᆫ 農농歌가도 興흥 업서 들리ᄂᆞ다
世세情정 모ᄅᆞᆫ 한숨은 그칠 줄을 모ᄅᆞᄂᆞ다.
아ᄭᆡ 온 져 쇠비ᄂᆞᆫ 볏보님도 됴ᄒᆞᆯ세고
가시 엉긘 묵은 삿도 容용易이케 갈련마ᄂᆞᆫ
虛허堂당半반壁벽에 슬듸업시 걸려고야
출하리 첫봄의 ᄑᆞ라나 볼일 거ᄉᆞᆯ
이제야 폴녀 ᄒᆞᆫᄃᆞᆯ 알 니 잇사 사러 오랴
春춘耕경도 거의 거다 후리쳐 더뎌 두쟈

〈결사1〉
江강湖호 ᄒᆞᆫ ᄭᅮᆷ을 ᄭᅮ언 지도 오ᄅᆡ러니
口구腹복이 爲위累루ᄒᆞ야 어지버 이져ᄡᅥ다
瞻첨彼피淇기燠욱ᄒᆞᆫᄃᆡ 綠녹竹죽도 하도 할샤
有유斐비君군子자들아 낙ᄃᆡ ᄒᆞ나 빌려ᄉᆞ라
蘆노花화 깁픈 곳애 明명月월淸청風풍 벗이 되야
님ᄌᆡ 업ᄉᆞᆫ 風풍月월江강山산애 절로절로 늘그리라
無무心심ᄒᆞᆫ 白백鷗구야 오라 ᄒᆞ며 말라 ᄒᆞ랴
다토리 업슬ᄉᆞᆫ 다문 인가 너기로다

〈결사2〉
無무狀상ᄒᆞᆫ 이 몸애 무슨 志지趣취 이스리마ᄂᆞᆫ
두세 이렁 밧논을 다 무겨 더뎌 두고
이시면 粥죽이오 업시면 굴물망졍
남의 집 남의 거슨 젼혀 부러 말렷노라
ᄂᆡ 貧빈賤천 슬히 너겨 손을 헤다 믈너가며
남의 富부貴귀 불리 너겨 손을 치다 나아오랴
人인間간 어ᄂᆡ 일이 命명 밧긔 삼겨시리
貧빈而이無무怨원을 어렵다 ᄒᆞ건마ᄂᆞᆫ
ᄂᆡ 生생涯애 이러호ᄃᆡ 설온 뜻은 업노왜라
簞단食사瓢표飮음을 이도 足족히 너기로라
平평生ᄉᆡᆼ ᄒᆞᆫ 뜻이 溫온飽포애ᄂᆞᆫ 업노왜라.
太태平평天천下하애 忠충孝효를 일을 삼아
和화兄형弟제 信신朋붕友우 외다 ᄒᆞ리 뉘 이시리
그 밧긔 남은 일이야 삼긴 ᄃᆡ로 살렷노라.

〈현대어 역〉

〈서사〉
어리석고 세상 물정에 어둡기로는 이 나보다 더한 사람이 없다.
모든 운수를 하늘에다 맡겨 두고
누추한 깊은 곳에 초가를 지어 놓고
고르지 못한 날씨에 썩은 짚이 땔감이 되어
세 홉 밥에 다섯 홉 죽(초라한 음식)을 만드는 데 연기가 많기도 하구나.
덜 데운 숭늉을 고픈 배를 속일 뿐이로다.
살림살이가 이렇게 구차하다고 한들 대장부의 뜻을 바꿀 것인가.
안빈낙도하겠다는 한 가지 생각을 적을망정 품고 있어서
옳은 일을 좇아 살려 하니 날이 갈수록 뜻대로 되지 않는다.
가을이 부족한데 봄이라고 여유가 있겠으며
주머니가 비었는데 술병에 술이 담겨 있으랴.
가난한 인생이 천지간에 나뿐이로다.

〈본사1〉
배고픔과 추위가 몸을 괴롭힌다 한들 일편단심을 잊을 것인가.
의에 분발하여 내 몸을 잊어서 죽어서야 말겠노라고 마음먹어
전대와 망태에 한 줌 한 줌 모아 넣고
전란 5년 동안에 죽고 말리라는 마음을 가지고 있어
주검을 밟고 피를 건너 몇 백 전쟁을 치르었던가.

〈본사2〉
한 몸이 겨를이 있어서 집안을 돌보겠는가.
늙은 종은 하인과 주인의 분수를 잊어버렸는데
나에게 봄이 왔다고 일러 줄 것을 어떻게 기대할 수 있겠는가.
밭 가는 일은 마땅히 종에게 물어야 한다지만 누구에게 물을 것인가.
몸소 농사를 짓는 것이 내 분수에 맞는 줄을 알겠도다.

〈본사3〉
들에서 밭 갈던 은나라의 이윤과 진나라의 진승을 천하다고 할 사람이 없지마는
아무리 갈려고 한들 어느 소로 갈겠는가.
가뭄이 몹시 심하여 농사철이 다 늦은 때에
서쪽 두둑 높은 논에 잠깐 갠 지나가는 비에
길 위에 흐르는 물을 반쯤 대어 놓고는
소 한 번 빌려 주마 하고 엉성하게 하는 말(또는 탐탁지 않게 하는 말)을 듣고
친절하다고 여긴 집에 달이 없는 저녁에(달도 없는 황혼에) 허우적허우적(허둥지둥) 달려가서
굳게 닫은 문 밖에 우두커니(멀찍이) 혼자 서서
'에헴.' 하는 인기척을 꽤 오래도록 한 후에
'어, 거기 누구신가?' 묻기에 '염치 없는 저올시다.'

〈본사4〉
'초경도 거의 지났는데 그대 무슨 일로 와 계신가?'
'해마다 이러기가 구차한 줄 알지마는
소 없는 가난한 집에서 걱정이 많아 왔소이다.'
'공것이거나 값을 치거나 간에 주었으면 좋겠지만
다만 어젯밤에 건넛집 사는 사람이
목이 붉은 수꿩을 구슬 같은 기름에 구어 내고
갓 익은 좋은 술을 취하도록 권하였는데
이러한 고마움을 어떻게 갚지 않겠는가?
내일 소를 빌려 주마 하고 굳게 약속을 하였기에
약속을 어기기가 편하지 못하니 말씀하기가 어렵구료.'
정말로 그렇다면 설마 어찌하겠는가.
헌 모자를 숙여 쓰고 축 없는 짚신을 신고 맥없이 물러나오니
풍채 적은 내 모습에 개가 짖을 뿐이로구나.

〈본사5〉
작고 누추한 집에 들어간들 잠이 와서 누워 있겠는가.
북쪽 창문에 기대 앉아 새벽을 기다리니
무정한 오디새는 나의 한을 돕는구나.
아침이 끝날 때까지 슬퍼하며 먼 들을 바라보니
즐기는 농부들의 노래도 흥없게 들리는구나.
세상 물정을 모르는 한숨은 그칠 줄 모른다.
아까운 저 쟁기는 볏보임(쟁기의 날)도 좋구나.
가시가 엉킨 묵은 밭도 쉽게 갈 수 있으련만
빈 집 벽 한가운데 쓸데없이 걸려 있구나.
차라리 첫봄에 팔아나 버릴 것을
이제야 팔려 한들 알 사람이 있어 사러 올까
봄갈이도 거의 다 지났다. 팽개쳐 던져 버리자.

〈결사1〉
자연을 벗삼아 살겠다는 한 꿈을 꾼 지도 오래더니
먹고 사는 것이 누가 되어 아, 슬프게도 다 잊었도다.
저 냇가를 바라보니 푸른 대나무가 많기도 하구나.
교양 있는 선비들아, 낚싯대 하나 빌려 다오.
갈대꽃 깊은 곳에서 밝은 달과 맑은 바람의 벗이 되어
임자 없는 자연 속에서 절로절로 늙으리라.
무심한 갈매기야, 나더러 오라고 하며 가라고 하랴?
다툴 이가 없는 것은 다만 이것뿐인가 생각하노라.

〈결사2〉
못생긴 이 몸(보잘것없는 이 몸)이 무슨 소원이 있으리오마는
두세 이랑 되는 밭과 논을 다 묵혀 던져두고,
있으면 죽이요, 없으면 굶을망정,

남의 집 남의 것은 전혀 부러워하지 않겠노라.
나의 빈천을 싫게 여겨 손을 헤친다고(젓는다고) 물러가며
남의 부귀를 부럽게 여겨 손짓한다고 나아오랴?
인간 세상의 어느 일이 운명 밖에 생겼겠느냐?
가난하면서도 원망하지 않음이 어렵다고 하건마는
내 생활이 이러하되 서러운 뜻은 없노라.
한 대 광주리의 밥을 먹고 한 표주박의 물을 마시는 어려운 생활도 만족스럽게 여기노라.
평생의 한 뜻이 따뜻이 입고, 배불리 먹는 데는 없노라.
태평스런 세상에 충성과 효도를 일을 삼아,
형제간에 화목하고 벗끼리 신의 있게 사귀는 일을 그르다고 할 사람이 누가 있겠는가?
그 밖의 나머지 일이야 태어난 대로 살아가려 하노라.

(1) 핵심 정리

갈래	가사
성격	전원적, 사색적, 사실적
제재	안분지족(安分知足)의 생활
주제	• 자연을 벗삼아 안빈낙도(安貧樂道)하고자 하는 선비의 궁핍한 생활상 • 빈이무원(貧而無怨)하며 충효, 우애, 신의를 나누는 삶의 추구
특징	• 일상생활에 대한 생생한 묘사를 보여 줌 • 감정을 현실적인 언어로 직접적으로 드러냄
의의	조선 후기 가사의 새로운 주제와 방향을 제시함
연대	조선 광해군 3년(1611년)
출전	『노계집』

(2) 이해와 감상

① 이 작품은 작가가 임진왜란이 끝난 후 고향으로 돌아가 살고 있을 때 친구인 이덕형이 두메생활의 어려움을 물은 데 대한 답으로 지은 가사이다. 작가는 **자신의 가난한 처지에 대해 진솔하게 털어놓으면서도 자연에 파묻혀 안빈낙도(安貧樂道)하며 충효와 신의, 우애 등의 본분에 충실할 것을 다짐하고 있다.**

② 자신이 겪고 있는 궁핍한 현실의 어려움과 안빈낙도하고자 하는 이상 사이의 갈등을 솔직하게 드러내고 있는 것이다.

③ 사대부와의 관계에서는 어려운 한문어구를 상징적으로 쓰면서도 일상언어를 대폭 사용하여 구체적이고도 절실하게 묘사함으로써 가사문학에 현실 인식의 새로운 장을 열었다고 평가되며, 생동감과 구체성을 배가한 점이 돋보인다.

제2절 연군 가사 중요

1 정철, 「사미인곡」

〈원문〉

〈서사1〉
이 몸 삼기실 제 님을 조차 삼기시니,
ᄒᆞᆫᄉᆡᆼ 緣연分분이며 하ᄂᆞᆯ 모ᄅᆞᆯ 일이런가.
나 ᄒᆞ나 졈어 잇고 님 ᄒᆞ나 날 괴시니,
이 ᄆᆞ음 이 ᄉᆞ랑 견졸 ᄃᆡ 노여 업다.

〈서사2〉
平평生ᄉᆡᆼ애 願원ᄒᆞ요ᄃᆡ ᄒᆞᆫᄃᆡ 녜자 ᄒᆞ얏더니,
늙거야 므ᄉᆞ 일로 외오 두고 글이ᄂᆞᆫ고.
엇그제 님을 뫼셔 廣광寒한殿뎐의 올낫더니,
그 더ᄃᆡ 엇디ᄒᆞ야 下하界계예 ᄂᆞ려오니,
올 저긔 비슨 머리 얼킈연 디 三삼年년이라.
臙연脂지粉분 잇ᄂᆡ마ᄂᆞᆫ, 눌 위ᄒᆞ야 고이 ᄒᆞᆯ고.
ᄆᆞ음의 ᄆᆡ친 실음 疊텹疊텹이 ᄡᅡ혀 이셔,
짓ᄂᆞ니 한숨이오 디ᄂᆞ니 눈믈이라.
人인生ᄉᆡᆼ은 有유限ᄒᆞᆫᄒᆞᆫᄃᆡ, 시ᄅᆞᆷ도 그지업다.

〈서사3〉
無무心심ᄒᆞᆫ 歲셰月월은 믈 흐ᄅᆞ듯 ᄒᆞᄂᆞᆫ고야.
炎염涼냥이 ᄯᅢᄅᆞᆯ 아라 가ᄂᆞᆫ ᄃᆞᆺ 고텨 오니,
듯거니 보거니 늣길 일도 하도 할샤.

〈본사1(춘원)〉
東동風풍이 건듯 부러 積젹雪셜을 헤텨 내니,
窓창 밧긔 심근 梅ᄆᆡ花화 두세 가지 픠여세라.
ᄀᆞᆺ득 冷ᄂᆡᆼ淡담ᄒᆞᆫᄃᆡ, 暗암香향은 므ᄉᆞ 일고.
黃황昏혼의 ᄃᆞᆯ이 조차 벼마ᄐᆡ 빗최니,
늣기ᄂᆞᆫ ᄃᆞᆺ 반기ᄂᆞᆫ ᄃᆞᆺ, 님이신가 아니신가.
뎌 梅ᄆᆡ花화 것거 내여 님 겨신 ᄃᆡ 보내오져.
님이 너ᄅᆞᆯ 보고 엇더타 너기실고.

〈본사2(하원)〉
ᄭᅩᆺ 디고 새 닙 나니, 綠녹陰음이 ᄭᆞᆯ렷ᄂᆞᆫᄃᆡ,
羅나幃위 寂젹寞막ᄒᆞ고, 繡슈幕막이 뷔여 잇다.
芙부蓉용을 거더 노코 孔공雀쟉을 둘러 두니,

ᄀᆞᆺ득 시ᄅᆞᆷ 한ᄃᆡ 날은 엇디 기돗던고.
鴛원鴦앙錦금 버혀 노코 五오色ᄉᆡᆨ線션 플텨 내여
금자ᄒᆡ 견화이셔 님의 옷 지어 내니,
手수品품은ᄏᆞ니와 制졔度도도 ᄀᆞᄌᆞᆯ시고.
珊산瑚호樹슈 지게 우ᄒᆡ 白백玉옥函함의 다마 두고,
님의게 보내오려 님 겨신 ᄃᆡ 바라보니,
山산인가 구롬인가, 머흐도 머흘시고.
千쳔里리 萬만里리 길흘 뉘라셔 ᄎᆞ자갈고.
니거든 여러 두고 날인가 반기실가.

〈본사3(추원)〉
ᄒᆞᄅᆞ밤 서리김의 기러기 우러 넬 제,
危위樓루에 혼자 올나 水슈晶졍簾념 거든말이,
東동山산의 ᄃᆞᆯ이 나고 北븍極극의 별이 뵈니,
님이신가 반기니 눈믈이 절로 난다.
淸쳥光광을 쥐여 내여 鳳봉凰황樓누의 븟티고져.
樓누 우ᄒᆡ 거러 두고 八팔荒황의 다 비최여
深심山산窮궁谷곡 졈낫ᄀᆞ티 ᄆᆡᆼ그쇼셔.

〈본사4(동원)〉
乾건坤곤이 閉塞ᄉᆡᆨᄒᆞ야 白ᄇᆡᆨ雪셜이 ᄒᆞᆫ 빗친 제,
사ᄅᆞᆷ은ᄏᆞ니와 ᄂᆞᆯ새도 긋쳐 잇다.
蕭쇼湘샹 南남畔반도 치오미 이러커든,
玉옥樓누高고處쳐야 더옥 닐러 므슴 ᄒᆞ리.
陽양春츈을 부쳐 내여 님 겨신 ᄃᆡ 쏘이고져.
茅모簷쳠 비쵠 ᄒᆡ를 玉옥樓누의 올리고져.
紅홍裳샹을 니믜ᄎᆞ고 翠취袖슈를 半반만 거더
日일暮모 脩슈竹듁의 혬가림도 하도 할샤.
댜른 ᄒᆡ 수이 디여 긴 밤을 고초 안자
靑쳥燈등 거른 겻ᄐᆡ 鈿뎐箜공篌후 노하 두고
ᄭᅮᆷ의나 님을 보려 ᄐᆡᆨ 밧고 비겨시니,
鴦앙衾금도 ᄎᆞ도 ᄎᆞᆯ샤. 이 밤은 언제 샐고.

〈결사〉
ᄒᆞᄅᆞ도 열 두 ᄣᅢ, ᄒᆞᆫ ᄃᆞᆯ도 셜흔 날,
져근덧 ᄉᆡᆼ각 마라, 이 시ᄅᆞᆷ 닛쟈 하니,
ᄆᆞᄋᆞᆷ의 ᄆᆡ쳐 이셔 骨골髓슈의 ᄢᅦ텨시니,
扁편鵲쟉이 열히오나, 이 병을 엇디ᄒᆞ리.
어와, 내 병이야 이 님의 타시로다.
출하리 ᄉᆡ여디여 범나ᄇᆡ 되오리라.
곳나모 가지마다 간 ᄃᆡ 죡죡 안니다가.

향 므든 ᄂᆞᆯ애로 님의 오ᄉᆡ 올므리라.
님이야 날인 줄 모ᄅᆞ셔도 내님 조ᄎᆞ려 ᄒᆞ노라.

〈현대어 역〉

〈서사1〉
이 몸이 태어날 때에 임을 따라 태어나니,
한평생 함께 살아갈 인연이며 이 또한 하늘이 어찌 모를 일이던가?
나는 오직 젊어 있고, 임은 오직 나를 사랑하시니,
이 마음과 이 사랑을 비교할 곳이 다시 없다.

〈서사2〉
평생에 원하되 임과 함께 살아가려 하였더니,
늙어서야 무슨 일로 외따로 두고 그리워하는고?
엊그제에는 임을 모시고 광한전에 올라 있었더니,
그 동안에 어찌하여 속세에 내려 왔느냐?
내려올 때에 빗은 머리가 헝클어진 지 3년일세.
연지와 분이 있네마는 누구를 위하여 곱게 단장할꼬?
마음에 맺힌 근심이 겹겹으로 쌓여 있어서
짓는 것이 한숨이요, 흐르는 것이 눈물이라.
인생은 한정이 있는데 근심은 한이 없다.

〈서사3〉
무심한 세월은 물 흐르듯 하는구나.
더웠다 서늘해졌다 하는 계절의 바뀜이 때를 알아 지나갔다가는 이내 다시 돌아오니,
듣거니 보거니 하는 가운데 느낄 일이 많기도 하구나.

〈본사1(춘원)〉
봄바람이 문득 불어 쌓인 눈을 헤쳐 내니,
창밖에 심은 매화가 두세 가지 피었구나.
가뜩이나 쌀쌀하고 담담한데, 그윽히 풍겨 오는 향기는 무슨 일인고?
황혼에 달이 따라와 베갯머리에 비치니,
느껴 우는 듯 반가워하는 듯하니, 임이신가 아니신가
저 매화를 꺾어 내어 임 계신 곳에 보내고 싶다.
그러면 임이 너를 보고 어떻다 생각하실꼬?

〈본사2(하원)〉
꽃잎이 지고 새 잎 나니 녹음이 우거져 나무 그늘이 깔렸는데
비단 포장은 쓸쓸히 걸렸고, 수놓은 장막만이 드리워져 텅 비어 있다.
연꽃무늬가 있는 방장을 걷어 놓고, 공작을 수놓은 병풍을 둘러 두니,
가뜩이나 근심 걱정이 많은데, 날은 어찌 길던고?
원앙새 무늬가 든 비단을 베어 놓고 오색실을 풀어 내어

금으로 만든 자로 재어서 임의 옷을 만들어 내니,
솜씨는 말할 것도 없거니와 격식도 갖추었구나.
산호수로 만든 지게 위에 백옥으로 만든 함에 담아 앉혀 두고,
임에게 보내려고 임 계신 곳을 바라보니,
산인지 구름인지 험하기고 험하구나.
천 리 만 리나 되는 머나먼 길을 누가 찾아갈꼬?
가거든 열어 두고 나를 보신 듯이 반가워하실까?

〈본사3(추원)〉
하룻밤 사이의 서리 내릴 무렵에 기러기 울며 날아갈 때,
높다란 누각에 혼자 올라서 수정알로 만든 발을 걷으니,
동산에 달이 떠오르고 북극성이 보이므로,
임이신가 하여 반가워하니 눈물이 절로 난다.
저 맑은 달빛을 일으켜 내어 임이 계신 궁궐에 부쳐 보내고 싶다.
누각 위에 걸어 두고 온 세상을 비추어,
깊은 산골짜기에도 대낮같이 환하게 만드소서.

〈본사4(동원)〉
천지가 겨울의 추위에 얼어 생기가 막혀, 흰 눈이 일색으로 덮여 있을 때에,
사람은 말할 것도 없거니와 날짐승의 날아감도 끊어져 있다.
소상강 남쪽 둔덕도 추위가 이와 같거늘,
하물며 북쪽 임 계신 곳이야 더욱 말해 무엇하랴?
따뜻한 봄기운을 부치어 내어 임 계신 곳에 쐬게 하고 싶다.
초가집 처마에 비친 따뜻한 햇볕을 임 계신 궁궐에 올리고 싶다.
붉은 치마를 여미어 입고 푸른 소매를 반쯤 걷어 올려
해는 저물었는데 밋밋하고 길게 자란 대나무에 기대어서 이것저것 생각함이 많기도 많구나.
짧은 겨울 해가 이내 넘어가고 긴 밤을 꼿꼿이 앉아,
청사초롱을 걸어둔 옆에 자개로 수놓은 공후라는 악기를 놓아두고,
꿈에서나 임을 보려고 턱을 바치고 기대어 있으니,
원앙새를 수놓은 이불이 차기도 차구나. 이 밤은 언제나 샐꼬?

〈결사〉
하루도 열두 때, 한 달도 서른 날,
잠시라도 임 생각을 말아 가지고 이 시름을 잊으려 하여도
마음속에 맺혀 있어 뼛속까지 사무쳤으니,
편작과 같은 명의가 열 명이 오더라도 이 병을 어떻게 하랴.
아, 내 병이야 이 임의 탓이로다.
차라리 사라져 범나비가 되리라.
꽃나무 가지마다 간 데 족족 앉고 다니다가
향기가 묻은 날개로 임의 옷에 옮으리라.
임께서야 나인 줄 모르셔도 나는 임을 따르려 하노라.

(1) 핵심 정리

갈래	서정 가사, 양반 가사, 정격 가사
성격	서정적, 여성적, 연모적, 충신연주지사, 주정적, 의지적
제재	임금에 대한 사랑
주제	임금을 향한 일편단심, 연군지정(戀君之情)
특징	• 충신연주지사(忠臣戀主之詞)의 대표적 작품 • 후편 격인 「속미인곡」과 더불어 가사문학의 백미를 이룸
운율	3(4) · 4조, 4음보 연속체
연대	조선 선조(16세기 말)
출전	『송강가사』

(2) 이해와 감상

① 이 작품은 작가가 50세 되던 해에 조정에서 물러나 4년간 전남의 창평에서 은거하며 생활을 하고 있을 때 지은 가사로, 임금에 대한 그리움과 충정을 노래한 충신연주지사이다.

② 왕에 대한 자신의 충정을 하소연할 목적으로 지어졌으나 왕과 자신의 관계를 직접적으로 드러내지 않고 자신을 임의 사랑을 받지 못하는 여자로, 임금을 임으로 설정한 후, 사계절의 풍경과 함께 이별한 임을 그리워하는 형식으로 우의적으로 표현하였다.

③ 임금을 사랑하는 임으로 설정하는 방식은 고려가요인 「정과정」과 맥을 같이 하고 있으며, 우리 시가의 전통인 이별에 대한 정한과 임에 대한 자기희생적 사랑을 보이고 있다는 점에서 「가시리」, 「진달래꽃」 등과 이어져 있다고 할 수 있다.

2 정철, 「속미인곡」

〈원문〉

〈서사1〉
뎨 가ᄂᆞᆫ 뎌 각시 본 듯도 ᄒᆞᆫ뎌이고
天텬上샹 白ᄇᆡᆨ玉옥京경을 엇디ᄒᆞ야 離니別별ᄒᆞ고,
ᄒᆡ 다 뎌 져믄 날의 눌을 보라 가시ᄂᆞᆫ고.

〈서사2〉
어와 네여이고 내 ᄉᆞ셜 드러보오.
내 얼굴 이 거동이 님 괴얌즉 ᄒᆞᆫ가마ᄂᆞᆫ
엇딘디 날 보시고 네로다 녀기실ᄉᆡ
나도 님을 미더 군 ᄠᅳ디 전혀 업서
이ᄅᆡ야 교ᄐᆡ야 어ᄌᆞ러이 구돗썬디

반기시ᄂᆞᆫ ᄂᆞᆺ비치 녜와 엇디 다ᄅᆞ신고.
누어 ᄉᆡᆼ각ᄒᆞ고 니러 안자 혜여ᄒᆞ니
내 몸의 지은 죄 뫼ᄀᆞ티 ᄡᅡ혀시니
하ᄂᆞᆯ히라 원망ᄒᆞ며 사ᄅᆞᆷ이라 허믈ᄒᆞ랴.
셜워 플텨 혜니 造조物믈의 타시로다.

〈본사1〉
글란 ᄉᆡᆼ각 마오.

〈본사2〉
ᄆᆡ친 일이 이셔이다.
님을 뫼셔 이셔 님의 일을 내 알거니
믈 ᄀᆞᄐᆞᆫ 얼굴이 편ᄒᆞ실 적 몃 날일고.
春츈寒한苦고熱열은 엇디ᄒᆞ야 디내시며
秋츄日일冬동天텬은 뉘라셔 뫼셧ᄂᆞᆫ고.
粥쥭早조飯반 朝죠夕셕 뫼 녜와 ᄀᆞᆺ티 셰시ᄂᆞᆫ가.
기나긴 밤의 ᄌᆞᆷ은 엇디 자시ᄂᆞᆫ고.

〈본사3〉
님 다히 消쇼息식을 아므려나 아쟈ᄒᆞ니
오ᄂᆞᆯ도 거의로다 ᄂᆡ일이나 사ᄅᆞᆷ올가.
내 ᄆᆞᄋᆞᆷ 둘 ᄃᆡ 업다. 어드러로 가쟛 말고.
잡거니 밀거니 놉픈 뫼ᄒᆡ 올라가니
구롬은ᄏᆞ니와 안개ᄂᆞᆫ ᄆᆞᄉᆞ일고.
山산川쳔이 어둡거니 日일月월을 엇디 보며
咫지尺쳑을 모ᄅᆞ거든 千쳔里리ᄅᆞᆯ ᄇᆞ라보랴.
ᄎᆞᆯ하리 믈ᄀᆞ의 가 ᄇᆡ 길히나 보쟈 ᄒᆞ니
ᄇᆞ람이야 믈결이야 어둥졍 된뎌이고.
샤공은 어ᄃᆡ 가고 뷘 ᄇᆡ만 걸렷ᄂᆞ니
江강天텬의 혼쟈 셔셔 디ᄂᆞᆫ ᄒᆡᄅᆞᆯ 구버보니
님다히 消쇼息식이 더옥 아득ᄒᆞᆫ뎌이고.

〈본사4〉
茅모簷쳠 ᄎᆞᆫ 자리의 밤듕만 도라오니
半반壁벽靑쳥燈등은 눌 위ᄒᆞ야 ᄇᆞᆯ갓ᄂᆞᆫ고.
오ᄅᆞ며 ᄂᆞ리며 헤ᄠᅳ며 바니니
져근덧 力녁盡진ᄒᆞ야 픗ᄌᆞᆷ을 잠간 드니
精졍誠셩이 지극ᄒᆞ야 ᄭᅮᆷ의 님을 보니
玉옥 ᄀᆞᄐᆞᆫ 얼굴이半반이나마 늘거셰라.
ᄆᆞᄋᆞᆷ의 머근 말ᄉᆞᆷ 슬ᄏᆞ장 ᄉᆞᆲ쟈 ᄒᆞ니
눈믈이 바라나니 말인들 어이ᄒᆞ며
졍을 못다ᄒᆞ야 목이조차 메여ᄒᆞ니
오뎐된 鷄계聲셩의 ᄌᆞᆷ은 엇디 ᄭᆡ돗던고.

〈결사1〉
어와, 虛허事ᄉᆞ로다. 이 님이 어ᄃᆡ 간고.
결의 니러 안자 窓창을 열고 ᄇᆞ라보니
어엿븐 그림자ㅣ 날 조ᄎᆞᆯ ᄲᅮᆫ이로다.
ᄎᆞᆯ하리 ᄉᆡ여디여 落낙月월이나 되야이셔
님 겨신 窓창 안ᄒᆡ 번드시 비최리라.

〈결사2〉
각시님 ᄃᆞᆯ이야ᄏᆞ니와 구ᄌᆞᆫ 비나 되쇼셔.

〈현대어 역〉

〈서사1〉
저기 가는 저 각시 본 듯도 하구나.
임금이 계시는 대궐을 어찌하여 이별하고,
해가 다 져서 저문 날에 누구를 만나러 가시는고?

〈서사2〉
아, 너로구나. 내 사정 이야기를 들어 보오.
내 몸과 이 나의 태도는 임께서 사랑함직 한가마는
어쩐지 나를 보시고 너로구나하고 여기시기에
나도 임을 믿어 딴 생각이 전혀 없어
응석과 아양을 부리며 지나치게 굴었던지
반기시는 얼굴빛이 옛날과 어찌 다르신고?
누워 생각하고 일어나 앉아 생각하니
내 몸이 지은 죄가 산같이 쌓였으니,
하늘을 원망하며 사람을 탓하랴.
서러워서 여러 가지 일을 풀어 내여 헤아려 보니 조물주의 탓이로다.

〈본사1〉
그것을랑 생각하지 마오.

〈본사2〉
마음속에 맺힌 일이 있습니다.
예전에 임을 모시어서 임의 일을 내가 알거니,
물같이 연약한 몸이 편하실 때가 몇 날일까?
이른 봄날의 추위와 여름철의 무더위는 어떻게 지내시며,
가을날 겨울날은 누가 모셨는고?
자릿조반과 아침, 저녁 진지는 예전과 같이 잘 잡수시는가?
기나긴 밤에 잠은 어떻게 주무시는가?

〈본사3〉
임 계신 곳의 소식을 어떻게 해서라도 알려고 하니,
오늘도 거의 저물었구나. 내일이나 임의 소식 전해 줄 사람이 올까?
내 마음 둘 곳이 없다. 어디로 가자는 말인가?
잡기도 하고 밀기도 하면서 높은 산에 올라가니,
구름은 물론이거니와 안개는 또 무슨 일로 저렇게 끼어 있는고?
산천이 어두운데 해와 달은 어떻게 바라보며,
눈앞의 가까운 곳도 모르는데 천 리나 되는 먼 곳을 바라볼 수 있으랴.
차라리 물가에 가서 뱃길이나 보려고 하니
바람과 물결로 어수선하게 되었구나.
뱃사공은 어디 가고 빈 배만 걸려있는고?
강가에 혼자 서서 지는 해를 굽어보니
임 계신 곳의 소식이 더욱 아득하구나.

〈본사4〉
초가집 찬 잠자리에 한밤중이 돌아오니,
벽 가운데 걸려 있는 등불은 누구를 위하여 밝게 켜져 있는가?
산을 오르내리며 헤매며 시름없이 오락가락하니
잠깐 사이에 힘이 다하여 풋잠을 잠깐 드니,
정성이 지극하여 꿈에 임을 보니
옥과 같이 곱던 모습이 반 넘어 늙었구나.
마음속에 품은 생각을 실컷 아뢰려고 하였더니
눈물이 쏟아지니 말인들 어찌하며
정회도 다 못 풀어 목마저 메니
방정맞은 닭소리에 잠은 어찌 깨버렸는가?

〈결사1〉
아 허황한 일이로다. 이 임이 어디 갔는가?
즉시 일어나 앉아 창문을 열고 밖을 바라보니,
가엾은 그림자만이 나를 따르고 있을 뿐이로다.
차라리 사라져서 지는 달이나 되어
임이 계신 창문 안에 환하게 비치리라.

〈결사2〉
각시님, 달은커녕 궂은 비나 되십시오.

(1) 핵심 정리

갈래	서정 가사, 양반 가사, 정격 가사
성격	서정적, 여성적, 연모적, 충신연주지사
제재	임에 대한 그리움
주제	임금을 향한 그리움, 연군지정(戀君之情)
특징	• 대화 형식으로 내용을 전개함 • 순우리말을 절묘하게 구사함
운율	3(4) · 4조, 4음보 연속체
연대	조선 선조(16세기 말)
출전	『송강가사』

(2) 이해와 감상

① 이 작품은 정철이 전남 창평에 은거할 때 임금을 그리워하는 정을 두 여인의 대화 형식으로 읊은 연군 가사로, 「사미인곡」의 속편에 해당한다. 이 노래는 「사미인곡」과 함께 가사문학의 백미로 꼽히는데, 「사미인곡」에 비해 순우리말의 묘미를 잘 살렸으며, 화자의 간절함이 뛰어나다는 평가를 받고 있다. 조선 후기의 문신이었던 홍만종 또한 자신의 저서 『순오지(旬五志)』에서 「속미인곡」은 중국의 삼국 시대에 제갈공명이 지은 「출사표(出師表)」와 견줄 만하다고 했다.

② '서사 – 본사 – 결사'의 3단 구성으로 이루어져 있고, 특히 두 선녀의 대화 형식, 즉 상대 여인(보조 인물)이 백옥경을 떠난 이유를 묻고, 작가의 분신에 해당하는 여인이 답하며 자신의 서러운 사연과 간절한 사모의 정을 토로하는 형식으로 노래를 전개했다는 점이 돋보인다.

③ 작가는 임금을 떠나온 자신의 처지를 천상에서 임을 모시다가 지상으로 내려온 선녀의 신세에 빗대어 임에 대한 절절한 사랑을 표현하였다는 점에서 「사미인곡」과 더불어 뒷날 연군의 정서를 읊은 여러 가사의 시원(始原)이 된다.

제3절 기행 가사

1 정철, 「관동별곡」 중요

〈원문〉

〈서사〉
江강湖호애 病병이 깁퍼 竹듁林님의 누엇더니,
關관東동 八팔百빅里니에 方방面면을 맛디시니,
어와 聖셩恩은이야 가디록 罔망極극ᄒᆞ다.

延연秋츄門문 드리ᄃᆞ라 慶경會회 南남門문 ᄇᆞ라보며,
下하直직고 믈너나니 玉옥節졀이 알픠 셧다.
平평丘구驛역 ᄆᆞᆯ을 ᄀᆞ라 黑흑水슈로 도라드니,
蟾셤江강은 어듸메오, 雉티岳악이 여긔로다.
昭쇼陽양江강 ᄂᆞ린 믈이 어드러로 든단 말고.
孤고臣신 去거國국에 白ᄇᆡᆨ髮발도 하도 할샤.
東동州쥐 밤 계오 새와 北븍寬관亭뎡의 올나ᄒᆞ니,
三삼角각山산 第뎨一일峰봉이 ᄒᆞ마면 뵈리로다.
弓궁王왕 大대闕궐 터희 烏오鵲쟉이 지지괴니.
千쳔古고 興흥亡망을 아ᄂᆞᆫ다, 몰ᄋᆞᄂᆞᆫ다.
淮회陽양녜 일홈이 마초아 ᄀᆞᄐᆞᆯ시고.
汲급長댱孺유 風풍彩ᄎᆡ를 고텨 아니 볼 게이고.

〈본사1〉
營영中듕이 無무事ᄉᆞᄒᆞ고 時시節졀이 三삼月월인 제,
花화川쳔 시내길히 楓풍岳악으로 버더 잇다.
行ᄒᆡᆼ裝장을 다 ᄯᅥᆯ티고 石셕逕경의 막대 디퍼,
百ᄇᆡᆨ川쳔洞동 겨ᄐᆡ 두고 萬만瀑폭洞동 드러가니,
銀은 ᄀᆞᄐᆞᆫ 무지게, 玉옥 ᄀᆞᄐᆞᆫ 龍룡의 초리,
섯돌며 ᄲᆞᆷᄂᆞᆫ 소ᄅᆡ 十십里리의 ᄌᆞ자시니,
들을 제ᄂᆞᆫ 우레러니 보니ᄂᆞᆫ 눈이로다.
金금剛강臺ᄃᆡ ᄆᆡᆫ 우層층의 仙션鶴학이 삿기 치니,
春츈風풍 玉옥笛뎍聲셩의 첫ᄌᆞᆷ을 ᄭᆡ돗던디,
縞호衣의 玄현裳샹이 半반空공의 소소 ᄯᅳ니
西셔湖호 녯 主쥬人인을 반겨서 넘노ᄂᆞᆫ ᄃᆞᆺ.
小쇼香향爐노 大대香향爐노 눈 아래 구버보고,
正졍陽양寺ᄉᆞ 眞진歇헐臺ᄃᆡ 고텨 올나 안ᄌᆞᆫ마리,
廬녀山산 眞진面면目목이 여긔야 다 뵈ᄂᆞ다.
어와, 造조化화翁옹이 헌ᄉᆞ토 헌ᄉᆞᄒᆞᆯ샤.
ᄂᆞᆯ거든 ᄯᅱ디 마나, 셧거든 솟디 마나.
芙부蓉용을 고잣ᄂᆞᆫ ᄃᆞᆺ, 白ᄇᆡᆨ玉옥을 믓것ᄂᆞᆫ ᄃᆞᆺ,
東동溟명을 박ᄎᆞᄂᆞᆫ ᄃᆞᆺ, 北븍極극을 괴왓ᄂᆞᆫ ᄃᆞᆺ.
놉흘시고 望망高고臺ᄃᆡ, 외로올샤 穴혈望망峰봉이
하ᄂᆞᆯ의 추미러 므ᄉᆞ 일을 ᄉᆞ로리라
千쳔萬만劫겁 디나ᄃᆞ록 구필 줄 모ᄅᆞᄂᆞᆫ다.
어와 너여이고, 너 ᄀᆞᄐᆞ니 ᄯᅩ 잇ᄂᆞᆫ가.
開기心심臺ᄃᆡ 고텨 올나 衆듕香향城셩 ᄇᆞ라보며,
萬만二이 千쳔峰봉을 歷녁歷녁히 혀여ᄒᆞ니
峰봉마다 ᄆᆡᆺ쳐 잇고 긋마다 서린 긔운,
ᄆᆞᆰ거든 조티 마나. 조커든 ᄆᆞᆰ디마나
뎌 긔운 흐터 내야 人인傑걸을 ᄆᆞᆫᄃᆞᆯ고쟈.
形형容용도 그지업고 體톄勢셰도 하도 할샤.

天텬地디 삼기실 제 自ᄌᆞ然연이 되연마ᄂᆞᆫ,
이제 와 보게 되니 有유情졍도 有유情졍ᄒᆞᆯ샤.
毗비盧로峰봉 上샹上샹頭두의 올라 보니 긔 뉘신고.
東동山산 泰태山산이 어ᄂᆞ야 놉돗던고.
魯노國국 조븐 줄도 우리ᄂᆞᆫ 모ᄅᆞ거든,
넙거나 넙은 天텬下하 엇씨ᄒᆞ야 젹닷 말고.
어와 뎌 디위ᄅᆞᆯ 어이ᄒᆞ면 알 거이고.
오ᄅᆞ디 못ᄒᆞ거니 ᄂᆞ려가미 고이ᄒᆞᆯ가.
圓원通통골 ᄀᆞᄂᆞᆫ 길로 獅ᄉᆞ子ᄌᆞ峰봉을 ᄎᆞ자가니,
그 알ᄑᆡ 너러바회 化화龍룡쇠 되여셰라.
千쳔年년 老노龍룡이 구ᄇᆡ구ᄇᆡ 서려 이셔,
晝듀夜야의 흘녀 내여 滄창海ᄒᆡ예 니어시니,
風풍雲운을 언제 어더 三삼日일雨우ᄅᆞᆯ 디련ᄂᆞᆫ다.
陰음崖애예 이온 플을 다 살와 내여ᄉᆞ라.
마하연 妙묘吉길祥샹 雁안門문재 너머 디여,
외나모 뻐근 ᄃᆞ리 佛블頂뎡臺ᄃᆡ 올라ᄒᆞ니,
千쳔尋심絶졀壁벽을 半반空공애 셰여 두고,
銀은河하水슈 한 구ᄇᆡᄅᆞᆯ 촌촌이 버혀 내여,
실ᄀᆞ티 플텨이셔 뵈ᄀᆞ티 거러시니,
圖도經경 열 두 구ᄇᆡ, 내 보매ᄂᆞᆫ 여러히라.
李리謫뎍仙션 이제 이셔 고텨 의논ᄒᆞ게 되면,
廬녀山산이 여긔도곤 낫단 말 못 ᄒᆞ려니.

〈본사2〉
山산中듕을 ᄆᆡ양 보랴, 東동海ᄒᆡ로 가쟈ᄉᆞ라.
藍남輿여 緩완步보ᄒᆞ야 山산映영樓누의 올나ᄒᆞ니,
玲영瓏농 碧벽溪계와 數수聲셩 啼뎨鳥됴ᄂᆞᆫ 離니別별을 怨원ᄒᆞᄂᆞᆫ 듯,
旌졍旗긔ᄅᆞᆯ 쎨티니 五오色ᄉᆡᆨ이 넘노ᄂᆞᆫ 듯,
鼓고角각을 섯부니 海ᄒᆡ雲운이 다 것ᄂᆞᆫ 듯.
鳴명沙사길 니근 ᄆᆞᆯ이 醉취仙션을 빗기 시러,
바다ᄒᆞᆯ 겻ᄐᆡ 두고 海ᄒᆡ棠당花화로 드러가니,
白ᄇᆡᆨ鷗구야 ᄂᆞ디 마라, 네 버딘 줄 엇디 아ᄂᆞᆫ.
金금蘭난窟굴 도라드러 叢총石셕亭졍 올라ᄒᆞ니,
白ᄇᆡᆨ玉옥樓누 남은 기동 다만 네히 셔 잇고야.
工공倕슈의 셩녕인가, 鬼귀斧부로 다ᄃᆞ믄가.
구ᄐᆞ야 六뉵面면은 므어슬 象샹톳던고.
高고城셩을란 뎌만 두고 三삼日일浦포ᄅᆞᆯ ᄎᆞ자가니,
丹단書셔ᄂᆞᆫ 宛완然연ᄒᆞ되 四ᄉᆞ仙션은 어ᄃᆡ 가니.
예 사흘 머믄 後후의 어ᄃᆡ 가 ᄯᅩ 머믈고.
仙션遊유潭담 永영郞낭湖호 거긔나 가 잇ᄂᆞᆫ가.
清청澗간亭뎡 萬만景경臺대 몃 고ᄃᆡ 안돗던고.

梨니花화ᄂᆞᆫ ᄇᆞᆯ셔 디고 졉동새 슬피 울 제,
洛낙山산 東동畔반으로 義의相샹臺ᄃᆡ예 올라 안자,
日일出츌을 보리라 밤듕만 니러ᄒᆞ니,
祥샹雲운이 집픠ᄂᆞᆫ 동, 六뉵龍룡이 바퇴ᄂᆞᆫ 동,
天텬中듕의 티ᄯᅳ니 毫호髮발을 혜리로다.
아마도 녈구름 근처의 머믈셰라.
詩시仙션은 어ᄃᆡ 가고 咳ᄒᆡ唾타만 나맛ᄂᆞ니.
天텬地디間간 壯장ᄒᆞᆫ 긔별 ᄌᆞ셔히도 ᄒᆞᆯ셔이고.
斜사陽양 峴현山산의 躑텩躅튝을 므니ᄇᆞᆯ와
羽우蓋개芝지輪륜이 鏡경浦포로 ᄂᆞ려가니,
十십里리 氷빙紈환을 다리고 고텨 다려,
長댱松숑 울흔 소개 슬ᄏᆞ장 펴뎌시니,
믈결도 자도잘샤 모래ᄅᆞᆯ 혜리로다.
孤고舟쥬 解ᄒᆡ纜람ᄒᆞ야 亭뎡子ᄌᆞ 우희 올나가니,
江강門문橋교 너믄 겨ᄐᆡ 大대洋양이 거긔로다.
從둉容용ᄒᆞᆫ댜 이 氣긔像샹, 闊활遠원ᄒᆞᆫ댜 뎌 境경界계,
이도곤 ᄀᆞᄌᆞᆫ ᄃᆡ 또 어듸 잇닷 말고.
紅홍粧장 古고事ᄉᆞᄅᆞᆯ 헌ᄉᆞ타 ᄒᆞ리로다.
江강陵능 大대都도護호 風풍俗쇽이 됴흘시고,
節졀孝효旌졍門문이 골골이 버러시니
比비屋옥可가封봉이 이제도 잇다 ᄒᆞᆯ다.
眞진珠쥬館관 竹듁西셔樓루 五오十십川쳔 ᄂᆞ린 믈이
太태白ᄇᆡᆨ山산 그림재*ᄅᆞᆯ 東동海ᄒᆡ로 다마 가니,
출하리 漢한江강의 木목覓멱의 다히고져.
王왕程뎡이 有유限ᄒᆞᆫᄒᆞ고 風풍景경이 못 슬믜니,
幽유懷회도 하도 할샤, 客ᄀᆡᆨ愁수도 둘 듸 업다.
仙션사ᄅᆞᆯ ᄯᅴ워 내여 斗두牛우로 向향ᄒᆞ살가,
仙션人인을 ᄎᆞᄌᆞ려 丹단穴혈의 머므살가.
天텬根근을 못내 보와 望망洋양亭뎡의 올은말이,
바다 밧근 하ᄂᆞᆯ이니 하ᄂᆞᆯ 밧근 므서신고.
ᄀᆞᆺ득 노ᄒᆞᆫ 고래, 뉘라셔 놀내관ᄃᆡ,
블거니 ᄲᅮᆷ거니 어즈러이 구ᄂᆞᆫ디고.
銀은山산을 것거 내여 六뉵合합의 ᄂᆞ리ᄂᆞᆫ ᄃᆞᆺ,
五오月월 長댱天텬의 白ᄇᆡᆨ雪셜은 므ᄉᆞ 일고.

〈결사〉
져근덧 밤이 드러 風풍浪낭이 定뎡ᄒᆞ거ᄂᆞᆯ,
扶부桑상 咫지尺쳑의 明명月월을 기ᄃᆞ리니,
瑞셔光광 千쳔丈댱이 뵈ᄂᆞᆫ ᄃᆞᆺ 숨ᄂᆞᆫ고야.
珠쥬簾렴을 고텨 것고, 玉옥階계ᄅᆞᆯ 다시 쓸며,
啓계明명星셩 돗도록 곳초 안자 ᄇᆞ라보니,
白ᄇᆡᆨ蓮년花화 ᄒᆞᆫ 가지ᄅᆞᆯ 뉘라셔 보내신고.

일이 됴흔 世셰界계 늄대되 다 뵈고져.
流뉴霞하酒쥬 ᄀ득 부어 ᄃᆞᆯᄃᆞ려 무론 말이,
英영雄웅은 어ᄃᆡ 가며, 四ᄉᆞ仙션은 긔 뉘러니,
아ᄆᆡ나 맛나 보아 녯 긔별 뭇쟈 ᄒᆞ니,
仙션山산 東동海ᄒᆡ예 갈 길히 머도 멀샤.
松숑根근을 볘여 누어 픗ᄌᆞᆷ을 얼풋 드니,
ᄭᅮᆷ애 ᄒᆞᆫ 사ᄅᆞᆷ이 날ᄃᆞ려 닐온 말이,
그ᄃᆡ를 내 모ᄅᆞ랴, 上샹界계예 眞진仙션이라.
黃황庭뎡經경 一일字ᄌᆞᄅᆞᆯ 엇디 그릇 닐거 두고,
下하界계의 내려와셔 우리를 ᄯᆞᆯ오ᄂᆞᆫ다.
져근덧 가디 마오. 이 술 ᄒᆞᆫ 잔 머거 보오.
北븍斗두星셩 기우려 滄창海ᄒᆡ水슈 부어 내여,
저 먹고 날 머겨ᄂᆞᆯ 서너 잔 거후로니,
和화風풍이 習습習습ᄒᆞ야 兩냥腋ᄋᆡᆨ을 추혀 드니,
九구萬만里리 長댱空공애 져기면 ᄂᆞᆯ리로다.
이 술 가져다가 四ᄉᆞ海ᄒᆡ예 고로 ᄂᆞᆫ화,
億억萬만 蒼창生ᄉᆡᆼ을 다 醉취케 ᄆᆡᆼ근 後후의,
그제야 고텨 맛나 ᄯᅩ ᄒᆞᆫ 잔 ᄒᆞ쟛고야.
말 디쟈 鶴학을 ᄐᆞ고 九구空공의 올나가니,
空공中듕 玉옥簫쇼 소ᄅᆡ 어제런가 그제런가.
나도 ᄌᆞᆷ을 ᄭᅵ여 바다ᄒᆞᆯ 구버보니,
기픠ᄅᆞᆯ 모ᄅᆞ거니 ᄀᆞ인ᄃᆞᆯ 엇디 알리.
明명月월이 千쳔山산 萬만落낙의 아니 비쵠 ᄃᆡ 업다.

*그림재 : 물에 비친 그림자(아름다운 풍경)

〈현대어 역〉

〈서사〉
자연을 사랑하는 병이 깊어, 창평에서 지내고 있었는데,
팔백 리나 되는 강원도 관찰사의 직분을 맡겨 주시니,
아아, 임금님의 은혜야말로 갈수록 그지없다.
경북궁 서문인 연추문으로 달려 들어가 경회루 남쪽 문을 바라보며
임금님께 하직을 하고 물러나니, 임금님의 신표인 옥절이 앞에 서 있다.
평구역에서 말을 갈아 타고 흑수로 돌아드니,
섬강은 어디인가? 치악산이 여기로구나.
소양강의 흘러내리는 물이 어디로 흘러든다는 말인가?
임금 곁을 떠나는 외로운 신하가 서울을 떠나매 백발이 많긴 많구나.
동주의 하룻밤을 겨우 새우고 북관정에 오르니,
임금 계신 삼각산 제일 높은 봉우리가 웬만하면 보일 것도 같구나.
옛날 태봉국 궁예왕의 대궐 터였던 곳에 까막까치가 지저귀니,
한 나라의 흥하고 망하던 역사를 아느냐? 모르느냐?

'회양'이라는 이름과 공교롭게도 같구나.
급장유의 풍채를 다시 볼 것이 아닌가?

〈본사1〉
감영 안이 무사하고, 시절이 삼월인 때,
화천(花川)의 시냇길이 금강산으로 뻗어 있다.
행장을 간편히 하고, 돌길에 지팡이를 짚고,
백천동 옆을 지나서 만폭동 계곡으로 들어가니,
은 같은 무지개 옥 같은 용의 꼬리
섞어 돌며 내뿜는 소리가 십리 밖까지 퍼졌으니,
멀리서 들을 때에는 우뢰소리 같더니, 가까이서 보니 눈과 같구나!
금강대 맨 꼭대기에 학이 새끼를 치는데,
옥피리처럼 들리는 봄바람 소리에 선잠을 깨었던지,
흰 저고리 검은 치마로 단장한 학이 공중에 치솟아 뜨니,
서호의 옛 주인 임포를 반기듯 나를 반겨 넘나들며 노는 듯하구나!
소향로봉과 대향로봉을 눈 아래 굽어보고,
정양사 뒤 진헐대에 다시 올라 앉으니,
여산같이 아름다운 금강산의 참모습이 여기서야 다 보인다.
아아, 조물주의 솜씨가 야단스럽기도 야단스럽구나.
봉우리들이 하늘로 날거든 뛰지 말거나, 섰거든 솟지 말거나,
부용을 꽂았는 듯, 백옥을 묶었는 듯,
동해를 박차는 듯, 북극성을 괴고 있는 듯하구나.
높기도 하구나 망고대여, 외롭기도 하구나 혈망봉이
하늘에 치밀어 무슨 일을 아뢰려고
오랜 세월이 지나도록 굽힐 줄 모르는가?
아, 너로구나. 너 같은 높은 기상을 지닌 것이 또 있겠는가?
개심대에 다시 놀라 중향성을 바라보며
일만 이천 봉을 똑똑히 헤아리니,
봉마다 맺혀 있고, 산끝마다 서린 기운,
맑거든 깨끗하지 말거나, 깨끗하거든 맑지나 말 것이지,
저 맑고 깨끗한 기운을 흩어 내어 뛰어난 인재를 만들고 싶구나.
모습도 그지없고 형세도 다양하다.
천지가 생겨날 때에 저절로 이루어진 것이지만,
이제 와서 보게 되니 조물주의 깊은 뜻이 담겨 있구나.
금강산의 제일 꼭대기에 올라 본 사람이 누구이신가?
동산과 태산의 어느 것이 높던고?
노나라가 좁은 줄도 우리는 모르는데,
넓거나 넓은 천하를 공자는 어찌하여 작다고 했는가?
아! 공자와 같은 그 높고 넓은 경지를 어찌하면 알 수 있겠는가?
오르지 못하는데 내려감이 이상할까
원통골의 좁은 길을 따라 사자봉을 찾아가니,
그 앞의 너럭 바위가 화룡소(化龍沼)가 되었구나.

마치 천 년 묵은 늙은 용이 굽이굽이 서려 있는 것같이
밤낮으로 물을 흘려 내어 넓은 바다에 이었으니,
바람과 구름을 언제 얻어 흡족한 비를 내리려느냐?
그늘진 낭떠러지에 시든 풀을 다 살려 내려무나.
마하연, 묘길상, 안문재를 넘어 내려가
썩은 외나무 다리를 건너 불정대에 오르니
천 길이나 되는 절벽이 공중으로 솟아있고,
은하수 큰 굽이를 마디마디 잘라내어
실처럼 풀어서 베처럼 걸어 놓았으니,
도경에는 열 두 굽이, 내가 보기에는 그보다 더 되어 보인다.
이백이 지금 있어서 다시 의논하게 되면,
여산 폭포가 여기보다 낫다는 말은 못 할 것이다.

〈본사2〉
내금강 산중의 경치만 매양 보겠는가? 이제는 동해로 가자꾸나.
남여를 타고 천천히 걸어서 산영루에 오르니,
영롱한 푸른 시냇물과 여러 소리로 우짖는 산새는 이별을 원망하는 듯
깃발을 휘날리니 오색 기폭이 넘나드는 듯하며,
북과 나팔을 섞어 부니 바닷구름이 다 걷히는 듯하다.
모랫밭 길에 익숙한 말이 취한 신선을 비스듬히 실어,
바다를 곁에 두고 해당화 핀 꽃밭으로 들어가니,
백구야 날지 마라, 내가 네 벗인 줄 어찌 아느냐?
금란굴 돌아들어 총석정에 올라가니,
백옥루의 남은 돌기둥이 다만 네 개만 서 있는 듯하구나.
명장(名匠)인 공슈(工倕)의 솜씨인가? 귀신의 도끼로 다듬었는가?
구태여, 육면으로 된 돌기둥은 무엇을 본 떴는가?
고성은 저만큼 두고 삼일포를 찾아가니,
붉은 글씨가 뚜렷이 남아 있으나, 이 글을 쓴 사선은 어디 갔는가?
여기서 사흘 동안 머무른 뒤에 어디 가서 또 머물렀던고?
선유담, 영랑호 거기나 가 있는가? 청간정, 만경대 몇 곳에 앉아 놀았던가?
배꽃은 벌써 지고 소쩍새 슬피 울 때,
낙산사 동쪽 언덕으로 의상대에 올라 앉아,
해돋이를 보려고 한밤중쯤 일어나니,
상서로운 구름이 뭉게뭉게 피어나는 듯, 여섯 용이 해를 떠받치는 듯,
해가 바닥에서 솟아오를 때에는 온 세상이 흔들리는 듯하더니,
하늘에 치솟아 뜨니 가는 터럭도 헤아릴 만큼 밝도다.
지나가는 구름이 해 근처에 머무를까 두렵구나.
이백은 어디 가고 시구만 남았느냐?
천지간 굉장한 소식이 자세히도 표현되었구나.
석양 무렵 현산의 철쭉꽃을 잇따라 밟으며,
새 깃으로 뚜껑을 한 우개지륜을 타고 경포로 내려가니,
십 리나 뻗쳐 있는 얼음같이 흰 비단을 다리고 다시 다린 것 같은,

맑고 잔잔한 호숫물이 큰 소나무 숲으로 둘러싼 속에 한껏 펼쳐져 있으니,
물결도 잔잔하기도 잔잔하여 물속 모래알까지도 헤아릴 만하구나.
한 척의 배를 띄워 호수를 건너 정자 위에 올라가니,
강문교 넘은 곁에 동해가 거기로구나.
조용하구나 경포의 기상이여, 넓고 아득하구나 저 동해의 경계여,
이곳보다 아름다운 경치를 갖춘 곳이 또 어디 있단 말인가?
홍장의 고사가 야단스럽다 하겠구나.
강릉 대도호부의 풍속이 좋기도 하구나.
충신, 효자, 열녀를 표창하기 위하여 세운 정문이 동네마다 널렸으니,
집마다 모두 벼슬을 줄 만하다는 요순시절의 태평성대가 지금도 있다고 하겠도다.
진주관 죽서루 아래 오십천의 흘러내리는 물이
태백산 그림자를 동해로 담아가니,
차라리 그 물줄기를 임금 계신 한강으로 돌려 서울의 남산에 대고 싶구나.
관원의 여정은 유한하고, 풍경은 볼수록 싫증나지 않으니,
그윽한 회포가 많기도 많고, 나그네의 시름도 달랠 길 없구나.
신선이 타는 뗏목을 띄워 내어 북두성과 견우성으로 향할까?
신선을 찾으러 단혈에 머무를까?
하늘의 맨 끝을 끝내 못보고 망양정에 올랐더니,
바다 밖은 하늘인데 하늘 밖은 무엇인가?
가뜩이나 성난 고래(파도)를 누가 놀라게 하기에,
물을 불거니 뿜거니 하면서 어지럽게 구는 것인가?
은산을 꺾어 내어 온 세상에 흩뿌려 내리는 듯,
오월 드높은 하늘에 백설(파도의 물거품)은 무슨 일인가?

〈결사〉
잠깐 사이에 밤이 되어 바람과 물결이 가라앉거늘,
해 뜨는 곳이 가까운 동햇가에서 명월을 기다리니,
상서로운 빛줄기가 보이는 듯하다가 숨는구나.
구슬로 만든 발을 다시 걷어 올리고 옥돌같이 고운 층계를 다시 쓸며,
샛별이 돋아오를 때까지 꼿꼿이 앉아 바라보니,
저 바다 위의 흰 연꽃 같은 달덩이를 어느 누가 보내셨는가?
이렇게 좋은 세상을 다른 사람 모두에게 보이고 싶구나.
신선주를 가득 부어 손에 들고 달에게 묻는 말이,
"옛날의 영웅은 어디 갔으며, 신라 때 사선은 누구더냐?"
아무나 만나 보아 영웅과 사선에 관한 옛 소식을 묻고자 하니,
선산이 있다는 동해로 갈 길이 멀기도 하구나.
소나무 뿌리를 베고 누워 선잠이 잠깐 드니,
꿈에 한 사람이 나에게 이르기를,
"그대를 내가 모르겠느냐? 그대는 하늘나라의 신선이라,
황정경 한 글자를 어찌 잘못 읽고
인간 세상에 내려와서 우리를 따르는가?
잠깐 동안 가지 마오. 이 술 한 잔 먹어 보오."

북두칠성과 같은 국자를 기울여 동해물 같은 술을 부어
저도 먹고 나에게도 먹이거늘, 서너 잔을 기울이니
온화한 봄바람이 산들산들 불어 양 겨드랑이를 추켜올리니,
아득한 하늘도 웬만하면 날 것 같구나.
"이 신선주를 가져다가 온 세상에 고루 나눠
온 백성을 다 취하게 만든 후에,
그때에야 다시 만나 또 한 잔 하자꾸나."
말이 끝나자, 신선은 학을 타고 높은 하늘에 올라가니,
공중의 옥퉁소 소리가 어제던가 그제던가
나도 잠을 깨어 바다를 굽어보니,
깊이를 모르는데 하물며 가인들 어찌 알리.
명월이 온 세상에 아니 비친 곳이 없다.

(1) 핵심 정리

갈래	양반 가사, 기행 가사, 정격 가사
성격	서정적, 지사적, 서경적
제재	내금강과 관동팔경
주제	금강산, 관동팔경에 대한 감탄과 연군지정 및 애민 사상
특징	• 영탄법, 대구법, 생략법 등을 활용함 • 우리말의 아름다움을 잘 살려 뛰어난 언어적 기교가 나타남
운율	3(4)·4조, 4음보 연속체
연대	조선 선조(16세기 말)
출전	『송강가사』

(2) 이해와 감상

① 작가가 45세 되는 해 정월에 강원도 관찰사의 직함을 받고 원주에 부임하여, 3월에 내금강·외금강·해금강과 관동팔경을 두루 유람하는 가운데 뛰어난 경치와 그에 따른 감흥을 표현한 작품이다. 그는 여행을 하면서도 관찰사의 본분을 잃지 않고 작품 곳곳에 연군지정(戀君之情)이나 선정(善政)과 같은 위정자(爲政者)로서의 마음을 나타내기도 한다.

② 관리로서의 현실 인식을 바탕으로 한 우국, 연군, 애민의 정과 개인으로서의 풍류 사이에서의 갈등을 꿈을 통하여 해소하는 모습이 잘 드러나 있다. 감탄사, 생략법, 대구법 등을 적절히 사용하여 금강산과 관동팔경의 정경을 생동감 있게 묘사하였다.

③ 율격은 가사의 전형적인 4음 4보격을 주축으로 하고 있다. 구체적인 음절수의 양상을 보면, 3·4조가 압도적으로 많고, 그 다음이 4·4조이다. 그 밖에 2·4조, 4·3조, 3·3조, 2·3조, 3·2조, 3·5조, 5·2조 등이 다양하게 나타난다.

④ 우리말의 아름다움을 효과적으로 드러내는 작가의 뛰어난 문장력이 잘 나타나 있어 가사문학의 백미로 일컬어지는데, 김만중은 『서포만필(西浦漫筆)』에서 이 작품을 '동방의 이소(離騷)'라고 극찬하기도 하였다.

> **더 알아두기**
>
> **송강 정철에 대한 평가 – 김만중과 홍만종**
>
> 김만중은 자신이 지은 『서포만필』에서 「사미인곡」, 「속미인곡」, 「관동별곡」[‘삼별곡(三別曲)’]을 굴원이 지은 글에 빗대어 ‘동방의 이소’라고 극찬했다. 홍만종 또한 『순오지(旬五志)』에서 송강 정철의 「속미인곡」은 중국의 삼국 시대에 제갈공명이 지은 「출사표(出師表)」와 견줄 만하다고 했다.

2 김인겸, 「일동장유가」

〈원문〉

平평生ᄉᆡᆼ의 疎소闊활ᄒᆞ야 功공名명의 ᄯᅳ디 업ᄂᆡ.
진ᄉᆞ 淸쳥明명 죡ᄒᆞ거니 大대科과ᄒᆞ야 무엇ᄒᆞ리.
場댱中듕諸졔具구 업시ᄒᆞ고 遊유山산 行ᄒᆡᆼ裝장 출혀 내여
八팔道도로 두루 노라 名명山산 大대川쳔 다 본 후의,
風풍月월을 戱희弄롱ᄒᆞ고 金금湖호의 누엇더니,
北북窓창의 ᄌᆞᆷ을 ᄭᆡ야 셰샹 긔별 드러 ᄒᆞ니,
關관白ᄇᆡᆨ이 죽다 ᄒᆞ고 通통信신使ᄉᆞ 쳥ᄒᆞᆫ다ᄂᆡ.

이 ᄣᅢᄂᆞᆫ 어ᄂᆞ ᄣᅢᆫ고. 癸계未미 팔월 초삼이라.
北북闕궐의 下하直딕ᄒᆞ고 남대문 내ᄃᆞ라셔,
關관王왕廟묘 얼픗 지나 典젼牲ᄉᆡᆼ署셔 다ᄃᆞ르니,
ᄉᆞᄒᆡᆼ을 餞젼別별ᄒᆞ랴 滿만朝됴 公공卿경 다 모닷ᄂᆡ.
곳곳이 帳댱幕막이오 집집이 鞍안馬마로다.
좌우 젼후 뫼와 들어 人인山산人인海ᄒᆡ 되어시니,
졍 잇ᄂᆞᆫ 친구들은 손 잡고 吁우嘆탄ᄒᆞ고,
쳘 모르ᄂᆞᆫ 소년들은 불워ᄒᆞ기 測측量량 업ᄂᆡ.

夕셕陽양이 거의 되니 ᄂᆞᆺᄂᆞᆺ치 告고別별ᄒᆞ고,
上상馬마砲포 세 번 노코 ᄎᆞ례로 ᄯᅥ나갈ᄉᆡ,
節졀鉞월 前젼陪ᄇᆡ 軍군官관 國국書셔ᄅᆞᆯ 인도ᄒᆞ고
비단 日일傘산 巡슌視시 令녕旗긔 使ᄉᆞ臣신을 뫼와셧다.
내 역시 뒤흘 ᄯᆞ라 驛역馬마ᄅᆞᆯ 칩더 ᄐᆞ니,
가치옷 指지路로羅나將쟝 깃 ᄭᅩᆺ고 압희 셔고,
馬마頭두書셔子자 부축ᄒᆞ고 ᄡᅡᆼ견마 잡앗고나.
셰픠놈의 된소ᄅᆡ로 勸권馬마聲셩은 무ᄉᆞᆷ 일고.
아모리 말나여도 典젼例례하고 부ᄃᆡ 하ᄂᆡ.
白ᄇᆡᆨ鬚슈의 늙은 션ᄇᆡ 猝졸然연이 別별星셩 노ᄅᆞᆺ,
우ᄉᆞᆸ고 奇긔怪괴ᄒᆞ니 ᄂᆞᆷ 보기 羞슈愧괴ᄒᆞ다.

(중략)

션듕을 도라보니 저마다 水슈疾질ᄒᆞ야,
ᄯᅩᆼ물을 다 토ᄒᆞ고 昏혼絶절ᄒᆞ야 죽게 알ᄂᆡ.
다ᄒᆡᆼᄒᆞᆯ샤 從죵使ᄉᆞ上샹은 태연이 안ᄌᆞ시구나.
ᄇᆡ방의 도로 드러 눈 ᄀᆞᆷ고 누엇더니,
ᄃᆡ마도 갓갑다고 샤공이 니ᄅᆞ거ᄂᆞᆯ,
고텨 니러 나와 보니 십 니ᄂᆞᆫ 남앗고나.
왜션 십여 쳑이 예션ᄎᆞ로 모다 왓ᄂᆡ.
그제야 돗출 치고 ᄇᆡ 머리의 줄을 ᄆᆡ야,
왜션을 더지으니 왜놈이 줄을 바다,
제 ᄇᆡ예 ᄆᆡ여 노코 일시의 ᄂᆞ리으니
船션行ᄒᆡᆼ이 안온ᄒᆞ야 佐좌須슈浦포로 드러가니,
辛신時시ᄂᆞᆫ ᄒᆞ여 잇고 卜복船션은 몬져 왓다.

浦포口구로 드러가며 좌우를 둘러보니,
峰봉巒만이 削삭立닙ᄒᆞ야 경치가 奇긔絶절ᄒᆞ다.
松송杉삼 竹듁栢ᄇᆡᆨ 橘귤柚뉴 등감 다 몰쇽 등쳥일ᄉᆡᆨ
倭왜奉봉 여ᄉᆞᆺ 놈이 劍금道도亭뎡의 안잣구나.
人인家ㅣ개 疎쇼凋됴ᄒᆞ고 여긔 세 집 뎌긔 네 집
합ᄒᆞ야 헤게 되면 ᄉᆞ오십 호 더 아니타.
집 형샹이 궁穹슝崇ᄒᆞ야 노젹덤이 ᄀᆞᆺ고내야.

(중략)

굿 보ᄂᆞᆫ 왜인들이 안자 구버본다.
그 듕의 ᄉᆞ나희ᄂᆞᆫ 머리를 ᄭᆞᆺ가시ᄃᆡ,
ᄭᅩᆨ뒤만 죠금 남겨 고쵸샹토 ᄒᆞ여시며,
발 벗고 바디 벗고 칼 ᄒᆞ나식 ᄎᆞ 이시며
倭왜女녀의 치장들은 머리를 아니 ᄭᅡᆨ고
밀기롬 ᄃᆞᆷ북 발라 뒤흐로 잡아 ᄆᆡ야,
족두리 모양쳐로 둥글게 ᄯᆞ여 잇고,
그 ᄭᆞᆺ츤 두로 트러 빈혀를 질러시며,
無무論론 老노少쇼貴귀賤쳔ᄒᆞ고 어레빗슬 ᄭᅩ잣구나.
의복을 보아ᄒᆞ니 무 업ᄉᆞᆫ 두루마기.
ᄒᆞᆫ 동 단 막은 ᄉᆞ매 남녀 업시 ᄒᆞᆫ가지요,
넙고 큰 졉은 ᄯᅴ를 느즉히 둘러 ᄯᅴ고,
日일用용凡범百ᄇᆡᆨ 온갓 거ᄉᆞᆫ 가ᄉᆞᆷ 속의 다 품엇다.
남진 잇ᄂᆞᆫ 겨집들은 감아ᄒᆞ게 齒니를 칠ᄒᆞ고, 뒤흐로 ᄯᅴ를 ᄆᆡ고
과부 처녀 간나희ᄂᆞᆫ 압흐로 ᄯᅴ를 ᄆᆡ고 니를 칠티 아냣구나.

졈심 먹고 길 ᄯᅥ나셔 이십니ᄂᆞᆫ 겨요 가셔,
날 져물고 大대雨우ᄒᆞ니 길이 즐기 참혹ᄒᆞ야
믯그럽고 쉬ᄂᆞᆫ디라.
가마 멘 다ᄉᆞᆺ 놈이 서로 가며 遞톄番번ᄒᆞᄃᆡ,

갈 길이 바히 업서 두던에 가마 노코,
이윽이 躊쥬躇뎌ᄒᆞ고 갈 뜻이 업ᄂᆞᆫ지라.
ᄉᆞ면을 도라보니 天텬地디가 어득ᄒᆞ고,
일힝들은 간 ᄃᆡ 업고 등불은 써뎌시니,
咫지尺쳑은 不불分분ᄒᆞ고 茫망茫망ᄒᆞᆫ 大대野야中듕의
말 못ᄒᆞᄂᆞᆫ 예놈들만 의지ᄒᆞ고 안자시니,
오ᄂᆞᆯ밤 이 景경狀상은 고단코 위ᄐᆡᄒᆞ다.
轎교軍군이 ᄃᆞ라나면 狼낭狽ᄑᆡ가 오ᄌᆞᆨᄒᆞᆯ가.
그놈들의 오ᄉᆞᆯ 잡아 흔드러 쓰ᄌᆞᆯ 뵈고,
가마 속의 잇던 음식 갓갓지로 내여 주니,
지져괴며 먹은 후의 그제야 가마 메고,
寸촌寸촌 젼진ᄒᆞ야 곳곳이 가 이러ᄒᆞ니,
만일 음식 업듯더면 필연코 도주ᄒᆞᆯ씨,
삼경냥은 겨요ᄒᆞ야 大대垣원城셩을 드러가니,
두통ᄒᆞ고 구토ᄒᆞ야 밤새도록 대통ᄒᆞ다.

십뉵일 우장 닙고 江강戶호로 드러갈ᄉᆡ,
왼편은 閭녀閻염이오, 올흔편은 大대海ᄒᆡ로다.
避피山산對대海해ᄒᆞ야 沃옥野야千쳔里니 삼겻ᄂᆞᆫᄃᆡ,
樓누臺ᄃᆡ第졔宅ᄐᆡᆨ 샤치ᄒᆞᆷ과 인물 남녀 번셩ᄒᆞ다.
城셩堞쳡이 亭졍壯장ᄒᆞᆫ 것과 高고梁냥舟쥬楫즙 긔특ᄒᆞᆫ 것.
大대阪판城셩 西셔京경도곤 삼ᄇᆡ나 더ᄒᆞ구나.
좌우의 숫보나니 하 장ᄒᆞ고 무수ᄒᆞ니,
齟서齬어ᄒᆞᆫ 붓 긋ᄎᆞ로 이로 귀록 못 ᄒᆞᆯ로다.
삼십 니 오ᄂᆞᆫ 길ᄒᆡ 뷘틈 업시 뭇거시니,
대체로 헤어 보면 ᄇᆡᆨ만을 여러힐쇠.
女녀色ᄉᆡᆨ의 美미麗려ᄒᆞ기 名명護호屋옥과 일반일다.

實실相상寺사에 들러가니 여긔도 武무藏장州쥘쇠.
처엄의 源원家가康강이 무쟝쥐 太태守슈로셔,
平평秀슈吉길 죽은 후의 平평家가ᄅᆞᆯ 업시ᄒᆞ고
이 싸의 도읍ᄒᆞ야 强강ᄒᆞ고 가음열며,
排비布포가 愼신密밀ᄒᆞ고 法법令녕도 嚴엄峻쥰ᄒᆞ여,
志지慮려가 深심長장ᄒᆞ야 倭왜國국을 통일ᄒᆞ니,
아모커나 제 類뉴의ᄂᆞᆫ 영웅이라 ᄒᆞ리로다.
家가康강이 죽은 후의 ᄌᆞ손이 니어셔셔,
이 쌔ᄭᆞ디 누려 오니 福복力녁이 갸륵ᄒᆞ다.
십칠일 비 개잔코 실상ᄉᆞ셔 묵으니라.

(후략)

〈현대어 역〉

일생을 살아감에 성품이 어설퍼서 입신출세에는 뜻이 없네.
진사 정도의 청렴하다는 명망으로 만족하는데 높은 벼슬은 해서 무엇하겠는가?
과거 공부에 필요한 도구를 모두 없애 버리고 자연을 찾아 놀러 다니는 옷차림으로
전국을 두루 돌아다니며 명산대천을 다 본 후에,
음풍농월하며 금강 유역에서 은거하고 지냈는데,
서재에서 나와 세상 소식을 들으니
일본의 통치자 도쿠가와 이에시게가 죽고 우리나라에 친선 사절단을 청한다네.

이때가 어느 때인고 하면 계미년 8월 3일이라.
경복궁에서 임금님께 하직하고 남대문으로 내달아서
관우의 사당 앞을 얼른 지나 전생서에 다다르니,
사신 일행을 전송하려고 만조백관이 다 모였네.
곳곳마다 장막이 둘러쳐 있고 집집마다 안장을 얹은 말이 대기하고 있도다.
전후좌우로 모여들어 인산인해가 되었으니
정 있는 친구들은 손잡고 장도를 걱정하고,
철모르는 소년들은 한없이 부러워하네.

석양이 거의 되니 하나하나 이별하고
출발 신호에 따라 차례로 떠나갈 때에,
절과 부월 앞을 인도하는 군관이 국서를 인도하고
비단으로 만든 양산과 순시 영기가 사신을 중심으로 모여 섰다.
나 역시 뒤를 따라 역마에 올라 타니,
때때옷을 입은 지로 나장이 깃을 꽂고 앞에 서고
마두서자가 부축하고 쌍두마를 잡았구나.
청파역졸이 큰 소리로 외치는 권마성은 무슨 일인가?
아무리 말려도 정해진 의식이라고 굳이 하네.
수염이 허옇게 센 늙은 선비가 갑자기 사신 노릇함이
우습고 괴이하니 남 보기에 부끄럽다.

(중략)

배 안을 돌아보니 저마다 뱃멀미를 하여
똥물을 다 토하고 까무라쳐서 죽게 앓네.
다행하도다. 종사상은 태연히 앉았구나.
선실에 도로 들어와 눈 감고 누웠더니
대마도가 가깝다고 사공이 말하거늘
다시 일어나 나와 보니 십 리는 남았구나.
왜선 십여 척이 배를 끌려고 마중을 나왔네.
그제서야 돛을 내리고 뱃머리에 줄을 매어
왜선에 줄을 던지니 왜놈이 그것을 받아
제 배에 매어 놓고 일시에 노를 저으매

배가 편안하고 조용하게 움직여 좌수포로 들어가니
시간은 오후 3~5시쯤 되었고 짐을 실은 배는 먼저 와 있다.

포구로 들어가며 좌우를 둘러보니,
깎아지른 듯한 산봉우리의 모습이 몹시도 아름답다.
소나무, 삼나무, 대나무, 잣나무, 귤유, 등감 등이 모두 다 등청일세.
왜인 종자 여섯 놈이 금도정에 앉아 있구나.
인가가 드물어서 여기 세 집 저기 네 집.
합하여 헤아리면 오십 호가 넘지 않는다.
집 모습이 몹시 높아서 노적더미 같구나.

(중략)

구경하는 왜인들이 산에 앉아 굽어본다.
그중의 남자들은 머리를 깎았으되
뒤통수만 조금 남겨 고추상투를 하였고,
발 벗고 바지 벗고 칼 하나씩 차고 있으며,
여자들의 치장은 머리를 깎지 않고
밀기름을 듬뿍 발라 뒤로 잡아매어
족두리 모양처럼 둥글게 감았고,
그 끝은 둘로 틀어 비녀를 질렀으며
노소와 귀천을 가리지 않고 얼레빗을 꽂았구나.
의복을 보아하니 무 없는 두루마기
한 동으로 된 옷단과 막은 소매가 남녀 구별 없이 한가지요,
넓고 크게 접은 띠를 느슨하게 둘러 띠고
늘 쓰는 모든 물건은 가슴 속에 다 품었다.
남편이 있는 여자들은 이를 검게 칠하고 뒤로 띠를 매었고,
과부, 처녀, 계집아이는 앞으로 띠를 매고 이를 칠하지 않았구나.

점심 먹고 길 떠나서 이십 리를 겨우 가서
날이 저물고 큰 비가 내리니 길이 끔찍하게 질어서
미끄러워 자주 쉬어야 하기에,
가마 멘 다섯 놈이 서로 돌아가며 교대하되
갈 길이 전혀 없어서 둔덕에 가마를 놓고
한참 동안 머뭇거리면서 갈 뜻이 없는지라.
사방을 둘러보니 천지가 어둑어둑하고
일행들은 간 곳이 없고 등불은 꺼졌으니,
지척을 분간할 수 없고, 넓고 넓은 들 가운데서
말이 통하지 않는 왜놈들만 의지하고 앉았으니,
오늘 밤의 이 상황은 몹시 외롭고 위태하다.
가마꾼이 달아나면 낭패가 오죽할까.
그놈들의 옷을 잡아 흔들어 뜻을 보이고,
가마 속에 있던 음식을 갖가지로 내어 주니,

저희들끼리 지껄이며 먹은 후에 그제서야 가마를 메고
조금씩 나아가는데 곳곳에 가서 이러하니
만일 음식이 없었더라면 필연코 도주했을 것이다.
삼경쯤이나 되어서야 겨우 대원성에 들어가니
머리가 아프고 구토하여 밤새도록 몹시 앓았다.

16일에 비옷을 입고 강호(동경)로 들어갈 때에
왼편은 마을이요, 오른편은 바다(태평양)로다.
산을 피하고 바다를 향해 있는 들판이 옥야천리로 생겼는데
높은 누각과 집들은 사치스럽고 사람들이 번성하다.
성곽의 높고 장한 모습과 다리와 배의 대단한 모습이
대판성 서경보다 세 배나 더하구나.
좌우에 구경하는 사람이 몹시 장하고 숫자가 많으니
어설픈 붓끝으로는 이루 다 적지 못하겠도다.
삼십 리 오는 길이 빈틈없이 인파로 이어져 있으니,
대체로 헤아려 보면 백만이 여럿이로구나.
여자들의 모습이 아름답기가 명고옥(나고야)과 한가지다.

실상사로 들어가니 여기도 무장주일세,
처음에 덕천 가강(도쿠가와 이에야스)이 무장주의 태수로서,
풍신수길이 죽은 후에 그 가계를 없애 버리고,
이 땅(강호)에 도읍을 정하여 강하고 풍요로우며,
일을 계획함이 신중하고 은밀하며 법령도 엄격하고
생각하는 것도 깊어서 왜국을 통일하니,
아무튼 제 무리에서는 영웅이라고 하겠도다.
덕천 가강이 죽은 후에 자손이 이어져서
이때까지 누려 오니 복력이 기특하다.
17일에는 비가 개지 않아서 실상사에서 묵었다.

(후략)

(1) 핵심 정리

갈래	기행 가사, 장편 가사
성격	사실적, 묘사적
제재	일본 여행의 경험
주제	일본 여행의 견문과 감상
특징	• 여정에 따른 추보식 구성을 보임 • 여정에 따른 일화, 환경, 사건, 풍물 등을 사실적으로 제시함
의의	조선 후기 장편 가사의 전형적인 특징을 보여 줌
연대	조선 영조 40년(1764년)
출전	『일동장유가』 필사본

(2) 이해와 감상

① 이 작품은 영조 때 조엄이 일본 통신사로 갈 때, 그 수행원으로 따라갔던 작가가 그 이듬해 돌아올 때까지 약 11개월 동안 여행 중의 생활, 일본과의 외교적 편모, 일본의 문물제도, 인물, 풍속 등을 기록한 것이다.

② 영조 39년 8월 3일 한양을 출발하여 이듬해 7월 8일 경희궁에 들어가 복명(復命)할 때까지의 약 11개월 동안의 여정이 추보식 구성으로 나타나 있으며, 전체 4책 8천여 구에 달하는 길이로 구체적인 날짜와 기후, 노정 등을 상세하게 기록하였다.

③ 작가는 여정과 함께 그곳에서 보고 들은 일본의 문물제도와 인물, 풍속, 외교 임무의 수행 과정 등과 이에 대한 느낌을 소상히 기록하고, 여기에 자신의 날카로운 비판과 해학을 곁들여 실감나게 묘사하였다. 이를 통해 일본의 실질적인 문화나 문물 등을 구체적으로 엿볼 수 있는 한편, 기행문학의 묘미를 느낄 수 있다.

3 홍순학, 「연행가」

〈원문〉

어와 쳔지간에 남ᄌᆞ 되기 쉽지 안타.
편방의 이 ᄂᆡ 몸이 즁원 보기 원ᄒᆞ더니,
병인년 츈삼월의 가례 ᄎᆡᆨ봉 되오시ᄆᆡ,
국ᄀᆞ에 ᄃᆡ경이요 신민의 복녹이라.
상국의 쥬쳥헐ᄉᆡ 삼 ᄉᆞ신을 ᄂᆡ이시니,
상ᄉᆞ에 뉴 승상과 셔 시랑은 부ᄉᆡ로다.
ᄒᆡᆼ즁 어ᄉᆞ 셔장관은 직ᄎᆡᆨ이 즁헐시고.
겸집의 사복 판ᄉᆞ 어영 낭쳥 ᄊᆡ여스니,
시년이 이십 오라 쇼년 공명 장ᄒᆞ도다.

하 오월 초칠일의 도강 날ᄌᆞ 졍ᄒᆞ여네.
방물을 졍검ᄒᆞ고 ᄒᆡᆼ장을 슈습ᄒᆞ여,
압녹강변 다다르니 송객졍이 여긔로다.

의쥬 부윤 나와 안고 다담상을 ᄎᆞ려 놋코,
삼 사신을 젼별ᄒᆞᆯᄉᆡ 쳐창키도 그지없다.
일ᄇᆡ 일ᄇᆡ 부일ᄇᆡᄂᆞᆫ 셔로 안져 권고ᄒᆞ고,
상ᄉᆞ별곡 ᄒᆞᆫ 곡조를 참아 듯기 어려워라.

장계을 봉ᄒᆞᆫ 후의 ᄯᅥᆯ더리고 이러나셔,
거국지회 그음업셔 억졔ᄒᆞ기 어려운 즁,
홍상의 ᄭᅩᆺ눈물이 심회을 돕ᄂᆞᆫ도다.
뉵인교을 물녀 노니 장독교을 등ᄃᆡᄒᆞ고,

젼ᄇᆡ 토인 ᄒᆞ직ᄒᆞ니 일산 좌견ᄲᅮᆫ만 잇고,
공형 급창 물러셔니 마두 셔ᄌᆞᄲᅮᆫ이로다.

일엽 소션 ᄇᆡ을 져어 졈졈 멀이 ᄯᅥ셔 가니,
푸른 봉은 쳡쳡ᄒᆞ여 날을 보고 즐긔ᄂᆞᆫ 듯,
ᄇᆡᆨ운은 요요ᄒᆞ고 광ᄉᆡᆨ이 참담ᄒᆞ다.
비치 못ᄒᆞᆯ 이ᄂᆡ 마음 오날이 무슴 날고.
츌셰ᄒᆞᆫ 지 이십오 년 시ᄒᆞ(侍下)의 ᄌᆞ라나셔
평일의 離이側측ᄒᆞ여 오ᄅᆡᄯᅥ나 본 일 업다.
반 년이나 엇지ᄒᆞᆯ고 이위경이 어려우며,
경긔 ᄇᆡᆨ 니 밧긔 먼길 단여 본 일 업다.
허박ᄒᆞ고 약ᄒᆞᆫ 긔질 말 이 힝역 걱졍일셰.
ᄒᆞᆫ 쥴긔 압녹강의 양국지경 난화스니,
도라보고 도라보니 우리나라 다시 보ᄌᆞ.

구연셩 다다라셔 ᄒᆞᆫ 고ᄀᆡ을 너머셔니,
앗가 보든 통군졍이 그림ᄌᆞ도 아니 뵈고,
쥬금 뵈든 ᄇᆡᆨ마산니 봉오리도 아니 뵌다.
ᄇᆡᆨ여 리 무인지경 인젹이 고요ᄒᆞ다.
위험ᄒᆞᆫ 만쳡 산즁 울밀ᄒᆞᆫ 슈목이며
젹막ᄒᆞᆫ ᄉᆡ 소ᄅᆡᄂᆞᆫ 쳐쳐의 구슬푸고,
ᄒᆞᆫ가ᄒᆞᆫ 들의 ᄭᅩᆺ츤 누을 위ᄒᆡ 피엿ᄂᆞᆫ냐?
앗갑도다. 이러한 ᄭᅩᆾ 양국의 발인 ᄶᅡ의
인가도 아니 살고 젼답도 업다 ᄒᆞ되
곳곳지 깁흔 골의 계견 소ᄅᆡ 들이ᄂᆞᆫ 듯.
왕왕이 험ᄒᆞᆫ 산세 호포지환 겁이 난다.

(중략)

호인들의 풍속들이 즘ᄉᆡᆼ치기 슝상ᄒᆞ여,
쥰춍 ᄀᆞ튼 말들이며 범 갓튼 큰 노ᄉᆡ을,
굴네도 아니 ᄡᅴ고 ᄌᆡ갈도 아니 먹여,
ᄇᆡᆨ여 필식 압세우고 ᄒᆞᆫ ᄉᆞ람이 모라 가ᄃᆡ,
구율의 드러셔셔 갈ᄂᆡᄂᆞᆫ 것 못 보게고,
양이며 도야지를 슈ᄇᆡᆨ 마리 ᄯᅦ를 지어
조고마ᄒᆞᆫ 아희놈이 ᄒᆞᆫ둘이 모라 가ᄃᆡ,
ᄃᆡ가리을 ᄒᆞᆫᄃᆡ 모화 허여지지 아니ᄒᆞ고,
집칙 ᄀᆞ튼 황소라도 코 안 ᄯᅮᆯ코 잘 부리며,
조고마ᄒᆞᆫ 당나귀도 ᄆᆡᆺ돌질을 능히 ᄒᆞ고,
ᄃᆡᄃᆰ 당ᄃᆰ 오리 거욱 개 긔짯지 길으며,
발발이라 ᄒᆞᄂᆞᆫ ᄀᆡᄂᆞᆫ 계집년들 품고 자ᄂᆡ,
심지어 초롱 속의 온갓 ᄉᆡ을 너허시니,
잉무ᄉᆡ며 ᄇᆡᆨ셜조ᄂᆞᆫ 사ᄅᆞᆷ의 말 능히 ᄒᆞᆫ다.

어린아희 길은 법은 풍속이 괴상ᄒᆞ다.
힝담의 줄을 ᄆᆡ여 그ᄂᆡ ᄆᆡ듯 축혀 달고,
우ᄂᆞᆫ 아희 졋 먹여셔 강보에 뭉둥그려,
힝담 속의 누여 주고 쥴을 잡아 흔들며은,
아모 소ᄅᆡ 아니ᄒᆞ고 보ᄎᆡᄂᆞᆫ 일 업다 ᄒᆞ데.

농ᄉᆞᄒᆞ기 길삼ᄒᆞ기 브즈런이 위업ᄒᆞᆫ다.
집집이 ᄃᆡ문 압희 ᄡᅡ흔 거름 ᄐᆡ산 ᄀᆞᆺ고,
논은 업고 밧만 잇셔 온갓 곡석 다 심운다.
나긔말긔 장기 메여 소 업셔도 능히 갈며,
홈의ᄌᆞ로 길게 ᄒᆞ여 기음ᄆᆡ기 셔셔 ᄒᆞᆫ다.

ᄡᅵ아질의 물네질과 ᄉᆞ리 겻ᄂᆞᆫ 계집이라.
도토마리 날을 ᄆᆡᆯ 졔 풀칠 안코 잘들 ᄒᆞ며,
뵈틀이라 ᄒᆞᄂᆞᆫ 거ᄉᆞᆫ 경쳡ᄒᆞ고 ᄌᆡ치 잇다.
쇠ᄭᅩ리가 아니라도 잉아 능녹 어렵잔코,
북을 지어 더지며ᄂᆞᆫ 바듸질은 졀노 ᄒᆞᆫ다.

(후략)

〈현대어 역〉

아아, 하늘과 땅 사이에 남자 되기가 쉽지 않다.
변방에 위치한 나라에 사는 내가 중국 보기를 원했더니,
고종 3년 3월에 가례 책봉이 되오시니,
국가의 큰 경사요 백성의 복이라.
청나라에 청원하기 위해 세 명의 사신을 뽑아내시니,
정사에는 우의정 유후조요, 부사에는 예조 시랑 서당보로다.
일행 중에 어사인 서장관은 직책이 소중하구나.
겸직으로 사복 판사와 어영 낭청을 하였으니,
이때의 나이가 이십오 세라 이른 출세가 장하구나.

여름 5월 7일이 압록강을 건너는 날짜로 정해졌네.
가지고 갈 물건을 점검하고 여행 장비를 잘 정돈하여
압록강가에 다다르니 송객정이 여기로구나.

의주 부윤이 나와 앉아서 다담상을 차려 놓고,
세 사신을 전별하는데 구슬프기도 한이 없다.
한 잔 한 잔 또 한 잔으로 서로 앉아 권고하고,
상사별곡 한 곡조를 차마 듣기 어려워라.

장계를 봉투에 넣어 봉한 후에 떨뜨리고 일어나서,
나라를 떠나는 감회가 한이 없어서 억제하기 어려운 중,
여인의 꽃다운 눈물이 마음 속의 회포를 더하게 하는구나.
육인교를 물려 놓으니 장독교를 대령하고,
가마 앞 통인이 하직하니 일산과 말고삐만 있고,
삼공형과 급창이 물러서니 마두와 서자만 남았구나.

한 조각 자그마한 배를 저어 점점 멀리 떠서 가니,
푸른 봉우리는 겹겹으로 쌓여 나를 보고 즐기는 듯,
흰구름은 멀리 아득하고 햇살의 빛깔이 참담하다.
어디에도 비하지 못할 이내 마음 오늘이 무슨 날인가?
세상에 태어난 지 25년 부모님을 모시고 자라나서
평소에 부모님 곁을 떠나서 오래 있어 본 적이 없다.
반년이나 어찌할 것인가? 부모님 곁을 떠나는 마음이 어려우며,
경기도 경계를 백 리 밖으로 벗어나 다녀 본 일이 없다.
허약하고 약한 기질에 만 리 여행길이 걱정일세,
한 줄기 압록강이 두 나라의 경계를 나누었으니
돌아보고, 돌아보니 우리나라 다시 보자.

구련성에 다다라서 한 고개를 넘어서니
아까 보던 통군정이 그림자도 아니 보이고,
조금 보이던 백마산이 봉우리도 아니 보인다.
백여 리나 되는 사람 없는 곳에 인적이 고요하다.
위험한 만 겹의 산중 빽빽이 우거진 나무들이며
적막한 새 소리는 곳곳에 구슬프고,
한가한 들의 꽃은 누구를 위해 피었느냐?
아깝도다. 이러한 꽃 두 나라가 버린 땅에,
사람도 아니 살고 논밭도 없다 하되,
곳곳이 깊은 골짜기에서 닭과 개 소리가 들리는 듯,
끝없이 이어지는 험한 산세 범과 표범에게 해를 입을까 겁이 난다.

(중략)

오랑캐의 풍속들이 가축치기를 숭상하여,
잘 달리는 좋은 말들이며 범 같은 큰 노새를
굴레도 씌우지 않고 재갈도 물리지 않은 채
백여 필씩 앞세우고 한 사람이 몰아가되,
구유에 들어서서 달래는 것 못 보겠고,
양이며 돼지를 수백 마리 떼를 지어
조그마한 아이놈이 한둘이 몰아가되,
대가리를 한데 모아 흩어지지 아니하고,
집채 같은 황소라도 코 안 뚫고 잘 부리며,

조그마한 당나귀도 맷돌질을 능히 하고,
댓닭, 장닭, 오리, 거위, 개, 고양이까지 기르며,
발바리라 하는 개는 계집년들이 품고 자네.
심지어 초롱 속에 온갖 새를 넣었으니,
앵무새며 지빠귀는 사람의 말을 능히 한다.

어린아이 기르는 법은 풍속이 괴상하다.
작은 상자에 줄을 매어 그네 매듯 추켜 달고,
우는 아이 젖을 먹여 포대기로 대강 싸서,
행담 속에 뉘어 놓고 줄을 잡아 흔들며는,
아무 소리 아니하고 보채는 일 없다 하대.

농사하기, 길쌈하기 부지런히 일을 한다.
집집마다 대문 앞에 쌓은 거름이 태산 같고,
논은 없고 밭만 있어 온갖 곡식을 다 심는다.
나귀와 말에게 쟁기를 메어 소 없어도 능히 갈며,
호미자루 길게 하여 김매기를 서서 한다.

씨아질에 물레질과 실꾸리 감는 계집이라.
도투마리 날을 맬 때 풀칠을 하지 않고 잘들하며,
베틀이라 하는 것은 가뿐하고 재치가 있다.
쇠꼬리가 없더라도 잉아 사용 어렵지 않고,
북을 집어 던지며는 바디질은 저절로 한다.

(후략)

(1) 핵심 정리

갈래	기행 가사, 장편 가사
성격	사실적, 서사적, 묘사적, 비판적
제재	청나라 연경 여행의 경험
주제	청나라 연경을 다녀온 견문과 감상
특징	• 치밀한 관찰을 통해 대상을 자세히 묘사함 • 소박한 표현과 우리말 구사가 나타남
의의	김인겸의 「일동장유가」와 더불어 조선 후기 기행 가사의 대표작임
연대	조선 고종 3년(1866년)
출전	『심재완 교합본』

(2) 이해와 감상

① 이 작품은 총 3,924구로 된 장편 기행 가사로, 중국에 사신으로 파견된 홍순학이 연경을 다녀온 체험과 견문을 서술한 작품이다. 「일동장유가」와 쌍벽을 이루는 장편 기행 가사로 평가된다.

② 작가는 조선 고종 때, 명성황후의 왕비 책봉을 청나라에 알리기 위해 파견된 병인가례주청사(丙寅嘉禮奏請使)의 서장관(書狀官)으로 따라가 130여 일간 여행하였다. 이 작품에는 이러한 경험을 바탕으로 왕명을 받아 약 40여 일 동안 연경에 체류한 뒤 다시 집으로 돌아오기까지의 여정과 견문을 자세하고 객관적으로 담고 있다.

③ 「병인 연행가」, 「연행록」 등으로도 불리는 이 작품은 노정이 자세하고 서술이 풍부하며 치밀한 관찰력을 바탕으로 한 묘사가 돋보이며, 한자 사용을 억제하고 우리말을 주로 사용하여 관리뿐만 아니라 일반 백성들도 쉽게 읽을 수 있게 하였다는 점에서 조선 후기 가사의 특징을 잘 보여 준다.

제4절 평민 가사

1 작가 미상, 「용부가」

〈원문〉

흉보기도 싫다마는 저 부인의 거동 보소
시집 간 지 석 달만에 시집살이 심하다고
친정에 편지하여 시집 흉 잡아 내네
계엄할사 시아버니 암상할사 시어머니
고자질에 시누이와 엄숙하기 맏동서라
요악(妖惡)한 아우동서 여우 같은 시앗년에
드세도다 남녀 노복(奴僕) 들며 나며 흠구덕에
남편이라 믿었더니 십벌지목(十伐之木)되었에라
여기저기 사설이요 구석구석 모함이라
시집살이 못하겠네 간숫병을 기울이며
치마쓰고 내닫기와 보찜 싸고 도망질에
오락가락 못 견디어 승(僧)들이나 따라갈까
긴 장죽(長竹)이 벗이 되고 들구경하여 볼가
문복(問卜)하기 소일이라
겉으로는 시름이요 속으로는 딴 생각에
반분대(半粉黛)로 일을 삼고 털뽑기가 세월이라
시부모가 경계하면 말 한 마디 지지 않고
남편이 걱정하면 뒤받아 맞넉수요

들고 나니 초롱군에 팔자나 고쳐 볼까
양반 자랑 모도 하며, 색주가(色酒家)나 하여 볼까
남문 밖 뺑덕어미 천성이 저러한가 배워서 그러한가
본 데 없이 자라나서 여기저기 무릎맞침
싸움질로 세월이며 남의 말 말전주와
들면은 음식 공론 조상은 부지(不知)하고
불공(佛供)하기 위업(爲業)할 제
무당 소경 푸닥거리 의복가지 다 내주고
남편 모양 볼작시면 삽살개 뒷다리요
자식 거동 볼작시면 털 벗은 솔개미라
엿장사야 떡장사야 아이 핑계 다 부르고
물레 앞에 선하품과 씨아 앞에 기지개라
이집 저집 이간질과 음담패설(淫談悖說) 일삼는다
모함(謀陷) 잡고 똥 먹이기
세간은 줄어 가고 걱정은 늘어간다
치마는 절러 가고 허리통이 길어 간다
총 없는 헌 짚신에 어린 자식 들쳐 업고
혼인(婚姻) 장사(葬事) 집집마다 음식 추심(推尋) 일을 삼고
아이 싸움 어른 쌈에 남의 죄에 매맞히기
까닭없이 성을 내고 의뿐 자식 두다리며
며느리를 쫓았으니 아들은 홀아비라
딸자식을 다려오니 남의 집은 결딴이라
두 손뼉을 두다리며 방성대곡(放聲大哭) 괴이하다
무슨 꼴에 생트집에 머리 싸고 드러눕기
간부(姦夫) 달고 달아나기 관비정속(官婢定屬) 몇 번인가
무식한 창생들아 저 거동을 자세 보고
그릇 일을 알았거든 고칠 개(改)자 힘을 쓰소
옳은 말을 들었거든 행하기를 위업하소

〈현대어 역〉

흉보기가 싫다마는 저 부인의 거동 보소
시집간 지 석 달 만에 시집살이 심하다고
친정에 편지하여 시집 흉을 잡아내네
욕심 많은 시아버니 샘 많은 시어미라
고자질하는 시누이와 엄숙하기 맏동서여
요악(妖惡)한 아우 동서 여우 같은 남편 첩에
드세도다 남녀 노복(奴僕) 들며나며 흉 보기에
남편이나 믿었더니 십벌지목(十伐之木) 되었에라 (남편도 시집 식구 편으로 넘어갔구나.)
여기저기 사설이요 구석구석 모함이라
시집살이 못 하겠네 간숫병을 기울이며
치마 쓰고 내닫기와 봇짐 싸고 도망질에

오락가락 못 견디어 승(僧)들이나 따라갈까
긴 담뱃대가 벗이 되고 들구경 하여 볼까
점 보기를 일삼고
겉으로는 시름이요 속으로는 딴 생각에
옅은 화장으로 일을 삼고 털 뽑기가 세월이라
시부모가 경계(警戒)하면 말 한마디 지지 않고
남편이 걱정하면 뒤받아 마주 대꾸하고
들고 나니 초롱군에 팔자나 고쳐 볼까
양반 자랑 모두 하며 색주가(色酒家)나 하여 볼까
남문 밖 뺑덕어미 천성이 저러한가 배워서 그러한가
본 데 없이 자라나서 여기저기 무릎맞춤
싸움질로 세월이며 남의 말 여기저기 옮기고
들며는 음식(飮食) 공논 조상(祖上)은 부지(不知)하고
불공(佛供)하기 일삼을 때
무당 소경 푸닥거리 옷 가지 다 내주고
남편 모양 볼작시면 삽살개 뒷다리요
자식 거동 볼작시면 털 벗은 솔개미라
엿장사야 떡장사야 아이 핑계 다 부르고
물레 앞에 선하품과 씨아(목화씨를 빼는 기구) 앞에 기지개라
이 집 저 집 이간질과 음담패설 일삼는다
모함(謀陷) 잡고 똥 먹이기
세간은 줄어 가고 걱정은 늘어 간다
치마는 절로 가고 허리통이 길어 간다
총 없는 헌 짚신에서 어린 자식 들쳐 업고
혼인 장사 집집마다 음식 조르기 일을 삼고
아이 싸움 어른 싸움에 남의 죄에 매 맞히기
까닭없이 성을 내고 이쁜 자식 두드리며
며느리를 쫓았으니 아들은 홀아비라
(시집 간) 딸자식을 데려오니 남의 집은 결단이라
두 손뼉을 두드리며 방성대곡 괴이하다
무슨 꼴에 생트집에 머리싸고 드러눕기
간부 달고 달아나기 관비정속 몇 번인가
무식(無識)한 창생(蒼生)들아 저 거동을 자세 보고
그릇 일을 알았거든 고치기에 힘을 쓰소
옳은 말을 들었거든 행하기를 일삼으소

(1) 핵심 정리

갈래	가사
성격	풍자적, 경세적(警世的), 교훈적, 비판적
제재	시집간 여인의 잘못된 행동
주제	여인의 잘못된 행실에 대한 비판과 풍자
특징	• 여인의 잘못된 행실을 열거하며 과장을 통해 비판함 • 당대 서민들의 생활상을 잘 보여 줌 • 일상적이고 평이한 언어로 당대 서민층의 비판 의식을 보여 줌
의의	「우부가(愚夫歌)」와 짝을 이루어 인물의 행실에 대해 경계함
연대	조선 후기
출전	『경세설』

(2) 이해와 감상

① 이 작품은 잘못된 행위를 일삼는 부인 용부(庸婦)의 모습을 비판하는 가사로, 인륜이나 도덕을 전혀 모르는 어리석은 부인의 행적을 통해 당대 여성들에 대한 경계를 나타내고 있다.

② 비판 대상인 '용부'는 '저 부인'과 '뺑덕어미'로, 시댁 식구들 흉을 보거나 담배를 피우고 점치는 일로 소일하며, 먹을 것에는 욕심을 내고 길쌈이나 자식 돌보는 일에는 게을리하는 모습을 보인다.

③ 부인들의 부정적인 행동을 과장된 내용과 속된 표현으로 그리고 있지만, 사실적인 묘사로 토속미가 풍긴다. 이를 통해 많은 백성들이 반면교사로 삼고 조심할 것을 직설적으로 훈계하고 있다.

2 작가 미상, 「우부가」

〈원문〉

ᄂᆡ 말슴 광언인가 져 화상(和尙)을 구경허게.
남ᄎᆞᆫ 활량 ᄀᆡᄯᅩᆼ이ᄂᆞᆫ 부모(父母) 덕(德)에 편이 놀고
호의 호식 무식허고 미련허고 용통ᄒᆞ야,
눈은 놉고 손은 커셔 가량 업시 쥬져 넘어
시쳬ᄯᅡ라 의관허고 남의 눈만 위허것다.
장장(長長) 츈일 낫ᄌᆞᆷ자기 조셕으로 반찬 투졍
ᄆᆡ 팔ᄌᆞ로 무상 츌입 ᄆᆡ일 장취(長醉) 계 트림과
이리 모야 도로기와 져리 모야 투젼질에
기ᄉᆡᆼ쳡 치가ᄒᆞ고 외입장이 친구로다.
ᄉᆞ랑(舍廊)의ᄂᆞᆫ 조방군이 안방의ᄂᆞᆫ 노구(老軀) 할미.
명조상(名祖上)을 써셰허고 셰도(世道) 구멍 기웃기웃
염냥(炎凉)보아 진봉(進奉)허기 재업을 ᄶᅡ불니고
허욕으로 장ᄉᆞ허기 남의 빗시 ᄐᆡ산(泰山)이라.

닉 무식(無識)은 싱각 안코 어진 사람 미워허기,
후(厚)헐 데는 박(薄)ᄒᆞ야셔 한 푼 돈의 쌈이 나고,
박헐 데는 후ᄒᆞ야셔 슈빅(數百) 냥이 헛거시라.
승긔ᄌᆞ(勝己者)를 염지(厭之)허니 반복(反覆)소인 허긔진다.
닉 몸에 리헐 딕로 남의 말을 탄(憚)치 안코
친구벗슨 조와ᄒᆞ여 졔 집안에 불목(不睦)ᄒᆞ고
병(病) 날 노릇 모다 허고 인숨 녹용 몸보키와
쥬식 잡기 모도ᄒᆞ야 돈 쥬졍을 무진허네.
부모 조상 돈망(頓忘)허여 계집 ᄌᆞ식 직물 슈탐(收耽)
일가친쳑 구박허며 닉 인ᄉᆞ(人事)는 밤즁이요 남의 흉만 즙아닌다.
닉 힝셰는 기칙반에 경계판(警戒板)을 질머지고
업는 말도 지여 닉고 시비의 션봉(先鋒)이라.

(중략)

딕모 관ᄌᆞ(玳瑁貫子) 어딕 가고 물네쥴은 무삼일고.
통냥(統陽)갓슨 어딕 가고 헌 파립(破笠)에 통(通)모ᄌᆞ라.
쥬체(酒滯)로 못 먹든 밥 칙녁 보아 밥 먹는다.
약포육는 어딕 가고 쓴바귀를 단 꿀 싸듯,
쥭녁고(竹瀝膏) 어딕 가고 모쥬 한 잔 어려워라.
울타리가 뜰나무요 동닉 소곰 반찬일세.
각장 장판 소라 반ᄌᆞ 장지문이 어딕 가고
벽 써러진 단간방의 거젹ᄌᆞ리 열두 닙에
호젹 조희 문 바르고 신쥬보가 갓슨이라.
은안 쥰마 어듸 가며 션후 구종 어듸 간고.
셕식 집신 집힝이에 졍강말이 졔격이라.
숨승 보션 딕셔히가 어딕 가고 슬레발이 불상허고,
비단 쥬머니 십륙ᄉᆞ슨 화류(樺榴) 면경 어디 가고
보션목 쥬머니에 숨노슨 쒸여 ᄎᆞ고,
돈피 빈ᄌᆞ 담뷔 휘양 어듸 가며 릉라 쥬의 어듸 간고.

동지 셧달 베창옷세 숨복다름 바지거쥭
궁둥이는 울근불근 엽거름질 병신갓치
담빅 업는 빈 연쥭을 소일조로 손의 들고
어슥비슥 다니면셔 남에 문젼 걸식ᄒᆞ며
역질 핑계 졔ᄉᆞ 핑계 야속허다 너의 인심 원망헐ᄉᆞ 팔ᄌᆞ타령.
저 건너 꽁싱원은 졔 아비의 덕분으로 돈 쳔(千)이나 가졋드니
슐 한 잔 밥 한 슐을 친구 딕졉 ᄒᆞ얏든가
주제넘게 아는 체로 음양술수 탐호(貪好)하여
당발복(當代發福) 구산(求山)ᄒᆞ기 피란곳 ᄎᆞ져 가며
올 적 갈 적 힝노상에 쳐ᄌᆞ식을 흩허 녹코
유무(有無) 상조(相助) 아니허면 조셕 난계(朝夕難計) 헐 슈 업다.

사인취물 허자 허니 두 번ᄌᆡ난 아니 속고
공납 범용 허자 허니 일갓집에 부ᄌᆞ 업고
ᄯᅳᆫ ᄌᆡ물 경영(經營)허고 경향(京鄕) 업시 ᄊᆞ다니며
ᄌᆡ상가의 청(請)질허다 봉변허고 물너서고
남의 골에 결ᄐᆡ 갓다 혼금의 쫏겨 와셔
혼인 즁ᄆᆡ 혼ᄌᆞ 들다 무렴 보고 ᄲᅣᆷ 마즈며
가ᄃᆡ 문셔 구문(口文)* 먹기 핀잔 먹고 잣바지기
불리(不利) 힝셰(行世) 씨그렁이 위조 문셔 비리 호송
부ᄌᆞ나 후려 볼가 감언니셜(甘言利說) ᄭᅬ야 보세
엇막이며 보(洑)막이며 은졈이며 금(金)졈이며
ᄃᆡ로변에 색주가(色酒家)며 노름판에 푼돈 ᄣᅦ기
남북촌에 ᄯᅮ장이로 인물(人物) 쵸인(招引)ᄒᆞ야 볼가.
산진ᄆᆡ 수진ᄆᆡ에 산양질노 놀러 갈 제
ᄃᆡ죵손 양반 ᄌᆞ랑 산소나 파라 볼가

혼인 핑계 어린 ᄯᆞᆯ은 ᄇᆡᆨ양 짜리 되얏구나.
안악은 친졍사리 ᄌᆞ식드른 고ᄉᆡᆼ사리
일가의 눈이 희고 친구의 손가락질
부지(不知) 거쳐(去處) 나가더니 소문이나 드러 볼가.
산너머 ᄭᅫᆼᄉᆡᆼ원은 그야말이 하우(下愚)로다.
거드러셔 한 말 ᄌᆞ랑 ᄃᆡ장부의 결긔로다.
동ᄂᆡ 존장 몰나 보고 이소 능장 욕허기와
의관(衣冠) 열파(裂破) 사람 치고 마자 ᄶᅡ기 ᄣᅦ쓰기와
남의 과부 겁탈허기 투장 간 곳 청병(請餠)하기
친척집의 소 ᄡᅳᆯ기와 쥬먹다짐 일슈로다.
부ᄌᆞ집의 긴허 체로 친헌 사람 이간질과
월슈돈 일슈돈에 장별리 장체기며
제 부모의 몹쓸 힝사(行事)

투젼군은 조화허며 손목 잡고 슐권하며
제 쳐ᄌᆞᄂᆞᆫ 몰나 보고 노리ᄀᆡ로 졍표(情表) 쥬며
ᄌᆞ식 노릇 못허면서 제 ᄌᆞ식은 귀이 알며
며ᄂᆞ리ᄂᆞᆫ 들복그며 봉양 잘못 허령헌다.
기동 베고 벽 ᄯᅥᆯ러라 텬하 난봉 ᄌᆞ칭(自稱)허니
붓그럼을 모로고셔 쥬리틀려 경친 것슬 웃슬 벗고 ᄌᆞ랑허며
슐집이 안방이요 투젼방이 ᄉᆞ랑이라.
늘근 부모 병든 쳐ᄌᆞ 손톱 발톱 제쳐가며
좀 못 ᄌᆞ고 김승 헌 것 슐 ᄂᆡ기로 장긔두고
ᄎᆡᆨ망 업시 바린 몸이 무상 ᄉᆡᆼ이 못 허여서
누의 ᄌᆞ식 족하 ᄌᆞ식 ᄉᆡᆨ쥬가로 환ᄆᆡ(換買)허며

부모가 걱정허면 와락 더라 부르딕며
안악이 ᄉᆞ셜허면 밥상 치고 계집 치기
도망산의 뫼를 썻나 저녁 굶고 또 나간다.
포청(捕廳) 귀신(鬼神) 되엿는지 듯도 보도 못헐네라.

*구문(口文) : 흥정을 붙여 주고, 그 보수로 사고판 양쪽으로부터 받는 돈.

〈현대어 역〉

내 말이 미친 소리인가 저 인간을 구경하게.
남촌의 한량 개똥이는 부모 덕에 편히 놀고
호의호식하지만 무식하고 미련하여 소견머리가 없는데다가
눈은 높고 손은 커서 대중 없이 주제 넘어
유행에 따라 옷을 입어 남의 눈만 즐겁게 한다.
긴긴 봄날에 낮잠이나 자고 아침저녁으로 반찬 투정을 하며,
항상 놀고먹는 팔자로 술집에 무상출입하여 매일 취해서 게트림을 하고,
이리 모여서 노름하기, 저리 모여서 투전질에
기생첩을 얻어 살림을 넉넉히 마련해 주고 오입쟁이 친구로다.
사랑방에는 조방군, 안방에는 뚜쟁이 할머니가 드나들고,
조상을 팔아 위세를 떨고 세도를 찾아 기웃기웃하며,
세도를 따라 뇌물을 바치느라고 재산을 날리고,
헛된 욕심으로 장사를 하여 남의 빚이 태산처럼 많다.

자기가 무식한 것은 생각하지 않고 어진 사람을 미워하며,
후하게 해야 할 곳에는 야박하여 한 푼을 주는 데도 아까워하고
박하게 해도 되는 곳에는 후덕하여 수백 냥을 낭비한다.
자기보다 나은 사람을 싫어하니 소인들이 비위 맞추느라 배가 고플 지경이다.
자기에게 유리하면 남의 잘못된 말도 따지지 않고,
친구들하고는 잘 지내지만 제 친척들과는 화목하지 못하며,
건강 해칠 일은 모두 하고 인삼 녹용으로 몸 보신하기와,
주색잡기를 모두 하여 한없이 돈을 함부로 쓰네.
부모와 조상은 아주 잊어버리고 계집 자식과 재물만 좋아하며,
일가친척을 구박하고 자기가 할 도리는 나중 일이요, 남의 흉만 잡아낸다.
자기 행동은 개차반이면서 경계판을 짊어지고 다니며,
없는 말도 지어 내고 시비에 앞장을 선다.

(중략)

고급스런 관자는 어디 가고 물레줄로 갓끈을 한 것은 무슨 일인가?
통영갓은 어디 가고 찢어진 갓에 통모자를 썼구나.
주체(술병)로 다 먹지 못할 만큼 밥이 많았는데, 이제는 달력을 보아 가며 밥을 먹는다.
양볶이는 어디 가고 씀바귀를 단물 빨 듯
죽녁고 어디 가고 모주 한 잔 먹기도 어렵구나.

울타리로 땔감을 삼고 동네 소금으로 반찬을 하네.
고급스런 장판과 반자 장지문은 다 어디 가고
벽이 허물어진 단칸방에 열두 닢의 거적을 깔았으며,
호적을 쓴 종이로 문을 바르고 신주 싸는 보자기로 갓끈을 하였구나.
호사스럽게 차린 좋은 말과 앞뒤에서 모시던 하인은 어디 갔는가?
거칠게 만든 짚신과 지팡이에 두 발로 걷는 것이 제격이라.
삼승 버선과 태사혜는 어디 가고 끄레발이 불쌍하며,
버선으로 만든 삼노끈을 꿰어 차고,
담비 모피로 만든 덧저고리, 담비 털로 만든 모자, 비단 두루마기는 어디 갔는가?

동지섣달 추위에 베창옷을 걸쳤으며, 삼복더위에 두꺼운 바지를 입고,
엉덩이를 울근불근하며 병신같이 옆걸음질을 치는구나.
담배도 없는 빈 담뱃대를 심심풀이로 손에 들고,
비실비실 다니면서 남의 집 문전에 가 걸식하며,
역질이나 제사를 핑계하는 집에 인심이 야박함을 탓하면서 팔자를 원망하는구나.
저 건너 꼼생원은 제 아비의 덕분으로 돈 푼이나 가졌었는데
술 한잔 밥 한술을 친구에게 대접한 일이 없다.
주제넘게 아는 체를 하며 음양술수(점치는 일) 몹시 좋아하여
당대에 복을 받을 명당자리를 찾아다니며
올 적 갈 적 돌아다니는 길에 처자식을 여기저기 떨어뜨리고
있는 사람이 없는 사람을 돕지 않으면 끼니를 때울 수가 없으니, 어쩔 도리가 없구나.

사기를 치려 해도 두 번째는 속을 리 없으며,
국고를 횡령하려 해도 친척 중에 부자가 없고,
허황된 재물을 얻으려고 여기저기 쏘다니며,
재상 댁에 청을 넣다가 봉변을 당하고 물러나고
남의 고을에 재물을 구하러 갔다가 혼금에 쫓겨 오고
혼인 중매를 혼자 들다가 무안을 당하고 뺨 맞으며,
가대 문서를 가지고 구문을 먹으려다 핀잔 듣고 자빠지고
옳지 못한 일을 하는 데는 끼어들어 한 몫 보려 하고,
위조한 가짜 문서나 호송해 주는 비리를 범하고
부자나 후려 볼까 감언이설로 꾀어 보세.
언막이나 보막이, 은광이나 금광을 찾아다니고,
큰 길가에 색주가 그리고 노름판에서 개평 뜯기,
남촌 북촌에 뚜쟁이로 나서서 사람 끌기를 하여 볼까
산지니, 수지니를 데리고 사냥차 놀러 갈 때,
양반 가문의 대종손이라고 자랑하면서 산소 자리나 팔아볼까

어린 딸을 시집 보낸다 핑계하고 백 냥에 팔았구나.
아내는 친정살이를 하고, 자식들은 고생살이를 시키니,
친척들은 눈을 흘기고 친구들은 손가락질을 한다.

어디론가 나가더니 소문조차 들을 수가 없구나.
산 넘어 사는 꾕생원은 참으로 어리석은 사람이로다.
남이 거들어서 한 말을 자랑하는 몹시 급한 성격의 남자로다.
동네 어른을 몰라보고 무례하게 욕을 하며
의관을 찢고 사람을 때리고도 맞았다고 떼를 쓰고,
남의 과부를 겁탈하고 몰래 무덤 쓰는 데 가서 떡을 달라고 하며
친척집의 소를 끌어가고 주먹다짐이 예사로다.
부잣집과 가까운 척하며, 친한 사람을 이간질시키고,
월수돈이나 일수돈, 장별리, 장체기 등에 종사하며
제 부모에게 몹쓸 짓을 하고,

노름꾼들 하고는 죽이 맞아서 손목잡고 술을 권하며
제 처자식은 외면하고 노리개를 갖다가 다른 여자에게 정표로 주어 버리고
저는 자식 노릇 제대로 못 하면서 제 자식은 귀하게 알며
며느리는 들볶으며 봉양을 잘못한다고 호령한다.
기둥을 베고 벽을 떨어라. 천하 난봉꾼임을 자칭한다.
부끄러운 줄을 모르고서 주리를 트는 형벌을 받아 혼이 난 것을 옷을 벗고 보여 주며 자랑하고
술집을 안방으로 삼고 노름방을 사랑으로 삼아 지낸다.
늙은 부모와 병든 처자식이 손톱 발톱이 젖혀지도록
잠을 못 자고 길쌈한 것을 가져다가 술내기 장기를 두고
바로잡아 주는 사람이 없이 버린 몸이 생계를 세우지 못해서
누이의 자식과 조카자식을 색주가에 팔아넘기고
그 부모가 걱정하면 얼굴을 붉히며 떠들어 대고
아내가 잔소리를 하면 밥상을 치고 폭행하며,
도망산에 묘를 썼는지 저녁 굶고서 또 나가더니
포도청에 잡혀 갔는지 듣지도 보지도 못하겠도다.

(1) 핵심 정리

갈래	가사
성격	비판적, 풍자적, 경세적(警世的)
제재	우부(愚夫)의 잘못된 행동
주제	타락한 양반의 행동에 대한 비판과 경계
특징	• 인물의 잘못된 행동을 적나라하게 서술함 • 반복, 대구, 열거를 활용하여 시상을 전개함
의의	조선 후기 양반층의 도덕적 타락을 사실적으로 반영
연대	조선 후기
출전	『초당문답가』

(2) 이해와 감상

① 이 작품은 조선 숙종 또는 영조 때 창작되었을 것으로 추측되는 가사로, 조선 후기 양반 사회가 당면했던 현실적・경제적 몰락과 도덕적 타락, 봉건적 가치관의 붕괴를 사실적으로 그려내고 풍자하였다.

② 작품에 '개똥이', '꼼생원', '꾕생원'이 차례로 등장하는데, 이는 각각 당시 양반 계층의 상층과 중층, 하층을 대표하는 인물로 형상화된 것이다. 이들은 모두 무위도식하거나 분별없이 행동하고 체통을 지키지 못하는 등 도덕적으로 타락한 삶을 살아가다가 비참한 말로를 보인다.

③ 언어구사가 생생하고 서민사회의 실상을 사실적으로 묘사하여 봉건적 이념이나 규범을 넘어서는 측면이 있다. 또한 인물의 잘못된 행동을 직접적으로 적나라하게 제시하여 절제되고 분수 있는 행동의 중요성을 강조한다는 점에서 '계녀 가사'로 볼 수도 있다.

제5절 전쟁 가사

1 박인로, 「선상탄」 중요

〈원문〉

〈서사〉
늘고 병(病)든 몸을 주사(舟師)로 보ᄂᆡ실ᄉᆡ
을사(乙巳) 삼하(三夏)애 진동영(鎭東營) ᄂᆞ려오니
관방중지(關防重地)예 병이 깁다 안자실랴?
일장검(一長劍) 비기 ᄎᆞ고 병선(兵船)에 구테 올나
여기진목(勵氣瞋目)ᄒᆞ야 대마도(對馬島)을 구어보니
ᄇᆞ람 조친 황운(黃雲)은 원근(遠近)에 사혀 잇고
아득ᄒᆞᆫ 창파(滄波)ᄂᆞᆫ 긴 하ᄂᆞᆯ과 ᄒᆞᆫ 빗칠쇠

〈본사1〉
선상(船上)에 배회(徘徊)하며 고금(古今)을 사억(思憶)하고
어리미친 회포(懷抱)에 헌원씨(軒轅氏)를 애ᄃᆞ노라.
대양(大洋)이 망망(茫茫)하야 천지(天地)예 둘려시니
진실로 ᄇᆡ 아니면 풍파(風波)만리(萬里) 밧긔
어ᄂᆡ 사이(四夷) 엿볼넌고
무삼 일 ᄒᆞ려 ᄒᆞ여 ᄇᆡ 못기를 비롯ᄒᆞᆫ고?
만세천추(萬世千秋)에 ᄀᆞ업ᄉᆞᆫ 큰 폐(弊) 되야
보천지하(普天之下)애 만민원(萬民怨) 길우ᄂᆞ다.

〈본사2〉
어즈버 ᄭᆡᄃᆞ라니 진시황의 타시로다.
ᄇᆡ 비록 잇다 ᄒᆞ나 왜(倭)를 아니 삼기던들
일본 대마도로 뷘 ᄇᆡ 졀로 나올런가?
뉘 말을 미더 듯고, 동남동녀(童男童女)를 그ᄃᆡ도록 드려다가
해중(海中) 모든 셤에 난당적(難當賊)을 기쳐 두고
통분(痛憤)ᄒᆞᆫ 수욕(羞辱)이 화하(華夏)애 다 밋나다.
장생불사약(長生不死藥)을 얼ᄆᆡ나 어더 ᄂᆡ여
만리장성(萬里長城) 높히 사고 몇 만년(萬年)을 사도썬고?
ᄂᆞᆷᄃᆡ로 죽어가니 유익(有益)한 줄 모ᄅᆞ로다.
어즈버 ᄉᆡᆼ각ᄒᆞ니 서불(徐市) 등(等)이 이심(已甚)ᄒᆞ다.
인신(人臣)이 되야셔 망명(亡命)도 ᄒᆞ난 것가?
신선을 못 보거든 수이나 도라오면
주사(舟師) 이 시럼은 전혀 업게 삼길럿다.

〈본사3〉
두어라, 기왕(旣往) 불구(不咎)라 일너 무엇 ᄒᆞ로소니
속절업ᄉᆞᆫ 시비(是非)를 후리쳐 더뎌 두쟈.
잠사각오(潛思覺悟)ᄒᆞ니 내 ᄠᅳᆺ도 고집(固執)고야.
황제(黃帝) 작주거(作舟車)ᄂᆞᆫ 왼 줄도 모ᄅᆞ로다.
장한(張翰) 강동(江東)애 추풍을 만나신들
편주(扁舟) 곳 아니타면 천청해활(天淸海闊)ᄒᆞ다.
어ᄂᆡ 興이 졀로 나며, 삼공(三公)도 아니 밧골
제일 강산애 부평(浮萍) ᄀᆞᆺᄒᆞᆫ 어부생애를
일엽주(一葉舟) 아니면 어ᄃᆡ 부쳐 ᄃᆞᆫ힐ᄂᆞᆫ고?

〈본사4〉
일언 닐 보건된 ᄇᆡ 삼긴 제도(制度)야
지묘(至妙)ᄒᆞᆫ 덧ᄒᆞ다마ᄂᆞᆫ 엇디ᄒᆞᆫ 우리 물은
ᄂᆞᄂᆞᆫ ᄃᆞᆺᄒᆞᆫ 판옥선(板屋船)을 주야의 빗기 타고
임풍영월(臨風咏月)호ᄃᆡ 흥(興)이 전혀 업ᄂᆞᆫ게오?
석일(昔日) 주중(舟中)에ᄂᆞᆫ 배반(杯盤)이 낭자(狼藉)터니
금일(今日) 주중(舟中)에는 대검(大劍) 장창(長鎗)ᄲᅮᆫ이로다.
ᄒᆞᆫ 가지 ᄇᆡ언마ᄂᆞᆫ 가진 ᄇᆡ 다라니
기간(其間) 우락(憂樂)이 서로 ᄀᆞᆺ지 못ᄒᆞ도다.

〈본사5〉
시시(時時)로 멀이 드러 북신(北辰)을 ᄇᆞ라보며
상시(傷時) 노루(老淚)ᄅᆞᆯ 천일방(天一方)에 디이ᄂᆞ다.
오동방(吾東方) 문물이 한당송(漢唐宋)애 디랴마ᄂᆞᆫ
국운(國運)이 불행ᄒᆞ야 해추흉모(海醜兇謀)애
만고수(萬古羞)을 안고 이셔, 백분(百分)에 ᄒᆞᆫ 가지도 못 시셔 ᄇᆞ려거든

이 몸이 무상(無狀)혼들 신자(臣子)ㅣ되야 이셔다가
궁달(窮達)이 길이 달라 몬 뫼읍고 늘거신들
우국단심(憂國丹心)이야 어늬 각(刻)애 이즐넌고?

〈본사6〉
강개(慷慨) 겨운 장기(壯氣)는 노당익장(老當益壯) 흐다마는
됴고마는 이 몸이 병중(病中)에 드러시니
설분신원(雪憤伸寃)이 어려올 듯 흐건마는
그러나, 사제갈(死諸葛)도 생중달(生仲達)을 멀리 좃고
발 업슨 손빈(孫臏)도 방연(龐涓)을 잡아거든
흐믈며 이 몸은 수족(手足)이 구자 잇고 명맥(命脈)이 이어시니
서절구투(鼠竊狗偷)을 저그나 저흘소냐?
비선(飛船)에 둘려드러 선봉(先鋒)을 거치면
구시월(九十月) 상풍(霜風)에 낙엽가치 헤치리라.
칠종칠금(七縱七擒)을 우린들 못홀것가?

〈결사〉
준피도이(蠢彼島夷)들아 수이 걸항(乞降)흐야스라
항자불살(降者不殺)이니 너를 구틔 섬멸(殲滅)흐랴
오왕성덕(吾王聖德)이 욕병생(欲竝生)흐시니라
태평천하(太平天下)애 요순 군민(堯舜郡民) 되야이셔
일월광화(日月光華)는 조복조(朝腹朝)흐얏거든
전선(戰船) 트던 우리몸도 어주(漁舟)에 창만(唱晩)흐고
추월춘풍(秋月春風)에 놉히 베고 누어 이셔
성대(聖代) 해불양파(海不揚波)를 다시 보려 흐노라

〈현대어 역〉

〈서사〉
미천하고 노쇠한 몸을 통주사로 보내시므로
을사년 여름에 진동영(부산진)을 내려오니,
변방의 중요한 요새지에서 병이 깊다고 앉아 있겠는가?
긴 칼을 비스듬히 차고 병선에 굳이 올라가서
기운을 떨치고 눈을 부릅뜨고 대마도를 굽어보니,
바람을 따르는 노란 구름은 멀고 가깝게 쌓여 있고
아득한 푸른 물결은 긴 하늘과 같은 빛일세.

〈본사1〉
배 위에서 이리저리 돌아다니며 옛날과 지금을 생각하고
어리석고 미친 마음에 배를 처음 만든 헌원씨를 원망스럽게 여기노라.
바다가 아득히 넓게 천지에 둘려 있으니
참으로 배가 아니면 풍파가 심한 만 리 밖에서

어느 오랑캐(왜적)가 엿볼 것인가?
무슨 일을 하려고 배 만들기를 시작했는고?
(그것이) 오랜 세월에 끝없는 큰 폐단이 되어
온 천하에 만백성의 원한을 기르고 있도다.

〈본사2〉
아! 깨달으니 진시황의 탓이로다.
배가 비록 있다고 하더라도 왜족이 생기지 않았더라면
일본 대마도로부터 빈 배가 저절로 나올 것인가?
누구의 말을 곧이듣고 동남동녀를 그토록 데려다가
바다의 모든 섬에 감당하기 어려운 도적을 만들어 두어,
통분한 수치와 모욕이 중국에까지 다 미치게 하였는가?
장생 불사약을 얼마나 얻어 내어 만리장성을 높이 쌓고 몇 만 년을 살았던가?
남처럼 죽어 갔으니 유익한 줄 모르겠도다.
아! 생각하니 서불의 무리가 너무 심하다.
신하의 몸으로 망명 도주도 하는 것인가?
신선을 만나지 못했거든 쉽게나 돌아왔으면
통주사(자신)의 이 근심은 전혀 생기지 않았을 것이다.

〈본사3〉
그만 두어라. 이미 지난 일은 탓하지 않는 것이라는데 말해 무엇하겠는가?
아무 소용이 없는 시비를 팽개쳐 던져 버리자.
깊이 생각하여 깨달으니 내 뜻도 고집스럽구나.
황제가 처음으로 배와 수레를 만든 것은 그릇된 줄도 모르겠도다.
장한이 강동으로 돌아가 가을 바람을 만났다고 한들
편주를 타지 않으면 하늘이 맑고 바닥 넓다고 해도
어느 흥이 저절로 나겠으며, 삼공과도 바꾸지 않을 만큼
경치가 좋은 곳에서 부평초 같은 어부의 생활을
자그마한 배가 아니면 어디에 부쳐 다니겠는가?

〈본사4〉
이런 일을 보면, 배를 만든 제도야
매우 묘한 듯하다마는, 어찌하여 우리 무리는
날 듯이 빠른 판옥선을 밤낮으로 비스듬히 타고
풍월을 읊되 흥이 전혀 없는 것인가?
옛날의 배 안에는 술상이 어지럽더니
오늘날의 배 안에는 큰 칼과 긴 창뿐이로구나.
똑같은 배건마는 가진 바가 다르니
그 사이의 근심과 즐거움이 서로 같지 못하도다.

〈본사5〉
때때로 머리를 들어 임금님이 계신 곳을 바라보며
시국을 근심하는 늙은이의 눈물을 하늘 한 모퉁이에 떨어뜨린다.

우리나라의 문물이 중국의 한나라, 당나라, 송나라에 뒤떨어지랴마는,
나라의 운수가 불행하여 왜적의 흉악한 꾀에
영원히 씻을 수 없는 수치를 안고서 그 백분의 일도 아직 씻어 버리지 못했거든,
이 몸이 변변치 못하지만 신하가 되어 있다가
신하와 임금의 신분이 서로 달라 못 모시고 늙었다 한들,
나라를 걱정하는 충성스런 마음이야 어느 시각인들 잊었을 것인가?

〈본사6〉
강개를 못 이기는 씩씩한 기운은 늙을수록 더욱 장하다마는,
보잘 것 없는 이 몸이 병중에 들었으니
분함을 씻고 원한을 풀어 버리기가 어려울 듯 하건마는,
그러나, 죽은 제갈공명이 산 사마의를 멀리 쫓았고,
발이 없는 손빈이 방연을 잡았는데,
하물며 이 몸은 손과 발이 온전하고 목숨이 살아 있으니
쥐나 개와 같은 왜적을 조금이나마 두려워하겠는가?
나는 듯이 빠른 배에 달려들어 선봉을 휘몰아치면
구시월 서릿바람에 떨어지는 낙엽처럼 (왜적을) 헤치리라.
칠종칠금을 우리라고 못할 것인가?

〈결사〉
꾸물거리는 저 섬나라 오랑캐들아, 빨리 항복하려무나.
항복한 자는 죽이지 않는 법이니, 너희들을 구태여 모두 죽이겠느냐?
우리 임금님의 성스러운 덕이 너희와 더불어 살아가고자 하시느니라.
태평스러운 천하에 요순시대와 같은 화평한 백성이 되어
해와 달 같은 임금님의 성덕이 매일 아침마다 밝게 비치니,
전쟁하는 배를 타던 우리들도 고기잡이배에서 저녁 무렵을 노래하고(늦도록 노래하고),
가을달 봄바람에 베개를 높이 베고 누워서
성군 치하의 태평성대를 다시 보려 하노라.

(1) 핵심 정리

갈래	전쟁 가사
성격	우국적, 비판적, 기원적
제재	임진왜란의 경험
주제	전쟁에 대한 한탄과 우국충정(憂國衷情) 및 평화에 대한 기원
특징	• 민족의 현실을 구체적으로 다룸 • 왜적에 대한 강한 적개심이 나타남 • 한자성어와 고사의 인용이 많음
의의	「태평사」와 함께 전쟁 가사의 대표작으로 꼽힘
연대	조선 선조 38년(1605년)
출전	『노계집』

(2) 이해와 감상

① 이 작품은 「태평사」와 더불어 조선 후기 전쟁문학을 대표하는 가사이다. 우리 민족이 겪은 전쟁의 시련을 다루면서 왜적에 대한 적개심과 분노를 드러내는 한편 우국충정과 평화로운 세상을 희구했다.

② 임진왜란이 끝난 직후에 부산진에 내려온 작가가 아직 전쟁의 기운이 사라지지 않은 현장에서 왜적에 대한 비분강개와 평화에 대한 염원을 노래하는 등 작가의 전쟁에 대한 인식과 정서가 잘 반영되어 있다.

③ 이 작품은 표현상 한문투의 수식이 많고, 직설적인 표현이 많이 나타나고 있다는 점이 결점으로 생각될 수도 있지만, 전쟁문학이 일반적으로 범하기 쉬운 속된 감정에 흐르지 않고, 적을 위압할 만한 무사의 투지를 담은 작품이라는 점에서 높은 평가를 받는다.

제6절 연정 가사

1 허난설헌, 「규원가」 중요

〈원문〉

엇그제 점엇더니 ᄒᆞ마 어이 다 늘거니.
소년행락(少年行樂) 생각ᄒᆞ니 일러도 속절업다.
늘거야 서론 말ᄉᆞᆷ ᄒᆞ자니 목이 멘다.
부생모육(父生母育) 신고(辛苦)ᄒᆞ야 이 내 몸 길러 낼 제
공후배필(公後配匹)은 못 바라도 군자호구(君子好逑) 원(願)ᄒᆞ더니,
삼생(三生)의 원업(怨業)이오 월하(月下)의 연분(緣分)ᄋᆞ로,
장안유협(長安遊俠) 경박자ᄅᆞᆯ ᄭᅮᆷᄀᆞ치 만나 잇서,
당시(當時)의 용심(用心)ᄒᆞ기 살어름 디듸는 듯,
삼오(三五) 이팔(二八) 겨오 지나 천연려질(天然麗質) 절로 이니,
이 얼골 이 태도(態度)로 백년기약(百年期約) ᄒᆞ얏더니,
연광(年光)이 훌훌ᄒᆞ고 조물(造物)이 다시(多猜)ᄒᆞ야,
봄바람 가을 믈이 뵈오리 북 지나듯
설빈화안(雪鬢花顔) 어ᄃᆡ 두고 면목가증(面目可憎) 되거고나.
내 얼골 내 보거니 어느 님이 날 괼소냐.
스스로 참괴(慙愧)ᄒᆞ니 누구를 원망(怨望)ᄒᆞ리.
삼삼오오(三三五五) 야유원(冶游園)의 새 사람이 나단 말가.
곳 피고 날 저물 제 정처 업시 나가 잇어,
백마금편(白馬金鞭)으로 어ᄃᆡ어ᄃᆡ 머무는고.
원근(遠近)을 모르거니 소식(消息)이야 더욱 알랴.
인연을 긋쳐신들 ᄉᆡᆼ각이야 업슬소냐.

얼골을 못 보거든 그립기나 마르려믄,
열 두 째 깁고 길샤 셜흔 날, 지리(支離)ᄒᆞ다.
옥창(玉窓)에 심근 매화(梅花) 몃 번이나 픠여 진고,
겨울 밤 차고 찬 제 자최 눈 섯거 치고,
여름날 길고 길제 구즌 비ᄂᆞᆫ 므스 일고.
삼춘화류(三春花柳) 호시절(好時節)의 경물(景物)이 시름업다.
가을 ᄃᆞᆯ 방에 들고 실솔(悉率)이 상(床)에 울제,
긴 한숨 디ᄂᆞᆫ 눈물 속절 업시 혬만 만타.
아마도 모진 목숨 죽기도 어려울사.
돌이켜 생각하니 이리 하여 어이 하리.
청등(靑燈)을 돌려 놓고 녹기금(綠綺琴) 빗기 안아
벽련화(碧蓮花) 한 곡조를 시름 좇아 섞어 타니,
소상(瀟湘) 야우(夜雨)에 댓잎 소리가 섞여 들리는 듯,
화표(華表) 천년의 별학(別鶴)이 우니는 듯,
옥수(玉手)의 타는 수단(手段) 옛 소리 있다마는
부용장(芙蓉帳) 적막하니 뉘 귀에 들릴소냐.
간장이 구곡되어 굽이굽이 끊어졌도다.
차라리 잠이 들어 꿈에나 보려하니
바람에 지는 잎과 풀 속에 우는 짐승,
무슨 일이 원수 되어 잠조차 깨우는고.
천상(天上)의 견우직녀 은하수 막혀서도
칠월 칠석 일년일도(一年一度) 실기(實技)치 아니하거든,
우리 임 가신 후는 무슨 약수(弱水) 가렸기에
오거나 가거나 소식조차 그쳤는고.
난간에 비겨 서서 임 가신 데 바라보니,
초로(草露)는 맺혀 있고 모운(慕雲)이 지나갈 때
죽림(竹林) 푸른 곳에 새소리 더욱 서럽다.
세상에 설운 사람 수없다 하려니와
박명한 홍안(紅顔)이야 나 같은 이 또 있을까.
아마도 이 임의 탓으로 살 듯 말듯 하여라.

〈현대어 역〉

엇그제 젊었더니 어찌 벌써 이렇게 다 늙어 버렸는가?
어릴 적 즐겁게 지내던 일을 생각하니 말해야 헛되구나.
이렇게 늙은 뒤에 설운 사연 말하자니 목이 멘다.
부모님이 낳아 기르며 몹시 고생하여 이 내 몸 길러낼 때,
높은 벼슬아치의 배필을 바라지 못할지라도 군자의 좋은 짝이 되기를 바랐었는데
전생에 지은 원망스러운 업보요 부부의 인연으로
장안의 호탕하면서도 경박한 사람을 꿈같이 만나,
시집간 뒤에 남편 시중하면서 조심하기를 마치 살얼음 디디는 듯하였다.
열다섯 열여섯 살을 겨우 지나 타고난 아름다운 모습 저절로 나타나니,

이 얼굴 이 태도로 평생을 약속하였더니,
세월이 빨리 지나고 조물주마저 시기하여
봄바람 가을 물이 베틀의 베올 사이에 북이 지나가듯 빨리 지나가 버려
꽃같이 아름다운 얼굴 어디 두고 모습이 밉게도 되었구나.
내 얼굴을 내가 보고 알거니와 어느 임이 나를 사랑할 것인가?
스스로 부끄러워하니 누구를 원망할 것인가
여러 사람이 떼를 지어 다니는 술집에 새 기생이 나타났다는 말인가?
꽃 피고 날 저물 때 정처 없이 나가서
호사로운 행장을 하고 어디어디 머물러 노는고?
멀리 있는지 가까이 있는지 모르는 데, 임의 소식이야 더욱 알 수 있으랴.
인연을 끊었지마는 임에 대한 생각이야 없을 것인가?
임의 얼굴을 못 보거니 그립기나 말았으면 좋으련만,
하루가 길기도 길구나. 한 달이 지루하기만 하다.
규방 앞에 심은 매화 몇 번이나 피었다 졌는고?
겨울밤 차고 찬 때 자국 눈 섞여 내리고,
여름날 길고 긴 때 궂은비는 무슨 일인가?
봄날 꽃 피고 버들잎이 돋는 좋은 시절에 아름다운 경치를 보아도 아무 생각이 없다.
가을 달이 방에 비추고 귀뚜라미 침상에서 울 때
긴 한숨 흘리는 눈물, 헛되이 생각만 많다.
아마도 모진 목숨 죽기도 어렵구나.
돌이켜 여러 가지 생각을 하니 이렇게 살아서 어찌할 것인가?
청사초롱을 둘러놓고 거문고를 비스듬히 안고서
벽련화 한곡을 시름에 잠겨 타니
소상강 밤비에 댓잎 소리가 섞여 들리는 듯
망주석에 천 년만에 찾아온 특별한 학이 울고 있는 듯하고,
고운 손으로 타는 솜씨는 옛 가락이 아직 남아 있지마는
연꽃무늬가 있는 휘장을 친 방 안이 텅 비어 있으니 누구의 귀에 들리겠는가?
마음속이 굽이굽이 끊어졌도다.
차라리 잠이 들어 꿈에나 임을 보려 하니
바람에 떨어지는 나뭇잎과 풀 속에서 우는 짐승은
무슨 원수가 져서 잠마저 깨우는고?
하늘의 견우와 직녀는 은하수가 막혔어도
칠월 칠석에 매 년에 한 번씩은 때를 놓치지 않고 만나는데,
우리 임 가신 뒤에는 무슨 건너지 못할 장애물이 놓여 있기에
오고 가는 소식마저 끊어졌는가?
난간에 기대어 서서 임 가신 곳을 바라보니,
풀에 이슬은 맺혀 있고 저녁 구름이 지나갈 때,
대나무 숲 우거진 곳에 새소리가 더욱 서럽게 들린다.
세상에 서러운 사람이 수없이 많다고 하지만,
기구한 운명을 가진 여자 신세야 나 같은 이가 또 있을까?
아마도 이 임의 탓으로 살듯 말듯 하구나.

(1) 핵심 정리

구분	내용
갈래	규방(내방) 가사
성격	원망적, 체념적, 절망적, 고백적
제재	여인의 한 많은 삶
주제	봉건 사회 규방 부인의 삶과 정한
특징	• 다양한 대상에 화자의 심정 투영(비유) • 고사를 이용한 유려한 작품 분위기
의의	현전하는 최고(最古)의 내방 가사
연대	조선 중기
출전	『고금가곡』

(2) 이해와 감상

① 이 작품은 가정을 돌보지 않는 가장 때문에 고통 받는 여인의 한스러운 삶과 정서를 간절하게 표현한 규방 가사이다. 일명 「원부사(怨夫詞)」라고도 한다. 이 작품을 통해 조선 사회의 봉건성 아래 신음하는 여성의 사회적 지위를 짐작할 수 있다.

② 3・4(4・4)조, 4음보 연속체의 형식을 취하며, 기본 구조는 '기승전결'이다. 흐르는 세월 속에 쌓여온 슬픔과 한을 다양한 표현 방법으로 드러냈고, 한문과 고사를 많이 사용해서 우아한 느낌을 준다.

③ 현전하는 내방 가사로는 가장 오래된 것으로, 후대 규방 가사나 애정 가사에 많은 영향을 끼쳤다는 점에서 사대부들의 전유물이었던 가사의 작가층이 여성으로 확대되는 계기가 되었다고 할 수 있다.

2 작가 미상, 「상사별곡」

〈원문〉

인간리별 만사(萬事) 중에 독수공방이 더욱 셟다
상사불견(相思不見) 이ᄂᆡ 진정(眞情)을 제 뉘라서 짐작하리
ᄆᆡ친 시름 허튼 근심 다 후루혀 더져 두고
자나깨나 깨나자나 임 못 보와 가슴 답답
얼인 양자(樣姿) 고운 소래 눈에 암암 귀에 쟁쟁
보고지고 임의 얼골 듯고지고 임의 소ᄅᆡ
비ᄂᆡ이다 하날님씌 임 생기라 비나이다
전생차생(前生此生) 무슴 죄로 우리 두리 삼겨나셔
잇지마자 처음 ᄆᆡᆼ세 죽지마자 백년기약
천금같이 믿엇드니 세상일에 마(魔)가 많다.
천금주옥(千金珠玉) 귀 밧기오 세상 빈부(貧富) 관겨ᄒᆞ랴
근원 흘너 물이 되여 깁고깁고 다시 깁고

ᄉᆞ랑 무어 뫼히되야 놉고놉고 다시 놉하
문허질줄 모로거든 ᄭᅳᆫ허질줄 제뉘알니
일조낭군(一朝郎君) 이별후의 소식조차 돈절ᄒᆞ니
오날 올ᄭᅡ 내일 올ᄭᅡ 그린지도 오ᄅᆡ거라
일월무정(一月無情) 졀노가니 옥안(玉顔)운발(雲髮) 공로(空老)로다
이별이 불이되어 태우느니 간장(肝腸)이다
나며들며 빈 방안에 다만 ᄒᆞᆫ숨 ᄲᅮᆫ이로다
인간니별 만사중의 날 갓틋이 ᄯᅩ 이슬가
바람부러 구룸되야 구름ᄭᅵ어 져문날의
나며들며 빈 방으로 오락가락 혼자 안져
임 계신ᄃᆡ 바라보니 이ᄂᆡ 상사(相思) 허사(虛事)로다
공방미인(空房美人) 독상사(獨相思)가 녜로붓터 이러ᄒᆞᆫ가
ᄂᆡ ᄉᆞ랑ᄒᆞᄂᆞᆫ ᄀᆞᆺ틔 임도 날을 ᄉᆡᆼ각ᄂᆞᆫ가
날 ᄉᆞ랑ᄒᆞᄂᆞᆫ ᄉᆞᆺ틔 ᄂᆞᆷ ᄉᆞ랑 ᄒᆞᆫ려ᄂᆞᆫ가
만첩청산을 들어간들 어늬 랑군 날 찾으리
산은 첩첩 고개되고 물은 충충 소(沼)이로다
오동추야(梧桐秋夜) 밝은 달에 임 생각이 새로왜라
무정(無情)하여 그러ᄒᆞᆫ가 유정(有情)ᄒᆞ여 이러ᄒᆞᆫ가
산계야목(山鷄夜鶩) 길을 ᄡᅳ려 도라올줄 모로ᄂᆞᆫ가
노류장화(路柳墻花) 썩거쥐고 춘색(春色)으로 단기ᄂᆞᆫ가
가ᄂᆞᆫ길 자최업셔 오는 길 무듸거다
한 번 죽어 도라가면 다시 오기 어려오리
넷 정(情)이 잇거든 다시 보게 삼기소셔

〈현대어 역〉

인간 이별 만사 중에 독수공방 더욱 섧다.
임 못 보아 그리운 이내 심정을 누가 알리.
맺힌 시름 허튼 근심 다 후리쳐 던져두고
자나깨나 깨나자나 임 못 보니 가슴 답답
어린 양자 고운 소리 눈에 암암 귀에 쟁쟁
보고지고 임의 얼굴 듣고지고 임의 소리
비나이다 하나님께 임 생기라 비나이다
전생차생 무슨 죄로 우리 둘이 생겨나서
잊지 말자 처음 맹세 죽지 말자 백년기약
천금같이 믿었는데 세상 일에 마가 많다
천금주옥 귀 밖이요 세상빈부 관계하랴
근원 흘러 물이 되어 깊고 깊고 다시 깊고
사랑 모여 뫼가 되어 높고 높고 다시 높아
무너질 줄 모르거든 끊어질 줄 제 뉘 알리
일조낭군 이별 후에 소식조차 돈절하니
오늘 올까 내일 올까 그린 지도 오래거라
세월이 무정하게 절로 가니 옥안은발 공로로다

이별이 불이 되어 태우느니 간장이다
나며들며 빈 방 안에 다만 한숨뿐이로다
인간 이별 만사 중에 나 같은 이 또 있을까
바람 불어 구름 되어 구름 끼어 저문 날
나며들며 빈 방으로 오락가락 혼자 앉어
임 계신데 바라보니 이내 상사 허사로다
공방미인 독상사가 예로부터 이러한가
내가 사랑하는 것 같이 임도 나를 생각하는가
날 사랑하던 끝에 남을 사랑하려는가
만첩청산 들어간들 어느 낭군이 날 찾으리
산은 첩첩 고개되고 물은 충충 소이로다
오동추야 밝은 달에 임 생각이 새로워라
무정하여 그러한가 유정하여 이러한가
산계야목 길을 들여 돌아올 줄 모르는가
노류장화 꺾어 쥐고 춘색으로 다니는가
가는 길 자취 없어 오는 길 무듸거다
한번 죽어 돌아가면 다시 보기 어려우니
옛 정이 있거든 다시 보게 하소서.

(1) 핵심 정리

갈래	가사
성격	애상적, 비애적
제재	임과의 이별
주제	독수공방의 외로움과 임에 대한 간절한 그리움
특징	• 서민층의 어휘와 양반층의 어휘가 혼재함 • 기원의 대상(하느님)을 설정하여 시상을 전개함
의의	여성의 감정을 솔직하게 토로함
연대	미상
출전	『남훈태평가』

(2) 이해와 감상

① 이 작품은 남녀 간의 순수한 애정을 바탕으로 임과 이별하고 독수공방하며 임을 그리워하는 여인의 심정을 절실하게 나타낸 12가사 중 하나이다. 남녀 사이의 순수한 연정을 주제로 한 이러한 상사류의 가사 가운데 전형성을 보이는 작품이다.

② 설의와 대구, 자연물의 활용 등 다양한 표현법을 활용하여 임에 대한 간절한 그리움을 효과적으로 드러내고 있다. 18세기 「만언사」와 19세기 「한양가」 및 「연행가」에 이 작품의 제목이 인용되는 것으로 보아, 18세기에 가창(歌唱)으로 존재했으며 19세기에 대표적인 잡가로 광범위하게 전파되었던 것으로 추측할 수 있다.

제7절 유배 가사

1 조위, 「만분가」

〈원문〉

〈서사〉

천상(天上) 백옥경(白玉京) 십이루(十二樓) 어듸매오
오색운(五色雲) 깁픈 곳의 자청전(紫淸殿)이 ᄀᆞ려시니
천문(天門) 구만리(九萬里)를 꿈이라도 갈동말동
ᄎᆞ라리 ᄉᆡ여지여 억만(億萬) 번 변화(變化)ᄒᆞ여
남산(南山) 늦즌 봄의 두견(杜鵑)의 넉시 되여
이화(梨花) 가디 우희 밤낫즐 못 울거든
삼청동리(三淸洞裡)의 졈은 하ᄂᆞᆯ 녈구름 되여
ᄇᆞ람의 흘리라 자미궁(紫微宮)의 ᄂᆞ라 올라
옥황(玉皇) 향안전(香案前)의 지척(咫尺)의 나아 안자
흉중(胸中)의 싸힌 말씀 슬컷 ᄉᆞ로리라

〈본사1〉

어와, 이 내 몸이 천지간(天地間)의 느저 나니
황하수(黃河水) 맑다마난 초객(楚客)의 후신(後身)인가
상심(傷心)도 ᄀᆞ이 업고 가태전(賈太傳)의 넉시런가
한숨은 무스 일고 형강(荊江)은 고향(故鄕)이라
십년을 유락(流落)ᄒᆞ니 백구(白鷗)와 버디 되여
ᄒᆞᆷᄭᅴ 놀자 ᄒᆞ엿더니 어루듯 괴듯
남의 업슨 님을 만나 금화성(金華省) 백옥당(白玉堂)의
이죠차 향긔롭다
오색(五色)실 니옴 졀너 님의 옷슬 못 ᄒᆞ야도
바다ᄀᆞ튼 님의 은혜(恩惠)를 추호(秋毫)나 갑프리라
백옥(白玉)ᄀᆞ튼 이 내 마음 님 위ᄒᆞ여 직희더니
장안(長安) 어제 밤의 무서리 섯거 치니
일모슈듁(日暮修竹)의 취수(翠袖)도 냉박(冷薄)ᄒᆞ샤
유란(幽蘭)을 것거 쥐고 님 겨신 ᄃᆡ ᄇᆞ라보니
약수(弱水) ᄀᆞ리진듸 구름 길이 머흐러라
다 뻐근 ᄃᆞᆰ의 얼굴 첫맛도 채 몰나셔
초췌(憔悴)한 이 얼굴이 님 그려 이러컨쟈
천층랑(千層浪) 가온대 백척간(百尺竿)의 올나더니
무단(無端) 양각풍(羊角風)이 환해중(宦海中)의 나리나니
억만장(億萬丈) 소희 ᄡᅢ져 하ᄂᆞᆯ ᄯᅡ흘 모ᄅᆞ노다

〈본사2〉
노(魯)나라 흐린 술희 한단(邯鄲)이 무슴 죄며
진인(秦人)이 취잔의 월인(越人)이 우음 탓고
성문(城門) 모딘 블의 옥석(玉石)이니
압희 심은 난(蘭)이 半이나 이우레라
오동(梧桐) 졈은 비의 외기럭이 우러 녤 제
관산 만리(關山萬里) 길이 눈의 암암피듯
청련시(靑蓮詩) 고쳐 읇고 팔도한을 슷쳐 보니
화산(華山)의 우ᄂᆞᆫ 새야 이별(離別)도 괴로왜라
망부산전(望夫山前)의 석양(夕陽)이 거의로다
기도로고 ᄇᆞ라다가 안력(眼力)이 진(盡)ᄐᆞᆺ던가
낙화(洛花) 말이 업고 벽창(碧窓)이 어두으니
입 노른 삿기 새들 어미도 그리 건쟈
팔월 추풍(八月秋風)이 띠집을 거두우니
뷘 깃의 싸인 알히 수화(水火)ᄅᆞᆯ 못 면토다.
생리 사별(生離死別)을 몸의 혼자 맛다
삼천장(三千丈) 백발(白髮)이 일야(一夜)의 기도 길샤
풍파(風波)의 헌 ᄇᆡ ᄐᆞ고 노던 져 무리들아
강천(江天) 지는 ᄒᆡ의 주(舟)즙이나 무양(無恙)ᄒᆞᆫ가
밀거니 혀거니 염여퇴(堆)를 겨오 디나
만리 붕정(萬里鵬程)을 멀니곰 견주더니
ᄇᆞ람의 다 브치여 흑룡강(黑龍江)의 써러진 듯
천지(天地) ᄀᆞ이 업고 어안(魚雁)이 무정(無情)ᄒᆞ니
옥(玉)ᄀᆞ튼 면목(面目)을 그리다가 말년지고
매화(梅花)나 보내고져 역로(驛路)를 ᄇᆞ라보니
옥량명월(玉樑明月)을 녜 보던 낯비친듯
양춘(陽春)을 언제 볼고 눈비 혼자 마자
벽해(碧海) 너븐 ᄀᆞ의 넉시조차 흣터지니
나의 긴 소매 눌위ᄒᆞ여 적시ᄂᆞᆫ고
태상(太上) 칠위분이 옥진군자(玉眞君子) 명(命)이시니
천상(天上) 남루(南樓)의 생적(笙笛)을 울니시며
지하(地下) 북풍(北風)의 사명(死命)을 벗기실가
죽기도 명(命)이요 살기도 하리니
진채지액(陳蔡之厄)을 성인(聖人)도 못 면ᄒᆞ며
누설 비죄(縲泄非罪)ᄅᆞᆯ 군자(君子)인들 어이리
오월 비상(五月飛霜)이 눈물로 어릐듯
삼년 대한(三年大旱)도 원기(冤氣)로 니뢰도다
초수남관(楚囚南冠)이 고금(古今)의 한둘이며
백발 황상(白髮黃裳)의 셔룬 일도 하고 만타
건곤(乾坤)이 병(病)이 드러 혼돈(混沌)이 죽은 후(後)의
하놀이 침음(沈吟)ᄒᆞᆯ 듯 관색성(貫索星)이 비취ᄂᆞᆫ 듯
고정 의국(孤情依國)의 원분(冤憤)만 싸혓시니라

할마(瞎馬)ᄀᆞ치 눈감고 지내고져
창창막막(蒼蒼漠漠)ᄒᆞ야 못 미들 쏜 조화(造化)일다
이러나 저러나 하ᄂᆞᆯ을 원망ᄒᆞᆯ가.

(후략)

〈현대어 역〉

〈서사〉
천상 백옥경 십이루가 어디인가
오색구름 깊은 곳에 궁궐이 가려 있으니
구만 리 먼 하늘을 꿈에서조차 갈동말동하구나.
차라리 죽어서 억만 번 변화하여
남산 늦은 봄에 두견새의 넋이 되어
배꽃 가지 위에 밤낮으로 울지 못하거든
삼청 동리 저문 하늘에 구름이 되어
바람에 흐르듯 날아 자미궁에 날아올라
옥황 향안전에 가까이 나가 앉아
흉중에 쌓인 말씀 실컷 아뢰리라

〈본사1〉
아아 이내 몸이 천지간에 늦게 태어나니
황하 물이 맑다마는 초나라 사람 굴원의 후신인가
상심도 끝이 없어 가태부의 넋이런가.
한숨이 나오는 것은 또 무슨 일인가. 형강은 고향이라
십 년을 유락하니 백구와 벗이 되어
함께 놀자 하였더니 아양 떠는 듯 사랑하는 듯
남 없는 임을 만나 금화성 백옥당의
꿈조차 향기롭다.
오색실 이음이 짧아 임의 옷을 만들지 못하여도
바다 같은 임의 은혜 조금이나마 갚으리라.
백옥 같은 순결한 내 마음 임 위하여 지키고 있었더니
장안 어젯밤에 무서리 섞어 치니
일모수죽에 옷소매도 차디차구나.
난초를 꺾어 쥐고 임 계신 데 바라보니
약수 가로놓인 데 구름길도 험하구나.
다 썩은 닭의 얼굴 첫 맛도 채 몰라서
초췌한 이 얼굴이 임 그리워 이리 되었구나.
높은 파도 한가운데 백척간두 같은 벼슬에 올랐더니
무단한 회오리바람이 환해 중에 불어와
억 만장 깊은 연못에 빠져 하늘인지 땅인지 모르겠노라.

〈본사2〉
노나라의 술이 흐린 것과 한단이 무슨 관계가 있으며
진나라 사람이 술에 취한 것은 월나라 사람이 웃은 탓이란 말인가?
성문 모진 불에 옥석이 함께 타니
뜰 앞에 심은 난이 반이나 시들었구나.
오동나무 저문 비에 외기러기 울며 갈 때
관산으로 가는 만 리 길이 눈에 선하니 밟히는 듯
이백의 시를 다시 읊고 팔도의 한을 스쳐보니
화산에 우는 새야 이별도 괴로워라.
망부산 앞에 석양이 거의 지는구나.
기다리고 바라다가 시력이 다했던가?
떨어지는 꽃은 말이 없고 푸른 비단 창문은 어두우니
입 노란 새끼 새들이 어미를 그리는구나.
팔월 추풍이 초가지붕을 뒤집어엎으니
빈 새집에 싸인 알이 횡액을 면하지 못하도다.
생리사별의 아픔을 한 몸에 혼자 맡아
삼천 장 백발이 하룻밤 사이에 길기도 길어졌구나.
풍파에 헌 배 타고 함께 놀던 저 무리들아
강천 지는 해에 주즙이나 무고한가.
밀거니 당기거니 염예퇴를 겨우 지나
만 리 붕정을 멀리 견주더니
바람에 다 부치어 흑룡강에 떨어진 듯
천지는 끝이 없고 어안이 무정하니
옥 같은 면목을 그리다가 말려하는가.
매화나 보내고자 역로를 바라보니
들보에 비치는 달빛은 옛 보던 낯빛인 듯
양춘을 언제 볼까. 눈비를 혼자 맞아
넓고 푸른 바닷가에 넋조차 흩어지니
나의 긴 소매를 누굴 위하여 적시는고.
태상 칠위분이 옥진군자의 명령이시니
천상 남루에 생적을 울리시며
지하 북풍의 사명을 벗기실까.
죽기도 운명이요 살기도 하늘의 운명이니
진채지액을 성인도 못 면한다는데
누설비죄를 군자인들 어이하리.
오월에 날리는 서리가 눈물로 어리는 듯
삼 년 큰 가뭄도 원기로 되었도다.
죄 없이 옥에 갇힌 죄수가 고금에 한둘이며
백발황상에 서러운 일도 많고 많다.
건곤이 병이 들어 혼돈이 죽은 후에
하늘이 침음할 듯 관색성이 비취는 듯
고정의국에 원분만 쌓였으니

차라리 눈 먼 말같이 눈 감고 지내고저
멀고도 막막하여 못 믿을 것은 조화로다
이러나저러나 하늘을 원망할까

(후략)

(1) 핵심 정리

갈래	유배 가사
성격	한탄적, 비분적, 원망적
제재	무오사화로 인한 유배
주제	귀양살이의 억울함과 연군의 정
특징	• 고사를 활용하여 유배에 대한 억울한 심정을 토로함 • 자연물에 의탁하여 정서를 드러냄
의의	조선 시대 유배 가사의 효시
연대	조선 연산군(15세기)
출전	『잡동산이』

(2) 이해와 감상

① 이 작품은 작가가 1498년(연산군 4년) 무오사화 때 유배되어 전라도 순천에서 지은 가사로, 유배 가사 가운데 가장 오래된 작품으로 알려져 있다. 억울하게 유배생활을 하게 된 슬픔과 원통함을 선왕(先王)인 성종에게 하소연하는 형식으로 노래하였다.

② 서사에서 임금(성종)께 자신의 억울함을 호소하고 싶다는 마음을 제시한 후, 본사에서 유배지에서 느끼는 정서를 구체적으로 나타내었다. 화자가 자신을 '굴원'에 비유하거나 작품 내용이 굴원의 「천문(天問)」과 비슷한 점으로 보아 그 영향을 받은 것으로 짐작되며, 정철의 「사미인곡」에 영향을 주었을 것이라 추측된다.

2 안조환, 「만언사」

〈원문〉

어와 벗님네야 이 내 말씀 들어보소.
인생 천지간에 그 아니 느껴온가.
평생을 다 살아도 다만지 백년이라.
하물며 백년이 반듯기 어려우니
백구지과극(白駒之過隙)이요 창해지일속(滄海之一粟)이라.

역려건곤(逆旅乾坤)에 지나가는 손이로다.
빌리어 온 인생이 꿈의 몸 가지고서
남아(男兒)의 하올 일을 역력히 다 하여도
풀끝에 이슬이라. 오히려 덧없거든
어와 내 일이야. 광음(光陰)을 헤어보니
반생이 채 못되어 육륙에 둘이 없네
이왕 일 생각하고 즉금 일 헤아리니
번복도 측량없다. 승침(昇沈)도 하도할사
남대되 그러한가 내 홀로 이러한가.
아무리 내 일이라 내 역시 내 몰라라.
장우단탄(長吁短嘆) 절로 나니 도중상감(途中傷感) 뿐이로다.

(중략)

귀양 갈 적 있었으며 이별순들 있었으랴.
빛난 채의 몸이러니 노래자(老萊子)를 효측(效則)하여
부모 앞에 어린 체로 시름없이 자라더니
어와 기박하다 나의 명도 기박하다.
십일세에 자모상에 호곡애통(號哭哀痛) 혼절하니
그때나 죽었더면 이때 고생 아니 보리.
한 번 세상 두 번 살아 인간행락 하려던지
종천지통(終天之痛) 슬픈 눈물 매봉가절(每逢佳節) 몇 번인고
십년양육 외가은공 호의호식(好衣好食) 그렸으랴.
잊은 일도 많다마는 봉공무하(奉公無瑕) 함이로다.
어진 자당(慈堂) 들어오셔 임사지덕(妊似之德) 가지시니
맹모의 삼천지교 일마다 법이로다.

(중략)

동방화촉(洞房華燭) 늦어간다 이십년에 유실(幽室)이라.
유폐정정(幽閉貞靜) 법을 받아 삼종지의(三從之義) 알았으니
내조에 어진 처는 성가(成家)할 징조로다.
유인유덕(有仁有德) 우리 백부(伯父) 구세동거(九世同居) 효측하여
일가지내(一家之內) 한데 있어 감고우락(甘苦憂樂) 같이 하니
의식분별 뉘 아던가, 세간구처 내 몰래라.
입신양명(立身揚名) 길을 찾아 권문귀댁(權門貴宅) 어디어디
장군문하 막빈(幕賓)인가 승상부중 기실(記室)인가
천금준마 환소첩(千金駿馬換小妾)은 소년 놀이 더욱 좋다.
자긍맥상 번화성(自矜陌上繁華盛)은 나도 잠간 하오리다.
이전 마음 전혀 잊고 호심광흥(豪心狂興) 절로 난다.
백마왕손 귀한 벗과 유협경박(幽峽輕薄) 다 따른다.

(중략)

옛 마음 다시 나서 하던 공부 고쳐하여
밤을 새워 낮을 이어 일시불철(一時不撤) 하난고야
부모봉양 하려던지 내 몸 위한 일이런지
수삼년을 각고하니 무식지인(無識之人) 면하거다.
어와 바랐으랴 꿈결에나 바랐으랴
어악원에 들어가서 금문옥계(金門玉階) 문을 열어
디미니 천하온 몸이 천문(天門) 근처 바랐으리.
금의(錦衣)를 몸에 감고 옥식(玉食)을 베고 있어
부귀에 싸였으며 번화에 잠겼세라.

(중략)

아깝다 내 일이야 애닯다 내 일이야
평생일심(平生一心) 원하기를 충효겸전(忠孝兼全) 하잤더니
한 번 일을 그릇하고 불충불효 다 되겠다.
회서자이막급(悔逝者而莫及)이라 뉘우친들 무상하리
등잔불 치는 나비 저 죽을 줄 알았으면
어디서 식록지신(食祿之臣)이 죄 짓자 하랴마는
대액(大厄)이 당전(當前)하니 눈조차 어둡고나.
마른 섶을 등에 지고 열화에 듦이로다.
재가 된들 뉘 탓이리 살 가망 없다마는
일명을 꾸이오셔 해도(海島)에 보내시니
어와 성은이야 가지록 망극(罔極)하다.
강두에 배를 대어 부모친척 이별할 제
슬픈 눈물 한숨소리 막막수운(漠漠水運) 머무는 듯
손잡고 이른 말씀 좋이 가라 당부하니
가슴이 막히거든 대답이 나올소냐
여취여광(如醉如狂)하여 눈물도 하직이라.
강상에 배 떠나니 이별 시가 이 때로다.
산천이 근심하니 부자 이별함이로다.
요도일성(橹棹一聲)에 흐르는 배 살 같으니
일대장강이 어느덧 가로 서라
풍편에 우는 소리 긴 강을 건너오네.
행인도 낙루(落淚)하니 내 가슴 미어진다.
호부일성(呼父一聲) 엎더지니 애고 소리뿐이로다.

(중략)

경기땅 다 지나고 충청도 다다르니
계룡산 높은 뫼를 눈결에 지나쳤다.
열읍(列邑)의 관문(官門) 받고 골골이 점고(點考)하여
은진(恩津)을 넘어 드니 여산은 전라도라.

익산 지나 전주 들어 성시산림 들어보니
반갑다 남문 길이 장안도 의연하다.
백각전(百各廛) 벌어지니 종각(鐘閣)도 지내는 듯
한벽당(寒碧堂) 소쇄(瀟灑)한데 조일(朝日)이 높았세라.
금구 태인 정읍 지나 장성 역마 갈아타고
나주 지나 영암 들어 월출산을 돌아드니
만이천봉이 반공에 솟았는 듯
일국지명산(一國之名山)이라 경치도 좋다마는
내 마음 아득하니 어느 겨를 살펴오리.
천관산(天冠山)을 가리키고 달마산(達摩山)을 지나가니
불분주야(不分晝夜) 몇 날만에 해변으로 오단말가.

(중략)

차역천명(此亦天命) 할일 없다. 일생일사(一生一死) 어찌하니
출몰사생(出沒死生) 삼주야(三晝夜)에 노 지우고 닻을 지니
수로 천리 다 지내어 추자섬이 여기로다.
도중(島中)으로 들어가니 적막하기 태심(太甚)이라.
사면으로 돌아보니 날 알 이 뉘 있으리.
보이나니 바다이요 들리나니 물소리라.
벽해상전(碧海桑田) 갈린 후에 모래 모여 섬이 되니
추자섬 생길 제는 천작지옥(天作地獄)이로다.
해수(海水)로 성을 싸고 운산(雲山)으로 문을 지어
세상이 끊쳤으니 인간(人間)은 아니로다.
풍도(酆都)섬이 어디메뇨, 지옥이 여기로다.
어디로 가잔 말고 뉘집으로 가잔말고
눈물이 가리우니 걸음마다 엎더진다.
이 집에가 의지하자 가난하다 핑계하고
저 집에가 의지하자 연고 있다 칭탈하네.
이집 저집 아모덴들 적객주인(謫客主人) 뉘 좋다고
관력(官力)으로 핍박하고 세부득이 맡았으니
관차 더러 못한 말을 만만할손 내가 듣네.
세간 그릇 흩던지며 역정내어 하는 말이
저 나그네 헤어보소 주인 아니 불상한가.
이집 저집 잘사는 집 한두 집이 아니어든
관인네는 인정(人情)받고 손님네는 혹언(酷言)들어
구태어 내 집으로 연분있어 와 계신가.

(중략)

눈물로 밤을 새와 아침에 조반드니
덜 쓰른 보리밥에 무장떵이 한 종자라.

한 술 떠서 보고 큰 덩이 내어놓고
그도 저도 아조 없어 굶을 적이 간간이라
여름날 긴긴 날에 배고파 어려웨라.
의복을 돌아보니 한숨이 절로 난다.
남방염천(南方炎天) 찌는 날에 빨지 못한 누비바지
땀이 배고 땀이 올라 굴둑 막은 덕석인가.
덥고 검기 다 바리고 내암새를 어이하리.
어와 내 일이야 가련히도 되었고나.
손 잡고 반가는 집 내 아니 가옵더니
등밀어 내치는 집 구차히 빌어 있어
옥식진찬(玉食珍饌) 어데 가고 맥반염장(麥飯鹽醬) 대하오며
금의화복(錦衣華服) 어데 가고 현순백결(懸鶉百結) 하였는고.

(중략)

날이 지나 달이 가고 해가 지나 돌이로다.
상년(上年)에 비던 보리 올해 고쳐 비어 먹고
지난 여름 낚던 고기 이 여름에 또 낚으니
새 보리밥 담아 놓고 가삼 맥혀 못 먹으니
뛰든 고기 회를 친들 목이 메어 들어가랴.
설워함도 남에 없고 못 견딤도 별로하니
내 고생 한 해 함은 남의 고생 십년이라.
흉즉길함 되올는가 고진감래(苦盡甘來) 언제 할고
하나님께 비나이다 설은 원정(怨情) 비나이다.
책력(冊曆)도 해 묵으면 고쳐 쓰지 아니하고
노호염도 밤이 자면 풀어져서 버리나니
세사(歲事)도 묵어지고 인사(人事)도 묵었으니
천사만사 탕척(蕩滌)하고 그만 저만 서용(恕容)하사
끊쳐진 옛 인연을 고쳐 잇게 하옵소서.

〈현대어 역〉

아아! 세상 사람들아, 이내 말씀을 들어보소.
인간으로서 천지에 살아감에 가슴에 사무치게 일어나는 바가 얼마나 많은가?
평생을 다 살아도 기껏해야 백 년뿐이라.
하물며 그것도 바르게 살기가 어려우니,
인생이란 흰 말이 달려가는 것을 문틈으로 흘낏 보는 것같이 빠르며, 푸른 바다에 좁쌀 한 톨처럼 보잘것없는 것이라.
(또) 하늘과 땅 사이를 지나가는 나그네일 뿐이로다.
(이처럼 잠시) 빌려 온 인생이 꿈처럼 허망하고
남자의 할 일을 낱낱이 다 한다 해도
풀 끝에 맺힌 이슬이라. (허망하여) 오히려 덧없거든

아아! 내가 행한 일이여! 세월을 헤아려 보니
반평생이 채 못 되고 이제 겨우 서른넷이네.
지난 일을 생각하고 지금의 일을 헤아리니
다시 뒤바꾸려 해도 하릴없다. 인생의 기복이 많기도 하구나.
남들도 그러한가, 나만 홀로 이러한가?
아무리 나의 일이라 해도 나도 역시 모르겠구나.
길고 짧은 한탄이 저절로 나니 도중에 상실감만 느낄 뿐이로다.

(중략)

귀양 갈 운이 있었으며 이별할 수인들 있었으랴?
빛나는 빛깔의 옷을 입은 몸으로서 노래자를 본받아
부모 앞에서 어리광 부리며 시름없이 자랐는데,
아아! 기구하고 박복하다. 나의 팔자도 사납고 복이 없다.
열한 살에 어머님을 잃고 큰 소리로 울며 통곡하다 기절하니
그때 차라리 죽었더라면 지금 고생은 보지 않았으리.
(남들은) 한 번 사는 세상에 (나는) 두 번 살아 인간 세상의 행복을 누리려 했던지
하늘을 뚫을 것 같은 고통에 항상 슬픈 눈물을 흘리며 명절을 맞았던 것이 몇 번이던고?
십 년 동안이나 키워 주신 외가의 은공에 호의호식이 그리웠으랴?
잊은 일도 많지만 그 공은 흠 없다 할 것이로다.
어진 새어머니가 들어오셔서 아내의 현숙한 덕행을 갖추었으니
맹자 어머니의 가르침을 본받아 하시는 일마다 모범이 되게 하시도다.

(중략)

결혼이 늦어 간다. 스무 살에 부인을 맞이하였도다.
깊고도 맑은 부녀의 덕을 모범으로 삼아 삼종지의를 잘 지키니
내조를 잘하는 어진 아내는 장차 집안을 일으킬 징조로다.
어질고도 덕이 많은 우리 큰아버지께서 (화목을 중히 여겨) 아홉 세대가 함께 거처한 일을 본받아
한 집안 안에 모두 살아 기쁘나 슬프나 함께하니
입고 먹을 때 자기만 아는 행동을 누가 할 수 있겠는가, 살림살이는 나 몰라라.
입신출세의 길을 찾아 권문세가면 어디라도 찾아가고,
장군 문하에 벼슬아치처럼 드나들기, 승상부 안에 사무를 보는 벼슬인 것처럼 드나들기,
훌륭한 말은 첩과 바꾸더라도 좋으니 바로 소년들의 호기로운 놀이다.
스스로 거리에서 번화하고 성대한 차림을 뽐냄은 나도 잠깐 하오리다.
이전의 마음은 전혀 잊어버리고 호기로운 마음과 미친 듯한 흥이 절로 난다.
백마를 탄 왕손(王孫) 같은 귀한 친구와 경박한 건달들이 다 따른다.

(중략)

옛 마음이 다시 나서 하던 공부 다시 하여
밤낮을 새워 가며 쉴 새 없구나.

부모 봉양을 하려 했던지, 내 몸을 위해서였는지는 모르나
수년을 뼈를 깎는 노력을 하니 무식한 사람은 면하였다.
어이 바랐으랴? 꿈속에서나 바랐겠으랴?
어악원(御樂院)에 들어가 궁궐의 화려한 문을 열어
들어가니 천한 내가 감히 대궐 문을 드나드는 것을 바랐으리?
비단으로 된 옷을 입은 것 같고 옥으로 된 음식을 먹는 것처럼
부귀에 쌓였으며 (갑자기) 번성하고 화려한 세상에 잠기게 되었어라.

(중략)

아깝다, 내 일이야. 애달프다, 내 일이야.
평생 한결같은 마음으로 살아가길 원하였고 충과 효를 아울러 온전히 하고자 하였더니
한 번 일을 그릇되게 하여 불충불효가 다 되었다.
후회가 막급이라 뉘우친들 무엇 하리.
등잔불을 치는 나비는 저 죽을 줄 알았으면,
녹을 먹는 신하 치고 죄를 지으려 하랴마는,
큰 액운이 앞에 도달하니 눈조차 어둡구나.
마른 섶을 등에 지고 뜨거운 불길에 뛰어든 것이로다.
(설령) 재가 된들 누구 탓을 하리? 살아날 가망이 없다마는
사람의 한 목숨을 귀하게 여기셔서 섬으로 보내시니
아아! 임금의 은혜야말로 갈수록 망극하구나.
강나루에 배를 대어 부모와 친척들과 이별할 때
슬픈 눈물과 한숨 소리에 막막한 뱃길이 머무는 듯하고,
손 잡고 이르는 말씀 "잘 가라." 당부하니
가슴이 막혀 대답이 나올 것인가?
취한 듯 미친 듯 눈물로써 하직이라.
강 위에 배 떠나니 이별할 때가 이때로다.
산천이 모두 근심스러워하니 부자(父子)가 이별하기 때문이로다.
노와 상앗대의 소리에 흐르는 배가 화살처럼 빨리 나아가니
긴 강이 어느덧 가로로 지나더라.
바람결에 우는 소리 긴 강을 건너오네.
길 가는 나그네도 눈물을 흘리니 내 가슴이 미어진다.
아버지를 부르는 외마디 큰 소리에 "애고!" 하는 소리뿐이로다.

(중략)

경기도를 다 지나고 충청도에 다다르니
계룡산 높은 봉을 순식간에 지나쳤다.
여러 고을의 관문에서 조사를 받고 고을마다 점고하여
은진을 넘어 드니 전라도 땅 여산이다.
익산을 지나 전주에 들어가 (남원 근처) 성시 산림을 바라보니
반갑다, 남문 길, 장안도 옛날과 다름없다.
백각전 벌어지니 종각도 지나치는 듯하구나.

한벽당은 맑고 깨끗한데 아침 해가 솟는구나.
금구, 태인, 정읍을 지나 장성에서 말을 갈아타고
나주를 지나 영암을 들어가 월출산을 돌아 들어가니,
만이천 봉이 허공에 솟아 있는 듯하고
한 나라의 명산이기에 경치도 좋다마는,
내 마음이 아득하니 어느 겨를에 살펴보리?
(장흥의) 천관산을 가리키고 (해남의) 달마산을 지나가니
낮과 밤을 가리지 않고 며칠 만에 해변까지 왔더란 말인가?

(중략)

이것 역시 하늘의 운명이니 어찌할 길이 없다. 죽고 사는 것을 어찌하겠는가?
죽었다가 살아나기를 사흘 동안 여러 번 한 후에 노와 닻을 아래로 내리니
물길 천 리를 다 지나고 추자섬이 바로 여기로다.
섬 안으로 들어가니 적막하기가 아주 심하구나.
사면을 돌아보니 나를 알아줄 사람이 누가 있으리랴?
보이나니 바다요, 들리나니 물소리라.
벽해(碧海)와 상전(桑田)이 나뉜 후에 모래가 모여 섬이 되니
추자섬은 하늘이 만든 지옥이로다.
바닷물로 성을 쌓고 구름 낀 산으로 문을 만들어
인간 세상으로부터 끊어졌으니 인간 세계가 아니로다.
풍도 섬이 어디냐? 지옥이 (바로) 여기로다.
어디로 가자는 말인고? 누구의 집으로 가자는 말인고?
눈물이 앞을 가리니 걸음마다 엎어진다.
이 집에 가서 의지하자 하니 가난하다고 핑계를 대고,
저 집에 가서 의지하자 하니 사정이 있다며 핑계 대어 거절하네.
이 집 저 집 누구라도 귀양객을 맡은 주인이면 누가 좋다고 (할 것인가?)
관청의 위력으로 핍박하니 마지못해 맡게 되니
아전에게는 차마 하지 못하는 불평을 만만한 내가 듣게 되네.
세간 그릇 흩어 던지며 역정 내며 하는 말이
"저 나그네 생각해 보소. 주인인 내가 불쌍하지도 않은가?
이 집 저 집 잘사는 집이 한두 집이 아니건만,
관리들은 뇌물을 받고 귀양객 당신은 모진 말을 들어
구태여 내 집으로 (무슨) 연분이 있어 와 계신가?"

(중략)

눈물로 밤을 새우고 아침에 밥을 먹으니
덜 익은 보리밥에 날간장 한 접시라.
한술 떠서 보고 큰 덩이 내어놓고
그나마도 없을 때는 굶을 때가 간혹 있어.
여름날 긴긴 날에 배가 고파 어려워라.

의복을 살펴보니 한숨이 절로 난다.
남쪽 지방의 무더운 여름 날씨에 빨지도 못한 누비바지에
땀이 배고 올라서 굴뚝을 막아 놓은 멍석처럼 더럽고 축축하구나.
덥고 검은 것은 고사하고 냄새나는 것은 어찌 하리?
아아! 내 신세야 가련하게도 되었구나.
(예전에) 손을 잡고 반기는 집에도 내가 가지 않았었는데
(오늘날에는) 등을 밀어 내치는 집에 구차하게도 빌붙어 있어,
좋은 밥과 훌륭한 반찬은 어디로 가고 보리밥에 소금 장을 대하며
좋고도 비싼 비단옷과 화려한 옷은 어디로 가고 여기저기 닳아 다 떨어진 누더기가 된 헌 옷을 입고 있는가?

(중략)

날이 지나고 달이 가고 해가 바뀌어 돌이로다.
작년에 베던 보리 올해에 다시 베어 먹고
작년 여름에 낚던 고기 올여름에 또 낚으니,
새 보리밥을 담아 놓고 (지난날의 설움에) 가슴이 막혀 못 먹으니
싱싱한 물고기 회를 친들 목이 메어 먹겠으랴?
설움도 남에게는 없고 못 견딤도 남과 다르니
내가 일 년 고생하는 것은 남의 고생 십 년 하는 것과 같도다.
흉(凶)한 것이 길(吉)하게 되려 하는지, 고생 끝에 언제 낙이 올 것인가?
하나님께 비나이다. 서러운 마음을 비나이다.
달력도 해가 지나면 다시 쓰지 아니하고
노여움도 밤이 지나면 풀어져 버리나니,
지난 일도 세월이 흘러 묵은 일이 되고 사람의 일도 묵은 일이 되었으니
모든 죄를 씻어 주어 이제 그만 용서하사,
끊어진 옛 인연을 다시 잇게 하옵소서.

(1) 핵심 정리

갈래	유배 가사, 장편 가사
성격	사실적, 반성적, 애상적
제재	유배 생활
주제	유배 생활의 고통과 잘못을 뉘우치는 심정
특징	유배 생활의 고통을 사실적으로 그려 냄
의의	「북천가」와 더불어 유배 가사의 쌍벽을 이룸
연대	조선 정조(18세기)
출전	『만언사』 필사본

(2) 이해와 감상

① 이 작품은 조선 정조 때 안조환이 지은 유배 가사로, 「사고향(思故鄕)」이라고도 한다. 이본으로 필사본 3종이 전하며, 필사본에 따라 작가명이 안도환으로 기록되어 있기도 하다.

② 작가가 관직을 수행하던 중 술과 여자에 빠져 국고(國庫)를 축낸 죄로 34세 때 추자도에 귀양 가서 굶주림과 추위에 시달리며 자신이 지은 죄를 반성하는 내용을 담고 있다. 양반 특유의 허식과 과장이 전혀 없고, 위선과 위엄을 벗어버린 인간 그대로의 체험과 감정을 솔직하게 표현한 서민적이고 사실적인 작품이다.

③ 2음보를 1구로 볼 때 총 3,500여 구에 이르는 장편 가사로, '만언사'라는 주가사(主歌詞)에 '만언사답(萬言詞答)', '사부모(思父母)', '사백부(思伯父)', '사처(思妻)', '사자(思子)', 후기 등이 붙은 연작 구성이다.

제 8 편 실전예상문제

01 다음 작품에 대한 설명으로 적절한 것은?

> 인간이별 만사(萬事) 중에 독수공방이 더욱 섧다
> 상사불견(想思不見) 이내 진정(眞情)을 뉘라서 알리
> 맺힌 설움 이렁저렁이라 흐트러진 근심 다 후리쳐 던져 두고
> 자나깨나 깨나자나 임을 못 보니 가슴이 답답
> 어린 양자(樣姿) 고운 소리 눈에 암암하고 귀에 쟁쟁
> 보고지고 임의 얼굴 듣고지고 임의 소리
> 비나이다 하느님께 임 생기라 하고 비나이다
> 전생차생(前生此生)이라 무슨 죄로 우리 둘이 생겨나서
> 죽자마자 하고 백년기약
> 만첩청산을 들어간들 어느 우리 낭군이 날 찾으리
> 산은 첩첩하여 고개 되고 물은 흘러 소(沼)가 된다
> 오동추야(梧桐秋夜) 밝은 달에 임 생각이 새로 난다
> 한번 이별하고 돌아가면 다시 오기 어려웨라
> 천금주옥(千金珠玉) 귀 밖이요 세사(世事) 일분(一分) 관계하랴
> 근원 흘러 물이 되어 깊고 깊고 다시 깊고
> 사랑 모여 뫼가 되어 높고 높고 다시 높고
> 무너질 줄 모르거든 끊어질 줄 어이 알리

① 성리학의 이념을 벗어나, 남녀 간의 순수한 연정을 진솔하게 노래한 가사이다.

② 원래는 연군의 의도로 쓰였으나, 수용 과정에서 애정의 의미로 읽히는 가사이다.

③ 성리학적 이념을 기준으로, 남녀 간의 연정을 절제된 표현을 통해 노래한 가사이다.

④ 원래는 남녀 간의 애정을 다루었으나, 수용 과정에서 연군의 의미로 읽히는 가사이다.

01 해당 작품은 작가 미상의 「상사별곡」으로, 애정 가사에 속한다. 그 내용은 인간의 이별만사(離別萬事) 중에 독수공방(獨宿空房)이 더욱 섧다는 것으로 시작한다. 기다리는 마음과 상사(相思)하는 마음을 여러 각도로 묘사한 다음, 한번 죽어 가면 다시 오기 어려우니, 옛정이 있거든 다시 보게 태어나길 기원하는 것으로 끝나고 있다. 따라서 성리학적 이념을 벗어나 남녀 간의 순수한 사랑을 진솔하게 노래한 것으로 볼 수 있다.

② 연군의 의도로 쓰이지 않았다.

③ 성리학적 이념과 관계없이 자유로운 애정을 노래하였다.

④ 수용 과정에서 연군의 의미로 바뀌지 않았다.

정답 01 ①

02 다음 설명에 해당하는 가사의 발생에 대한 주장으로 옳은 것은?

> 경기체가의 분장의 형태가 파괴되어 연속체로 되면서 가사가 발생했다.

① 경기체가 기원설
② 한시 현토체 기원설
③ 교술 민요 기원설
④ 시조 기원설

02 가사의 기원에 대한 여러 설 중 경기체가가 지닌 중요한 특징 중의 하나인 분장이 파괴되고, 그것이 연속체로 되면서 가사가 발생했다는 주장도 있다. 이것이 바로 경기체가 기원설을 주장하는 사람들의 의견이다.

03 다음 내용의 괄호 안에 들어갈 장르 명칭은 무엇인가?

> 가사의 형식에서 3단 구성의 구조와 함께 거론되는 중요한 특징 중의 하나가 바로 결사의 형식이다. 가사작품의 마지막 행이 (   ) 장르의 마지막 행과 같은 형태로 되어 있어서 주목을 끈다.

① 경기체가
② 시조
③ 가곡
④ 향가

03 가사의 마지막 행은 시조의 마지막 행과 거의 일치하는 형태인데, 이것을 결사의 형식이라고 한다. 결사의 형식은 3단 구성의 구조와 함께 가사 형식의 중요한 특징이 된다.

04 다음 중 가사의 결사 형식과 관련성이 가장 낮은 것은?

① 향가의 차사
② 고려가요의 감탄사
③ 경기체가의 후소절
④ 시조의 종장

04 가사의 결사 형식은 작품의 마지막 행을 시조의 마지막 행과 같이 3・5・4・3의 형태로 마무리하는 것이 특징이다. 특히 결사에서 보이는 감탄사는 시조와도 관련이 있지만 향가의 차사(嗟辭)와 그 전통을 이어받은 고려가요의 감탄사와도 일정한 관련이 있다.

정답 02 ① 03 ② 04 ③

05 다음 내용 중에서 옳지 않은 것은 무엇인가?

① 「사미인곡」과 「속미인곡」은 충신연주지사의 전통을 계승하고 있다.
② 조선 시대 유배 가사의 첫 작품은 조위가 지은 「만분가」로 본다.
③ 양반 가사의 첫 작품은 「면앙정가」로 보는 것이 일반적인 견해이다.
④ 사대부 삶의 즐거움을 노래한 작품으로는 정철의 「성산별곡」이 있다.

05 양반 가사의 첫 작품은 정극인의 「상춘곡」이다. 사대부 삶의 즐거움을 노래한 작품으로는 송순의 「면앙정가」, 정철의 「성산별곡」이 있다. 최초의 유배 가사는 조위의 「만분가」이며 정서의 「정과정」에서 시작된 충신연군지사의 전통을 계승한 작품으로는 송강 정철의 「사미인곡」과 「속미인곡」 등이 있다.

06 다음 설명과 가장 관련 깊은 작품은 무엇인가?

- 관동팔경의 뛰어난 경치와 그에 따른 감흥을 표현한 작품이다.
- 뛰어난 문장력으로 우리말의 아름다움을 효과적으로 드러내었다.
- 김만중은 『서포만필』에서 이를 '동방의 이소'라 칭찬하였다.

① 「만분가」
② 「성산별곡」
③ 「관동별곡」
④ 「별사미인곡」

06 정철의 「관동별곡」은 작가가 강원도 관찰사의 직함을 받고 원주에 부임하여 관동팔경을 두루 유람하는 가운데 뛰어난 경치와 그에 따른 감흥을 표현한 작품이다. 우리말의 아름다움을 효과적으로 드러내는 작가의 문장력이 잘 나타나서 가사문학의 백미로 여겨진다. 김만중은 저서 『서포만필』에서 이 작품과 함께 「사미인곡」, 「속미인곡」을 묶어 '동방의 이소'라 극찬하기도 하였다.

07 다음 설명에 해당하는 작품으로 볼 수 없는 것은?

임금을 향한 신하의 변치 않는 충정과 절개를 형상화한 시가를 '연군가' 또는 '충신연주지사' 라고 한다.

① 「서왕가」
② 「북천가」
③ 「만언사」
④ 「만분가」

07 충군(忠君)과 우국(憂國)을 노래한 작품으로는 조위의 「만분가」, 정철의 「사미인곡」·「속미인곡」, 조우인의 「자도사」, 김춘택의 「별사미인곡」, 안조환의 「만언사」, 김진형의 「북천가」가 있다. 「서왕가」는 고려 말기에 지어진 불교 가사이다.

정답 05 ③ 06 ③ 07 ①

08 다음 중 남녀상열을 주제로 한 작품으로 볼 수 없는 것은?

① 「추풍감별곡」
② 「금루사」
③ 「거사가」
④ 「노처녀가」

08 조선 시대 가사 중 남녀상열을 노래한 작품으로는 「사랑가」, 「금루사」, 「추풍감별곡」, 「규원가」, 「청춘과부가」, 「규수상사곡」, 「상사회답곡」, 「거사가」 등이 있다. 한편 「노처녀가」는 부녀자의 삶과 한을 노래한 작품에 해당된다.

09 다음 중 사대부 가사의 효시로 여겨지는 작품과 그 작가를 옳게 짝지은 것은?

① 「면앙정가」 – 송순
② 「불우헌곡」 – 정극인
③ 「상춘곡」 – 정극인
④ 「성산별곡」 – 정철

09 「상춘곡」은 정극인이 벼슬에서 물러나 고향인 태인에 머물면서 지은 것으로, 자연을 즐기는 삶의 흥취를 노래한 작품이다. 자연 속에 묻혀 사는 즐거움을 노래한 은일 가사의 첫 작품으로 강호한정 가사의 시풍을 형성하였다.
①·④ 「면앙정가」·「성산별곡」은 정극인의 「상춘곡」의 계보를 이어받은 은일 가사이다.
② 「불우헌곡」은 「상춘곡」 이후에 정극인이 지은 가사이다.

10 다음 중 나머지 셋과 주제가 다른 작품은?

① 「성산별곡」
② 「강촌별곡」
③ 「면앙정가」
④ 「상사별곡」

10 「상사별곡」은 독수공방의 외로움과 임에 대한 간절한 그리움을 노래한 남녀상열지사적 성격의 작품이다.
①·②·③ 「성산별곡」, 「강촌별곡」, 「면앙정가」는 모두 자연의 아름다움과 그곳에서 느끼는 흥취를 노래한 강호한정(江湖閑情)의 작품이다.

정답 08 ④ 09 ③ 10 ④

주관식 문제

01 다음 밑줄 친 ㉠~㉤ 중, 위정자로서의 세계관과 관계 깊은 행을 모두 고르시오.

> ㉠ 강호(江湖)애 병(病)이 깁퍼 듁님(竹林)의 누엇더니,
> 관동(關東) 팔ᄇᆡᆨ八百) 니(里)에 방면(方面)을 맛디시니,
> 어와 셩은(聖恩)이야 가디록 망극(罔極)ᄒᆞ다.
> 연츄문(延秋門) 드리ᄃᆞ라 경회남문(慶會南門) ᄇᆞ라보며,
> 하직(下直)고 믈너나니 옥졀(玉節)이 알ᄑᆡ 셧다.
> 평구역(平丘驛) ᄆᆞᆯ을 ᄀᆞ라 흑슈(黑水)로 도라드니,
> 셤강(蟾江)은 어듸메오 티악(雉岳)이 여긔로다.
>
> 쇼양강(昭陽江) ᄂᆞ린 믈이 어드러로 든단 말고.
> ㉡ 고신(孤臣) 거국(去國)에 ᄇᆡᆨ발(白髮)도 하도 할샤.
> 동쥐(東州) 밤 계오 새와 븍관뎡(北寬亭)의 올나ᄒᆞ니,
> 삼각산(三角山) 뎨일봉(第一峰)이 ᄒᆞ마면 뵈리로다.
> 궁왕(弓王) 대궐(大闕) 터희 오쟉(烏鵲)이 지지괴니,
> 쳔고(千古) 흥망(興亡)을 아ᄂᆞᆫ다 몰ᄋᆞᄂᆞᆫ다.
> 회양(淮陽) 녜 일홈이 마초아 ᄀᆞᄐᆞᆯ시고.
> ㉢ 급댱유(汲長孺) 풍칙(風彩)를 고텨 아니 볼 게이고.
>
> 영듕(營中)이 무ᄉᆞ(無事)ᄒᆞ고 시졀(時節)이 삼월(三月)인 제,
> 화쳔(花川) 시내길히 풍악(楓岳)으로 버더 잇다.
> ㉣ ᄒᆡᆼ장(行裝)을 다 ᄯᅥᆯ티고 셕경(石逕)의 막대 디퍼,
> ᄇᆡᆨ쳔동(百川洞) 겨ᄐᆡ 두고 만폭동(萬瀑洞) 드러가니,
> 은(銀) ᄀᆞᄐᆞᆫ 무지게 옥(玉) ᄀᆞᄐᆞᆫ 룡(龍)의 초리,
> 섯돌며 ᄲᅮᆷᄂᆞᆫ 소ᄅᆡ 십 리(十里)의 ᄌᆞ자시니,
> 들을 제ᄂᆞᆫ 우레러니 보니ᄂᆞᆫ 눈이로다.
>
> 금강ᄃᆡ(金剛臺) ᄆᆡᆫ 우(層)층의 션학(仙鶴)이 삿기 치니,
> 츈풍(春風) 옥뎍셩(玉笛聲)의 첫ᄌᆞᆷ을 ᄭᆡ돗던디,
> 호의현샹(縞衣玄裳)이 반공(半空)의 소소 뜨니,
> ㉤ 셔호(西湖) 녯 쥬인(主人)을 반겨셔 넘노ᄂᆞᆫ 둧.

01 **정답**

㉡, ㉢

해설

제시된 작품은 정철의 「관동별곡」이다. 「관동별곡」은 작가가 강원도관찰사로 부임하여 금강산과 관동팔경을 유람하면서, 그곳의 아름다운 경치를 여정에 따라 기록한 작품이다. 작가는 여행을 하면서도 관찰사의 본분을 잃지 않고, 작품 곳곳에 연군지정(戀君之情)이나 선정(善政)과 같은 위정자(爲政者)로서의 세계관을 나타내었다.

㉡에는 관찰사로 부임해 가면서 임금을 걱정하는 마음이 담겨 있으며, ㉢에는 백성들에게 선정을 베푼 인물로 유명한 중국의 급장유처럼 자신도 선정을 베풀겠다는 포부가 담겨 있다.

㉠ 관찰사로 부임하기 전 생활 모습이다.

㉣ 금강산 여행에 필요한 채비를 하고 만폭동으로 가는 모습이다.

㉤ 자연에 은거하며 풍류를 즐겼던 것으로 유명한 중국 송나라의 임포('셔호 녯 주인')에 자신을 비유하여 풍류에 대한 자부심을 드러낸 것이다.

02 다음 내용은 김만중의 『서포만필(西浦漫筆)』의 일부이다. 밑줄 친 '삼별곡(三別曲)'에 해당하는 작품명을 모두 쓰시오.

> 이 '<u>삼별곡(三別曲)</u>'은 천기(天機)의 자발(自發)함이 있고, 이속(夷俗)의 비리(鄙俚)함도 없으니, 자고로 좌해(左海)의 진문장(眞文章)은 이 세 편뿐이다.

02 **정답**

「사미인곡」, 「속미인곡」, 「관동별곡」

해설

구운몽을 지은 김만중은 『서포만필(西浦漫筆)』에서 정철의 「관동별곡(關東別曲)」, 「사미인곡(思美人曲)」, 「속미인곡(續美人曲)」을 가장 뛰어난 글이라 칭송하였으며, 중국의 대시인 굴원(屈原)의 작품인 『이소(離騷)』와 견줄 만하다고 평하였다.

제 9 편

잡가

| 단원 개요 |

잡가는 원래 가사의 하위 장르였으나, 그 형식이나 내용에 변화가 일어나며 잡가라는 새로운 장르로 문학사에 자리 잡은 갈래이다. 이 편에서는 잡가의 개념과 일반적 형식뿐만 아니라 가사와 구별되는 잡가의 형식, 잡가의 하위 갈래, 잡가의 내용과 주제 등을 폭넓게 공부한다.

| 출제 경향 및 수험 대책 |

잡가는 정통 가사와 갈래적 유사성을 띠고 있기 때문에 가사의 연장선상에서 살펴야 하나, 문학사적 관점에서 봤을 때는 문학 향유층의 확대라는 가치를 갖고 있는 갈래이므로 별도의 갈래로서 중요하게 학습해야 한다. 따라서 서민 문학의 특징에 대한 이해를 중심으로 개별 작품들의 내용과 표현상의 특징들을 심화 학습해야 한다. 또한 현전하는 잡가 중 「유산가」 등의 십이잡가와 남성 중심의 가사인 「초한가」를 중심으로 판소리에서 영향을 받은 잡가까지 두루 살펴야 한다.

제 1 장 잡가의 개념과 형식

제1절 잡가의 개념에 대한 견해

조윤제(趙潤濟)	가사의 하위 장르에 잡가를 두었다. 가사가 속화(俗化)하여 읽고 읊는 시가에서 노래로 부르는 창곡적 시가로 변할 때 그 형식이나 내용에도 변화가 일어나는데, 이러한 것을 잡가라 하였다.
이병기(李秉岐)	처음에는 곡에 의하여 사설시조를 잡가라고 하였으나, 뒤에 가서 잡가는 민요・고려가요・타령 등을 통칭하는 명칭이라 하여 넓은 의미의 민요를 잡가라 지칭하고 있다.
김사엽(金思燁)	잡가는 항간에서 잡되게 부르는 소리로, 광대라는 직업적 가수에 의하여 창작되고 성행한 것이 일반에게 불려 전해져 내려온 것이라 하였다.
정재호(鄭在鎬)	1910년대 간행된 '잡가집'류를 대상으로 하여, 어느 장르에도 소속되기 힘든 이질적 형식의 시가군을 잡가라 하였다. 이때 잡가는 장르 이름이라기보다는 전문가가 아니더라도 부를 수 있는 노래의 의미를 지닌다고 했다.

제2절 잡가의 일반적인 개념

현전하는 잡가집에서 기존의 국문학 장르에 속할 수 있는 시조・가사 등을 제외한 시가를 잡가라 한다. 이 경우, 장르에 상관없이 그 형식적 특성에 따라 문학적 입장에서 잡가를 추출할 수밖에 없다. 따라서 잡가는 기생, 사당패, 공장 등 직업적 가수에 의해 창작 및 전승되었고, 분절된 것 등 다양한 형식이 존재하며, 노래판에서 가객에 의하여 창작・전수되어 일반인들의 애호를 받아 번창한 노래의 문학이라 할 수 있다.

제3절 잡가의 형식

1 가사계 잡가

정의 및 범위	가사계 잡가는 그 악곡 명칭으로 단가가 대부분을 차지하며, 경기・서도・남도 잡가의 일부가 포함된다.
가창 시기	가창 시기는 단가를 기준으로 할 때 18세기 중기에 비롯되었으나, 19세기에 들어와서 본격적으로 가창되었다.
향유 계층	직업적 광대집단이 주로 가창을 담당했으며, 집단 수용층은 서민층 이하로 구성되었다.

형식	• 기본 음보격은 4음보격이며, 자연 경관 및 강호한정(江湖閑靜)을 읊었다는 점에서 양반 가사 중 강호 가사와 유사하다. 그러나 실제로는 4음보격이 파괴되고 결사 형식을 갖추지 않은 작품이 대부분을 차지하며, 결사 형식을 갖추었더라도 전형적 결사 형식에서 벗어난 경우가 많다. • 의미 구조에서도 양반 가사보다 훨씬 동태적으로 자연 경관을 찬미하고, 호탕하게 풍류의 즐거움을 표현해 자유로운 감정발산을 보여준다.
타 장르와의 비교	한문구의 상투적 사용과 시조 장르의 수용 등 상층 장르를 답습・수용한 점에서는 서민 가사와 구별된다. 서민 가사가 다양하고 비판적인 현실의식을 표출하는 것에 반해, 잡가는 지나치게 단순하고 일관적인 내용들을 통해 긍정적・낙천적 정신만을 강조한다는 점에서 구별된다.

2 민요계 잡가

내용	사랑・유흥・무상・풍자・자연찬미 등이 대부분이다.
형식	후렴을 지니거나 분연적(分聯的) 성격을 강하게 지니며, 후렴이 없는 형식이더라도 분연될 수 있는 성격을 지닌다는 점에서 민요 장르와 유사하다.
타 장르와의 비교	민요계 잡가는 유흥공간에서 직업 가수들이 주로 가창하는 구연조건과 더불어 작품의 성격 자체가 일반 민요와 구별되는데, 일반 민요에 비해 한 연의 사설이 대체로 장형이고, 율격 형식이 불완전하며, 후렴이 의미를 취하거나 경쾌한 어투가 삽입된 장형이다. 그리고 동적인 표현방법을 빈번하게 사용했다. → 이와 같은 차이는 구연 상황에 기인한 것이다. 일반 민요가 주로 생활현장에서 부른 기능요였다면, 잡가는 유흥 공간에서 전문적 가창자가 부른 비기능요였기에 유흥 분위기를 조성・고무하기 위해 내용과 형식의 변화가 필요했다.

3 장형 시조계 잡가

정의	장형 시조를 그 원사로 지니는 것인데, 장형 시조에 비해 많은 골계적 사설을 첨가함으로써 사실상 시조 개념을 벗어난 형태이다.
타 장르와의 비교	종장 형식마저 파괴되고, 병렬 형식을 빈번하게 사용함으로써 사실상 독창 민요 장르와 흡사하다. 또한 골계적 표현을 빈번하게 사용하고 있어 사실상 민요에 가까운 모습을 보여준다.

4 판소리계 잡가

정의	판소리 사설의 부분 대목을 수용한 것인데, 판소리 사설 자체가 이미 내포하고 있는 사설 전개상의 독립성과 병렬 형식을 취한다.
타 장르와의 비교	판소리 사설에 비해 사설 전개의 독립성을 더욱 심화하고 병렬 형식도 보편적으로 사용했다. 율격 형식을 갖추고, 매우 단형의 분량으로 존재한다는 점에서 그 원사(原詞)와 구별된다. 따라서 이것 역시 독창 민요와 매우 비슷한 성격을 보여준다.

제 2 장 잡가의 하위 갈래

제1절 서술체 잡가

정의	비교적 일관된 내용을 노래하는 장르로서, 가사의 서정적인 부분을 수용한 내용이 중심을 이루는 잡가이다. 후렴이나 전렴 등이 없고, 분절로 나누어지지도 않으면서, 연속해서 부르기 좋다는 특징이 있다.
특징	• 산수 자연의 아름다운 경개를 노래하면서 작가의 동류적인 마음을 노래한 것이 대부분이다. • 양반사대부들의 강호 가사와 표면상 비슷하지만, 노래하는 이의 풍류 정신을 유흥적으로 노래하기 때문에 질적으로 차별성을 가진다. • 자유로움과 동류 정신을 강조하는 서민적 성향에 맞는 장르이다. 예 「만고강산」, 「죽장망혜」, 「태평성대」, 「영산가」, 「초한가」, 「화류사」, 「자진중머리」 등
형식	가사작품을 많이 수용해서 4음보 율격을 바탕으로 하나, 창으로 불리기 때문에 한 행의 음보가 6음보로 늘어나는 등 파격적인 모습을 보이고 있어 1행 4음보라는 정격은 실제로 잘 지켜지지 않는다.

제2절 분절체 잡가

정의	여러 개의 분절로 이루어져 있는 작품은 민요를 수용한 것이 중심을 이룬다. 후렴이나 전렴 없이 반복법을 쓰면서 여러 개의 장으로 나눠져 있기도 하고, 각 장마다 전렴이나 후렴이 붙어서 이루어지는 것도 있다.
특징	• 민요 중 주로 유흥적인 내용을 가진 작품들을 수용한 것인데, 민요보다 더 향락적이고 현세적이다. • 주요 내용은 애정 · 유락 · 삶의 무상 · 풍자 등이다. 예 「몽금포타령」, 「선유가」, 「수심가」, 「긴난봉가」, 「아리랑타령」, 「성주풀이」, 「길군악」, 「매화가」 등
형식	형식적으로 기존의 민요가 가지는 후렴이나 전렴 형태를 수용하고 있으나, 거기에 또한 많은 파격이 일어난다. 민요에 비해 더 자유로운 형식과 세련된 가락을 가졌기 때문에 노랫말에 맞추어 나가며 새로운 형태가 생성되는 것이 특징이다.

제3절 묘사체 잡가

정의	어떤 사물이나 사실, 현상들을 계속해서 열거하는 방식으로 불리는 잡가이다.
특징	• 민요와도 일정한 연관을 가지고 있지만, 주로 조선 후기의 사설시조의 영향을 많이 받았다고 할 수 있다. 사설시조의 타령조가 바로 이러한 계열의 잡가에 수용된 것으로 보인다. • 작가의 정서가 개입할 여지는 전혀 없고 현상을 나열하면서 묘사하면서 골계적이고 풍자적인 효과를 얻는 것이 특징이다. • 주로 '타령'이란 명칭이 붙은 작품들이 여기에 속한다. 예 「곰보타령」, 「맹꽁이타령」, 「바위타령」, 「만학천봉」 등
형식	사설시조의 내용과 표현기법을 많이 수용하고 있지만, 사설시조의 기존 형태는 깨어지므로 묘사체 잡가와 사설시조 사이에는 유사성과 차이점이 동시에 존재한다고 할 수 있다.

제4절 대화체 잡가

정의	대화체를 통해서 진행되는 판소리의 특성을 그대로 살린 잡가이다.
특징	잡가 중에는 대화체의 형식을 띤 것이 상당수 존재하는데, 주로 판소리의 일부를 수용한 것들이다. 예 「사랑가」, 「소춘향가」, 「십장가」, 「적벽가」, 「제비가」, 「토끼화상」, 「공명가」 등
형식	판소리의 대화체를 수용하기는 했지만, 있는 그대로 받아들이는 대신 일정한 축약을 거쳐 받아들임으로써 판소리와는 다른 모습이 나타난다. 특히 「형장가」, 「제비가」 등은 판소리에 비하여 내용이 많이 축약되고 흥미 위주로 재편된 작품들이다.

제 3 장 잡가의 내용과 주제

제1절 잡가의 내용

잡가의 내용은 다양한데, 주로 유흥적·향락적인 것, 남녀 간의 사랑, 자연의 아름다움 등 놀이판에서 흥미를 끌 만한 것들이 대부분이다. 다음은 이를 십이잡가를 바탕으로 설명한다. 십이잡가는 경기 잡가 중 좌창(坐唱 : 앉아서 부르는 노래)에 해당하는 노래들로, 19세기 후반에 주로 기생들이 부르기 시작하면서 퍼졌으며, 주로 세마치장단 혹은 도드리장단으로 가창된다. 다음 제시된 작품 중 「유산가」부터 「선유가」까지는 팔잡가, 「출인가」부터 「달거리」까지는 잡잡가로 분류된다.

1 「유산가」

> 화란춘성(花欄春城)하고 만화방창(萬化方暢)이라. 때 좋다 벗님네야, 산천경개(山川景槪)를 구경을 가세. 죽장망혜(竹杖芒鞋) 단표자(單瓢子)로 천리강산을 들어를 가니, 만산홍록(滿山紅綠)들은 일년일도(一年一度) 다시 피어 춘색을 자랑노라 색색이 붉었는데, 창송 취죽(蒼松翠竹)은 창창울울(蒼蒼鬱鬱)한데, 기화요초(琪花瑤草) 난망중(爛漫中)에 꽃 속에 잠든 나비 자취 없이 날아난다. … (후략)

가사에 한문투가 많긴 하지만, 그 뜻은 다 봄날과 관련된 내용을 나타내고 있다. 철따라 자연의 변화를 느끼고 자연경개를 즐기며 유흥적·풍류적으로 살던 모습을 그려볼 수 있는 노래이다. 밋밋하게 느껴질 수 있는 곡조에 6박자의 도드리장단에 맞추어 평온하게 부르는 창법으로 불렸다. 원래 남자 소리꾼들이 주로 부르던 노래였지만, 20세기에 들어오면서 기생집이나 일반 놀이판에서 자주 불리며 대중의 인기를 얻자 민가의 여성들도 많이 부르는 노래가 되었다.

2 「적벽가(赤壁歌)」

> 삼강은 수전이요 적벽은 오병이라. 난데없는 화광이 충천(沖天)하니 조조(曹操)가 대패하여 화룡도로 행할 즈음에 응포일성(應砲一聲)에 일원대장(一員大將)이 엄심갑(掩心甲)옷에 봉(鳳)투구 저켜 쓰고 적토마 비껴 타고 삼각수를 거스릅시고 봉안을 크게 뜹시고 팔십근 청룡도(靑龍刀) 눈 위에 선뜻 들어 엡다 이놈 조조야 … (후략)

「적벽가」는 『삼국지연의』의 화용도 부분을 발췌한 것으로, 사설 및 조조와 관운장(관우)의 대사로 이루어졌다. 이는 적벽대전 후의 상황으로, 조조가 크게 패해서 화룡도로 도망을 가는데 관운장이 청룡도를 들고 앞에 나타나 "이놈 조조야."한다는 내용이다. 한때는 관운장이 조조의 포로였지만, 이번에는 조조가 관운장에게 붙잡혀 꼼짝없이 죽게 되었다.

조조와 관운장의 대사에 집중하여 조조가 관운장에게 목숨을 구걸하고, 관우가 너그러이 그를 살려주는 모습을 통해 관운장을 숭상하는 모습을 볼 수 있다.『삼국지연의』의 내용을 아는 사람들은 이 노래만 들어도 적벽대전의 상황이 자동으로 짐작될 정도이기 때문에 이 노래가 인기가 있었을 것으로 추측된다. 또한 '유산적벽(遊山赤壁)'이라고 하며 「유산가」와 더불어 잡가의 대표작이라 할 수 있다. 판소리 「적벽가」가 우조(羽調)목을 많이 쓰듯이, 잡가 「적벽가」도 아기자기한 시김새(꾸밈음)나 특출한 목을 쓰지는 않고, 씩씩하고 무게 있는 소리를 사용해서 호쾌한 맛이 나게 하는 것이 특징이다. 당시 사람들은 이런 노래를 통하여 이야기와 노래 모두 부담 없이 감상하는 두 가지 재미를 모두 즐겼던 것으로 예상할 수 있다.

3 「제비가」

만첩산중(萬疊山中) 늙은 범 살찐 암캐를 물어다 놓고 에-어르고 노닌다. … (중략) … 제비를 후리러 나간다. 제비를 후리러 나간다. … (후략)

「연자가」라고도 하는 이 작품은 제비 다리를 고쳐주고 부자가 된 동생 흥부를 질투한 형 놀부가 같은 방식으로 재물을 얻기 위해 제비를 후리러 가는 내용으로, 판소리 「흥보가」의 '제비 후리러 나가는 대목'에서 일부 차용한 것이다.

처음은 "만첩산중 늙은 범 살찐 암캐를 물어다 놓고 에-어르고 노닌다." 하면서 도드리장단으로 천천히 부른다. 그렇게 한 4구절 정도 진행한 후에는 "제비를 후리러 나간다. 제비를 후리러 나간다."하면서 장단을 세마치장단으로 치고, 노래도 고음으로 높이 질러 시원시원한 느낌이 나도록 부른다. 중간에 장단이 세마치장단으로 바뀌면서 곡조와 리듬의 변화가 생기면서 노래가 한결 경쾌하게 진행된다. 바로 이 점 때문에 이 노래가 자주 불리는데, 「제비가」가 이렇듯 널리 애창되는 이유는 경기 잡가의 원형을 탈피한 곡이기 때문이다. 다른 경기 잡가에 비해 서두는 기발한 솜씨로 시작하지만 비약적인 가락과 시김새가 돋보이며, 곡조와 리듬의 변화가 다양하다는 특징을 갖는다.

4 「소춘향가」

춘향의 거동 봐라. … (중략) … 너는 어연 계집아히관대 나를 종종 속이느냐./장부 간장(丈夫肝臟)을 다 녹이느냐.… (후략)

「소춘향가」는 춘향이와 이몽룡의 첫 만남을 노래로 지은 것으로, 다른 잡가에 비해 그 내용이 다소 짧다는 특징을 갖는다. 노래의 처음은 "춘향의 거동 봐라."로 시작하나 전체가 춘향의 일을 내용으로 하는 것은 아니고, 후반에 가면 "너는 어연 계집아히관대 나를 종종 속이느냐." 또는 "장부 간장을 다 녹이느냐."와 같은 가사가 나오기도 한다.

「소춘향가」는 판소리 「춘향가」에서 따온 것으로 추측된다. 이 외에도 십이잡가에는 판소리 「춘향가」에서 따온 것으로 보이는 작품이 세 가지나 더 있다. 「집장가」, 「십장가」, 「형장가」가 그것인데, 내용상으로 보면 「출인가」 역시 「춘향가」의 내용으로 시작하고 있기 때문에 이를 포함한 총 5곡이 판소리 「춘향가」와 유관하다고 할 수 있다. 이런 점은 판소리가 먼저 발달하고 그 세력이 서울까지 미치게 되어, 서울 지역의 소리꾼들이 그 내용을 빌려서 경기 스타일의 잡가를 만들어 불렀기 때문으로 보아야 한다.

5 「집장가」

> 집장군노(執杖軍奴) 거동을 봐라 춘향을 동틀에다 쫑그라니 올려매고 형장(刑杖)을 한아름을 디립다 덥석 안어다가 춘향의 앞에다가 좌르르 펄뜨리고 좌우 나졸들이 집장(執杖) 배립(排立)하여 분부 듣주어라 여쭈어라 바로 아뢸 말씀 없소 사또 안전(使道案前)에 죽여만 주오. … (후략)

「집장가」는 「춘향가」에서 춘향을 매질할 때 집장사령이 하는 거동을 묘사한 내용이다. 이 부분만 봐도 춘향이가 어떻게 매를 맞게 되는지 짐작할 수 있을 만큼 극적인 내용이 잘 묘사되어 있다. '쫑그라니' 등의 형용사를 사용한 것이 특징이다.

6 「형장가」

> 형장(刑杖) 태장(笞杖) 삼(三)모진 도리매로 하나를 치고 짐작(斟酌)할까 둘을 치고 그만둘까 삼십도(三十度)에 맹장(猛杖)하니 일촌간장(一村肝臟) 다 녹는다. 걸렸구나 걸렸구나 일등춘향(一等春香)이 걸렸구나 사또 분부 지엄하니 인정(人情)일랑 두지 마라. 국곡투식(國穀偷食) 하였느냐 엄형중치(嚴刑重治)는 무삼 일고. 살인도모(殺人圖謀) 하였느냐 항쇄족쇄(項鎖足鎖)는 무삼일고. 관전발악(官前發惡)하였느냐 옥골최심(玉骨摧甚)은 무삼 일고. 불쌍하고 가련하다 춘향 어미가 불쌍하다. … (후략)

「형장가」는 수청을 거절한 춘향이 매를 맞은 후 투옥되어 고생하는 대목을 노래로 지은 것으로, 가사만 봐도 그 내용을 짐작할 수 있다. 앞부분은 춘향과 춘향 어미에 대한 안타까움과 동정으로, 뒷부분은 춘향이 넋두리하는 모습으로 구성되어 있다.

7 「평양가」

> 갈까 보다 갈까 보다 님을 따라 님과 둘이 갈까 보다. 잦은 밥을 다 못 먹고 님을 따라 님과 둘이 갈까 보다. 부모 동생(父母同生) 다 이별하고 임을 따라 임과 둘이 갈까 보다. 불붙는다 평양성내 불이 불붙는다. 평양성내 불이 불붙으면 월선이 집에 행여 불갈세라. 월선이 집에 불이 불붙으면 육방관속(六房官屬)이 제가 제 알리라. 월선이 나와 소매를 잡고 가세 가세 어서 들어를 가세. 놓소 놓소 누리 놓소 그려 직영(直纓) 소매 노리 놓소 그려. … (후략)

제시된 부분은 「평양가」의 앞부분으로, 이를 통해 볼 수 있듯이 평양에 사는 '월선'이라는 기생을 주요 대상으로 하고 있다. 월선에 대한 연정과 월선의 집에 놀러가자는 내용의 야유랑(冶遊郎 : 주색에 빠져 방탕하게 노는 젊은이)의 노래이다. 4연 또는 5연으로 분절되는 각 연의 내용은 전후관계가 연결되기도 하고, 연결되지 않기도 한다.

8 「선유가」

> 가세 가세 놀러 가세 배를 타고 놀러를 가세. 지두덩기여라 둥게 둥덩 덩실로 놀러 가세. … (후략)

'가세'라는 표현이 반복되어 「가세타령」이라고도 하며, 마루마다 후렴이 있어 분장체에 해당한다. 전반부와 후반부로 나뉘며, 이는 다시 각각 세 마루로 구성된다. 「유산가」가 산으로 놀러가자는 노래라면, 「선유가」는 물이 있는 곳으로 뱃놀이를 가자는 내용이다. 그래서 노래의 처음도 제시문과 같이 뱃놀이를 권유하는 말로 시작하는데, 이 부분이 후렴에 해당하는 부분이다. 「선유가」는 먼저 후렴을 한 뒤 한 마루하고, 또 후렴을 한 뒤 한 마루를 부르는 식으로 총 세 마루를 한 뒤 후렴으로 끝난다. 그러니까 후렴은 처음과 맨 나중에도 모두 하는 셈이다.

9 「출인가」

> 풋고추 절이김치 문어 전복 곁들여 황소주(黃燒酒) 꿀타 향단이 들려 오리정(五里亭)으로 나간다. 어느 년 어느 때 어느 시절에 다시 만나 그리던 사랑을 품안에 품고 사랑 사랑 내 사랑아 에-어화둥게 내 건곤(乾坤). 인제 가면 언제 오리요 오만 한(限)을 일러주오. … (중략) … 놀고 가세 놀고 가세 너고 나고 나고 너고만 놀고 가세. 오날 놀고 내일 노니 주야장천에 놀아볼까. 인간 칠십을 다 산다고 하여도 밤은 자고 낮은 일어나니 사는 날이 몇 날인가.

「출인가」도 「춘향가」와 관계가 있는데, 앞부분은 춘향이 오리정으로 이몽룡을 배웅하는 모습, 중간 부분은 서로 이별하는 모습, 뒷부분은 인생의 허무와 무상을 노래하는 내용으로 구성된다.

노래의 처음이 "풋고추 절이김치 문어 전복 곁들여 황소주 꿀타 향단이 들려 오리정으로 나간다."와 같이 시작한다. 향단이에게 술상차려 오리정으로 나가자고 하는 것은 춘향인데, 이는 이몽룡이 남원을 떠나 서울로 갈 때 이별차로 나가는 것이다. 그 다음의 가사는 "어느 녈 어느 때 어느 시절에 다시 만나 그리던 사랑을 품안에 품고 사랑 사랑 내 사랑아 에-어화둥게 내 건곤. 인제 가면 언제 오리요 오만 한을 일러주오."하고 노래하는데, 이는 춘향과 이몽룡의 이별과 관련된 대목으로 볼 수 있다.

판소리 「춘향가」가 서울의 잡가로 수용될 때에는 이와 같이 한 부분이 원본 그대로 수용되는 것이 아니라 선별적으로 인용되면서, 결과적으로는 사랑타령으로 마무리한다. 그래서 「출인가」도 뒷부분은 "놀고 가세 놀고 가세 너고 나고 나고 너고만 놀고 가세. 오날 놀고 내일노니 주야장천에 놀아볼까."라는 가사로 나온다.

10 「십장가」

> (전략) … 일편단심(一片丹心) 춘향이가 일종지심(一從之心) 먹은 마음 일부종사(一夫從事)하잿더니 일각일시 낙미지액에 일일칠형(一日七刑) 무삼 일고. … (중략) … 이부불경(二夫不敬) 이내 몸이 이군불사(二君不事) 본을 받아 이수중분백로주(二水中分白鷺洲)같소. 이부지자(二父之子) 아니어든 일구이언(一口二言)은 못하겠소. … (후략)

「십장가」는 판소리 「춘향가」에서 춘향이가 집장사령에게 매를 맞을 때 부르는 노래이다. 한 대 맞고 하는 말이 "일편단심 춘향이가 일종지심 먹은 마음 일부종사하잿더니 일각일시 낙미지액에 일일칠형 무삼일고."와 같이 일자(一字)를 넣어 가사를 짓고, 두 대를 맞고 하는 말은 "이부불경 이내몸이 이군불사 본을 받아 이수중분백로주 같소 이부지자 아니어든 일구이언은 못하겠소."와 같이 이자(二字)를 넣어서 노래한다. 이런 식으로 열 대를 맞기까지 숫자를 넣어 가사를 지어 부르게 되어 있어 언어유희의 재미가 있다.

11 「방물가」

> 연지분 주랴 면경(面鏡) 석경(石鏡) 주랴 옥지환(玉指環) 금봉차(金鳳釵) 화관주(花冠珠) 딴 머리 칠보(七寶) 족두리 하여나 주랴 … (중략) … 세간 치례(致禮)를 하여나 주랴 용장(龍欌) 봉장(鳳欌) 귓도리 책상이며 자개 함롱(函籠) 반다지 삼층 각계수리 이층 들미장(欌)에 원앙금침 잣베개 샛별 같은 쌍요강을 발치발치 던져나 주랴 내 무엇을 달라고 하느냐 네 소원을 다 일러라 … (후략)

이별을 거부하는 여인에게 여러 가지 방물을 주어 타이르는 노래이다. 떠나려는 한양 낭군에게 자신을 데려가지 않으면 죽겠다고 발악하는 여인과, 이를 여러 가지 방물을 사 주겠다고 달래는 사내가 나온다.

방물이란 방 안 생활에 쓰이는 여러 가지 물건을 말하는 것으로 화장대, 거울, 연지, 분, 노리개 같은 것에서부터 장롱, 원앙금침, 각종 의복 등 거의 모든 세간들까지 포함된다. 옛날에는 주로 부녀자들이 방 안 생활에서 사용하는 각종 화장품이나 노리개, 옷감 등을 파는 방물장수가 있었는데, 그래서 「방물가」의 가사에도 제시문과 같이 여러 물건들을 나열한 구절이 나오는 것이다.

12 「달거리」

(전략) … 정월이라 십오일에 망월(望月)하는 소년들아 망월도 하려니와 부모 봉양 생각세라 … (중략) … 인간 이별 만사중에 독수공방이 상사난(相思難)이란다 좋구나 매화로다 … (후략)

「달거리」란 월령가를 뜻한다. 정월부터 삼월까지는 각 달에 관계되는 내용들을 엮어 노래하고, 나머지는 남녀 간의 사랑이나 자연의 풍경 등 다양한 내용을 담고 있다. 이 「달거리」는 처음에는 "정월이라 십오일에 망월하는 소년들아 망월도 하려니와 부모 봉양 생각세라"하는 식으로 삼월까지 노래한 뒤, "인간 이별 만사중에 독수공방이 상사난이란다 좋구나 매화로다"하면서 우리가 민요에서 「매화타령」이라고 부르는 노래로 넘어간다. 그래서 「달거리」는 월령가 스타일로 된 전반부와 「매화타령」으로 된 후반부로 되어 있는 노래이다.

십이잡가는 느리고 밋밋해 보이는 노래여서 현대는 자주 들을 수 없는 노래가 되었다. 그러나 유행가가 레코드로 널리 퍼지기 전에는 오늘날의 유행가처럼 일반에게 널리 보급되었던 민속적인 예술노래였다.
이러한 십이잡가는 예술 문화가 더 이상 상층민에만 국한되지 않는다는 점을 보여주고, 하층민들이 예술 문화를 주도하면서 그들의 기호와 생활상을 반영한 예술 장르가 등장했다는 점에서 의의가 있다. 내용 면에서 예술성이 뛰어나다고 할 수는 없으나, 직설적이고 해학적인 표현으로 감정을 솔직하게 드러냄으로써 상층민의 예술과는 차별점을 가진다는 특징이 있다.

제2절 잡가의 주제 중요

잡가의 주제는 애정, 삶의 무상함, 취락(醉樂), 자연의 아름다움과 풍류, 세상살이의 애환, 익살・희언(戱言) 등 다채로우나, 전체적으로 세속적・쾌락주의적 성향이 두드러졌다. 「수심가(愁心歌)」・「황계사(黃鷄詞)」・「육자배기」・「날개타령」・「영산가(咏山歌)」・「유산가(遊山歌)」・「뒷산타령」・「맹꽁이타령」 등 대다수의 잡가는 철저히 현세적인 관점에서 삶의 여러 욕망과 그 성취・지연・좌절에 따른 감흥과 비애를 노래하며, 비록 덧없는 것일망정 이 세상 안의 삶에서 누릴 수 있는 기쁨을 가장 확실한 가치로 받아들인다. 물・산・나무・꽃・새와 같은 자연현상 또한 잡가에서는 처사적 관조의 대상으로 인식되기보다는 유한한 시간 속에 머물러 있는 감각적 사실 또는 쾌락을 즐기며 노니는 일락(逸樂)의 대상으로 형상화된 예가 많다. 이 점은 잡가가 사대부적 미의식과 품격을 지닌 시가류로부터 구별되는 동시에 생활 현장의 절실한 경험에 근거한 민요와도 또 다른, 시정의 유락 가요로써의 특징이다.[1)]

1) 정재호, 「잡가고」, 『한국가사문학론』, 집문당, 1982.

제 4 장 잡가 작품론

1 작가 미상, 「유산가」 중요

〈원문〉

화란춘성(花爛春城)하고 만화방창(萬化方暢)이라.
때 좋다 벗님네야 산천(山川) 경개(景槪)를 구경을 가세.
죽장망혜 단표자(竹杖芒鞋單瓢子)로 천리강산 들어를 가니,
만산홍록(滿山紅綠)들은 일년일도(一年一度) 다시 피어
춘색을 자랑노라 색색이 붉었는데,
창송취죽(蒼松翠竹)은 창창울울(蒼蒼鬱鬱)한데,
기화요초 난만중(琪花瑤草爛漫中)에
꽃 속에 잠든 나비 자취 없이 날아난다.
유상앵비(柳上鶯飛)는 편편금(片片金)이요,
화간접무(花間蝶舞)는 분분설(紛紛雪)이라.
삼춘가절(三春佳節)이 좋을씨고.
도화만발 점점홍(桃花滿發點點紅)이로구나.
어주축수 애산춘(漁舟逐水愛山春)이라던
무릉도원(武陵桃源)이 예 아니냐.
양류세지(楊柳細枝) 사사록(絲絲綠)하니,
황산곡리 당춘절(黃山谷裏當春節)이라
연명오류(淵明五柳)가 예 아니냐.
제비는 물을 차고, 기러기 무리져서
거지 중천(居之中天)에 높이 떠 두 나래 훨씬 펴고,
펄펄펄 백운간(白雲間)에 높이 떠서
천리강산 머나먼 길을 어이 갈꼬 슬피 운다.
원산(遠山)은 첩첩(疊疊) 태산(泰山)은 주춤하여,
기암(奇岩)은 층층(層層) 장송(長松)은 낙락(落落),
에이 구부러져 광풍(狂風)에 홍을 겨워 우줄우줄 춤을 춘다.
층암 절벽상(層岩絶壁上)의 폭포수(瀑布水)는 콸콸, 수정렴(水晶簾) 드리운 듯
이 골 물이 수루루루룩, 저 골 물이 솰솰,
열의 열 골 물이 한데 합수(合水)하여
천방져 지방져 소쿠라져 펑퍼져 넌출지고 방울져,
저 건너 병풍석(屛風石)으로 으르릉 콸콸
흐르는 물결이 은옥(銀玉)같이 흩어지니,
소부(巢父) 허유(許由) 문답하던 기산영수(箕山潁水)가 예 아니냐.
주곡제금(奏穀啼禽)은 천고절(千古節)이요,
적다정조(積多鼎鳥)는 일년풍(一年豊)이라.
일출낙조(日出落照)가 눈앞에 어려라 경개무궁(景槪無窮) 좋을씨고.

〈현대어 역〉

꽃이 피어 봄 성에 가득하고 만물이 바야흐로 화창하게 피어나는구나.
시절이 좋구나 벗님들이여, 산천의 경치를 구경 가자꾸나.
대나무 지팡이와 짚신, 하나의 표주박에 물을 들고 천리 강산 들어가니,
온 산의 꽃들과 풀들은 일 년에 한 번씩 다시 피어나서
봄 색깔을 자랑하느라고 색깔마다 붉었는데,
푸른 소나무와 대나무는 울창하고,
아름다운 꽃과 풀은 난만한 가운데
꽃 속에 나비는 노닐고 있도다.
버드나무 위의 꾀꼬리는 날아가는데 조각조각 금조각이요,
꽃 사이에 춤추는 나비는 가루가루 흩어지는 눈과 같구나.
봄 석 달의 아름다운 계절이 좋구나.
도화는 만발하여 점점이 붉어 있고,
고기잡이배를 띄워 놓고 봄을 즐기니
무릉도원이 바로 여기 아니냐!
버드나무 가느다란 가지들이 실처럼 늘어지니,
황산의 골짜기 안에서 봄을 맞으니
도연명의 오류촌이 여기 아니냐!
제비는 물을 차고, 기러기는 무리를 지어
허공에 높이 떠서 두 날개를 활짝 펴고,
펄펄펄 흰 구름 속에 높이 떠서
천리 강산 머나먼 길을 어이 갈 것이냐고 슬피 운다.
멀리 보이는 산은 첩첩이 보이고, 태산은 우뚝 솟아 있고,
기이한 바위는 층층이 쌓이고, 큰 소나무들은 가지를 늘어뜨리고
구부러진 모습으로 심하게 부는 바람에 흥이 겨운 듯 우쭐우쭐 춤을 춘다.
층층 바위 절벽 위의 폭포수는 콸콸 쏟아지는데, 마치 수정발을 드리운 듯하고,
이 골짜기 물이 수루루루룩, 저 골짜기 물이 콸콸 흘러내리고,
여러 곳의 물이 한 곳에 합해져서
천방지방으로 흩어지고 용솟음치고 편편하게 흐르고 길게 이어지고 방울져 내리며
건너편 병풍석으로 으르렁 콸콸
흐르는 물결이 은옥같이 흩어지니,
마치 소부와 허유가 세상과 단절하고 지내던 기산과 영수라는 곳과 같구나.
주걱주걱 우는 새는 예나 지금이나 변함없는 절개의 상징이고,
솥이 적다고 우는 새는 일 년의 풍년을 예고하는구나.
일출과 낙조가 눈앞에 펼쳐지니 경치가 끝이 없이 좋구나.

(1) 핵심 정리

갈래	평민 계통의 잡가
성격	묘사적, 감각적, 유흥적
주제	아름다운 봄의 완상과 흥겨운 정취
의의	조선 후기의 대표적인 잡가

(2) 이해와 감상

내용	봄철이 됐으니 산천을 구경하자는 화자의 권유에서 시작하여 그곳에서 펼쳐지는 자연 경관이 풍류적으로 묘사되어 있다.
표현	• 한시구 가사 형식을 활용하였고, 사실적인 묘사도 뛰어나다. • 4·4조가 주조를 이루는 가사적 성격이 강하다. • 대구법, 비유법, 의성어·의태어 등 다양한 표현 방식을 사용하였다. • 향유 계층이 점점 양반층으로까지 확대되자, 이를 고려하여 한자어와 우리말을 둘 다 사용하였다.
의의	화창한 봄날의 아름다운 경치를 노래하여 한 폭의 동양화를 연상시킨다는 점에서 선인(先人)들의 자연에 대한 유흥적인 삶의 태도와 문학의 세계를 알 수 있고, 우리말의 아름다움을 느낄 수 있다.
배경 및 특징	• **조선 후기에 형성되어 개화기까지 서울을 중심으로 널리 불렸던 십이잡가 중 가장 대표적인 작품이다.** • 봉건적 세계관이 무너지고 새로운 세계를 지향하는 과정에서 가사의 정형이 무너지면서 나타난 새로운 장르이다.

2 작가 미상, 「초한가」

〈원문〉

만고영웅호걸(萬古英雄豪傑)들아 초한(楚漢) 승부(勝負) 들어 보소.
절인지용(絕人之勇) 부질없고 순민심(順民心)이 으뜸이라
한패공(漢沛公)의 백만대병(百萬大兵) 구리산하(九里山下) 십면매복(十面埋伏)
대진(大陣)을 둘러치고 초패왕(楚霸王)을 잡으랄 제
천하병마도원수(天下兵馬都元帥)는 표모걸식(漂母乞食) 한신(韓信)이라.
장대(將臺)에 높이 앉아 천병만마(千兵萬馬) 호령하니
오강(烏江)은 일천리요 팽성(彭城)은 오백리라.
거리거리 복병(伏兵)이요 두루두루 매복(埋伏)이라.
간계(奸計) 많은 이좌거(李左車)는 패왕(霸王)을 유인(誘引)하고
산(算) 잘 놓는 장자방(張子房)은 계명산(鷄鳴山) 추야월(秋夜月)에
옥통소(玉洞簫)를 슬피 불어 팔천제자해산(八千弟子解散)할 제 때는 마침 어느 때뇨.
구추삼경(九秋三更) 깊은 밤에 하늘이 높고 달 밝은데
외기러기 슬피 울어 객(客)의 수심(愁心)을 돋워 주고
변방만리사지중(邊方萬里死地中)에 장중(帳中)에 잠 못 드는 저 군사야
너의 패왕(霸王)이 역진(力盡)하여 장중(帳中)에서 죽을 테라.

호생오사(好生惡死)하는 마음 사람마다 있건마는
너희는 어이하여 죽길 저리 즐기느냐.
철갑(鐵甲)을 고쳐 입고 날랜 칼을 빼어드니
천금(千金)같이 중한 몸이 전장검혼(戰場劍魂)이 되겠구나.
오읍(嗚泣)하여 나오면서 신세자탄(身勢自嘆)하는 말이
내 평생 원하기를 금고(金鼓)를 울리면서 강동(江東)으로 가잤더니
불행히 패망하니 어이 낯을 들고 부모님을 다시 뵈며 초강(楚江) 백성(百姓) 어이 보리.
전전반측(輾轉反側) 생각하니 팔년풍진(八年風塵) 다 지내고
적막사창(寂寞紗窓) 빈 방 안에 너의 부모 장탄수심(長嘆愁心)
어느 누구라 알아를 주리.
은하수 오작교(烏鵲橋)는 일년 일차(一次) 보건마는
너희는 어이하여 좋은 연분을 못 보느냐.
초진중(楚陣中) 장졸(將卒)들아 고향 소식(消息) 들어 보소.
남곡록초(南谷綠草) 몇 번이며 고당명경(高堂明鏡) 부모님은 의문(倚門)하여 바라보며
독수공방(獨守空房) 처자들은 한산낙목(寒山落木) 찬바람에 새옷 지어 넣어 두고
날마다 기다릴 제 허구한 긴긴날에 이마 위에다 손을 얹고
뫼에 올라 바라다가 망부석(望夫石)이 되겠구나.
집이라고 들어가니 어린 자식 철없이 젖 달라 짖어 울고
철 든 자식 애비 불러 밤낮 없이 슬피 우니
어미 간장이 다 썩는구나.
남산하의 장(長)찬 밭은 어느 장부 갈아 주며
이웃집에 빚은 술은 누구를 대하여 권할소냐
첨전고후(瞻前顧後) 바라보니 구리산(九里山)이 적병이라.
한왕(漢王)이 관후(寬厚)하사 불살항군(不殺降軍)하오리로구나.
가련하다 초패왕(楚霸王)은 어디로 갈까나.

〈현대어 역〉

만고의 영웅호걸들아 초나라와 한나라의 승부를 들어 보소.
뛰어난 용맹 부질없고 민심을 따르는 것이 으뜸이라.
한패공의 백만대병이 구리산 아래 모든 방향에 매복을 하고
크게 진을 둘러치고 초패왕을 잡으려 할 제
천하병마도원수는 걸식표모하는 한신이라.
장대에 높이 앉아 천병만마를 호령하니
오강은 일천리요 팽성은 오백리라.
거리거리엔 복병이요 두루두루 매복이라.
간계 많은 이좌거는 패왕을 유인하고
산 잘 놓는 장자방은 계명산 가을 밤에 옥통소를 슬피 불어
팔천제자 해산할 때는 마침 어느 때뇨.
구추삼경 깊은 밤에 하늘이 높고 달은 밝은데
외기러기 슬피 울어 객의 수심을 돋워 주고
변방만리사지중에 장막 안에 잠 못 드는 저 군사야
너의 패왕이 힘을 다하여 장막 안에서 죽을 것이다.

살기를 좋아하고 죽기를 싫어하는 마음이 사람마다 있건마는
너희는 어이하여 죽기를 저리 즐기느냐.
철갑을 고쳐 입고 날랜 칼을 빼어드니
천금같이 귀한 몸이 싸움터의 귀신이 되겠구나.
탄식하여 울면서 신세 한탄하며 하는 말이
내 평생 원하기를 금고를 울리면서 강동으로 가자 했는데
불행히도 패망하니 어이 얼굴을 들고 부모님을 다시 뵈며 초강 백성을 어이 보리.
전전반측 생각하니 팔년전쟁 다 치르고
적막사창 빈 방 안에 너의 부모 긴 한탄과 수심을
어느 누가 알아주겠느냐.
은하수 오작교는 일년에 한 차례 보건마는
너희는 어이해서 좋은 연분을 못 보느냐.
초진중의 장졸들아 고향 소식을 들어 보아라.
남쪽 골짜기 풀이 푸른 것은 몇 번이며 집의 부모님은 문에 기대어 바라보며
독수공방 처자들은 한산낙목 찬바람에 새옷 지어 넣어 두고
날마다 기다릴 제 허구한 긴긴날에 이마 위에다 손을 얹고
산에 올라 바라보다가 망부석이 되겠구나.
집이라고 들어가니 어린 자식은 철없이 젖 달라 울어대고
철 든 자식은 애비 불러 밤낮으로 슬피 우니
어미 간장이 다 썩는구나.
남산 아래의 잘 자란 밭은 어느 장부가 갈아 주며
이웃집의 술은 누구에게 권하겠느냐
앞을 보고 뒤를 봐도 구리산에 적병밖에 없구나.
한왕이 너그럽고 후해서 항복하는 군사는 죽이지 않는구나.
가련하다 초패왕은 어디로 갈 것인가.

(1) 핵심 정리

갈래	잡가
주제	항우의 패망을 통하여 전하고자 하는 남성 중심의 교훈
작가	미상

(2) 이해와 감상

내용	고대 중국 초(楚)나라와 한(漢)나라가 서로 천하를 다투어 이기고 진 역사적 내용을 엮은 것이다.
표현	서도 잡가는 남도창과는 달리 사설과 청(성음)만으로써 그 이면과 감정을 표출하는 특색이 있는데, 그러한 정한(情恨)이 어느 소리보다 절절한 작품으로 이 「초한가」를 꼽을 수 있다.
의의	「공명가(孔明歌)」와 더불어 서도 잡가의 쌍벽을 이루고 있는 대표적인 소리이다.

제 9 편 실전예상문제

01 다음 중 나머지 셋과 그 성격이 다른 것은?

① 직업적 가수에 의해서 창작, 전승되는 시가이다.
② 시가문학으로, 판소리의 영향을 받았다.
③ 일반인들의 애호를 받아 번창한 노래 문학이다.
④ 긴 이야기를 가객이 창·아니리·발림으로 엮어낸 노래이다.

01 판소리에 대한 설명이다. 판소리는 구비문학으로, 전승자에 따라 다양한 이본이 존재한다. 창(소리), 아니리(말), 너름새(발림), 추임새 등으로 구성된다.
①·②·③은 모두 잡가에 대한 설명이다.

02 다음 중 잡가의 창자와 가장 거리가 먼 것은?

> 원래 잡가라는 말은 『동가선(東歌選)』·『남훈태평가』 등의 가집에 나타나는 곡명에서 유래된 것이나, 문학적으로 볼 때는 시조·가사 등과 구별되는 일군의 시가류를 지칭하며 상업적 목적으로 불렸다.

① 궁녀
② 기생
③ 사당패
④ 소리꾼

02 잡가는 주로 기생과 소리꾼, 사당패 사이에서 널리 불린 소리다.

정답 01 ④ 02 ①

03 판소리와 가사에서 큰 영향을 받아 만들어진 십이잡가가 가장 많은 소재를 취해온 작품은 무엇인가?

① 「상춘곡」
② 「심청가」
③ 「유산가」
④ 「춘향가」

03 십이잡가의 다양한 기원 중 하나는 판소리에 기원을 둔 것으로, 특히 판소리 「춘향가」에 기원을 둔 것으로는 「소춘향가」・「집장가」・「십장가」・「형장가」 등 4편이 있는데, 내용상으로 본다면 「출인가」도 포함하여 5편으로 볼 수 있다.

04 서울 지역을 중심으로 전승되면서 '십이잡가'라는 이름으로 불렸던 잡가의 사설은 판소리에서 소재를 차용한 것이 많은데, 이것을 주로 불렀던 담당층은 누구인가?

① 기생
② 무당
③ 장사꾼
④ 사대부

04 기생은 접객을 위해 잡가를 불러주고 돈을 받거나 정을 나누는 직업인들이다. 이들은 십이잡가 중 판소리 「춘향가」에서 유래한 「소춘향가」・「집장가」・「십장가」・「형장가」 등을 많이 불렀다고 한다.

정답 03 ④ 04 ①

※ [05~06] 다음 글을 읽고 물음에 답하시오.

화란춘성(花爛春城)하고 만화방창(萬化方暢)이라.
때 좋다, ㉠ 벗님네야, 산천경개(山川景槪)를 구경을 가세.
㉡ 죽장망혜(竹杖芒鞋) 단표자(單瓢子)로 천리 강산을 들어를 가니,
만산홍록(滿山紅綠)들은 일년일도(一年一度) 다시 피어
춘색(春色)을 자랑노라 색색이 붉었는데,
창송취죽(蒼松翠竹)은 창창울울(蒼蒼鬱鬱)한데,
기화요초(琪花瑤草) 난만중(爛漫中)에 꽃 속에 잠든 나비 자취 없이 날아난다.

05 다음 중 밑줄 친 ㉠이 의미하는 바로 가장 적절한 것은?

① 청렴결백한 삶에 대한 다짐
② 아름다운 경치 속에서 놀아 보자는 유흥적 태도
③ 오랜 벗을 그리워하는 마음
④ 내세의 행복을 간절하게 염원함

05 해당 작품은 「유산가」의 일부 내용으로, 시적 화자는 매우 현세적・유흥적인 삶의 관점을 보여 주면서 아름다운 봄 경치 속에서 즐겁게 실컷 놀아 보자는 태도를 보여 준다. 또한 시적 화자가 한껏 즐거움을 누리는 아름다운 대상이 되기에 주변 사람들과 이 즐거움을 함께하고자 한다.

06 다음은 「관동별곡」의 구절들이다. 그 의미가 밑줄 친 ㉡과 가장 비슷한 것은?

① 강호(江湖)애 병(病)이 깁퍼 듁님(竹林)에 누엇더니,
② 급댱유(汲長孺) 풍치(風采)를 고텨 아니 볼 게이고.
③ 힝장(行裝)을 다 떨티고 셕경(石經)의 막대 디퍼,
④ 셔호(西湖) 녯 쥬인(主人)을 반겨서 넘노는 둧

06 "죽장망혜 단표자로 천리강산을 들어를 가니."라는 말은 대지팡이와 짚신이란 뜻으로, 먼 길을 떠날 때의 아주 간편한 차림새로 아름다운 자연 산천으로 구경을 간다는 말이다. '힝장(行裝)을 다 떨티고 셕경(石經)의 막대 디퍼' 역시 행장을 다 떨쳐 버리고 가벼운 차림새로 좁은 돌길에 지팡이를 짚고 금강산 구경을 떠나는 장면이다.

정답 05 ② 06 ③

07 다음 작품에 대한 설명으로 적절한 것은?

> 네 무엇을 달라고 하느냐. 네 소원을 다 일러라. 제일명당 터를 닦아 고대광실(高臺廣室) 높은 집에 내외분합(分閤) 물림퇴며 고불도리 선자(扇子) 추녀 헝덩그렇게 지어나 주랴.
> 네 무엇을 달라고 하느냐. 네 소원을 다 일러라. 연지분 주랴. 면경 석경 주랴 옥지환(玉指環) 금봉차(金鳳釵) 화관주(花冠珠) 딴머리 칠보(七寶) 족두리 하여나 주랴. 네 무엇을 달라고 하느냐. 네 소원을 다 일러라. 세간치레를 하여나 주랴.
> 용장(龍欌) 봉장(鳳欌) 궤도리 책상이며 자개함롱(函籠) 반다지 삼층 각계수리 이층 들미장에 원앙금침(鴛鴦衾枕) 잣베게 샛별 같은 쌍요강 발치발치 던져나 주랴.

① 패물이며 잡화를 나열하며 남녀 간의 사랑을 드러내고 있다.
② 다양한 위기 상황을 나열하여 해학성을 획득하고 있다.
③ 비판과 풍자를 통해 성숙한 민중 의식을 드러내고 있다.
④ 시간의 흐름에 따른 인식의 변화 과정을 보여 주고 있다.

07 해당 작품은 십이잡가(十二雜歌)의 하나인 「방물가」의 일부이다. 이별을 거부하는 여인에게 여러 가지 방물을 주어 타이르는 노래이다. 떠나려는 한양 낭군에게 자신을 데려가지 않으면 죽겠다고 발악하는 여인네와, 이를 여러 가지 방물을 사주겠다고 달래고 만류하는 사내가 나온다. 여기서 사내가 사주겠다고 하는 방물은 연지분・면경・석경・옥지환・금봉차・판머리・화관주・칠보족두리 등의 장신구를 비롯하여, 집치레・의복・노리개 등 온갖 잡화가 다 등장한다.
② 다양한 위기 상황을 나열하고 있는 것은 아니다.
③ 비판과 풍자가 없고, 성숙한 민중의식 또한 없다.
④ 시간의 흐름에 따른 인식의 변화 과정은 나타나지 않는다.

08 다음 작품에 대한 설명으로 적절한 것은?

> 만고영웅호걸(萬古英雄豪傑)들아 초한(楚漢) 승부(勝負) 들어 보소.
> 절인지용(絕人之勇) 부질없고 순민심(順民心)이 으뜸이라
> 한패공(漢沛公)의 백만대병(百萬大兵) 구리산하(九里山下) 십면매복(十面埋伏)
> 대진(大陣)을 둘러치고 초패왕(楚霸王)을 잡으랄 제
> 천하병마도원수(天下兵馬都元帥)는 표모걸식(漂母乞食) 한신(韓信)이라.
> 장대(將臺)에 높이 앉아 천병만마(千兵萬馬) 호령하니
> 오강(烏江)은 일천리요 팽성(彭城)은 오백리라.

① 십이잡가(十二雜歌)의 하나이다.
② 남성 중심의 시가이다.
③ 일상적 어휘를 사용하고 있다.
④ 우리말의 아름다움을 잘 살렸다.

08 해당 작품은 「초한가」의 일부로, 「공명가(孔明歌)」와 더불어 서도잡가의 쌍벽을 이루고 있는 대표적인 소리이다. 고대 중국의 초나라와 한나라가 서로 천하를 다투어 싸운 내용을 다룬 것으로, 남성 중심의 서사 구조를 갖고 있다.
① 십이잡가(十二雜歌)에는 해당하지 않는다.
③ 일상적 어휘보다는 남성적인 언어들이 사용되고 있다.
④ 한자어를 주로 사용하고 있다.

정답 07 ① 08 ②

09 다음 작품에 대한 설명으로 적절하지 않은 것은?

(전략) … 일편단심(一片丹心) 춘향이가 일종지심(一從之心) 먹은 마음 일부종사(一夫從事)하쟀더니 일각일시 낙미지액에 일일칠형(一日七刑) 무삼 일고. … (중략) … 이부불경(二夫不敬) 이내 몸이 이군불사(二君不事) 본을 받아 이수중분백로주(二水中分白鷺洲)같소. 이부지자(二父之子) 아니어든 일구이언(一口二言)은 못하겠소. … (후략)

① 판소리 「춘향가」에서 영향을 받았다.
② 풍자적 수법으로 주제를 강조하고 있다.
③ 언어유희를 사용하여 웃음을 유발하고 있다.
④ 인물의 지조와 절개를 보여준다.

09 해당 작품은 「십장가」로, 판소리 「춘향가」에서 춘향이가 집장사령에게 매를 맞을 때 부르는 노래이다. 따라서 풍자적 기법은 드러나지 않는다.
③ 동음(同音)을 활용한 언어유희를 사용하고 있다.
④ '일편단심', '일부종사' 등의 단어를 통해 이몽룡을 향한 춘향이의 지조와 절개가 드러난다.

10 서민층의 갈래인 잡가에서 「유산가」와 같이 한자어 사용이 두드러지는 작품이 등장한 이유로 가장 적절한 것은?

① 수용 계층의 확대를 고려하기 위해
② 대상의 정밀한 묘사를 위해
③ 창작자의 생활상을 반영하기 위해
④ 감각적 표현을 보다 강조하기 위해

10 잡가의 창작 계층이 서민층임에도 한시구 등을 활용한 것은, 전문 가객들이 자신들을 불러주는 수요 계층인 양반 계층을 고려한 것이라 할 수 있다.

정답 09 ② 10 ①

주관식 문제

01 다음 설명에 해당하는 갈래명을 쓰시오.

직업적인 가수에 의해 창작·전승된 시가로, 그 형식과 내용이 매우 다양하다. 통속성을 중요 성격으로 하는데, 서민 문화 특유의 역동성과 발랄함을 갖추고 있다. 이종의 갈래가 섞여 형성된 혼합적 성격의 노래이다.

01 **정답**

잡가

해설

잡가는 직업적 가수에 의하여 도시의 유흥공간을 중심으로 창작 및 전승된 통속적인 시가로, 가사와 비슷한 형태를 띠거나 분절되는 등 여러 가지 형식으로 이루어져 있다. 그 내용 역시 사랑, 인생의 무상 등 놀이판에서 흔히 불릴 수 있는 다양한 내용으로 되어 있다.

02 다음 내용에서 괄호 안에 들어갈 작품의 제목을 쓰시오.

"삼강은 수전이요, 적벽은 오병이라."로 시작하여 "죽었던 조조가 화용도 벗어나 조인(曹仁) 만나 가더란 말가."로 끝맺는다. 십이잡가는 서울을 중심으로 한 순수한 서민층의 노래로, 긴잡가라고도 한다. 긴잡가에 '유산적벽'이라는 말이 있는데, 「유산가」 다음으로 (　　)을(를) 쳐준다는 말이다. 판소리계 잡가의 하나로서 1840년대쯤부터 성창되었다.

02 **정답**

「적벽가」

해설

「적벽가(赤壁歌)」는 서울의 긴잡가인 십이잡가 중 하나이다. 잡가라고 하면 '유산적벽(遊山赤壁)'이라고 하듯이 「적벽가」는 「유산가」와 더불어 잡가의 대표격이라 할 수 있다.

SEAT
SD

제 10 편

민요

| 단원 개요 |

민요는 일반 민중이 즐기는 민속음악이지만, 그 가사는 문학 갈래에 속한다. 또한 전문적인 수련 과정이 필요치 않고 누구나 부를 수 있다는 점에서 판소리 · 무가 · 시조 · 가사 등 여타 음악성을 띤 문학 갈래와 구별된다. 민요는 역사가 시작된 이후 시대에 따라 모습과 형식을 달리하며 내려오고 있는 우리의 전통 양식으로, 그 중요성이 매우 크다.

| 출제 경향 및 수험 대책 |

이 편에서는 민요의 개념과 형식에 대한 이해를 바탕으로 하위 갈래들을 살피며 내용과 형식적 특징을 학습할 필요가 있다. 또한 「논매기노래」, 「아리랑」, 「시집살이노래」 등 문학적 가치가 높은 개별 노래의 음악 갈래로서의 특징과 함께 표현상의 특징 등을 세세하게 살펴보고 그 내용을 숙지해야 한다.

제 1 장 민요의 개념과 형식

제1절 민요의 개념

1 민요의 개념

(1) 세계적으로 '민요'는 일반 민중 사이에서 생겨나서 입에서 입으로 전해지는 노래로 통용된다.

(2) 우리나라의 민요도 민중의 소리로, 우리 민족의 심성과 정서를 솔직하고 소박하게 담고 있는 민중의 노래이다. 이 점에서 민족 정서의 결정체라고 할 수 있다.

(3) 민족 공통의 생활 감정이나 풍습, 그리고 우리 민족의 종교적인 심성이나 소망 따위가 숨김없이 표현되어 있는 노래이다.

2 민요의 성격 중요

민요의 사설은 한국 시가 형식의 기본형을 두루 갖추고 있다. 대구(對句) 또는 문답으로 된 두 줄 형식이 있고, 몇 줄이 한 연(聯)을 이룬 다음 여음이 삽입되는 경우도 있으며, 여러 줄이 계속 이어지는 것도 있다. 2·3·4음보의 율격이 가장 흔하고, 음보 수를 필요에 따라서 줄이거나 늘이는 변이형도 있다.

(1) 서정 민요

민요는 대부분 서정시이며, 서정시에 적합한 비유·상징 등의 수사법으로 소박하면서도 묘미가 있는 심상(心像)을 갖춘 것이 많다. 일하는 사람의 신선하고 보람찬 의식을 나타내는 한편, 삶의 고달픔과 어려움을 하소연하기도 한다. 이 두 가지가 한 작품에 복합되어 긴장된 구조를 이룩하기도 한다. 지배층의 수탈에 맞서고 외적의 침입에 항거하는 의지를 비장하게, 또는 풍자적인 수법으로 표출한 민요도 적지 않다. 그러나 민요라고 해서 모두 다 서정 민요는 아니다.

(2) 교술 민요(教述民謠)

일을 하면서 그 절차를 열거하고, 사물에 대한 관찰을 서술하는 민요는 서정적인 특징은 적으나 그 나름대로 긴요한 구실을 하는데, 이런 것을 교술 민요라 할 수 있다.

(3) 서사 민요(敍事民謠)

이야기를 갖춘 민요이자 비교적 장편에 속하는 서사 민요도 있다. 이런 서사 민요는 주로 여자들이 길쌈하면서 지루함을 이기기 위하여 불렀으며, 여자에게 가해지는 사회적 구속에서 벗어나고자 하는 욕구를 비극적으로 표현한다.

이 외에도 특정 행위를 대화를 통하여 전개하는 노래인 희곡 민요(戱曲民謠)라고 하는 것도 있다. 즉, 율문으로 된 문학 장르의 모든 뿌리가 민요에 있다고 할 수 있다.

제2절 민요의 형식

1 가창 방식

민요의 가창 방식은 크게 선후창 방식(先後唱方式), 교환창 방식(交換唱方式), 독창(제창) 방식의 세 가지로 구분할 수 있다.

(1) 선후창 방식

메기고 받는 형식이라고도 하는데, 말 그대로 한 사람의 선소리꾼이 소리를 메기면 여러 사람이 후렴을 받아서 노래하는 방식을 말한다. 대부분의 민요가 이런 방식으로 불리는데, 이런 방식을 쓰는 민요에서 소리는 앞소리와 뒷소리 두 부분으로 나뉜다.

앞소리 부분	혼자서 소리를 메기는 앞소리 부분은 가락이나 가사에 있어서 즉흥성이 강하고 개방적이다.
뒷소리 부분	• 여러 명이 받는 뒷소리(후렴)는 가락이나 가사가 비교적 고정적이다. • 선창자에게는 목을 쉬게 하고 여유를 주며, 후창자에게는 집단적 신명을 고조시키고 선창자의 소리에 동조의 뜻을 나타내는 역할을 한다. 즉, 후렴이 있기 때문에 일하는 사람 상호간의 연대감이 형성되어 일의 능률이 높아지는 것이다.

예 「상여소리」, 「강강술래」, 「논매기노래」 등

(2) 교환창 방식

두 개의 그룹이 서로 번갈아가며 부르는 가창 방식이다. 이는 메기고 받는 방식에 비해 덜 개방적인데, 노래를 부르는 사람들이 노래의 가사를 알아야 하며 행의 수도 짝수가 되어야 한다는 제한이 있기 때문이다. 따라서 선후창 방식보다는 그 길이가 짧을 수밖에 없다. 이 가창 형식은 후렴이 없는 것이 특징이다.

예 강릉의 「오독떼기」 등

(3) 독창 방식

일의 성격상 행동의 통일이 필요하지 않을 경우의 민요는 대부분 독창으로 불린다. 이 경우 가사는 한없이 길어지며, 가락은 일정한 선율을 반복하는 단순한 형태로 되어 있다. 가락보다는 가사의 내용이 더 중요하다.

예 「길쌈노래」, 「강원도 금강산 조리장사」 등

2 형식

민요의 형식은 빠르기(한배, tempo)에 따른 형식과 엮음 형식의 두 가지로 유형화하여 볼 수 있다.

(1) 빠르기에 따른 형식

긴-자진 형식이라고도 하는데, 느린소리(긴소리) 다음에 빠른소리(잦은소리)를 잇대어 부르는 형식이다.

예 「긴육자배기」와 「자진육자배기」, 「긴농부가」와 「자진농부가」, 「방아타령」과 「자진방아타령」, 「산(긴)염불」과 「자진염불」 등

(2) 엮음 형식

'엮음'은 '사설'과 같은 뜻으로 반드시 짝소리를 갖고 있다. 즉 긴소리를 한 다음 엮음소리를 하는데, 마치 구성지게 책을 읽어 나가듯이 긴 사설을 한참 엮어 나가다가 끝에 가서는 원곡을 길게 늘어뜨려 부름으로써 매듭을 짓는다.

예 「강원도아리랑」과 「엮음아리랑」, 「수심가」와 「엮음수심가」, 「긴난봉가」와 「사설난봉가」, 「공명가」와 「사설공명가」 등

제 2 장 민요의 하위 갈래

제1절 지역별 분류

경기도 민요	「창부타령」, 「아리랑」, 「이별가」, 「청춘가」, 「도라지타령」, 「양산도」, 「풍년가」, 「한강수타령」, 「닐리리야」, 「방아타령」 등
충청도 민요	「천안삼거리」 등
강원도 민요	「강원도아리랑」, 「한오백년」, 「정선아리랑」 등
황해도 민요	「산염불」, 「잦은염불」, 「긴난봉가」, 「자진난봉가」, 「병신난봉가」, 「사설난봉가」, 「몽금포타령」 등
함경도 민요	「신고산타령」, 「궁초댕기」, 「애원성」 등
평안도 민요	「수심가」, 「엮음수심가」, 「긴아리」, 「자진아리」, 「영변가」, 「안주애원성」 등
경상도 민요	「밀양아리랑」, 「쾌지나칭칭나네」, 「담바귀타령」, 「성주풀이」, 「옹헤야」, 「골패타령」, 「통영개타령」 등
전라도 민요	「새타령」, 「긴육자배기」, 「자진육자배기」, 「긴농부가」, 「자진농부가」, 「흥타령」, 「진도아리랑」, 「개구리타령」, 「까투리타령」, 「강강술래」 등
제주도 민요	「오돌또기」, 「이야홍타령」, 「이어도사나」 등

제2절 성격에 따른 분류

통속 민요	통속 민요는 구한말의 전통적 질서가 무너지면서 사회·경제·문화적 변화 속에서 생겨난 민요이다. 직업적인 소리꾼들에 의해 불리며, 널리 전파되어 어느 특정 지역에 국한되지 않고 여러 지방에서 골고루 통용되는 민요를 말한다. 예 「아리랑」, 「도라지타령」, 「방아타령」, 「밀양아리랑」, 「강원도아리랑」, 「정선아리랑」, 「농부가」, 「육자배기」, 「수심가」, 「천안삼거리」 등
향토 민요	향토 민요는 제한된 어느 지방의 특징적인 가락을 가지고 있는 향토적인 민요를 말한다. 사설이나 가락이 비교적 소박하고 단순하여 통속 민요처럼 세련된 맛은 적으나, 그 마을의 삶과 정서를 함축하고 있는 훌륭한 문화적 유산이라 할 수 있다. 예 대부분의 노동요와 동요, 부녀요

제3절 기능에 따른 분류 중요

1 노동요

노동요는 노동의 종류에 따라서 농업 노동요(農業勞動謠), 어업 노동요(漁業勞動謠), 그리고 그 밖의 여러 가지 일을 하면서 부르는 잡역 노동요(雜役勞動謠)로 크게 나눌 수 있다. 농업 노동요와 어업 노동요는 대부분 여러 사람이 함께 일하면서 부르는 집단 노동요(集團勞動謠)이다.

노동요	농업 노동요 (農業勞動謠)	농사와 관련된 민요이다. 예 「논매기소리」, 「모심기소리」 등
	어업 노동요 (漁業勞動謠)	어업과 관련된 민요이다. 예 「그물당기기소리」, 「노젓기소리」, 「고기푸는소리」 등
	기타 노동요 [잡역 노동요 (雜役勞動謠)]	어업, 농업을 제외한 일을 할 때 부르는 민요이다. 예 「지경닫는소리」, 「말뚝박는소리」 등

2 비노동요

특정 노동을 목적으로 하는 노래를 제외한 여타의 모든 노래를 일컫는다. 비노동요로는 통과의례(通過儀禮)와 세시의례(歲時儀禮)를 거행하면서 부르는 의식요와 부녀자들의 여가와 애환을 노래한 부녀요 및 아이들의 일상을 노래한 동요 등을 포함한 유희요, 정치적 비판을 목적으로 하는 참요가 있다.

비노동요	의식요	의식과 관련된 민요이다. 예 「운상소리」, 「달구소리」, 「고사덕담」 등
	유희요	주로 부녀자들이나 어린아이들의 생활이나 놀이와 관련된 민요이다. 예 「자장가」, 「시집살이」, 「베틀소리」 「강강술래」, 「잠자리노래」, 「거미타령」 등
	참요	정치를 소재로 한 민요로, 정치에 직접 참여가 거의 불가능했던 민중이 시대적·정치적 상황을 암시하거나 권력자를 비판·풍자한 내용이 많다. 예 「미나리요」, 「목자요」 등

제 3 장 민요의 내용과 기능

제1절 민요의 내용

1 노래와 삶

민요는 청자를 반드시 필요로 하지 않으며, 그 청자에는 노래 부르는 자신도 포함시킨다는 특징을 갖는다. 따라서 민요는 타인은 물론이고, 노래 부르는 사람 자신도 위로하여 자족(自足)할 수 있는 가장 유효한 표현 수단이다. 이런 특징으로 인하여 노래할 수 있는 주체나 노래될 수 있는 대상의 범위가 한정되지 않을 수 있고, 표현도 그만큼 자유롭게 이루어질 수 있다. 실제로 구비문학의 여러 갈래 중에서 민요만큼 인간의 일생을 전체적·총체적으로 반영하고 있는 것은 없고, 민요만큼 창작과 향유의 폭이 넓은 것도 없다. 남녀노소가 모두가 창작자일 뿐만 아니라 향유자로 참여할 수 있는 것이다.

이렇게 볼 때 민요에 담긴 삶의 모습이 매우 다양할 것 같다는 생각이 들 수도 있으나 꼭 그런 것만은 아니다. 민요는 노동·유희·의식 등의 생활상의 필요에 의해 불리기 때문에 민요에 담긴 삶의 실상도 이 세 가지의 틀을 벗어나기 어렵다.

2 민요에 나타난 삶의 모습들

(1) 유아기~아동기

개관	우리의 삶은 태어나면서부터 시작되지만, 독립적 주체로 서기까지는 누군가에 의해 보살펴져야 한다. 이와 관련하여 불리는 민요들이 있다.
작품 및 내용	이 시기에 불리는 대표적인 노래가 가내 노동요로 분류되는 「자장가」인데, 주로 할머니들이 부르는 것을 확인할 수 있다. 육아는 전통적으로 여성의 가사노동으로 인식되어 왔는데, 그중에서도 특히 육체적 노동력이 현저하게 떨어져 바깥노동을 할 수 없는 할머니들의 전담 노동인 것은 예나 지금이나 마찬가지라 할 수 있다. 나라에는 충신둥이 부모에게 효자둥이 형제간에 우애동이 아강 아강 잘도 잔다 우리 애기 크거들랑 전라감사 마련허소 – 전라남도민요대전, 「광양자장가」, 187면 –

(2) 청년기~장년기(10대 중반~40대)

개관	대부분의 민요가 이 시기의 삶에 관한 내용을 다룬다. 즉 노동・유희・의식과 관련한 내용이 전반적으로 나타난다.
작품 및 내용	먼저 청년기의 삶을 볼 때 이 시기 남녀가 가장 관심을 두는 것은 이성과의 사랑이라 할 수 있다. 하지만 남녀 모두가 똑같은 정도로 민요에 이성을 향한 관심을 표출하지는 않았는데, 노동요를 살펴볼 때 미혼 여성보다는 미혼 남성이 더 적극적으로 관심을 드러내는 경향을 보인다. 민요 「모심기노래」에 이성에 대한 미혼 남성의 관심이 어느 정도 나타난다. 남성들은 청년기에 이르러 논밭 노동에 적극적으로 참여하고 그 과정에서 '일하는 자'로서의 권위와 정체성을 성립해 나가며 자신들의 애정 의식을 노동요에 반영하였다. 상주함창 공글못에 연밥따는 저큰아가 연밥줄밥 내따주마 백년언약 나캉하세 – 조동일, 경북 민요, 「모심기노래」, 19면 – 사레야질고 장찬밭에 목화따는 저큰아가 못화야다레야 내따줌세 백년가약을 내캉함세 – 조동일, 경북 민요, 「모심기노래」, 26면 –

(3) 노년기~죽음

개관	노년기 이후의 삶을 반영한 대표 민요는 장례 의식요이다. 노년기의 인간에게 가장 중요한 의식은 장례이기 때문이다. 사람이 태어나서 처음 듣는 노래가 「자장가」라 한다면 죽어서 듣는 노래는 바로 장례 의식요이다.
작품 및 내용	• 작품 – 봉분(封墳)을 만들면서 부르는 「달구소리」 – 운구(運柩) 과정에서 부르는 「상여소리」 등 • 내용 대부분 망자(亡者)에 대한 허무한 심정과 인생무상 등을 노래한다. 특히 「상여소리」는 선소리꾼의 가창능력, 운구 노정의 상황에 따라 결정되기는 하지만 대체로 망자의 심정과 남아 있는 가족들의 심정을 고려한 노랫말이 비고정적으로 제시되는 경우가 일반적인데, 이를 통하여 망자와 남아 있는 가족들 간의 정서적 대화가 가능해진다. 금강산에 높은 봉이 에헤리 달공(후렴) 평지가 되면은 오시나요 에헤리 달공 동해바다에 깊은 물이 에헤리 달공 육지가 되면은 오시나요 에헤리 달공 살공 안에 삶은 팥이 에헤리 달공 싹시 트면 오시나요 에헤리 달공 가마솥에 삶은 개가 에헤리 달공 꺼겅컹 짖으면 오시나요 에헤리 달공 평풍 안에 그린 닭이 에헤리 달공 두 홰를 꽝꽝 치며 에헤리 달공 꼬고교 하면은 오시나요 에헤리 달공 – 강원도민요대전, 「철원회다지소리」, 415면 –

명사십리 해당화야 꽃이 진다고 설워 마라 허허허유하 어넘차 어유하(후렴)
명년 삼월 돌아나 오면 너는 다시 피련마는 허허허유하 어넘차 어유하
한 번 가는 우리나 인생 꽃이 피나 잎이 피나 허허허유하 어넘차 어유하
원통허구 절통허구나 가는 인생이 서룬지고 허허허유하 어넘차 어유하
이왕지사 가시는 길이며 극락세계로 가옵소서 허허허유하 어넘차 어유하
– 경기도민요대전, 「김포상여소리」, 105~106면 –

제2절 민요의 기능

구분	내용
노동요의 기능	생산에 대한 기대와 기쁨, 노동 자체에 대한 육체적인 괴로움을 잊기 위한 목적이 크다. 그 밖에 공동체 강화, 행동 통일, 주술, 세태 반영, 일의 진행 등의 기능도 있다.
유희요의 기능	아이들의 단순한 놀이 행위에서 불리는 노래를 비롯하여 곤충잡기나 윷놀이, 널뛰기, 그 외 공동체 회복 기능, 노동력 재생산, 흥 돋우기, 자기정화, 심심풀이 기능 등을 갖는 노래가 있다.
의식요의 기능	집단생활 속에서의 규범이나 관습, 신앙이 노래를 통해 토로・표현되는 경우이다. 이 외에도 주술 기능, 의식의 진행 기능 등도 있다.
정치요의 기능	현실 정치에 대한 비판과 예언의 기능을 하는 참요가 여기에 해당된다. 이러한 참요는 예언 기능, 비판 기능, 여론 형성 기능, 선전・선동 기능 등을 가진다.

제 4 장 | 민요 작품론

1 「강강술래」 중요

달 떠 온다 달 떠 온다 우리 마을에 달 떠 온다 강강술래
저 달이 장차 우연히 밝아 장부 간장 다 녹인다 강강술래
우리 세상이 얼마나 좋아 이렇게 모아 잔치하고 강강술래
강강술래 잘도 한다 인생일장은 춘몽이더라 강강술래
아니야 놀고 무엇을 할꼬 노세 노세 젊어서 노세 강강술래
늙고 병들면 못 노니라 놀고 놀자 놀아 보세 강강술래
이러다가 죽어지면 살은 녹아 녹수가 되고 강강술래
뼈는 삭아 진토가 되니 우리 모두 놀고 놀자 강강술래
어느 때의 하세월에 우리 시방에 다시 올래 강강술래
우리 육신이 있을 적에 춤도 추고 노래도 하고 강강술래
놀고 놀고 놀아 보자 질게 하면 듣기도 싫다 강강술래
노세 노세 젊어서 노세 칭칭이도 고만하자 강강술래

(1) 핵심 정리

작가	미상
연대	미상(조선 후기)
갈래	민요[집단 가요, 유희요(遊戱謠), 선후창요(先後唱謠)]
성격	현세적, 낙천적, 집단적, 유흥적, 민중적(서민들이 중심이 된 노래)
제재	강강술래
주제	강강술래를 통해 느끼는 전통적 한(恨)의 정서
표현	반복법, 청유형 어미, 직설적인 표현 등이 사용됨
율격	4음보, 'A–A–B–A' 율격 구조의 사용
형식	4음보 연속체, 선후창의 연창 형식, 후렴구 사용
의의	우리 민족의 현실적 유희관이 담겨 있음, 현세 중심적 인생관

(2) 이해와 감상

개요	• 정월 대보름날이나 팔월 한가위에 남부 지방에서 행하는 민속놀이다. • **여러 사람이 예쁜 한복을 입고 함께 손을 잡고 원을 그리며 빙빙 돌면서 춤을 추고 노래를 부르는 놀이로, 국가무형문화재이다.**
기원[1]	임진왜란 때 이순신이 해남 우수영에 진을 치고 있을 때, 적군에 비하여 아군의 수가 매우 적자 마을 부녀자들을 모아 남장을 하게 하고, 옥매산(玉埋山) 허리를 빙빙 돌도록 했다고 한다. 따라서 「강강술래」의 기원은 이순신의 창안에서 비롯된다는 주장이 있다.

2 「논매기노래」

잘하고 자로 하네 에히요 산이가 자로 하네. (후렴)

이봐라 농부야 내 말 듣소 이봐라 일꾼들 내 말 듣소.
잘하고 자로 하네 에히요 산이가 자로 하네.

하늘님이 주신 보배 편편옥토(片片沃土)가 이 아닌가.
잘하고 자로 하네 에히요 산이가 자로 하네.

물꼬 찰랑 돋아 놓고 쥔네 영감 어디 갔나.
잘하고 자로 하네 에히요 산이가 자로 하네.

잘한다 소리를 퍽 잘하면 질 가던 행인이 질 못 간다.
잘하고 자로 하네 에히요 산이가 자로 하네.

잘하고 자로 하네 우리야 일꾼들 자로 한다.
잘하고 자로 하네 에히요 산이가 자로 하네.

이 논배미를 얼른 매고 저 논배미로 건너가세.
잘하고 자로 하네 에히요 산이가 자로 하네.

담송담송 닷 마지기 반달만치만 남았구나.
잘하고 자로 하네 에히요 산이가 자로 하네.

일락서산(日落西山)에 해는 지고 월출동령(月出東嶺)에 달 돋는다.
잘하고 자로 하네 에히요 산이가 자로 하네.

1) 한국민족문화대백과사전, '강강술래' 한국학중앙연구원

잘하고 자로 하네 에히요 산이가 자로 한다.
잘하고 자로 하네 에히요 산이가 자로 하네.

잘하고 못하는 건 우리야 일꾼들 솜씨로다.
잘하고 자로 하네 에히요 산이가 자로 하네.

(1) 핵심 정리

작가	미상
연대	미상
갈래	민요(노동요, 선후창요, 돌림노래)
성격	낙천적, 낙관적
제재	논매기
주제	논매기의 피로를 덜기 위한 노래, 농민들의 애환과 삶의 희망, 농사의 기쁨과 보람, 민중의 낙천적 태도와 일에 대한 긍지
표현	반복법(반복법을 써서 흥을 돋우는 동시에 기억하기 쉽도록 함), 열거법
율격	4음보
형식	선창・후창의 연창 형식, 3・4조의 4음보, 후렴구 사용
의의	공동체의 결속과 통합을 가져오는 역할을 담당함

(2) 이해와 감상

특징 및 기능	• 모를 심고 난 후 김을 맬 때에 불렀으므로 기능상 노동요에 해당된다. • 힘들고 고된 일을 낙관적인 웃음 속에서 치르게 해 주고, 흥을 돋우어 능률을 극대화시킨다. • 일정한 리듬을 반복하고 공동체적 동질성을 공유함으로써 집단의 행동을 일치시키며, 나아가 공동체의 결속과 통합을 가져오는 사회적 기능을 갖기도 한다. → 농사가 국가의 중요한 근본이었던 시대에 노동의 능률성을 강화하기 위해 불렀다는 점에서 시대의 반영이라고 볼 수 있다.
형식	노동을 하면서 부른 노래이기 때문에 단순한 운율이 반복되어 있다. 특히 형식적인 측면에서 이 노래는 민요의 특징을 잘 보여 주고 있다. 즉 4음보의 율격을 기본으로 3・4조 또는 4・4조의 음수율을 구사함으로써 운율감을 느끼게 해 주고 있다.

3 「아리랑」

아리랑 아리랑 아라리요
아리랑 고개로 넘어간다.
나를 버리고 가시는 님은
십 리도 못 가서 발병 난다

아리랑 아리랑 아라리요
아리랑 고개로 넘어간다
청청하늘엔 별도 많고
이내 가슴엔 수심도 많다

(1) 핵심 정리

작가	미상
연대	미상
갈래	민요(경기 지방의 통속 민요)
성격	서정적, 애상적
제재	임과의 이별
주제	이별의 슬픔과 안타까움
표현	'위협'의 표현을 사용 → 화자의 소망을 드러냄
율격	3음보
형식	후렴구의 반복 → 리듬감 형성
의의	우리 민족에게 가장 널리 알려지고 가장 널리 애창되는 민요

(2) 이해와 감상

명칭	우리나라의 대표적인 민요로, 서울・경기 지방에서 발생한 것이라 '경기아리랑' 혹은 '서울아리랑'이라고도 한다.
내용	노래 가사를 보면 임과 함께하고 싶은 화자의 간절한 소망을 드러내고 있으며, 자신을 버리고 떠나는 임에 대한 원망의 감정이 동시에 드러난다.
의의	•민요의 분류상으로는 서정 민요에 해당하며, 음악적・문학적으로 정제되어 있고, 민중들의 생활 감정이 진솔하게 표현되어 있다. •원래 서울・경기 지역에서 전승되어 일을 하면서 부르는 노동요였다. 그러나 교통이 발달하면서 지역 간 왕래가 활발해지자, 다른 지방으로 넘어가면서 노동요의 기능을 상실하고 노래 자체로만 즐기는 민요가 되었다. 이에 따라 「아리랑」은 지역의 벽을 넘어 공통된 감정을 나눌 수 있는 통로의 역할을 하면서 우리 민족의 노래로 부각되었다. •「아리랑」은 전통 민요이기 때문에 구전, 암기 등을 통해 전승되었고, 지역 공동체 집단의 소산인 민속성, 집단성, 시대성, 사회성을 갖게 되었다. 특히 민족이 위기에 처한 시대에 「아리랑」은 민족의 동질성을 지탱해 주는 '민족의 노래'의 역할을 하였다.

4 「밀양아리랑」 중요

날 좀 보소 날 좀 보소
동지섣달 꽃 본 듯이 날 좀 보소
아리아리랑 쓰리쓰리랑 아라리가 났네
아리랑 고개로 넘어간다.

정든 임이 오시는데 인사를 못해
행주치마 입에 물고 입만 벙긋
아리아리랑 쓰리쓰리랑 아라리가 났네
아리랑 고개로 넘어간다.

울 너머 총각의 각피리 소리
물 긷는 처녀의 한숨 소리
아리아리랑 쓰리쓰리랑 아라리가 났네
아리랑 고개로 넘어간다.

늬가 잘나 내가 잘나 그 누가 잘나
구리 백통 지전이라야 일색이지
아리아리랑 쓰리쓰리랑 아라리가 났네
아리랑 고개로 넘어간다.

(1) 핵심 정리

작가	미상
연대	미상
갈래	민요(경상도 지방의 통속 민요)
성격	서정적, 적층적(민중들이 오랜 세월을 거쳐 오면서 첨삭을 하는 것)
제재	남녀 간의 사랑, 물질화된 사회
주제	• 남녀 간의 사랑과 애환 • 돈을 중시하는 세태 비판
표현	비유, 대구, 반복
율격	3음보(악보상으로는 4음보)
형식	선후창요, 각 연 본문 2행+후렴구 2행
의의	음악적 · 문학적으로 정제된 서정 민요

(2) 이해와 감상

관련 전설	옛날 밀양 부사에게 아랑(阿娘)이라는 예쁜 딸이 있었는데, 젊은 관노가 아랑을 사모해 아랑의 유모를 매수한 뒤 아랑을 영남루로 유인했다. 관노는 아랑에게 사랑을 호소했지만 아랑이 꾸짖으며 거절하자 관노는 칼로 아랑을 죽였다. 밀양의 부녀자들은 이러한 아랑의 정절을 흠모하여 노래로써 찬미했다고 한다.
특징	• 사랑하는 임의 관심을 얻고자 하는 보편적 정서를 표현하고 있다고 볼 수 있는데, 이를 통해 전통 사회에서 농촌의 삶과 사랑이 어떠했는지를 알려주는 현실 세태 반영의 노래라고 볼 수 있다. • 4연은 물질만능주의에 대한 비판으로, 그 내용이 앞부분과 이질적이다. 이를 통해 구비 전승되는 문학의 적층성이 잘 드러났다고 볼 수 있다. • 세마치장단에 맞추어 비교적 빠르게 부르며 활달한 느낌을 준다.

5 「시집살이노래」 중요

형님 온다 형님 온다 분(粉)고개로 형님 온다.
형님 마중 누가 갈까. 형님 동생 내가 가지.

형님 형님 사촌 형님 시집살이 어떱뎁까?
이애 이애 그 말 마라 시집살이 개집살이.
앞밭에는 당추(唐-)심고 뒷밭에는 고추 심어,
고추 당추 맵다 해도 시집살이 더 맵더라.
둥글둥글 수박 식기(食器) 밥 담기도 어렵더라.
도리도리 도리 소반(小盤) 수저 놓기 더 어렵더라.
오 리(五里) 물을 길어다가 십 리(十里) 방아 찧어다가,
아홉 솥에 불을 때고 열 두 방에 자리 걷고,
외나무다리 어렵대야 시아버니같이 어려우랴?
나뭇잎이 푸르대야 시어머니보다 더 푸르랴?
시아버니 호랑새요 시어머니 꾸중새요,
동세 하나 할림새요 시누 하나 뾰족새요.
시아지비 뾰중새요 남편 하나 미련새요,
자식 하난 우는 새요 나 하나만 썩는 샐세.
귀 먹어서 삼 년이요 눈 어두워 삼 년이요,
말 못해서 삼 년이요 석삼 년을 살고 나니,
배꽃 같던 요내 얼굴 호박꽃이 다 되었네.
삼단 같던 요내 머리 비사리춤이 다 되었네.
백옥 같던 요내 손길 오리발이 다 되었네.
열새 무명 반물 치마 눈물 씻기 다 젖었네.
두 폭 붙이 행주치마 콧물 받기 다 젖었네.

울었던가 말았던가 베개 머리 소(沼) 이겼네.
그것도 소이라고 거위 한 쌍 오리 한 쌍
쌍쌍이 떼 들어오네.

(1) 핵심 정리

작가	미상
연대	미상
갈래	민요, 부요
성격	여성적, 서민적, 풍자적, 해학적
제재	시집살이
주제	시집살이의 서글픔, 시집살이의 한과 그 체념
표현	• 사촌자매 간의 대화 형태 • 반복, 대구, 대조, 열거 등 다양한 형태 사용
율격	'A-A-B-A'의 율격 구조 사용
형식	4·4조, 4음보
의의	• 서민들의 소박한 삶의 애환이 드러나는 민중문학 • 대표적인 부요(婦謠)의 하나로, 시집살이의 어려움과 한(恨)이 절실하게 표현됨

(2) 이해와 감상

제목	'시집살이'라는 제목은 시집살이를 내용으로 하는 여러 노래를 이르는 일반적인 의미이다.
주제	경북 지방의 부녀자들에 의해 구전되던 부요(婦謠)로, 봉건사회의 가족 제도 아래서 겪는 시집살이의 어려움을 주제로 삼았다.
특징	• 남성 중심의 가부장적 제도 아래에서 여자가 겪어야 하는 시집살이의 고뇌를 사촌자매 간의 대화 형태로 표현한 민요이다. • 낯선 시집에 들어가 자기편은 하나도 없는 상황에서 겪어야 하는 육체적·정신적으로 고달픈 인생을 살아야 했던 옛 여성들의 모습이 소박하고도 간결한 언어로 압축되어 있다. • 결말 부분의 '그것도 소이라고~떼 들어오네.'는 어머니의 품에 파고드는 어린 자식들 때문에라도 고된 시집살이를 받아들이고 살 수밖에 없다는 표현이다. 이것은 해학적인 언어로 '체념할 수 있다'고 말한 것으로, 이 작품의 문학적 진실성이 드러나는 부분이라고 할 수 있다. • 언어유희, 작중 인물의 해학적 묘사 등을 통해 이들을 해학적·풍자적으로 그려낸다.

제10편 실전예상문제

01 다음 작품에 대한 설명으로 적절하지 않은 것은?

> 잘하고 자로 하네 에히요 산이가 자로 하네.
>
> 이봐라 농부야 내 말 듣소 이봐라 일꾼들 내 말 듣소.
> 잘하고 자로 하네 에히요 산이가 자로 하네.
>
> 하늘님이 주신 보배 편편옥토가 이 아닌가.
> 잘하고 자로 하네 에히요 산이가 자로 하네.
>
> 물꼬 찰랑 돋아 놓고 쥔네 영감 어디 갔나.
> 잘하고 자로 하네 에히요 산이가 자로 하네.
>
> 잘한다 소리를 퍽 잘하면 질 가던 행인이 질 못 간다.
> 잘하고 자로 하네 에히요 산이가 자로 하네.
>
> 잘하고 자로 하네 우리야 일꾼들 자로 한다.
> 잘하고 자로 하네 에히요 산이가 자로 하네.

① 선창과 후창으로 이루어져 있다.
② 후렴구를 통해 운율을 형성하고 있다.
③ 3음보의 정형적인 율격을 지니고 있다.
④ 반복적이고 열거적인 표현을 사용하였다.

01 해당 작품은 농민들의 생활 감정을 소박하게 드러내고 있는 「논매기노래」로, '이봐라 농부야∨내 말 듣소∨이봐라 일꾼들∨내 말 듣소.'와 같이 4음보의 율격을 지니고 있다.
① 선창자가 노래를 부르면 후창자가 이어받아 노래를 부르는 형식으로 이루어져 있다.
②・④ 선창자가 부르는 노래는 반복적으로 후렴의 기능을 하면서 운율을 형성하고 있다.

정답 01 ③

02 다음 설명에 해당하는 갈래로 옳은 것은?

- 일반 민중 사이에서 생겨나서 입에서 입으로 전해지는 노래
- 우리 민족의 심성과 정서를 솔직하고 소박하게 담고 있는 민중의 노래
- 우리 민족의 종교적인 심성이나 소망 따위가 숨김없이 표현되어 있는 노래

① 향가
② 민요
③ 경기체가
④ 시조

02 세계적으로 '민요'는 일반 민중 사이에서 생겨나서 입에서 입으로 전해지는 노래를 두루 일컫는다. 민요는 민족의 심성과 정서를 솔직하고 소박하게 담고 있는 민중의 노래이며, 종교적인 심성이나 소망 따위가 숨김없이 표현되어 있는 노래이다.

03 다음 중 노동요의 기능으로 볼 수 없는 것은?

① 공동체 강화 기능
② 행동 통일 기능
③ 일의 진행 기능
④ 심심풀이 기능

03 노동요는 생산에 대한 기대와 기쁨, 노동 자체에 대한 육체적인 괴로움을 잊기 위한 목적이 크다. 그 밖에 공동체 강화 기능, 행동 통일 기능, 주술, 세태 반영, 일의 진행 등의 기능도 있다. 심심풀이 기능은 유희요의 기능으로 볼 수 있다.

04 다음 설명에 해당하는 민요의 기능으로 볼 수 없는 것은?

민요 중에는 현실 정치에 대한 비판과 예언의 기능을 하는 민요가 있는데, 참요가 여기에 해당한다.

① 예언 기능
② 여론 형성 기능
③ 일의 진행 기능
④ 선전・선동 기능

04 민요 중에는 정치적 성격을 띤 민요가 있는데, 현실 정치에 대한 비판과 예언의 기능을 하는 참요가 이에 해당된다. 이러한 참요는 예언 기능, 비판 기능, 여론 형성 기능, 선전・선동 기능 등을 갖는다. 일의 진행 기능은 노동요의 기능이다.

정답 02 ② 03 ④ 04 ③

05 다음 작품에 대한 설명으로 옳지 않은 것은?

> 형님 형님 사촌 형님 시집살이 어떱뎁까?
> 이애 이애 그 말 마라 시집살이 개집살이.
> 앞밭에는 당추 심고 뒷밭에는 고추 심어,
> 고추 당추 맵다 해도 시집살이 더 맵더라.

① 삶의 진솔함과 소박함을 표현
② 여성들이 부르던 서정 민요
③ 봉건적 가족 관계에 대한 비판
④ 작가 미상의 독백체 노래

05 해당 작품은 「시집살이노래」의 일부이다. 「시집살이노래」는 여성들이 부르던 민요, 즉 부요(婦謠)로 사촌자매 간의 대화 형태로 전개된다. 봉건적 가족 관계 속에서 겪는 서민 여성의 고통과 좌절, 허무와 애환 등 한스러운 삶이 적나라하게 반영된 민요이며, 한국민요의 정화라 할 수 있을 만큼 삶의 진솔함과 소박함이 잘 드러나 있다.

06 다음 작품에 대한 감상으로 옳지 않은 것은?

> 날 좀 보소 날 좀 보소
> 동지섣달 꽃 본 듯이 날 좀 보소
> 아리아리랑 쓰리쓰리랑 아라리가 났네
> 아리랑 고개로 넘어간다.
>
> 정든 임이 오시는데 인사를 못해
> 행주치마 입에 물고 입만 벙긋
> 아리아리랑 쓰리쓰리랑 아라리가 났네
> 아리랑 고개로 넘어간다.

① 진솔한 내용을 소박하게 표현하였다.
② 민요의 분류상 유희요로서 서정 민요에 해당한다.
③ 일정한 음보율과 동일한 후렴구를 반복하여 리듬감을 얻고 있다.
④ 여인의 서러움과 울분을 제시하여 애처로운 분위기를 자아내고 있다.

06 해당 제시문은 「밀양아리랑」의 일부로, 임에 대한 애틋한 속마음이 나타나 있으나 여인의 서러움이나 울분은 드러나 있지 않다.
①·② 인물의 속마음을 진솔하게 표현한 유희요이자 서정 민요이다.
③ 3음보의 율격과 후렴구를 반복하고 있다.

정답 05 ④ 06 ④

07 다음 작품에 대한 설명으로 적절하지 않은 것은?

아리랑 아리랑 아라리요
아리랑 고개로 넘어간다
나를 버리고 가시는 님은
십 리도 못 가서 발병 난다

아리랑 아리랑 아라리요
아리랑 고개로 넘어간다
청청하늘엔 별도 많고
이내 가슴엔 수심도 많다

① 발생 시기는 정확하게 알 수 없다.
② 서울·경기 지역에서 유래된 민요이다.
③ 노동의 피로를 덜어 주기 위한 집단 노동요이다.
④ '민족의 노래'로 불릴 정도로 보편적인 노래이다.

07 해당 작품은 민요 「아리랑」이다. 이 노래는 노동의 피로를 덜어주기 위한 집단 노동요의 성격을 상실하고, 노래 자체로만 즐기는 유희요의 성격을 띠고 있다.

정답 07 ③

08 다음 작품에 대한 설명으로 적절하지 않은 것은?

> 달 떠 온다 달 떠 온다 우리 마을에 달 떠 온다 강강술래
> 저 달이 장차 우연히 밝아 장부 간장 다 녹인다 강강술래
> 우리 세상이 얼마나 좋아 이렇게 모아 잔치하고 강강술래
> 강강술래 잘도 한다 인생일장은 춘몽이더라 강강술래
> 아니야 놀고 무엇을 할꼬 노세 노세 젊어서 노세 강강술래
> 늙고 병들면 못 노니라 놀고 놀자 놀아 보세 강강술래
> 이러다가 죽어지면 살은 녹아 녹수가 되고 강강술래
> 뼈는 삭아 진토가 되니 우리 모두 놀고 놀자 강강술래
> 어느 때의 하세월에 우리 시방에 다시 올래 강강술래
> 우리 육신이 있을 적에 춤도 추고 노래도 하고 강강술래
> 놀고 놀고 놀아 보자 질게 하면 듣기도 싫다 강강술래
> 노세 노세 젊어서 노세 칭칭이도 고만하자 강강술래

① 'A-A-B-A'의 구성을 가진다.
② 주로 4음보 율격을 사용한다.
③ 고된 현실을 피해 내세의 행복을 기원한다.
④ 유희적 성격을 띤다.

08 해당 작품은 「강강술래」로, 4음보 연속체의 유희요에 해당한다. 율격상 'A-A-B-A'의 구성을 가지며, 우리 민족의 낙천적・현세 중심적인 인생관을 보인다.

09 다음 작품의 표현 방식에 대한 설명으로 적절하지 않은 것은?

> 형님 온다 형님 온다 분고개로 형님 온다.
> 형님 마중 누가 갈까 형님 동생 내가 가지.
> 형님 형님 사촌 형님 시집살이 어떱데까?
> 이애 이애 그 말 마라 시집살이 개집살이.
> 앞밭에는 당추 심고 뒷밭에는 고추 심어,
> 고추 당추 맵다 해도 시집살이 더 맵더라.

① 사촌자매의 대화 형식으로 이루어져 있다.
② 일상어를 사용하면서도 언어 표현의 묘미를 잘 살리고 있다.
③ 4음보의 안정적이고 균형감 있는 율격으로 이루어져 있다.
④ 기품 있는 말투로 체념의 정서를 효과적으로 드러내고 있다.

09 해당 작품은 「시집살이노래」의 일부로, 이 노래는 봉건적 가족 관계 속에서 겪는 서민 여성의 어려움과 괴로움을 소박하고 간결한 일상 언어를 통해 압축적으로 드러내었다. 그러나 기품 있는 말투가 체념의 정서를 효과적으로 드러내고 있다고 보기는 어렵다.
① 사촌동생이 질문을 하고 사촌형님이 대답하는 대화의 형식으로 이루어져 있다.
② '고추', '당추' 같은 일상어를 사용하면서도 언어 표현의 묘미를 살리고 있다.
③ '형님 온다∨형님 온다∨분고개로∨형님 온다.'와 같이 4음보의 율격으로 이루어져 있다.

정답 08 ③ 09 ④

10 **다음 작품에 대한 설명으로 적절하지 않은 것은?**

날 좀 보소 날 좀 보소 날 좀 보소
동지섣달 꽃 본 듯이 날 좀 보소
아리아리랑 쓰리쓰리랑 아라리가 났네
아리랑 고개로 넘어간다.

정든 임이 오시는데 인사를 못해
행주치마 입에 물고 입만 벙긋
아리아리랑 쓰리쓰리랑 아라리가 났네
아리랑 고개로 넘어간다.

울 너머 총각의 각피리 소리
물 긷는 처녀의 한숨 소리
아리아리랑 쓰리쓰리랑 아라리가 났네
아리랑 고개로 넘어간다.

늬가 잘나 내가 잘나 그 누가 잘나
구리 백통 지전이라야 일색이지
아리아리랑 쓰리쓰리랑 아라리가 났네
아리랑 고개로 넘어간다.

① 돈을 중시하는 세태를 비판하는 내용도 있다.
② 음악적・문학적으로 정제된 서정 민요이다.
③ 견우직녀 전설과 관련된 노래이다.
④ 경상도 지방의 통속 민요이다.

10 제시된 작품은 「밀양아리랑」으로, 견우직녀 전설이 아닌 영남루에 얽힌 전설을 갖는다. 옛날 밀양 부사에게 아랑이라는 예쁜 딸이 있었는데, 젊은 관노가 아랑을 사모해 아랑에게 사랑을 호소했지만 아랑이 거절하자 관노는 칼로 아랑을 죽였다. 밀양의 부녀자들은 아랑의 정절을 흠모하여 노래로써 찬미했다고 한다.

정답 10 ③

주관식 문제

01 다음 작품을 기능에 따라 분류할 때 어디에 해당하는지 쓰시오.

> 잘하고 자로 하네 에히요 산이가 자로 하네. (후렴)
>
> 이봐라 농부야 내 말 듣소 이봐라 일꾼들 내 말 듣소.
> 잘하고 자로 하네 에히요 산이가 자로 하네.
>
> 하늘님이 주신 보배 편편옥토(片片沃土)가 이 아닌가.
> 잘하고 자로 하네 에히요 산이가 자로 하네.
>
> 물꼬 찰랑 돋아 놓고 쥔네 영감 어디 갔나.
> 잘하고 자로 하네 에히요 산이가 자로 하네.

01 **정답**

노동요

해설

「논매기노래」는 모를 심고 난 후 김을 맬 때에 불렀으므로 기능상 노동요에 해당된다. 노동요는 힘들고 고된 일을 낙관적인 웃음 속에서 치르게 해 주고, 흥을 돋우어 능률을 극대화시키며, 일정한 리듬을 반복하고 공동체적 동질성을 공유함으로써 집단의 행동을 일치시킨다.

02 다음 작품에서 작중 인물을 묘사한 방법을 쓰시오.

> 외나무다리 어렵대야 시아버니같이 어려우랴?
> 나뭇잎이 푸르대야 시어머니보다 더 푸르랴?
> 시아버니 호랑새요 시어머니 꾸중새요,
> 동세 하나 할림새요 시누 하나 뾰족새요,
> 시아지비 뾰중새요 남편 하나 미련새요,
> 자식 하난 우는 새요 나 하나만 썩는 샐세.

02 **정답**

희화와 풍자

해설

해당 작품은 「시집살이노래」의 일부로, 작중 인물의 인상 또는 외모를 '새'에 비유하며 해학적으로 묘사 및 풍자하고 있다.

제 11 편

개화기 시가

| 단원 개요 |

개화기 시가는 갑오개혁 이후 근대 초기에 나타난 시가 형식을 일컫는다. 조선 초기의 양반 가사와 조선 후기의 평민 가사를 거쳐 개화기의 새로운 과제를 띠고 창작된 갈래로, 자주독립과 애국 사상, 대동단결과 신교육을 통한 문명개화, 구사상과 구제도에 대한 비판과 근대적 자아의 각성을 촉구하는 내용을 담은 개화 가사, 창가, 신체시 등이 이에 해당한다.

| 출제 경향 및 수험 대책 |

이 편에서는 개화기 시가의 개념과 특징들을 중심으로, 대표적인 개화기 시가인 개화 가사와 창가의 내용과 주제를 학습해야 한다. 특히 개화 가사와 창가 작품론에서는 「애국가」, 「동심가」와 같은 개화 가사 및 「경부철도가」와 같은 창가들에 대하여 각 시가의 주제와 내용, 표현상의 특징, 문학사적 의의 등을 면밀히 살펴볼 필요가 있다.

제 1 장 | 개화기 시가의 개념과 형식

제1절 개화기 시기의 특징

서구 문물의 수용과 근대로의 개혁	갑오개혁(1894)에서 국권 피탈(1910)에 이르는 시기로, 서구 문물의 영향을 받아 종래의 봉건적인 질서를 타파하고 근대적 사회로 개혁되어 가던 시대이다.
서구 열강 저항 및 기존 봉건 질서 해체	서구 열강의 침략에 맞서는 한편, 조선 시대의 봉건 질서를 해체하고 민족의 주체성을 근거로 한 민족 국가를 설계하고자 모색한 시기이다.
근대 국가로의 발전	갑오개혁을 계기로 조선 왕조의 자주독립 선언, 신분 제도의 철폐, 국한문 혼용 등과 같이 정치, 사회 제도를 근대적으로 개혁함으로써 근대 국가의 틀과 기초를 다졌다.
근대 체제 및 기구 정비	근대적인 개념의 학교가 설립되고, 『한성순보』, 『독립신문』과 같은 신문이 발행되는 등 근대적인 체제와 기구가 정비되었다.

제2절 개화기 시가의 개념과 형식

1 개화기 시가의 개념

갑오개혁 이후부터 국권 강탈 전후까지를 배경으로 하여 창작된 시가이자 전통적인 가사 형식에 개화기의 새로운 사상을 담아 표현한 시가 형식으로, 개화 가사, 창가, 신체시 등이 있다.

2 개화기 시가의 형식 중요

(1) 개화 가사의 형식

① 전통적인 율격을 고수하면서도 하나의 작품을 몇 개의 단락으로 구획하는 문장 형태를 취하는데, 주로 4·4조의 2행 대구 형식에 후렴구를 붙여 주제를 강조하는 것이 많다.

② 개화 가사는 형태적인 면에서 보다 고정적인 특징을 드러낸다. 전통적인 가사의 4·4조 율격을 그대로 유지하고 있지만, 14구를 1연으로 하여 대개 10연의 길이로 고정된다. 작품 전체가 하나의 주제 내용으로 통일된 경우도 있지만, 각각의 연에서는 서로 관련되지만 그 대상은 달리하여 노래하는 것이 보통이다.

③ 각 연의 말미에 후렴 형태의 반복구가 쓰이는 경우가 많은데, 이것은 주제와 내용을 강조하고 내용 전개상의 단락을 구획하는 일종의 수사적 장치로 볼 수 있다.

구분	내용
『독립신문』의 개화 가사	『독립신문』의 개화 가사는 전통적인 가사에서 볼 수 있는 4・4조의 율문 형식을 따르고 있지만 부분적인 형태적 변화도 발견된다. 작품의 전체 내용을 몇 개의 연으로 구분하는 경우, 각 연마다 말미에 동일한 시구를 반복하는 일종의 후렴 구절을 붙이고 있는 경우가 그것이다.
『대한매일신보』의 개화 가사	『대한매일신보』는 잡보란에 율문 형식의 개화 가사를 수록하였다. 『독립신문』의 개화 가사가 독자들의 투고 형식이었던 것과는 달리, 『대한매일신보』의 개화 가사는 신문사의 관계자들이 직접 기술한 것들이다. 이 같은 개화 가사는 예술작품으로서의 결구보다는 사회 계몽과 여론의 형성이라는 목적이나 의도가 앞서 있기 때문에 예술적인 의장에는 그만큼 소홀한 것이 특징[1]이다.

(2) 창가의 형식

① 후렴구와 절이 있고, 4・4조, 7・5조 등 다양한 율조를 갖고 있는 것이 큰 특징이다.

② 시조나 재래의 가사 및 찬송가의 영향으로 주로 4・4조의 형식을 가졌으나, 그 후에는 7・5조, 8・5조 등으로 변하여 자유시로 발전하면서 이후 등장하는 신체시(新體詩)에 이어진다.

1) 김용직, 『한국근대시사 상』, 학연사, 1994, 59p 참고.

제 2 장 개화 가사 및 창가의 내용과 주제

제1절 개화 가사의 내용과 주제 중요

1 개화 가사의 내용

개화 가사는 개화계몽 시대에 신문과 잡지에 발표된 수많은 가사 형식의 작품을 통칭하는 말이다. 가사의 형식을 통해 주로 개화계몽 의식을 주제로 노래하고 있다는 점에서 이 명칭을 사용한다.

구분	내용
『독립신문』의 애국가류	『독립신문』에 주로 실린 애국가류가 『대한매일신보』의 우국가류보다 좀 더 창가적 특징이 강하다. 『독립신문』의 애국가류는 독자들이 보낸 작품들로, 대개 자주독립을 찬양하고 나라를 위한 사랑과 새로운 문명의 희망을 노래하는 등 미래에 대한 낙관 아래 자주독립과 문명개화를 예찬하는 내용으로 되어 있다.
『대한매일신보』의 우국가류	『독립신문』의 애국가가 대체로 희망적인 분위기를 가졌던 데 비하여, 『대한매일신보』의 가사는 나라의 운명이 나날이 기울어 가던 당시의 실정으로 인하여 매우 침통하고 심각한 색채를 띠었다. 그 속에는 무능하고 부패한 조정의 관리들에 대한 날카로운 비판과 침략자 일본에 대한 굳센 저항 정신이 담겨 있었다.

2 개화 가사의 주제

구분	내용
애국가류	• 개화기 우리 민족의 대내적인 역사적 과제는 반봉건(개화, 계몽), 대외적인 과제는 반외세(애국)였다. 애국 가사의 경우 개화 의식을 고취하는 것 이외에도 외세의 침략을 경계하는 내용도 담고 있었다. • 비교적 짧은 형태로, 미래에 대한 낙관 아래 자주독립과 문명개화를 예찬하는 내용으로 되어 있다.
우국가류	• 일제의 침략 및 친일 세력을 비판하는 내용의 가사이다. • 애국 가사의 낙관적 개화주의의 도취나 흥분된 분위기보다는 냉혹한 국제 질서의 적자생존 원리에 대한 각성을 촉구하는 한편, 현실 고발과 풍자적인 공격성이 강화되면서 분량도 늘어나는 경향을 보였다.

제2절 창가의 내용과 주제

1 창가의 내용

(1) 1900년 이전

대표 작품	창가의 첫 작품으로 알려진 것은 1869년 새문안교회 교인들이 지어서 부른 「황제탄신경축가」이다. 이 작품의 곡조는 찬송가이고, 노랫말도 종교적인 색채가 짙다. 『독립신문』에는 애국가류의 창가를 주로 실었는데, 「무궁화노래」가 대표적이다.
내용	황실을 송축(頌祝)하고, 본국 즉 대한제국에 대한 예찬과 무궁한 발전을 기원하였다. 이런 일련의 애국가류의 창가는 독립협회 및 『독립신문』의 활동과 노선에 동조하는 학생 및 정부 관리들이 지어 발표했다. 이 시기의 창가는 주로 군주에 대한 충성을 근간으로 하여 백성은 본분을 지키고 밖으로의 개화를 이룩해야 한다고 주장했다.
한계	문제나 갈등을 드러내지 않고, 이미 공인된 주장만을 내세워 단순하고 낙관적인 발상에 머물렀다.

(2) 1900년 이후

학교 창가	• 대표 작품 : 창가가 널리 자리잡게 된 것은 1900년대 이후의 학교 창가가 큰 몫을 했다. 배재학당・이화학당・계명의숙・동명학교 등에서 교가와 「태황제폐하만수절가(太皇帝陛下萬壽節歌)」・「권학가(勸學歌)」・「단체보국가(團體報國歌)」・「개교가」・「개국기원절경축가」・「농부가」 등을 불렀다. • 내용 : 황실을 받들어 나라를 지키자는 의지를 고취시키고, 신문명을 배워 발전을 도모하자는 내용을 담았다. • 한계 : 학생들에게 진취적인 기상을 가지고 나라의 장래를 맡아 나가라고 이르는 데 그쳤을 뿐, 항일의 의지를 직접적으로 고취하지는 않았다.
『대한매일신보』 수록 작품	• 대표 작품 : 『대한매일신보』의 경우 신문사 자체 내에서 직접 지어서 발표한 것이 특징이다. 대표적 작품으로 「상봉유사(相逢有思)」・「구락부운동가」・「한반도야」 등이 있다. • 내용 : 대표 작품 중 「한반도야」는 아름답고 귀한 이미지의 한반도가 곧 나의 이미지라며 자신을 희생하여 한반도를 빛내겠다는 내용으로 율격을 반복하고 있다. • 특징 : 곡조보다는 읽어서 감동을 받도록 한 내용과 표현을 갖추는 데 중점을 두었고, 후렴과 분연이 발달되었다.

(3) 1908년 이후

대표 작품	1908년을 기점으로 최남선・이광수・안창호・윤치호 등 전문적인 작가에 의해 좀 더 세련된 형태의 창가가 널리 제작되었다. 이들이 지은 창가는 「경부철도가」・「소년대한」・「태백산가」・「세계일주가」 등이다.
내용	• 대부분 개혁의 열망이나 문명개화의 염원에 대한 내용을 담고 있다. 겉으로만 나타나는 개화추구가 아니라 민족문제에 대한 근본적인 자각과 항일 사상이 엿보이며, 청년 학생들의 진취적인 기상과 애국적인 투쟁을 역설한 노래들이다. • 한편 최남선의 창가는 새로운 문명의 세계를 동경하며 새로운 문물과 지식을 계몽하는 데에 목표를 두었다. 개화 가사의 현실 지향적인 태도에 비한다면, 이것은 일종의 낭만적 이상주의적 태도에 속한다고 할 수도 있다.

더 알아두기

최남선(崔南善, 1890~1957)[2)]

호는 '육당(六堂)', '대몽최(大夢崔)', '공윤(公六)', '일람각주인(一覽閣主人)', '한샘'이다. 서울 태생으로, 일본 와세다대학 고등사범부 지리역사과에서 수학하였다. 주요 저서로는 『심춘순례』(1926), 『백두산 근참기』(1927) 등의 수필집과 창작 시조집인 『백팔번뇌』(1925)가 있으며, 이 외에도 수많은 역사 관계에 대한 저술이 있다.

[최남선의 주요 활동]

1908년	귀국 후 신문관을 세우고, 종합 월간지 『소년』(1908. 11.)을 창간하였다.
1910년	광문회를 창립하고, 고문헌 보존과 재간행에 힘썼다.
1914년	종합 월간지 『청춘』을 창간하였다.
1919년	3·1 운동 당시 독립선언서의 기초 책임자로 체포되어 복역하였다.
1922년	잡지 『동명』을 발간하였다.

2 창가의 주제 중요

민족의 자주독립 염원	창가는 1910년 국권 피탈 이후 민족혼을 고취하고 광복을 바라는 민중의 열망을 담은 내용이 대부분을 차지하였다. 창가는 서유럽의 근대사조 수입과 민족의 자주독립에 대한 갈구가 충만하였던 시기의 필연적인 시가 형식으로서, 주로 신문명과 신교육을 예찬하거나 젊은이들에게 신사상과 자주독립 의식을 고취하는 작품들이다.
민족 의식 고취 및 기타 작품	창가는 교가, 독립군가 등으로 확산되면서 민족의식과 애국심을 고무하는 역할도 담당하였다. 물론 후기의 창가 중에는 개인적인 서정을 노래한 작품 및 문명을 풍자하는 작품들도 있다.
일제의 창가 이용	일제는 당시의 매국 정권과 결탁하여 특히 민족의식과 애국심을 노래하는 창가를 부르지 못하도록 금지하는 한편, 창가의 대중적 인기를 이용하여 자국의 노래를 이식하는 통로로 창가집을 이용하기도 했다.

3 창가의 의의

창가의 등장으로, 개화 가사는 가사 형식의 일탈과 그 변화를 끝으로 율문의 기능을 상실하고, 시적 형태로서의 존재가 소멸되었다. 이러한 변화 과정은 고정적인 율격의 파괴를 지향하던 시 정신의 방향이나 산문 영역의 확대와도 연관된다. 이처럼 가사 양식의 소멸은 근대적인 문학 양식의 등장과 산문의 확대 과정으로 이해할 수 있다.

2) 김상선, 「육당 최남선론 – 시조를 중심으로」, 『현대시조』, 1983. 12. ; 김윤식, 『한국현대시론비판』, 일지사, 1982. ; 정한모, 『최남선 작품집』, 형설출판사, 1977. ; 이광수, 「육당 최남선론」, 『조선문단』, 1925. 3. ; 정한모, 『현대시인론』, 형설출판사, 1979. ; 홍이섭, 「육당 최남선의 일면」, 『신세대』, 1949. 1. ; 홍효민, 「육당 최남선론」, 『현대문학』, 1959. 6.

제 3 장 개화 가사 및 창가 작품론

제1절 개화 가사 작품론

1 「동심가」 중요

〈원문〉

잠을 ᄭᆡ세, 잠을 ᄭᆡ세
ᄉᆞ천 년이 ᄭᅮᆷ쇽이라
만국(萬國)이 회동(會同)ᄒᆞ야
ᄉᆞ히(四海)가 일가(一家)로다.

구구셰절(區區細節) 다 ᄇᆞ리고
샹하(上下) 동심(同心) 동덕(同德)ᄒᆞ세.
ᄂᆞᆷ으 부강 불어ᄒᆞ고
근본 업시 회빈(回賓)ᄒᆞ랴.

범을 보고 개 그리고
봉을 보고 ᄃᆞᆰ 그린다.
문명(文明) ᄀᆡ화(開化) ᄒᆞ랴 ᄒᆞ면
실샹(實狀) 일이 뎨일이라.

못세 고기 불어말고
그믈 ᄆᆡᄌᆞ 잡아보셰.
그믈 ᄆᆡᆺ기 어려우랴
동심결(同心結)로 ᄆᆡᄌᆞ보셰.

〈현대어 역〉

잠을 깨세, 잠을 깨세,
사천 년이 꿈속이라,
모든 나라가 함께 모여
온 세상이 한 집이로다.

잡다한 일일랑 모두 버리고
윗사람 아랫사람이 마음을 같이 하고 함께 덕을 닦으세.
남의 부강을 부러워하고
근본 없이 제 주장대로 하랴.

범을 보고 개를 그리고,
봉황을 보고 닭을 그린다.
문명을 개화하려고 하면
실제 형상대로의 일이 제일이라.

못에 고기를 부러워만 하지 말고
그물을 잡아 보세.
그물을 맺기 어려우랴.
두 고*를 맞죄어(합심 협력) 매어 보세.

*고 : 옷고름이나 노끈 따위의 매듭이 풀리지 않도록 한 가닥을 고리처럼 맨 것

(1) 핵심 정리

작가	이중원	
성격	애국적, 계몽적, 교훈적, 민족적, 설득적	
표현	청유법, 대구법, 풍유법, 은유법	
제재	문명개화	
주제	문명개화를 위한 일치단결	
의의	4(3)・4조의 4음보의 전통 율격에 개화의 새로운 사상을 담아냄	
형식	4(3)・4조 4음보의 가사체	
문체	청유형 문체	
구성	1~2연	개화를 위한 합심(合心)
	3연	가치 있는 일에 진력(盡力)
	4연	동심결(同心結)을 강조
출전	『독립신문』	

(2) 이해와 감상

이 노래는 4음보의 개화 가사로서, 청유형 어미를 반복적으로 사용하여 개화기 시가의 교화적 기능(계몽적・교훈적 성격)을 잘 드러낸다. 총 '기・승・전・결'의 4연 구성이다.

1연	우리 민족의 '사천 년' 역사가 '꿈속'과 같은 봉건적 허상이었음을 드러내고, '만국이 회동하여 / 사해가 일가'를 통해 세계와 발을 맞추어야 함을 강조하고 있다.
2연	남의 부강을 부러워하거나 근본 없이 제 마음대로 행동하지 말고 '상하 동심 동덕'해야 함을 노래하고 있다.
3연	'범을 보고 개 그리고 / 봉을 보고 닭을 그리'는 어리석음을 '문명개화'로서 극복함에 있어 '실상 일이 제일"이라고 표현하여 '실사구시'를 강조하고 있다.
4연	연못의 고기를 부러워하기만 할 것이 아니라 '그물 맺어 잡아 보세'라고 권하고 있으며, 그물을 맺는 방법이 '동심결', 즉 민족 대단결임을 강조하고 있다.

2 「애국하는 노래」

〈원문〉

아셰아에 대죠션이 ᄌᆞ쥬 독립 분명ᄒᆞ다.
(합가) ᄋᆡ야에야 ᄋᆡ국ᄒᆞ셰 나라 위ᄒᆡ 죽어 보셰.

분골ᄒᆞ고 쇄신토록 츙군ᄒᆞ고 ᄋᆡ국ᄒᆞ셰.
(합가) 우리 정부 놉혀 주고 우리 군면 도와 주셰.

깁흔 잠을 어셔 ᄭᆡ여 부국강병(富國强兵) 진보ᄒᆞ셰.
(합가) ᄂᆞᆷ의 쳔ᄃᆡ 밧게 되니 후회 막급 업시ᄒᆞ셰.

합심ᄒᆞ고 일심되야 셔셰동졈(西勢東漸) 막아 보셰.
(합가) ᄉᆞ롱공샹(士農工商) 진력ᄒᆞ야 사ᄅᆞᆷ마다 ᄌᆞ유ᄒᆞ셰.

남녀 업시 입학ᄒᆞ야 셰계 학식 ᄇᆡ화 보자.
(합가) 교휵ᄒᆡ야 ᄀᆡ화되고, ᄀᆡ화ᄒᆡ야 사ᄅᆞᆷ되네.

팔괘국긔(八卦國旗) 놉히 달아 륙ᄃᆡ쥬에 횡힝ᄒᆞ셰.
(합가) 산이 놉고 물이 깁게 우리 ᄆᆞ음 ᄆᆡᆼ셰ᄒᆞ셰.

〈현대어 역〉

아시아의 대조선국이 자주독립국임이 분명하다.
애야 에야 애국하세. 나라 위해 목숨을 바치세.

분골쇄신이 되도록 임금께 충성하고 나라를 사랑하세.
우리 정부를 받들고 우리 국민을 도와주세.

고루한 의식에서 깨어나 부국강병하고 진보하세.
(그렇지 못하면) 남의 천대 받게 되니 후회막급 없이 하세.

마음을 합쳐서 한 마음 되어 서구 열강의 동양 침략을 막아보세.
온갖 산업(사농공상)에 힘을 다하여 사람마다 생업에 힘쓰세.

남녀 가릴 것 없이 입학하여 세계의 학식을 배워보자.
교육을 받아야 개화가 되고 개화가 되어야 사람이 되네.

태극기를 높이 달고 전 세계에 거리낌없이 나아가세,
산이 높고 물이 깊게 우리 마음에 맹세하세.

(1) 핵심 정리

작가	이필균	
성격	계몽적, 교훈적, 교술적	
표현	청유법, 열거법	
제재	애국, 개화	
주제	개화 계몽을 통한 애국(개화를 통해 부국강병을 이룸으로써 애국할 것을 주장함)	
의의	개화 사상과 부국강병의 애국 사상을 보여 줄 뿐만 아니라, 교육의 중요성을 강조함으로써 개화기 시대 정신을 깊이 있게 드러냄	
형식	4·4조 4음보의 기본 율격, 후렴구 사용	
문체	단정적 어조와 청유형 어미 사용	
구성	1~2연	자주독립 역설
	3~4연	부국강병을 통한 외세 침략 저지
	5~6연	문명개화를 통한 국력 배양 다짐
출전	『독립신문』	

(2) 이해와 감상

대내외적 과제	이 노래는 개화 의식만을 고취한 것이 아니라 외세의 침략을 경계해야 한다는 내용까지 담고 있는 점이 주목된다. 이것은 대외적으로는 반침략(反侵略), 대내적으로는 반봉건(反封建) 과제를 동시에 인식하고 있기 때문이다.
계몽적·교훈적 성격	낙관적 희망과 위기 의식이 동시에 잘 나타나 있는 **이 노래는 개항 이후 밀려오는 외세('셔셰동졈')에 맞서면서 중세적 체제를 극복하여 자주적인 근대 민족 국가를 수립해야 했던 시기에 나온 것이다.** 따라서 예술적 정서의 형상화보다는 계몽적·교훈적 성격이 두드러지는데, 이는 청유형 어미가 각 연에서 반복되고 있는 점에서 확인된다.
선후창 형식	'합가(合歌)' 부분이 있어, 한 사람이 선창(先唱)을 하면 여러 명이 합창으로 후창(後唱)하는 형식으로 만들어 가창을 전제로 하고 있다. 후렴과는 달리 각 연마다 다른 내용으로 되어 있는데, 이는 앞소리와 뒷소리가 있는 민요의 가창을 본받은 것으로 볼 수도 있다.

3 「애국가(愛國歌)」

〈원문〉

대죠션국 건양 원년 자쥬 독립 깃버하셰.
텬디 간에 사람 되야 진츙보국 뎨일이니,
님군씌 츙셩하고 졍부를 보호하셰.
인민들을 사랑하고 나라긔를 놉히 달셰.
나라 도을 생각으로 시죵여일 동심하셰.
부녀 경대 ᄌᆞ식 교육 사람마다 할 거시라.

집을 각기 흥하랴면 나라 몬져 보젼하세
우리 나라 보젼하기 자나 깨나 싱각하세.
나라 위해 죽는 죽엄 영광이제 원한 업네.
국태평 가안락은 사람공샹 힘을 쓰세.
우리나라 흥하기를 비내이다, 하나님께.
문명개화 열닌 셰샹 말과 일과 갓게 하세.

〈현대어 역〉

대조선국이 건양이라는 연호를 쓰게 된 첫해이니, (조선의) 자주독립을 기뻐하세.
이 세상에 사람이 되어 충성을 다하여 나라의 은혜에 보답하는 것이 제일이니,
임금께 충성하고 정부를 보호하세.
백성들을 사랑하고 나라의 깃발을 높이 다세.
나라를 도울 생각으로 처음부터 끝까지 변함없이 한결같이 마음을 같이하세.
부녀자를 공경하여 접대하고 자식의 교육은 사람마다 할 것이라.
집을 각기 흥하게 하려면 나라를 먼저 보전하세.
우리나라 보전하기를 자나 깨나 생각하세.
나라를 위해 죽는 것은 영광이지 (거기에 대한) 원망은 없네.
국가가 태평하고 집이 편안하고 즐겁기 위해 전 국민이 힘을 쓰세.
우리나라가 흥하기를 비나이다, 하느님께.
문명개화 열린 세상 말과 일과 같게 하세.

(1) 핵심 정리

작가	최돈성
성격	계몽적, 교훈적, 의지적
표현	청유법
제재	애국
주제	독립의 의지와 애국정신
형식	4·4조의 4음보
출전	『독립신문』 제3호

(2) 이해와 감상

배경	• 1896년 『독립신문』에 발표되었던 개화 가사이다. • 1896년 1월 조선은 자주독립의 의지를 표방하기 위해서 '건양(建陽)'이라는 독자적 연호를 제정하여 사용하였는데, 이 노래는 당시 사회의 분위기를 잘 전해 주고 있어서 독립에 대한 의지를 뚜렷이 하고, 애국 정신을 고취하려는 의도에서 지어진 것이다.
한계	자주독립을 위한 구체적인 방법을 제시하지 않은 채 막연하고 낙관적인 태도로 일관하고 있다.

제2절 창가 작품론

1 「황제탄신경축가」

〈원문〉

놉흐신 상쥬님
ᄌᆞ비론 상쥬님
궁휼히 보쇼셔
이 나라 이 땅을
지켜 주옵시고
오 쥬여 이 ᄂᆞ라
보우ᄒᆞ쇼셔.

우리의 대군쥬
폐하 만만세
만만세로다
복되신 오늘날
은혜를 나리사
만수무강케
ᄒᆞ야 주쇼셔

〈현대어 역〉

높으신 상주님
자비로운 상주님
긍휼히 보소서
이 나라 이 땅을
지켜 주옵시고
오 주여 이 나라
보우하소서

우리의 대군주
폐하 만만세
만만세로다
복되신 오늘날
은혜를 내리시어
만수무강하게
하여 주소서

(1) 핵심 정리

작가	미상	
성격	예찬적, 송축적	
표현	반복법, 영탄법	
제재	황제의 탄신	
주제	황제의 탄신에 대한 경축	
의의	전통 율조인 4·4조 혹은 3·4조 등과 다른 형태를 보여주고 있음	
형식	3·3조의 창가	
문체	운문체, 문어체	
구성	1절	민주적 의식을 표현
	2절	임금의 만세를 기원
발표	1896년	

(2) 이해와 감상

이 가사를 율조 면에서 본다면, 1절과 2절의 가사 형태가 서로 정확하게 대응하지도 않고, 문맥도 다듬어지지 않아 초창기의 창가로 추측된다. 기존의 재래식 전통 율조인 4·4조 혹은 3·4조 등과 다른 형태를 보여주고 있다는 점에서 주목할 만하다.

2 「경부철도가(京釜鐵道歌)」 중요

〈원문〉

우렁탸게 토하난 긔덕(汽笛) 소리에
남대문을 등디고 떠나 나가서
빨니 부난 바람의 형세 갓흐니
날개 가딘 새라도 못 따르겟네.

늙은이와 덞은이 셕겨 안졋고
우리네와 외국인 갓티 탓으나
내외 틴소(親疏) 다갓티 익히 디내니
됴고마한 딴 세상 뎔노 일웟네.

(후략)

〈현대어 역〉

우렁차게 토하는 기적 소리에
남대문을 등지고 (서울역, 경성역) 떠나 나가서
빨리 부는 바람 같은 형세니
날개 가진 새라도 못 따르겠네.

늙은이와 젊은이 섞여 앉았고
우리네와 외국인 같이 탔으나
내외 친소(親疎) 다 같이 익히 지내니
조그마한 딴 세상 절로 이루었네.

(후략)

(1) 핵심 정리

작가	최남선
성격	개화적, 교훈적, 계몽적
표현	직유법, 과장법, 영탄법
제재	경부철도(京釜鐵道)
주제	• 근대적 문명 이기의 구가(謳歌)와 민중 계몽 • 문명개화에 대한 동경과 민중 계몽
의의	7・5조로 된 최초의 창가 가사
형식	7・5조
문체	운문체, 문어체
구성	총 67절, 각 절 4행
발표	『소년』 2호(1908)

(2) 이해와 감상

배경	• 서양식 악곡인 스코틀랜드 민요 'Coming through the Rye(밀밭에서)'의 곡조가 붙어 있는 작품이다. • 노래하기에 알맞은 길이인 일반적인 창가에 비해 67절이나 되는 장편이다. • **7・5조 창가의 효시가 된 작품으로, 당시 일본에서 유행하던 「철도창가」에서 영향을 받은 것으로 보인다.**
특징	'철도'라는 신문명의 도구가 지닌 이점을 대중에게 널리 알리는 동시에 문명개화의 시대적 필연성을 강조하고자 하는 의도에서 창작된 것이라고 할 수 있다.

3 「권학가(勸學歌)」

〈원문〉

학도(學徒)야 학도(學徒)야 청년 학도(靑年學徒)야,
벽상(壁上)의 괘종(掛鐘)을 들어 보시오.
한 소리 두 소리 가고 못 오니,
인생(人生)의 백 년(百年) 가기 주마(走馬) 같도다.

(후략)

〈현대어 역〉

학도야 학도야 젊은 학도야
벽에 걸린 시계 소리를 들어 보시오.
한 번 지나간 시간은 되돌릴 수 없는 것이니,
인생의 한 평생 백 년 세월이 달리는 말처럼 지나가도다.

(후략)

(1) 핵심 정리

작가	미상
성격	계몽적, 교훈적
표현	• 돈호법, 반복법, 직유법 • 'A-A-B-A'의 구조
제재	학문
주제	청년 학도에의 권학(勸學)
의의	개화기 가사에서 신체시로 넘어가는 교량적 구실을 담당함
형식	6·5조
발표	『학우』(1919)

(2) 이해와 감상

창가는 개화 사상을 바탕으로 한 계몽적인 노래로, 그 내용은 민족 정신을 고취시키는 노래, 청소년의 기개를 드높이는 노래, 학문을 권장하는 노래 등 다양한데, 「권학가」는 **청년들에게 덧없이 흘러가는 인생의 의미를 일깨우면서 학문을 권하고 있다.** 전통적인 4·4조 가사에서 벗어나 **6·5조의 형식을 취하고 있다.**

제11편 실전예상문제

01 다음 작품의 주제로 옳은 것은 무엇인가?

> 우렁탸게 토하난 긔덕(汽笛) 소리에
> 남대문을 등디고 떠나 나가서
> 빨리 부난 바람의 형세 갓흐니
> 날개 가딘 새라도 못 따르겟네.

① 신문명에 대한 예찬
② 이상 세계에 대한 동경
③ 애국 계몽 사상 전파
④ 민족의 자각 의식 고취

01 해당 작품은 「경부철도가」의 일부로, 1908년에 일본 유학에서 돌아온 최남선이 경인선과 경부선이 개통되자 그 씩씩하고 빠른 기관차에 감탄하여 지었다고 한다. 신문화를 찬양하고 민중을 계몽하려는 내용이 담겨 있다.

02 다음 중 최남선의 주요 활동이 아닌 것은?

① 1908년에 종합 월간지 『소년』을 창간하였다.
② 종합 월간지 『청춘』을 창간하였다.
③ 개화 가사 「동심가」의 작가이다.
④ 최초의 7・5조 창가인 「경부철도가」를 지었다.

02 개화 가사 「동심가」는 4음보의 개화 가사로서, 청유형 어미를 반복적으로 사용하여 개화기 시가의 교화적 기능(계몽적・교훈적 성격)을 잘 드러낸 이중원의 작품이다.
① 종합 월간지 『소년』(1908. 11.)을 창간하였다.
② 종합 월간지 『청춘』(1914)을 창간하였다.
④ 최초의 7・5조 창가인 「경부철도가」를 지어 신문명을 예찬하였다.

정답 01 ① 02 ③

03 다음 작품에서 이야기하고자 하는 궁극적인 바는?

늙은이와 젊은이 셕겨 안졋고
우리네와 외국인 갓티 탓으나
내외 틴소(親疎) 다갓티 익히 디내니
됴고마한 딴 세상 뎔노 일웟네.

① 자주독립 염원
② 폭넓은 인간 관계
③ 유교 사상의 극복
④ 새로운 문명의 개방성

03 해당 작품은 「경부철도가」의 일부로, 이 부분에서는 기차(汽車)라는 신문물의 도입으로 세대의 벽을 허물고, 국경의 장막을 넘어 내국인과 외국인이 모두 하나가 되는 개방성을 노래하고 있다.

04 다음 작품의 형식적 특징에 대한 설명으로 적절하지 않은 것은?

아셰아에 대죠션이 ᄌᆞ쥬독립 분명ᄒᆞ다.
(합가) ᄋᆡ야에야 ᄋᆡ국ᄒᆞ셰 나라 위ᄒᆡ 죽어 보셰.

분골ᄒᆞ고 쇄신토록 츙군ᄒᆞ고 ᄋᆡ국ᄒᆞ셰.
(합가) 우리 정부 놉혀 주고 우리 군면 도와주세.

깁흔 잠을 어셔 ᄭᆡ여 부국강병(富國强兵) 진보ᄒᆞ세.
(합가) 놈의 쳔ᄃᆡ 밧게 되니 후회막급 업시ᄒᆞ세.

합심ᄒᆞ고 일심되야 셔셰 동졈(西勢東漸) 막아 보세.
(합가) ᄉᆞ롱공샹(士農工商) 진력ᄒᆞ야 사ᄅᆞᆷ마다 ᄌᆞ유ᄒᆞ세.

남녀 업시 입학ᄒᆞ야 세계 학식 ᄇᆡ화 보자.
(합가) 교육ᄒᆡ야 ᄀᆡ화되고, ᄀᆞ화ᄒᆡ야 사ᄅᆞᆷ되네.

팔괘 국긔(八卦國旗) 놉히 달아 륙ᄃᆡ쥬에 횡힝ᄒᆞ세.
(합가) 산이 놉고 물이 깁게 우리 ᄆᆞ음 ᄆᆡᆼ세ᄒᆞ세.

① 민요의 선후창 방식을 차용하였다.
② 노래할 것을 염두에 두고 창작되었다.
③ 4음보의 전통 가사 율격을 유지하고 있다.
④ 동일한 후렴구를 반복하여 운율 형성의 효과를 거두었다.

04 해당 작품은 「애국하는 노래」로, 각 연마다 합가의 형식이 제시되어 운율 형성의 효과를 거두기는 했지만, 이를 '동일한 후렴구'라고 볼 수는 없다.

정답 03 ④ 04 ④

05 다음 중 『독립신문』의 애국가류에 대한 설명으로 볼 수 없는 것은?

① 창가적 특징이 더 강하다.
② 독자들이 보낸 작품들로서 대개 자주독립을 찬양한다.
③ 미래에 대한 낙관이 담겨 있다.
④ 일본에의 굳센 저항 정신이 담겨 있다.

05 조정의 관리들에 대한 날카로운 비판과 일본에 대한 굳센 저항 정신이 담겨 있는 것은 『대한매일신보』의 우국가류이다.
①·②·③ 『독립신문』에 주로 실린 애국가류가 『대한매일신보』의 우국가류보다 좀 더 창가적 특징을 띠고 있다. 『독립신문』의 애국가류들은 독자들이 보낸 작품들로서, 대부분 자주독립을 찬양하고 나라를 위한 사랑과 새로운 문명의 희망을 노래하는 등 미래에 대한 낙관 아래 자주독립과 문명개화를 예찬하는 내용이 주를 이룬다.

06 다음 작품에서 주로 사용된 종결 어미의 종류는 무엇인가?

대죠션국 건양 원년 자쥬독닙 깃버하세.
텬디간에 사람되야 진충보국 뎨일이니,
님군께 츙성하고 정부를 보호하세.
인민들을 사랑하고 나라긔를 놉히 달세.
나라 도을 생각으로 시종여일 동심하세.
부녀 경대 자식 교육 사람마다 할 거시라.
집을 각기 흥하려면 나라 몬져 보젼하세.
우리나라 보젼하기 자나 깨나 생각하세.
나라 위해 죽는 죽엄 영광이제 원한 업네.
국가 태평 가안락은 사롱공샹 힘을 쓰세.
우리나라 흥하기를 비나이다, 하느님께.
문명기화 열닌 세샹 말과 일과 갈게 하세.

① 평서형 어미
② 명령형 어미
③ 청유형 어미
④ 감탄형 어미

06 제시된 작품은 「애국가」로, '-하세'라는 청유형 어미를 반복적으로 사용하여 독립과 개화의 의지를 촉구하고 있다.

정답 05 ④ 06 ③

※ [07~08] 다음 작품을 읽고 물음에 답하시오.

> 잠을 ᄭᆡ세, 잠을 ᄭᆡ세, / ᄉᆞ쳔 년이 ᄭᅮᆷ쇽이라.
> 만국(萬國)이 회동(會同)ᄒᆞ야 / ᄉᆞ히(四海)가 일가(一家)로다.
>
> 구구셰절(區區細節) 다 ᄇᆞ리고 / 샹하(上下) 동심(同心) 동덕(同德)ᄒᆞ셰.
> ᄂᆞᆷ으 부강 불어ᄒᆞ고 / 근본 업시 회빈(回賓)ᄒᆞ랴.
>
> 범을 보고 개 그리고 / 봉을 보고 ᄃᆞᆰ 그린다.
> 문명(文明) ᄀᆡ화(開化) ᄒᆞ랴 ᄒᆞ면 / 실샹(實狀) 일이 뎨일이라.
>
> 못셰 고기 불어말고 / 그믈 ᄆᆡᄌᆞ 잡아보셰.
> 그믈 밋기 어려우랴 / 동심결(同心結)로 ᄆᆡᄌᆞ보셰.

07 다음 작품의 음수율과 음보율을 각각 옳게 고른 것은?

① 4・4조, 4음보
② 7・5조, 3음보
③ 3・4조, 2음보
④ 6・5조, 4음보

07 음수율은 글자 수의 규칙적인 반복이고, 음보율은 끊어서 읽는 단위를 말한다. 해당 작품은 「동심가」로, 첫 구절을 분석하면 다음과 같이 끊어 읽을 수 있다.

> 잠을 ᄭᆡ세(4),∨잠을 ᄭᆡ세(4),∨ᄉᆞ쳔 년이(4)∨ᄭᅮᆷ쇽이라(4).∨만국이(3)∨회동ᄒᆞ야(4)∨ᄉᆞ히가(3)∨일가로다.(4)

여기서 알 수 있듯이 음수율은 4(3)・4조이며, 음보율은 4음보의 율격이다.

08 해당 작품의 작가가 근본적으로 말하고자 하는 것으로 옳은 것은?

① 외세의 침략을 물리치자.
② 단결하여 개화를 이루자.
③ 다른 나라와 외교를 수립하자.
④ 학문을 익히는 데 온 힘을 다하자.

08 제시된 작품은 이중원의 「동심가」로, 문명개화를 위한 일치단결을 노래하고 있다. 작가는 윗사람과 아랫사람이 마음을 같이 하여 함께 덕을 닦고 협력하여 개화를 이루는 실천의 길로 나설 것을 촉구하고 있다.

정답 07 ① 08 ②

※ [09~10] 다음 작품을 읽고 물음에 답하시오.

> 학도(學徒)야 학도(學徒)야 청년 학도(靑年學徒)야,
> 벽상(壁上)의 괘종(掛鐘)을 들어 보시오.
> 한 소리 두 소리 가고 못 오니,
> 인생(人生)의 백 년(百年) 가기 주마(走馬) 같도다.

09 해당 작품의 4행과 같은 방식의 표현법이 사용된 것은?

① 내 누님같이 생긴 꽃이여.
② 얼룩배기 황소가 해설피 금빛 게으른 울음을 우는 곳
③ 너그러운 봄은, 삼천리 마을마다 우리들 가슴 속에서 움트리라.
④ 겨울은 강철로 된 무지갠가 보다.

10 해당 작품에서 벽상(壁上)의 괘종(掛鐘)을 들어보라고 한 이유로 옳은 것은?

① 청년 학도에게 선물하기 위해
② 신문물을 자랑하기 위해
③ 괘종의 아름다움을 보여주기 위해
④ 시간이 흘러가는 것을 일깨우기 위해

09 제시된 작품은 「권학가」로, 「권학가」의 4행은 '인생이 달리는 말[走馬]처럼 빨리 간다'는 직유법을 사용하였다. 서정주의 「국화 옆에서」 또한 '누님 같은 꽃'이라는 표현에서 직유법을 사용했음을 알 수 있다.
② 정지용의 시 「향수」의 일부로, 해당 행에는 공감각적 표현이 사용되었다.
③ 신동엽의 시 「봄은」의 일부로, 해당 행은 '삼천리 마을(= 우리나라)'이라는 표현을 통해 대유법을 사용하였다.
④ 이육사의 시 「절정」의 일부로, 해당 행은 '강철'과 '무지개'를 대비시킴으로써 역설법을 사용하였다.

10 「권학가」는 흘러가는 세월을 이야기하면서, 청년 학도들이 시간을 낭비하지 말고 열심히 공부에 매진하기를 권장하는 내용이다.

정답 09 ① 10 ④

주관식 문제

01 다음 작품에서 시대상을 짐작할 수 있는 시어를 찾아 쓰고, 시대적 배경과 관련하여 이 작품의 주제를 쓰시오.

아셰아에 대죠션이 ᄌᆞ쥬독립 분명ᄒᆞ다.
(합가) ᄋᆡ야에야 ᄋᆡ국ᄒᆞ세 나라 위ᄒᆡ 죽어 보셰.

분골ᄒᆞ고 쇄신토록 츙군ᄒᆞ고 ᄋᆡ국ᄒᆞ셰.
(합가) 우리 정부 놉혀 주고 우리 군면 도와주세.

깁흔 잠을 어셔 ᄭᆡ여 부국강병(富國强兵) 진보ᄒᆞ세.
(합가) ᄂᆞᆷ의 쳔ᄃᆡ 밧게 되니 후회막급 업시ᄒᆞ세.

합심ᄒᆞ고 일심되야 셔셰동졈(西勢東漸) 막아 보세.
(합가) ᄉᆞ롱공샹(士農工商) 진력ᄒᆞ야 사ᄅᆞᆷ마다 ᄌᆞ유ᄒᆞ세.

남녀 업시 입학ᄒᆞ야 세계 학식 ᄇᆡ화 보자.
(합가) 교육ᄒᆡ야 ᄀᆡ화되고, ᄀᆡ화ᄒᆡ야 사ᄅᆞᆷ되네.

팔괘 국긔(八卦國旗) 놉히 달아 륙ᄃᆡ쥬에 횡ᄒᆡᆼᄒᆞ세.
(합가) 산이 놉고 물이 깁게 우리 ᄆᆞ음 ᄆᆡᆼ셰ᄒᆞ세.

01 **정답**

'셔셰 동졈', 계몽을 통한 애국

해설

외세가 점차적으로 동양으로 세력을 뻗쳐 오던 당시의 상황을 잘 보여 주는 말이 밀려오는 외세 및 열강을 의미하는 '셔셰 동졈(서세동점)'이다. 또한 작가는 우리가 봉건적 관습에서 벗어나 교육을 받아야 하며, 개화를 통해 애국해야 한다는 입장을 전달하고 있다.

02 다음 내용에 해당하는 작품의 국문학사상 의의를 3어절로 쓰시오.

> 장편 기행체의 창가로, 원제목은 「경부텰도노래」이다. 신문관(新文館)에서 단행본으로 발행하였다. 이 작품은 철도의 개통으로 대표되는 서구문화의 충격을 수용하여 쓰여진 것이다. 즉, 경부선의 시작인 남대문역에서부터 종착역인 부산까지 연변의 여러 역을 차례로 열거하면서 그에 곁들여 그 풍물・인정・사실들을 서술해나가는 형식을 취하였다.

02 **정답**

최초의 7・5조 창가

해설

해당 제시문은 최남선의 「경부철도가」에 대한 설명이다. 이전의 창가들이 한결같이 4(3)・4조인데 비해, 최남선의 「경부철도가」는 7・5조의 형식이라는 점이 특징이다.

SD에듀와 함께, 합격을 향해 떠나는 여행

부록

최종모의고사

홀륭한 가정만한 학교가 없고, 덕이 있는 부모만한 스승은 없다.

– 마하트마 간디 –

제1회 최종모의고사 | 고전시가론

제한시간 : 50분 | 시작 ___시 ___분 - 종료 ___시 ___분

정답 및 해설 475p

※ [01~02] 다음 글을 읽고 물음에 답하시오.

(가) 公無渡河(공무도하)　　임이여 물을 건너지 마오.
公竟渡河(공경도하)　　임은 그예 물을 건너시고 말았네.
墮河而死(타하이사)　　물에 빠져 돌아가시니
當奈公何(당내공하)　　아아, 가신 임을 어이할꼬.

– 백수광부(白首狂夫)의 아내, 「공무도하가」 –

(나) 翩翩黃鳥(편편황조)　　훨훨 나는 꾀꼬리는
雌雄相依(자웅상의)　　암수 서로 정다운데,
念我之獨(염아지독)　　외로울사 이내 몸은
誰其與歸(수기여귀)　　뉘와 함께 돌아갈꼬.

– 유리왕, 「황조가」 –

01 다음 중 (가)와 (나)의 공통점으로 옳은 것은?

① 집단적인 소망 의식을 드러내고 있다.
② 노래하는 대상에 자신을 이입하고 있다.
③ '임의 부재(不在)'가 시 창작의 계기가 되었다.
④ 화자의 정서가 시의 앞부분에 제시되어 있다.

02 다음 〈보기〉는 (가)의 배경설화이다. 이로 볼 때 (가)의 '물'이 의미하는 바와 거리가 먼 것은?

보기

어떤 머리가 흰 미친 사람이 머리를 풀어 헤친 채 술병을 끼고 비틀비틀 강물 속으로 들어가고 있었다. 그의 아내가 그를 부르면서 뒤따라왔지만 남편은 물에 들어가 죽고 말았다. 이에 아내는 갖고 있던 공후를 끌어 잡고 노래를 부른 후 따라서 죽고 말았다. 그 노래를 들은 자는 누구나 눈물을 막을 수 없었다.

① 죽음과 소멸　　② 임과의 이별
③ 소망의 좌절　　④ 정화와 재생

03 다음 작품에 대한 설명으로 적절하지 않은 것은?

> 君(군)은 어비여
> 臣(신)은 ᄃᆞᄉᆞ샬 어ᅀᅵ여.
> 民(민)ᄋᆞᆫ 얼ᄒᆞᆫ 아ᄒᆡ고 ᄒᆞ샬디
> 民(민)이 ᄃᆞᅀᆞᆯ 알고다.
> 구믈ㅅ다히 살손 物生(물생)
> 이흘 머기 다ᄉᆞ라
> 이 ᄯᅡᄒᆞᆯ ᄇᆞ리곡 어듸 갈뎌 ᄒᆞᆯ디
> 나라악 디니디 알고다.
> 아으, 君(군)다이 臣(신)다이 民(민)다이 ᄒᆞᄂᆞᆯᄃᆞᆫ
> 나라악 太平(태평)ᄒᆞ니잇다.

① 설득적인 어조로 권계하는 태도를 드러내고 있다.
② 단순하고 소박한 비유를 통해 임금과 신하, 백성의 관계를 규정하고 있다.
③ 화자는 주관적 정서의 표현보다는 객관적 이념 전달에 초점을 맞추고 있다.
④ 대립적 이미지를 드러내는 시어를 통해 현실 정치를 풍자하고 있다.

04 다음 작품의 유형과 고려가요의 형식상 유사한 점으로 옳지 않은 것은?

> 元淳文(원슌문) 仁老詩(인노시) 公老四六(공노ᄉᆞ륙)
> 李正言(니정언) 陳翰林(딘한림) 雙韻走筆(솽운주필)
> 冲基對策(튱긔ᄃᆡ칙) 光鈞經義(광균경의) 良鏡詩賦(량경시부)
> 위 試場(시댱)ㅅ 景(경) 긔 엇더ᄒᆞ니잇고.
> 葉(엽) 琴學士(금혹ᄉᆞ)의 玉笋門生(옥슌문ᄉᆡᆼ) 琴學士(금혹ᄉᆞ)의 玉笋門生(옥슌문ᄉᆡᆼ)
> 위 날조차 몃 부니잇고.

① 몇 개의 연이 중첩됨
② 반복구(후렴구)가 나타남
③ 3음보 율격이 나타남
④ 3・3・4조의 음수율이 나타남

※ [05~06] 다음 글을 읽고 물음에 답하시오.

> 열치매
> 나토얀 ᄃᆞ리
> 흰 구름 조초 ᄠᅥ가ᄂᆞᆫ 안디하
> 새파ᄅᆞᆫ 나리여ᄒᆡ
> 기랑ᄋᆡ 즈ᅀᅵ 이슈라
> 일로 나리ㅅ ᄌᆡ벽ᄒᆡ
> 낭ᄋᆡ 디니다샤온
> ᄆᆞᅀᆞᄆᆡ ᄀᆞᅀᆞᆯ 좇누아져
> 아으 잣ㅅ가지 노파
> 서리 몯누올 화반이여.

05 다음 중 해당 작품에 대한 설명으로 옳지 않은 것은?

① 주술가의 성격이 나타난다.
② 대상에 대한 심상이 다양하게 나타난다.
③ 묻고 답하는 형식으로 서술되어 있다.
④ 대립적인 상징물이 나온다.

06 해당 작품과 같은 형식의 향가에 대한 설명으로 틀린 것은?

① 가장 정제된 향가 형식이다.
② 의미 문단은 총 3개이다.
③ 주로 하층민들이 창작하였다.
④ 종장의 감탄사로 시상을 집약시킨다.

※ [07~08] 다음 글을 읽고 물음에 답하시오.

살어리 살어리랏다, 청산에 살어리랏다.
멀위랑 ᄃᆞ래랑 먹고 청산에 살어리랏다.
얄리얄리 얄랑셩 얄라리 얄라.

우러라 우러라 새여, 자고 니러 우러라 새여,
널라와 시름 한 나도 자고 니러 우니노라.
얄리얄리 얄랑셩 얄라리 얄라.

가던 새 가던 새 본다, 믈 아래 가던 새 본다.
잉무든 장글란 가지고 믈 아래 가던 새 본다.
얄리얄리 얄랑셩 얄라리 얄라.

이링공 뎌링공 ᄒᆞ야 나즈란 디내와손뎌,
오리도 가리도 업슨 바므란 ᄯᅩ 엇디 호리라.
얄리얄리 얄랑셩 얄라리 얄라.

어듸라 더디던 돌코, 누리라 마치던 돌코,
믜리도 괴리도 업시 마자셔 우니노라.
얄리얄리 얄랑셩 얄라리 얄라.

살어리 살어리랏다, 바ᄅᆞ래 살어리랏다.
ᄂᆞᄆᆞ자기 구조개랑 먹고 ᄇᆞᄅᆞ래 살어리랏다.
얄리얄리 얄랑셩 얄라리 얄라.

가다가 가다가 드로라, 에졍지 가다가 드로라.
사ᄉᆞ미 짐ㅅ대예 올아셔 해금을 혀거 드로라.
얄리얄리 얄랑셩 얄라리 얄라.

가다니 ᄇᆡ 브른 도긔 설진 강수를 비조라.
조롱곳 누로기 ᄆᆡ와 잡ᄉᆞ와니 내 엇디ᄒᆞ리잇고.
얄리얄리 얄랑셩 얄라리 얄라.

07 해당 작품에 대한 설명으로 적절하지 않은 것은?

① 자연물에 의탁하여 화자의 심정을 노래하고 있다.
② 자신이 처한 현실에 대한 대응 방식이 드러나 있다.
③ 현실에서 벗어나고자 하는 화자의 소망이 나타나 있다.
④ 현실적 고통을 절대자에 대한 믿음으로 극복하고 있다.

08 해당 작품의 2~5연을 그림으로 표현하고자 할 때, 고려할 사항으로 적절하지 <u>않은</u> 것은?

① 2연과 관련해서는 화자가 나무 위에서 슬피 우는 새를 바라보며 눈물짓는 장면을 그리면 될 것 같아.

② 3연과 관련해서는 이끼 낀 쟁기를 들고 아래쪽 밭을 기운 빠진 모습으로 물끄러미 바라보는 화자를 그려야겠어.

③ 4연과 관련해서는 등불을 켜 놓고 외롭게 앉아 허탈해하는 화자의 모습을 표현하는 것이 좋겠어.

④ 5연과 관련해서는 강을 경계로 하여 화자와 사람들이 양쪽에서 서로를 향해 돌을 던지는 모습을 그리는 게 좋겠어.

09 다음 중 제시된 작품과 주제가 <u>다른</u> 것은?

首陽山(수양산) 바라보며 夷齊(이제)를 恨(한)ᄒᆞ노라.
주려 주글진들 採薇(채미)도 ᄒᆞᄂᆞᆫ것가.
비록애 푸새엣 거신들 그 뉘 싸헤 낫ᄃᆞ니.

– 성삼문, 「수양산 바라보며~」 –

① 방안에 혓는 촉불 눌과 이별하엿관데 / 것츠로 눈물 디고 속타는 쥴 모로는고. / 뎌 촉불 날과 갓트여 속 타는 쥴 모르도다.

– 이개, 「방 안에 혓는 촛불~」 –

② 가노라 삼각산아, 다시 보쟈 한강수야 / 고국 산천을 떠나고쟈 하랴마는 / 시절이 하 수상하니 올동말동 하여라.

– 김상헌, 「가노라 삼각산아~」 –

③ 천만 리 머나먼 길에 고은 님 여희압고 / 내 마음 둘 데 업셔 냇가의 안쟈시니, / 져 믈도 내 안 같하여 우러 밤길 녜놋다.

– 왕방연, 「천만 리 머나먼 길에~」 –

④ 가마귀 눈비 마자 희는 듯 검노매라. / 야광명월이 밤인들 어두우랴 / 님 향한 일편단심이야 변할 줄이 이시랴.

– 박팽년, 「가마귀 눈비 마자~」 –

10 **다음 작품에 대한 설명으로 적절하지 않은 것은?**

> 내 님믈 그리ᅀᆞ와 우니다니
> 산(山) 졉동새 난 이슷ᄒᆞ요이다.
> 아니시며 거츠르신 둘, 아으
> 잔월효성(殘月曉星)이 아ᄅᆞ시리이다.
> 넉시라도 님은 ᄒᆞᆫᄃᆡ 녀져라,아으
> 벼기시더니 뉘러시니잇가.
> 과(過)도 허믈도 천만(千萬) 업소이다.
> ᄆᆞᆯ힛마리신뎌 / 술읏븐뎌 아으
> 니미 나를 ᄒᆞ마 니ᄌᆞ시니잇가
> 아소 님하, 도람 드르샤 괴오소셔.

① 작가와 연대가 구체적으로 전해진다.
② 향찰로 표기된 향가계 고려가요이다.
③ 유배문학과 충신연주지사의 효시이다.
④ '잔월효성'은 자신이 결백함을 증명하는 공명정대한 존재이다.

11 **다음 작품에 대한 설명으로 적절하지 않은 것은?**

> 가시리 가시리잇고 나ᄂᆞᆫ
> ᄇᆞ리고 가시리잇고 나ᄂᆞᆫ
> 위 증즐가 大平盛代(대평셩대)
>
> 날러는 엇디 살라 하고
> ᄇᆞ리고 가시리잇고 나ᄂᆞᆫ
> 위 증즐가 大平盛代(대평셩대)
>
> 잡ᄉᆞ와 두어리마ᄂᆞᄂᆞᆫ
> 선하면 아니 올셰라
> 위 증즐가 大平盛代(대평셩대)
>
> 셜온 님 보내옵노니 나ᄂᆞᆫ
> 가시ᄂᆞᆫ ᄃᆞᆺ 도셔 오쇼셔 나ᄂᆞᆫ
> 위 증즐가 大平盛代(대평셩대)

① 주된 향유 계층은 평민이었다.
② 구비 전승되다가 훈민정음 창제 이후 문자로 기록되었다.
③ 다양한 비유와 상징을 통해 정서를 심화하고 있다.
④ 3음보의 율격을 갖는다.

※ [12~13] 다음 글을 읽고 물음에 답하시오.

(가) 우리나라의 여섯 용(임금)이 나시어, 그 하는 일마다 하늘이 내리신 복이시니,
그러므로 옛날 성인의 하신 일들과 부절을 합친 것처럼 꼭 맞으시니.

(나) 뿌리가 깊은 나무는 바람에도 흔들리지 아니하므로, 꽃이 좋고 열매도 많으니.
샘이 깊은 물은 가뭄에도 그치지 않고 솟아나므로, 내가 되어서 바다에 이르니.

(다) 강가에 자거늘 밀물이 사흘을 이르지 않다가 (원세조 군대가) 나가고 나서야 잠긴 것이니이다.
섬 안에 잘 때 큰비 사흘을 왔으나 섬안에 들지 않더니 [태조(이방원)가] 나가고 나서야 잠긴 것이니이다.

(라) 천세 전에 미리 정하신 한강 북에, 어진 일을 쌓고 나라를 여시어, 왕조가 끝없으시니
성신이 이으셔도 하늘을 공경하고 백성을 위하여 힘써야 나라가 더욱 굳으실 것 입니다.
임금님이시여 아소서. <u>(태강왕처럼) 낙수에 사냥 가서 조상의 공덕만을 믿습니까?</u>

12 **해당 작품의 내용과 일치하지 <u>않는</u> 것은?**

① 새 왕조는 하늘의 명에 의해 만들어졌다.
② 왕조는 무한히 계승될 것이다.
③ 왕조를 건국한 이들은 비범한 능력을 가졌다.
④ 왕조를 발전시키기 위해서는 많은 희생이 필요했다.

13 **〈보기〉는 (라)의 밑줄 친 부분과 관련된 고사이다. 이 내용을 바탕으로 (라)의 밑줄 친 부분에 드러난 시적 화자의 의도를 옳게 말한 것은?**

보기

중국 하나라 태강왕이 놀이에 빠져 정사를 게을리하자 백성들이 모두 다른 마음을 먹었다. 그런데도 할아버지인 우와의 덕만 믿고 그 버릇을 고치지 못하였는데, 낙수(洛水) 밖으로 사냥을 간 지 백 일이 넘어도 돌아오지 않으므로, 궁(窮)나라의 제후인 예(羿)가 백성을 위해 더 이상 참을 수 없다고 하여 태강왕을 하북에 돌아오지 못하게 하고 폐위하였다.

① 옛일을 타산지석(他山之石)으로 삼아 할 일을 제대로 하십시오.
② 이제 다시는 각주구검(刻舟求劍)의 어리석음을 범하지 말아야 합니다.
③ 줏대 없이 남의 의견에 부화뇌동(附和雷同)하지 않도록 주의하십시오.
④ 등고자비(登高自卑)라는 말처럼 높은 지위에 오를수록 겸손해야 합니다.

14 다음 시조 장르에 대한 설명으로 옳지 않은 것은?

> 窓(창) 내고쟈 窓(창)을 내고쟈 이 내 가슴에 窓(창) 내고쟈
> 고모장지 셰살장지 들장지 열장지 암돌져귀 수돌져귀 ᄇᆡ목걸새 크나큰 장도리로 둑닥 바가 이 내 가슴에 窓(창) 내고쟈.
> 잇다감 하 답답ᄒᆞᆯ 제면 여다져 볼가 ᄒᆞ노라.

① 사대부 양반층이 창작한 평시조이다.
② 중장은 4음보의 규칙성을 벗어난 것이 대부분이다.
③ 현실적 삶을 다룬 작품들이 많다.
④ 산문 정신의 대두로 등장하게 되었다.

15 다음 두 시조에 대한 설명으로 옳지 않은 것은?

> (가) 이런들 어떠하며 저런들 어떠하리.
> 만수산(萬壽山) 드렁칡이 얽혀진들 어떠하리.
> 우리도 이같이 얽혀져 백 년까지 누리리라.
>
> – 이방원, 「하여가(何如歌)」 –
>
> (나) 이 몸이 죽어 죽어 일백 번 고쳐 죽어,
> 백골(白骨)이 진토(塵土)되어 넋이라도 있고 없고,
> 임 향한 일편단심(一片丹心)이야 가실 줄이 있으랴.
>
> – 정몽주, 「단심가(丹心歌)」 –

① 두 시조의 화자는 시대의 변화에 대응하는 방식이 서로 다르다.
② (나)에서는 반복법과 점층법이 사용되었다.
③ (가)는 (나)의 작가를 회유하기 위한 시조다.
④ (나)는 거절의 의사를 부드럽고 차분하게 드러내었다.

16 **다음은 「훈민가」의 일부이다. 이에 대한 설명으로 적절하지 <u>않은</u> 것은?**

〈1수〉
아바님 날 나ᄒᆞ시고 어마님 날 기ᄅᆞ시니,
두 분 곳 아니시면 이 몸이 사라실가.
하ᄂᆞᆯ ᄀᆞ튼 ᄀᆞ업ᄉᆞᆫ 은덕을 어ᄃᆡ 다혀 갑ᄉᆞ오리.

〈8수〉
ᄆᆞ올 사ᄅᆞᆷ들아 올ᄒᆞᆫ 일 ᄒᆞ쟈스라.
사ᄅᆞᆷ이 되어나셔 올치옷 못ᄒᆞ면,
마쇼ᄅᆞᆯ 갓 곳갈 ᄡᅴ워 밥 머기나 다르랴.

① 3장 6구의 평시조 형식을 따르고 있다.
② 순우리말을 사용해 독자의 이해를 돕고 있다.
③ 청유형 어미를 사용해 설득력을 강화하고 있다.
④ 신분 질서가 있던 사회・문화적 상황이 드러나고 있다.

17 **다음 작품에 대한 설명으로 적절하지 <u>않은</u> 것은?**

紅塵(홍진)에 뭇친 분네 이내 生涯(생애) 엇더ᄒᆞᆫ고. 녯사ᄅᆞᆷ 風流(풍류)ᄅᆞᆯ 미ᄎᆞᆯ가 ᄆᆞᆺ 미ᄎᆞᆯ가. 天地間(천지간) 男子(남자) 몸이 날만ᄒᆞᆫ 이 하건마ᄂᆞᆫ, 山林(산림)에 뭇쳐이셔 지락(지락)을 ᄆᆞᄅᆞᆯ 것가. 數間茅屋(수간모옥)을 碧溪水(벽계수) 앏픠 두고, 松竹(송죽) 鬱鬱裏(울울리)예 風月主人(풍월주인) 되어셔라.

① 조선 사대부 가사의 효시이다.
② 3(4)・4조, 4음보 연속체의 율격을 지니고 있다.
③ 안빈낙도하는 삶의 태도를 드러내고 있다.
④ 연군과 우국의 유교적 관념을 표출하고 있다.

18 다음 작품에 대한 설명으로 적절하지 않은 것은?

> 이 몸 삼기실 제 님을 조차 삼기시니, ᄒᆞᆫᄉᆡᆼ 緣分(연분)이며 하ᄂᆞᆯ 모ᄅᆞᆯ 일이런가. 나 ᄒᆞ나 졈어 잇고 님 ᄒᆞ나 날 괴시니, 이 ᄆᆞ음 이 ᄉᆞ랑 견졸 ᄃᆡ 노여 업다. 平生(평생)애 願(원)ᄒᆞ요ᄃᆡ ᄒᆞᆫᄃᆡ 녜쟈 ᄒᆞ얏더니, 늙기야 므ᄉᆞ 일로 외오 두고 글이ᄂᆞᆫ고. 엇그제 님을 뫼셔 廣寒殿(광한뎐)의 올낫더니, 그더ᄃᆡ 엇디ᄒᆞ야 下界(하계)예 ᄂᆞ려오니, 올 적의 비슨 머리 얼킈연디 三年(삼년)이라. 臙脂粉(연지분) 잇ᄂᆞ마ᄂᆞᆫ 눌 위ᄒᆞ야 고이 ᄒᆞᆯ고. ᄆᆞ음의 ᄆᆡ친 실음 疊疊(텹텹)이 빠혀 이셔, 짓ᄂᆞ니 한숨이오 디나니 눈믈이라. 人生(인ᄉᆡᆼ)은 有限(유ᄒᆞᆫ)ᄒᆞᆫᄃᆡ 시롬도 그지업다. 無心(무심)ᄒᆞᆫ 歲月(셰월)은 믈 흐ᄅᆞ듯 ᄒᆞᄂᆞᆫ고야. 炎凉(염냥)이 ᄯᅢ를 아라 가ᄂᆞᆫ ᄃᆞᆺ 고텨 오니, 듯거니 보거니 늣길 일도 하도 할샤.

① 사대부 가사의 효시로 알려진 작품이다.
② 우리말 구사의 극치를 보여 주는 작품이다.
③ 충신연군지사의 대표적인 작품이다.
④ 3・4조의 4음보 율격을 기본으로 하는 작품이다.

19 다음 내용 중 밑줄 친 부분에서 알 수 있는 화자의 태도로 가장 적절한 것은?

> 어와 네여이고 이내 ᄉᆞ셜 드러 보오
> 내 얼굴 이 거동이 님 괴얌즉 ᄒᆞᆫ가마ᄂᆞᆫ
> 엇딘디 날 보시고 네로다 녀기실ᄉᆡ
> 나도 님을 미더 군ᄠᅳ디 젼혀 업서
> 이ᄅᆡ야 교ᄐᆡ야 어ᄌᆞ러이 ᄒᆞ돗쎤디
> 반기시ᄂᆞᆫ ᄂᆞᆺ비치 녜와 엇디 다ᄅᆞ신고
> 누어 ᄉᆡᆼ각ᄒᆞ고 니러 안자 혜여ᄒᆞ니
> <u>내 몸의 지은 죄 뫼ᄀᆞ티 빠혀시니</u>
> <u>하ᄂᆞᆯ히라 원망ᄒᆞ며 사ᄅᆞᆷ이라 허믈ᄒᆞ랴</u>
> <u>셜워 플텨 혜니 造조物믈의 타시로다</u>

① 자신에게 죄를 씌운 사람들을 원망하고 있다.
② 임의 변한 태도를 원망하고 있다.
③ 임과의 이별을 유도한 조물주를 원망하고 있다.
④ 자신이 처한 상황을 운명으로 받아들이고 있다.

20 다음 설명에 해당하는 작품으로 옳은 것은?

- 제재 : 전남 담양 지역의 자연의 승경(勝景)
- 구성 : 기・승・전・결 79구의 4단 구성(서사・본사・결사의 3단 구성 또는 본사를 계절에 따라 네 문단으로 나누어 6단 구성으로 볼 수도 있음)
- 의의 : 강호가도(江湖歌道)를 확립한 노래로, 정극인의 「상춘곡」의 계통을 잇고, 정철의 「성산별곡(星山別曲)」에 영향을 주었다.
- 주제 : 대자연 속에서의 풍류와 군은(君恩)

① 「면앙정가」
② 「관동별곡」
③ 「감군은」
④ 「청산별곡」

21 다음 설명에 해당하는 작품으로 옳은 것은?

- 제목의 '미인(美人)'은 '임금'을 의미한다.
- 계절의 흐름에 따른 시상 전개를 보여 주고 있다.
- 독백체 형식으로 화자의 애절한 정서를 드러내고 있다.
- 여성적 어조를 통해 임에 대한 사랑을 노래하고 있다.

① 「속미인곡」
② 「사미인곡」
③ 「별사미인곡」
④ 「만언사」

22 다음 밑줄 친 부분의 기능으로 가장 적절한 것은?

이 논배미를 얼른 매고 저 논배미로 건너가세.
<u>잘하고 자로 하네 에히요 산이가 자로 하네.</u>

담송담송 닷 마지기 반달만치만 남았구나.
잘하고 자로 하네 에히요 산이가 자로 하네.

일락서산(日落西山)에 해는 지고 월출동령(月出東嶺)에 달 돋는다.
잘하고 자로 하네 에히요 산이가 자로 하네.

– 작가 미상, 「논매기노래」 –

① 각 연을 내용상 연결해준다.
② 화자의 태도가 바뀌는 계기가 된다.
③ 이별의 정한을 강조한다.
④ 운율을 형성하여 형태적으로 통일되게 한다.

23 다음 작품에 대한 설명으로 적절하지 <u>않은</u> 것은?

우렁탸게 토하난 긔뎍 소리에
남대문을 등디고 떠나 나가서
빨니 부난 바람의 형세 갓흐니
날개 가딘 새라도 못 따르겟네.

늙은이와 덞은이 셕겨 안졋고
우리네와 외국인 갓티 탓으나
내외 틴소 다갓티 익히 디내니
됴고마한 딴 세상 뎔노 일웟네.

① 새로운 사회에 대한 긍정적인 인식이 담겨 있다.
② 상징적 대상에 대한 예찬의 목소리가 드러나 있다.
③ 빠르게 변화하는 시대에 대한 불안감이 나타나 있다.
④ 우리나라의 전통 시가와 유사한 율격을 형성하고 있다.

24 다음 작품에 대한 설명으로 거리가 먼 것은?

> 아셰아에 대죠션이 ᄌᆞ쥬 독립 분명ᄒᆞ다.
> (합가) ᄋᆡ야에야 ᄋᆡ국ᄒᆞ셰 나라 위ᄒᆡ 죽어 보셰.
>
> 분골ᄒᆞ고 쇄신토록 츙군ᄒᆞ고 ᄋᆡ국ᄒᆞ셰.
> (합가) 우리 정부 놉혀 주고 우리 군면 도와 주셰.
>
> 깁흔 잠을 어셔 ᄭᆡ여 부국강병(富國强兵) 진보ᄒᆞ셰.
> (합가) 놈의 쳔ᄃᆡ 밧게 되니 후회 막급 업시ᄒᆞ셰.
>
> 합심ᄒᆞ고 일심되야 셔셰동졈(西勢東漸) 막아 보셰.
> (합가) ᄉᆞ롱공샹(士農工商) 진력ᄒᆞ야 사ᄅᆞᆷ마다 ᄌᆞ유ᄒᆞ셰.
>
> 남녀 업시 입학ᄒᆞ야 셰계 학식 ᄇᆡ화 보자.
> (합가) 교육ᄒᆡ야 ᄀᆡ화되고, ᄀᆡ화ᄒᆡ야 사ᄅᆞᆷ되네.
>
> 팔괘국긔(八卦國旗) 놉히 달아 륙ᄃᆡ쥬에 횡ᄒᆡᆼᄒᆞ셰.
> (합가) 산이 놉고 물이 깁게 우리 ᄆᆞ음 ᄆᆡᆼ셰ᄒᆞ셰.
>
> – 『독립신문』 1권 15호(1896. 5. 9.) 중에서 –

① 교술적 성격을 갖는다.
② 비유를 통해 설득력을 높이고 있다.
③ 형식적인 면에서 민요를 계승하였다.
④ 개화 · 계몽과 애국을 주장하는 개화 가사이다.

주관식 문제

01 다음은 향가의 국문학사적 의의를 설명한 글이다. 괄호 안에 들어갈 용어를 순서대로 쓰시오.

> 향가는 우리 문학사상 최초의 정형화한 (㉠)(이)라는 점에 중요한 의의가 있다. 또한, 그 가사는 (㉡) 연구에 귀중한 자료가 되며, 그 표기법인 (㉢)은(는) 외래문화를 받아들여 주체적으로 수용 · 발전시킨 좋은 예가 된다.

02 다음 내용에 해당하는 문학사적 가치를 갖는 작품의 갈래를 쓰시오.

> - 조선 건국 초기 왕실 문학의 완전체
> - 우리글의 발전 과정을 볼 수 있음
> - 왕실 중심으로 노래의 형태를 국가적 차원에서 모색

03 다음 내용에 해당하는 작품의 제목을 쓰시오.

- 「용비어천가」와 쌍벽을 이루는 대표적 악장문학이며 최대의 서사시이다.
- 15세기 국어의 모습과 당시 표기법의 특이성을 보여 주는 귀중한 자료이다.
- 정음문학 최고(最古) 자료 중 하나로, 한글 자형의 변천 과정을 알려 주는 문헌이다.
- 불교문학의 정화(精華)이다.

04 다음 내용과 같은 비평을 한 인물과 해당 비평이 수록된 문헌을 순서대로 쓰시오.

송강의 「관동별곡」와 「전후미인곡」은 우리나라의 '이소(離騷)'이다. … 옛날부터 우리나라의 참된 문장은 오직 이 세 편뿐인데, 다시 이 세 편에 대하여 논할 것 같으면, 그중에서 「속미인곡」이 더욱 뛰어났다.

제2회 최종모의고사 | 고전시가론

제한시간: 50분 | 시작 ___시 ___분 - 종료 ___시 ___분

정답 및 해설 480p

※ [01~02] 다음 글을 읽고 물음에 답하시오.

서경이 아즐가 서경이 셔울히 마르는
위 두어렁셩 두어렁셩 다링디리
닷곤ᄃᆡ 아즐가 닷곤ᄃᆡ 쇼셩경 고외마른
위 두어렁셩 두어렁셩 다링디리
여ᄒᆡ므론 아즐가 여ᄒᆡ므론 질삼뵈 ᄇᆞ리시고
위 두어렁셩 두어렁셩 다링디리
괴시란ᄃᆡ 아즐가 괴시란ᄃᆡ 우러곰 좃니노이다.
위 두어렁셩 두어렁셩 다링디리

구스리 아즐가 구스리 바회예 디신ᄃᆞᆯ
위 두어렁셩 두어렁셩 다링디리
긴히ᄯᆞᆫ 아즐가 긴힛ᄯᆞᆫ 그츠리잇가 나ᄂᆞᆫ
위 두어렁셩 두어렁셩 다링디리
즈믄ᄒᆡ를 아즐가 즈믄ᄒᆡ를 외오곰 녀신ᄃᆞᆯ
위 두어렁셩 두어렁셩 다링디리
신잇ᄃᆞᆫ 아즐가 신잇ᄃᆞᆫ 그츠리잇가 나ᄂᆞᆫ
위 두어렁셩 두어렁셩 다링디리

대동강 아즐가 대동강 너븐디 몰라셔
위 두어렁셩 두어렁셩 다링디리
ᄇᆡ내여 아즐가 ᄇᆡ내여 노ᄒᆞᆫ다 샤공아
위 두어렁셩 두어렁셩 다링디리
네가시 아즐가 네가시 럼난디 몰라셔
위 두어렁셩 두어렁셩 다링디리
녈ᄇᆡ예 아즐가 녈ᄇᆡ예 연즌다 샤공아
위 두어렁셩 두어렁셩 다링디리
대동강 아즐가 대동강 건넌편 고즐여
위 두어렁셩 두어렁셩 다링디리
ᄇᆡ타들면 아즐가 ᄇᆡ타들면 것고리이다 나ᄂᆞᆫ
위 두어렁셩 두어렁셩 다링디리

01 **해당 작품에 대한 설명으로 옳지 않은 것은?**

① 각 구절 앞의 동일어 반복은 운율감을 살리기 위해서이다.
② 기본 운율은 4음보의 안정적인 율격이다.
③ 「동동」이 시간 구조로 짜였다면, 이 노래는 공간 구조로 되어 있다.
④ '남녀상열지사(男女相悅之詞)'라 하여 산제되기도 하였다.

02 **제시된 작품의 제2연과 같은 내용이 들어 있는 고려가요는?**

① 「동동」
② 「만전춘」
③ 「이상곡」
④ 「정석가」

03 **사설시조가 등장하게 된 배경으로 거리가 먼 것은?**

① 서민 의식의 자각
② 산문 정신의 대두
③ 실학 사상의 대두
④ 가사문학의 장형화

※ [04~06] 다음 글을 읽고 물음에 답하시오.

生死路隱	生死(생사)의 길은
此矣有阿米次肹伊遣	이에 이샤매 머뭇거리고
吾隱去內如辭叱都	나ᄂᆞᆫ 가ᄂᆞ다 말ㅅ도
毛如云遣去內尼叱古	몯다 니르고 가ᄂᆞ닛고
於內秋察早隱風未	어느 ᄀᆞ술 이른 ᄇᆞᄅᆞ매
此矣彼矣浮良落尸葉如	이에 뎌에 ᄠᅥ러딜 닙ᄀᆞᆫ
一等隱枝良出古	ᄒᆞᄃᆞᆫ 가지라 나고
去奴隱處毛冬乎丁	가논 곧 모ᄃᆞ론져
阿也彌陁刹良逢乎吾	아야 彌陁刹(미타찰)아 맛보올 나
道修良待是古如	道(도) 닷가 기드리고다.

04 해당 작품에 대한 감상으로 적절하지 않은 것은?

① 의식요의 성격을 엿볼 수 있다.
② 불교적 무상감에 의한 절망적 어조가 부각되었다.
③ 애도의 정을 뛰어난 비유로 표현해 냈다.
④ 인간적 고뇌를 종교적으로 승화시키고 있다.

05 해당 작품에서 밑줄 친 'ᄒᆞᄃᆞᆫ 가지'의 원관념으로 옳은 것은?

① 한 세상
② 같은 부모
③ 극락 세계
④ 이상향

06 해당 작품의 형식상 특성에 대한 설명으로 적절하지 않은 것은?

① 10구체 향가의 낙구에 나타나는 감탄사가 보인다.
② 추보식 구성을 따르고 있다.
③ 상징법과 직유법을 사용하고 있다.
④ 기・서・결의 3단 구성을 취하고 있다.

07 다음 작품을 향가계 고려가요로 볼 수 있는 단서가 될 수 없는 것은?

[前腔] 내 님믈 그리ᅀᆞ와 우니다니
[中腔] 山(산) 접동새 난 이슷ᄒᆞ요이다.
[後腔] 아니시며 거츠르신 돌 아으
[附葉] 殘月曉星(잔월효성)이 아ᄅᆞ시리이다.
[大葉] 넉시라도 님은 ᄒᆞᆫᄃᆡ 녀져라 아으
[附葉] 벼기더시니 뉘러시니잇가.
[二葉] 過(과)도 허믈도 千萬(천만) 업소이다.
[三葉] 믈힛마리신뎌
[四葉] 솔읏븐뎌 아으
[附葉] 니미 나를 ᄒᆞ마 니ᄌᆞ시니잇가.
[五葉] 아소 님하, 도람 드르샤 괴오쇼셔.

① 낙구에 감탄사가 사용되었다.
② 연의 구분이 없는 단연 형식이다.
③ 의미상 4/4/2의 시상 구성이다.
④ 구전성의 성격을 지녔다.

08 다음 작품에 대한 감상으로 적절하지 않은 것은?

(가) 德(덕)으란 곰ᄇᆡ예 받ᄌᆞᆸ고, 福(복)으란 림ᄇᆡ예 받ᄌᆞᆸ고,
德이여 福이라 호ᄂᆞᆯ 나ᅀᆞ라 오소이다.
아으 動動(동동)다리.

(나) 正月(정월)ㅅ 나릿므른 아으 어져 녹져 ᄒᆞ논ᄃᆡ.
누릿 가온ᄃᆡ 나곤 몸하 ᄒᆞ올로 녈셔.
아으 動動(동동)다리.

(다) 二月(이월)ㅅ 보로매, 아으 노피 현 燈(등)ㅅ블 다호라.
萬人(만인) 비취실 즈ᅀᅵ샷다.
아으 動動(동동)다리.

(라) 三月(삼월) 나며 開(개)ᄒᆞᆫ 아으 滿春(만춘) ᄃᆞᆯ욋고지여.
ᄂᆞᄆᆡ 브롤 즈슬 디뎌 나샷다.
아으 動動(동동)다리.

(마) 四月(사월) 아니 니저 아으 오실셔 곳고리새여.
므슴다 錄事(녹사)니믄 녯 나ᄅᆞᆯ 닛고신뎌.
아으 動動(동동)다리.

(바) 五月(오월) 五日(오일)애, 아으 수릿날 아ᄎᆞᆷ 藥(약)은
즈믄 ᄒᆡᆯ 長存(장존)ᄒᆞ샬 藥이라 받ᄌᆞᆸ노이다.
아으 動動(동동)다리.

(사) 六月(유월)ㅅ 보로매 아으 별해 ᄇᆞ룐 빗 다호라.
도라보실 니믈 젹곰 좃니노이다.
아으 動動(동동)다리.

① 자신의 고독한 모습을 사물에 비유하여 호소하고 있다.
② 세시(歲時)에 맞게 사랑의 여러 감정을 읊었다.
③ 송도(頌禱)와 연모(戀慕)의 정으로 점철되어 있다.
④ 버림받은 운명에 대한 체념과 임을 향한 원한이 짙게 나타난다.

09 다음 작품은 고려 의종 때 정서가 유배지에서 부른 고려가요이다. 이에 대한 설명으로 적절하지 않은 것은?

> 내 임을 그리워하여 늘 울며 지내더니
> 저 산 접동새와 난 비슷합니다.
> 참소의 말이 참이 아니며 거짓인 줄을
> 지새는 달과 새벽별은 아실 것입니다.
> 넋이라도 임과 함께 지내고 싶어라.
> 우기던 사람이 누구였습니까?
> 과실도 허물도 전혀 없습니다.
> 뭇사람의 참소하는 말입니다.
> 슬프구나. 아아
> 마소서 임이시여, 돌려 들으시어 다시 사랑하옵소서.

① 화자는 임금에 대한 충성심을 드러내고 있다.
② 화자의 감정을 자연물에 이입하여 표현하고 있다.
③ 화자는 임금이 자신을 다시 등용해 줄 것을 희망하고 있다.
④ 자신의 잘못 때문에 유배를 왔다고 생각하고 있다.

10 다음은 특정 주제를 잇는 작품들의 계보이다. 이 작품들의 공통적인 주제로 옳은 것은?

> 「황조가」 → 「가시리」 → 「서경별곡」 → 「아리랑」 → 「진달래꽃」

① 안빈낙도
② 이별의 정한
③ 임금에 대한 충성
④ 신문물에 대한 찬양

11 **다음 작품의 문학성이 떨어진다는 평가를 받는 이유로 적절하지 않은 것은?**

> 元淳文(원슌문) 仁老詩(인노시) 公老四六(공노ᄉᆞ룩)
> 李正言(니정언) 陳翰林(딘한림) 雙韻走筆(솽운주필)
> 冲基對策(듕긔ᄃᆡ칙) 光鈞經義(광균경의) 良鏡詩賦(량경시부)
> 위 試場(시댱)ㅅ 景(경) 긔 엇더ᄒᆞ니잇고.
> 葉(엽) 琴學士(금ᄒᆞᆨᄉᆞ)의 玉笋門生(옥슌문ᄉᆡᆼ) 琴學士(금ᄒᆞᆨᄉᆞ)의 玉笋門生(옥슌문ᄉᆡᆼ)
> 위 날조차 몃 부니잇고.

① 서정성의 배제와 교술성의 강화
② 정서 표현을 배제한 지시적・사실적인 사물의 나열
③ 한문어구의 나열과 현토식 문장
④ 반복적 후렴구의 사용을 통한 정서적 집약

12 **다음 작품에 대한 설명으로 적절하지 않은 것은?**

> 海東(해동) 六龍(육룡)이 ᄂᆞᄅᆞ샤 일마다 天福(천복)이시니
> 古聖(고성)이 同符(동부)ᄒᆞ시니
>
> 〈제1장〉
>
> 불휘 기픈 남ᄀᆞᆫ ᄇᆞᄅᆞ매 아니 뮐ᄊᆡ 곶 됴코 여름 하ᄂᆞ니
> ᄉᆡ미 기픈 므른 ᄀᆞᄆᆞ래 아니 그츨ᄊᆡ 내히 이러 바ᄅᆞ래 가ᄂᆞ니
>
> 〈제2장〉

① 조선 건국의 정당성을 밝히고 있다.
② 조선 왕조의 영원함을 기원하는 마음을 담고 있다.
③ 조선을 건국하기까지의 선조들의 공덕을 기리고 있다.
④ 중국과 대조되는 조선의 모습을 강조하여 독자성을 드러내고 있다.

13 **다음 작품을 창작한 동기로 옳은 것은 무엇인가?**

> 녜ᄂᆞᆫ 楊洲(양쥬)ㅣ ᄀᆞ올히여
> 디위예 新都形勝(신도형승)이샷다
> ᄀᆡ국셩왕이 聖代(셩ᄃᆡ)를 니르어샷다
> 잣다온뎌 當今景(당금경) 잣다온뎌
> 聖壽萬年(셩슈만년)ᄒᆞ샤 萬民(만민)의 咸樂(함락)이샷다
> 아으 다롱디리
> 알ᄑᆞᆫ 漢江水(한강슈)여 뒤흔 三角山(삼각산)이여
> 德重(덕듕)ᄒᆞ신 江山(강산) ᄌᆞ으메 萬歲(만세)를 누리쇼셔

① 대첩(大捷)에 대한 송축
② 군은(君恩)에 대한 찬양
③ 천도(遷都)에 대한 송축
④ 즉위(卽位)에 대한 염원

14 **다음 작품의 표현상 특징으로 가장 적절한 것은?**

> 묏버들 ᄀᆞᆯᄒᆡ 것거 보내노라 님의손ᄃᆡ
> 자시ᄂᆞᆫ 窓(창) 밧긔 심거 두고 보쇼셔.
> 밤비예 새닙곳 나거든 날인가도 너기쇼셔.

① 일부 장이 길어지면서 말하고자 하는 바를 명확히 전달한다.
② 청유형 어미를 사용하여 의도를 직접적으로 표현한다.
③ 정상적인 언어 배열을 바꿔 의미를 강조한다.
④ 색채 어휘를 사용하여 시각적 이미지를 뚜렷하게 드러낸다.

15 **다음 시가에 사용된 표현상 특징으로 가장 적절한 것은?**

> 冬至(동지)ㅅᄃᆞᆯ 기나진 밤을 한 허리를 버혀 내여,
> 春風(춘풍) 니불 아ᄅᆡ 서리서리 너헛다가,
> 어론님 오신 날 밤이여든 구뷔구뷔 펴리라.
>
> – 황진이, 「동짓달 기나긴 밤을~」 –

① 모순 형용
② 공감각적 표현
③ 감정이입
④ 시간의 사물화

※ [16~17] 다음 글을 읽고 물음에 답하시오.

(가) 오ᄂᆞᆯ도 다 새거다 호믜 메오 가쟈스라
내 논 다 ᄆᆡ여든 네 논 졈 ᄆᆡ야 주마
올 길헤 ᄲᅩᇰ ᄡᅡ다가 누에 머켜 보쟈스라

(나) 비록 못 니버도 ᄂᆞᆷ의 오ᄉᆞᆯ 앗지 마라
비록 못 머거도 ᄂᆞᆷ의 밥을 비지 마라
ᄒᆞᆫ적곳 ᄯᅵ 시ᄅᆞᆫ 後(후)ㅣ면 고쳐 싯기 어려우니

(다) 雙六將碁(쌍육장기) ᄒᆞ지 마라 訟事(송사)ㅅ 글월 ᄒᆞ지 마라
집 배야 무슴하며 ᄂᆞᆷ의 怨讐(원수) 될 줄 엇지
나라히 法(법)을 세오샤 罪(죄)인ᄂᆞᆫ 줄을 모로ᄂᆞᆫ다

(라) 이고 진 져 늘그니 짐 푸러 날을 주오
나ᄂᆞᆫ 져멋거니 돌히라 무거올가
늙기도 셜웨라커든 짐을 조차 지실

16 해당 작품의 창작 의도로 옳은 것은?

① 교화(敎化)
② 권학(勸學)
③ 송축(頌祝)
④ 비판(批判)

17 해당 작품에 대한 설명으로 적절하지 않은 것은?

① 윤리적 실천을 강조하는 목적 문학이다.
② 평이한 고유어를 사용하여 쉽게 이해할 수 있다.
③ 최초의 연시조 작품으로 전체가 16수로 되어 있다.
④ 청유어법을 활용하여 설득하는 힘이 강하다.

18 다음 작품에서 중의적 의미로 쓰이고 있는 시어는?

> ㉠ 首陽山(수양산) 바라보며 ㉡ 夷齊(이제)를 ㉢ 恨(한)ᄒᆞ노라.
> 주려 주글진들 採薇(채미)도 ᄒᆞᄂᆞᆫ것가.
> ㉣ 비록애 푸새엣 거신들 긔 뉘 싸헤 낫ᄃᆞ니.

① ㉠
② ㉡
③ ㉢
④ ㉣

19 다음 작품에 대한 설명으로 옳지 않은 것은?

> 鴛원鴦앙錦금 버혀 노코 五오色식線션 플텨 내여
> 금자히 견화이셔 님의 옷 지어 내니,
> 手수品품은ᄏᆞ니와 制제度도도 ᄀᆞᄌᆞᆯ시고.
> 珊산瑚호樹슈 지게 우히 白백玉옥函함의 다마 두고,
> 님의게 보내오려 님 겨신 ᄃᆡ 바라보니,
> 山산인가 구롬인가, 머흐도 머흘시고.
> 千쳔 里리 萬만 里리 길흘 뉘라셔 ᄎᆞ자갈고.
> 니거든 여러 두고 날인가 반기실가.

① 작가가 탄핵을 당해 고향인 창평에서 지은 것이다.
② 서사・춘원・하원・추원・동원・결사로 구성되어 있다.
③ 사계절의 변화에 따라 임에 대한 간절함과 짙은 외로움을 토로했다.
④ 두 명의 화자가 등장하는 대화 형식의 시가이다.

20 다음 작품을 읽고, 〈보기〉의 괄호 안에 공통적으로 들어갈 말로 옳은 것은?

人間(인간)올 떠나와도 내 몸이 겨를 업다.
이것도 보려 ᄒᆞ고 져것도 드르려코
ᄇᆞᄅᆞᆷ도 혀려 ᄒᆞ고 ᄃᆞᆯ도 마즈려코
밤으란 언제 줍고 고기란 언제 낙고
柴扉(시비)란 뉘 다드며 딘 곳츠란 뉘 쓸려뇨.
아춤이 낫브거니 나조ᄒᆡ라 슬흘소냐.
오늘리 不足(부족)커니 來日(내일)리라 有餘(유여) ᄒᆞ랴.
이 뫼ᄒᆡ 안자 보고 뎌 뫼ᄒᆡ 거러 보니
煩勞(번로)ᄒᆞᆫ ᄆᆞ옴의 ᄇᆞ릴 일이 아조 업다.

– 송순, 「면앙정가」 –

보기

전반부에는 세속의 명리(名利)를 떠나 안빈낙도하는 화자 자신의 생활에 대한 (　　)을(를) 잘 드러내고 있다. 자연 속에서 지내는 자신의 모습을 여러 가지로 열거하면서 그런 바람에 겨를이 없다고 탄식하는 듯한 어조는 자신의 그러한 생활에 대한 (　　)을(를) 암암리에 드러내고 있는 것이다.

① 자부심
② 정한
③ 후회
④ 충의

21 다음 작품이 속한 장르에 대한 설명으로 옳지 않은 것은?

화란춘성(花爛春城)하고 만화방창(萬化方暢)이라. 때 좋다, 벗님네야, 산천경개(山川景槪)를 구경을 가세.
죽장망혜(竹杖芒鞋) 단표자(單瓢子)로 천리강산을 들어를 가니, 만산홍록(滿山紅綠)들은 일년일도(一年一度) 다시 피어 춘색(春色)을 자랑노라 색색이 붉었는데, 창송취죽(蒼松翠竹)은 창창울울(蒼蒼鬱鬱)한데, 기화요초(琪花瑤草) 난만중(爛漫中)에 꽃속에 잠든 나비 자취 없이 날아난다.

① 평민문학이면서 사대부의 문학을 모방하였다.
② 조선 후기에 등장한 작가 미상의 작품이다.
③ 4·4조 가사체의 형식이나 파격이 심하다.
④ 주로 평민들에 의해 구전되고 가창되었다.

22 다음 내용에서 설명하고 있는 작품과 그 작가가 옳게 연결된 것은?

- 이덕형이 작가의 생활상을 물었을 때 그 대답으로 지은 것으로(안빈낙도), 사대부와 농민 양쪽에서 모두 소외되어 있는 괴로움을 절실하게 그렸다.
- 사대부 가사의 한계를 탈피하고 가사가 시조보다 개방적일 수 있음을 입증하였다. 또한 일상생활의 언사를 대폭 받아들임으로써 조선 후기 가사의 새로운 방향을 제시하는 선구적 역할을 하였다.
- 자연에 은일하면서도 현실생활의 어려움을 직시하고, 그것을 사실적으로 묘사하고 있다는 점에서 전기 가사와 다른 점을 보여 주고 있다.

① 「상춘곡」 – 정극인
② 「선상탄」 – 박인로
③ 「연행가」 – 홍순학
④ 「누항사」 – 박인로

23 다음 작품에 대한 설명으로 적절하지 않은 것은?

날 좀 보소 날 좀 보소 날 좀 보소
동지 섣달 꽃 본 듯이 날 좀 보소
아리아리랑 쓰리쓰리랑 아라리가 났네
아리랑 고개로 넘어간다

정든 임이 오시는데 인사를 못 해
행주 치마 입에 물고 입만 방긋
아리아리랑 쓰리쓰리랑 아라리가 났네
아리랑 고개로 넘어간다

울 너머 총각의 각피리 소리
물 긷는 처녀의 한숨 소리
아리아리랑 쓰리쓰리랑 아라리가 났네
아리랑 고개로 넘어간다

늬가 잘나 내가 잘나 그 누가 잘나
구리 백통 지전이라야 일색이지
아리아리랑 쓰리쓰리랑 아라리가 났네
아리랑 고개로 넘어간다

① 선후창 형식이 사용되고 있다.
② 소박한 사랑의 감정을 담고 있다.
③ 후렴구가 반복되면서 리듬감을 형성하고 있다.
④ 4연을 통해 문자로 전승되었음을 짐작할 수 있다.

24 다음 작품이 갖는 국문학사상 의의는 무엇인가?

> 우렁탸게 토하난 긔덕(汽笛) 소리에
> 남대문을 등디고 떠나 나가서
> 빨니 부난 바람의 형세 갓흐니
> 날개 가딘 새라도 못 따르겟네.
>
> 늙은이와 덞은이 셕겨 안졋고
> 우리네와 외국인 갓티 탓으나
> 내외 틴소(親疏) 다갓티 익히 디내니
> 됴고마한 딴 세상 뎔노 일웟네.

① 전통 율격에 새로운 사상을 담아냄
② 최초의 7・5조 창가
③ 선후창 형식의 사용
④ 대한제국 초대 황제의 탄신을 축하함

주관식 문제

01 제시된 다음 작품의 괄호 안에 공통으로 들어갈 구절을 쓰시오.

가시리 가시리잇고 나는
ᄇᆞ리고 가시리잇고 나는
( )

날러는 엇디 살라 하고
ᄇᆞ리고 가시리잇고 나는
( )

잡ᄉᆞ와 두어리마ᄂᆞᄂᆞᆫ
선하면 아니 올셰라
( )

셜온 님 보내옵노니 나는
가시는 ᄃᆞᆺ 도셔 오쇼셔 나는
( )

02 다음은 효자 문충(文忠)이 지었다는 「오관산요(五冠山謠)」를 의역한 것이다. 이 작품과 「정석가」의 표현상 공통점을 서술하시오.

나무토막으로 당닭을 깎아 만들어
벽의 걸이개를 올려 앉히고
이 닭이 꼬끼요 하고 때를 알리면
어머님 얼굴이 서산에 기우는 해처럼 늙으시리라.

03 다음 내용은 「청산별곡」 7연의 현대어 풀이다. 이에 나타나는 화자의 심정을 10자 내외로 쓰시오.

가다가 가다가 듣노라 외딴 부엌을 지나가다가 듣노라
사슴이 장대에 올라가서 해금(奚琴)을 켜는 것을 듣노라.
얄리얄리 얄랑셩 얄라리 얄라

04 다음 작품의 대상이 되는 '기차'는 무엇을 의미하는지 쓰시오.

우렁탸게 토하난 긔덕 소리에
남대문을 등디고 떠나 나가서
빨니 부난 바람의 형세 갓흐니
날개 가딘 새라도 못 따르겟네.

늙은이와 뎖은이 셕겨 안졋고
우리네와 외국인 갓티 탓으나
내외 틴소 다갓티 익히 디내니
됴고마한 딴 세상 뎔노 일웟네.

제1회 정답 및 해설 | 고전시가론

01	02	03	04	05	06	07	08	09	10	11	12
③	④	④	④	①	③	④	④	②	②	③	④
13	14	15	16	17	18	19	20	21	22	23	24
①	①	④	④	④	①	④	①	②	④	③	②

주관식 정답	
01	㉠ 서정시 ㉡ 신라어 ㉢ 향찰
02	악장
03	「월인천강지곡」
04	김만중, 『서포만필』

01 정답 ③

「공무도하가」는 임이 물에 빠져 죽은 상황에서 그 슬픔과 절망감을 노래하고 있고, 「황조가」는 유리왕이 후실 '치희'가 집을 나갔을 때 꾀꼬리가 지저귀는 것을 보며 아내에 대한 그리움을 읊고 있다.

① (가)와 (나) 모두 개인의 서정을 노래하고 있다.

② (나)에만 해당되는 내용이다.

④ (나)의 경우에는 뒤의 두 행에 정서가 담겨 있다.

02 정답 ④

(가)에서 '물'은 세 번 쓰이는데, 행의 이동에 따라 의미가 심화된다. 1행과 2행의 '물'은 임과 화자를 이별하게 하는 물이며, 임이 물을 건너지 않기를 바라는 화자의 소망이 좌절되는 공간으로서의 물이다. 3행의 '물'은 죽음과 소멸로서의 물이며, 화자가 극복할 수 없는 불가항력적인 대상으로서의 물이다. 술을 마시고 죽은 남편이 새롭게 태어난다거나 정화된다는 의미 요소는 찾기 어렵다.

03 정답 ④

해당 작품은 충담사가 지은 「안민가」이다. 10구체 향가로, 현전하는 향가 작품 중 유일하게 유교적 이념을 드러낸 노래로 알려져 있다. 따라서 이 작품은 현실 정치를 풍자하기보다는 위정자에게 교훈을 주기 위한 노래이다.

① 설득적인 어조로 대상에 대한 교훈적 태도를 드러냈다.

② 임금, 신하, 백성의 관계를 가족 간의 관계로 비유하였다.

③ 위정자로서의 바른 도리를 일깨우는 '치리가(治理歌)'의 대표적 노래이다.

04 정답 ④

제시된 작품은 경기체가 작품인 「한림별곡」이다. 경기체가가 3음보의 율격과 3·3·4조의 음수율을 갖는 반면, 고려가요는 3·3·2조의 음수율이 많이 나타난다.

05 정답 ①

제시된 작품은 10구체 향가인 「찬기파랑가」로, 주술성이나 종교적 색채가 전혀 드러나지 않은 순수 서정시이다.

② 기파랑에 대한 심상을 '직벽', '잣ㅅ가지'와 같은 다양한 자연물로 제시하고 있다.

③ 화자와 달이 문답하는 형식으로 시상이 전개된다.
④ '서리'와 '잣ㅅ가지'를 대립하여 시련에도 흔들리지 않는 기파랑의 고고한 인품을 나타낸다.

06 정답 ③
10구체 향가는 세련된 표현, 내용상 숭고미를 표현한 면과 형식의 정제된 모습으로 미루어볼 때, 적어도 민요적인 성격은 아니며 4구체와 8구체를 거쳐 서민적인 모습에서 탈피한 형식의 노래로, 작가층이 주로 승려나 화랑이었던 것으로 보아 당시의 지배층이나 식자층이 창작한 노래였음을 알 수 있다.

07 정답 ④
「청산별곡」은 고통스럽고 절망적인 현실에서 벗어나고자 하는 마음을 노래한 작품이다. 이를 위해 화자는 이상 세계를 동경하기도 하고(1, 6연), 기적이 일어나기를 바라기도 하며(7연), 술에 의지하기도 한다(8연). 하지만 이 노래의 화자가 절대자에 대한 믿음으로 현실적 고통을 극복하는 모습은 나타나지 않는다.

08 정답 ④
5연에서 화자는 어느 누구를 미워한 적도 사랑한 적도 없는 몸이지만, 방향도 목표도 없이 던져진 돌에 이유 없이 맞아서 운다고 하였다. 즉 '돌'은 화자에게 있어 피할 수 없는 운명과 같은 것이며, 돌에 맞아서 운다고 한 것은 화자가 생의 번민과 고독을 운명으로 여기고 체념한다는 의미이다. 따라서 ④와 같은 상황을 떠올리는 것은 적절하지 않다.

09 정답 ②
「가노라 삼각산아~」는 병자호란 당시 청에 항전할 것을 주장하던 김상헌이 전란 후 소현세자, 훗날 효종이 되는 봉림대군과 함께 청나라에 볼모로 잡혀 갈 때, 고국을 떠나면서 느끼는 비분강개한 심정을 노래한 우국충정의 작품이다.
①·③·④ 모두 계유정난(癸酉靖難) 당시 세조의 왕위 찬탈을 비판하며 단종을 지키고자 했던 절의를 노래한 작품들이다. 박팽년·성삼문·이개 등은 단종에 대한 충의를 지킨 사육신들이었고, 왕방연은 폐위된 단종의 호송 책임을 맡은 의금부도사였다.

10 정답 ②
해당 작품은 고려 의종 때 정서가 지은 향가계 고려가요인 「정과정」으로, 고려가요의 특징(여음구, 한글 표기, 진솔한 표현)과 향가의 특징(낙구의 감탄사, 3단 구성, 단연시)을 동시에 지니고 있다. 그러나 구전되다가 조선 시대에 훈민정음으로 기록되었으므로 향찰로 표기되었다는 설명은 적절하지 않다.

11 정답 ③
「가시리」는 고려 시대 평민들이 부른 노래로, 구비 전승되다가 조선 때 문자로 기록되었다. 비유와 상징은 사용되지 않았고, 오히려 자신의 정서를 직설적으로 표출하고 있다. 형식은 모두 4연으로 된 기승전결 구성으로, 매 연은 2행으로, 각 행은 3음보의 율격을 이루고 있다.

12 정답 ④
해당 작품은 「용비어천가」로, 조선을 건국한 육조의 사적(史蹟)을 찬양하고 후대 왕에게 왕업의 수호를 권계하는 내용을 담고 있다. 그러나 왕조의 발전이 많은 희생과 고난의 결과임을 이야기하는 부분은 확인할 수 없다.
① (가)는 「용비어천가」 제1장으로, '하늘이 내리신 복이니'를 통해 확인할 수 있다.
② (나)는 「용비어천가」 제2장으로, '내가 되어서 바다에 이르니'를 통해 확인할 수 있다.
③ (다)는 「용비어천가」 제67장으로, '나가고 나서야 잠긴 것이니이다.'를 통해 확인할 수 있다.

13 정답 ①

태강왕은 자신의 직분에 충실하지 않아 왕위를 빼앗겼는데, 이러한 상황을 교훈으로 삼아 후대의 왕들은 임금으로서의 덕을 닦는 데 힘쓰고 경천근민할 것을 권계하고 있다. 즉 다른 상황이라 하더라도 왕들이 타산지석(他山之石)으로 삼을 만한 교훈적인 일이 됨을 강조하고 있다.

② 각주구검(刻舟求劍) : 어리석고 미련하여 융통성이 없음
③ 부화뇌동(附和雷同) : 일정한 주견 없이 남의 의견이나 행동에 덩달아 따름
④ 등고자비(登高自卑) : 지위가 높아질수록 스스로를 낮춤

14 정답 ①

제시된 작품은 작자 미상의 사설시조이다. 사설시조는 조선 후기 산문 정신과 서민 의식의 영향으로 등장하였으며, 대부분 평민이 창작하여 정확한 작가와 창작 연대를 알 수 없다. 대체로 현실적 삶을 소재로 다뤘고, 시조의 기준형에서 대체로 중장이 길어진 형태가 많다. 따라서 사대부 양반이 창작한 평시조라는 설명은 옳지 않다.

15 정답 ④

정몽주의 「단심가」는 고려 왕조에 대한 자신의 일편단심을 강하고 직설적인 어조로 표현하였다.

① 두 시조의 화자의 대응 태도는 각각 변화하는 시대에 대한 순응(「하여가」)과 거부(「단심가」)로, 서로 다르다.
② 「단심가」는 '죽어'를 반복하고 있고, '백골이 진토되어'를 통해 화자의 의지를 점층적으로 강화하는 표현법을 사용하였다.
③ 조선 개국의 공이 큰 이방원은 「하여가」를 통해 정몽주를 새 왕조의 세력으로 회유하려 했다.

16 정답 ④

「훈민가」는 백성들을 교화하기 위해 지은 교훈시가로, 백성이 지켜야 할 삶의 도리에 대해 말하고 있을 뿐, 신분 질서가 있던 사회・문화적 상황은 나타나지 않는다.

① 「훈민가」는 3장 6구의 기본 형식을 갖춘 평시조이다.
② 일상적인 말과 순우리말을 사용해 청자인 백성들이 내용을 쉽게 이해할 수 있도록 하였다.
③ '-쟈스라'와 같은 청유형 어미를 사용해 설득력을 높이고 있다.

17 정답 ④

해당 작품은 정극인의 「상춘곡」으로, 아름다운 경치에 대한 완상(玩賞)과 자연 속에서 살아가는 안빈낙도의 태도를 보여 주고 있다. 그러나 연군과 우국의 유교적 관념의 표출은 드러나지 않았다.

18 정답 ①

제시된 작품은 정철의 「사미인곡(思美人曲)」이고, 사대부 가사의 효시로 알려진 작품은 정극인의 「상춘곡(賞春曲)」이다.

② 우리말 구사의 아름다움을 잘 보여 주는 작품으로 「속미인곡」, 「관동별곡」과 함께 '동방진문장 삼편'이라는 평가를 받는다.
③ 작가 정철이 귀양지에 있으면서 선조 임금을 그리는 마음을 노래한 충신연군지사(忠臣戀主之詞)의 대표적인 작품이다.
④ 3・4조의 4음보 율격을 기본으로 하는 가사작품이다.

19 정답 ④

해당 작품은 정철의 「속미인곡」으로, 밑줄 친 부분에서 화자는 '내 몸의 지은 죄 뫼ᄀᆞ티 빠혀시니(내 몸이 지은 죄가 산 같이 쌓여 있으니)'라고 말하며, 모든 것이 자신의 잘못 때문이라고 말하고 있다. 또한 '하ᄂᆞᆯ히라 원망ᄒᆞ며 사ᄅᆞᆷ이라 허믈ᄒᆞ랴(하늘을 원망하며, 사람을 탓할 수 있을까)'라고 말하며 이별의 원인을 외부에서 찾을 수 없다고 말하고 있다. 마지막으로 이 모든 것이 '造조物믈의 타시로다(조물주가 날 이렇게 만들었도다)'라고 말하며, 자신의 운명을 체념하며 수용하고 있다.

① 예전과 달라진 임의 태도를 언급하고 있으나 원망하지는 않는다.
② 자신에게 죄를 씌운 사람들을 탓하고 있지 않다.
③ '조물주의 탓'이라는 것은 정해진 운명이라는 뜻이다.

20 정답 ①

「면앙정가(俛仰亭歌)」는 작가인 송순이 벼슬에서 물러나 고향인 전남 담양에 머물던 시기에 창작한 가사작품이다. 면앙정이 위치한 지세와 제월봉의 형세, 면앙정의 경치 및 주변 풍경을 묘사하고, 아름다운 자연에서 얻은 흥취를 사계절의 변화에 따라 서술하였다.

21 정답 ②

「사미인곡(思美人曲)」은 작가가 임금에 대한 그리움과 충정을 노래한 충신연주지사이다. 왕에 대한 자신의 충정을 직접적으로 드러내지 않고 자신을 임의 사랑을 받지 못하는 여자로, 임금을 임으로 설정한 후, 사계절의 풍경과 함께 이별한 임을 그리워하는 형식으로 우의적으로 표현하였다.

22 정답 ④

각 연의 끝에 규칙적으로 반복되는 후렴구는 리듬감을 형성하고, 시 전체에 형식적인 통일성을 부여하는 역할을 한다.

23 정답 ③

해당 작품은 「경부철도가」로, 철도의 개통으로 대변되는 서구 문명에 대한 긍정적인 수용을 보여주고 있으며, 신문명에 대한 동경과 예찬의 목소리가 드러나 있다. 빠르게 변화하는 시대에 대해 불안함을 느끼는 모습은 드러나 있지 않다.

④ 「경부철도가」는 4・4조의 율격을 깨뜨린 최초의 7・5조 창가 가사이지만, 낭송할 때는 4・3・5조의 3음보 율격을 형성하고 있다. 이는 우리나라 전통 시가에서 주로 나타나는 율격이다.

24 정답 ②

제시된 작품은 개화 가사인 이필균의 「애국하는 노래」이다.

① 개화 가사는 개화기라는 과도적인 시기에 등장한 장르이자 목적의식이 강한 교술 장르의 노래로, 비유적인 표현보다는 직접적인 표현을 사용하여 설득력을 높이고 있다.
③ 형식적인 면에서 선후창 형식의 민요를 계승하였다.
④ 개화기 시가의 일반적 성격을 충실히 따르는 개화・계몽과 애국을 주장하는 개화 가사이다.

주관식 해설

01 정답

㉠ 서정시
㉡ 신라어
㉢ 향찰

해설

향가는 넓은 의미로는 중국의 한시(漢詩)에 대한 우리의 전통 서정시로, 좁은 의미로는 신라 시대부터 고려 초기에 이르는 시기에 향찰로 표기된 노래를 의미한다. 이를 통해 신라어의 모습을 보여주는 등 한자를 그대로 수용하지 않고 주체적으로 외래 문화를 수용한 우리 민족의 정신과 정서를 드러내었다.

02 정답

악장

해설

악장은 조선 건국 초기에 궁중의 음악으로서 왕실을 찬양하거나 국가의 번영을 기원하는 내용이 중심이 된 노래이다. 여기에 해당하는 「용비어천가」는 훈민정음으로 기록된 최초의 문학작품으로, 우리 글자의 발전 과정을 보여줌으로써 국어사적 가치가 큰 작품이다.

03 정답

「월인천강지곡」

해설

「월인천강지곡」은 「용비어천가」와 거의 같은 시기에 훈민정음을 사용하여 창작된 작품으로, 둘 다 악장에 해당한다. 그렇기에 「용비어천가」와 마찬가지로 15세기 국어의 모습과 당시 표기법의 특이성을 보여 주는 귀중한 자료이다. 종교성과 문학성을 조화시킨 장편 불교 서사시로, 영웅의 세계를 능가하는 상상을 일상생활의 모습과 함께 나타냈다.

04 정답

김만중, 『서포만필』

해설

『서포만필(西浦漫筆)』은 수필(隨筆)과 시화(詩話) 평론집으로, 조선 시대 숙종 13년(1687년)에 김만중이 선천에 유배된 후로 집필한 것이다. 그는 이 책에서 송강 정철의 「관동별곡」, 「사미인곡」, 「속미인곡」을 가리켜 동방의 '이소(離騷)'라 칭했다.

제2회 정답 및 해설 | 고전시가론

01	02	03	04	05	06	07	08	09	10	11	12
②	④	④	②	②	②	④	④	④	②	④	④
13	14	15	16	17	18	19	20	21	22	23	24
③	③	④	①	③	①	④	①	④	④	④	②

주관식 정답	
01	위 증즐가 태평성대
02	불가능한 일을 상정함으로써 자신의 소망을 강조하였다.
03	생에 대한 절박한 심정(생의 절박감)
04	신문물

01 정답 ②

제시된 작품은 「서경별곡」으로, 기본 운율은 3음보이다. 감탄사 '아즐가'와 반복어 '서경이' 등은 제외하고 운율을 따져야 한다. 이 작품은 이별의 정한이라는 우리 민족의 보편적 정서를 노래하고 있는 고려가요로, 임과의 영원한 사랑을 꿈꾸는 여성 화자의 마음을 직설적으로 표현하고 있어 '남녀상열지사'라는 것이 산제되기도 하였다.

02 정답 ④

이 노래는 이별을 슬퍼하며 임의 뒤를 따르겠다는 애절한 연모(戀慕)의 정을 노래한 1연, 사랑의 정(情)은 끊어지지 않으리라는 다짐을 노래한 2연, 임을 배에 싣고 떠나는 사공을 원망하는 내용이 담긴 3연으로 구성되어 있고, 2연은 고려가요 「정석가」의 6연과 일치한다. 이는 구전되는 과정에서 덧붙은 것이 그대로 채록된 것으로 보인다.

03 정답 ④

사설시조는 조선 후기에 상업 경제의 발달로 서민 의식이 성장하고 실학 사상이 대두되면서, 주로 서민과 몰락한 양반 등 사회 하위 계층에 의해 쓰인 시조 작품군을 일컫는다. 사회 비판적 내용, 풍자적 내용, 자신의 신세 한탄, 해학적 내용 등이 많다. 보통 특별한 제목이 없고, 사회 비판적 내용이 많으므로 저자도 전해지지 않는 경우가 많다. 가사문학의 장형화는 조선 후기 가사의 특징으로 사설시조와는 관계가 없다.

04 정답 ②

해당 시가는 「도솔가」의 작가이기도 한 월명사가 누이의 죽음으로 인한 개인적인 감정(슬픔)을 종교적으로 승화시키며 극복한 노래인 「제망매가」이다. 누이를 추모할 때 불렀다는 점에서 의식요(儀式謠)의 성격을 띠며, 삶과 죽음의 문제를 뛰어난 비유로 그려내 향가의 대표작으로 꼽힌다. 인생의 무상감을 불교 사상으로 승화시켰으므로 불교적 무상감, 절망적 어조 등은 적절하지 못하다.

05 정답 ②

「제망매가」가 문학성이 뛰어난 서정 시가로 불리는 이유는 삶과 죽음의 문제를 자연의 섭리에 비유하여 형상화하고 있기 때문이다. 작품 내에서 '이른 바람'은 젊은 나이에 요절한 누이의 죽음을, '떨어질 잎'은 죽은 누이를, '한 가지'는 누이와 화자를 낳아 준 어버이를 뜻한다.

06 정답 ②

「제망매가」는 문학적 비유와 상징이 뛰어나고, 향가 중 가장 정제되고 세련된 표현 기교가 돋보이는 작품이다. 기・서・결의 3단 구성을 취하고 있지만, 그 방법이 시간과 공간에 따른 추보식 구성은 아니다.

07 정답 ④

제시된 작품은 향가계 고려가요인 「정과정」으로, 내용적 분절 면에서 보면 10구라는 점에서 10구체 향가의 잔존 형태로 보고 있다. 향가의 10구체에서는 '아야' 등의 감탄사가 제9구 처음에 등장하는데, 이 노래에서는 제10구 처음에 '아소 님하'로 등장한다. 이것은 시가의 종결 서두에 감탄사를 두는 우리 시가 전반의 경향과 일치하는 형식적 특징이다.

④ 「정과정」은 정서가 유배지에서 창작한 시가로, 구전성을 띠는 일반적인 고려가요와는 성격이 다르다.

08 정답 ④

제시된 작품은 고려가요 「동동」이다. 현존하는 작품 중 가장 오래된 월령체(月令體) 노래로 세시(歲時)에 맞게 사랑의 여러 감정을 전 13연으로 노래하였다. 계절의 변화에 따라 임을 떠나보낸 여인의 애절한 그리움을 효과적으로 표현하고 있으며, 정월의 '냇물', 4월의 '곳고리' 등의 사물을 통해 자신의 고독한 모습을 드러내고 있다. 하지만 버림받은 운명에 대한 체념과 임에 대한 원한은 나타나 있지 않다.

09 정답 ④

해당 작품은 정서의 「정과정」으로, 참소를 당해 유배당한 뒤 자신의 억울함을 하소연하는 내용이다. '벼기더시니 뉘러시니잇가'에서 화자의 억울한 심정을 알 수 있다.

① 자신의 결백을 믿고 다시 사랑해 달라고 호소하며 임금에 대한 충성심을 드러내고 있다.

② 화자는 '접동새'에 임을 그리워하여 슬프게 울며 지내는 자신의 감정을 이입하여 접동새도 자신과 비슷하다고 표현하고 있다.

③ 화자는 마지막 행에서 '돌려 들으시어 다시 사랑하옵소서'라고 말하며 자신을 다시 등용해 줄 것을 희망하고 있다.

10 정답 ②

이별의 정한은 우리 민족의 보편적인 정서로 꾸준히 만들어지고 불리는 노래이다. 다음 작품들이 이별의 정한을 주제로 하는 시가문학들이다.

- 고대가요 : 「공무도하가」, 「황조가」
- 백제 가요 : 「정읍사」
- 고려가요 : 「가시리」, 「서경별곡」
- 한시 : 「송인」
- 시조 : 황진이의 시조
- 민요 : 「아리랑」
- 현대시 : 「진달래꽃」

11 정답 ④

제시된 작품은 경기체가인 「한림별곡」으로, 이 작품의 문학성이 낮은 평가를 받는 이유는 후렴구의 사용과 무관하다. 고려가요나 연시조의 경우에도 규칙적인 연의 반복이나 후렴구의 사용이 보이지만, 이는 운율성을 강화하여 문학성을 높이고 있다.

① 「한림별곡」은 문학의 본령(本令)인 서정성을 배제하고, 교술성을 극대화하였다.

② 사용된 시어가 함축적이기보다는 지시적이며, 개인의 내면적 정서보다는 객관적인 사물들을 운율에 맞춰 그대로 나열하고 있다.

③ 매 연이 한문어구를 나열하고 있고, 현토(懸吐)식 문장의 반복에 그치고 있다.

12 정답 ④

해당 작품은 조선 시대 악장인 「용비어천가」이다. 제1장의 '고성'은 옛 성인으로 중국 역대의 제왕을 일컫는다. 따라서 옛 성인들과 '육룡'이 서로 꼭 들어맞는다는 의미로, 중국의 역대 제왕들과의 비교를 통해 조선 건국의 정당성을 확보하고 있는 것이다. 따라서 중국과 대조되는 조선의 모습의 독자성과는 거리가 멀다.

13 정답 ③

해당 작품은 조선 초기에 정도전이 조선의 개국과 새로 만든 도읍을 찬양하기 위해서 지은 「신도가」로, '新都形勝(신도형승)이샷다'에 그 창작 동기가 나타난다.

14 정답 ③

제시된 작품은 홍랑의 시조로, '보내노라 님의손듸'에서 도치법을 사용하여 정상적인 언어 배열을 바꾸어 놓음으로써 의미를 강조하고 있다.

① 일부 장이 길어진 것은 사설시조의 특징이다.
②・④ 청유형 어미 및 색채 어휘는 사용되지 않았다.

15 정답 ④

제시된 작품은 기녀 황진이의 시조로, 임을 기다리는 여인의 간절한 마음을 참신한 비유로 호소력 있게 형상화한 작품이다. 추상적 개념인 시간을 구체적 사물로 형상화한 표현 기법이 매우 참신하고 생생한 인상을 주어 작품 전체에 신선한 느낌을 불어넣고 있다.

16 정답 ①

제시된 작품은 정철의 「훈민가」로, 작가가 강원도 관찰사 재직 중에 지은 백성의 교화를 목적으로 한 계몽적・교훈적 성격의 연시조이다. 순수한 우리말과 청유형이나 명령형의 어미를 사용하여 백성들을 설득하고자 하는 내용을 담고 있다.

17 정답 ③

「훈민가」는 유교적 윤리관에 따라 오륜을 강조하는 내용은 이전의 훈민 시조와 같았으나, 정감 있고 어렵지 않은 말로 인지상정과 세상의 풍습과 형편을 생동감 있게 그려냈다. 최초의 연시조 작품은 맹사성의 「강호사시가」이다.

18 정답 ①

해당 작품은 세조의 단종 폐위에 항거한 작가 성삼문의 의지를 은유적으로 드러낸 시조로, '수양산(首陽山)'은 은(殷)나라의 충신 백이(伯夷), 숙제(叔齊)가 고사리를 캐먹고 살다 굶어 죽은 곳이자, 단종의 왕위를 찬탈한 수양대군을 의미한다. 작가는 그들이 수양산에 들어가 캐 먹은 고사리('채미') 역시 주나라 땅에서 난 것임을 상기시킴으로써 그들의 절의가 부족했음을 비판하고, 이를 통해 자신의 절의를 부각하고 있다.

19 정답 ④

해당 작품은 정철의 「사미인곡」이고, 두 명의 화자가 등장하는 대화 형식의 시가는 정철의 「속미인곡」이다.

「사미인곡」은 1588년 정철이 탄핵으로 조정에서 물러나 고향인 창평에서 지내면서 지은 것이다. 2음보 1구로 126구이며, 음수율에서는 3~4조가 주조를 이룬다. 서사・춘원・하원・추원・동원・결사로 구성되어 있고, 계절의 변화에 따라 임을 생각하는 간절함과 짙은 외로움을 토로했다.

20 정답 ①

「면앙정가」는 작가가 전남 담양의 제월봉 아래 면앙정이라는 정자를 짓고, 사계절에 따라 변하는 면앙정 주변의 절경 속에서 풍류를 즐기는 강호가도를 노래한 가사이다. 겉으로는 너무 바쁘다고 투덜대는 듯 하지만, 그런 풍류생활에 대한 자부심·뿌듯함·만족감을 내심 드러내고 있다.

21 정답 ④

해당 작품은 잡가인 「유산가(遊山歌)」이다. 조선 후기(18~19세기)에 발생하여 개화기까지 불리던 창곡의 한 형태로 사대부의 문학을 모방하였기 때문에 4·4조 가사체의 형식이나 파격이 심하다. 또한 판소리 광대와 같은 전문적인 소리꾼에 의해 가창된 것이 특징이다. 따라서 평민에 의해 구전되고 불렸다는 설명은 적절하지 않다.

22 정답 ④

「누항사(陋巷詞)」는 낙향한 작가에게 그의 친구 이덕형이 두메생활의 어려움을 묻자 그에 답하고자 지은 작품이다. 일상생활에서 겪은 어려움을 사실적으로 그려냄과 동시에 자연에 묻혀 안빈낙도하며 충효와 우애를 지키겠다는 의지를 노래하였다.

23 정답 ④

제시된 작품은 「밀양아리랑」이다. 4연은 그 내용이 다른 부분과 이질적인데, 이는 구비 전승의 결과로 짐작할 수 있다. 문자로 전승되었다면 이질적인 부분이 추가되기는 어려웠을 것이다.

① 소리꾼이 먼저 선창을 하고 참여자가 후렴구를 후창하는 형식이다.
② 「밀양아리랑」은 이별의 슬픔이라는 소박한 사랑의 감정을 담고 있다.
③ '아리아리랑 쓰리쓰리랑~'이라는 후렴구가 반복되면서 리듬감을 형성하고 있다.

24 정답 ②

제시된 작품은 개화기에 계몽주의 문학가 최남선이 지은 최초의 7·5조 창가인 「경부철도가」이다. 1908년에 일본 유학에서 돌아온 최남선이 경인선과 경부선이 개통되자 그 씩씩하고 빠른 기관차에 감탄하여 지었다고 한다. 67절의 가사로 이루어져 있으며, 그 형식과 내용이 일본의 철도창가와 비슷하다.

① 개화 가사 「동심가」에 대한 설명이다.
③ 개화 가사 「애국하는 노래」에 대한 설명이다.
④ 창가 「황제탄신경축가」에 대한 설명이다.

주관식 해설

01 정답

위 증즐가 태평성대

해설

해당 작품은 「가시리」로, 각 연이 끝날 때마다 '위 증즐가 태평성대'라는 후렴구가 따르고 있음이 특징이다. 후렴구는 의미 없는 여음구로, '위'는 감탄사, '증즐가'는 악기의 의성어인데, 이는 악률에 맞추기 위해 삽입한 것이다.

02 정답

불가능한 일을 상정함으로써 자신의 소망을 강조하였다.

해설

「정석가」의 2~5연에는 각기 다른 불가능한 상황을 설정하여 시상을 전개하고 있다. 시적 화자는 이와 같이 현실적으로 절대 발생할 수 없는 사실을 가능한 사실로서 역설적으로 표현함으로써 '임과 이별하지 않겠다'는 강한 소망과 의지를 드러내고 있다. 이러한 표현법을 통해 현세적이고 유한한 사랑을 초극하고자 하는 숭고함까지 엿볼 수 있다. 제시된 「오관산요」 또한 '나무로 깎은 닭'이 울 때 어머님이 늙으실 것이라는 상황을 가정하여, 어머님이 늙지 않기를 바라는 소망을 강하게 표현하고 있다.

03 정답

생에 대한 절박한 심정(생의 절박감)

해설

제시된 작품에서 화자가 사슴의 해금 켜는 소리를 듣는다고 이야기한 것은 불가능한 일, 즉 기적이 일어나기를 바라는 마음을 갖고 있기 때문이다. 여기서 화자에게 기적은 속세의 괴로움으로부터 벗어나는 일을 의미하며, 불가능한 상황이 일어나기를 꿈꾼다는 점에서 현재 화자가 절박한 상태에 있음을 알 수 있다.

04 정답

신문물

해설

'기차'는 거대한 위력을 지닌 대상이면서 전통적인 것을 부정하는 속성을 지니고 있다. 이는 개화기의 급격한 시대적 변화 속에서 당시에 유입된 신문물을 상징하는 것이라 할 수 있다.

컴퓨터용 사인펜만 사용

년도 전공심화과정인정시험 답안지(객관식)

★ 수험생은 수험번호와 응시과목 코드번호를 표기(마킹)한 후 일치여부를 반드시 확인할 것.

전공분야	

성 명	

수 험 번 호													
(1)	3	–			–			–					
(2)	①②●④	–	①②③④⑤⑥⑦⑧⑨⓪	①②③④⑤⑥⑦⑧⑨⓪	–	①②③④⑤⑥⑦⑧⑨⓪	①②③④⑤⑥⑦⑧⑨⓪	–	①②③④⑤⑥⑦⑧⑨⓪	①②③④⑤⑥⑦⑧⑨⓪	①②③④⑤⑥⑦⑧⑨⓪	①②③④⑤⑥⑦⑧⑨⓪	①②③④⑤⑥⑦⑧⑨⓪

과목코드				
①②③④⑤⑥⑦⑧⑨⓪	①②③④⑤⑥⑦⑧⑨⓪	①②③④⑤⑥⑦⑧⑨⓪	①②③④⑤⑥⑦⑧⑨⓪	①②③④⑤⑥⑦⑧⑨⓪

교시코드
① ② ③ ④

응시과목	
1 ① ② ③ ④	14 ① ② ③ ④
2 ① ② ③ ④	15 ① ② ③ ④
3 ① ② ③ ④	16 ① ② ③ ④
4 ① ② ③ ④	17 ① ② ③ ④
5 ① ② ③ ④	18 ① ② ③ ④
6 ① ② ③ ④	19 ① ② ③ ④
7 ① ② ③ ④	20 ① ② ③ ④
8 ① ② ③ ④	21 ① ② ③ ④
9 ① ② ③ ④	22 ① ② ③ ④
10 ① ② ③ ④	23 ① ② ③ ④
11 ① ② ③ ④	24 ① ② ③ ④
12 ① ② ③ ④	
13 ① ② ③ ④	

과목코드				
①②③④⑤⑥⑦⑧⑨⓪	①②③④⑤⑥⑦⑧⑨⓪	①②③④⑤⑥⑦⑧⑨⓪	①②③④⑤⑥⑦⑧⑨⓪	①②③④⑤⑥⑦⑧⑨⓪

응시과목	
1 ① ② ③ ④	14 ① ② ③ ④
2 ① ② ③ ④	15 ① ② ③ ④
3 ① ② ③ ④	16 ① ② ③ ④
4 ① ② ③ ④	17 ① ② ③ ④
5 ① ② ③ ④	18 ① ② ③ ④
6 ① ② ③ ④	19 ① ② ③ ④
7 ① ② ③ ④	20 ① ② ③ ④
8 ① ② ③ ④	21 ① ② ③ ④
9 ① ② ③ ④	22 ① ② ③ ④
10 ① ② ③ ④	23 ① ② ③ ④
11 ① ② ③ ④	24 ① ② ③ ④
12 ① ② ③ ④	
13 ① ② ③ ④	

※ 감독관 확인란
인

관 리 번 호
(연번) / (응시자수)

답안지 작성시 유의사항

1. 답안지는 반드시 **컴퓨터용 사인펜을 사용**하여 다음 보기와 같이 표기할 것.
   보기 잘 된 표기: ● 잘못된 표기: ⓥ ⊗ ◑ ⊙ ◕ ○ ▩
2. 수험번호 (1)에는 아라비아 숫자로 쓰고, (2)에는 "●"와 같이 표기할 것.
3. 과목코드는 뒷면 "과목코드번호"를 보고 해당과목의 코드번호를 찾아 표기하고, 응시과목란에는 응시과목명을 한글로 기재할 것.
4. 교시코드는 문제지 전면의 교시를 해당란에 "●"와 같이 표기할 것.
5. 한번 표기한 답은 긁거나 수정액 및 스티커 등 어떠한 방법으로도 고쳐서는 아니되고, 고친 문항은 "0"점 처리함.

절취선

[이 답안지는 마킹연습용 모의답안지입니다.]

년도 전공심화과정 인정시험 답안지(주관식)

전공분야	

성 명	

수험번호	
(1)	3 – – –
(2)	① ② ● ④ / ①②③④⑤⑥⑦⑧⑨⓪

★ 수험생은 수험번호와 응시과목 코드번호를 표기(마킹)한 후 일치여부를 반드시 확인할 것.

과목코드
①②③④⑤⑥⑦⑧⑨⓪

교시코드
① ② ③ ④

번호	※1차점수	※1차채점	※1차확인 / 응시과목	※2차확인	※2차채점	※2차점수
1	⓪ ① ⑥ ② ⑦ ③ ⑧ ④ ⑨ ⑤ ⑩					⓪ ① ⑥ ② ⑦ ③ ⑧ ④ ⑨ ⑤ ⑩
2	⓪ ① ⑥ ② ⑦ ③ ⑧ ④ ⑨ ⑤ ⑩					⓪ ① ⑥ ② ⑦ ③ ⑧ ④ ⑨ ⑤ ⑩
3	⓪ ① ⑥ ② ⑦ ③ ⑧ ④ ⑨ ⑤ ⑩					⓪ ① ⑥ ② ⑦ ③ ⑧ ④ ⑨ ⑤ ⑩
4	⓪ ① ⑥ ② ⑦ ③ ⑧ ④ ⑨ ⑤ ⑩					⓪ ① ⑥ ② ⑦ ③ ⑧ ④ ⑨ ⑤ ⑩
5	⓪ ① ⑥ ② ⑦ ③ ⑧ ④ ⑨ ⑤ ⑩					⓪ ① ⑥ ② ⑦ ③ ⑧ ④ ⑨ ⑤ ⑩

답안지 작성시 유의사항

1. ※란은 표기하지 말 것.
2. 수험번호 (2)란, 과목코드, 교시코드 표기는 반드시 컴퓨터용 싸인펜으로 표기할 것
3. 교시코드는 문제지 전면의 교시를 해당란에 컴퓨터용 싸인펜으로 표기할 것.
4. 답란은 반드시 흑·청색 볼펜 또는 만년필을 사용할 것. (연필 또는 적색 필기구 사용불가)
5. 답안을 수정할 때에는 두줄(=)을 긋고 수정할 것.
6. 답란이 부족하면 해당답란에 "뒷면기재"라고 쓰고 뒷면 '추가답란'에 문제번호를 기재한 후 답안을 작성할 것.
7. 기타 유의사항은 객관식 답안지의 유의사항과 동일함.

※ 감독관 확인란
㊞

[이 답안지는 마킹연습용 모의답안지입니다.]

컴퓨터용 사인펜만 사용

년도 전공심화과정인정시험 답안지(객관식)

★ 수험생은 수험번호와 응시과목 코드번호를 표기(마킹)한 후 일치여부를 반드시 확인할 것.

전공분야	
성 명	

수 험 번 호													
(1)	3	–			–			–					
(2)	① ② ● ④	–	①②③④⑤⑥⑦⑧⑨⓪	①②③④⑤⑥⑦⑧⑨⓪	–	①②③④⑤⑥⑦⑧⑨⓪	①②③④⑤⑥⑦⑧⑨⓪	–	①②③④⑤⑥⑦⑧⑨⓪	①②③④⑤⑥⑦⑧⑨⓪	①②③④⑤⑥⑦⑧⑨⓪	①②③④⑤⑥⑦⑧⑨⓪	①②③④⑤⑥⑦⑧⑨⓪

과목코드				
①②③④⑤⑥⑦⑧⑨⓪	①②③④⑤⑥⑦⑧⑨⓪	①②③④⑤⑥⑦⑧⑨⓪	①②③④⑤⑥⑦⑧⑨⓪	①②③④⑤⑥⑦⑧⑨⓪

교시코드			
①	②	③	④

응시과목			
1	① ② ③ ④	14	① ② ③ ④
2	① ② ③ ④	15	① ② ③ ④
3	① ② ③ ④	16	① ② ③ ④
4	① ② ③ ④	17	① ② ③ ④
5	① ② ③ ④	18	① ② ③ ④
6	① ② ③ ④	19	① ② ③ ④
7	① ② ③ ④	20	① ② ③ ④
8	① ② ③ ④	21	① ② ③ ④
9	① ② ③ ④	22	① ② ③ ④
10	① ② ③ ④	23	① ② ③ ④
11	① ② ③ ④	24	① ② ③ ④
12	① ② ③ ④		
13	① ② ③ ④		

과목코드				
①②③④⑤⑥⑦⑧⑨⓪	①②③④⑤⑥⑦⑧⑨⓪	①②③④⑤⑥⑦⑧⑨⓪	①②③④⑤⑥⑦⑧⑨⓪	①②③④⑤⑥⑦⑧⑨⓪

응시과목			
1	① ② ③ ④	14	① ② ③ ④
2	① ② ③ ④	15	① ② ③ ④
3	① ② ③ ④	16	① ② ③ ④
4	① ② ③ ④	17	① ② ③ ④
5	① ② ③ ④	18	① ② ③ ④
6	① ② ③ ④	19	① ② ③ ④
7	① ② ③ ④	20	① ② ③ ④
8	① ② ③ ④	21	① ② ③ ④
9	① ② ③ ④	22	① ② ③ ④
10	① ② ③ ④	23	① ② ③ ④
11	① ② ③ ④	24	① ② ③ ④
12	① ② ③ ④		
13	① ② ③ ④		

※ 감독관 확인란
㊞

관 리 번 호	
(연번)	(응시자수)

답안지 작성시 유의사항

1. 답안지는 반드시 **컴퓨터용 사인펜을 사용**하여 다음 보기와 같이 표기할 것.
   보기 잘 된 표기: ● 잘못된 표기: ⓥ ⓧ ◑ ⊙ ◕ ○ ▩
2. 수험번호 (1)에는 아라비아 숫자로 쓰고, (2)에는 "●"와 같이 표기할 것.
3. 과목코드는 뒷면 "과목코드번호"를 보고 해당과목의 코드번호를 찾아 표기하고, 응시과목란에는 응시과목명을 한글로 기재할 것.
4. 교시코드는 문제지 전면의 교시를 해당란에 "●"와 같이 표기할 것.
5. 한번 표기한 답은 긁거나 수정액 및 스티커 등 어떠한 방법으로도 고쳐서는 아니되고, 고친 문항은 "0"점 처리함.

[이 답안지는 마킹연습용 모의답안지입니다.]

년도 전공심화과정 인정시험 답안지(주관식)

전공분야	

성 명	

수험번호	
(1)	3 – □□ – □□ – □□□□□
(2)	① ② ● ④ – ①~⓪ – ①~⓪ – ①~⓪

과목코드
①~⓪ (5열)

교시코드
① ② ③ ④

★ 수험생은 수험번호와 응시과목 코드번호를 표기(마킹)한 후 일치여부를 반드시 확인할 것.

번호	※ 1차 점수	※ 1차 채점	※1차확인 / 응시과목 / ※2차확인	※ 2차 채점	※ 2차 점수
1	⓪ ① ② ③ ④ ⑤ ⑥ ⑦ ⑧ ⑨ ⑩				⓪ ① ② ③ ④ ⑤ ⑥ ⑦ ⑧ ⑨ ⑩
2	⓪ ① ② ③ ④ ⑤ ⑥ ⑦ ⑧ ⑨ ⑩				⓪ ① ② ③ ④ ⑤ ⑥ ⑦ ⑧ ⑨ ⑩
3	⓪ ① ② ③ ④ ⑤ ⑥ ⑦ ⑧ ⑨ ⑩				⓪ ① ② ③ ④ ⑤ ⑥ ⑦ ⑧ ⑨ ⑩
4	⓪ ① ② ③ ④ ⑤ ⑥ ⑦ ⑧ ⑨ ⑩				⓪ ① ② ③ ④ ⑤ ⑥ ⑦ ⑧ ⑨ ⑩
5	⓪ ① ② ③ ④ ⑤ ⑥ ⑦ ⑧ ⑨ ⑩				⓪ ① ② ③ ④ ⑤ ⑥ ⑦ ⑧ ⑨ ⑩

답안지 작성시 유의사항

1. ※란은 표기하지 말 것.
2. 수험번호 (2)란, 과목코드, 교시코드 표기는 반드시 컴퓨터용 싸인펜으로 표기할 것
3. 교시코드는 문제지 전면의 교시를 해당란에 컴퓨터용 싸인펜으로 표기할 것.
4. 답란은 반드시 흑·청색 볼펜 또는 만년필을 사용할 것. (연필 또는 적색 필기구 사용불가)
5. 답안을 수정할 때에는 두줄(=)을 긋고 수정할 것.
6. 답란이 부족하면 해당답란에 "뒷면기재"라고 쓰고 뒷면 '추가답란'에 문제번호를 기재한 후 답안을 작성할 것.
7. 기타 유의사항은 객관식 답안지의 유의사항과 동일함.

※ 감독관 확인란
인

[이 답안지는 마킹연습용 모의답안지입니다.]

컴퓨터용 사인펜만 사용

년도 전공심화과정인정시험 답안지(객관식)

★ 수험생은 수험번호와 응시과목 코드번호를 표기(마킹)한 후 일치여부를 반드시 확인할 것.

전공분야	
성 명	

수 험 번 호												
(1)	3	–			–			–					
(2)	① ② ● ④	–	①~⓪	①~⓪	–	①~⓪	①~⓪	–	①~⓪	①~⓪	①~⓪	①~⓪	①~⓪

과목코드				
①~⓪	①~⓪	①~⓪	①~⓪	①~⓪

교시코드			
①	②	③	④

응시과목			
1	① ② ③ ④	14	① ② ③ ④
2	① ② ③ ④	15	① ② ③ ④
3	① ② ③ ④	16	① ② ③ ④
4	① ② ③ ④	17	① ② ③ ④
5	① ② ③ ④	18	① ② ③ ④
6	① ② ③ ④	19	① ② ③ ④
7	① ② ③ ④	20	① ② ③ ④
8	① ② ③ ④	21	① ② ③ ④
9	① ② ③ ④	22	① ② ③ ④
10	① ② ③ ④	23	① ② ③ ④
11	① ② ③ ④	24	① ② ③ ④
12	① ② ③ ④		
13	① ② ③ ④		

과목코드				
①~⓪	①~⓪	①~⓪	①~⓪	①~⓪

응시과목			
1	① ② ③ ④	14	① ② ③ ④
2	① ② ③ ④	15	① ② ③ ④
3	① ② ③ ④	16	① ② ③ ④
4	① ② ③ ④	17	① ② ③ ④
5	① ② ③ ④	18	① ② ③ ④
6	① ② ③ ④	19	① ② ③ ④
7	① ② ③ ④	20	① ② ③ ④
8	① ② ③ ④	21	① ② ③ ④
9	① ② ③ ④	22	① ② ③ ④
10	① ② ③ ④	23	① ② ③ ④
11	① ② ③ ④	24	① ② ③ ④
12	① ② ③ ④		
13	① ② ③ ④		

※ 감독관 확인란

㊞

관 리 번 호
(연번) (응시자수)

답안지 작성시 유의사항

1. 답안지는 반드시 **컴퓨터용 사인펜을 사용**하여 다음 [보기]와 같이 표기할 것.
   [보기] 잘 된 표기: ● 잘못된 표기: ⓥ ⊗ ◑ ⊙ ◕ ○ ▩
2. 수험번호 (1)에는 아라비아 숫자로 쓰고, (2)에는 "●"와 같이 표기할 것.
3. 과목코드는 뒷면 "과목코드번호"를 보고 해당과목의 코드번호를 찾아 표기하고, 응시과목란에는 응시과목명을 한글로 기재할 것.
4. 교시코드는 문제지 전면의 교시를 해당란에 "●"와 같이 표기할 것.
5. 한번 표기한 답은 긁거나 수정액 및 스티커 등 어떠한 방법으로도 고쳐서는 아니되고, 고친 문항은 "0"점 처리함.

[이 답안지는 마킹연습용 모의답안지입니다.]

절취선

년도 전공심화과정 인정시험 답안지(주관식)

전공분야	

성 명	

수험번호	
(1)	3 – □□ – □□ – □□□□□
(2)	① ② ● ④ – ①~⓪ ①~⓪ – ①~⓪ ①~⓪ – ①~⓪ ①~⓪ ①~⓪ ①~⓪ ①~⓪

★ 수험생은 수험번호와 응시과목 코드번호를 표기(마킹)한 후 일치여부를 반드시 확인할 것.

과목코드				
①~⓪	①~⓪	①~⓪	①~⓪	①~⓪

교시코드			
①	②	③	④

답안지 작성시 유의사항

1. ※란은 표기하지 말 것.
2. 수험번호 (2)란, 과목코드, 교시코드 표기는 반드시 컴퓨터용 싸인펜으로 표기할 것
3. 교시코드는 문제지 전면의 교시를 해당란에 컴퓨터용 싸인펜으로 표기할 것.
4. 답란은 반드시 흑·청색 볼펜 또는 만년필을 사용할 것. (연필 또는 적색 필기구 사용불가)
5. 답안을 수정할 때에는 두줄(=)을 긋고 수정할 것.
6. 답란이 부족하면 해당답란에 "뒷면기재"라고 쓰고 뒷면 '추가답란'에 문제번호를 기재한 후 답안을 작성할 것.
7. 기타 유의사항은 객관식 답안지의 유의사항과 동일함.

※ 감독관 확인란
⑫

번호	※ 1차 점수	※ 1차 채점	※1차확인 / 응시과목 / ※2차확인	※ 2차 채점	※ 2차 점수
1	⓪ ① ② ③ ④ ⑤ ⑥ ⑦ ⑧ ⑨ ⑩				⓪ ① ② ③ ④ ⑤ ⑥ ⑦ ⑧ ⑨ ⑩
2	⓪ ① ② ③ ④ ⑤ ⑥ ⑦ ⑧ ⑨ ⑩				⓪ ① ② ③ ④ ⑤ ⑥ ⑦ ⑧ ⑨ ⑩
3	⓪ ① ② ③ ④ ⑤ ⑥ ⑦ ⑧ ⑨ ⑩				⓪ ① ② ③ ④ ⑤ ⑥ ⑦ ⑧ ⑨ ⑩
4	⓪ ① ② ③ ④ ⑤ ⑥ ⑦ ⑧ ⑨ ⑩				⓪ ① ② ③ ④ ⑤ ⑥ ⑦ ⑧ ⑨ ⑩
5	⓪ ① ② ③ ④ ⑤ ⑥ ⑦ ⑧ ⑨ ⑩				⓪ ① ② ③ ④ ⑤ ⑥ ⑦ ⑧ ⑨ ⑩

[이 답안지는 마킹연습용 모의답안지입니다.]

절취선

컴퓨터용 사인펜만 사용

년도 전공심화과정인정시험 답안지(객관식)

★ 수험생은 수험번호와 응시과목 코드번호를 표기(마킹)한 후 일치여부를 반드시 확인할 것.

전공분야	
성 명	

수 험 번 호															
(1)	3	–			–			–						
(2)	①②●④	–	①②③④⑤⑥⑦⑧⑨⓪	①②③④⑤⑥⑦⑧⑨⓪	–	①②③④⑤⑥⑦⑧⑨⓪	①②③④⑤⑥⑦⑧⑨⓪	–	①②③④⑤⑥⑦⑧⑨⓪	①②③④⑤⑥⑦⑧⑨⓪	①②③④⑤⑥⑦⑧⑨⓪	①②③④⑤⑥⑦⑧⑨⓪	①②③④⑤⑥⑦⑧⑨⓪

과목코드				
①②③④⑤⑥⑦⑧⑨⓪	①②③④⑤⑥⑦⑧⑨⓪	①②③④⑤⑥⑦⑧⑨⓪	①②③④⑤⑥⑦⑧⑨⓪	①②③④⑤⑥⑦⑧⑨⓪

교시코드
① ② ③ ④

응시과목			
1	① ② ③ ④	14	① ② ③ ④
2	① ② ③ ④	15	① ② ③ ④
3	① ② ③ ④	16	① ② ③ ④
4	① ② ③ ④	17	① ② ③ ④
5	① ② ③ ④	18	① ② ③ ④
6	① ② ③ ④	19	① ② ③ ④
7	① ② ③ ④	20	① ② ③ ④
8	① ② ③ ④	21	① ② ③ ④
9	① ② ③ ④	22	① ② ③ ④
10	① ② ③ ④	23	① ② ③ ④
11	① ② ③ ④	24	① ② ③ ④
12	① ② ③ ④		
13	① ② ③ ④		

과목코드				
①②③④⑤⑥⑦⑧⑨⓪	①②③④⑤⑥⑦⑧⑨⓪	①②③④⑤⑥⑦⑧⑨⓪	①②③④⑤⑥⑦⑧⑨⓪	①②③④⑤⑥⑦⑧⑨⓪

응시과목			
1	① ② ③ ④	14	① ② ③ ④
2	① ② ③ ④	15	① ② ③ ④
3	① ② ③ ④	16	① ② ③ ④
4	① ② ③ ④	17	① ② ③ ④
5	① ② ③ ④	18	① ② ③ ④
6	① ② ③ ④	19	① ② ③ ④
7	① ② ③ ④	20	① ② ③ ④
8	① ② ③ ④	21	① ② ③ ④
9	① ② ③ ④	22	① ② ③ ④
10	① ② ③ ④	23	① ② ③ ④
11	① ② ③ ④	24	① ② ③ ④
12	① ② ③ ④		
13	① ② ③ ④		

※ 감독관 확인란
㊞

관 리 번 호
(연번) (응시자수)

답안지 작성시 유의사항

1. 답안지는 반드시 **컴퓨터용 사인펜을 사용**하여 다음 보기와 같이 표기할 것.
   보기 잘 된 표기: ● 잘못된 표기: ⓥ ⓧ ◑ ⊙ ◕ ○ ▩
2. 수험번호 (1)에는 아라비아 숫자로 쓰고, (2)에는 "●"와 같이 표기할 것.
3. 과목코드는 뒷면 "과목코드번호"를 보고 해당과목의 코드번호를 찾아 표기하고, 응시과목란에는 응시과목명을 한글로 기재할 것.
4. 교시코드는 문제지 전면의 교시를 해당란에 "●"와 같이 표기할 것.
5. 한번 표기한 답은 긁거나 수정액 및 스티커 등 어떠한 방법으로도 고쳐서는 아니되고, 고친 문항은 "0"점 처리함.

[이 답안지는 마킹연습용 모의답안지입니다.]

절취선

년도 전공심화과정 인정시험 답안지(주관식)

전공분야	

성 명	

수 험 번 호													
(1)	3	–			–			–					
(2)	①②●④	–	①②③④⑤⑥⑦⑧⑨⓪	①②③④⑤⑥⑦⑧⑨⓪	–	①②③④⑤⑥⑦⑧⑨⓪	①②③④⑤⑥⑦⑧⑨⓪	–	①②③④⑤⑥⑦⑧⑨⓪	①②③④⑤⑥⑦⑧⑨⓪	①②③④⑤⑥⑦⑧⑨⓪	①②③④⑤⑥⑦⑧⑨⓪	①②③④⑤⑥⑦⑧⑨⓪

★ 수험생은 수험번호와 응시과목 코드번호를 표기(마킹)한 후 일치여부를 반드시 확인할 것.

과목코드				
①②③④⑤⑥⑦⑧⑨⓪	①②③④⑤⑥⑦⑧⑨⓪	①②③④⑤⑥⑦⑧⑨⓪	①②③④⑤⑥⑦⑧⑨⓪	①②③④⑤⑥⑦⑧⑨⓪

교시코드			
①	②	③	④

답안지 작성시 유의사항

1. ※란은 표기하지 말 것.
2. 수험번호 (2)란, 과목코드, 교시코드 표기는 반드시 컴퓨터용 싸인펜으로 표기할 것
3. 교시코드는 문제지 전면의 교시를 해당란에 컴퓨터용 싸인펜으로 표기할 것.
4. 답란은 반드시 흑·청색 볼펜 또는 만년필을 사용할 것. (연필 또는 적색 필기구 사용불가)
5. 답안을 수정할 때에는 두줄(=)을 긋고 수정할 것.
6. 답란이 부족하면 해당답란에 "뒷면기재"라고 쓰고 뒷면 '추가답란'에 문제번호를 기재한 후 답안을 작성할 것.
7. 기타 유의사항은 객관식 답안지의 유의사항과 동일함.

※ 감독관 확인란
㊞

번호	※ 1차 점수	※ 1차 채점	※1차확인	응 시 과 목	※2차확인	※ 2차 채점	※ 2차 점수
1	⓪ ①⑥ ②⑦ ③⑧ ④⑨ ⑤⑩						⓪ ①⑥ ②⑦ ③⑧ ④⑨ ⑤⑩
2	⓪ ①⑥ ②⑦ ③⑧ ④⑨ ⑤⑩						⓪ ①⑥ ②⑦ ③⑧ ④⑨ ⑤⑩
3	⓪ ①⑥ ②⑦ ③⑧ ④⑨ ⑤⑩						⓪ ①⑥ ②⑦ ③⑧ ④⑨ ⑤⑩
4	⓪ ①⑥ ②⑦ ③⑧ ④⑨ ⑤⑩						⓪ ①⑥ ②⑦ ③⑧ ④⑨ ⑤⑩
5	⓪ ①⑥ ②⑦ ③⑧ ④⑨ ⑤⑩						⓪ ①⑥ ②⑦ ③⑧ ④⑨ ⑤⑩

[이 답안지는 마킹연습용 모의답안지입니다.]

참고문헌

■ 국문학신강편찬위원회, 『국문학신강』, 새문사, 2002.
■ 권영철, 『규방가사각론』, 형설출판사, 1989.
■ 김상선, 「육당 최남선론 - 시조를 중심으로」, 『현대시조』, 1983. 12.
■ 김승찬, 『한국상고문학연구』, 제일문화사, 1978.
■ 김용직, 『한국근대시사 상』, 학연사, 1994.
■ 김윤식, 『한국현대시론비판』, 일지사, 1982.
■ 이광수, 「육당 최남선론」, 『조선문단』, 1925. 3.
■ 이정자, 『시조 문학 연구론』, 국학 자료원, 2003.
■ 정병욱, 『시조문학사전』, 신구문화사, 1970.
■ 정재호, 「잡가고」, 『한국가사문학론』, 집문당, 1982.
■ 정재호, 『한국가사문학론』, 집문당, 1990.
■ 정한모, 『최남선 작품집』, 형설출판사, 1977.
■ 정한모, 『현대시인론』, 형설출판사, 1979.
■ 조동일, 『한국문학통사』 1, 지식산업사, 2005.
■ 조동일, 『경북 민요』, 형설출판사, 1977.
■ 천재교육 편집부, 『해법문학 고전운문』, 천재교육, 2004.
■ 최원오, 『고전문학강독』, 광주교육대학교 교육연구원, 2013.
■ 한국민요대전 강원도민요해설집, (주)문화방송, 1996.
■ 한국민요대전 경기도민요해설집, (주)문화방송, 1997.
■ 한국민요대전 전라남도민요해설집, (주)문화방송, 1993.
■ 한국민족문화대백과사전, https://encykorea.aks.ac.kr/
■ 한림학사, 『통합논술 개념어 사전』, 청서출판, 2007.
■ 홍이섭, 「육당 최남선의 일면」, 『신세대』, 1949. 1.
■ 홍효민, 「육당 최남선론」, 『현대문학』, 1959. 6.

S D E D U

합격의 공식 SD에듀

SD에듀와 함께, 합격을 향해 떠나는 여행

SD에듀 독학사 국어국문학과 3단계 고전시가론

초판발행	2024년 04월 10일 (인쇄 2024년 02월 21일)
발행인	박영일
책임편집	이해욱
편저	김덕규
편집진행	송영진 · 김다련
표지디자인	박종우
편집디자인	차성미 · 남수영
발행처	(주)시대고시기획
출판등록	제10-1521호
주소	서울시 마포구 큰우물로 75 [도화동 538 성지 B/D] 9F
전화	1600-3600
팩스	02-701-8823
홈페이지	www.sdedu.co.kr

ISBN	979-11-383-6722-6 (13810)
정가	24,000원